状元媒

叶广芩 著

北京出版集团公司
北京十月文艺出版社

目　录 Contents

跳加官（代序）

《跳加官》是戏曲开场前加演的戏曲舞蹈，以恭维讨好观众为目的。加官角色多以生角扮演，着红袍，叼面具，手执“天官赐福”“一品当朝”“加官晋爵”一类条幅，随着闹台锣鼓《将军令》的曲牌，边舞边跳，展示条幅，呈现祥瑞，以博喝彩和赏头。

我这大半辈子真是看了不少戏，从传统戏到“革命样板”，又到“新编”，又回到传统。但是看《跳加官》却只有一次，那次对我来说是没有准备的被动接受，虽是“被动”，却印象颇深，一直不能忘却。

是六七岁时跟着父亲去东四钱粮胡同一个人家做客，那家是个坐北朝南的大宅门，很阔绰很气派。我们去的目的是给一个秃顶的中年男人祝寿，那男的是谁我不知道，只记得那家院里的戏台很精致。台子的高矮与我的胸口平齐，上头铺着地毯，锣鼓家伙在台下口，有纱帘隔着，比戏园子讲究。庭院的桌上摆了许多吃食，盘子里的石榴很大，秃顶男人就是被人称作寿星老儿的，给我掰了一块，很甜，水分很足，我坐在父亲旁边吃了半天。桌面上还有红枣、核桃、鸭梨、洋点心什么的，我已经懂事了，时刻约束着自己，眼睛尽量不朝桌上扫描。

父亲告诉我今天头场演的是《蟠桃会》，又名《安天会》。我却是不明白，秃顶过生日，干吗让一只猴子出来闹腾？孙悟空大闹天宫，反正是热闹吧。没等多一会儿，开场锣鼓一通击打，猴子没出来，出来个穿红袍的老倌，慈眉善目，端着笏板，纱帽翅一扇一扇的。老倌腰身转得滑稽，步子也走得另类，有人说，加官出场了！

那时我对戏已经知道不少，《逍遥津》《大登殿》《盗御马》《三岔口》什么的都看过了好几遍，有些唱词已经谙熟于心。但是对于《跳加官》却是头回看到，因为这样的戏很少有演出，那些"升官发财"，那些"马上封侯"跟时代的发展已经有了距离。虽然大家心里都盼着升官，盼着得外快，毕竟得表现得矜持一些，含蓄一些，不能像加官表演那样来得太直接，太露骨。

小孩子总是喜欢热闹欢快的场面，我从座位上一下蹿到了台根底下，在那独特的乐曲中恨不得也参与其中。白脸的胖加官在台上舞来舞去，向台下各个方向打着"招呼"，在对着坐在八仙桌旁的主家展示出"寿比南山""福寿康宁"的条幅之后，也没有忘记关照我这个一直站在台跟前目不转睛看着他的小人儿。他冲我一弯腰，掏出了一条"终南捷径"的条幅，在我眼前晃了又晃，后来又变出一条"连升三级"，我知道这是专门赠送给我的。因为台底下那些人聊天、吃果子，大声地寒暄，胡乱地走动，对加官的表演并不在意，只有我，扒在台沿上，脸上满是赞许和仰慕，看得认真又投入。

加官戴着白面具，面具的一双眼睛笑眯眯地弯成了月牙儿，在我的眼里，那面具分明是有了生命，有了无限的亲和力。如果他拉起我带着我去逛隆福寺，去吃炒肝、灌肠什么的，我一定会去；如果他带着我走进水里火里，我想，我也一准会铁了心毫不犹豫地跟着他走。

加官很可爱，只是我对那“终南捷径”和“连升三级”一头雾水，不知所云。

我问父亲，什么是“终南捷径”，父亲说终南是山，在陕西盩厔、鄠县（1964 年改为周至、户县）一带，捷径就是便道，是近路……我说终南山跟我没关系，离得远着呢，我更不会走什么山上的近道。只是那个“连升三级”还有点意思，赶明儿我可以从一年级直接跳到四年级。

父亲说我的理解完全正确。

认识加官以后，我常常把他和《钟馗嫁妹》里的钟馗弄混，觉着他们的举止做派、诙谐气质和浓厚的人情味十分接近。父亲告诉我，加官就是钟馗，他们俩其实是一个人。钟馗是终南山的一个落第进士，豹头环眼，相貌狰狞，做了鬼以后，依旧效忠皇上，要“誓与陛下除尽妖孽”，是个深受老百姓喜爱的大鬼。

父亲还告诉我，宫廷里给老佛爷、皇上演戏不能演《跳加官》，都当皇上了，用不着“加官”，再加官该当太上皇了。大凡皇帝，是没有谁愿意当太上皇的。怎么办呢，就用“灵官”替代，所以宫里的开场戏是《跳灵官》。灵官是辟邪、净台的，他来自江西的龙虎山，红须红袍，三只眼，是道教里边很重要的一个角色。

我自然记住了加官，记住了终南山。

加官的祝福是准确的，十几年后我到了陕西，一待便是一辈子。其中在终南山脚下挂职当官竟有九年，所在的镇叫终南镇，在镇东边不远一个叫阿姑泉的山谷，便是钟馗的故里。现在搞旅游开发，山谷改名叫做了“欢乐谷”，跟钟馗差了十万八千里。

钟馗的故里有个大牡丹园，我一次次到那里去看牡丹，紫的、粉的、白的，仲春一到，灿烂一片。在花丛中游弋，常常念及那个白脸的加官和他的“终南捷径”，总觉得有种宿命在里头。人生为名为利，为生存为尊严，细细思量，终没跳出加官的囊括。尽管我们有无数冠冕堂皇的理由，有许多巧妙虚伪的遮掩，其实又何必？

这部小说在写到《豆汁记》一章时，我恰巧住在终南山下的楼观台，这里是老子讲述《道德经》的地方，是道教祖庭之一。写作之余，漫步上山，首见的便是“灵官殿”，殿柱上一副对联是康有为弟子黎遇航所作，“存心邪僻任尔烧香无点益，持身正大见吾不拜又何妨”。猛然心内有所感悟，大千世界，芸芸众生，众生们内心的世界是五彩斑斓的。

天地万物，六合之内，人心无所不包，求物质、求精神，追求尽管艰难，尽管曲折，却是人的本意。这其中，不管是我的由不和谐到和谐的父母亲，还是穷困散淡、乐观善良的七舅爷；不管是在寿康宫里演牧童哥的小太监，还是以叛逆对峙传统的五哥哥；不管是怀着坚定信念走进“贫下中农”的知青们，还是在新时代浪潮冲击下赫兔兔一类同性恋的年轻晚辈，大家的生活或蹇或舒，命运的网将我们编织得紧密而严实。这网的博大精深，扑朔迷离，实在是一言难以说透的。特别是它和社会人情，和生命岁月融为一体浑然难分的时候，它的价值更远远超出了本身范畴。

人生如戏。

戏如人生。

我们的日子融化在《豆汁记》《盗御马》《凤还巢》之中，我们的观念由《小放牛》《三岔口》《大登殿》而延伸。生活比戏曲更精彩，戏曲比生活更概括……

树叶黄了，终南山的风带来了丝丝凉意，我踏着满是落叶的小径上山，不远处是唐代玉贞公主曾经的修炼之地延生观。公路上车的喧嚣渐渐远去，一路伴随的山溪也不见了踪影。在路边石头上坐下来，身后有古栈道的痕迹，头顶有白云飘过，“行到水穷处，坐看云起时”，此时此刻应该是一种与加官衔接的透彻和冷静。

终南捷径，说的是唐人卢藏用的故事，本意是指谋官职、求名利的近便门路，以隐求仕、曲线飞升。当地人对“终南捷径”有另一种说法，指的是诗人李白借助玉贞公主的推介，以自己的文学才华进入朝堂的故事。细想我也竟然依靠文字，在社会立足，这不啻另一种“捷径”。

儿时的天官赐福，应该是那一刻彼此的感动和真情。

是生活的赐予。

也是天官的赐予。

一批人，一代人用他们的信念和实践，走出了一条尘土飞扬的路。如今一身重负，一身名誉全部卸去，将戏曲的铅华洗尽，将面孔还原，两鬓斑白之时，将自己的内心用文字梳理起来，写成了《状元媒》这部长篇小说。回头望，尘埃中的路依然清晰如昨，秋风中便有了与历史相对的会意，有了心的平静与坦然。

我已非我。

感念《跳加官》的人生开场。

按我舅舅提出的要求，婚礼要中西合璧。所以作为新郎的我的父亲便穿上了黑色燕尾大礼服，雪白的衬衣，硬领，系黑领花，戴白手套，把高礼帽在手里托着，不戴。

母亲是中式装扮，红肿的眼泡，冷漠的面容，让所有的来宾大跌眼镜。

第一章　状元媒

好一位吕状元颇有预见，论计谋称得起诸葛一般。

——京剧《状元媒》八贤王唱段

一

天下夫妻轮得上状元做媒的不多，且不说状元本就稀少，难得的是这稀少的人群还与人说媒，这当然就更微乎其微了。京剧《状元媒》是状元给人做媒的一例，说的是宋朝柴郡主跟随宋王去狩猎，被番邦掠走，多亏杨六郎奋战群敌，救郡主得以生还。柴郡主以珍珠衫赠杨六郎，以示爱意。回銮后，救郡主的功劳被叫作傅丁奎的小将窃取，皇上主婚，将郡主许与傅丁奎。柴郡主不得已托新科状元吕蒙正从中周旋做媒，说服皇上，最终如愿以偿。

《状元媒》是戏，是杜撰的故事，而现实生活中，我父母的婚姻却真正是由状元做的媒，在北京的南营房曾传为一段佳话。“男女非有行媒不相知名，非受币不交不亲”，本不相知的父母，由状元做媒，走到了一起，执子之手，与子偕老。他们相携着经历了金家的日月，走向了平常，走向了衰败，走向了人生的终点；淡出了后辈人的视线，化做了清风，了无痕迹。

在北京城内留下了“状元媒”的故事。

提及母亲，我不能不说说北京朝阳门外的南营房。南营房四甲57号，是母亲的娘家，现在，那里已经变成了一片居民小区，与北京众多小区如出一辙的相似，如出一辙的陌生。那些低矮的灰瓦房没了，成为了记忆；那些熟识的老街坊们也散了，无处查找了。上世纪八十年代我还回过那里，去看望头脑已不甚清晰的舅舅。尽管那时母亲已经故去十几年，南营房的街坊们见了我还在盛赞母亲的婚姻，怀念从这里走出去的母亲，谈论着状元媒人刘春霖。

记得我最后到南营房的时候是个温暖的冬日，舅舅陈锡元和他的朋友老纪正坐在小炕桌前喝酒，下酒的是老纪带来的一包“怪味胡豆”，胡豆来自老纪儿子从四川出差回来的奉献，在北京是一种新兴食品。俩老头儿喝得都有些高了，情绪有些不稳定，被某些悲壮的气氛包围着，引得炕上的黄猫也张牙舞爪的有些亢奋。我进门的时候，两人都是眼泪汪汪的。

舅舅一见面就告诉我，南营房被划入了拆迁范围，开春这儿就将变成一片平地，陈列在朝阳门外几百年的南营房将不复存在，将变成一片大楼。舅舅在说话的时候声音低沉，喉咙里压着痰，很简单的事半天才说清楚。屋内的生铁炉子泛出煤烟的气息，有点儿呛人，南窗污浊的玻璃闪烁着历史的辰光，不是没有擦拭，是压根儿就擦不出模样来了。推溯玻璃的历史，年龄肯定比我要大，母亲在做姑娘的时候曾经将它们擦拭得晶亮，一尘不染。现在两个苍老的人，在脏污的玻璃跟前，抿着缺牙的嘴在吃豆，伴随着胡豆的还有一包用黄糙纸包着的豆制品——素鸡。低劣的白薯干酒，从钉了铜锔子的小酒壶里源源倒出，两个质地、样式不同的酒盅，老旧的图案，在酒的洇润下显得有些生动。红漆的炕桌积满了油腻，难寻本来面目；墙上挂着两年前的盆景挂历，页面停留在夏日的八月。空气中飘浮着尘埃，铁壶里冒着热气……这就是南营房，我母亲的娘家。

我安慰舅舅说，拆了旧的可以住新的，新楼房有暖气，有卫生间，清新亮堂。

舅舅喃喃地说，新缸哪有旧缸腌菜香……

舅舅念叨的是清末街头小戏《锔大缸》里的戏词，说的是走街串巷的锔大缸的匠人跟胡同大姐调情，唱“砸了你的旧缸换新缸”，大姐接下来唱“新缸哪有旧缸腌菜香”。

老纪将一颗怪味胡豆搁在嘴里，眨了半天眼睛，嘴捯了又捯，说不出一句话。炸了一辈子开花豆的他，很难将怪味胡豆一语说清，说不清怪味胡豆就如同说不清他眼前的日子，说不清他那些穿喇叭裤、戴蛤蟆镜的儿女们。他的儿女们先后都从各自的单位出来了，老纪到底也没搞清他们扔了铁饭碗，究竟要从事什么职业。

我跟舅舅谈了安置父母骨灰的事情，老北京的风俗，这样的事情必须舅舅来做主，没有舅舅的首肯一切都不算数。明知道跟糊涂的老舅舅说了也是白搭，可是我不能不说。果然，舅舅愣愣地看着我，半天没言语，大约是没听明白。末了他说，我不搬，他们在墙上防狼一样画满了白圈，只能是吓唬狼，吓不着我。

老纪也说不搬，他要和我舅舅摽着，一块儿为保卫南营房而战斗。

我说我说的不是拆迁，是我父母骨灰的安置，现在老两口的骨灰还在家里放着，总不是长久之计。舅舅这才问骨灰要安置在哪儿，我说西山。舅舅说西山不好，最好安置在东大桥南边的芳草地，那儿是专门埋人的地方，离南营房也近，说我母亲什么时候想家了什么时候就能回来看看。老纪说，芳草地如今早已不是坟地，成了学校了。再说，那过去的乱葬岗子也不是盘儿该去的地方，盘儿是有身份的人了。

他们说的“盘儿”，就是我的母亲。母亲小名叫“盘儿”，这是她临终的前一天晚上告诉我的。

舅舅说，我姐姐嫁到你们家就是扔了，她再不是我姐姐了。

老纪说，西山风景好，有山有水，盘儿歇在那样的地方，不亏。

我给老纪斟了一杯酒，恭恭敬敬地端过去。老纪穿着光板军棉袄，身上满是油渍和饭汤，酒糟鼻，老年斑，一双烂眼圈，一肩头皮屑，属于典型的糟老头子系列。老纪并没接那酒杯，却抓过我的手，用那皴裂的糙得像锉一样的掌心小心地摩挲着，一股强烈的油腻味儿直冲我的鼻孔。老纪说我的手像母亲，修长细腻，绵软无骨。于是，烂红的眼圈变得更加红润，如同沾了露水的桃花，闪烁在下午的阳光中。我有些别扭，按说老纪是长辈了，长辈的老纪这样做是对晚辈的亲切和疼爱，别说摸手，就是摸脸我也说不出什么，可这会儿却总觉得腻歪。

哪儿跟哪儿啊这是。

老纪说，刘状元的媒做得好。我早就说过，盘儿命中注定要遇着贵人，人家该着走出去，活在南营房，生生儿就把她沤坏了。她走的时候，我往轿子里塞了五斤炸开花豆，搁在她脚旁边，给她压轿。

舅舅说，人家正儿八经压轿是用银子的，哪儿有压开花豆的。

老纪说，我不是没银子嘛。再说了，压轿的银子也不该我出哇，那是你的事儿，我算老几！

两个老头儿开始抬杠，老纪说状元刘春霖来南营房放定，连警察都出动了，害得刘状元是随着彩礼挑子一步一步走进胡同的。汽车根本开不进来，满街的人都是看状元的。舅舅让老纪再不要提什么“状元”，说没有“状元”就没有他“文革”两年的牛棚和九次半的批斗会。单位人都说他没心眼，其实一回回的批斗他都在小本上记着呢，谁也跑不了，有他算账的时候。

我知道，舅舅那个“变天账”总共写了没有三页，还是他二年级孙子代笔的。其实大部分是交代，交代他在警察署当巡警的事。内中没有别人，写的全是他自己。“清理阶级队伍”一结束，本子就被他的儿子烧了，儿子不愿意让人知道他爸爸当过旧社会的警察。

老纪说，刘状元不介绍你去当警察，盘儿也嫁不出去，生生地把盘儿拖在家里当老姑娘。还是人家状元看得准，不把你推出去就没你姐姐的前途，状元的这步棋走得高妙，非常人能比。大凡状元都是被魁星点过的，魁星点斗，状元是天上的星宿，不是一般凡人。

舅舅和老纪谈论刘状元，却绝口不谈我的父亲，其实父亲的名声不比状元小，父亲是皇上的亲戚，有着“镇国将军”从一品的头衔。论和舅舅的关系，应该比状元更近，状元不过是个媒人，而我父亲则确确凿凿是南营房的女婿。刘状元在日本将投降的时候去世了，我的父亲却是活到了解放以后，还当了政协委员。

舅舅和父亲的关系十分微妙。每回去舅舅家，我进门后舅舅都要往外看，看我后头是不是还跟着父亲，可每回都很失望。舅舅在我跟前肆无忌惮地说着父亲的坏话，他说父亲势利刻薄、狡诈不仁，是个小人，这样的人物是不得好死的。然而我却没听到过父亲说舅舅的坏话，自然也没谈论过南营房的街坊们。看得起也罢，看不起也罢，自母亲过门以后，父亲从未到过母亲的娘家，这倒是事实。

父母亲的婚姻谈不上门当户对。穷门小户的母亲，嫁入天潢贵胄之家，本身就是一个不和谐，更何况还是续弦。父亲前边的妻子已经有一帮儿女了，这让母亲一生都很别扭。满腹经纶的父亲与目不识丁的母亲在文化上反差极大，完全是失衡的。以这样的差距作为婚姻的基础，对母亲来说，应该是一出悲苦戏的悠悠慢板，甭管说媒的是什么状元，甭管出嫁的场面是多么的风光，日子还得自个儿过，岁月还得慢慢儿磨。清朝有律例，“良人奴婢相为婚姻，各离异改正，良自为良，贱自为贱”。虽然已经到了民国，但“柴门对柴门，木门对木门”在国人的婚姻观念中仍旧是定式。

刘状元做的媒当是一个特例。

我成年以后问过母亲，问她对自己婚姻的感受。

母亲说，好。

我说，真的很好？

母亲说，真的很好。有什么不好吗？

我不能再问下去，再问下去将是一场糊涂的对话。母亲为她衣食无忧的日月而满足，为丈夫的温和儒雅而陶醉；南营房的女儿思想简单，没有那么多惆怅和矫情，没有那“断送一生憔悴，只消几个黄昏”的自作多情。我的顾虑，都是文人心态，古人说得对，“人生识字忧患始，姓名粗记可以休”，世间真的没那么多麻烦。母亲不在乎文化，母亲在乎日子。

母亲就是母亲，南营房就是南营房。

可惜，我一直没有机会跟父亲谈到他繁杂的多重的婚姻，如若有，我相信那一定是两个文化人的交流。从父母完满的婚姻结局，我体会了“恩爱”的含义，“恩”在先，是责任和义务；“爱”在后，是基础和铺垫。或许如母亲所说，真的很好。

二

今天，朝阳门外南营房已无人提及，它作为一个历史地名留在了北京城市的记录中，南营房的消失不过是这十几年的事情。假如宇宙有支点，让我们跳离时间的长河，远远地观望，一定可以看到在滚滚尘嚣中，那里存在过的一片片整齐划一的平房和演绎在其中的贫穷市民的酸涩故事。

那些故事都很精彩。

南营房是清代留下的正白旗兵营，位于日坛的西北部。过去每年春分，皇帝或者大臣都要路过此地去祭神。我的外祖母姓钮祜禄氏，世代居住在南营房。清朝时候，哪个旗住在北京哪一块地方是一定的，不能随便挪动。所以钮祜禄外祖母就一直住在朝阳门外，她那些钮祜禄的亲戚们，也都分散住在东城。各家有各家的活法，各人有各人的日子。我的母亲除了一帮穷困的表亲之外，再没别的交往，直到母亲去世，我也没搞清钮祜禄那些庞杂的亲戚们。

随着旗兵的衰落，南营房逐渐沦为穷杂之地，所住之人有旗兵后代，还有做小买卖的，唱大鼓的，捡破烂的，以及妓女和盗墓贼，多是穷苦人众。以我母亲所住的四甲而论，有卖炸开花豆的老纪，卖炸素丸子的老安，戏园子扫堂的刘大大，澡堂修脚的白师傅，收旧货打小鼓的葛先生……五花八门，各有特色。

与南营房相对的是北营房，北营房显得空阔，房屋相对少，大概是兵们的操练场。房屋少住户就少，北营房北边是大粪场，北京东城住户的粪便由淘粪的淘了，大都集中到东直门外和北营房，在这里发酵晾晒成粪干再出售。别小瞧这粪场，所得的利润却是不低，完全由粪霸控制，别人不得插手。北营房一年四季永远是臭气熏天，只要一刮北风，南营房便笼罩在一片臭气之中。

出朝阳门不到一站地，往南是坛口，坛口是日坛入口的意思。坛口有条南北方向的街，叫景升街，在十字交叉处分为景升东街和景升西街，景升街是市场的云集之处，热闹程度可以和天桥媲美。幼时我是这里的常客，跟着母亲回娘家，一多半是冲着这热闹来的。这里有说相声的，耍狗熊的，说评书的，拉洋片的，卖针头线脑的，也有卖各种小吃的。小吃以回民豆汁黑的豆汁和切糕张的切糕最为有名。三甲拐角有个叫井大姨儿的，专卖炸饹馇，蘸着蒜汤酱油，外焦里嫩，咬一口能把人香一个跟头。

市场中间有个“虫子铺”，就是卖打虫子药的。那时候，好像人人肚里都有蛔虫、绦虫什么的，卖虫子药的买卖就很兴旺。现在没听说谁肚里有虫了，我们吃的菜都使用了杀虫剂，杀虫剂杀了小白菜上的虫子，也杀了人肚里的虫子。现如今的人，畏杀虫剂比畏砒霜更甚，为买到不使用杀虫剂的菜，花大价钱也愿意。

那时候，我最怕的就是过市场的“虫子铺”。“虫子铺”门口摆了张铺着红布的桌子，桌上陈列着两个大玻璃瓶子，瓶子里用药水泡着许许多多从人肚里打下来的虫子，蛔虫和蛔虫在一起，绦虫和绦虫在一起，虫子们都是淡粉色的，互相缠绕扭曲着，看着让人恶心。

我知道，那些虫子里面也有我们家老五的一条。母亲说我们家老五一度变得面黄肌瘦，无端地爱发火，母亲跟“虫子铺”掌柜的一说，掌柜的就给包了包药，母亲回家把药烙在发面糖饼里，专给老五吃。老五吃独食，自然很得意，结果拉了一脸盆扁虫子。

母亲这举动很有“下毒”意味，我后来看过许多文学作品，投毒者都是用这种方式下毒的。用饼下毒，不知是母亲从文学里学的还是文学向母亲学的，反正可怜的是我们家老五。据说拉虫子的时候肚子疼得满地滚，自己还不知道是怎么回事，就像有人被害死了到了儿还不知道是怎么死的。母亲把老五拉的虫子兜到“虫子铺”，掌柜的认真检查了，看虫子脑袋打下来没有，若没有打下来还得再吃药。老五还算幸运，拉了一条全须全尾的绦虫，没再受二茬罪……

我每回从虫子们跟前过，都低着脑袋快走，如果那时嘴里还啃着糖葫芦什么的，也一定屏住气息，不再咀嚼。偏偏的，母亲和“虫子铺”的掌柜有交情，住斜对门，一到那儿母亲就要停下来跟他说一会儿话。他们说来说去，就会从桌子上的虫子说到我肚里的虫子，仿佛我肚里虫子的数量绝不会比瓶子里的少。末了儿，掌柜的就像治老五那样，也送我一包打虫子药，说我要不吃他的药，肚里的虫子就会把我吃了。

“虫子铺”的打虫药无外两种，“宝塔糖”和“山道年”。“宝塔糖”是个锥形的小糖堆儿，不难吃，是专给小孩子准备的。“山道年”是小白片，看着不起眼却厉害，吃了肚子拧着疼，大虫子一条一条往下拉，都是活着的，那感觉颇为恐怖。

“虫子铺”是坛口市场留给我的最不美好的记忆，跟它对面拔牙的地摊，大木头盒子堆积的拔下来的各种牙一样让人不愉快。

四甲北口有个戏园子，叫“群众剧场”，离舅舅家近，不到二十米。“群众剧场”很群众，很平民，它没有“吉祥”“广和楼”那样压人的气势和严肃，有的是随和与亲切。比如我看《天河配》看到一半，回舅舅家喝几口白开水，吃一个“驴打滚”，回来可以照旧坐下看，也没人管，这搁其他地方可能不行。

剧场最早是个戏棚，后来加了座椅和新式舞台，搞得很像个样子了。这里一般以演评剧为主，我所接触的极其有限的评剧基本是来自“群众剧场”，在这儿经常演出的演员一个叫鲜灵芝，一个叫吴佩霞，都是坤角，长得很漂亮。每回来演戏都坐着专用的三轮车，用毯子盖着腿，嘴唇抹得鲜红鲜红的。我看过她们演《秦香莲》《大劈棺》《小女婿》什么的。还记得秦香莲见了皇姑的唱词，“她好比三春牡丹鲜又艳，我好比雪里的梅花受尽了霜寒”，甚是悲切凄惨。

父亲管评剧叫“落子”，他说他不喜欢落子，喜欢京剧。我说我也喜欢京剧，说这话其实是讨好，为的是父亲能多带我去看戏。其实我从心底是喜欢评剧的。评剧通俗易懂，更接近老百姓，比如“天黑了”，就唱“鸟入林，鸡上窝，黑了天”。搁京剧就得跟人绕圈子了，说什么“海岛冰轮初转腾，见玉兔又早东升”，不知道“冰轮”和“玉兔”是什么东西的早就被绕糊涂了。跟父亲谈此看法，父亲说评剧是小戏，戏词浅显直白，不登大雅之堂，缺少艺术的含蓄。

母亲也爱听评剧，我们都喜欢“浅显直白”。我们共同喜好的是俗称

“小老妈儿”的曲子，“小老妈儿在上房洒扫尘土，扫完了东房扫西房……”我在群众剧场还看过《马寡妇开店》，里面的小寡妇可怜又可爱，拍着一个小布人儿在台上边走边唱，“你好半天没吃到妈妈的乳哇”。为什么没给孩子吃奶呢？是因为跟住店的小白脸调情去了。回到家我拍着我的小布人儿也唱，“你好半天没吃到妈妈的乳哇”，我的七哥，就是我们家的老七，从后头给了我一脖儿拐。这出戏解放后曾经被禁演，原因是“内容不健康”。

南营房的格局是一排排平房，分作一甲二甲到五甲南北向五条胡同，每条胡同近四百米长，从高处往下看，如同一个整齐的棋盘。母亲家院门坐东朝西，小小的木门，没有油漆也没有门环，两层台阶破烂得只可垫脚，门槛全被磨圆了，当中成了一个凹，可见是曾经经历了千百万次旗兵的踩踏。对着街门内里是个白影壁，小得可怜，影壁顶上用瓦码出了一条花边，算是装饰，影壁前头种了几棵水葱，傻绿傻绿地戳在绿瓦盆里。院内五间北房五间南房相对而立，每两间一组，多出来的是堆房和茅房。这些房间低矮，窗户狭小，北房内顺西墙一条大炕，占了几乎一间屋的位置。其他的房屋原先都有炕，想必是住兵的，大部被我舅舅拆了，它们太占地方。

院里的南房已经坍塌殆尽，成了一片瓦砾，瓦砾中偶尔会钻出一两只大青兔，是我那群叫不出名字的表兄弟们豢养的宠物。兔子大了，可以吃也可以卖钱，他们的学费基本都是来自于兔子。我舅舅最恨兔子，说兔子不叫唤，看着温文尔雅，其实蔫坏，性情太冷，满院打洞。他一见兔子就踢，兔子一见他就跑。这辈子跟兔结了仇，很大原因是我父亲也属兔。

小院唯一可以欣赏的就是东墙下的一棵枣树。严格说，它隔了一道墙，应该是属于五甲院里的树，可它却很不知趣地把枝桠全探到了这边院里。我从未见过那棵枣树结枣，倒见过那些树的枝杈上爬满了“杨刺子”。“杨刺子”是北京孩子们最怕的一种虫子，浑身硬毛，色彩狰狞，那毛要是碰到皮肤上，一片红肿，又疼又痒，让你哭都哭不出来。

南营房近百个院落基本是一个模样，要是你忘了门牌号走错了门，且得找呢，找大半天也未必能找到自己的家门。就是找到了，站在院里你也会奇怪，这是我们家吗？

舅舅家有股不好闻的馊臭之气，气息的来源是炕桌上的糨子盆，糨子盆是舅母做补活儿的重要工具之一。“补花”是朝阳门外妇女们的手工专项，也是家庭的主要生活来源。女人们到领活儿处领来彩布，按照贴在布上的纸样剪了，抹上糨糊，用砸扁了头的拨针将毛边窝进去，再将一个个花瓣组成花朵，将叶子和叶梗连接起来，然后交回去。自有另一批人把花朵和叶子组合在布料上，缝纫成床单、桌布各样布艺品。

舅母一天可以拨几张彩布，但跟母亲比，还是不行，母亲在未嫁之前就是靠这个养活着她的娘和兄弟的。舅母是母亲出嫁后从天津嫁过来的，她常听人说我母亲是快手，一天能拨六个大子儿。六个大子儿大概相当于今天的六毛钱，那时候一个大子儿能买一斤棒子面。但是我跟母亲回她的娘家，却从没见母亲拿起过拨针，也从没见她靠近过那些枝叶。其实那时的母亲已经很清楚，很认可自己的身份了，她是学者的太太，得随时保持着“太太”的清醒和做派。人哪，一旦攀上去，就下不来了。

钮祜禄外祖母自小长在南营房，一双大脚，一口京片子。所以母亲也如南营房的丫头们一样，有着旗人姑奶奶的性情，麻利泼辣，敢做敢当。母亲跟她的兄弟陈锡元是同母异父的姐弟，他们的两个父亲都姓陈，都是山东人。我的第一个外祖父是山东文登人，光绪年间来到北京。大概是没什么根底，来了没两年，就入赘在南营房我的外祖母家。后来做买卖有了点儿钱，在东安市场弄了间门面，专卖核桃、大枣、柿饼之类的干货，也卖北京的果脯蜜饯，这些东西搁得住，不爱坏，很少赔钱。

那时候的东安市场不像现在，都是高楼大厦，高级得几乎买不来什么东西。光绪时代的东安市场是一片地摊，地摊的范围东到现在的协和医院，南至同陞和鞋店，北到金鱼胡同，西临王府井大街。经营方式像现在的无序早市，乱哄哄地挤塞成一片。小摊上卖什么的都有，梳子、篦子、绑腿带、辫穗、旱烟、假首饰……想要什么就能在这儿找到什么。

东华门是清朝文武百官每天上朝的必经之路，官员们见天儿要费力穿越自由市场，既有碍观瞻，又不方便。后经住在金鱼胡同的尚书那桐上奏皇帝，光绪二十九年才划出了东安市场的范围。有了市场就算有了组织，我那位文登的外祖父因为正直干练，被推举为东安市场商会的会长。现在一提“商会会长”一准是个腰缠万贯的老板，是个和政界密不可分的大人物；可那时的会长，照旧是每天从王府井走到朝阳门，回家吃窝头啃咸菜的普通买卖人。

那年，我的母亲十岁，十岁的母亲在她生日那天命运发生了变化。

跟袁世凯有关。袁世凯当了中华民国大总统，为了不南下，不离开他的北方老根据地，指使部下曹锟在城里发动了兵变，2 月 29 日在北京闹腾起来。曹锟驻帅府园的炮兵和驻禄米仓的步兵，跑步直奔王府井，在东安市场挨户抢劫。抢完之后兵们又从市场西门顺义斋煤油铺提出两大桶煤油，泼在东安电影院的木墙上，放起了大火。大火将东安市场燃成一片火海，没有一家商贩得以逃脱。据说，大火过后，狼藉一片，整个市场找不出一件整装东西。

火烧起来的时候，外祖父并没在现场，那天他正在家和女儿一块儿吃打卤面，吃面的还有店里的伙计刘德贵。刘德贵从京庄杂货摊上给母亲买了副银手镯，还没给母亲套上，就听到了东安市场着火的消息，两个人撒腿就往火场跑。谁也没想到，这一跑，竟然跑得没了踪影。

外祖父自离开家再也没有回来，还有他的伙计刘德贵，外祖父他们就这样消失了。母亲只知道她的父亲姓陈，山东文登人，别的一概不知。前几年，我查找过东安市场的史料，查到了那场人为的大火，却查不到山东籍的陈姓会长。我也曾托山东的文学朋友到文登县探寻，亦无下文。

外祖父的下落至今是个谜。

外祖母带着母亲再嫁，再嫁的还是山东人，依旧姓陈。继外祖父是个教私塾的先生，胖，爱喝酒，对母亲不好，母亲很讨厌他。再婚后的外祖母没有很快生养，直到过了两年，母亲的异父兄弟陈锡元才出生。我和母亲到东岳庙烧香，母亲不止一次地指着送子娘娘案前端香炉的童儿对我说，你看他像不像你舅舅？

送子娘娘跟前那个童儿傻呵呵的，龇着牙，不知是哭还是笑，光光的秃脑袋上梳两个髽鬏，除了富态，别的跟我舅舅沾不上边。母亲说，外祖母在娘娘跟前烧香求子，香灰正掉在童儿的光脑袋上，老太太心一动，忙用手胡噜着童儿的脑袋说，小子，烫了你吧？

谁想，竟然把这个童儿给招来了。转过年，外祖母就给母亲产下一个弟弟，谁都知道，她这个兄弟是送子娘娘案前端香炉的童儿。

三

母亲长得美，这是老天爷的赐予。我没见过那位失踪了的山东外祖父，或许母亲的长相随他也未可知。我常常惊奇，小家出身的母亲，何以能有如此精致的相貌？母亲一生所生三个女儿，其中两个都像她，只有我和父亲接近。这让我觉得遗憾，倘若我有母亲的相貌，父亲的才华，那将何等了得！姐姐们说，天下的精彩哪能都给了你，老天爷右手给你一块金子，左手就会剜去你一块肉！

母亲的美丽是美在她的头发上，她那一头浓浓的头发，让当今任何一个秀发广告模特都无法与之相比。母亲告诉我，她做姑娘的时候梳一条长辫子，辫根扎着红头绳，辫子粗得一把攥不过来，一直垂到脚后跟。因辫子粗而长，碍事，母亲不得不把辫子一圈一圈盘在头上，如同顶了个大盘子。这种发式让母亲在南营房有了个小名，叫“盘儿”。南营房的街坊们都知道盘儿，都喜欢盘儿，她是那儿大众的闺女。

母亲在我的印象中一直是梳着发髻的，别人，比如刘妈的发髻里面都藏着假发，母亲却没有，她用的全是自己的真头发。母亲的发髻上不戴首饰，夏天是两枝院里的白玉簪棒，春天是一簇紫丁香，两朵红石榴；只有正月过年的时候母亲才戴花，是一朵精致的红绒花。红绒花是老北京的特产，以东安市场出售的最为地道，一根栽着红绒的铁丝，盘成了各式花样，精致、喜庆、温馨、亲切，可惜，北京的红绒花现在已成绝品，上世纪六十年代以后再没见过。母亲死后，我为她梳理头发，彼时她已被强行改变了发式，变做了半边有发、半边光秃的阴阳头。梳理有发的半边，我发现母亲虽然有了一把年纪，那乌黑浓密的头发，竟无一根杂色，在灯下闪烁着光泽，至死不变。

父亲跟母亲比差了许多，娶我母亲的时候他已经谢了顶，被小辈们叫为“秃爸爸”。“秃爸爸”不是儿子们叫的，是侄子们叫的。满人习惯将叔叔喊做“爸爸”，此爸爸非彼爸爸，真正的爸爸得叫“阿玛”。我管我的姑姑叫“姑爸爸”，除了亲切还有尊敬的意味在其中，正如同光绪管慈禧叫“亲爸爸”一样，绝没有父亲的含义在其中。我长得像父亲，头发也随父亲，稀少柔软，不加修饰，一脑袋黄毛便太阳神一样地张扬着，绝无秀美可言。看着姐姐们满头的大波浪，除了嫉妒便是觉得造物不公。

美丽的母亲一直待字闺中，到了三十岁才出阁。这样的老姑娘别说在旧社会，就是在今天也属于“老大难”范畴了。我问过母亲为何不嫁，母亲说，你姥姥、姥爷都去世了，你舅舅还没成年，我嫁了，他靠谁?

母亲的确是等到舅舅立业以后才结婚的，母亲结婚那年舅舅十八岁，十八岁的小伙子应该能顶门过日子了，可是却没有。我舅舅志存高远，却不喜欢念书；对什么都有看法，却不敢出头，属于心比天高，命比纸薄一类。他干什么都没长性，至今我说不清楚我这位舅舅究竟是从哪个岗位上退休的，他当过巡警(胆小)，开过酒铺(有始无终)，当过中学工友(半学期)。解放后在国营食堂炸过油饼……变化多端的舅舅成为我母亲一生的包袱和心病。但坦诚地说，他还是在饮食业干得时间长。

我问母亲在她三十年的南营房生涯中，遇没遇到过让她心仪的人。

母亲问我什么叫“心仪的人”，我说就是喜欢的男朋友，初恋的情人，甚至是单相思的对象。比如我上小学二年级的时候喜欢我们班的男生刘大可，到了儿呢，什么结果也没有。

母亲想了半天，最后摇摇头。

三十年的女儿生活竟是一片空白，不可思议。我说，男朋友女朋友总是有吧？

母亲说，男女朋友当然有，多着呢。

我说，拣关系最近的说。

母亲说，关系最近的，男的叫李震江，女的叫“碟儿”。

我说，就说说这个李震江。

母亲说震江的故事可多了，他是我外祖父的学生，家在朝外东森里住，是种藕的农家子弟。

我查了北京旧地图，东森里在南营房的西南边，秀水河东边，那里的确有片水洼叫莲花池。听老人说，莲花池旁边有十几家妓院，属于四等窑子，那里的妓女多是年老色衰，进门就上炕的角色。莲花池妓女所接的客人是赶大车、拉排子车的苦力，也有在京东八县作案的土匪和盗墓的贼人，常常地警察在这里抓获到有命案在身的要犯或是江洋大盗。

我后来跟老纪说过李震江，老纪的看法与母亲不同。老纪说李震江是莲花池妓女的孩子，是有人暗地里出钱，让这孩子念书，所谓“种藕的农家子弟”，那是假的。

相比较，我更相信老纪的话，真是“农家子弟”不会有那么多时间儿子一样地陪在我外祖父身边，不会唱只有妓女才会唱的小曲儿。我听过一段母亲跟李震江学的曲子，说的是一个妓女死了，被人用席一卷扔到了芳草地的乱葬岗：

前头露着青丝发，后头露着绣花鞋。
南来的乌鸦鹐了奴的眼，
北来的饿狗掏了奴的怀。
一个说“掩上几把土吧”，
另一个说“人家交代得清楚，
咱们是管抬不管埋”。
……

曲子很长，连说带唱，我能记住的也就这么多。这样的曲子除了妓女以外，别人大概编不出来。

我从母亲的叙述中，感到了李震江这个人物的诡秘虚幻，他往往和一些灵异事件联系在一起，所以他短命是必然的。母亲说有一天天还没亮，她到东大桥去给她的继父买油炸鬼。本来坛口的烧饼铺旁边就有卖的，她的继父说坛口的油炸鬼不如东大桥的焦脆，就得绕远出荣盛夹道去东大桥。

东大桥是朝阳门外街铺的东极限，过了那座不高的白石头桥就是一片荒地，萤飞狐蹿，乱冢杂陈，是处决犯人的刑场。清朝，刑场带有震慑作用，一般都选在人口密集的市场附近，宣武门外的骡马市大街、菜市口，都是杀人的地方。到了民国，刑场就改到了东大桥的南边，芳草地的北边，这片相对空旷的地界。为此，朝阳门外便应运而生了不少棺材铺、寿衣店、裱糊铺、杠房。

母亲说她和震江最爱看的是“出大差”。“出大差”就是杀人，把犯人从交道口的顺天府，即现在的教师进修学校押出来，走东四牌楼，往东过小街口，出朝阳门，专挑热闹的地方走，带有游街性质。到了东大桥就算是到了终点，当然也是犯人人生的终点。所以，一出朝阳门，犯人自知路快走完，没有多长的活头了，往往要闹些节目出来。

逢有“出大差”的时候李震江必定要逃学，带着我的母亲早早地等在朝阳门门脸儿，站在人群的最前头，眼巴巴地朝西瞅。远远地看见“出大差”的队伍从小街口那边过来了，驷马狼烟地走得很快。为什么快呢，是怕有人劫法场。我对这点很能理解，少年时看《水浒传》，那些英雄们就多是从法场上被救走的，比如宋江、卢俊义什么的。

到了民国这会儿跟宋朝就不太一样了，“出大差”最前头走的是马队，十几匹马走得很威风，中间是背枪的士兵，脸上淌着热汗，跟在马后头，一溜小跑。兵后头是三匹马拉的胶皮轱辘大车，有时候一辆，有时候几辆，这要由处决犯人的多少决定。被杀的人坐在车当间，五花大绑，背后插着招子，招子是白木头牌子，上头写着处决的由头和姓名，字上画着红圈。但凡谁背上了这个玩意儿，那是必死无疑，绝没有挽回的余地了。

车过朝阳门，有的犯人吓得屎尿全出，脸色青绿，人还没有死，魂魄已经飞了。这样的“出大差”让观众失望，觉得不过瘾，就挑唆着犯人折腾。母亲说，平日震江挺腼腆的，连大声说话也会脸红，可是这会儿，却好像换了一个人，变成了另外一个震江了，他朝车上的犯人使劲喊，爷们儿，唱一段嘿，别老闷儿着！

一个西山的土匪，走到朝外“顺永油盐店”门口不走了，要喝酒吃肉。油盐店哪有酒肉，掌柜的让伙计给沏了碗红糖水端过去。犯人喝了糖水还不走，人群知道这边有乐子，都往这边拥，一时就有点儿乱。那个犯人看见挤在前头的一个胖娘们儿，张口便说，美人儿，跟我一块儿走吧！

那娘们儿也不含糊，立即回应道，我嫌你没脑袋！

喝了红糖水的西山土匪，后来披了“顺永油盐店”旁边“同聚隆布店”送过来的七尺红布，才往前走了。

朝阳门外的人管油条都叫油炸鬼，大概跟刑场在此的心态有关。母亲说那天她买完油炸鬼正要往回走，却看见震江直直地跪在桥底下，母亲过去叫他，他不理，拉他，他也不起来，眼睛傻愣愣地瞪着。母亲说震江跪了有些时候了，夹袄都让露水打湿了。一个赶大车的从桥上过，见了这情景，二话没说，围着李震江转了两个圈，把鞭子甩了几声响。这一来，李震江的眼珠才会转了，长长地吁了口气，瘫坐在地上。母亲问他跪在这儿干什么，李震江说他在“等着挨头刀”。赶车的说这是“撞客”了，也就是撞上了游荡的孤魂野鬼，让鬼给拿住了。幸亏是遇上了他，换了别人，李震江的小命早叫恶鬼揪走了。赶车的说他每天出来早，天不亮，路上没人，什么都能碰上，马耳朵一奓，他就知道周围有不干净的鬼魅了，啪啪甩两下鞭子就把什么都破了。母亲说，赶车的鞭子鞘都是狗皮做的，狗能破邪，平常说的“狗血淋头”就是指这种事儿，任甚妖魔鬼怪都嫌狗身上的东西。

我说李震江的表现是典型的癔病症状，大概是“出大差”看得多了，发生了角色转换。这个李震江，平日身体大概不是太好。母亲说震江身体很棒，冬天穿条单裤在雪地里跑，头上还冒热气。

可是“头上冒热气”的李震江却突然地死了，听说死的时候连《论语》的第一篇《学而》还没有念下来。李震江的死因是给母亲家修房，他和泥的时候光着脚在掺了麻刀的泥浆里踩，不知被什么划破了脚板，也没在意，不几天却死了。我说李震江是得了破伤风，这样的事情搁现在打点儿疫苗，绝不至于要命。母亲却说震江是碰上了鬼。

外祖父在东岳庙的西跨院教书，晚上不回家，就住在庙里，外祖母带着襁褓里的陈锡元每天下午过去陪着外祖父。天天晚上，母亲要挎着筐子，里面装着陈锡元的尿褯子和外祖父母晚上的夜宵给送到东岳庙去。李震江的任务是陪着母亲送东西，再把母亲护送回南营房，然后自己回家。

东岳庙供奉的是东岳大帝，东岳大帝是百鬼之帅，专门主管死生的大神，他的驻地东岳泰山，是连皇上也要去封禅的重要地界。北京东岳庙气势肃穆阴森，前后六进，院落层层相套，内里有十八层地狱，有各样恐怖狰狞的塑像。母亲将李震江列为她的男朋友，我可以想象，一对小男女在夜晚的时刻穿越大街小巷，进入鬼气森森的东岳庙的情景，恐怖、压抑，再加上惊慌，共同造成了一种特定的情感氛围，不是男朋友也是男朋友了。

东岳庙因为在京东，在大路边，交通方便，还承担着一个任务，停灵。北京人有习惯，死在外地的人叫“外死鬼”，灵柩不能进城进家，必须停在城门以外。东岳庙的地理位置是比较理想的地方，这种做法叫“停灵暂厝”。与此同时，有些客死京城的外地官员、商人，也将灵柩停在庙内，以备择日还乡。东岳大帝是主管阴间事物的神，将灵柩停放在庙里既便于探望、祭奠、起运，又能得到神的垂护保佑，一切顺理成章，对庙里来说，也是一笔收入。

母亲说，那天她和震江到庙里给外祖父送东西的时候夜已经很深了。外祖父的房里还亮着灯，跨院北屋，也亮着两盏油灯，照着下午才停进来的两口棺材。听说是宋哲元手下一个姓张的师长和他的副官，不知为什么死了，临时停在这儿。宋哲元是著名爱国将领，那时候在北平，是个头等大的官儿。大官儿底下这两个人的棺材却枵薄得可怜，自抬进来便有殷殷的血迹渗出，把整个西跨院弄得满是血腥之气。

母亲说那天她和震江一进院，头发就发奓，身上起鸡皮疙瘩。西跨院的北屋常停灵，新的旧的，有的一搁十几年，习惯了也不觉怎么的。可这回不一样，越往里头走心里越发瘆，棺前两盏半明半灭的油灯，远远望去，鬼火一样闪烁。她和震江谁也不说话，加快了脚步往东屋走。母亲说可就那么巧，一抬头，他们同时看见了西墙根底下站着两个人，两个人见他们进院，立即背过脸去，面墙而立，一动不动。震江渗不住了，大喊一声，见鬼啦！

母亲和李震江一下钻进房内，将所见跟外祖父学说。外祖父不信鬼，说他在庙里教了十几年书，十几年来在西跨院停过的灵柩不下百数，从没见过什么鬼魅。说着推窗而望，只见西墙下一片月光，哪里有什么人影？

母亲说，震江千不该万不该，不该发出那声喊叫，或许那两个鬼还不知道他们已经死了，让震江一喊，点破了，一股冤气就扑过来了，要不震江怎会第二天就扎了脚……

我是不信鬼的，让母亲一说，从后脊梁冒凉气，打听过这个故事后就再也没进过东岳庙。当然也进不去了，解放后东岳庙被某个单位占用了，听说是警察学校之类。我想，真要这样也挺好，警察们能镇得住一切东西。李震江的逝去究竟给母亲带来多少伤感，至今让我揣摩不透。从母亲带有神秘色彩的叙述中，我感到很大成分是在给我讲一个鬼怪故事，而不是在谈自己的情感历程。那个走进母亲视野的，出身模糊不清的青年，过早地消逝在了朝阳门外的土地上。除了我在这里的记述外，大概世界上没有谁再记得他，再知道他。写下以上文字，是替母亲存念，也是对曾经短暂生活在朝阳门外一个普通北京青年的追记。

他叫李震江。

四

朝阳门外的人物中，不能不说的还有一个叫做“碟儿”的。碟儿的名声比李震江大多了，想必曾经在那片地界生活过的老人至今还会有人想起她。

母亲将碟儿列为她的朋友，女朋友。

除了我母亲以外，谁也不知道碟儿的正式名字叫什么，但碟儿告诉过母亲，说她叫王彩蝶。

母亲是个宿命论者，宿命的母亲说“彩蝶”这个名儿不好。“蝶”就是“蝴蝶儿”嘛，蝴蝶儿能活几天？王家老家儿不知怎么给姑娘取了这么一个名字，彩蝶、彩蝶的，听着像个大鼓妞。大概是“彩蝶”与“菜碟”同音，于是“彩蝶”就被叫成了“菜碟”，继而被简化成了“碟儿”。“小菜碟儿”是北京人对受气包的称呼，如果说谁谁像个“小菜碟儿”，谁谁准是个受人欺负、甚没起色的角色。饭桌上的小菜碟儿，大多是萝卜干、酱苤蓝、熟疙瘩一类咸菜，谁的筷子都能往里戳，又小又贱，连躲闪的份儿都没有。

我问母亲碟儿长得漂亮不，母亲说瘦小枯干的，像块搁陈了的姜。我说，姜搁陈了就抽抽了，还不如像中国大作家老舍说的“长了毛的窝窝头”。

母亲想了想说，碟儿还是像搁陈了的姜。碟儿的脸是姜黄色。

碟儿是丁家的新媳妇，过了门还不到三天就出来挑水，在新媳妇和新姑爷应该回门的日子，碟儿却担着两个水桶出现在了水窝子，这让南营房的街坊们对碟儿的婆家、娘家多少有些看不起。我分析，这个甚不起眼的碟儿，对母亲的影响是至关重要的，母亲之所以老大才嫁，生计固为其一，对婚姻的躲避，对为人妻的恐惧，是碟儿带给母亲挥之不去的阴影。

碟儿的男人人称“锔碗丁”，是沿街锔盆锔碗的手艺人。北京锔盆锔碗的以外地人为主，都是一辈一辈祖传的技艺。朝外操这营生的就碟儿的男人一个，这就显得很珍贵，很重要了。锔碗丁早出晚归，生意很忙，当然也挣了些钱，跟南营房的街坊比，日子属于富裕的。市井中一些小市民心态的人，其特点是气人有，笑人无。丁家在这一片就显得有点儿各色，人们形容锔碗丁是“上炕认得老婆，下炕认得鞋”，意思是跟周围人不打交道，群众关系极差。

穷人家吃饭的碗都是有数的，居家过日子盘碗常常破裂，裂了、破了，只要能对上，一般都不扔，等着锔盆锔碗的过来修补。锔盆锔碗的挑着担子过来，被主家叫住，拿出破碗来看，锔盆锔碗的根据盘碗破损情况，估计要钉几个锔子，跟主家谈好价钱再开工。

锔盆锔碗的自带小马扎，坐下后拿块布将腿盖了，将破碗拼好，取根细绳把碗捆紧，用腿把碗紧紧夹住就开始了关键性的操作。锔碗的拿出一张小弓，皮条做的弓弦缠绕着一个木轴，上端是半圆形的轴头，轴的下端一根铁柱尖上嵌着金刚钻。操作时，一只手拿只小碗扣着抵住轴头，一只手拉胡琴一样地扯那弓，在裂缝的两边钻出对称的两排细孔，然后用大小合适的铜锔子将裂缝铆上，用小锤轻轻敲紧，再抹一层白瓷膏就算齐活了。修好的碗跟新的一样，照样滴水不漏。俗话说“没有金刚钻，不敢揽瓷器活儿”，就是说的这行手艺。锔过的碗上大蜈蚣一样地爬着一排锔子，肯定不如新的美观，但那一排闪亮的铜锔子会给人一种陈旧的沧桑感。人们见到这样的碗，常常会说“是使熟了的老物件了”。

锔碗丁是个孝子，他家里人口简单，除了媳妇就是妈。锔碗丁孝顺的具体表现是帮着他妈打媳妇。打媳妇似乎是旧社会底层家庭约定俗成的习惯，那时候没有妇联，媳妇挨打就得忍着。人说“打得的媳妇揉得的面”，意思极为简单，整治媳妇就要像揉面一样，反复再反复，方方面面都治理到家，让媳妇彻底服输，使起来才顺手。“多年的大道走成河，多年的媳妇熬成婆”，一个“熬”字，贯穿了做儿媳妇的始终。压抑的媳妇发展为变态的婆婆，难保对自己的儿媳妇不再变本加厉。没有为什么，什么也不为，旧社会就是这么一个规矩。南营房地界，打媳妇是普遍现象，如果谁家的媳妇进门没挨过揍，意味无非两层，一是婆婆没权威，二是爷们儿窝囊。

北京的井水苦涩，能饮用的有限，偶有甜水井便为稀罕，人们都到水井那儿挑水，你来我往甚是热闹，公众的水井被叫做“井窝子”。民国年间北京安了自来水，但也不能通到各家各户，多是几个胡同共用一个水站。人们叫惯了“井窝子”，所以管水站叫“水窝子”。专门有送水的，推着独轮车，装两个扁木桶，往人家里送水。送水的并不收现钱，用粉笔在用户门口的墙上画记号，小鸡爪子一样，五个一组，到年终结算。南营房各家都是缺钱不缺人的，用水自己到水窝子去挑，没谁肯花送水的冤枉钱。每天，只要水窝子的水闸一开，就排满了大大小小的桶，一个接满了顶上另一个，挨个儿往前挪，称得上是井然有序。

母亲挑不动一担水，就得等她的兄弟陈锡元放了学，一块儿去抬。姐弟俩一大一小，一高一矮，抬着水晃晃悠悠地回来。那桶自然是靠近母亲这头的，母亲心疼她的兄弟，怕把前头的小嫩肩膀压坏了。据说陈锡元到了十五六，长成大小伙子，也没自己挑过水，依旧地和姐姐共抬一桶水回家。姐弟俩一高一矮，桶依旧靠近个儿高的一头，不同的是这头换作了陈锡元。

母亲在水窝子每天要碰见的人就是碟儿。母亲有她的兄弟帮忙，碟儿就是一个人，一个人挑两大桶水。后来人们传说碟儿用的水桶底儿是尖的，为的是不能在半道上停歇。母亲说这都是瞎诌，碟儿用的水桶跟大伙的一样，洋铁皮的，也不比谁的大。不大的水桶让碟儿一个人挑，可就有点儿吃力了。碟儿是小脚，粽子一样的脚要撑起两桶水来，那颤颤巍巍的模样谁看了谁都为她捏一把汗。

没人敢帮碟儿，尤其是男人们，大伙都知道碟儿婆婆的厉害，不大的事儿，她那个一脸横肉的婆婆，操着外地口音，能把一条胡同骂翻了。说她是母老虎便宜了她，准确说得叫“母夜叉”，红嘴蓝脸，会吃人的夜叉。

母亲年龄与碟儿相近，在情感上对碟儿就多了些关注。母亲每每送过去亲切的目光，碟儿都闪过脸去不接。有时母亲有意将碟儿的桶让在前面，碟儿都固执地退着，不肯接受母亲的好意。看水窝子的老肖说，别让了，她在这儿排着还能消消停停歇会儿，回去指不定什么等着呢！

母亲不再谦让，她从碟儿胳膊上的青紫猜得出小媳妇在家受的罪孽，那不是人过的日子。有一回碟儿来担水，牙床都被打破了，满嘴是血，不住地往地上吐血水。本来水窝子的街坊们还有说有笑，一见了碟儿这模样，谁也不言语了。碟儿排在母亲身后，母亲止不住低声说，你们家老太太怎把你打成这样？

碟儿不说话，眼里有泪光在闪。

母亲说，找你的娘家人来跟他们论理，告诉我地方，我替你去叫。

碟儿摇摇头。

母亲说，实在受不了就跑吧！

碟儿说，我往哪儿跑哇？姐姐！

碟儿的一声“姐姐”，母亲就以为自己真是人家的姐姐了，最直接的表现是送了碟儿一副棉袖筒，棉袖筒是两个棉筒，接在棉袄袖口处，以遮挡手背，也可以把手指头缩进去，实际是袄袖的延长，方便又实惠。旧时的孩子们没戴过棉袖筒的几乎没有，袖筒就像母亲的手，在冷天，时时地给孩子焐着。

母亲说，那年冬天太冷，滴水成冰，西北风一刮，刀子似的，水窝子周围冻成了大冰溜子，站都站不稳。碟儿来担水，小脚在冰上几乎站立不住。母亲便过去帮忙，替碟儿把桶从冰上提出来，把桶用铁钩子钩好，将扁担移到碟儿的肩上，看着碟儿一步三晃地往家走。老肖说，这个碟儿啊，她活不长了。

母亲问为什么，老肖说碟儿的眼睛里泛着死光。

母亲没想到碟儿会死，母亲只是觉得碟儿可怜，碟儿那双手，裂了几条口子，往外翻着红肉……母亲心疼，回家当晚就做了棉袖筒，第二天，见了碟儿二话没说，就给她套上了。

第三天，碟儿没来。

中午传来消息，说锔碗丁的媳妇夜里扎了水缸，自己把自己淹死了。死的头一天，听说婆婆把猫装在媳妇裤裆里，扎上裤腿打猫，猫把媳妇的下体抓得稀烂，媳妇受不了，半夜把自个儿头朝下栽进水缸。满满的一缸水，都是她白日挑来的，自己给了自己一个了结。

母亲跟我说，她一直怀疑，碟儿的死是由她送的那副棉袖筒造成的，心里觉得怪对不住碟儿的。

碟儿的非正常死亡，使她的娘家人不答应了。在碟儿受苦受难的时候从来没见他们出过头，这会儿却借着碟儿的死大闹特闹了。北京人将这种做法叫做“闹丧”，是借着死人的由头来达到活人的目的的。

旧社会，每个女子都有自己的“人主”，在家是父母兄弟，出嫁是丈夫儿子。这种关系在相应的时候才显出它的重要。人死之后，必须报知人主，人主得问清死因才准入殓盖棺。就是正常死亡，人主也要为亡者争些权益和脸面，不是那么轻易好说话的。据说慈禧的妹妹、醇亲王福晋死后，慈禧领着光绪到王府吊唁。“老佛爷”以人主的身份一通好闹，要醇王府将所有金银珠宝为其妹妹陪葬，将一座大王府从内里彻底掏空。皇家尚且如此，更何况平民百姓呢。

碟儿威风八面的娘家人除了要一笔钱以外，还要丁家为碟儿大办丧事。他们提出，碟儿的装殓必须是柏木七寸大棺，而且要内棺外椁，僧、道、喇嘛三棚经，出殡要三十六人大亮牌杠，清音锣鼓外加洋鼓洋号。出乎所有人预料的是，碟儿的人主还要丁家娘儿俩披麻戴孝，儿子打幡，婆婆抱罐，一点儿不能含糊。

通常打幡的是嫡亲长子，举着一根挑着白纸幡的杆，幡上写着死人的姓名、生卒年月和佛家偈语，为死者灵魂引路；抱罐的应该是长媳，罐里装着供奉在死人灵前的饭菜，叫“餤食罐”。半尺高的挂釉小罐，发引前由亲朋每人夹一箸菜肴，攒到罐里，用烙饼和红布封口，下葬时搁摆在棺材前头。碟儿娘家这样要求，是有意寒碜丁家，以显示娘家人不是任人可欺的主儿。丁家母子理亏，只好答应。

碟儿出殡那天热闹非常，无异于一次社火游行，据说观看者不下数万人，成为轰动京城的一件大事。旧时的朝外大街街面低洼，一下雨满街泥水，铺子都是高台阶，最高的“五福楼”首饰店是七层台阶，说是“多年的大道走成河”一点儿不假。

母亲站在“五福楼”的台阶上，这里的位置最突出，她不是要看清楚出殡的队伍，她是要让碟儿看清楚她。在水窝子彼此就是心照不宣的，现在这是最后一面了，她和碟儿的心里都会有所感应。

出殡的队伍过来了，因为有悖于常理，看热闹的便指手画脚，执事的也嘻嘻哈哈，没有肃穆可言。光鲜热闹，五光十色中，碟儿的棺椁在人流中缓缓移动。一群穿绿驾衣的杠夫，抬着盖着锦绣棺罩的棺椁，在阳光下成为亮点。棺前头是碟儿那位打着引魂幡的丈夫，幡上带有讽刺意味地写着“西方速去也，善路早登程；听经闻法语，逍遥自在行”。碟儿丈夫低着脑袋，腰里扎着麻绳，一路走一路号啕。那个夜叉婆婆披散着头发，一脸泥水唾沫，抱着小黑罐，狼狈地跟在她儿子后头，任人指骂。

母亲一阵心酸，挨打受气的碟儿此刻正平平稳稳地躺在里头，再不用担惊受怕，再不用拧着小脚去担水，她用自己的死为自己争来了这份安稳。盘儿和碟儿都是贱命，是最卑微最渺小最不值钱的女子。碟儿如此，盘儿又将如何？就是在碟儿的棺木与母亲相错的那一刻，母亲为自己定下了一条原则：绝不能嫁给有婆婆的人家儿！

这大概是碟儿临走前的告诫。

碟儿可能到了儿也没想到自己的身后是如此辉煌，而且这个辉煌余韵绵长。有好事的文人将碟儿的事写成了戏，叫《锔碗丁》，在京城演出。丁家人认为有辱名声，花钱将《锔碗丁》买断，所以这出戏演了几场就不演了。

丁家经此折腾，彻底衰败，将房卖了，不知搬到哪儿去了。我们家的老二，即我同父异母的哥哥看过这出戏。我问过他戏怎么样，他说“没劲”。我七舅爷的女儿大秀也看过这出戏，她说好看，她是和母亲一块儿去看的，两个人把手绢都哭湿了。

我为没能看上《锔碗丁》而遗憾，想象着它的情节，应该是比父亲喜爱的《逍遥津》《盗御马》们更可信。它就是朝阳门外母亲身边发生的事情，不像汉献帝，不像黄三泰，离得太远，只有在戏台上才能见到。《锔碗丁》的女主角是碟儿，“搁陈了的姜”一样的碟儿，不知她在台上是什么模样。

五

如果没有节外生枝，母亲应该嫁给炸开花豆的老纪。

老纪那时候是小纪，上头有个老大，下头有个老三，他娘死了几年了，他爹老老纪带着三个儿子过日子，挺不容易。纪家三个儿子中数老纪实诚憨厚，又有内秀，会打算盘会记账，全是自己学来的本事。老纪记的账是真正的“豆账”，戏棚的刘大大，书场的老宋，茶馆的周三，谁拿了多少开花豆全有记录。记录是用小人代替的，小人有的长脸有的圆脸，有的穿黑裤子有的穿坎肩儿。有一个脸上还点了两个点，那是坛口摆小摊的冯麻子。这些账别人看不明白，老纪和他爸爸却一目了然。老纪的算盘属于“一上一”“五下一去四”的水平，简单得用手指头都可以代替。老老纪认为他的老二很有文才，是个可以做“文字工作”的材料，属于纪家的重点培养对象。

纪家是53号，往南与我母亲家隔了一个门。各家的格局都是一样的，不同的是纪家南屋里并列了三个半截埋在土里的大缸，三个缸里都装着蚕豆，一个是正用水发着的，一个是发好切了口的，再一个是炸好了晾在那里的。

小的时候我曾经目睹过老纪炸开花豆的热烈壮观的场面，万千的蚕豆倒进油锅，噼啪炸裂，翻滚跳跃，如战场上万千激战的兵。老纪剃着板寸，穿着粗布汗褟儿，青布裤打着绑腿带，一双靸鞋，一胳膊腱子肉，挥动着大笊篱，将军一般，和锅中的豆儿混成一体。特别是老纪将笊篱里的开花豆隔着好远抛向墙角的大缸时，一道由豆子们组成的喷香弧线，刷拉拉长了眼睛般，竟然没有一颗出轨的。利落潇洒，就如同《三岔口》里任堂惠和刘利华那场精彩默契的短打，熟练准确，不差一丝一毫。这时候的老纪在我眼里太了不起啦，相比较，我父亲简直不如老纪的一个小手指头。

老纪的爸爸老老纪是个善良人，附近孩子们没有谁没吃过老老纪的开花豆的。老老纪不难爱孩子，还爱小猫小狗，看到有人扔了的猫狗一准抱回去养着。老老纪跟人不太说话，跟猫狗的话却很多，闲了的时候总是端着一碗“高末儿”坐在院里跟他的“大白”“花脸”“黄毛”聊天。“高末儿”是茶叶铺子打扫出来的茶叶末子，喝一碗就没色了，便宜实惠，是北京穷人的最爱。“大白”、“黄毛”们是老老纪捡来的“宠物”，有了这些“宠物”就有了看家的，有了拿耗子的，老老纪家没有白吃饭不干活的。

老老纪的大儿子在朝外大街大美理发馆当学徒。理发馆由剃头挑子进化为“馆”，就如同现在蹬三轮的开起了“出租”，文明高雅，登上了大雅之堂。民国初年，北京只有大宾馆里才有理发馆，那是为洋人服务的。后来日本人在京城开了几家理发馆，理发馆才渐渐为中国人接受，接受者也多是有钱有身份的人。纪家老大在“大美”跟着老板学烫头，那时候女子正兴“飞机头”，两鬓蓬松如机翼，一脑袋小卷，发型爆炸般的张扬。

纪家老大聪明勤快，“大美”老板已经将其内定为上门之婿，入赘“大美”只是迟早的问题了。为女性服务多了，老大身上就多了些女气，说话柔声细语，留着长指甲，小分头上总是打着发蜡，身上永远是一股“双妹”牌花露水味儿。这让老老纪不待见，他心里早把这个儿子踢出去了。

老老纪的三儿子是煤铺摇煤球的，地道苦力。在旧北京开煤铺的多是河北定兴人，煤铺的外墙上无一例外地白底黑字写着“块末原煤”，说的是经营煤炭的种类。北京的煤炭大多来自京西门头沟地区，也有大同的。块煤也叫“硬煤”“钢炭”，禁烧但是价格贵。煤末子贱，老百姓居家过日子多用煤末子做的煤球，做煤球的任务由煤铺承担。将掺了黄土和好了的煤末子摊平斩成小块，放在大荆条筛子里，搁在花盆上用双手摇，摇成煤球晾干了论斤卖。摇煤球的一般是外地来的打短工的，北京的爷们儿没谁肯下这个死力。纪家老三其实也没把摇煤球当个永久职业，他的理想是去当兵，摇煤球是为了学着吃苦。老老纪说好铁不打钉，好男不当兵，反对老三去扛枪杆。老三说，咱住在南营房，祖上不是当兵的又是干什么的？以前能当兵，现在怎就不行啦？

纪家老三到底还是走了，参加了国民革命军二十九军军训团。这一走就跟我的外祖父一样，再没有音信了。上世纪八十年代台湾当局解禁开放大陆老兵回乡探亲后，老纪曾经找过他兄弟，去过民政部门，问过台湾回来的老兵，还在广播电台上广播过，都没结果。老纪说，他兄弟只要活着就忘不了南营房，就必定得找回来，南营房是他兄弟的根！这也是老纪后来不愿搬离南营房的原因之一。

母亲说老纪在纪家三个儿子里是长得最好的，长方脸，浓眉大眼，像戏台上的吕布。吕布的戏我看过叶盛兰的《白门楼》《辕门射戟》，还有他儿子叶少兰演的《小宴》。吕布穿粉袍，一脑袋粉绒球，跟老纪比，风流倜傥有余，泼辣麻利不足。

我后来从舅舅嘴里知道，当时母亲跟老纪已经到了谈婚论嫁的地步，那边出面的是老老纪，这边就是我舅舅了。舅舅虽还在无休无止地念初中，但是他知道他姐姐的婚事得他做主。母亲比老纪大了几岁，老老纪不在乎，老老纪欣赏母亲的端庄贤惠，欣赏母亲的勤俭持家。老老纪说，大几岁没什么，女大三，抱金砖。只要母亲从57号搬到53号，纪家、陈家就是一家人了，陈锡元就成了他的老儿子。老纪本人更没意见，母亲的漂亮在南营房是数一数二的，娶个漂亮姐姐，有人疼他，他求之不得。

舅舅为促成这件事两院跑，吃了人家不少开花豆，拿水舀子舀着吃。十八岁的青年，没找着正经职业却已经学会就着开花豆喝酒了。母亲就这事始终没松口，她总觉得心里头缺了点儿什么……

老老纪自然知道母亲的顾虑，知道碟儿的遭遇对母亲的影响，放出话说母亲一过门就当家，把他们爷儿俩挣的钱都管起来。他们家也真该有个理财的媳妇了，他们家那些沾了油花的钱不是塞袜筒里就是压炕席底下，让耗子拉去都不知道。

纪家没有婆婆压着，这点合乎母亲的标准。

可最终，事儿没成，谁也说不清为什么。

母亲嫁给了我的父亲。

差一点儿，我就成了炸开花豆的后代，想想也挺有意思。母亲结婚以后纪家十分失落，尤其是老纪，快三十了还没结婚，媒婆给说合了几个，他老跟我母亲比，闹得老老纪跟他发火说，盘儿现在已经姓金啦，儿子，你死心吧！

最失落的是我的舅舅。母亲的出嫁宣告了他无节制地吃开花豆的时代已经结束，新的姐夫对南营房淡漠疏离，对他的一切几乎从不过问。与老纪家比，关系差远了。

老纪的后来，我在这儿作个简单交代。老纪最后娶了坛口打烧饼的闺女，闺女叫张金枝。张金枝没带来什么陪嫁，却带来了好手艺。纪家索性在门口支起了吊炉，开花豆之外还卖芝麻烧饼，整得四甲整条胡同都是香喷喷的。舅舅说，他一看见打烧饼的张金枝就想起姐姐来。猛一看，张金枝和母亲还真有点儿像，这大概也是老纪有意挑的。张金枝子孙娘娘一样一个接一个，给老纪生了无数孩子。我跟着母亲回娘家，晚上到老纪家串门，只看见台阶一样挨肩高的一群孩子，在灯光下，围坐成一个圈，挤挤挨挨地正给蚕豆切口。老纪见了我，两手捧了一大捧开花豆让我吃，我很矜持地捏了两个。老纪说，敞开吃，管够！

我只是看那群孩子，都是一个模样，个个长得像老纪。老纪的孩子们远没有老纪热情，孩子们的妈张金枝对我和母亲也爱答不理的。老纪把开花豆搁在锅台上，张金枝说，人家是讲卫生的。说着拿来一块报纸垫在下头，报纸比锅台还脏，不知张金枝的卫生标准是什么。老纪的孩子们冲我挤眉弄眼，甚不友好，他们的脸脏兮兮的，花狸虎一样，拖着鼻涕，趿拉着鞋。我想，那时我要真成了老纪的孩子难道也是其中的一个？大概不会，母亲毕竟不是张金枝。

上个世纪七十年代，我在陕北农村“大有作为”地挣扎的时候，老纪的孩子们则都成了有用的人物：运输公司的司机，副食店的售货员，煤铺的工人，街道办事处的干事……那时候物资匮乏，我往陕北带了一罐子大油，是舅舅走老纪儿子的后门弄来的。我招工以后，那个当司机的还到陕西工厂看过我，舅舅托他给我带了一瓶北京王致和的臭豆腐。

我们活得不如人家。

“改革开放”以后，老纪的儿女们出息更大了，我还在为三十、五十的稿费爬格子，那些人便已经发展到了“非等闲人物”的程度。开车的自己不开了，组织了出租车公司，当起了老板；卖芝麻酱的搞起了外贸，大批地往日本、欧洲出口花生酱；卖煤的弄起了石油钻探，陕北那些产油的井很多是他钻的眼儿；办事处那位到外国当了参赞……

活得都比我精彩！

没当成老纪的孩子我真应该后悔。

鸦窝里出凤凰，土堆上长灵芝，天下理无常是，事无常非。

打乱母亲生活轨迹，改变母亲命运的是谁呢，就是状元刘春霖。

六

以我母亲的生活状况绝和状元搭不上边，南营房那五方杂处的穷困地界更非状元的涉足之处。可偏偏地，毫不搭界的人就搭上了界，用“永星斋”饽饽铺老掌柜的话说是“缘分”。

“永星斋”是朝外大街坐北朝南的大点心铺，前店后厂，雇着伙计几十号人，还有几家分店，生意红火。“永星斋”最早的老掌柜叫王芝亭，祖上在宫里当过御医，他本人却没什么特长，就在朝阳门外开了这个饽饽铺。之所以叫“饽饽铺”，是因为经营的全是满式糕点，跟南式、洋式点心不一样。满族人管点心叫“饽饽”，饽饽铺又叫“达子饽饽铺”，萨其马、百果花糕、芙蓉奶糕、细品小饽饽、酥皮点心，都属于达子饽饽范畴。

饽饽铺一开张，王掌柜就凭着祖上的关系让当朝翰林戴思淳题写了“永星斋”几个大字，又请庆亲王奕劻和工部尚书陈璧写了“风味不群”和“翠凝朝露”两块匾，都是烫金大字。朝阳门是朝阳之门，阳光下，巨匾金光闪耀，使“永星斋”饽饽铺在朝外大街滚滚的尘路上，光彩夺目，鹤立鸡群，上至宫廷王府，下至黎民百姓，一提“永星斋”没有不知道的。

有皇上的时候，内务府的饽饽房每年都要“永星斋”做专供。材料由内务府提供，制作需掌案亲自动手，可见其饽饽的精细讲究。此外，“永星斋”还给恭亲王、庆亲王和荣禄荣中堂府上加工饽饽。

满族人的饽饽主要是用来祭祀的，宫廷上供用的饽饽桌子是金龙绣套，桌子上每节码二百块糕点，往上摞十三层，有两米多高，还得用水果、绢花做顶子。这些工作当然都由饽饽铺承担。

母亲说，她嫁入金家第一年的正月，“永星斋”的掌柜就以娘家人的身份，给我们家送了一台红丝万字蜜供。蜜供是蘸了蜜糖的点心，被码成了一人高的吉祥图案。谁见了谁说好，给我母亲挣足了面子。

“永星斋”的具体位置，在我儿时的记忆中是在吉市口附近，东岳庙的西边。今天的“永星斋”已无从查找，被现代楼房替代，跟满族饽饽全没了关系。“永星斋”最让我思念的是一种贫民点心“七宝缸炉”。“七宝缸炉”说白了就是点心渣子重新组合烤制的无馅圆饼，火烧一样的，但松软可口，甘美异常。特别是刚出炉的热缸炉，那香味一里地以外都能闻到。“闻香下马”者大有人在，我母亲那位住在东四六条的远房表舅钮七爷就是被“七宝缸炉”的香味勾来，跟饽饽铺的掌柜成了朋友的。

“永星斋”离东四六条隔了一道城门几条胡同，“被香味勾来”的说法实属夸张。但事实是常常“永星斋”的缸炉一出炉，七舅爷就掀门帘进了铺子，说是“赶上了”，实则是早算计好了的。七舅爷来了，两个缸炉一碗清茶是必要款待的。七舅爷会说会唱，不招人讨厌，北京城里哪儿有什么新鲜事没有他不知道的。那时候没有电视，话匣子也不普及，报纸是少数人订的，用现在话说是“传媒业相当落后”。所以钮家七舅爷就显得很重要，铺子里上上下下的人都喜欢他。时间长了他不来“永星斋”，大伙还念叨他。

我母亲管钮七爷叫表舅，所以后来我们都叫他七舅爷。母亲和七舅爷有着亲戚的名分却没什么实际交往，年节也不走动，只是跟舅爷的闺女大秀在交领补活的时候有碰面。

我父亲叫七舅爷“牧斋”，在父亲和母亲结亲之前牧斋是我父亲的朋友，吃喝玩乐的朋友。他们的共同爱好是京戏，是美食。都是八旗子弟，七舅爷属正白旗，我父亲属镶黄旗。不同的是民国后我父亲有家底，有薪水；七舅爷是坐吃山空，倒驴不倒架，面子上还撑着。其实日子很悲惨，就如同算计“永星斋”的缸炉一样，“秋风”打得自然顺畅，不让别人尴尬，自己也不尴尬。

父亲和七舅爷共同的朋友是刘春霖。刘春霖在性情上跟两位“子弟”不同，比较务实，不说不靠谱的话，在行为上也比“子弟”们严谨。这大约与他直隶石宝村的生长环境和状元及第的出身有关系。父亲和七舅爷请他“东兴楼”赴宴，他注定要问清楚“两位带钱了没有”才进门。表面上都是父亲在“请”，其实他一回也没掏过钱。无论到哪儿，商家一看刘状元来了，笔墨纸砚早在后头偷偷备好了，吃完饭不写幅字断然是出不了门的。而状元那幅字，价值不菲，值几十顿“盛宴”。就是在今天，香港拍卖刘春霖的一副四扇屏，也拍到了二百二十万港币。

刘春霖的字之所以在社会上流传甚广，是他面子软，不好意思拒绝求家，还没有像现代人一样学会说“不”。社会上一致认可刘春霖的字，有“大字学颜（真卿），小字学刘（春霖）”的说法，更有“楷法冠当世，后学宗之”的美誉。

有传说，慈禧在点状元的时候就是看上了刘春霖答卷上的一笔好字，疏朗清秀，爱不释手，钦点甲辰恩科一甲一名状元。当了状元的刘春霖后来给老佛爷着实写了不少字，在故宫游览，时时能看到状元的墨迹。

也有人说，刘春霖的状元是“捡”来的，是沾了名字的光。他只是进入了前十名，头名叫谭延闿，老佛爷马上想到了闹变法的谭嗣同，扔一边了。排谭延闿后头的是朱汝珍，广东人。老佛爷反感广东人，洪秀全、康有为、梁启超全来自广东，自然不能当选。临到了刘春霖，时值当年大旱，老佛爷一看，高兴了，春风化雨，普降甘霖，乃大吉之兆。御笔点朱，刘春霖就当了状元。

我后来跟父亲谈起过这事，那是父亲将刘春霖的一幅字送给我的时候。父亲说所谓“春风化雨”都是以讹传讹，卷子的名号都是封着的。说沾了字的光尚有可能，沾了名的光不可信。在刘春霖当上状元的第二年，清代废除科举考试，中国从此再无状元，自隋代以来浩浩荡荡的科考大军，在清光绪三十一年(1905 年)画上了句号。中国产生的五百九十二名状元中，刘春霖是最后一人，用他自己的话说他是“第一人中最后人”。

1907 年刘春霖和几名同科进士及朝廷认为有培养前途的满人子弟，被送到日本留学。父亲和刘春霖同船而往，在横滨登陆，刘春霖进的是东京政法大学，法律学科；我父亲进的是东京帝国大学，古典讲习学科。他们那一船留学生，后来成为名人的有很多，著名的有政治家沈钧儒，企业家王国甫……当然还有汉奸王揖唐。推算年龄，一群人中年龄最大的也不到三十岁。而我父亲和王国甫这些没有功名的子弟们，还只能称作青少年。

我父亲学的是文科，又喜好书画，在东京和刘春霖走得很近，对刘师兄的书法近乎到了痴迷程度，将师兄的各类“习作”搜罗不少。我后来有幸得到的墨宝当属这一类，那是一副四尺联，“樱花和烟暖，富士带月寒”。二十世纪七十年代末，我有孕待产，丈夫不知从哪儿将这副对联寻出，挂在简陋的斗室中，说时时看着状元的字，对未出世的孩子是一种太难得的胎教。就天天看，有时还临摹。儿子生下来了，对什么都有兴趣就是对学习没兴趣，招猫递狗、逃学早恋、说瞎话、考试不及格，哪里有状元的半点风度？一笔字写得歪扭如狗爬，中学毕业了竟然背不出一首完整的唐诗！最让人糟心的是还是个网虫，不止一次让我揪着耳朵从网吧里轰轰烈烈地拽出来，压根儿跟刘状元的书法胎教没一点儿关系。

这是题外话了，还是回过头来说我的父母，我儿子的姥爷姥姥。

我父亲从日本回国后赋闲在家，他的“古典讲习学科”专业只能钻故纸堆，没有别的用处。不久，他的师兄刘春霖在北京创办了直隶书局和群玉山房，我父亲将自己所长投入其中，又帮着王国甫办工厂，最终在北平大学艺术学院教美术，也算是有了归宿。和我母亲的认识，就是他在北平大学的时候。至于后来父亲在徐悲鸿办的国立北平艺术专科学校当教授，那是抗战胜利以后，1946 年的事了。

母亲说她头次见父亲是在盛夏，荷花池的荷花开得正好。父亲则说是深秋，东岳庙的金桂将要凋谢，香气正浓。母亲说不是金桂的香气，是“永星斋”七宝缸炉的香气，父亲记错了。甭管孰对孰错，他们在“永星斋”饽饽铺见的头一面应该是没错的。

父亲说那天他和牧斋（七舅爷）、润琴（刘春霖）听下午戏出来，时间还早，就到朝阳门外金台看日落。

“金台夕照”是著名的燕京八景之一，套用的是燕昭王“置千金其上，延天下士”的典故，故称“金台”。真正的金台在河北，在易水河边，“风萧萧兮易水寒，壮士一去兮不复还”，燕太子丹送别荆轲的地点就是金台。朝阳门外的金台不过是个附会，是京城外的一个高台罢了。就这个金台，在一片低矮灰房顶的旧北京也算是一个值得登临的去处了。有人专门写诗赞颂说：

> 高台百尺倚城闉，斜日苍茫弄晚晴。
>
> 千里江山回望迥，万家楼阁入空明。

在难见高楼的旧北京，登斯台，低回眷顾，亦能给人以千秋灵气之想。但父亲和刘春霖们那天在台上抒发的不是慨古之情，却是婚娶的余韵，他们看的戏是昆曲《钟馗嫁妹》。

八十多年前的“金台夕照”是怎样一种景致今人已很难想象，只是今天地铁线还有一站叫做“金台夕照”的地名。沿着滚梯钻上地面，全是高楼，不见台，没有“夕照”的氛围，也谈不上“千里江山”的回望……可当年七舅爷能借着戏曲的余韵，在土台上边舞边唱：

> 摆列着破伞孤灯，乘着这蹇驴儿跂蹬，
>
> 似一幅梅花春景……
>
> 权当个冰人系赤绳，权当个月老为盟定，
>
> 权当作氤氲使巧撮合，权当作斧柯媒证……

在我的意念中，七舅爷就是在今日车水马龙的马路上舞蹈，时空的叠加常常让人感到滑稽和不可思议。但历史就是这么绕着圈往前走的，不知什么时候，我们便踩在了昨天的脚印上。

七舅爷在金台上到位的表演让刘状元再一次领略了八旗子弟的“精彩”，一再地夸赞，好！好！

父亲说，不是牧斋唱得好，是《扑灯蛾》词写得好。“俺与他一旦契合，恁与他五百年前石上结三生”，颇有日本松尾芭蕉俳句的韵味，没点儿文字功底是写不出来的。

刘春霖说钟馗也是懂情，做了鬼还没忘记妹妹的婚事，充作冰人，替妹妹了却终身，是个有爱有恨的汉子。父亲说他回去要画幅《钟馗嫁妹》的工笔，那“破伞”和“孤灯”一定是要有的。

几个人正陶醉在“嫁妹”的情节中，有浓云飘来，正遮头顶，呼雷闪电中洒下了瓢泼大雨。雨水在土台上砸起一片烟尘，正在舞蹈的七舅爷大叫一声“钟馗寻来也”，领头朝下跑，刘春霖和父亲紧随其后。白雨中三人在朝外大街上跑成了一条线，七舅爷在前头猛蹿，父亲在中间大步流星，胖胖的刘状元远远地落在后头使劲喘……

我对父亲的叙述持怀疑态度。刘春霖从日本回来后当过大总统秘书，当过直隶教育厅厅长，以这样一个身份不可能在朝阳门外的雨地里奔跑。父亲说不可能的事情多着呢，他们是同学，同学之间什么不可能的事情都会成为可能！

七舅爷轻车熟路，照直奔了“永星斋”。七舅爷聪明，他知道，到别的铺子就是避雨，到“永星斋”却是有吃有喝地好招待。三个人水鸡子一样狼狈不堪地进了饽饽铺的门，刘状元埋怨七舅爷跑得太快，七舅爷说他是怕在高台上被雷击着，大家这辈子都没干甚缺德的事，划不来不是？

饽饽铺的王掌柜见来了巨星级人物，很是有些受宠若惊。招呼伙计赶紧找干净衣裳，在后头东屋摆了茶水点心，西屋自然也摆了笔墨纸砚。

那会儿母亲正好也在饽饽铺内避雨，她是到吉市口交补活，回来夹着一包原料遇上了暴雨，躲进了饽饽铺。就这，头发衣裳和一卷纸样也淋湿了。母亲将盘在头顶的湿辫子松下来，那根长长的粗辫子就垂在脚后跟，垂着长辫子的母亲从玻璃后头焦急地望着街面。雨水在街上砸出一片片水泡，檐下的水哗哗地流成了一条线。母亲担心南营房简陋的屋顶能否禁得住这场暴雨的肆虐，低矮的门槛怕是挡不住进水；又担心这一卷湿透了的活计，没准儿得全砸在手里，非但挣不到一个子儿，怕是还得赔钱。至于后来跑进来的我父亲他们一行，则根本没有进入母亲的视野和心中，母亲专注不安地看着外面的雨水发愁。

水汽朦胧的玻璃，刚出炉的七宝缸炉的香气，母亲苗条的背影，一条长长的辫子，氤氲出“遥望蓬莱，一半儿云遮，一半儿烟霾”的意境，父亲看得呆了。

我想，父亲在那一刻并不是看上了母亲，而是看上了他意念中泛起的带有古旧温馨色彩的图画。在我的记忆中父亲画了不少有水汽玻璃背景的画作，玻璃的前头有美人背影，当然也有三两个沙果或是一只睡猫，甚至还有一枝扭曲的病梅……父亲喜爱的是色彩和氛围。

父亲的失态引起了刘春霖的注意，他问掌柜的可认识站在玻璃跟前的女子。未待掌柜的回答，七舅爷说那是他的外甥女，刚才净顾着往里跑，没看见窗户跟前还站着人，原来还是亲戚。七舅爷喊“盘儿”，母亲转过身来，见是舅爷赶紧请安问好，依着旗人的规矩，将七舅爷家的蛐蛐和鸟都问到了。

母亲姣好的面容让父亲惊异，不能忘却。那天他几位应王掌柜之邀在西屋“留下墨宝”，父亲写的竟是“清素若九秋之菊”，王掌柜有些迷惑，父亲说他赞的是永星斋的七宝缸炉。其实父亲夸的是母亲，跟人家饽饽铺没一点儿关系。刘春霖喝了半碗茶，坐在八仙桌前默默地动开了心思。后来饱蘸浓墨给饽饽铺题了一副联：

> 翠烟金台，细品钟馗嫁妹；
> 白雨永星，和鸣凤凰于飞。

除了“永星”二字，同样跟饽饽铺没关系。

七舅爷懵懵懂懂吃了王掌柜半盘子新出炉的缸炉，提了两匣子人家送的芙蓉糕和萨其马，心满意足，坐在太师椅上有些犯困。

雨过天晴，王掌柜给雇了车，三个人高高兴兴散了。

母亲回到了南营房的家，屋内并没有漏得一塌糊涂，因为屋顶上被老纪盖了苫布。母亲自是感激，到 53 号院里谢了。老纪的爹说，你们家的事就是我们家的事，用不着分那么清楚。

其实老老纪的话已经说得再清楚不过了，母亲在喷香的开花豆冲击下，思想防线完全垮塌。她想，如果这个时候老老纪跟她提起纪家老二的婚事，她会一口答应。可偏偏地，那天老老纪错过了这个好机会，老老纪什么也没说。

我舅舅那会儿正在书场听书，听的是《薛礼征东》，直到天黑才回来。

七

中国有“月老系红绳”，“千里姻缘一线牵”的说法，谁跟谁是一家子，早已是命中安排好了的。陈家、纪家本已成熟的姻缘却因月老的执意，有了改变。我跟母亲谈论她这一百八十度婚姻扭转时，母亲说这是命，任谁也挣不过命去。记得她当时还给我讲了个故事，说古代有个人晚上看见一个老头儿倚着布口袋在月光下翻书，他问老头儿看的什么书，老头儿说《天下婚书》，书上写着谁和谁成夫妻。但凡书上写了，他便用布口袋里的红绳把一对男女的脚踝拴在一起，两个人即便相距千里万里，也会因这绳子走到一起。这人问他的未来媳妇是谁，老头儿说集市上捡菜婆子领的女孩就是他将来的媳妇。第二天他到集市上看到了那个又脏又烂的婆子，拉着一个小丫头，甚不满意，就用刀砍了那女孩一刀，自己逃走了，想的是既定的婚姻已经解除，从此可以放心了。若干年后，他娶了一位官员的女儿，那女儿花容月貌，眉心却有一伤疤。一问，是小时家境遭难，随奶母上街乞食，被人砍的。这人遂信月老的话不虚……

母亲信命，她一直坚信，是月老没把她和老纪拴在一根绳上，没嫁给老纪，她并不遗憾。

果然没过多久，刘状元就通过七舅爷传来了话，要亲自做媒，把“盘儿”说给东城戏楼胡同的金四爷做夫人。

来传话的七舅爷先说媒人是多么的有身份、有名气；又说了我父亲是多么的有钱、有学问。说他们都是留学外洋的精英，是中国不可多得的人才，这样的人物打着灯笼都难找。

我那位只有中学肄业水平的舅舅闹不懂“精英”是什么东西，但是他知道状元是很伟大的人物，很多戏曲里是有不少状元娶了千金小姐，甚至招赘驸马的。我舅舅很想看看真的状元是什么模样，就要求媒人刘春霖一定要亲自登门提亲而不是让人传话。七舅爷说，人家刘状元是天上星宿，岂是谁想见就能见的？状元不可能降贵纡尊，到南营房这寒门穷舍来。你要想目睹状元真容，除非是婚事敲定，人家作为媒人来放定，也算是事出有因，不辱没状元身份。

舅舅说他姐姐的亲事得问问隔壁的老老纪。七舅爷说，老老纪是谁？他能做得了咱们钮祜禄家的主吗？我是你舅舅，你娘死的时候虽没有交代，你们家的事也得我说了算。如今状元要来做媒，这婚事不成也得成。

舅舅干瞪着眼睛说不出话，此刻他心里已把刘状元和戏台上蹬着皂靴穿着红袍晃着纱帽翅的英俊小生闹混了，一心想着刘状元而忽略了未来的姐夫金四爷。

我问母亲七舅爷来家说这件事情的时候她在哪里。母亲说姑娘怎能参与这样的事，七舅爷一提亲，她就借机躲了。可是舅舅说我母亲根本就没躲，她一直坐在炕桌前拨补活，把七舅爷的话一字不落地全听了去。我问舅舅母亲当时发表了什么意见，舅舅说什么意见也没有，连头也没抬，他把母亲的沉默看作是认同。

我相信舅舅的判断，这桩婚事隐隐与母亲的心劲儿，与母亲的朦胧憧憬相吻合。才子佳人，是母亲有限认知中的理想搭配，南营房的女孩也是有梦的。

事情有了眉目，刘状元便以媒人的身份出现了，进入了谈婚的实质阶段。嫁娶双方的代表是在安定门茶馆见的面，母亲这方是我十八岁的舅舅和七舅爷；父亲那边是他的大学同学、在北京开工厂的王国甫，刘状元算是中间媒人。此刻我的父亲母亲还不能见面，介绍情况时刘春霖说我父亲是属兔的，山林之兔，农历六月十六生日。舅舅一推算，父亲比母亲大了六岁，还算年龄相当。刘状元说，瑞祓(我父亲的字)曾经袭有镇国将军的封号，虽然清廷已经不在，毕竟也是个有根底的人家。前妻瓜尔佳去世好几年了，留下了四个孩子，长子大学已经毕业，两个女儿在燕京大学读书，平时住校很少回家，小儿子也上了中学……孩子们懂事勤谨，家道殷实富裕，和和睦睦的一个书香门第。母亲过去后是续弦，是当家过日子的太太。

舅舅知道以自家的情况无法和“镇国将军”相比，那是天上地下，气势上就有些短，有些高攀的尴尬。望着茶馆外头斜对面成贤街金龙和玺的牌楼，想着里头国子监那辉煌的殿宇，便对那陌生的群落产生了一种闯荡的冲动。他知道那个领域不属于他，他没有也永远不会有资格落脚其中。但是他的姐姐可以。这个“可以”必须要借助刘状元的撮合，借助皇亲金家的势力……跟卖炸开花豆、拉洋片、烙烧饼的是大相径庭的两个世界。

七舅爷看舅舅不说话，认为是拿不定主意，将舅舅拉到外头说，傻小子，还犹豫什么，过了这村没这店，这样的人家儿全北京也没几户。别人不知道金四爷我还不知道吗？我们成天在一块儿听戏放风筝，他们家的狗什么脾性我都清楚！

舅舅说，金家前头还有几个孩子呢，合算我姐姐进门就给人当后妈……

七舅爷说，状元说了，是续弦，不是做小，你姐姐快三十了，三十的老姑娘还想嫁个小白脸儿？不是我说你，都是你把盘儿耽搁了，晃晃荡荡一个大小子，没个正经事由，靠姐姐养活着，什么时候算个头呢？作为一个老爷们儿我都替你寒碜！

七舅爷的一番话把我舅舅说得脸红一阵白一阵，十几年来他浑浑噩噩，从来没想过谁养活谁的问题，跟姐姐在一块儿过日子似乎成了理所当然。如今让七舅爷一点破，细想还是真对不住姐姐了。

这样一来，我舅舅彻底没了底气，他用商量的口气对七舅爷说，那您的意思到底是嫁还是不嫁？

七舅爷说，嫁呀！这还用含糊吗？四爷是我朋友，人品一顶一的好，那胡琴拉的，托、随、领、带，精湛至极，不会唱的都能唱成马连良；画也好，工笔花鸟，跟恭亲王孙子溥心畬是至交；北平大学美术系主任徐悲鸿还聘请四爷当教授呢……到时候你姐姐就是教授夫人，是太太，你们南营房的穷丫头做梦都梦不到这一步！

舅舅再没什么好说的，进屋再面对刘状元的时候他表示了对这门亲事的认同。但是他觉得对那个坐在一边一言不发、只是闷头喝茶的男方代表应该说点儿什么，提点儿什么要求。他一时找不出合适的话题，情急中不知怎的想起了老纪家在理发馆的老大，那个梳分头、戴领结的摩登形象此刻鲜活起来，也是有心要难为表情严肃的男方代表。舅舅指着王国甫说，你对那个要娶我姐姐的人说，你们既然是喝过洋墨水的，娶亲那天就要穿大礼服，戴高帽子，以示郑重！

舅舅这样说是按照市场上拉洋片匣子里的画提出的。吉市口市场拉洋片的老常是个很有特色的人物，我小时候还见过他，瘦高的一个老头儿，模糊不清的胡子和嘴，弄一个大匣子，里面全是西洋的风景，有高楼有喷泉，还有骑着马的洋人。匣子前头有几个镜头，交了钱就可以坐在板凳上趴在镜头上往里看，里面的画可以放得很大，连洋人的袜子花样都看得很清楚，如同真的一般。这也还罢了，最吸引人的是老常本人，他手脚并用，锣鼓齐鸣，那张嘴也不闲着，“往里边瞧来往里边看，翻过这片又是一片……”有时候我不看那片子专听老常唱，老常的唱远比那些粗糙的西洋景强。现在有了电视，拉洋片的时代被甩远了，但我总觉得这个行当失传很可惜。那通俗诙谐的唱词，来自社会底层，唱者荒诞夸张的扮相，未张嘴已让人喷饭。锣鼓响起，眉飞色舞，嬉笑怒骂，闻之观之，听得过瘾，野得牙碜。

我舅舅这样要求王国甫是有作弄的成分在其中，他对面前的金家“代表”和那个未露面的金四爷没有一点儿好印象。

王国甫未置可否。刘春霖说，那女方也是西式？

舅舅说，我们要坐花轿，要凤冠霞帔。

刘春霖说，怕是不般配。

七舅爷说，般配，般配，绝对般配。孔子七十七代孙孔德成不久前成亲，新娘是白纱礼服，新郎就是长袍马褂。一样的热闹，一样的和谐，眼下兴这个！

我舅舅就这样把他的姐姐给出去了，给得稀里糊涂。

放定那天是状元亲自来的。知道状元要驾临，那天胡同口围了不少人，谁都要一睹状元郎风采，连卖豆汁炸糕的也收了摊子，戏棚的戏也把日场改作了夜场。母亲家的街门口挂了六尺红布，低调地表示出这家有喜事，准备嫁闺女了。

隔了一道门老老纪家的街门紧关着，内里也没有炸豆的香气溢出。老老纪坐在屋里炕上运气，他的儿子小老纪则不管这些，抄着手没心没肺地夹杂在看热闹的人群中静等状元出现。

秩序越来越乱，巡警出来干预了，把等着看状元的人搡得一个趔趄又一个趔趄。快中午时分，刘状元从南口出现了。本来人们认定状元要进北口，孰料状元改变了路线，在神路街就下了车，硬是一步一步随着礼担走进了胡同。人们一下子反而安静下来，在“天上星宿”的光芒辉映下，心内满是崇敬和景仰。那是贫穷百姓对文化的一种仰视，是两个阵营近距离相触在某一点产生的机缘，使得彼此相投、认可，继而理解。状元在南营房的街坊中缓缓地走着，简朴的春绸大褂，黑礼服呢的布鞋，四方脸盘，和善的面孔，使他和南营房平民的距离一下拉近了。人们只从媒人的装扮长相就已经认可了这桩婚事，都说陈家的盘儿等了三十年，等来了好姻缘。

跟在状元身后的是二十四个红漆描金的抬盒，由穿吉服的抬夫们抬着，摆了半条胡同，红了半条胡同。我后来曾经好奇地问过舅舅抬盒里的内容，舅舅说都是些华而不实的东西。我问怎的华而不实，舅舅说有染了红胭脂的活鹅一对，代替古礼聘娶用的雁。还有花雕一坛，绸缎若干，木头如意一个，手镯两对，龙凤喜饼一双，干鲜果品四碟……

我想，金家的聘礼热闹尽管热闹，却是不太实际。送鹅送酒送喜饼，不如送钱。现在男方给女方送的聘礼可是实惠多了，哪个小子倘敢用鹅来搪塞丈母娘，当下就得被踹出门去。不拿出硬通货，结婚休想！

八

母亲为她辉煌的婚礼而陶醉，在我还是小丫头的时候就一遍一遍地听过母亲对她婚礼的细节描述：大红的，海水江涯吉服袍，红缎凤穿牡丹绣裙，满头的绒花珠钿，镶着宝石的绣鞋，颤悠悠的花轿。那是她一生中最幸福最美丽的时光，这一切让我对那样的婚礼充满羡慕与神往，一度我让母亲许诺，将来我的婚礼也得搞成大红的、珠钿的、颤悠悠的……母亲的装扮都是来自戏楼胡同的婆家。就是说我的父亲在很短的时间内，将新娘的成套穿戴全备齐了，送了过来。据母亲说她出门子那天，除了内里的贴身小衣是大秀帮着缝制的，其余对她都是陌生的。

母亲说她的花轿在进入朝阳门的时候被警察拦住，说是要进行检查。看来事前没人去管片巡警阁子打点一番，警察故意来刁难了。官事无人敢拗，只好由人翻腾。但是给母亲送亲的七舅爷的大闺女大秀不干了，大秀比母亲小，还没有出阁，作为送亲太太是不合格的。但是母亲的娘家实在找不出一个可以出头露面的女性了，大秀虽说是女孩家，做事却拿得起放得下，当得了七舅爷的全部家，自然也当得了陈家的家，是满族姑奶奶中的典型。

大秀站在花轿前头不许警察们掀轿帘子，一帮警察们闲极无聊想找个乐子，双方僵持在城门洞。来迎亲的是王国甫，王国甫用十块大洋打发了警察们。警察们为了下台，派出一个女警察，探进轿内，落实公务。孰想那个女警察手脚不老实，探身进来一把就掀开了母亲的盖头，反身惊呼：新娘子是个大美人啊！

母亲向我诉说这些的时候年纪已五十岁，五十岁的母亲自然早已退出了美人的行列，然而，她那喜形于色的表情却再现了彼时的得意。母亲的容貌再姣好，出嫁时也三十岁了，三十岁的新娘在那个时代已是半残的花儿，值不得女警察大惊小怪。更何况，母亲的盖头不是被父亲揭开而是被警察揭开，这点也令我不满意，我视此为不祥。

舅舅的讲述则跟母亲完全不同，那是另一种版本。他说母亲出门子那天是哭着上轿的，不是一般礼仪的哭，是痛心彻脾的哭，陪着哭的还有七舅爷的闺女大秀。大秀在母亲出嫁前三天来到了南营房，陪伴着她的表姐度过这女孩儿的最后几日。

母亲的嫁妆在婚前的前两天送到了戏楼胡同的金家。嫁妆中有灯一盏，茶叶罐一对，尿盆一个，衣裳一箱，这是相当简陋的陪嫁了。北京人嫁闺女，再穷也得备夜净儿(尿盆)、子孙盆、长命灯三样东西。这些东西让专门送嫁妆的用方桌顶在头上，一路送到婆家去。母亲那个木头衣箱里有七舅奶奶生前送给母亲的一件紫缎地大镶边女氅衣和一件蝴蝶花褂襕。两件衣裳都是舅奶奶的婆婆当诰命夫人时的披挂，一代代传下来，极少见阳光，一股浓重的樟木箱子味儿。民国时代这些繁杂服饰早已退出了历史舞台，但作为压箱底的物件却是不能缺少之物，尽管她们这辈子永远穿不着。舅奶奶自己有两个闺女，大秀、二秀，她从秀儿们将来的嫁妆里分出一份给我母亲，足见疼爱之深。亲事一定下来，大秀就把两件衣裳用红包袱皮包着送过来了。额娘不在了，承诺还在，大秀一直牢记着这件事。除了衣裳以外，附近几户街坊合伙送了一对描红漆的脸盆架子，其中也有老老纪的份子，两块猪胰子是卖炸饹馇的井大姨送的。母亲嫁妆出门的时候人们围在门口看，猜测着箱子里的装填，有小孩围在门口唱：

> 月亮月亮照东窗，陈家姑娘好嫁妆。
>
> 金漆柜、银皮箱，虎皮椅子象牙床。
>
> 锭儿纷，棒儿香，棉花胭脂二百张。
>
> ……

在孩子们的歌声里，母亲心里多少有些满足，想的是已故七舅奶奶的奉送至少让她在娘家的地盘上不丢面子。如果母亲知道，在她嫁入金家几年后，金家大格格出嫁的嫁妆，怕是要汗颜了。我那位同父异母的大姐出阁时，父亲陪嫁了全套花梨、紫檀家具，顶箱立柜、方案圆桌、绣墩沙发、座钟挂表、字画挂屏、金银盾摆饰……和南营房来的尿盆、茶叶罐不可同日而语。

老老纪视舅舅与金家的联姻为对纪家的背叛，一股怒火不知朝谁去撒，一眼望见墙根的一丛玉簪花根，那是他儿子知道隔壁的盘儿喜欢这花，几年前特地从日坛里挖来的。挖来后儿子就不管了，倒是老老纪天天精心侍弄着。老老纪一言不发，提了一壶开水直冲着花根浇下去。明年甭说开花，连叶也长不出了。这样的行为本非善良的老老纪所为，之所以如此，是心伤得狠了。老纪本人倒无所谓，照旧来 57 号串门，跟舅舅分食喜饼，给充作雁的鹅们拔毛，那罐陈年花雕也大半被老纪就着开花豆喝了……

第二天便要上轿，晚上母亲在试穿金家送来的那些戏衣般的行头，没有穿衣镜，母亲便对着灯光下的玻璃窗户，扭过来调过去地看。风穿牡丹、富贵多子、百鸟朝凤、瓜瓞绵绵，各样的锦绣色彩斑斓，精美绝伦，让母亲幸福又快乐。大秀坐在炕桌前，就着昏暗的灯在仔细研究放定时的过礼大单。半天，大秀推过礼单，点着其中一行严肃地对母亲说，这里不对了。

母亲除了自己的名字以外大字不识几个，她根本看不出哪里“不对”，催促着大秀快说。大秀说，金家四爷是属兔的？

母亲说，没错，锡元回来说了，山林之兔，五行属金，这帖子上是不是也这么写着？

大秀说，这上头写着属兔是不假，却是蟾宫之兔，五行属木。

母亲说，反正都是兔，蟾宫的、山林的待的地方不一样罢了。依我看蟾宫的比山林的还好呢，一个在天上，一个在地下，一个是神仙，一个是草莽，能成为月宫里的兔子只能说明他命好。

大秀说，姐姐你别犯糊涂了，山林的兔子跟蟾宫的兔子都是兔子不假，却相差了一轮，十二年。就是说金家的四爷不是比你大六岁，是整整大了十八！

母亲一下蒙了，她隐隐记起那天在“永星斋”饽饽铺里盯着她看的那位“四爷”，瘦高的个儿，头发近乎秃顶，看年龄似乎跟老纪他爸爸相仿。母亲愣了半天，醒过味儿来都快疯了，大呼上当受骗，她把那些花团锦簇的衣裳扔得满地都是。舅舅赶了来，一听这情景也傻了眼，没了一点儿主意！

刘春霖倒腾的两只兔子……

舅舅只好厚着脸皮请老老纪拿主意，老老纪正为那棵长了几年的玉簪花伤心。听了舅舅的话说，花死了再活不过来，除非换棵新的，但终归不是原先那棵。

舅舅问老老纪是什么意思。老老纪说，人家连定都放了，你们还能反悔吗？

舅舅说状元明明说的是山林之兔，帖子上怎变啦？老老纪说，怪你当时没长眼，上了人家偷梁换柱的当，还以为自己捡了个香饽饽。跟状元玩文化，你小子还差得远！

舅舅说，那就没一点儿办法啦？

老老纪说没有，水泼出去就收不回来了，我这辈子再也不会种玉簪花了。

连老老纪都没法子，母亲彻底失望了。她整整号啕了一个晚上，直哭得一丝气息悠悠欲断。怕出嫁，怕出嫁，拖了十几年，十几年到头来等了这样一个结局，母亲怎能心甘？大秀不住地埋怨她爸爸糊涂，成天和金家四爷一道厮混，竟然不知四爷是属于哪类兔子。舅舅知道母亲性子烈，怕母亲走碟儿的路，让大秀看着她，不离半步。

第二天是出嫁的正日子。上午花轿到了南营房，吹鼓手在外头一通吹奏，院里院外里三层外三层地围了不少街坊，都来看南营房最排场的婚礼。状元没来，迎亲的是王国甫，他的那辆“道奇”停在胡同口，开不进来。他没有刘状元的亲和力，是昂首挺胸，凡人不理，背着手走进来的。王国甫进来就问新人收拾好了没有，收拾好了就上轿。七舅爷说，今天是外甥女一辈子的大事，得好好捯饬捯饬，女孩儿家家，不必催她。反正时间还早，先喝茶！

王国甫和七舅爷就在院里树底下喝茶等待。舅舅站在旁边一脸不高兴，质问的话几次到嘴边却又说不出口，急得冒出一脑袋汗。

屋里我母亲死活不肯换衣裳，摔了金家定礼送来的银盾。被摔过的那个银盾我后来在舅舅家见过，不是真银，连收破烂的都不要。原本是在玻璃罩子里的一个银质造型，上面刻着“百年好合”的吉祥话儿，硬是让母亲给摔得扭曲不堪，难以入目。从破烂的银盾看，我相信舅舅的说法，母亲的婚事绝不像她自己叙述的那样完满，临上轿的母亲内心也并非得意和幸福。

那天，母亲非让她兄弟跟媒人讨个说法，否则不上轿。一道门帘，里面闹翻了天，外面冷得找不着话。

听着屋里叮咣乱响，王国甫不动声色，一切仿佛已在预料之中。倒是七舅爷有点儿绷不住说，女孩儿，没出过门，临走总得使点儿小性儿不是？可以理解，可以理解。

王国甫看看表说时候不早了。七舅爷让舅舅到屋里催，舅舅进屋，看母亲还是蓬头垢面，连新媳妇必走的仪式“开脸”也没做。按规矩，姑娘上轿前要用蘸湿的丝线将脸上的汗毛、额前的碎发绞去，以一张光鲜明亮的脸应对众人，表明此女子已经是妇人不是姑娘了。母亲站在炕上正和来帮忙的女人们对峙，开脸的婆子拿着一根线哪里逮得着躁动的母亲，任谁劝也不行，母亲说她不嫁了！

舅舅窝囊地站在炕沿下头，一句话说不出，一切全是他的错，此时此刻他哪里抬得起头。母亲问他不在外头跟金家论理，跑进来干什么，他说人家在催。母亲呸了一口，抄起上轿要抱的瓶儿朝他砸过去，舅舅一闪，瓶子摔在墙上，碎了，五色粮食流了一地。

上轿的新娘怀里要抱个装了五色粮食的瓷瓶，以示平安富裕，这是北京的习俗。母亲的瓶子被她自己摔了，让众人很抓瞎，就有了后来老纪包了一包开花豆塞进轿子的插曲，有些驴唇不对马嘴。

见屋里的“戏”愈演愈烈，老纪赶紧将屋门关了，让院里的吹鼓手们演奏《炒麻豆腐——大咕嘟》，立刻唢呐笙笛停止，只剩下鼓、镲的声响。鼓不是在敲，是在揉，镲不是在击，是在磨，咕嘟咕嘟，真如同锅里咕嘟的麻豆腐。这一手吹鼓手们都会，他们知道这是在给新媳妇拖延时间，主家为这个是要给赏的，“麻豆腐”炒得时候越长，赏钱越多。

一个《炒麻豆腐》把王国甫炒得心烦意乱，坐立不安，急不得，恼不得，只得随着《炒麻豆腐》的节奏在院里踱步，一步一步正好踏在鼓点上，鼓点越来越快，越来越快，竟让他着了魔一般，停不下来了。这是吹鼓手们故意戏弄迎亲的老爷，如果给赏钱便罢了，不给就没完没了地“咕嘟”着。吹鼓手们两头拿钱。王国甫哪儿知道这个，在中国，在外洋，纵横南北东西，任何场面他没有打理不下来的，却栽在朝阳门外南营房一帮人的手里，其窝囊程度不亚于我舅舅。

好不容易“麻豆腐咕嘟”完了，老纪又提出演奏《屎壳郎爬竹竿——节节高》。王国甫不知“屎壳郎”还会玩出什么花样，站起身高声说道，该走了！

这时门帘一挑，大秀走出来。大秀冷冷地说，有件事情得让金家说清楚，提亲的时候媒人说姑爷是“山林之兔”，怎么放定的时候竟然成了“蟾宫之兔”，这不明摆着坑我们吗？

七舅爷说，有这样的事？

大秀拿出庚帖说，上头写得明明白白。

王国甫冷笑一声说，帖上写得明明白白就是明明白白，既然都明白了，怎能说坑？

大秀说，媒人说的可不是这样，明明说的是“山林之兔”，我们有人为证。大秀说着将我舅舅推过来说，你告诉他们，刘春霖是怎么说的。

舅舅的见不得世面就在这个时候充分表现出来了，他紧张得浑身哆嗦。他的这个毛病也遗传到我身上，我紧张了也爱哆嗦，止也止不住。舅舅不唯身上哆嗦，嘴也哆嗦，只说，林子的兔……兔……吃草……

老纪着急地喊，天上的兔子也未必不吃草！

王国甫说，一切以帖子为准，不是我们骗婚，是你们愿意，昨天连嫁妆都送过去了。现在轿子到了门口，岂有变卦的道理。

大秀一时语塞，将目光转向她的爸爸。七舅爷说这事他来处理，说着进了屋。舅爷对母亲和大秀说，他也忽略了两只兔子的差异，光想着外甥女一生的荣华富贵，想着姑爷的品位学识，没承想闹出了这么件事。掰开了说是咱们理亏，谁让咱们当时没仔细看帖就把礼收了呢？母亲抽泣着说，我不识字，锡元他干什么去了？

七舅爷说，你指望那位爷替你把关？姥姥！他连自个儿的关全把不了。这回还不是托刘状元的关系，在巡警上给他找了个事由，好让他自食其力。你不嫁，他永远长不大。

母亲低了头不说话了，开脸婆子借机将线在母亲脸上拉过。七舅爷捡起地上的衣裳往母亲身上一扔，转身出去，对院里的吹鼓手吩咐，《百鸟朝凤》！

《百鸟朝凤》是新娘上轿的信号，院里的人都松了一口气。七舅爷像完成了一件什么大事，美美地喝了一碗茶。

母亲在轿子里哇哇地哭，从吉市口哭进了朝阳门；大秀在轿外头抹眼泪，不像送亲像送殡。

起轿时老纪包了五斤炸开花豆放在母亲脚下，给她压轿。之后老纪跟着轿子走了一程，走到市场北口，停住了，眼巴巴地看着花轿往西拐了。

我的舅舅陈锡元把着轿杆，压着步子，努力使轿子走得平稳，这本应该是新娘兄长所为，母亲没有兄长，只好让小兄弟代劳了。没有人把轿杆，轿夫们会将轿子弄得上下颠簸，左右摇晃，因为这是轿夫们卖弄和露一手的时刻。这不光是为自己的铺子争光，创牌子，也是向本家讨赏的条件。

双方都没有老家儿，父亲母亲的婚礼就在“六国饭店”举行。我舅舅提出要“西式”，所以作为新郎的我的父亲和伴郎王国甫便分别穿上了黑色燕尾大礼服，雪白衬衣，硬领，系黑领花，戴白手套，把高礼帽在手里托着，不戴。两个人在人众中如同傀儡，彼此看着都想乐，只是忍着。

媒人的身份太显赫，装扮却很普通，仍旧是那身春绸大褂。众人都称赞刘状元这个媒做得好，才子配佳人，天造地设的一双。媒人说，“权当作氤氲使巧撮合”罢了，是四爷走了桃花运……

好一个“巧撮合”，母亲不知道，更巧的还在后面。

母亲那天实在称不上“佳人”，红肿的眼泡，褶皱的衣裙，冷漠的面容，让所有的来宾大跌眼镜。母亲看着应酬中的“蟾宫之兔”，恨不得变成猎狗，扑过去咬一口。回身再寻找“巧撮合”的媒人，早早地不见了踪影，撤了。

回到戏楼胡同的婆家，已经到了下午。父亲让前房的子女们出来跟新母亲见了，儿子女儿一二三四五六七八九……那长子，年龄已近乎和母亲相当。母亲糊涂了，自己不认字却是识数的，怎的呼呼啦啦出来一群？

母亲对她的洞房花烛夜是这样描述的，她张嘴咬了父亲，因为父亲告诉母亲，偏院还住着一位夫人，母亲几乎要晕过去了。此时的母亲已经手脚冰凉，欲哭无泪，她只是要求见见刘春霖，要当面问个清楚，这媒是怎么保的。父亲说刘春霖的话没错，他头房的夫人瓜尔佳氏的确过世十几年了，留下四个子女；偏院的张氏妻子也有几个孩子……

母亲照着父亲的胳膊就是一口，那一口咬得确实狠，没有夹袄隔着，得掉下一块肉。母亲在新婚之夜的闹腾使得夫妇合卺的仪式无法进行到底。南营房出来的女子，骨子里的刚烈在此时迸发出来，让我的父亲无法招架，连夜逃窜。

母亲最终还是认可了这桩婚事，要不也不会有我的两个姐姐和我。刘春霖以后再也没进过我们家的门，舅舅说他是躲了。

刘春霖确实是躲了，日本人来了以后他的同科进士王揖唐邀他出来一块儿做事，他不干，一直躲在天津。王揖唐是伪“华北政务委员会”委员，是给日本人干事的汉奸。堂堂状元岂能同他共事！

刘春霖之后中国再无状元，我父母的“状元媒”姻缘便成了千古绝世的佳话。

数九寒天，舅舅陈锡元在母亲的注视下吃了三杯插着德国国旗的冰激凌，拿着菜单还要往下点。

母亲说，你算了吧，脸都绿了。

第二章　大登殿

宝钏封在昭阳院，代战西宫掌兵权。

参王驾来问王安，讲什么正来论什么偏。

——京剧《大登殿》唱词

一

母亲的洞房花烛夜被她自己搅得一塌糊涂，她将房内一切可以破坏的摆设都弄了个稀巴烂。那闺中女儿的春梦也随着瓶盏的破裂化作了乱糟糟的碎片，四处飞溅，响亮而震撼。无畏、不论（读 lìn）、不屈、刚强，暴怒的母亲充分展示了她北京朝阳门外旗兵后代的气势。这种无羁的活力是她进入的这家人所没有的，她的举动打乱了这家原本的秩序，使一切都变得无章可循。

史学家们常说，游牧民族对中原政权的入侵，为木僵的中原文化增添了活力，推动了中华文化的进步。我也常说，母亲嫁入金家，如同往一潭沉闷的死水中扔进了一块石头。一石激起千层浪，洞房花烛夜的鸣响不过是个简单序曲，好戏还在后头。天潢贵胄的爱新觉罗家族早已脱离了当年统一女真与各部落顽敌、与大明官兵们战斗的孔武骁勇；那些个浴血奋战，那些个勇猛追杀，早已成了远年故事。如同父亲屋内挂着的那口鱼皮套宝剑，内里锈蚀斑斑，空有个华丽皮囊罢了。

金家入关二百年，在京城这片繁华温柔之乡瘫软融化，向着规矩化、程式化、贵族化、完美化靠拢，有着百年不变的生活秩序和套路，有着锦衣玉食的富贵荣华。一旦面对母亲这荒腔走板的突发事件，面对这不管不顾的疯闹，全家上下几十口，人仰马翻，竟无一人拿得出主意，无一人能出面劝阻。

这种懦弱性情，至今还影响着这个家族的子弟们，安于现状，与世无争，永远地不开口求人，永远地大量能容，成了别一路人物。特别是我，在我走过的道路中，充满着妥协、矜持、忍让、规矩。所以无论走到哪儿，都是一路地败下阵来，不是吃亏就是被人算计。到最后，龟缩一隅，躲到终南山脚下，顶怕的就是出头露面，顶怕的就是跟人打交道。有人戏称我是“忧郁症”，是孤傲，我否认。其实何尝不是如此！我是活怕了。

三十岁的母亲在那个时代给人当继室是一条唯一的出路，北京城虽大，也没有哪个老爷们儿三四十了还作为光棍晃荡着，还在冥冥中等着谁。父亲比母亲大了十八岁，母亲本已很不满意，谁知洞房之中，新郎又坦言相告，西偏院月亮门内还住着一位叫作芸芳的张氏夫人，且言，张氏夫人已经为金家生养了七个儿女，再加上瓜尔佳留下来的，一共是……

任何一个新娘在此时此刻也不能平静相对了。母亲一扫欲做妇人的羞涩，立时柳眉倒竖，杏眼圆睁，二话没说，张嘴照着“蟾宫之兔”的胳膊就是一口，一伸腿，把那只“兔子”踹到桌底下去了。继而是一场恶战，喊叫哭闹，撕咬抠抓，蹬踹摔砸，奏出了一曲别样的婚姻交响乐。

几十年后我跟我的儿子谈及这一幕的时候，我的儿子说，我的姥爷哪里会是蟾宫之兔，一定是那只叫作罗杰的流氓兔。这样的事除了罗杰，别个谁也干不出来。所谓的罗杰就是美国动画片里那只穿着背带裤，龇牙咧嘴啃胡萝卜，多嘴多舌多诡计的兔子。这样的形象与我的父亲相去甚远，我的父亲实则是个毫无心计，满腹经纶又永远快乐的北京大爷。懂礼仪，循规矩，尚艺术，爱美食，无忧的生活造就了他放达的性情。正如他对死的选择也是充满着自尊自若，自由豁达。

用我儿子的理解，也就是中国现代青年的理解，我的母亲是处于“二奶”的境地，即被我的父亲冠冕堂皇地“包养”了。跟现今给二奶另选异地另购别墅的款爷们不同，我的母亲是被包进金家院内，跟尚在的“大奶”包在了一起，用我儿子的话说是一个白菜心里包了俩虫子。

给人做小，别说我的母亲，我也是不能接受的。我母亲，一个贤淑勤快的女子，一个心劲儿高傲的美人，在闺中含辛茹苦几十年，却落了个当小老婆的结局，让人岂能心甘！闹是必然的，我当时若在，也一定会撺掇她闹！太不合情理！

“万鼓雷殷地，千旗火生风”，新房内的战斗不异于沙场上的万马千军，穷人家的女子豁得出去！

一个“豁得出去”注定了母亲以后在金家的角色，但凡有什么为难的事，一定是由母亲出面，例如日本宪兵队上我们家“检查”，也得母亲在前院抵挡，我父亲只能是在西院侧着耳朵听动静。我们家那位真正的抗日革命者、我的三姐，早溜得没了影儿。我在外头受了气，一定也是往家跑，搬我妈出去跟人家论理较真儿，我父亲连大声说话也不会，什么事到他那儿，都是“算了吧”。我后来在社会上的息事宁人，胆小怕事，大概也跟父亲如出一辙。

问题是母亲在洞房那样闹，能闹出怎样一种结果？

母亲调侃地跟我说她那天的大打出手，其实全是瞎胡踢腾。我想，这就好比国家武术队的教练跟街上的泼妇纠缠到了一块儿，任你有天大的能耐，对方不接招，没辙。母亲说那天闹到半夜才发现洞房里只剩了她一个人，满地满床的“辉煌战果”是各种碎片的狼藉。只有桌面上那盏红纱灯还在灼灼地喜气洋洋地亮着，对她是一种蔑视，更像是一种嘲笑。母亲冲动地朝着纱灯扫过去，在触到灯罩的那一刻又犹豫了，灭了这盏灯，房间内将是漆黑一片，现如今能陪伴她的只有这盏灯了。那只“蟾宫之兔”神不知鬼不觉，早已经不见了踪影。

母亲的念头只有一个——马上回娘家去！

想着门是锁着的，出乎意料，轻轻一推，竟然开了。母亲想，敢情是“兔子”在逃窜时忘记了锁门。其实母亲错了，是父亲压根儿就没想过要锁门。蟾宫里的兔子，哪见过这轰烈阵势，哪有过锁人的念头？倒是后来就范了的母亲在金家用锁锁过无数的人，包括她的子女，当然也包括我。

母亲出了洞房，才发现屋外是个不小的院落，游廊外两棵树，干枯的枝子有些狰狞，甬道上一个硕大的陶鱼缸，蹾在石头座上围着草帘子，往里瞅冻着一缸冰，盛满一缸月影，看不见鱼儿。院内无人，也不见任何灯亮儿。也就是说，刚才她在屋内吵闹的时候，就是一个人在折腾，没有观众，白费了许多工夫！

一只脏兮兮的小黄猫不知从哪儿蹿出来，在母亲的脚下缠绕，用脊背在母亲的腿上蹭，把母亲的心弄得一片温柔。母亲蹲下来摩挲那细软的毛儿，眼里竟生出许多湿润。也就是这只小黄猫，日后成为了母亲的钟爱，同吃同睡，亲闺女般地养着。猫的后代繁茂无比，绵延不绝，一直到她老人家去世，黄猫的子孙们还房上房下，前院后院地寻觅，不肯离去。

母亲后悔进门的时候没有记清来路，以致半夜三更在这陌生宅院里举步维艰。眼前深深的庭院非她的娘家能比，在娘家，她站在房门口一眼就能望见大街门。现在呢，满眼是房满眼是树，该朝哪儿走呢？

穿过一道院，沿着青砖铺就的小径来到一处宽展的园子，园里枝影婆娑，假山绰绰。月光下的三间花厅里有人在吹箫，箫声悠悠扬扬时断时续，显然是在练习。母亲想，这家人也是怪，夜半还有人吹箫，难道他就不困？如果当时母亲知道练习吹箫的是父亲最小的儿子，是文弱顺良的老七，怕是一件皮袄，一碗热乎乎的粳米粥早送过去了。事实证明，后来老七和母亲的关系最好，跟我的关系也最铁。这是一个外柔内刚的哥哥，父母去世，偌大的家族中，只有言语不多的老七和我充当了孝子角色。那是街道管“牛棚”的开恩，将他放出两个小时，才得以尽其孝道。其他几位爷压根儿就没指望上，没添乱就是万幸了。

这里显然不是大门，母亲赶紧往回折，七转八转又转到洞房门口。往里看，那盏灯还亮着，一切如她离开时的模样。凭着感觉又往南转，穿过一个夹道，过了一座垂花门，母亲看到了一排南房东边那座厚重的街门，三步两步，过去就拔门闩。母亲想得简单，只要开了这扇门，顺着胡同往东就是东直门，再沿着护城河朝南，一顿饭工夫就到了朝阳门。到了朝阳门就算到了家，朝外的每一个墙根每一个拐角她都熟悉得不能再熟悉了。到了南营房就如同鱼儿回到了大海，金家人再想把她弄回来是根本不可能的。

门闩不大却很重，母亲拉了几下拉不动，急得浑身冒汗。再要换个角度时，猛然身后一声轻轻的招呼，太太。

母亲惊得一下贴在门扇上，不敢动弹。半天回过身来望，却见身后站着一个妇人。那妇人不动声色，表情冷漠，眼睛直视着母亲，暗含着一种高傲与淡定。妇人装饰素雅，不施粉黛，月白的琵琶襟上衣，黑色的裤子，裤脚镶着黑色绦子，不显山不露水，却透着考究。全身上下最精彩的是那双鞋，宝蓝的缎面绣着淡绿的栀子花，深绿的压口向鞋尖延伸，盘出一只翻飞的蝴蝶……明亮的月光下，这双脚显得光彩灵动，充满生机。

母亲看着眼前的妇人，料定就是“兔子”谈及的那个张芸芳了。在对方气势的压迫下，不知怎的，穷丫头竟然有些气短。定神一想，反正往后也不在一块儿过，怵她作甚，便说道，我要家走。

“要家走”是“要回家”的意思，朝阳门外贫民们使用的语言。这使得母亲一张嘴就透了底儿，显出了底气的不足。就好像后来有人要装港台腔，一不留神却突然冒出了自家老腔一样，由不得人。那妇人说，要回家也没谁拦着，得老张开门才行。

母亲从妇人的话语里听出了“不欢迎”的意思，越发坚定了走的念头。

这时候，一个精瘦的男人披着衣裳，趿拉着鞋从南屋走出来了，睡眼惺忪地说，谁在门道里呢？

妇人说，有人要走。

老张没理会妇人的话，把衣裳穿好了，提上鞋说，没我这门还真开不了，它门闩上有机关不是？得把闩上的小舌头扳下来，它才能打开。这个小舌头呢，一般人还找不着，要不这院里的哥儿姐儿，猫儿狗儿的，都偷偷往外跑了还行？

老张说一口唐山的“老塔儿”话。母亲想，这个人心眼不错，随和，就是话忒多。老张后来成了母亲的死党兼莫逆，大约也与这天夜里的表现有关。我跟老张的关系也不错，我那一口纯正的唐山话，都是跟老张学的，韵味的纯正，用词的准确，常常让河北的作家们吃惊，谁也挑不出半点儿毛病。老张语言的活泛与诙谐，大众式的调侃与夸张，让我受益匪浅，他是我文学的“恩师”。

扯得远了。

老张问，这半夜三更的，谁人要出门？

妇人一指我母亲说，喏。

妇人的一个“喏”，让母亲很不受用，她感到了这女人从心里对她的反感和蔑视。母亲后来对我说，那一个“喏”字几乎把她气个半死，即便不在这个家待，她也不能输在这个“喏”上。人穷怎么的了？人穷也不低谁一等！这一来，母亲的邪劲儿又上来了，她说，我是有名有姓的，家住南营房四甲57号，我不叫“喏”，我叫陈美珍！

妇人立刻闭了嘴。

老张说，这么说就是太太了。太太要出门我自然没有不开的道理，可是我开了街门，外头还开不了城门。太太想家了也得等天亮不是？您回去早了亲家还没起来呢，堵了人家被窝可咋着呢？

母亲看看刚刚偏西的月亮，也是有点儿犹豫。老张借机对母亲说，要不我跟老爷言语一声，就说您要回门，天一亮就备车，早去早回。

老张明显是在给母亲台阶下。新媳妇回门一般都是第二天，由新姑爷陪着，到新媳妇娘家去拜见亲属，表示两家的亲戚关系由此而认定，而牢固。回门对出嫁的新媳妇是个很重要的仪式，颇有衣锦还乡的意味，是初嫁女孩向娘家人炫耀婆家富足，自己有头脸，丈夫温顺有能耐的机会。女方的亲戚街坊们这天也要聚集在一起，对新郎评头品足，搞些恶作剧，以试新郎的性情。母亲在南营房的街坊碟儿，因为在该回门的日子被婆婆责令出来挑水，被众人认为他们家不合礼数，不懂规矩，在南营房地区就抬不起头来。

可是母亲压根儿就没想过回门这个程式。老张这么一提醒，她更认为不可。让那个大她近二十岁的男人明天跟着一块儿回南营房，还要坐着他们家的轿车，那可真是生米做成熟饭，不是真的也成了真的。母亲想的是从这个宅门里一出去，就再也不回来了，金家再用八抬大轿去抬也不回来。在这场婚姻中她全被蒙在了鼓里，已然闹了，就要闹到底，先找着媒人讨个明白说法，再退婚。不信就找不着说理的地方，大不了还有最后一招，抹脖子上吊，死给他们看。她的好朋友碟儿不是就扎水缸自尽了，丧礼尽管辉煌，惊动了整个朝阳门，可是有什么用呢？人死了，眼睛一闭什么也不知道了，这个世上就永远没有你了。现在还没到那一步，先得出去把事儿理论清楚，她可不能像碟儿那么傻。

母亲坚持让老张开门，老张说得禀告老爷一声，他虽是看门的，也没夜里随便开街门的权力。那妇人说，老爷忙了一天，累了，早在西院睡下了。

老张惊奇地看着母亲。大概此时他终于闹明白了，洞房花烛夜，新郎竟然睡到了另一位夫人的炕上，难怪新娘子不干了。

其实这一切都是母亲自找的。

二

母亲在乎名分，誓死不当小老婆，这是她的倔强之处。我把她的事讲给晚辈们听，却没有谁感兴趣。他们说这是一个老掉牙的、没有一点儿新意的故事。他们拿老太太调侃，说几十年前在金家演了一出《大登殿》，我的母亲是薛平贵后娶的代战公主，那个叫张芸芳的张氏母亲是先娶的王宝钏。公主再年轻漂亮有本事，也得到西宫去；王宝钏在寒窑等了薛平贵十八年，又老又丑，因为是先娶的，所以封在昭阳院当正宫。

每逢谈到这个话题，我的六姐总要纠正说，咱们的母亲三媒六证都有，可不是做小的。的确，我母亲生的三个女儿永远坚决地和她们的妈站在一个立场上，维护着母亲的名分，不让她们的妈吃半点儿亏。

母亲进了金家门，生了三个丫头，没生男孩，肚子没给她争气，这也是她的遗憾。父亲不在乎这个，父亲不缺儿女。母亲不生儿子，他还有七个儿子四个闺女，加上母亲后来生的仨丫头，儿女正好一半对一半，十四个。

十四个兄弟姐妹中我是老小，所以我就有几十个管我叫姑爸爸、叫姨妈的晚辈。至于那一群让我很难叫准名字的孙辈，就更不计其数了。搁以前大伙或许都会住在四合院里，进进出出，热热闹闹地过大家族的日子。现在不行了，这些人东南西北，撒豆似的撒在全国各地，从没有机会纠集在一起，基本谁都不认识谁，相互也无甚来往。过年时我会接些个电话，某侄孙从云南打来的，某侄孙从加利福尼亚打来的，某外孙从宁夏银川打来的……搁下电话我会愣半天神，想不起这些孙们的模样和他们是哪个的孙。我儿子说我已经有老年痴呆嫌疑了，我说，快一个连了，换你比我还得痴呆！

有一天我正在家写《大登殿》这章文字，一个衣着入时、娇小文静的姑娘来找我。姑娘说是从北京来西安旅游的，奉了她太太的嘱咐，来看望七姨太太。听这称呼，我知道，这是哪位姐姐的孙女来了。

满族人管祖母叫“太太”，管母亲叫“ne ne”，绝非如今电视里面“额娘、额娘”地从字面上的傻叫，让人听着别扭，只想咧嘴。“姨太太”非指小老婆的姨太太，是“姨祖母”的意思，女子叫得一点儿没错。一问，是六姐的孙女，她的祖母是我一母同胞的亲姐姐。我这位六姐是位妇产科专家，一位冷峻而不苟言笑的姐姐，她的生活中充满了无菌、严谨、规则、诞生和死亡。她的身心百分之九十九在她的事业上，平时几乎不回家，所以在我的印象中，她遥远得如月亮里的嫦娥，冰冷冰冷的，望不到也摸不到。

姑娘说了她的名字，叫博美。我立刻想起了对门邻居家养的那只雪白的、会站起来给人作揖的长毛狗，那狗似乎也是叫“博美”。此博美和彼博美有共同之处，就是白。对门那个博美白得身上没有一根杂毛，这个博美皮肤白得看得见青色的小血管。对门那个博美善解人意，见谁都会讨好；这个博美举止文静，说话柔声细语，有着小鸟依人的可爱。

我六姐属于那种静则亭亭玉立，动则袅娜轻盈的传统美人类型，我的同胞姐妹中她与母亲长相最接近；她的后代青出于蓝胜于蓝，博美绝对继承了我母亲美貌的遗传基因。

家里来了重要客人，我赶紧放下手头活计，准备收拾房间，换新被罩，算计晚上到哪家饭馆去吃饭，一心想让客人住得舒适随意，似乎只有这样才能表达出我的热情，表达出我对六姐后代的关爱。博美拦住我说来时太太交代了，不能给姨太太添麻烦。她已经在招待所订了床位，饭也在外头吃。我说招待所没家方便，家里多好，想吃什么可以自己做，比如红小豆粥、豆酱什么的，想出去逛，我陪着。

博美还是说在外头住。

想的是年轻人有自己的生活习惯，我也不好再坚持了。

看到桌上电脑里的文字，博美很感兴趣，认真地读了许久。末了儿说，姨太太写的是太姥姥的事，这段事情我太太讲过，挺有意思的。太姥爷和太姥姥“愿为连根同死之秋草，不做飞空之落花”，让我们小辈望尘莫及，好想也有那样的经历。

博美的见地让我惊奇，一个女孩能讲出这样的话，至少比我那个当博士的混账儿子有水平。我那个三十大几的儿子，最高境界也不过是在电脑前头成宿成宿地玩“魔兽游戏”。人不人鬼不鬼地纠集一大帮同好，连大洋彼岸的都能联系上，“流れ雲”“高太尉”“恶鬼 MK”“琉璃球”……有熊有虎，有刺猬有狐狸，配着叮啷当的音乐，把一场群架打得地覆天翻。彼人一下班就奔电脑，饭也不吃，人也不理，连上厕所也一溜儿小跑。一看他那六亲不认、魂不守舍的魔怔模样我就来气，恨不得过去扇他俩嘴巴子把他抽醒了。

还是女孩好，女孩至少能坐在你跟前，谈些个“连根同死”的情感话语，让人心里舒坦。我这辈子遗憾的就是没有女儿。

我说在北京见博美的时候她还上幼儿园，为演节目没当上小红帽而是当了小红帽的姥姥哭鼻子。我建议她去演大灰狼，她说大灰狼是男生演的，她是漂亮小女生，漂亮小女生只能演小红帽。我对她的祖母我的六姐说，小小年纪就知道自己是“漂亮小女生”了，女性意识很强；我照她这么大，什么心思也没有，就知道吃。

六姐说，你这么大，浑小子一样，不是在房上就是在树上，咱们后院几棵树都让你爬遍了。你哪儿能跟她比，这小丫头片子精着呢，很知道自己漂亮的资本，一转一个心眼儿，说不准什么时候就把你转进去了。

跟博美说起这段往事，博美说，二十多年前的事您还记得，我那时候还没上学，现在硕士都毕业了。那时候为没演上小红帽伤心，后来在大学业余京剧团唱青衣，还在票友大赛上拿过奖呢。我太太说我的扮相跟她去世的大姐很像，有一回太太到我们学校看《锁麟囊》，哭得眼睛都肿了。我说至于吗您，《锁麟囊》又不是什么悲苦戏，《春秋亭》一折是出嫁，富贵荣华加热闹，有什么好哭的？您猜我太太说什么？

我说，不用猜我也知道，你太太是想起我们的大姐了。大姐是金家的长女，是大格格。旧时北京名媛义演，她唱的是大轴，演的就是《春秋亭》这场，轰动京城。都说大格格的艺术感觉特别好，秉承了你太姥爷的艺术气质，可惜的是死得太早了。

博美问我见没见过大格格。我说快解放时，在她临终的时候见过一面，在阜成门内顺城街她的婆家，一间小西屋里，瘦得不成样子，人已处于弥留状态。炕上连床整装被卧也没有，是一堆棉花套。一个大宅门光鲜艳丽的格格，嫁错了人……

博美说，该不是给人做了妾吧？

我说，金家的姑娘永远不会给谁做妾！

博美脸一红，连着说了几个 Sorry。

我问博美大学是学什么的，博美说经济管理兼计算机软件两个专业。问在哪儿上班，她说还在寻找，一时没有合适的。问谈朋友了没有，博美说正在处……

博美不光是个美人，还是个才女。想也是，以我六姐的严格家教，以金家的文化熏陶，教不出一个品貌兼优的淑女那才是怪事，立刻对眼前这女孩多了几分喜爱。

拿出老相册让博美翻，博美夸赞了母亲的天生丽质，说都生过三个孩子了，身材还是这样苗条。博美指的是有一年夏天母亲领着我们姐妹三个在北海“五龙亭”前的照片。照片是老七给照的，光线、快门都很讲究。博美说她祖母和另一位姨祖母长得跟母亲很像，言外之意是说我的相貌赶不上我这两个姐姐。我说我更像父亲。博美说，我听说太姥姥最疼您。

我说，那是因为她把我生成这个模样感到对不住我，堤内损失堤外补。

博美看了我父母亲结婚的老照片说了一句“珠联璧合”，眼神里泛出一片温柔的光。

相片上的父母在那一刻其实谈不上“珠联璧合”。三十年代的德国相机，清晰地照出了饭店里结婚的热闹场面。宾客很多，父亲穿着燕尾服，一手托着高礼帽，一手挽着新娘。看父亲那表情多少带有玩世不恭的做戏成分，眼睛不看镜头却往后甩。他身后站着的同样装扮的伴郎，即他在日本的大学同学王国甫，两个人挤眉弄眼像是在演双簧。而我的母亲则是凤冠霞帔，满身锦绣，像京戏舞台上的娘娘。像娘娘又没有娘娘的做派，张着嘴一脸哭相。

我告诉博美，老太太在“新婚”第二天的一大早，天还没亮就跑回了娘家。穷人家的姑娘不怕跑路，撒开大脚片子，一刻不歇地往朝阳门赶，没一个钟头就到了南营房。到了家门口天刚亮，大街门竟然没关。母亲想，她这一走剩下兄弟一个人，平时依赖惯了，刚离开一天，兄弟的日子便过得如此凄惶，鼻子一酸，眼泪就下来了。

推开房门，看见陈锡元连被子也没盖，四仰八叉地在炕上酣睡。叫起来，懵懵懂懂的不知所以，还问姐姐是否给准备了炸糕、面茶。

母亲看着炕上的陈锡元觉得陌生，一天没看住就全变了模样，头发留了一个大中分，上头不知膏了多少油，把枕头洇得油乎乎一片。嘴里一股酒气，脸上满是油汗；黄警服，铜纽扣，牛皮带，帆布绑腿大皮鞋，制服上的“巡 044”标志惹人眼目。母亲问兄弟，睡觉怎的不脱衣服？兄弟说舍不得，这样的好衣裳南营房四甲的人谁也没有。

原来，陈锡元昨天送亲，只把姐姐送到饭店就匆匆到警察局报到了。这是跟媒人原先说好的条件，给他介绍一个工作。媒人面子大，介绍他去警察局，就去了警察局，被分到朝阳巡警三科第四组，专管东岳庙到东大桥的路面治安。再细致说就是抡着警棍满街溜达，只要不出大麻烦，一个月就能拿到六块大洋的薪水。陈锡元昨天下午穿上了警服就是公家的人了，是个顶天立地的爷们儿了。流油的大中分是昨日上午送亲的遗留，警服是昨天报到新发的，同事们七手八脚帮他穿上了。回家却不敢脱，怕脱了照原样穿不上，首先那个绑腿能打出花来就非一日之功。陈锡元见过景升东街的井大姨打的裹腿带，老是松的，走着走着后头就拖着两根布条子。一个大警察，绑腿要是跟井大姨的裹腿带一个水平，岂不窝囊。

陈锡元对他的行头很满意，尽管他穿上这身披挂颇有沐猴而冠之嫌，但毕竟是个真巡警，不是假冒的。报到就发了三块大洋，当下被同仁们拥到照相馆，照了稍息姿势的八寸全身相。照相馆有假枪，木头的，自然要别在腰里，以壮声势，感觉颇为良好。照完相又跟着众弟兄到东来顺吃了一顿涮羊肉，酒喝了不少，谁付的账不知道，谁送他回来的不知道。反正他现在是坐在家里的炕上，兜里一分钱也没有了。

陈锡元说他吃完早点要去执勤，可是那根警棍却怎么也找不着了，不知忘在了什么地方。就冲着姐姐发脾气，说头天上班就出此重大事故，如何向上峰交代？不是他姐姐耽误工夫，时间还充裕些……话说着说着就有些不讲理了。

母亲说，我不出门子，你也当不了警察，怎的怪我？

陈锡元说，不怪你怪谁？

母亲说，打今儿起，咱们还依着原样过，重头来，你帮着老纪去炸开花豆，我还做我的补活。

陈锡元没听懂母亲的话，接过话说，嫁出去的姑娘泼出去的水，你回不来了，你姓了金。我呢，这身衣裳也脱不下来了，脱下来我不会穿！

博美说她关心的是老太太如此举动，将如何收场。现在也有在婚礼上当场变卦的，她的同学就是。新郎母亲的一句话没说好，新娘就把婚纱撕烂，把花扔得满世界都是。还不算完，又照着新郎的肚子踹了一脚，让新郎捂着肚子蹲在地上半天站不起来。新娘抢过麦克风，郑重宣布“离婚”！宾客本来是看《龙凤呈祥》的，却来了一出《孔雀东南飞》。也不错，反正都是戏。新娘为了下台，只好离婚。离婚一星期再复婚，一切再从头表演一遍。这回婆婆学乖了，不敢乱说乱动了。

遗憾的是作为兄弟的陈锡元却远没有现代新娘的婆婆那么懂事乖巧。他没有细想想，在姐姐回门的日子他还要上什么班，也没有想想，这样重要的日子，姐姐怎么一个人回来了。这个大男孩，心真是太粗了，粗糙得让他为那张“警察稍息别枪照”，在“文革”时付出了沉痛代价，首先那把照相馆的木头手枪他就讲不清楚来历。警察身上的枪，没人相信那是假的，特别是“文革”那个时候。

这是后话了。

陈锡元在南墙根鸡窝门口找着了那根沾满鸡屎的警棍，火急火燎，脸也没洗，上班去了。丢下母亲一个人，屋里屋外转了几遍，家里是空荡荡的，心里也是空荡荡的。

干什么呢？做补活的工作辞了，已经跟人家认真地告了别，怎好再觍着脸回去？兄弟有了自己的差事，再用不着她养活，她现在倒成了多余的人。越想越没着落，坐在院里的台阶上怔怔地发呆。

门外有车响，是金家的大少爷来接母亲了。锃光瓦亮的马车，标致的大洋马，穿着齐整的车夫，引得街坊邻居前来围观，说陈家姑娘回门回得气派，这样的车全北京也没有几辆。及至看到西装革履的金家老大，都以为是新姑爷。我这位大哥相貌堂堂，浓眉大眼，是哥儿几个当中比较出众的人物；论年龄，比我的母亲小一岁，说他是新姑爷，没人不信。

老大把带来的各样礼物让赶车的抱进屋里，看着家徒四壁的屋子，不知坐在哪里，站在屋当间使劲搓手。最后对母亲说，咱们回吧。

母亲说，告诉你的爸爸，我要见姓刘的媒人。

老大说，我阿玛一早就去前门火车站了，跟姑爸爸的儿子小连上江西了，说要去景德镇看古瓷窑，一两个月回不来，我已经代我阿玛跟箍筲胡同的王阿玛告了假；您要找的刘大爷昨天晚上就回天津了。

母亲说，我要上天津找他，他不能这么哄我，他得给我一个说辞。

老大说，阿玛走时留了话，特意嘱咐让我陪着您上趟天津，绝不能让您受委屈。

老大毕恭毕敬地站着，表现得比儿子还儿子。如果母亲当时知道，眼前恭顺的儿子其实已经是国民党中统干部时，不知要做何种表现了。

老大的话表面很软，很温顺，内里却带着不容商量的严厉。母亲真的没辙了，想着那个娶她的男人上了外省，这多少给了她一个缓冲的余地。院外头围着看“回门”的人众，都是抬头不见低头见的街坊，她一向是个循规蹈矩的姑娘，这种时刻怎能给娘家丢人，给自己丢人？母亲站起身，拍拍身上的土说，咱们什么时候上天津？

老大说，依着您。

母亲说，今天。

老大说，行。

母亲说，现在就去火车站。

老大说，您得先回去换件衣裳。

母亲才发现自己从洞房里闹将出来，身上竟然还穿着海水江涯的大红石榴裙和窄袖滚边小袄。这样的穿戴走在街上难免不伦不类，就像是今天穿着婚纱挤公共汽车，人家准会以为是半疯。

母亲跟着老大上了马车，想着那个大她十八的男人，想着西院住着的那个高傲的夫人，心里别扭，老想哭；眼泪在眼眶里转过来转过去，悄悄咽进肚子里。马车的座位是两排座相对而坐，坐在对面的老大很知趣地把自己的手绢递过来。母亲感念老大的善解人意，想说谢，一想这个人是儿子辈的，用不着谈谢，就狠狠地往手绢里擤了一把鼻涕，那鼻涕其实都是眼泪。

老大立刻把眼睛放到了窗外。

马车穿过了东四牌楼。

满街的灰土被朔风扬得一片昏暗。

三

老天爷让母亲的天津之行彻底泡了汤。

当天下午北京下了暴雪，京津铁路停运，北京城内行人罕见，漫天大雪飘飘洒洒，铺天盖地，将天地连为一统。

这场雪下了一个礼拜。母亲在屋里待着，心急火燎，没有补活可做，没有门子可串，郁闷无比。有个叫大兰的丫头陪着母亲，寸步不离地跟着，说是伺候，其实是看着。是金家老大的安排，老大比他的父亲有心眼儿。大兰粗笨，干活磨蹭，晚上睡在外屋，头一沾枕头就着，呼噜打得山响，咬牙放屁说梦话，偶尔地还要尿炕。早晨，大兰要打扫屋子，一个钟头的活儿，大兰得干三个钟头，颇有今日搞清洁的小时工那不瘟不火的劲头。母亲看不过眼，几次要抢过来干。后来一想，干吗呀，自己算老儿，犯不着给他们家当老妈子。所以，母亲从来不插手大兰的工作，也不给予评论和指导，一切由着她来。

母亲拒绝到前院东屋饭厅去吃饭，饭厅是里外套间，大人一桌，孩子们一桌，彼此不打乱仗。一到开饭时间，不用招呼，都到东屋集中，各有各的位子，都是固定的。老大快三十了，是大人了，在家吃饭也得和兄弟姐妹们挤一桌，上不得套间里头的小灶。厨子是父亲从萃华楼聘来的山东师傅，姓王，手艺很好。因为回家探亲遇着了土匪，挑伤了脚后跟的筋，回来后应承不了饭馆繁忙的炉头，就到我们家做饭来了。老王脾气耿直，不耿直也落不下这残疾，走道有点儿踮脚。跟看门的老张不同，他敢说话，把金家的几位小爷数落得跟孙子似的。

父亲到江西云游，母亲不到饭厅吃饭，那位张氏夫人也不到饭厅去，里头的饭桌基本就空了。母亲不去凑热闹，是不愿意和这家人掺和，迟早是要回南营房的，何苦在人家家里插一脚。一到吃饭的时候，大兰就到厨房，把饭给母亲端来，一套嵌着螺钿的食盒，三层，层层都很丰富，非南营房的花椒炒白菜帮子、大眼窝头能比。

张芸芳每天自己到厨房打饭。她和一帮儿女们都很熟络，看哪个子女吃相不雅，一个脖儿拐，从后头就扇过去了，毫无客气可言。所以她一进厨房，如同进来只鹞子；一鹞入林，百鸟无音，谁也不敢造次，连最淘的老五也变得规规矩矩的了。

张芸芳端了饭到西院去吃。她对饭食的挑剔程度每每让厨子老王憷头，鱼肉丸子必得是用鸡汁打的，清炖的马蹄鳖得在微火上煨够一天一宿；烧白鱼、炒虾丝、毛公山炖豆腐，见天换着样来。用老王的话说，西院的口味基本上是以徽菜为主，他这个鲁菜厨子做得总是不尽如人意。

我应该用些笔墨说说我的张氏母亲。张氏母亲是安徽桐城人，是有名的文华殿大学士张英的后裔，著名的“六尺巷”典故就是出自她的老先祖。

她们家的老祖张英康熙四十年在京城做大官，老家吴姓邻居盖房，占了他们家的地，家人就给在北京的张英写了一封信，状告此事，想用权势解决矛盾。张英看罢信批了一首诗：“一纸书来只为墙，让他三尺又何妨；长城万里今犹在，不见当年秦始皇。”几句诗化解了紧张的邻里关系，吴家也作出礼让，后退三尺，这便是六尺巷的由来。张英的儿子张廷玉也在京城做官，学问精深，也是了不得的人物，时人称为“父子宰相”。

张氏在京城的后裔分支繁杂，到了张芸芳祖父一辈家境就不行了，但文脉不衰，张氏虽为女子，诗书经史无所不通，是闺阁中的文化精英。我父亲在日本留学，学的是“古典讲习”学科，其实就是古文。回来后搞些古代版本考证什么的。父亲对这个工作不上心，那热情绝没有我舅舅当警察的瘾大。张氏夫人作为文豪后代，正好做了父亲的左右手，哪个版本，哪个出处，不用查，全在她心里。

我上中学的时候，父亲在为“华坚兰雪堂铜活字印本”《春秋繁露》作考证，曾对我感叹，要是你二娘活着，我何至于此！

我后来想父亲和张氏母亲的婚姻，其实更多的是工作关系，父亲不过是给自己娶了本活字典罢了，聘了个不付工资的秘书，他们之间很难有“爱情”可言。但是没有爱情的婚姻，竟也使文华殿大学士的后裔子孙娘娘似的生了不少孩子。

母亲盼着天晴，看着窗外厚厚的积雪，看着那被雪压弯了的海棠枝条，心里越发烦躁。

有个大孩子在院里拿筛子扣家雀儿，拉根绳，自己藏在鱼缸后头，探头探脑地半天逮不着一只。母亲问大兰，逮雀儿的是哪个，大兰说是老五，是故去老福晋的末生儿子。早早死了娘，没人疼也没人调教，招猫递狗，蹿房越脊，最不招人待见。

母亲让大兰告诉老五，雪地里逗引家雀儿不能用白米，得用陈年黄小米，这样鸟儿才看得见。大兰也乐得跟老五去逮鸟，换了黄米，不一会儿就逮了一只。老五高兴地用手捧着，拿进来给母亲看。小家雀儿在老五手里惊恐地一声声叫唤，老五也学着家雀儿一声声叫唤，像是对话。母亲看着眼前的老五，光脚穿着毛窝，棉裤短了一截子，露着脚脖；一张皴脸，两个冻得烂了边的耳朵；棉袍上的纽扣全都豁了，索性不扣，用根带子拦腰一系。再看捧家雀儿的手，手上全是口子，指甲大约很久没剪了，缝里全是黑泥。

如同看见院里的小黄猫，母亲的心又软了。小黄猫如今盘在母亲的炕上呼噜呼噜睡得正香，炕沿下站着的老五名为大宅门少爷，却是一副叫花子模样。如果是自家的兄弟这副装扮，母亲得心疼死。这一想，鼻子又酸了。

老五没理会母亲的神色，讨好地说，娘喜欢它就把它送给娘养着吧。赶明儿天儿好了，我上花市给娘买只蓝靛颏儿来，让这只给它当丫鬟。

大兰拍了老五一巴掌说，说话别带把儿啊！

老五的一声“娘”叫得那么自然亲切，好像就是从小在母亲身边长大的亲儿子，从没有离开过。母亲立刻从心里认可了这个儿子，眼神里溢出了无限爱意，对老五说，把雀儿放了吧，它还是个雏儿，没了娘照应怎么行？

老五说，没了娘它还有爹呢，我就是它爹。

开始犯浑了。

母亲让大兰打来一盆热水，将老五的皴手泡了，让他坐在旁边给他剪指甲。老五开始还觉着别扭，扭捏而不自然，扫了一眼母亲平静而慈祥的脸，兀地冒出了一股依赖之情，撒娇地让大兰把那些剪下来的黑指甲给他用纸包好，说是明天上学送给先生留作纪念。母亲说这样龌龊的东西不能送人，老五说先生老呲得他的手指甲长，其实他的指甲只有右手的长，因为左手不会使剪子，这回娘可是帮他出了回气。

老五一口一个"娘"，让母亲的心里舒坦极了。母亲说，难道西院的那个娘不给你剪指甲？

老五说，二娘就会让我背书，"吾有知乎哉？无知也。"我不愿意念书，我就爱玩。

事实证明，我们家的老五的确也是玩了一辈子，养鸟养鹰，养狗养花，唱得一口皮黄，写得一手章草；时而衣帽齐楚，时而破衣烂衫；广施情爱嫖妓女，心地善良抽大烟，是金家的另类。母亲将老五称作"我的乖乖"，一直以亲娘的身份呵护着他，纵容着他。

父亲一走没有消息，母亲的重要心结是要在那只"兔子"回窝之前找媒人了断此事。她看过京戏《大登殿》，知道先来后到的原则，"先娶的你来你为大，后娶的我来我为偏"。按规矩，她得在过门的当天到西院去正式拜见张芸芳，认定自己妾的身份，将张芸芳唤作"姐姐"。可是那只“兔子”省略了这个仪式，紧接着是无踪影地逃窜，将一大堆麻烦扔在家里，自己去躲心静。

母亲不过去，张芸芳自然不会过来，架子端得很足。

雪已经停了几天，隆冬的北京显出了寒冷的威猛。北风刮得雪末子满地出溜，全变作了细细的冰粒儿。

京津铁路早通车了，老大却又没了影儿。让大兰打听，说是大少爷上南京了，什么时候回来没说。

母亲不能再等了，母亲决定自己上天津，媒人刘春霖跟“蟾宫的兔子”同船去过日本，去找他不怕他不见。上天津不比上天桥，毕竟是出远门，让别人跟着又不合适，母亲就让陈锡元跟她一块儿去。打虎亲兄弟，上阵父子兵，这个时候她能依靠的只有陈锡元了。

陈锡元很乐意这趟差事，权当闲逛，正好轮休，说走就走。姐弟俩买了头班车票，从前门火车站上车，三个钟头，一大早就到了天津。

陈锡元到天津有他自己的目的。听同事说天津除了大麻花和“狗不理”外，还有一个著名的西餐馆子，叫起士林。这馆子与众不同，德国人开的，男女招待都说外国话，吃的饭也是外国饭。到了起士林就亚赛到了外国，美利坚、英吉利、法兰西、德意志，你想它是哪国它就是哪国。陈锡元一个小巡警，这辈子永没有上美利坚的机会，上一趟起士林至少让他长回见识，增加些吹牛资本，让人对他刮目相看。至于找什么刘春霖，论什么嫡与庶的名分，他根本没往心里去。

走之前就跟姐姐谈好条件，到天津一下火车，先去起士林吃西餐，吃饱了肚子再上状元楼刘家。母亲说吃西餐得好些钱，不如烂肉面实惠。陈锡元说，金家的聘礼还没动，几百块大洋他还拿得出。母亲说，那钱将来咱们得还人家，咱们是奔着退婚来的，咱们还没阔到胡吃海塞的份儿上。

陈锡元说，聘礼还不还从天津回来再说，反正金四爷的钱我揣着呢。

母亲说，还是用我做补活攒的钱吧，自个儿挣的，花着踏实。

去天津对母亲来说是她一生走得最远的路。一个大字不识几个的穷丫头，敢闯荡天津五方杂处的地界，足见下的决心之大，拿出做姑娘时候的全部积蓄，到天津讨要说法，也是对自己名誉、命运的最后一拼了。

四

博美请我在饭店喝咖啡，现磨现煮的巴西咖啡豆，浓香四溢，跟我家里冲泡的“雀巢”是两个档次。我往杯子里使劲倒奶精，博美说最好什么也不兑，这样味道最醇，能品出蒙帕纳斯夕阳的味道。

我不懂蒙帕纳斯是什么，小心请教，才知蒙帕纳斯是法国巴黎的一条街，那里的咖啡馆最有名，毕加索、海明威、左拉、凡高、弗洛伊德等一些大师都曾是那里的常客。夕阳西下，咖啡馆里橙黄的阳光与飘荡的咖啡浓香融合在一起，那是艺术家们的精神凝聚，是进入至高境界的必须。

我也跟着各种代表团走过不少国家，却多是走马观花，体会不出日本洞爷湖的太阳和中国洞庭湖的有什么区别；体会不出伦敦的麻雀是否比北京的更肥硕；在托尔斯泰庄园里溜达，只是觉得那园子大；在马克·吐温故居徘徊，只是觉得房子好。只好承认自己感觉粗糙，缺少年轻人的细腻，当然更缺少艺术的感受力。

宾馆咖啡馆的环境不错，宽大的皮沙发，柔和的下午阳光，茂密的热带植物，似有似无的某名人小夜曲，不引起你注意又在时刻关注你的英俊服务生，让人产生一种慵懒虚幻的感觉，好像这里离尘寰很远很远，那些贪污腐败，那些以权谋私、环境污染、金融危机、有毒奶粉、硫黄馒头、超标农药、物价飞涨，那些肮脏鄙俗、污浊下流都是另一个世界的事。这里有的只是无限优雅高贵和一尘不染的闲适。

透过氤氲的热气看博美，似非凡间之物，素白的衫子，素白的裙，全身上下没有任何首饰装点，也几乎看不出化妆的痕迹。想起了韩非子的名言，“和氏之璧，不饰以五彩；隋侯之珠，不饰以银黄。其质至美，物不足以饰之”。博美美得很自信，她知道该如何表现自己，这便是品位了。

博美见我看她，冲我笑了笑说，我太太说过，太舅爷跟太姥姥一块上天津吃西餐，太舅爷一口气吃了三个德国……

我说有这事，金家人都知道陈锡元吃德国的笑话。其实那次上天津吃西餐不是目的，找刘春霖才是主要的，但是从天津回来，我母亲忘记了主要目的，却只记得起士林的西餐了。那次上天津，对我母亲一生来说都是个大举动，其艰难程度无异于今天山里的农民砸锅卖铁到“新、马、泰”去旅游。

博美说，太姥姥的做法有点儿矫情，看起来没多大意思。其实她不去天津，她就在金家待着，谁能把她怎么样了？还不是锦衣玉食地过日子，男人宠着，儿女们敬着，里里外外一把手，谁能代替得了她？

我说太姥姥有太姥姥的想法，“处女无媒，老且不嫁”；如果在媒人上出了问题，那可是天大的事情啊。我母亲从小失去父母，与兄弟相依为命，自立自主惯了，不想依附哪个。这样的事情她自己不出面，别人谁也替代不了。她的女儿们跟她一样，也是一个比一个刚强，一个比一个爱较真，我的六姐是这样，我也是这样。

母亲和陈锡元到天津那天，天气冷得出奇。俗话说，下雪不冷化雪冷。天津是个大风口，冷就冷在了那风。天上的太阳惨白惨白的，西北风呜呜地响着，街上的电线在风里摇荡，风刮得人站不住脚。

陈锡元很知趣地没穿警服，一身便装，戴着皮帽子，抄着手，和母亲走在租界的街上，两人看着周围洋房，看着外国巡捕，处处新鲜。

陈锡元一心要吃西餐，母亲一心要找刘春霖；两人商量不到一块儿去，在街口不知往哪儿走。陈锡元说，这么早去敲刘家的门显得太不懂规矩。

母亲说，这么早西餐馆子未必下板儿(开门)。

最后决定离哪儿近先上哪儿。陈锡元当然先打听起士林，街上人来人往，大伙儿都匆匆忙忙地走道儿，他朝人“哎”了几声，没人理他。好不容易挡住一个穿呢子大衣的，想的是穿这样衣裳的人肯定吃西餐。陈锡元说，这位爷，跟您打听一下，起士林怎么走?

穿大衣的说，巴嘎牙鲁!

那时候日本人还没占领河北地界，陈锡元弄不清巴嘎牙鲁是怎么回事。又拦住一个长袍马褂，跟人家打听起士林西餐馆，“巴格雅路”怎么走。对方瞪着眼看着陈锡元，一言不发，倒把陈锡元看害怕了，赶紧说，对不起您哪，我不问了还不行吗？您请，您走您的道。

母亲说，这人可能是个哑巴。

长袍马褂对母亲嚷，骂人哪你，你他妈是哑巴！

母亲一个劲儿给人道歉，心里这个窝囊，只是埋怨她兄弟，怎么净找些青皮问路。陈锡元又问一个，对方如同没见陈锡元这个人，照直朝前走去。陈锡元往地上吐了口痰说，姐，你说着了，净是青皮，果真没个红脸儿的。

姐弟两个找了个背风的墙拐角，还没站定，一个外国巡捕用警棍敲了敲墙，指示他们走开。陈锡元说，先生，我找起士林。

巡捕朝前指。陈锡元说，姐，起士林不远，就在前边，咱们先上起士林。

两人走了半天也没见着起士林。陈锡元看见电线杆上靠着一个没精打采的人，这类人他熟，在北京当巡警这些日子没少跟这样的人打交道。这类人的痞气贱气，都在脸上挂着，不用张嘴你就知道他是属于混混儿一类。陈锡元问起士林怎么走，混混儿一口天津话，指着旁边的早点摊子说，给买套烧饼果子就告诉你。果子要新炸刚出锅的啊！

陈锡元摸出几个铜板，买了一套，给混混儿送过来。混混儿说，我说了油炸果子要刚出锅的，就忘了说烧饼，这烧饼都凉了。

陈锡元说，天太冷，大爷您凑合吧。这会儿您告诉我起士林在哪儿，行了吧？

混混儿说，您老搭眼瞧，就在我身后头。

陈锡元抬头一看，混混儿身后是一座非常洋气的小白楼，大玻璃门，两个穿制服的站在门口，在大风里挺得笔直，他简直不能相信这就是饭馆。

混混儿说，您老看吗哪？

陈锡元说，我找起士林的匾呢。

混混儿说，那不是在墙上刻着呢嘛。

白楼圆形的门楣上有几个洋字母：KIESSLING。

陈锡元哪儿认得洋字码，狗看星星一样装模作样审视了半天，对母亲说，姐，咱们到起士林了。

那京腔分明掺杂进了不少天津味儿，入乡随俗倒也快。陈锡元拉着母亲就往里头走，身后混混儿说话了，再给我碗豆浆，我告诉您一个天津的机密，您必须知道的天津机密。

陈锡元给了两个铜板，让混混儿自个儿去买豆浆。混混儿收了钱说，我跟您说，以后再问道儿，别管人叫大爷，天津没有大爷。

陈锡元问天津的大爷都哪儿去了。混混儿说，天津的大爷都在庙里头娘娘跟前儿糗着呢，是泥娃娃。真大爷得在它后头排着。您叫谁大爷，明摆着是说人家不是人。

陈锡元说，谢谢您指教，二爷。

混混儿说，这就对了。

陈锡元拉着姐姐往起士林走。起士林的玻璃窗户外头站着不少人，穿长袍的男子，裹小脚的妇女，领着丫头小子的乡下人，看拉洋片一样隔着玻璃看里头的人吃西餐。母亲对兄弟说，没吃过猪肉咱们看看猪跑就行了，别进去了。

陈锡元说，那不行，看和吃是两码事。就像我平时看巡警跟现在穿上警服干巡警一样，完全是两种心境，更何况咱们现在有钱，有钱干吗不吃？

母亲被陈锡元推进了西餐馆。他们没想到外面冰天雪地，起士林里面竟然温暖如春，找了半天火炉子在哪儿也没见着。厅里响着优雅的音乐，穿黑礼服的侍者托着盘子走来走去，小胯一送一送的，显得轻盈而有风度。

后来我舅舅跟我叙述当时情景时，反复强调说，人家上菜是“托”，不像中国的跑堂的“端”，举止不一样，给人的印象也绝对不一样，有种教养在里头。

门里靠墙的沙发上，坐着几个等座的人。母亲姐弟俩的装扮举止，明摆着跟起士林的氛围不谐调。

侍者拿着登记簿问，先生贵姓？

陈锡元说，免贵，姓陈。

两人心里都奇怪，怎么吃饭还问姓名。侍者看了半天登记簿，问他们预约过没有。陈锡元不知什么叫预约，侍者告诉说就是提前订了桌。陈锡元说没有，说他打北京来，百十里远还要预约？侍者说，要是没预约，您二位先在沙发上候一会儿，有了空座位我来请您。

母亲往沙发上坐，屁股刚往下一沉，忽悠一下，身体一下仰在靠背上，母亲吓了一跳，心直乱蹦，以为椅子被坐塌了。陈锡元看了蛮内行地说，姐，沙发就这样，里面有弹簧，坐着舒服。我们局长屋里就有沙发。

母亲小心地晃了晃屁股，颤悠悠的的确挺舒服。这才定下心来仔细观察餐馆内部，小桌，铺着洁白桌布，有鲜花插在瓶子里。藤椅，垫着丝绒厚垫。墙上挂着洋画，画上精着身子的女人横躺在绒布上伸着长腿。地上铺着地毯，踩上去，厚而软。吃饭的都很文明，小声地说着话，也有的在看书，看报。铺子里没有鸟笼子，没有蝈蝈的鸣叫，也没有人在这儿大声划拳……一个喝“药汤子”的女人跷着小手指，正一小口一小口地抿。那小小的杯子依着母亲一口就完，可是那女的喝了半天，“药汤”竟然没下去多少。一个男的，用叉子在绕面条，把面条一圈圈缠在叉子上，填进嘴里。母亲想，用筷子比这方便多了，真是狗熊耍叉！

坐了一会儿，陈锡元热了，他摘下帽子，解下围巾，抱在怀里。旁边女士，穿着露着半个肩的连衣裙，一双纤细的脚，丝袜子，小皮鞋，跟陈锡元那双姐姐给做的老头大棉窝成了鲜明对比。陈锡元把自己的脚往后缩了缩。

纤细脚的主人冲他笑了笑，那是一个蓝眼睛的女人。

陈锡元冲她欠欠身子。

侍者把姐弟俩领到一个靠窗户的座位。侍者要将陈锡元的皮帽子、围巾拿走，陈锡元怕丢了，死活不撒手，却又不知搁在何处才好；寻了几个位置，都不合适，最后终于放在脚底下。侍者手脚麻利地将一杯凉水和热手巾卷搁在桌上，又递过一个精致的本子说，这是 MENU，您二位看看点什么？

陈锡元不知玻璃杯里泡着冰的液体是什么，拿来尝了一口，一闭眼推开了。展开热手巾，手巾很烫，就很舒服地擦着，擦完了脸擦脖子，又将脑袋、鼻子使劲擦，连耳朵眼儿也没落下，都很认真地过了一遍，最后擦手。直至将热手巾使得彻底凉了，才放在桌上。

白手巾已经成了灰的。

母亲小声嘱咐，拣最便宜的点。

陈锡元翻开硬本子一看，都是外文，看了半天点不出一个。侍者很有耐心地等待着。陈锡元充内行地说，这儿不卖烂肉面？

侍者说有意大利面。陈锡元假装沉吟了一会儿，指着菜单最上面的一行说，就是它！两份，别太慢了，我们还有事。

侍者将本子一合说，知道了，您稍等。

的确很快，转眼侍者端来两大杯白色的冰激凌，上面各插着一面小旗。

陈锡元问花旗子能不能吃，侍者说那是德国国旗，是冰激凌上的装饰，不能吃。陈锡元说，既然是装饰，像中国在寿桃上插朵花，粘个寿字什么的也是一目了然。你们弄这么个怪模式样的纸旗子，像送殡纸烧活上的招子，还往客人嘴边送，不如送碗热水。

侍者说冰激凌插国旗，是起士林的惯例。陈锡元打趣地说，下回我来吃饭给我插个皇上的龙旗。

侍者说，我们是德国馆子，只插德国旗。

陈锡元说，你说得也对，要插龙旗我得上紫禁城。

侍者不愿意再说下去，转身走了。陈锡元舀了一大口冰激凌填进嘴里，立刻五官挪位，龇牙咧嘴，朝着侍者背影喊，小二，你过来！

侍者一路小跑奔过来，问有什么吩咐。陈锡元用小勺子敲着杯沿说，这是……

侍者说，您点的牛奶冰激凌。

陈锡元说，我点这个了？

侍者打开 MENU 告诉陈锡元，他刚点的就是这个。陈锡元说，行，我这是自作自受……

母亲只尝了一口，就将杯子推过来，她吃不惯这腥甜冰凉的东西。

陈锡元将两份冰激凌好不容易吃光，德国小旗子被挑出来，搁在了一边。侍者过来招呼，问他再要点什么。陈锡元这回学乖了，指着下边一行说，换个吧，来这个。

母亲说，你一个人吃吧，我不习惯这里的奶腥味儿。

陈锡元对侍者说，那就一份。

侍者说他们这儿不论份，叫“客”。

陈锡元不耐烦地说，那就一客！

一会儿，侍者端来一大杯紫色的冰激凌，上面插着一面德国小旗。

陈锡元不动声色地吃了，吃半截围上了围巾。桌上放了三面德国小旗。

陈锡元还要点。母亲说，你算了吧，脸都绿了。

陈锡元问侍者怎的本子里头标的都是一个味儿，侍者说陈锡元点的这页是冷饮系列，全是凉的。陈锡元问有没有茶，热乎的。侍者说有COFFEE 、BLACK TEA、MILK TEA、COCOA……陈锡元让他说它们的中国名字，侍者说它们没有中国名字，还没给取呢。陈锡元指着旁边喝咖啡的女人说，你就给我来壶跟她一样的洋茶。

侍者说，那就是 COFFEE 了，我们这儿的 COFFEE 论杯不论壶。

陈锡元说，那就一杯 CO……O……OE，要烫的，越烫越好。

侍者问要奶和糖不要，陈锡元说，该搁的你都给我搁齐了。

陈锡元问母亲还吃什么，母亲说她看也看饱了。她算明白了，这儿吃的是摆设，不是饭。一会儿，侍者将一个碟子托着精致的小杯放到陈锡元面前，里面有大半杯棕色液体。陈锡元说，这就是 CO 吗？怎么颜色浅啦，旁边那桌可是黑的！你们是不是兑水啦？

侍者说，这是搁了奶的，先生。您刚才不是吩咐了要搁奶和糖吗？

陈锡元不再说什么，一仰脖，将咖啡全倒进肚里。大声嚷，算账！

侍者将扣在桌上的账单翻过来说，两杯牛奶冰激凌，一杯香草冰激凌，一杯热咖啡，加上服务费一共是三块大洋，先生。

母亲一听，腿有点儿发软，她做补活，两个月不吃不喝也挣不了这些。陈锡元说，三块，你怎不要三十？我上“东来顺”吃涮锅子，八个人也没吃了三块大洋！

侍者说，上面都有价格，我们是明码标价，先生。

陈锡元悻悻地付了账，临走捏起三面小旗子说，这个归我，它们跟冰激凌是一事儿的。

侍者说，AS YOU LIKE IT。

陈锡元说，说中国话！

侍者说，随便。

出了起士林，陈锡元和姐姐站在马路对面早点摊跟前，大口嚼着烧饼果子，大口喝着热豆浆，烫得直吸溜，热烈而酣畅。混混儿隔着马路问，您老在小白楼吃的嘛？

陈锡元从怀里摸出三面国旗，在手里摇晃着说，爷们儿今儿个吃了三个德意志！

博美听我说完天津的故事，笑得直不起腰来，说我讲得比她太太讲得精彩多了，不愧是写小说的。她遗憾的是没有机会请她的太舅爷到现代的西餐馆来，要不一定是件比上起士林还有意思的事情。

我告诉博美，陈锡元上起士林并非只是去开洋荤，他是有想法的。

博美问有什么想法。我说，你太舅爷在上天津的时候就预感到他这个巡警工作干不长，新鲜劲儿一过他立刻觉出这不是他能干得了的差事。他告诉姐姐，听班里老警察讲，他的那个班长在街上逮来“坏人”，也不打，只是在太阳地里晒；夏天只需一个下午，就蔫了。要钱给钱，要物给物。冬天也一样，把人剥光了，放到院里去冻；不到两个时辰，头脑就不清楚了。你问什么他招什么，你说穆桂英大破天门阵，他说是他帮着打的；你说孙悟空大闹天宫，他说他也在其中。警察逼供了吗？没有；打人了吗？没有……总之，这个行当有点儿缺德。

也的确，三年后陈锡元在朝阳门吉市口开了一间门面的酒铺。他的酒铺颇有起士林之风，小桌上铺着补花桌布，这绝对比起士林高级，起士林充其量不过是白桌布。这些补花桌布都是我母亲给他做的，母亲倾其全部手艺支持她的兄弟开店。桌上也明码标价地搁着一份 MENU，里边分类标着二锅头、衡水老白干、竹叶青，拌豆腐丝、开花豆、花生米，也标着汽水和烂肉面。汽水是东边冷饮摊上的，烂肉面是西边小面馆的，有人点，隔着门嚷一声就给送过来了。

另外，陈锡元还请了烫着飞机头的女招待，女招待穿着带花边的白围裙，用盘子托着(是托，不是端)酒壶，花蝴蝶似的在铺子里飞。女招待绝对是良家女子，姓常，我的舅妈。

在以后的几十年中，我的舅舅干了不少行当，到老了最终还是没有离开餐饮业。“文革”期间先在某单位食堂卖饭，后来调双井小吃店炸炸糕，退休的时候是南小街烧卖馆卖票的……老人家深深地爱着这一行，无数次地被评为先进。除了历史上当过旧警察那段经历说起来让他舌头有点儿发麻以外，其他的都很理直气壮。他历年的奖状都在家里的墙上贴着，跟人说不上三句话就把人往墙上引；逢人赞美，便说，这是什么精神，这是起士林精神。

三杯冰激凌，影响可谓不小。

五

去天津，母亲的收获比她兄弟大。

吃饱喝足，该找刘家了。刘春霖中过状元，是名人，一问天津人都知道状元楼在哪儿，比问起士林方便。没费多少劲儿，两个人就来到了子牙河边的一座小楼跟前。临河是状元楼的背面，正面在另一条街上。绕到前头，见街门关着，敲了半天门，出来一个老头儿，老头儿说他是临时在这儿住，看房子的。问刘状元在哪儿，老头儿说在哈尔滨道法国电灯房附近叫德邻里的胡同里。并且说就是找着了，状元也不会接见。中国想见状元的人多了去了，哪能随便就看？就是上北京万牲园看老虎还得买票呢。现在老虎有很多，状元就一个。

老头儿一个人待腻烦了，巴不得找人说话。母亲和陈锡元不想拖延，赶紧告辞。两个人在路上边走边问，找德邻里，如同问起士林一样，问不出个所以然。还是陈锡元有主意，雇了辆洋车，一直就拉到了德邻里状元宅子门口，敢情离起士林没几步路。母亲心疼钱，陈锡元说，花钱可省大事了，要不咱们不知道还要兜几个圈子呢。

母亲说，才到天津半天，我怎么听着你已经满口天津味儿了？

陈锡元说，姐，我爱天津。

陈锡元确实是爱天津，后来娶媳妇非天津姑娘不娶。我那位姓常的舅妈是天津徐州道口的闺女，和起士林也有关系，其父是骑着三轮车替起士林送点心的。起士林做的点心往各处送，也卖。三轮车是个方箱子，里边一层一层地码着点心，箱子外头写着洋文：KIESSLING & BADER，旁边一行小字，“起士林点心铺”。

德邻里是外国租界，胡同很宽，很齐整，两边都是连体楼房，刘春霖住着两楼两底的独门独院。从墙外头看，里边的树挺大，树枝子在寒风里呼呼啦啦摇晃。正要敲门，从里头跑出来一个挎着书包的半大孩子，大概是要去上学。孩子问找谁，陈锡元说找刘春霖刘先生。孩子朝里头喊说有人找，里头传出一个男人的声音说，不见，关门！

母亲上前一步，用手抵住门板说，我们是打北京来的，我是金四爷瑞祓的……太太，金四爷和刘先生是日本同学。

孩子又朝里喊，是日本同学。

里头男人说，日本同学净是汉奸，更不能见！

话是这么说，人还是出来了，一个穿着对襟棉袄的胖子，系着围裙，可能是做饭的，棉袄上净是油渍，手里还攥着一把香菜。

母亲上赶着说自己是金四爷的家眷，是刘先生给做的媒；这回专程到天津来，是来给先生道谢的，见一面就走，不多耽误先生的工夫。

可能厨子见过并且知道“金四爷”，脸色和缓了一些，闪过身把门开大了一点儿，让我母亲进去，用香菜指着高处说先生在楼上写字。

刘家院里很静，也再没见什么人，母亲和陈锡元径直上了二楼，木头楼梯一踩咚咚响，两人不得不放轻了脚步。楼上很宽敞，一室一厅，厅里炉火烧得很旺，刘先生穿着棉袍正站在案前写字，见母亲上来也没招呼。母亲等刘先生写完一个斗方，放下笔，才说她是谁谁谁。刘先生说，原来是瑞祓的夫人来了。

刘春霖让母亲坐，母亲转脸看了一下周围，到处是书是纸，几乎没有下脚的地方。刘春霖顺手将机凳上的几张纸一团，塞进废纸筐，腾出凳子让母亲坐。陈锡元没处坐，跟班一样在母亲身后站着。

母亲怕错过机会，一坐下便开门见山地说这次来天津是想落实一件事情。刘春霖似有思想准备，笑了笑，听着母亲往下说。母亲说，当初先生提亲时并没有说到金四爷屋里还有一位夫人，她嫁过去以后才知道那位夫人已经在金家住了二十多年，生过一群孩子了。是媒人没说清楚，还是有意瞒着？如若开始说了假话，这门亲事她是完全可以不认账的。她娘家穷，但不贱，她还没沦落到给有钱人当妾的份儿上……

母亲一口气说了很多，陈锡元头次知道他姐姐原来还有这样的好口才。岂不知这些话都是母亲日日在金家想着的，想了千遍万遍了。

刘春霖背过手，在满地宣纸字迹中小心踱步，低着头缓缓地说，让四太太伤神了，四太太若是不满意，可以登报离婚，连逊帝溥仪都能走这一步，何况我们平民百姓。

母亲没料到还有“登报离婚”一说，一时蒙在那里。陈锡元说，我们不离婚，我们没结婚，我们从根上就不认账。

刘春霖说，都知道四爷新娶了太太，哪儿能说不算就不算了？四太太要来天津这件事情，金家大少爷早有信过来了。没想到事情会闹得这么严重，我本来认为这是个不成问题的问题，怪我没说明白，是我的疏漏，四太太有什么委屈尽可以说。

陈锡元说当初提亲的时候，不但他和刘先生在，他的七舅爷以及父亲的同学王国甫也都在场，那时候可没听到任何人提出金家还有一个叫张芸芳的夫人。

刘春霖对陈锡元说，张芸芳不是夫人，是妾。四爷的嫡福晋瓜尔佳氏活着的时候她就是妾，从来没有扶正过，将来也不打算扶正。你姐姐是四爷在“永星斋”饽饽铺一见钟情的，我不过从中把话挑明了。虽无父母之命，却有媒妁之言，庚帖换过，大礼行过，主婚证婚都在，一切都是明媒正娶，怎能是小老婆？四爷是我的同窗，性情坦荡，一生磊落，真要是纳妾，这样兴师动众岂不招人笑话？

母亲让刘春霖解释张芸芳的事情，刘春霖说四爷后院的事别人不清楚他是清楚的。张芸芳是个才女，她的父亲张铭洽是紫禁城内不入流的小官，品级不高，写得一手馆阁体的标准小字。有时候大臣们上奏的折子字迹不好辨认，要他重新誊抄附后，以便于上边批阅。有一回张铭洽为西太后誊抄《嵩山文集》段落，按旧本《负薪对》原文抄录，内中有“彼金贼虽非人类，而犬豕亦有掉瓦恐怖之号……”句子。太后着人将原文拿来查看，却是无此言论。满族人认为自己是金人之后，便认定张铭洽是影射侮辱大清，将张铭洽叫来问话。张铭洽以南蛮的倔强应对，以头颅担保他没有抄错。西太后一怒将其罪发伊犁，举家俱迁。其实张铭洽确是无罪的，只是抄错了版本；他若按着“四库本”抄“彼金人虽甚强盛，而赫然示之以威令之森严……”那就一点儿事没有了，可见版本学的重要。张家西迁的时候张铭洽的女儿张芸芳刚从安徽老家来京，水土不服，正在病中。太后推恩，特许此女留下来，病愈后再作处理。后来，张芸芳和她的婢女刘可儿被充到内务府副总管瓜尔佳府中做婢女。金四爷娶瓜尔佳氏长女为妻，张芸芳作为陪嫁随着瓜尔佳的女儿来到了金家；以其文才得到四爷的赞赏，收房而成为如夫人。

刘春霖说，嫡庶关系不能混淆，不能颠倒，不许僭越，这是宗法制度再三强调的。当然，现在已经是民国了，可是以张芸芳的家庭背景，以及四爷的家庭背景而论，慈禧太后的懿旨岂能违背？张芸芳为奴为婢的身份是不能更改的。

母亲心中一块石头落了地，脸上立刻多了些柔和。陈锡元仍不依不饶地追问，提亲时说好的是“山林之兔”，怎的到放定时就成了“蟾宫之兔”了？这兔子一上天就长了一轮……

刘春霖沉吟了半晌说，“十八年来未谋面，二三更后便知心”。别的都可以年龄而论，唯独婚姻这事，年龄的差距不是门槛。我的女儿便是嫁了比她大十八岁的丈夫，两情缱绻，琴瑟和谐，是一对人世间的好夫妻。

状元已经把话说到这份儿上了，母亲自认身份不会比状元女儿还高贵，再不说话，就此认账。

刘春霖说，四太太你放心，你跟四爷这门亲事我是经过深思熟虑的，四爷身边没你不行，金家没你更不行，长了你就知道了。

母亲说，您说的是实话？

刘春霖点点头。

从刘家出来，母亲买了大麻花，买了空竹，买了杨柳青的胖小子年画，还给老五买了一副兔皮的护耳。母亲和她的兄弟坐着火车回北京了。在车上，陈锡元高兴地说，姐，咱们这回是正宫娘娘了。这出《大登殿》唱得好，王宝钏十八年等来了薛平贵，姐姐十八年等来了金四爷。

母亲说，你这是哪儿跟哪儿呀！

陈锡元说，姐，你听说了吧？状元给他闺女选的姑爷大了十八岁，我给你选的姑爷也大了十八岁。

母亲瞪了他一眼说，越说越离谱了啊！

车过杨村，站台上有卖糕干的。所谓的糕干就是熟米面加糖做的粉，以补充小孩子奶水的不足。杨村是专门出糕干的地方，杨村的糕干经销全国各地，十分有名气。陈锡元在停车的一会儿跑到站台上，买了两包糕干上来了。母亲问他买这做什么，陈锡元说他要回去给自己打糕干喝，尝尝糕干是什么味儿；他打小吃的是人奶长大的，没吃过糕干，这回他得补上。

母亲笑他，他举着包说，六大枚呢，姐，这钱得你出哇！

母亲说，你身上不是有钱吗？

陈锡元故意说，你不是说退给金家吗？

母亲说，我什么时候说退啦？德行！

我尽量将半个多世纪前的这段往事说得有趣。我知道，以今日年轻人的观念理解老辈的做法肯定会有差距。果然坐在对面的博美听了我的叙述半天没言语，那杯咖啡端在手里也没喝，不知想些什么。半天她说，名分真有那么重要？

我说，难道现在就不重要了？我结婚的时候必须是先到办事处登了记才能去结婚旅行的，否则旅馆里没有结婚证两口子不能住一处，有时公安局协同旅馆的半夜就来查了……

博美说，还是观念问题，现在谁管谁呢？大家都是怎么随意怎么来。听太姥姥经历过的那些事，就像听传奇一样。跟您们比，我们这一代显得太单薄、太简单了，真希望能有您们那样的阅历啊。但毕竟社会进步了。

博美的言论和我儿子的如出一辙，我儿子常在电脑前伸着懒腰号叫，怎么还不打仗啊！要不就痛不欲生地对我说，他生在了一个“无运动”的时代，无聊极了！人生苍白得像张纸，日子跟复印机印出来的似的，一天跟一天、一年跟一年没什么差别。

我对博美说，其实我羡慕你们，生在这样一个时代。我相信你的太姥姥也一定情愿嫁一个普普通通的北京平民，过那平静淡泊的日子。可是我们都不能，我们被卷入各种旋涡，旋得找不到自己，旋得头破血流。这些年总算是风平浪静了，体味到淡中真味了，人也老了。

博美说人生极其有限，她虽没有我对日月由曲折变为简单，由深刻变为浅白的理解。但有一点她是知道的，抓住一切机会，享受短暂人生，为生命的每一刻制造出人生的最高价值。

我听着有点儿蒙。

儿子开车来接我回去，我争着抢着付咖啡钱。博美说她可以记账，不用交现金。我说我是东道主，来西安哪儿有让小辈花钱的道理！我那个一米八的儿子，不动声色地站在旁边，看着两个女人推让。我想，这个时候他应该替女人们把钱付了，这才是真正男子汉的风度。可他缩着手全没有主动出击的意思，整个一不懂人事儿。

两杯咖啡，两块小点心，价格五百多，我的感觉跟当年舅舅上起士林近似，表面上却装得没事一样，免得让博美看出姨太太的小家子气。

我付了钱，博美再没说什么，掏出一个包交给我，说是给我买的礼物，一条披肩。说我爱穿旗袍，披上这个最合适。

在回家的车上，儿子揶揄地说，五百，心疼了吧？

我说，总不能让客人掏钱，再说她还没有工作。

儿子说，没工作能住五星级？

我说博美说她住在招待所里。儿子说宾馆也是招待所，人家顺着您老太太说就当真了，不住这儿她怎么会让人记账。

我说，你管她住哪儿呢？博美是亲戚，论辈分你是人家的舅舅，你得厚道一点儿。

儿子说，什么年月了，您还讲厚道，老实本分现在不是优点，是傻B的代名词。

我说，亲戚之间的感情是要靠走动联络的，你是独生子女，缺少亲情观念，除了那些魔兽，你谁也不认识。哪天一停电，狗熊老虎全傻了眼，两眼一抹黑！

儿子说，亲戚就是麻烦，现在是越简单越好。就您那十几位兄弟姐妹，在下不敢恭维，个个老棺材瓤子似的，让他们的儿女拖累大了。一到过年，您就让我拉着您上北京，小催巴儿似的提着“稻香村”的点心匣子挨家送，哪家走不到都挑眼。您看我们小辈们，谁跟谁都不来往，没礼儿可挑……

我让儿子停车，说为了不给他增加拖累，不让他拉我了。

儿子说，干吗呀？您真是，说风就是雨的。得了，我不跟您说话了还不行吗？

我说，最好！你以为我想说吗？

儿子说，那您还下车吗？

我说，我刚醒过味儿来，这车是我拿钱买的，应该下去的是你，不是我！

儿子的一脚油，差点儿把我闪一跟头。

回到家里，打开博美送的披肩，软缎质地，夹里，淡紫色，两头绣着藕荷色的芙蓉花，花心隐隐点缀着两颗小玻璃，做工精致，高贵素雅，应该算是我所有行头里的上品。打开衣柜在各件衣裳上比画着，好像件件都能配得上。

我对儿子说，女孩送的礼物就是比男孩送的可心。上回我过生日你给我送的什么呀，一只流油的烤鸭子。

儿子说，烤鸭不好吗？多实惠。

我说，我血脂高。

儿子指着披肩说，难道这个就好，什么颜色呀？

我说，颜色怎么啦？

儿子说，颜色不正，小老婆色。

我说，你给我住嘴！

晚上博美打来电话，感谢我下午的咖啡，告诉我说明天就走了，怕打扰我写作，不再来告辞了。又说，她在网上查了，中国最末一个状元刘春霖的女儿叫刘沅颖，嫁给了民国著名小说家徐枕亚，徐枕亚的代表作是《玉梨魂》。刘沅颖从喜爱作品到倾慕作者，得知徐枕亚妻子亡故，特别是读了他的悼亡词以后，更为感动，由此恹恹得病。刘春霖问女儿病因，刘沅颖取出《玉梨魂》让父亲看。刘春霖翻了几页说，不意世间还有如此才子！于是托人给女儿说媒，将徐枕亚入赘刘家。结婚时，徐枕亚已近五十，刘沅颖三十岁。

六

从天津回来的母亲俨然以女主人自居了，第二天一早就进了厨房。

金家厨房的排场让母亲暗自吃惊，至少它比南营房隆记小吃店的厨房要大四倍，光灶眼就三四个。锅里熬着小米粥，笼屉里蒸着肉包子，厨子老王在打鸡蛋羹，羹里放了白果、鸡蓉和香菇。母亲问是给谁做的，老王说西院的二娘。母亲问老王一个月要买多少米，多少面，油、肉、菜的开销是多少。老王说府上的一切开支都是二娘管着，每月到了一号，刘妈就会把钱送过来；逢有另外开销，临时另外加钱，算得很清楚。母亲问刘妈是谁，老王说是二娘屋里的，叫刘可儿，跟着二娘一块儿陪着大娘嫁过来的。名为下人，实则是个女管家，屋里屋外，大事小事她全张罗……

正说着，刘妈进来了，还没迈进门槛就说，老王，大早晨起来你就嚼舌头，二娘可是有日子没吃卤口条了，正念叨着呢。

老王赶紧解释说，太太这儿正问每月的开销呢。

母亲一看，进来的就是那天夜里在门口堵她的“夫人”，敢情不是什么“张芸芳”，竟然是女佣刘可儿，就觉着她有点儿欺主拿大。不客气地揶揄说，我以为您是夫人呢。

刘妈是何等聪明的人，立刻听出母亲话里的意思，接过母亲的话说，我怎么敢称夫人，一个下苦作的使唤人罢了。不是我们家小姐身子骨不争气，我可不愿意替她揽这一摊子。太太来了最好，来了也尝尝宅门里过日子的难处，跟小胡同里五斤面、二两油的日子是没法比的。

刘妈话里带刺，第一层意思说明了张芸芳也曾经是大宅门的小姐，她本人是跟着小姐过来的，是随时要维护小姐利益的娘家人，不是一般女佣；第二层意思是贬低母亲的出身，话里话外透出了对南营房穷丫头入主金家的不满。

母亲这时候满意极了，因为刘状元的话在此刻得到了印证，妾就是妾，不能扶正。母亲还特别注意到了大家称她为太太，将西院的张芸芳称为二娘，就是说二娘到什么时候都是二娘，不会变为太太。尽管她为金家生了那么多儿女，原则上说都是替嫡妻生的，自己没有抚养权。可不吗，就是那位有权有势的慈禧老佛爷，够厉害的了吧？当初生了儿子不是还得交给东宫慈安养着！既然如此，那么这一院子儿女，她就是他们的妈，亲妈！

三十岁的母亲在金家找到了自己的位置。媒人刘春霖在替父亲选择继室时，没给父亲找个撒娇犯嗲的小美眉来，也没给父亲找个徐娘半老的准老太太来。三十岁，既是母又是妻，合适。

状元考虑得很周全。

母亲等着西院的张芸芳来“请安”，却一直没见那女人露面。刘可儿见天到厨房端饭，花样翻新，翻得老王有黔驴技穷之感。细细算来，母亲嫁到金家一个多月了，一个月来她竟然没见过张芸芳一面，那位懂得“四书”“五经”的小姐，难道不懂得这规矩？

母亲跟她的兄弟商量，陈锡元不会引经据典，只会从他的认知范围找经验。陈锡元说为这个他特意又看了回《大登殿》，那里头交代得很明白，是代战公主给王宝钏先行礼请安的，王宝钏端坐在椅子上就没动窝，代战见过礼后，王宝钏才过来搀扶，两个人“呀呼咳咳”地寒暄了半天。目前西院的就是代战公主，咱们是王宝钏，尽管咱们晚到了十八年，咱们也是老大，老大自然要端着。本来人家就看不起咱们，咱们不能从一开始就跌了份。

母亲认为她兄弟说得有道理。

父亲的几个儿女都在外头上学，大部分住在学校，老大工作了，回来的机会最少。平时跑进跑出的只有老五，老五学校离家近，又不把念书当回事，他的影子在家闪得最多。

这天，看门老张领进来一个巡警，巡警提着老五的书包，说是在巡警阁子里发现的，一看是金家五少爷的，给送了来。这时候的五少爷正在学校“上学”还没有“下课”。老张对母亲说，这孩子得打，要是他阿玛在，非得扒光了衣裳在院里晾他的“大白菜”不可。

“晾大白菜”是父亲整治他儿子们的绝招，无冬历夏，儿子们犯了大错就得脱得一丝不挂在院里罚站。光眼子让人参观的滋味不太妙，都是老大不小的人了，知道害臊，所以谁都尽量不犯错。

老五没记性，仗着他下头的兄弟老六八岁死了，很有倚小卖小的劲头，大错常犯，小错不断，他的“白菜”就晾得最为频繁，动辄便被责令到前院影壁前头站着。好在他不在乎，他说他身上的零部件大伙都很熟悉了，宫里的宝贝皇上还得时不常从库里拿出来看看呢，金家也是一样，要不大伙忘了他这个宝怎么办。

老五是天黑以后回来的，弄回一条白鬈毛狮子狗。一进门老张就给打了预防针，说巡警来过了，书包早送回来了，留神太太的鸡毛掸子，还说后妈打前妻的儿子会往死里打。有出戏叫《芦花记》，《芦花记》就是后妈给前妻儿子拿芦花絮棉袄，看着蓬松，其实屁事不顶。

老五问老张有止痛片没有，若有他先吃两片预防着。老张说他本人用不着挨打，也从不预备那东西。老五说那有点儿遗憾，便夹着狗一边往里走一边解纽扣。那些纽扣是母亲新给装上的，解起来挺费事。老五随走随脱，走到后院身上已经一丝不挂，只剩下耳朵上戴着的兔毛护耳了。老五隔着门帘朝里头喊，娘，今天站几分钟？

母亲一看老五这样，忙不迭地从屋里奔出来，不容分说就往屋里拽，让大兰快点儿沿来路去找衣裳。其实不待母亲拽，老五和他的狗已经就势钻进了门帘子。母亲顺手抄来一条毯子就往老五身上披，嘴里心肝肉地念叨，绝口不提逃学的事。老五摸着母亲的脾气，得寸进尺地说，娘，你不打我吧？

母亲说，这算什么，那个陈锡元耍的花活能当你师傅。他往狗尾巴上拴了一挂鞭，点着了扔戏台上去了，戏台上正演《武松打虎》，景阳冈上又冒出一只带响的狗，上蹿下跳，你瞧这乱吧。还有一回在乱葬岗捡了个骷髅，将鼻子、眼里插上葱蒜，浇一泡热尿，往远处一扔，那骷髅就追着他跑……

老五说，骷髅真的会追人？

母亲说陈锡元说能追大概就能追。老五便对陈锡元十分地敬慕，说陈锡元来了一定要母亲帮着引见，让陈锡元带他上乱葬岗去。老五说他看母亲寂寞，上狗市给母亲挑狗去了，花一块大洋买了条小京巴，抱回来给母亲做伴。上回原本说送鸟的，母亲屋里有黄猫，怕猫把鸟吃了，就换了狗。母亲夸老五仁义，老五越发得了便宜卖乖，说话舌头也短了许多，说在狗市上来回走了好几趟，才挑出这只来。这只的名字叫玛莉，是他给取的，跟东正教蓝眼睛的修女玛莉是一个名儿。他喜欢那个洋玛莉，还跟洋玛莉亲过嘴儿。说着说着竟然和玛莉一同爬上了炕，盖着毯子，靠着被卧垛，伸着腿，舒服得不想走了。母亲告诉大兰，让老王给做碗热片儿汤来，要多搁胡椒多搁醋。老五补充说，用羊肉汤炝锅，起锅撒香菜！

没一会儿大兰就把片儿汤端来了，学厨子老王的话说，老五没光眼子站影壁还喝热片儿汤，邪门了！

老五吸溜着热汤说，金家改章程了！

看老五满头热汗地吃片儿汤，母亲问他回来怎不往西院跑。老五说二娘不管我们的事。母亲说，不管事她干什么？

老五说，看书。

母亲说，还有那个刘可儿呢？

老五说，她的心思全在她的小姐身上。

母亲说，怎的不见你二娘出来？

老五说，二娘要能出来就好了，二娘病了。

母亲问什么病。老五说他也说不好，老在炕上委着，光吃好的，不长肉，怕风、怕光、怕响动，还怕生气。知道吗？我就是把房点着了谁也不敢告诉她。

那天晚上老五和狗玛莉就睡在了母亲炕上。母亲看着酣睡的老五和狗，想及西院生病的张芸芳，觉得自己应该拿出当家主母的气度，不能让人看低了南营房的门槛。

母亲第二天一早就到西院去了，她不能跟个病人较劲。

西院门是个月亮圆门，内里有四扇绿漆木头影壁，写着“四季平和”几个字。这几个字是张氏母亲写的，一直保留到“文化大革命”后期，直到盖防震棚时才被拆了挪作他用。影壁后头是一架凌霄花，因为是冬天，架上光秃秃的看不出什么意思，枯枝你缠我绕地理不清头绪。北屋前头有两棵桂花树，桂花是南方的树，长在北京十分难得。据说是张氏母亲托人从老家弄来的，盼的是她将来的儿女们能“攀云折桂”，像她的先祖一样也当大学士。

院子里很安静，悠悠的小风中弥漫着一股熬中药的气息。右手一溜五间北房，西边是三间厢房，没有廊子，台阶也不高，窗玻璃很大，挂着窗帘。

没等母亲上台阶，棉门帘一挑，刘妈迎出来了，脸上稍稍有了点儿笑意，说正跟小姐念叨太太呢，太太就来了。母亲说才听说二娘身子骨不好，早该过来的，真对不住二娘。说着两个人进了里屋，母亲看见南炕上半卧着一个老太太，老太太的炕头枕边堆了不少书。屋里没有多余的摆设，靠墙全是从地到天的书格子，格子里装的依旧是书。这些书是父亲的，更主要是二娘的，因为除了这个病歪歪的老太太以外，别人几乎从未触动过它们。

1966年“文革”之初，为了怕这些书招来麻烦，我和老七花了半个月时间捆扎，借了废品站的平板三轮，每天蹬着车去卖“废纸”，先先后后卖了三百块钱。四十多年前的三百块钱哪，那得多少“废纸”啊！那时候论斤卖，这些书因属“四旧”，就更贱，五斤二分钱。

回过头再说母亲们，炕上的老太太满脸褶子，脸和头发都是白的，嘴唇没有一点儿血色，瘦得几乎是皮包着骨头。母亲明白了，这就是张芸芳，就是刘妈一口一个叫着的“小姐”了。说这个“小姐”七十了，大概没人怀疑；说“小姐”是那只逃窜兔子的妈，大概也没人不信。

见母亲进来，张芸芳往起坐了坐，刘妈从后头用枕头戗住，又用小梳子把那有限的几根白发梳理了一下。张芸芳这才正对母亲说，衣冠不整，以这个模样见太太，失礼了。

张芸芳说着用手在腰上道了个万福。在说话眼神的闪动间，母亲才感觉到了只有这双眼睛还有着灵动与生机。母亲赶紧回了个蹲安，说不知二娘病得这样厉害，过来得太晚了。

张芸芳有气无力地说，吓着您了吧？对不住了。我本应该过去给太太请安的，无奈身子不遂人愿，一直起不来，就这样苟延残喘地将就着，想的是早早将尘缘了断，偏偏地老天遗漏，残留几根朽骨依然肮脏人间，让人想走也走不了。

母亲听不大懂张芸芳的话，她以她的形式表达着自己的感情。母亲坐在床沿上，拉起了那双瘦骨嶙峋苍老的手，放在自己热乎乎的手心里摩挲着。想的是大宅门空有一个冰冷的架子，里面缺少的东西太多，远没有她在南营房小院里和兄弟两人淡饭粗茶，柴米油盐，过得热乎和充实。

张芸芳说听刘妈说过几次了，老爷后续的太太年轻美貌又贤惠，今日见了果真如此，是老爷的福气也是金家的福气。老爷有了照应，孩子们有了依靠，她这几年悬着的心总算是放下了……

母亲想这个张芸芳，年龄大概不会比父亲已故的妻子更大，充其量也不过五十，怎么竟老成这般模样？当年若随了她的爹妈一块儿发配新疆，是死是活那是命，有亲人在身边，总比给人做奴婢，当小老婆强。似这般，人灯似的熬着，还要看古书，真是让孔夫子给弄魔怔了。

张芸芳指着炕上的针线笸箩说正在给母亲绣鞋面，精神不济，一天也绣不了几针……母亲看见笸箩里头是一双正红的、绣着牡丹的缎鞋，那是张芸芳要送给她的礼物。正红与牡丹都是正花正色，是只有夫人才能使用的。张芸芳对母亲的态度由一双鞋已经表现得很彻底了。刘妈说她们小姐的女红在老家是出名的好，样子都是自己画的，色彩也讲究，十里八乡的人都来求样子。老爷的大福晋穿的鞋从来都是出自小姐的手……张芸芳让刘妈不要说了，说现在下不了炕，连鞋也省了，把以前做的鞋都送了人。

母亲便想起刘妈在门口堵她那天穿的宝蓝蝴蝶鞋，看今日脚上，却换了一双褐色云纹绣鞋，想必也是张芸芳的存物了。

张芸芳让刘妈叫出在套间画画的老七，就是半夜吹箫的那个。看年龄还是个少年，和老五比更清瘦，跟他的母亲一样面色异常苍白。老七叫了一声额娘，垂手站着再无话。张芸芳非让老七给母亲磕头，母亲说进门那天已经正式见过面了，免了吧。张芸芳说是替她磕的，母亲说那更得免了，到底没让老七磕。张芸芳指着老七说，这孩子太弱，不爱说话，将来我走了，最搁不下的就是这个，其他几个都能顾住自个儿，这个老七不行……

老七听他妈说他不行也不说话，依旧呆呆地站着。母亲想，老五是瓜尔佳的末生儿子，老七是张芸芳的末生儿子，两个儿子年龄相当，性情做派竟是如此不同。真应了那句老话儿，龙生九种，九种各一。

母亲跟张芸芳谈及了活泼洒脱的老五。张芸芳叹了口气说，论天资，老五在老七之上。他阿玛让两个人一块跟章草大师罗复堪习字，每每老五得到老师夸奖，老七却不行。大师说老五的心是颗玲珑心，一点便透；老七是实心，只会使傻劲。同是罗大师的学生，没两年，老五的字上了中山公园的少年习字展，得了头等奖，老七还在慢慢临帖。

母亲说了老五的善解人意。张芸芳说，老五是个好孩子，如果调教好了，那是金家的精髓，可惜老福晋死得早，我又见天顾不过命来，委屈了他。一度他要学戏进“富连成”，这种荒腔走板的行径金家哪里能容，老五不听，着了魔似的成天往戏班子里跑。于是老五被他阿玛扒光了衣裳，推出大街门让他站了大半天。孩子是有脸面的，一丝不挂地让路人观瞻，没处躲没处藏的，搁谁谁也受不了。开始孩子还低着头对墙站着，架不住看的人多，连乐带起哄，指点这儿，指点那儿的，老五索性转过身子跟大伙坦然相对了……唉，什么事儿啊，等于是把孩子脸上的皮揭了，托着人生的底儿掉了。从此老五性情大变，跟他阿玛对着干，脸皮都没了，怕什么呢，什么也不怕……

刘妈插嘴说，这个家里敢跟老爷顶嘴的就这个老五。顺了像只花猫，逆了整个是只老虎，惹恼了老爷，大不了再上门口站一回呗。老爷也是拿他没辙，金家十几个孩子，好在各色的就这么一个。

母亲后来跟我说，作为女人，一定不能敞开了生孩子，这样会把命都搭进去，我的二娘就是一个例子。金家十四个孩子，出自二娘的就有七个，中国家庭传统的理想子女数目是“五男二女”，事实上，仅我的二娘一个人，以她那弱不禁风的身子，就生了五男二女。多产是张氏母亲早早衰老的主要原因，据说她在生老七的时候曾经血崩不止，被中医彭玉堂倒悬于室内，几度昏厥……以后身体一蹶不振，几乎再没出过房门。

二娘的屋里气味很重，书的味道，中药的味道，熏香的味道；我想应该再加上一种病入膏肓的死亡味道。这种复杂的味道在西院的北房里持续了数十年，即便在二娘死后，还依然存在着。后来我的五姐跟五姐夫在这院住了不短时间，也没见这股味道有所消退。“文革”时，老七和我收拾那些古籍，我看到他不止一次地眼圈发红，我知道他是想起他的母亲了。

母亲从二娘屋里出来，似乎对父亲多了一些理解。父亲再“老”，也不过四十八岁；四十八的男人正在壮年，应该是人生的辉煌阶段。母亲不能想象，壮年的父亲怎么会和一个行将就木的老妻躺在一个炕上；特别是就在自己和他的新婚之夜，他竟然和一个白发之人同床共枕。由此母亲心里多了些酸楚，这是她在南营房做姑娘时所没有的。她站在空旷的庭院里茫然四顾，心里突然挂念起出游的父亲，已经一个多月了，不知道出去的他什么时候能回来。

这期间，王国甫的管家来过一趟，问四爷有信儿没有。从管家的话里母亲知道父亲还兼着人家工厂的“生产总监”，现在，“总监”跑了，音信皆无，厂方自然把薪水扣了。王国甫是商人，依着商人的逻辑，工作归工作，友情归友情，不能瞎掺和。好在金家的家业雄厚，二娘床头的硬木匣子里，厚厚的一沓银票足让母亲和众子弟吃穿不愁。这是母亲娘家的日子不能想象的。

父亲这一走，一年半。

我的二娘死于转过年的夏天。二娘死的时候我的父亲还在江西“考察”，南方战事纷杂，不通消息，父亲没有回来，所以二娘的后事是我母亲一手料理的。母亲的干练、公允、周到，让金家上下人人称道，不唯二娘的子女，连二娘的“亲兵”刘妈也说不出什么来。母亲说父亲回来后，坐在二娘的屋里，望着那些书、望着懦弱的老七，抹了一把又一把眼泪。毕竟是几十年夫妻一场……

晚上，我给北京的六姐打了电话，说了博美来看我的事。我说我很喜欢这个安静的姑娘，跟那些浮躁张狂的现代女性比，这是个凤毛麟角。

六姐惊奇地说，博美到你那儿去了吗？

我说，对呀，你不知道？

六姐说这个博美已经离家出去许久了，前不久拿着一条缎子披肩来看她，她连同披肩和人一块儿推了出去。我问是什么披肩，六姐说淡紫色，绣着芙蓉花，花蕊里镶着两颗钻石，是从日本买来的，八十几万日元，合人民币五万多块。我问六姐为什么不要。六姐说，要是她挣的，哪怕是块不值钱的手绢我也要，但是不是。

我问怎的“不是”，六姐说这事她实在不愿意提。我说，你都把话说到这份儿上了，怎能不说？

六姐说，这个博美不知是个什么性情，大学毕了业，先在机关里当公务员，又跳槽进公司，后来倒股票，弄房地产，结果哪样也干不好，哪样也干不长。到最后呢，嫁了个商人，有钱有车有别墅，也不工作了，揣着护照满世界转，这月上巴黎，下月上夏威夷。再不就在家里跟她养的一群洋狗厮混，她自己不生儿子，管狗叫儿子，老大老二老三老四老五老六老七！

我说，跟咱们家的七位爷一样。

六姐说，她找的男人比她大，大许多。

我开玩笑地说，大多少？大十八吗？

六姐说，大二十八。

我一算，了不得了，这个孙姑爷快六十了！没等我说话，六姐又说，这还不是问题所在，那个商人人家有老婆，明媒正娶的老婆，咱们这个是个小！要是旧社会，强娶豪夺，仗势欺人，强迫她去当小老婆，也情有可原。可她呢，是自己愿意的，没谁强迫她。

我现在是一句话也说不出了。我的母亲没文化、穷，尚且知道人穷志不短，为自己的名分而努力抗争。但是她的后代却发生了逆转，心甘情愿地做母亲不能认可的事。这大概就是人们常说的“变异”了。

莫不就是博美所说的“社会进步了”，得抓住生命的每一刻，让它生出最高的价值？

年轻人，你缺了点儿什么……

六姐还在电话那头啰唆，话匣子既然打开了一时就难以关上，说什么老爷子、老太太要活着得气死，说什么金家其他人要知道得笑话死，等等。我把电话挂了，我还没回过神来，我得好好想想。

那条美丽的披肩被我收到了柜子深处，没有拿出来用过。

红军将我父亲纳为“同志”，我父亲退缩了。我的表兄小连却义无反顾地参加了革命，后来当了大官。小连的哥哥大连，参加了一贯道，解放后被关进了监狱。

这出《三岔口》是三个人演的。

第三章　三岔口

《三岔口》是京剧传统剧目，任堂惠禀了杨延昭之命暗中保护发配的焦赞。在三岔口的小店里，穿白衣裳的任堂惠和穿黑衣的店主刘利华在黑暗中打得出神入化，最终殊途同归。

一

少年时我对革命向往异常。

成天想的是若能赶上红军长征，赶上八路打日本，赶上三大战役解放全中国，我一定是红军，是八路，是解放军。只可惜，生不逢时，解放军们在东北、在淮海、在平津地区浴血奋战的时候我穿的开裆裤刚封上口，没有参战的资格。

我读小学三年级时，暑假学校组织读书会，每人发一本小册子，让大家在树底下围成一圈，轮流朗读。册子上说的是山西文水县云周西村女英雄刘胡兰的故事。册子封面的刘胡兰昂首挺胸，目光炯炯，嘴唇紧紧地抿着，短头发被风吹得扬起，英俊而潇洒。扉页里有毛主席的题字“生的伟大，死的光荣”。那字写得比我们终日描红的字体漂亮多了，流畅而疏朗，跟刘胡兰的头发一样，高高地飞扬着。画面上刘胡兰的脖子硬硬地梗着，很长，很美。我想，敌人用铡刀把这个美丽的脖子切断了，从那断脖子流出的血把周围皑皑白雪都染红了。刘胡兰一定很疼很疼，明明知道疼还在坚持，这真是一个了不起的女子。若换了我大概不会如此镇定，至少我不会把脖子亮得这样开，因为那是“数九寒天下大雪”的日子。我的读后发言是反思我打预防针，怕疼，把同学一个一个往前让，自己到最后不得已，没有退路了才伸出胳膊，让人往肉里扎。跟伟大的刘胡兰比，差得太远。

我和我的同学们都敬佩刘胡兰，认为她是天下最坚强最勇敢的女性。她是烈士，不是凡人，她离我们很遥远，可望而不可即。我的特点是喜欢把我崇拜的人随时向人介绍推荐，比如花木兰，比如诸葛亮，比如孙悟空和武松。但他们都不能和刘胡兰比，因为他们都不是被敌人杀害的。刘胡兰是被“勾子军”当众杀死在村口的，临死还怒斥敌人，问敌人“我是怎个死法”，所以刘胡兰是我的崇拜之最。

崇拜的具体表现是将封面的刘胡兰在图画纸上临摹放大，然后拿到老七那儿去上颜色。老七是画家，他有这个本事。但是我的要求遭到老七拒绝，老七说这是版画，版画是要套色的，不是用颜料往画上涂的。道理说了不少，反正就是不给上色。他不给上色我自己上，我自信上色的本事不比他差，我们家里的很多照片都被我描成了彩色的。

那时候还没有“彩照”一说，所有照片都是黑白的，想要彩色照片吗？照相馆有专门上色的师傅，也卖涂抹照片专用的颜料。我曾经用那些颜料将父亲工作证上的照片涂成了蓝脸，父亲看了说他成了《西游记》里的妖怪“奔波儿霸”了。我也给穿着婚纱的老二媳妇照片做了涂抹，给新娘子涂上了红嘴唇，使新媳妇像刚吃完人肉的夜叉。那种颜料是洗不掉的，气得老二媳妇再也不跟我说话了。

那天我拿着画像到母亲那儿去告老七的状，母亲看着刘胡兰的画像说，这不是你三姐嘛！

我说这是刘胡兰。母亲说，我以为是你三姐呢，你三姐就这个模样。

我这才想起自己的三姐也是被反动派杀害的。与刘胡兰不同，不是铡死是活埋，就埋在北京德胜门外的城墙根底下。敌人没用铡刀，连子弹也省了，挖个浅坑，把人绑紧堵上嘴推到坑里，盖上土就完了。后来听说行刑的时候是在黎明，天将亮，非常的秘密，不像电影里演的，周围有乡亲，还有大狼狗。他们四周什么也没有，只有黑沉沉的城墙和寒冷的北风，他们没能喊口号，连点儿声息也没有，静悄悄地死了。他们被杀没几个月北平就和平解放了，用书上的话说是他们“已经见到了黎明的曙光”……

解放以后政府通知我们家去收尸，是母亲和老七去的。两人回来一身土，两脚泥，眼睛通红，连厨子给熬的小米粥也没喝一口。母亲对父亲说，地上停放着十几具遗骸，都用草席盖着，尸骨已经腐烂，鼻子眼睛烂成了黑窟窿，无法辨认。后来母亲是从一只没有烂完的鞋上认出三姐的。那是一只千层底的黑布鞋，鞋上绣了一朵小梅花，是故去的二娘的手工，三姐离家的时候穿的就是这双鞋。走的时候跟母亲说是上西山郊游，特意脱下皮鞋换了布鞋。一走就再没有回来……

烈士们的遗体由国家统一安葬了。三姐没有跟她的同志一起埋在烈士陵园，而是被父母提出，埋在了自家的坟地里。小小的一个土堆，连墓碑也没有。

金家的坟地在北京东坝河太阳宫附近，记得小时候第一次跟着父亲去上坟，出了东直门要走很远的路。我们在东直门门脸驴窝子雇头驴，我和父亲骑，哥哥姐姐们在后头跟着，热热闹闹一大帮，不像上坟像春游。

金家的坟地是传统的满族样式，当中是老祖，两边八字排开，依次是他的儿孙，绝对的长幼有序。哪个后死，他的穴位便给空着，从排行来说一点不会乱。“八”字的两头排满了就往中间埋，叫做“怀抱孙”，好像老祖用他的子孙们组成的两条大胳膊把后代牢牢地拥入怀抱中。

私家的坟地是不立碑的，立碑的是乱葬岗，怕找不到才立。自家的坟地都是立在后代的心里的，一个一个，一代一代，口口相传，永不会错。最高最大的冢前头有石头桌子，两边跪着两只石头羊，还有石头的马。从家里带来的祭品在石头桌上摆了，都是好吃的东西。天福号的酱肘子，稻香村的萨其马，厨子老王给做的各样精致卤品，胡同口老刘打的芝麻烧饼和通州大顺斋的糖火烧，摆在石头桌子上香阵冲天。甭说我们的老祖在里头躺不住，就是站在外头的我们也光想着吃食想不起祖宗了。

奠酒之后烧一大堆纸，纸钱中有黄表纸、金锞子、银锞子。最有意思的是还有我们各人值得给祖宗看的文字，其中包括我的作业本和考试卷子，满分也烧，不及格也烧。这是父亲的别出心裁，他要让祖宗们随时掌握后代们的工作、学业情况。把对子女的教育交给祖宗，是父亲很不负责任的表现。

在老祖坟前表现完了，对其他的坟冢就只磕头不烧纸了。我问为什么不给其他的祖宗送吃的和钱，父亲说，都是一家人，老祖有了，他们自然也就有了。

清明上坟那天我不知磕了多少头，一条新上身的夹裤，膝盖处磕成了两块厚厚的泥片，铠甲一样地坠在腿上。我发现，只有我磕头最认真，连同父亲在内，大家磕得都很草率，很心不在焉，他们好像随时等待着什么，窥探着什么。给圈子内最后一个土堆磕完头，我才知道此行的目的才真正开始。

此时的父亲会像一个大孩子一样，喊叫着率先奔向祖宗的供桌，他的身后紧跟着我的哥哥姐姐们，看坟的老刘和他的儿子们也绝不落后。什么内外有别，长幼有序，全不在计较之列，往日那种威严冷漠的等级观念突然消失，人的天真快乐的本性孩童般地得到充分的释放。一群人瞬息将桌子上的美食哄抢殆尽，全不顾失态于祖宗跟前，跌份于光天化日之下。

后来我才知道，祭奠后分吃供品据说能得到先祖的庇佑，祛病消灾。难怪他们蜂拥而上争抢争吃、嘻哈打闹。上坟不过是个借口，欢乐的野餐才是真心。我人小，挤不进去，只从老七的手里分到半块枣儿糕，气得哇哇大哭，没人理我，大家都自顾自地吃。

太阳已过正午，众人收拾东西回家。走到地边一座不起眼的小土堆前，父亲对我说，这是你姐姐，不用磕了，给添把土吧。大概父亲的心里有点不受用，所以说话的声音很轻，还有点儿哑，只有离他最近的我和老七听到了。我和老七用铁锹往那个微不足道的土堆上堆土，老三用他的 135 相机给我们拍了一张照片。

堆完土我才知道，那个小土堆就是三姐的坟。三姐的坟，埋在地边上，没有进入那个大“八”字的序列，远远地离开金家的祖宗们，很是孤单寂寞。我觉得三姐很可怜，将半块枣儿糕摆在她的坟前头。老二说我摆错了地方，应该摆在西南边，那样三姐才看得到。原来三姐不像我的那些正南正北的祖宗们一样，她是头朝东北脚朝西南，斜葬在金家之外的。

我回来问母亲，母亲说，三姐是个未出阁的姑娘，姑娘死后是不能埋在正穴上的，按礼儿说，她应该埋在婆家的坟地里，她既然没有婆家，就只好靠边了。

“文革”我烧毁金家家谱时，见到我们家那本裱着黄绫子的折页里，没有三姐，当然也没有我。最后一次续家谱时，三姐还没有出生，就更甭说我了。老三信手照的那张照片至今我还留着，荒郊旷野，我围着花头巾和老七在往地上扬土，我们的锹下，根本没有什么“小土堆”。我们的父亲，一个瘦高的白胡子老头，面无表情地站在我们的身后，看着他的孩子们，死了的和活着的……

现在的东坝河是宽展的大马路，太阳宫附近是地铁站和超市，每回我坐车路过那里，都要朝外张望，以图看到昔日上坟那场热闹的画面。可惜，旷野和三姐和祖宗们以及争抢祭食的人一块儿消逝了，唯一留下的就是那张照片。

除了东坝河那个羞怯的小土堆和家门口门框上钉着的“革命烈属”那块蓝底白字的搪瓷牌子，我的三姐没有给这个家庭留下任何痕迹。父母亲在处理三姐的事情上相当低调，他们退回了那一笔相当可观的抚恤金，说这钱是闺女用命换来的，花着伤心……不要。

我跟同学们说我的三姐和刘胡兰一样，也是为革命牺牲了的。同学们不以为然，尤其是那些“革命的后代”们，他们认为刘胡兰就是刘胡兰，谁与刘胡兰比谁就是不自量！我心里不禁暗暗为我的姐姐叫屈了，都是死了的，怎的就没人知道她，毛主席怎的就不给我的三姐题字呢？

我上的是方家胡同小学，我们学校的隔壁是某机关大院，同学中不乏干部子弟，他们自成圈子，做派和我们不一样，玩的游戏，谈论的事情也和我们不一样；他们视我们玩的“跳间”“拽包”“抓子儿”为不屑，称我们为“胡同串子”。胡同串子是不能和干部子弟相提并论的，子弟们的优越感显而易见，连老师跟他们说话也特别的轻柔，特别的小心。胡同串子们动辄便被班主任高玉玲“请家长”。我们的家长也很不值钱，老师一叫，赶紧屁颠儿屁颠儿地来了，孙子一样地听训，回家对“串子们”便是一顿臭揍。老师不敢请干部子弟的家长，他们的父母都是如雷贯耳的人物。我敢说，哪一个都比校长级别高，更别说我们那个班主任高玉玲了。

有一回到北海过队日，雷小蕾提出她的爸爸也要参加。雷小蕾的爸爸是大官，大官参加女儿的队日，本身有点儿怪，这事搁“胡同串子”身上是绝无可能的。甭说我们的爸爸想不起参加我们的队日，就是想起来了也不会跟着一群孩子瞎起哄，白耽误工夫。对雷小蕾爸爸的要求高玉玲老师竟然答应了，还有点儿受宠若惊，还给校长汇报。这让我很看不起她，她对“子弟们”的要求从来不敢拒绝。

第二天我们举着中队队旗步行到北海后门，雷小蕾的爸爸已经在门口等着了。雷小蕾的爸爸隔着马路向我们招手，雷小蕾自豪地说她爸爸是坐专车来的。我说我父亲过去也有专车，大马拉的专车，带丝绒座玻璃窗，是从外国进口的。雷小蕾想也没想就说，你爸爸原来是赶大车的呀！

正巧，过来一辆骡子拉的大车，车上装满煤炭，赶车的人和拉车的骡子都是眉目不清，黑头黑脑的。“子弟们”便指着车说那是我爸爸，更有多事的大声喊，是赶车的还是拉车的呀？

众人一阵哄笑。

掬尽三江水，难洗一面羞。其实都怪自己少不更事，自讨没趣。类似这样的事情发生过几次以后，我便明白了自己在人众中属于另类，得随时收敛着，蜷缩着，不能逞强。明明是把“全聚德”烤鸭店的师傅叫到家里做烤鸭子，也得说“压根儿没见过熟鸭子是什么模样”。明明老张是看门的，莫姜是做饭的，刘妈是打扫屋子的，跟同学们也要把他们说成是“院里邻居”。在性格和心灵上都有些扭曲，这种扭曲一直延续了我的大半生，铸就了我内向、不合群的性情。

我记得很清楚，那天雷小蕾的爸爸穿着一身将校呢，背着一架照相机，笑眯眯地加入了我们的队伍。有谁问雷小蕾她爸为什么没戴肩章领章武装带，雷小蕾说，大官不用戴人家也知道是大官。

雷小蕾爸爸参加队日的目的是照相，他的大照相机上了弦一样，咔嚓咔嚓在我们周围响个不停。慢慢地我便窥出了端倪，大官的相机专门对着的是他的女儿及个别干部子弟，根本没我们这些“胡同串子”什么事儿，当然我也就不必上赶着往前凑了。我自小就是敏感的，我知道我是谁。

这个队日过得心里有点儿别扭。

几天后雷小蕾把过队日的照片拿到班上来显摆，有划船的，有荡秋千的，有吃冰棍的……大家传着看。照片里，雷小蕾绝对是“女一号”，我们则是芸芸众生，是陪衬。班主任更惨，照了半张脸。就这，高玉玲老师还一个劲儿地说，照得好，可以留作纪念，过五十年你们再看，有意思得很呢。

可惜，还没过十年，高玉玲就死了。

我想如若我的三姐活着，我自然也属于干部子弟了。我的三姐即便不是大官也得是个国家干部，这样我和我的那一帮芸芸众生的“胡同串子”们也就不至于沦落到跟假山、大树、九龙壁一样，充当背景的地步了。

三姐身后的冷寂，“胡同串子”的低贱，班主任的巴结，让我失落，在一个小学生的心里拧成了一个结。现在看，微不足道，但在当时却是郁闷得厉害，觉得自己卑微极了。回来便跟父亲哭闹，问他怎的不当红军去长征，在那轰轰烈烈的革命时代，人家的爸爸都去革命了，他非要泡在家里，接二连三地生一堆孩子，简直是莫名其妙。

父亲被我纠缠不过，就说他也当过大官，而且是中央级别的，比雷小蕾爸爸的官大多了。我问什么官，父亲说是镇国将军。

母亲一听赶紧把我拉开，说不要听父亲胡说，那都是父亲瞎编的。并且告诉我，这样的话千万不要到外面去说，万一人家较起真来，咱们可担待不了。

其实父亲没有胡说，他还真是个“镇国将军”，不过这个将军不是共产党任命的，是清朝皇上封赏的。我祖父是镇国公，到了父亲这辈就成了镇国将军。我说，有这个将军比没有还让人恶心，寒碜也把人寒碜死了，我哪里会出去说！

父亲从来是不急不恼的，对我这个老闺女绝对有耐心，揪着我的小辫子说，阿玛也是当过红军的……

我眼睛一亮，扑在父亲怀里，揪着他的胡子说，真的呀？

母亲对父亲嚷嚷，越说越离谱了啊！

母亲将我从父亲的房间拉出来，带到厨房，给了我一块大糖瓜。这糖瓜本来是准备过年给灶王爷上供的，让灶王爷的嘴被糖粘上，在玉皇大帝跟前说不了坏话。现在母亲把糖瓜给了我，想的是把我的嘴也粘上，再说不了“镇国将军”一类的是非。为了解开我心里的结，母亲安慰我说，谁说咱们不是干部子弟，谁说咱家没大官，你表兄小连那不是大官又是什么？

二

小连的确是大官。

小连的官大得让我不知道有多大。

有一回小连上我们家来，提前半小时，整条胡同都戒了严。一会儿，三辆小车停在了门口，呼呼啦啦下来一帮人，进家来的可只有小连一个人。

那是我第一次见小连，很普通的一个人，个子不高，白净面皮，穿着灰中山装，披着呢子大衣，说话带着南方口音。其实他是地地道道的北京人，搁先前也逃不脱“胡同串子”的范畴。不知怎的，一当了官连说话都变了。母亲迎了出去，站在垂花门的台阶上给小连请了蹲安，客气得简直都不像我的母亲了。后来小连走了她又反思这个安请得不对，小连是晚辈，他应该管自己叫舅妈，哪有舅妈给外甥请安的道理？依着规矩，母亲应该站在垂花门里正屋的廊子上迎接客人，不该到二门外头去抛头露面，而且是为一个外甥，真值不得，这份儿跌大了！

说白了是母亲没见过官。甭管是谁，只要是官，自己的心里先怯了三分，这也是穷人心态。她那朝外南营房的贫民出身，让她对一切官员都有着本能的避讳和谦恭。官大一级都能压死人，更何况母亲没级，小连在她眼里就是她这辈子见到的最大的官了。

母亲没我端得沉稳，我站在屋门口，面无表情地看着小连随母亲走上台阶。小连看到了我，摸着我的头问我是谁。小连那态势绝对是大官接见群众的亲民态势，我在新闻电影上看过，一点儿也不新鲜。母亲赶紧说，这是老闺女，小名叫丫丫，你舅舅六十岁才得了这个，宠得什么似的，没一点儿规矩。

母亲说我没规矩，我便越发地没规矩。主要是她在外人跟前说出了我的小名，这让我觉得很没面子。我对灰中山装说，我知道你是谁，你是小连，你哥是大连，你们家住在细管胡同三号。

母亲说，这孩子人来疯，动不动就犯浑，跟死了的老五一个德行。

小连说，丫丫长得像三表姐。

小连说的是在德胜门城根儿被活埋了的那个；母亲说的是被父亲赶出家门在后门桥冻饿而死的那个，都是死鬼。就是说我像死鬼，这更让我不快。我看得出，小连对我的亲切和笑意都是装出来的，假模假式。小孩子一般都有这种直觉，就像狗，谁对它是真好假好，它都知道，不是凭眼光，是凭感觉。所以从一开始我就对小连没什么好印象，整个一个假招子。

在这里恕我将小连的正式名字隐去。父亲生前反复强调过，不要提及和小连的亲戚关系，免得给人家造成被动。我说，这样伟大的亲戚有跟没有一个样。

应该说这个家里那天拿得最稳的是父亲。父亲不愧是有“镇国将军”封号的，他静静地在书房里等着外甥的拜见，手下一幅《鹌鸽石榴》的工笔连停也没有停。按常规，小连这样的官来了，父亲会安排在客厅见面，但小连是父亲姐姐的儿子，在客厅见面就显得太正规太见外。毕竟是小辈，犯不着那样郑重其事，甥舅在书房相见随和又不失身份。挺好。

小连一掀门帘进了书房，伟大的官员把大衣一扔，没忘了给我父亲请安，这让我看着有些怪诞。我想他再共产党，在金家也是外甥，这怕是改变不了的。

“半世总为天外客，一家今是故乡人”。小连在书房里跟父亲谈了些什么我无从得知，连母亲也很知趣地回避了。其间母亲进去送了一次茶，出来对我说两个人都在掉眼泪。大官还会哭，这是我不能理解的。官面上的小连从来都是正面须生的形象，冠冕堂皇，不苟言笑。有一次我和父亲参加政协的新春联欢会，在会上见到了小连，他扫了我一眼，竟然不认识般的从我跟前走过去了。那张脸，那做派是绝对的正儿八经。但只有我知道，在正儿八经的背后，他在父亲的书房里偷偷哭过。这个秘密我没对谁说过，说出来怕人家不信，闹不好就跟说我们家有马车似的。

父亲是政协委员，有人说这与小连有关系，但父亲否认这一点。他说小连不会将私情与政治混为一谈。小连是个原则性很强的人，他对他亲兄弟大连的态度就是最好的证明。

那时候大连还关在监狱里，共产党的监狱。

三

在说大、小连之前有必要先说说我的姑姑，那是被我称为姑爸爸的一位女拿破仑式的“人物”。

自尊自信，敢作敢为，刚愎自用，自作聪明，满族的姑奶奶，厉害。

这厉害不是在婆家，是在娘家。姑爸爸在我们家绝对是说一不二的“皇太后”，绝对是没有谁敢惹的伏地圣人。

满族人各家都有姑奶奶，各家的姑奶奶在婆家都低声敛气，给男人洗衣裳，给婆婆装烟袋，给儿女纳鞋底儿，比孙子还孙子。可姑奶奶们一旦回了娘家，立刻横挑鼻子竖挑眼，说话都是高八度的。除了不讲理之外就是出些异想天开的怪想法，成心难为兄弟媳妇，以示她在这个家庭里永远不可更改的重要地位。

老舍先生在他的小说《正红旗下》把满族姑奶奶写得淋漓尽致，我们家的姑奶奶与老舍小说里的姑奶奶相比有过之而无不及。至今我的相册里还保留了一张上世纪二十年代的“全家福”，坐在正中间的不是我的父亲而是我的姑爸爸。姑爸爸目光镇定，正襟危坐，那神态绝对是慈禧再生、“老佛爷”转世，透出一股舍我其谁的霸气。

母亲婚后第二年新春正月初二，姑爸爸回娘家，雇了一辆洋车。车夫好心，给她腿上盖了条毯子。一路上姑爸爸都没说什么，到了我们家门口，不干了，非说毯子里有虱子，不给车钱，还要拉车的找补拆棉袄的工夫钱。明摆着，这架是吵给娘家人看的。我母亲赶忙出去说好话，替她给了车钱，恭恭敬敬将姑奶奶请进屋来。

姑奶奶在门外头闹完了到家里接着闹，嫌父亲第二个妻子张芸芳躲在自己屋里不露面，跟她摆谱。母亲说张氏已经病得起不来炕了。姑奶奶说，除非她是在捯气，认不得人了，否则就是成心气我，成心跟我较劲。一个小妾，还不知自己的斤两了，她以为她是谁？是一品夫人吗？告诉她，就是她死了，在金家的坟地里也是靠边单另埋着的，立不立坟头还得另说呢。

大过年的，姑奶奶这些话明摆着是找碴儿，忒不吉利，可谁也不敢说什么。我母亲出身低微，在大姑子跟前得随时伺候着，赔着小心，屁股不敢全落座，挂了椅子一个边，时刻瞅着大姑子手里的水烟袋，人家抽完了一口，她得挑选最佳时机把纸捻给吹着，不能急也不能慢，急了是催人，慢了让人等。在大姑子面前她不能说太多的话，可又不能冷场，她得在大姑子挑眼摔咧子的间隙，提那么两句使大姑子高兴又有兴趣的话题。一不留神把姑奶奶惹翻了，那可是吃不了兜着走的事。况且姑奶奶随时准备着翻，姑奶奶在婆家翻不了也不敢翻，到娘家就是专门翻来了。我姑爸爸本来就是大宅门的格格，做派大脾气也大。她一到我们家，我那些哥哥姐姐们如同避猫鼠，全都溜得没了影儿，只剩下母亲和她周旋。

姑爸爸嫁的是城东"掌档子拨什户"的富察氏，是成贝勒给做的媒，富察氏辛亥革命以后改姓傅。我后来查过官档，"拨什户"不是什么大官，但是挺有实权，是专管发放钱粮的官员。可惜"拨什户"死得有点儿早，平日姑爸爸又大撒把过日子惯了，没什么积蓄，孙中山一革命，铁杆庄稼完了，日子就有点儿难。

姑爸爸不但有婆婆，还有一个不曾出嫁也不想出嫁的大姑子。大姑子和婆婆，一个是刁钻古怪，一个是古怪刁钻。两个人每天轮着叨叨埋怨，北屋怨声刚歇，东屋骂声又起，不是嫌小酱萝卜齁咸，就是嫌笤帚搁得不是地方；不是北屋的“贼猫”偷吃了萨其马，就是东屋赤金手镯不见了踪影……反正总有碴口随时提供。我的姑爸爸带着两个儿子，伴着两个多事的老太太过着憋屈的日子，大宅门格格的架子自然也得收敛起来。

姑爸爸的大儿子在农商部当录事，挣的薪水不够他自己折腾；小儿子正在念高中，听说书念得不怎么样，女朋友倒是交了不少，是个不折不扣的“花花公子”。父亲每季都让我们家老大往细管胡同送钱去，但姑爸爸和她的婆婆似乎并不领情，倒驴不倒架，穷横穷横的，连句客气话也不说，好像我们家上辈子欠着她们的。

母亲见姑爸爸喝了第二道茶，有了点儿喘息的机会，便小心翼翼地问，大姐您想吃什么，厨子老王在外头候着呢，海参、鲍鱼年前就发好了，口外的小蘑菇也预备着呢；羊肉是从德胜门羊店挑来的西口肥羊，让羊肉床子的人新宰的，专给大姐留着；外甥们爱吃的酱羊肉，三十那天让前门“月盛斋”送来了二十斤……

姑爸爸说，我什么也不吃，我吃气！

母亲又不敢说话了，她知道，大姑子的脸还没有翻完。可不嘛，在婆家受了一年气，姑奶奶过年回来要不发发脾气，那就不叫过年。继而姑爸爸开始把矛头指向了我的父亲说，瑞祓还没信吗？

母亲说没有。姑爸爸说，走了这么长时间了，连封信也没有，他打的是什么主意？他不要这个家，我还要我的儿子呢！

姑爸爸指的是我父亲带着小连上江西的事。我父亲除了画画以外，最有兴趣的是研究古代窑址，应该说这是业余，后来竟成了他的专业。既然研究古代瓷窑，景德镇便是不可不去的地方，就这样带了外甥小连奔江西去了。说是月余便归，但父亲的闲散性情，徐霞客式的游逛方式，注定了他信马由缰的行程，走到哪儿了，无人知晓，他也无须禀告。用今天时髦的话说是，“自由而舒展地行走，是对心灵的一种放飞”。我的父亲崇尚自由，一辈子自由，解放后划的成分是“自由职业者”，那心灵放飞放得收都收不回来了。

姑爸爸见我父亲没回来，自然也找不回她的小连，就数落金家十几个孩子一个也不在家，偌大院落被我母亲整治得冷冷清清像座庙，没点儿人气儿，她在家做姑娘的时候金家可不是这样……继而又对仆人刘妈不满，说刘妈一个老妈子穿什么绣花缎鞋，下人没个下人样，莫不是想造反？陈胜吴广还没当皇上呢，且轮不到她！巴儿狗玛莉也不合她的心，说狗没个狗样，长得塌鼻扁脸，像是当着门面挨了一巴掌，把整个脸打回去了……这都是不祥之兆，掌门当家的跑没了影儿，大过年的带着外甥在外头野逛，败家之象……

姑爸爸逮着什么说什么，看见什么说什么，想起什么说什么，对娘家的一切都非常非常的不满意，非常非常的有看法。

太阳偏西，正月初二的省亲到了尾声。吃过中午饭，喝了一壶香片，垫补了半碟点心的姑爸爸该回婆家了。看门老张早早儿给雇好了车，装满了整整一车年货；姑爸爸腰里也揣着我母亲给的硬邦邦的一沓票子，都是没使过的新红票，最终脸上总算有了点儿笑模样。临上车对母亲说了句恭维的话，你长得比瑞袚那个死了的瓜尔佳看着顺眼多了。

大正月的在母亲面前提起父亲去世的前妻，不知是添彩还是添堵。

后来姑爸爸彻底和我们家翻脸了，再不来往。原因是我父亲从江西回到了北平，却把她的儿子小连弄“丢”了！京剧有《失子惊疯》一出戏，是说妇女胡氏在山中遇强盗，将儿子遗失，伤心至极而成疯癫。我的姑爸爸虽然没有疯癫也是一病不起，她不能原谅我的父亲，但她又说不出什么。不回来是她儿子小连自己的选择，有书信为证，跟我父亲没有关系。

以后逢年过节姑爸爸再不回娘家，改由我父亲或是母亲过去看望她。把人家的儿子带出去却没带回来，我父亲总觉得愧对他的姐姐，由此对姐姐的家更为关照。在小连回北京“认母”之前，我父亲在姑爸爸跟前一直说话气短。

姑爸爸在金家如此折腾时我还没出生，我见到姑爸爸是在新中国刚刚成立不久。一个干瘦的老太太，提了点心盒子到我们家来，穿着簇新的带有樟脑味儿的衣裳，用刨花水把头发抿得油光水滑，一丝不乱，脑后头的小纂儿上插着一根玉簪，脚上穿着一双锃亮的小皮鞋。母亲告诉我说是姑爸爸到了，话语间满是受宠若惊的成分。姑爸爸满头银发，脸上白净而平整，说话声音很低，很柔和，全没有母亲叙述的那些张扬与矫情。母亲张罗着沏茶倒水，姑爸爸竟然站起身来接，一口一个美珍地叫着我母亲的名字，好像是嫡亲嫡亲的姐儿俩。谈话间知道，姑爸爸在给工艺美术厂画彩蛋，她的大姑子在街口摆烟摊，日子勉强维持，依旧是不富裕。

那次姑爸爸来找父亲，是让我父亲到政府去打听情况，说她的儿子小连一走二十年，现在太平了，儿子若是在，怎的也会回来看看老妈的，那是个仁义孝顺的孩子。若是不在了，政府也应该像对我三姐那样，给家属有个说法。现在活不见人，死不见尸，当妈的怎能心甘！

应该说姑爸爸提出的要求很合理，我父亲绝没有任何拒绝的理由。听了老太太声泪俱下的倾诉，我对眼前瘦小枯干的姑爸爸充满了怜悯之心，甚至想让父亲将老太太接回家来，让她在娘家颐养天年，将来由我和我的哥哥们为老姑奶奶养老送终。

父亲说，怎么可能，这里边有个自尊的问题，你姑爸爸是个要强的人。

四

要强的姑爸爸却养了个不要强的儿子。

解放军一进城，原本在旧政府干事的大连依旧按原职被新政府录用，一切照旧，甚至连办公桌也没换。但是大连不干了，他嫌共产党要求太严，动辄开会学习，动辄汇报思想，他没那么多思想可以汇报，最主要的是他不愿意让谁管着他。以前在旧政府干事，早上九点上班，十点到岗，温暖的大办公室，明亮的大玻璃窗，茶房早早地给沏好了茶，把桌子擦抹得一尘不染，恭候着他的到来。他的任务是誊录公文，可是这公文有时一个月也下不来一件，偶尔下来也是三言两语，十分钟就誊完了。许多闲散的时间无法打发，就看《梅花易术》，给人看手相、算命，一天到晚云里雾里地神说，反正大家都没事干，闲着也是闲着。

共产党一接管，首先茶房取消了，得自己到锅炉房打开水，八点上班得准点到，在签到簿上画钩，一进办公室文件就山一样地堆在桌上了。别说《梅花易术》，就连窗户外头的梅花树他都没工夫抬头看一眼了。这哪儿成？借着上边要求他们学习打字的机会，他就把工作辞了，说闻不了打字机的机器味儿，一听那啪嗒啪嗒的声音就想撒尿。

说不干就不干了。在家闲了两个月又觉得很无聊，首先是手头不宽裕，想听个戏，下个馆子，得跟他妈妈和姑姑要钱。从老太太们手里要钱他倒没觉着寒碜，主要是不好要，他能要出钱的唯一理由是“要处女朋友”。也的确，四十大几的大连还是光棍一个。他妈替他着急，只要是为找女朋友的事，要钱从不打绊子，但总是没有结果。问原因，他说，关关雎鸠，在河之洲。窈窕淑女，君子懒求。

大连长相不错，能耐也不小，就是嘴里没实话，哪个姑娘，哪个小寡妇也不愿意嫁个说话云遮雾罩、两脚落不到实地的爷们儿。

有一段时间大连常上我们家来，来了也不太有人搭理，谁都不待见他，他也不在乎。都知道他没正经事，是混饭来了，特别是我们家的厨子老王，打心眼里瞧不起大姑奶奶的这个儿子。这个大连，肉包子能吃九个，炸酱面能吃三碗。吃饱了也不走，坐在门道里跟看门老张神聊。东南西北，话题不断。

大连说他睡觉的枕头让耗子咬破了，从破窟窿里竟然掏出一张字条来，上头写着：

> 此枕头卖与富察氏，某年某月某日某时将被鼠噬破，特记之。
>
> ——东坝河庞谰周

大连说字条上的日子时辰和枕头破的那天一丝不差，他是姓傅的，再早是富察氏。只是不知字条上提出预言的“庞谰周”是谁，是哪个年月写的，这个庞谰周何以能有这么大的能耐，竟然能做到料事如神。老张是个好事之人，听了这话就说，那你就到东坝河找去呀，东坝河离这儿也不远，我随着四爷上坟去过好几回，一个多钟头就到了。要不我跟太太说一声，陪你去。

大连说，还用你陪，我早去过了。

老张说，找着了？

大连说，当然。

老张说，快给我说说，这事有点儿意思。

大连说，不是有点儿意思，是太有意思了。

老张赶紧给大连的茶碗续水，问大连还吃不吃包子，要吃他还可以到厨房去拿。大连说他不吃包子。老张说，不吃包子就快说，庞谰周到底是谁？

大连说庞谰周是东坝河小猪店人士，三百年前就死了。老张说，这么说，这个三百年前的人早就预料到这个枕头三百年后归你枕着？

大连说，要不怎么是高人呢，人家是入了“理”的。

老张问入什么“理”，是不是白莲教？大连说白莲教早过时了，人家信的是真理。信了真理，上三百年下三百年，六百年的事情没有不知道的。

老张说，可惜没让庞谰周给我算算什么时候发财。

大连说，我见到的是庞谰周的后人，叫庞天然。庞天然说他们家的老先祖早就留下话来，说三百年后某年某月某日某时有个叫傅大连的人会找来，这个人有仙根道骨，可以作为道门的点传师。

老张说，就您?!

大连说，我怎么啦？我是真人不露相，露相不真人。你以为我就会吃九个包子吗？告诉你，我的本事大了，不张扬就是了。

老张说，得，您别跟我们凡夫俗子一般见识。我斗胆问一句，这点传师是庞谰周跟前的哪一路神？

大连说，点传师是人与神之间的联络员。比如说你，要想成仙就得通过我引见，要不然你上哪儿找神仙去？神仙从你跟前过去你都不知道。

老张说，我不想当神仙，神仙有什么好？吴刚在月亮上头也是神仙，一个人，见不着老婆孩子，自己还长命百岁地永远不死，闲得没事砍树玩，还不如我在人间看门呢。我就是想发财，有了钱回家置点儿地，盖院房，买俩大牲口，雇仨伙计，大小子支应门户，二小子上天津跑买卖，三小子上北京念书……可惜就是缺钱哪！金家这点工钱将够我自己的嚼裹儿，哪怕我手头有三百大洋，我就知足了……房可以晚点盖，牲口可以不买，仨小子先跟着我在地里刨哧……

老张徜徉在他的理想中，这是他日日在炕上做的梦。那时候刚刚解放，胡同里常有走街串巷、嘴里吆喝着“买俩卖俩”，是收购大洋的。当年面值一万元人民币相当于现在的一块钱。一万人民币换一块大洋。母亲给我二百块钱零花，我只能到小摊上买一块酸枣面儿。老张很为他手里的是大洋不是纸币而庆幸。我知道老张攒的那点儿大洋到底也没出手，他只信银圆，连睡觉也得枕着银圆，怕让贼偷了去。老张最终还是揣着银圆回老家了，村里给他分了地，银圆退出了流通领域，他把银圆埋在了院里，其实总共也没几块钱，用不着怕谁惦记。老张爱钱是真的，不过话又说回来，谁又不爱钱呢？

大连说老张想发财的想法太低级，不管怎么着，先要入道，入了道才能得真传，得了真传就能点石成金。到那时候，还在乎什么房子地，想花钱，照着场院的石头碌碡一点，碌碡就成了金的。

老张说，怕的是到时候发愁的不是钱怎么花，是怎么把这个大金碌碡掰碎了。

老张问大连入的是什么道。大连煞有介事地说，子曰：参乎，吾道一以贯之！

老张不解。大连说，你怎还不开窍，就是一贯道嘛！

老张问一贯道信奉的是哪路佛爷。大连说是“明上帝无量清虚至尊至圣三界十方万灵真宰”，简化了说就是“无生老母”。老张说，一个老娘儿们家，不在家抱孩子，出来跳大神儿……

大连说无生老母可不是跳大神的，那是个救世济人的神。老母最近很忙，因为天有异兆，颐和园昆明湖旁边的铜牛眼里流出了血，鼓楼西南角每天下午冒黑烟，太和殿挑檐上的琉璃饰件“仙人指路”不翼而飞，潭柘寺后山洼里出了一只长角的长虫……这说明了什么？这说明了天下要大乱了，刀兵灾、瘟疫灾、饥馑灾、蝗虫灾接踵而来，要刮七七四十九天天罡风，飞机飞不起，大炮打不出，天塌地陷，尸骨成堆，血流成河。明智者赶紧入道，受老母护佑，逢凶化吉，遇难呈祥，否则就难说了。

老张说，那金四爷这么大的家当也说完就完了？四爷、四太太也在“尸骨成堆”里头？

大连说，四爷这点家当算什么，溥仪溥大爷的家当大不大？现在照样众叛亲离，抛家舍业，这会儿蹲了苏联的监狱，落了个面对四壁，一无所有的结局。小命在人家手里攥着，人家哪天不高兴，扔给一条白绫子，他二话不敢说，就得乖乖儿把自个儿给人吊房梁上去。

老张是个胆小的人，一听大连的话立马就觉得世界末日来了，把门道的穿堂风认作了飕飕阴风，把树杈上的乌啼认做了最后的挽歌。他最担心的就是手里偷偷攒的大洋变不成房子和地，如若“血流成河”，他什么理想都完了。为了保护生命和财产，老张在大连的撺掇下一块去了一趟东郊的东坝河，亲眼目睹了一回一贯道的“扶乩请仙”，佩服得五体投地。回来见谁跟谁说他见到了济公，济公还跟他说了话。问说什么了，老张拿出一张字条，说上头都写着呢。我们家很多人都看过那张字条，黄黄的一张纸，鬼画符般地描着几句“乩语”，说的是：

混混沌沌常如梦，今日幡然入道门。

共得横财共珠珍，禾苗久旱降甘霖。

且不说“乩语”的狗屁程度，只老张一遍遍地叙述便已经让人不耐其烦了。老张说他到了东坝河，一座干净的院落，三个十来岁的少年，少年们面目清秀纯净，分别叫做天才、地才、人才。堂上一盘精细的黄沙，众人围沙而立，在大连的引导下，老张给高处的无生老母牌位焚香叩头，报出自己的生辰八字。有人写了，传到坐在太师椅上的一个肥硕男人手里，一通仪式之后，便是扶乩请仙了。大连说这些仪式专门是为老张一个人做的，待会儿神仙下界也是专为老张一人而来的。老张就很感动，说最好能请下玉皇大帝来，玉皇权力大，能做主，说话算话。真要请下个牛郎来，屁事不顶，只知道耕地，那样的神跟庄稼人没两样。

大连让老张不要乱说话，说谁来谁不来由不得凡人，过路的神灵成千上万，哪个不怕耽误工夫，愿意弯一下路就是哪个。

结果是济公来了。老张知道济公就是济癫僧，一个没有正经的疯和尚，心下便有点儿不满意，可又不能让疯和尚回去再换一个来，万一来个猪八戒还不如这个和尚呢，只好老老实实很紧张地跪在砖地上等着济公指明前程。

眼见着三个少年进入了一种迷幻状态，眼神游离，动作飘忽，着实手舞足蹈了一番后，围着老张转了起来，一个圈又一个圈地，老张被扬起的尘土呛得只想打喷嚏，想的是济公大概有日子没洗澡了。转够了，三个人在沙盘前站定，焚香烧表，向半空扬洒清水，然后天才扶乩笔在沙盘上画字，人才推沙报字，地才抄写记录，一通忙活之后拿出了济公给老张的这篇乩文。老张对上面的解释一概闹不明白，只记住了“横财”两个字。

从那以后，老张日日盼着天上掉馅饼，地上捡金砖。入道交给点传师的三十块大洋心疼归心疼，却买了全家的安全和财路。当全中国都尸横遍野、万户萧疏的时候，独独他们老张家还能茁壮地活着并且财源茂盛，这的确是件很占便宜的事。

大家都说老张上了大连的当，老张却执迷其间，说三十大洋买了全家十一口人的平安，不贵。

一贯道是敛财道，大连自当了点传师后如鱼得水，那些“乩文”都是他编出来预备下的，然后让“三才”背了，看人下菜，随机使用。平时收取了道徒不少的功德费、供果费、印书费、施茶费、月助费等等，要了老张三十大洋绝对是看在熟人面子上便宜了老张。关键是老张不羡慕神仙，不想超脱，只是想跟神仙对对话罢了。东华门有个卖估衣的庞二爷，托大连给他故去的爸爸在天上谋个混吃混喝、不干实事儿的位置，大连竟收了庞二爷五百现大洋……解放初期，“度大仙”成了一贯道重要的“工作”，某点传师度了六百多大仙，骗了黄金六千多两，这么一比，大连还算是好的。

大连被我们家划为“不受欢迎的人”，他来了几乎没人搭理他，就是我母亲面子那么软的人，也能耷拉下脸来，不冷不热地说出“金家不信歪门邪道，以后少上门”这样的话。仆人刘妈说，这个大连哪，跟他的兄弟小连整个是俩性情，都是大姑奶奶的儿子，竟拴不到一个槽里去。

大连从不打听小连的事，就好像从没有过这么一个兄弟。同样，小连当了大官也没过问过大连的事，就好像从没有过这么一个哥哥。1966年，大连从监狱里放出来了，他在里头整整蹲了十五年，一天也不少。出了狱的大连老了，话也少了。我们家老七说大连的话在前些年都说完了，那时他的话太多，连坑带骗，终日嘴不闲着。人这一辈子说多少话，写多少字，吃几碗饭老天爷都安排好了，是有定数的；前头说够了，后头就没得说了。

出了狱的大连在胡同口给人修自行车，手艺不错，倒也自食其力。逢有人说他长得像某某大官，他也不言语。也有稍知道点儿底细的问他某某官是不是他兄弟，他说他姓傅，叫傅连泉，官儿叫××，差着姓呢。

据说大连和小连解放以后从未谋过面。大连出狱的时候小连却进了监狱，当时正赶上“文革”，大干部一般都得被关起来。小连后来全家被发配到外地，几年后回到北京的时候他哥哥大连已经故去三年了。

五

年轻时的小连除了爱姑娘，没什么大毛病。其实“爱姑娘”也算不上毛病，食色性也，人之大欲存焉。十八岁的小连正如《柳堡的故事》里“十八岁的哥哥”，少年英俊，风华正茂。

将小连带往江西，是我姑爸爸的主意。原因是高中毕业的小连在家闲着没事，把胡同口药铺佘掌柜的闺女小瑛子的肚子搞大了。上个世纪三十年代还没有现在一套完整的计生措施，更没有现在大街小巷四处张贴着的“无痛流产”的广告。那时候，肚子大了就是大了，想让它消下去是相当麻烦的事。

姑娘大肚子，在市井生活中丢人现眼不说，只那舆论就足以让当事者再无颜面活在世上，唯一的解决办法是出嫁；谁造的孩子嫁给谁，以遮未婚先孕之丑。问题是“十八岁的哥哥”自己还不能养活自己，姑爸爸家也无法再添上一个人的嚼裹儿，更主要的是老太太不愿娶个买卖人的闺女做媳妇。旗人自个儿穷，还看不起经商的。为此事，一向刚强的姑爸爸愁得寝食难安，牙疼上火，半拉脸都肿了。

刚巧，父亲让我大哥给姑爸爸家送季度钱去。大哥回来后说，姑爸爸脸肿得老高，精神很不好，可能是病了，但又没说得了什么病，唉声叹气的，看样子不轻。父亲听后只好去细管胡同走一趟。

平时很少到姑爸爸家走动的父亲，见到神情黯然、满面愁容的姑爸爸吃惊不小。问其原委，姑爸爸只得不怕家丑以实相告。父亲听后只有顿足叹气的份儿，一筹莫展、爱莫能助。

闲谈中姑爸爸听说我父亲过段时间要上江西景德镇云游，顿时眼睛一亮，一拍巴掌连说，天无绝人之路，好事、好事！非得让我父亲带上小连不可，明说是照顾舅舅路上的饮食起居，其实是“临阵脱逃”，躲避承担“孩子父亲”的责任，说白了就是把那个叫小瑛子的姑娘闪了。姑爸爸叫来小连告知她的决意，小连还有些于心不忍，藕断丝连地眼泪汪汪，我父亲也说此做法不妥。但是姑爸爸说佘家是想借机会讹傅家一把，那个叫小瑛子的丫头，高颧骨，大嘴岔，一副妨夫之相。这样的丫头别说当太太，就是找丫鬟在相貌上也是犯大忌的。佘家是开药铺的，不愁找不到麝香、雄黄、巴豆一类打胎药；药铺里八仙桌前头的那个贼眉鼠眼的坐堂大夫，更是绝对有法子把姑娘肚里的孩子弄下来。小连一拍屁股走人，让那丫头死无对证，任是谁的孩子也说不清了。什么叫快刀斩乱麻啊，这就叫快刀斩乱麻！

姑爸爸的做派颇有老佛爷遗风。她老人家那一推六二五的说辞，让所有的人瞠目结舌。小连不想走，还想跟小瑛子拉扯。姑爸爸说，你也就是眼前放不开罢了，走几个月什么都淡了。宫里珍主儿跳井的时候光绪也是痛不欲生的，霜打了一样地蔫了大半年。结果怎么着，还不是把她搁下啦！

父亲告辞出门前，姑爸爸再三叮嘱我父亲尽早离京，越早越好，走时务必带走小连。

父亲原定去江西的行程，本因与我母亲结婚而无限期推后了。可不想我母亲在洞房花烛夜的一通大闹，父亲当即决定第二天提前出走江西，也属于“临阵脱逃”之列。父亲得知母亲一大早出门回南营房后，赶忙叫来我大哥，郑重地交办了几件事。随即取来两只常年备用的箱子，一箱装衣物钱财等生活用品，一箱装笔墨纸砚一应画具。之后穿上一件月白地四合如意天华锦丝棉袍，提着两只箱子走出大门。门外，我大哥已备好了马车。先去姑爸爸家，将还在睡梦中的小连叫醒。甥舅二人打点行装，匆匆赶到前门火车站，乘车仓皇出京而去。

小连极不情愿地跟着我父亲走了，想的是一半月就回来。却不想，两个月了，我那闲散的父亲还没走进江西。我父亲游游逛逛，走走停停，时而住下写生，时而寻觅古迹，时而拜访朋友，时而考证传闻。有时为塘里的鸭子停滞数日，有时为半座颓寺盘桓一天。沟里的野草、洗衣的女子、青黛的水牛、歪脖的老树，都成为父亲摹画的对象。他老人家想画什么就画什么，想怎么画就怎么画。说他是闲云野鹤，游荡散仙绝不为过。

另一个不想急着回家的原因是㦗头新婚的妻子——我的母亲，怕母亲跟他算账。洞房之夜母亲的一通疯闹，真的是让父亲害怕了。想的是娶了个温柔漂亮的美人，没料到是个任甚不论的女武松。生米进了锅，刚点火，还没熟半截就撤火了，只能是一锅夹生饭。夹生的饭让人倒胃口，这样的饭能不吃就不吃，能晚点儿吃就晚点儿吃。跟我的怕打针一样，父亲把回家的日子一天天往后挨，自欺欺人地拖一天是一天。

行走中的小连却焦躁如热锅上的蚂蚁，小瑛子肚里的孩子在一天天茁壮成长，那实在是件让人揪心的刻不容缓的事情。所以，小连总处于魂不守舍状态，根本无心什么水牛和古庙。他在舅舅跟前装得没事人儿一般，其实心里的急火已经将他的五脏六腑烧灼得难以忍受了。他时刻想的是“逃跑”两个字，他随时随地寻找着往回跑的机会。

在汉口跑过一回，结果是把自个儿走丢了，没走到火车站却走到了长江边。看了半天大火轮，问人家往哪儿开，人家说上宜昌。他想宜昌是离北平更远的地方，他上那儿干什么呢？无奈肚子饿了，才想起身上没带钱，蔫头耷脑地回到旅舍。我父亲的一幅《琴台知音》还没有画完，正嚷着让他的外甥到市场上去买糖藕。糯米糖藕也是小连爱吃的，自然没有放弃的道理。浇了蜜汁的糖藕将他撑了个肚儿圆，除了上床睡觉，他哪儿也不想去了。

在赤壁他还跑过一回，他的舅舅在石壁前琢磨那红壁是真战场还是假战场的时候他溜了。他想，无论是真赤壁还是假赤壁，跟他都没有任何关系，小瑛子肚子里飞快成长的孩子才是他最应该解决的难题。但是刚跑到街上他就后悔了，原因是看到一个妇女带了个小男孩，那孩子正跟他妈妈哭闹，连蹬带踹，又喊又骂，撒泼打滚，整个一个滚地太岁，任谁拽都拽不起来。他想，将来他的孩子说不定也是这个样子的，如若这样，那怎么得了？自己还跟妈撒娇，怎可能接受这毫无章法的矫情。正思虑着，他的舅舅兴致勃勃地出来了，告诉他，据考证，这个赤壁是假的。

走到九江的时候他们得到了小瑛子用一根绳子结束生命的消息。父亲感叹药铺丫头气性太大，草率轻生；小连则恨不得一头扎进江水，追随小瑛子而去。父亲站在滚滚的江边，望着泪流满面的外甥，开导说，逝者如斯，去便是去了，不过早晚而已。浔阳江头是乐天送客之处，也是宋江题诗旧地，本就是个失意场所。风雨无情，落花满地，自是凄切愁苦。可是放眼四望，又别是一样风情：鸥鸟江风，天高水清，风雨无痕，江山如故。瞬间的儿女情长，瞬间的痛苦悲伤，不过是江水中偶尔泛起的一个浪花，随波而逝……

小连对舅舅空泛的安慰不以为然，独自在江边喝了不少酒却不敢提回转的话语。他知道，北平那块地界是回不去了，回去那一屁股屎他擦不干净，佘家的人在等着他打官司呢！

小瑛子上吊的那座药铺，若干年后我去看过。药铺改作了公交车的调度站，进进出出都是司机和汽车卖票的。那里也兼售月票，我上中学在西城，每次买月票都舍近求远地到“药铺”去。从那个小窗口里递进钱去，取出票来，一进一出，我仍能隐隐嗅到一股党参黄芪之味，这应该是小瑛子的气息。有一回借故询问月票的始卖时间，登堂入室地进了调度站，被一个胖娘们儿很不客气地推了出来，说是“金钱重地”，不能随便进入。我则更不客气地说，你们这里一股药味，谁爱待呀！

胖娘们儿“高颧骨，大嘴岔，一脸妨夫之相”，活脱一个小瑛子转世。听了我的话她使劲吸着鼻子说，什么药味？我看你这孩子是有病！

我说，你才有病！以前你这屋里有人上过吊！

胖娘们儿，呸！呸！呸！连吐三口唾沫，直喊晦气！

六

父亲领着他的外甥来到了景德镇，这是他们行程的终点。

爷儿俩住在珠山的一座庙内。父亲在给我讲述这段经历时曾提起过庙的名字，可惜被我忘记了，或许叫白云寺，或许叫临江寺。2008 年年底我寻访父亲的踪迹来到景德镇，无论是“白云”还是“临江”则一概没了踪影。当地朋友说，景德镇医院的前身就是一座寺庙，你父亲曾经在那里居住过也未可知。我说在哪里居住现在已经不重要，重要的是这里是父亲和小连的人生岔口，是他们分道扬镳的地方。

之所以落脚寺庙，是因为寺院住持一明是父亲在日本留学时的师弟。一明本来是学化学的，不知怎的回来当了和尚，晨钟暮鼓，念佛烧香，把个氢氧结合，酸碱变化全扔进昌江水，让它们回归自然，随波逐流了。庙有两进院落，后头有僧房。除了住持一明之外还有一个叫广智的小头陀，广智还没有受戒，顶着一脑袋硬扎扎的头发，在庙里充当打杂的角色。因为是附近邓家岭人，家里还开着三座窑场，当和尚不是自愿，是替他祖母还愿。原来他们家没儿子，老太太到庙里烧香许愿，说佛爷若给家里送来俩孙子，她便把其中一个送到庙里伺候佛爷。结果他们家一连生了四个男孩，老太太不能食言，挑了一个老三给佛门捐献了，就是广智。广智把个和尚当得有一搭没一搭，时不常地往家跑，他对烧窑比当和尚兴趣更大。

我父亲和小连住在东配殿，广智和厨房的李居士住在西配殿，一明单独住在大殿的西套间。景德镇的窑场近百个，父亲每天到瓷器街和窑场上转悠，体味"陶阳十三里"的繁华和"火光烛天""四时雷电"的壮观。阴天下雨不出门，就跟一明聊他们在日本学校的事情，说到高兴处还要唱，唱日本歌《荒城之月》和《樱花》什么的。中国的和尚用木鱼打着拍子唱外国歌，成为珠山的风景。好在日本的歌曲多和念经差不多，别人听了也觉得很好。

一明自有他的一帮信徒，信徒们隔三岔五就送来东西，说是供奉佛祖，其实是送给和尚的。所谓远来的和尚会念经，大概就是指的这种情景。庙虽小名声却很大，留过学的和尚自然比一般土著道行更深，特别是一明唇上留的两撇小胡，更让女信徒们倾倒。你细看大殿后头的文殊和普贤，嘴上都有蚯蚓一样的两撇胡。所以一明嘴上的胡子便显得自然而地道，十分的正宗了。

李居士的厨艺一般，把给庙里做饭看作了一种功德，一种修行。清素的饭食简单素朴，除了米饭便是米粥，菜是坛子里的腌小红萝卜，偶有滴几滴菜油的炒洋芋也要等到某位佛爷的生日才能操作。

我那位美食家的父亲自然受不了这清苦，常常下山到街上去寻觅好吃的。七拐八拐竟找到了一个小馆，店主是杭州人，做卤肉的。在父亲的要求下竟也能将“西湖醋鱼”“杭州酱鸭”做成“昌江醋鱼”“景德酱鸭”，并且味道还不错。父亲像鲁智深一样将鱼和鸭用荷叶包了带进庙门，一明对此并不反感，夜晚还要与老同学对饮于庭院的菩提树下，闲聊至月上中天的时候，达到了酒肉穿肠过，佛祖心中留的境界。用一明自己的话说他是“修心不修嘴”。

如同来时途中的水牛、古庙、鸭群、野草，景德镇的一切在父亲眼里也皆是优美。闲暇中画了院里的葫芦架，画了来送豆腐的邱二姐。画被广智拿回家去，让人临摹了，烧在了瓷器上；釉下青花葫芦笔筒、粉彩二姐美人梅瓶，给了父亲一个大大的惊喜。于是知道，他的画原来还会以这种方式出现，与原作相比，更精彩，更鲜活，更具生命力。由此父亲日日要画，不是在纸上画是在瓷坯上直接画。在广智家的瓷窑里，我父亲光着膀子画画，然后烧成一件件美瓷，这过程简直是不可言说的美妙，窑变的意外让画作增添了空灵和神奇，让他沉迷其中。景德镇实在是他钟情的，乐不思蜀的地方。

后来经一明介绍，父亲和镇上的瓷画名流“珠山八友”有了来往。八友中有前清秀才邓碧珊，有不与政府合作的徐仲南，有擅长画江南小景的金农和以人物画著称的王琦，等等。大家都知道金四爷在画界的名声，知道他与徐悲鸿在北平大学艺术学院任教的事情，彼此大有相见恨晚之感。

父亲在景德镇如鱼得水，有吃有喝有朋友有事干，日子过得充实而不寂寞。至于家里搁置的新太太，至于那场娶亲引起的风波，早已忘得一干二净。

一晃数月过去。

小连跟广智自然成了一对搭档，小连在广智的引导下钻遍了景德镇的角角落落，什么三角井、斗富弄、莲花塘、十八桥，对各处很快门儿清。如同熟悉故里的东四牌楼、西四大街，闭着眼睛也走不丢。江南的清秀和暖，江南的滋润富饶，江南女子的俊秀可人，让小连快乐极了。那个不久前因他而悬梁的小瑛子只是偶尔地在他的梦中掠过，模糊又含混，不是浪花，连波纹也不是了。他母亲的话真是至理名言，“走几个月一切都淡了”。

父亲对我说他在景德镇遇到过红军，我认为是父亲记错了。我们学过党史，二十世纪三十年代初红军大多在井冈山，在江西的南部和福建北部一带活动，跟景德镇关系似乎不大。但是父亲明确地告诉我他的确在景德镇和红军有过接触，并且说红军的官长姓孙，人称孙团副，团副的独立团指挥部就设在庙的前院。

每天进出庙宇的军人很多，男的女的都有，年龄都与小连和广智相仿。没一个礼拜小连就恋上了部队的女兵吴贞，跟在吴贞的后头，狗一样地追着跑。吴贞比小瑛子有意思多了，痛快果敢，飒爽漂亮，像京戏里的樊梨花。跟樊梨花比，小瑛子顶多像个秦香莲。

小连是个情种，无论什么时候他都得有个人爱，情感不能有空缺。我想这大概也是他后来频频地变换夫人的原因。不算死了的小瑛子，小连先后有过四任妻子，有的是离了，有的是牺牲了，四任妻子给他生了一大帮孩子，个个都是鼻孔朝天的“革命干部子弟”，到我们家来看我父亲都带着降贵纡尊的范儿。到了“文革”初期，有两个还来造过反，说我父亲在江西阻挡他爸爸参加革命，罪大恶极。后来他们的爸爸被关了，“干部子弟”便再不来了，一个个都老实了。

我对父亲与革命的失之交臂十分的不理解。父亲对此却很坦然，说即便当时知道红军后来要坐掌江山，他也不会跟着红军走。我说那就是对红军有看法，对红军有看法就是对革命有看法，就是落后，就是反动，可悲极了。父亲说他对红军没有反感，都是些很执著的年轻人罢了。父亲把打仗看作了小孩子过家家，就像我的哥哥们院里院外地跑，玩“官兵抓贼”，不同的是红军“官兵抓贼”的场地扩大了，人数增加了。我问父亲谁是官兵谁是贼，父亲说“调换着来”，谁抓谁是看运气，角色是随时转换着的。

我说人家小连怎地就义无反顾地参加了红军？父亲说小连是没有退路了，小连不敢回北平，小瑛子的命案在等着他，那个狐狸精一样的吴贞紧紧地勾着他，他的魂魄早随着吴贞走了。

这样说小连参加革命的动机一点儿也不纯，非但不纯，让人看着还有点儿那个……我是没有机会问小连，若有想必他的回答一定是“建立苏维埃，解放全人类”一类的冠冕堂皇，他会将许多细节抹去，使他的革命变得神圣化，笼统化，这是他后来一贯的把戏。

我在上世纪五十年代初见过吴贞，她到我们家来是了解小连参加革命前的一些情况，就是了解小连和小瑛子的情况，那时候她正准备和小连复婚。吴贞长得像电影演员，像《渡江侦察记》里头的地下党江四姐。

我一直怀疑电影里的那个南方女船工就是照着她的模样选的，抑或就是她演的，尽管她说她从来没当过演员。

吴贞跟我的父母说话使用的是“你”，不是“您”。我看见母亲背过脸去悄悄地皱眉，父亲却不动声色地应对。为了报复，我对这位干部表嫂也不客气地称呼了几声“你”，立即遭到母亲的呵斥。母亲说我在表嫂跟前不能这样你我他仨的没规矩，得将表嫂称为“您”。我反驳说表嫂也不是长辈，她跟我的几个姐姐没有区别。母亲和我的话是说给吴贞听的，可惜的是她竟然没听懂，一张嘴还是“你、你”的。吴贞走了以后父亲说，你们在客人跟前敲边鼓，这样不好。吴贞是南方人，南方人不讲这个，他们即便见了八代以前的老祖宗也只会说“你”。

母亲说，也就是碰上我罢了，要是遇上老姑奶奶，挑礼儿的地方多着呢，这婆媳俩有戏唱。

我说，姑爸爸娶了这么一个儿媳妇还不如娶小瑛子。

吴贞跟人说话的口气是命令式的，没有商量的余地，这是她在队伍里多年养成的习惯。就像当年她提着一桶墨汁到庙里来找小连，命令小连到街上去给红军刷标语一样，也不管小连愿不愿意，就把任务派给他了。小连对往墙上刷标语没有信心，我父亲也认为小连干不了这差事，以小连那狗爬一样的字，绝上不了景德镇的墙面。父亲不知道小连往墙上刷标语是当之无愧的，吴贞为什么不刷呢，因为吴贞根本就不认字，她的出身是南塘湾的童养媳。

事实上，景德镇当年那些“一切权力归苏维埃”“红军是穷人的队伍”“要吃饭当红军”的标语都是父亲替他的外甥写的。精于书画的父亲将标语写成了工整的柳体正楷，构体严谨，刚劲有力，体现出他多年临

《玄秘塔碑》的功力。

父亲在写标语的时候，围观者甚众，老百姓不懂什么《玄秘塔碑》，可是看得出好坏。大约也是初次见识如此精湛的书法，人群中不时有喝彩者，“好手艺”“好刷溜”“好笔力”的夸赞在父亲的背后此起彼伏，让父亲的虚荣心得到极大满足。在京城之地，在各种场合，他当众挥毫的机会不少，却从没有过如此酣畅淋漓，如此气势磅礴，如此唱大戏一样地被人叫好。父亲的感觉好极了！

晚上，孙团副端着自己的碗加入了父亲和一明的饭桌，一碗稀粥，两块咸菜，团副的伙食跟和尚的不相上下。父亲跟前的荷叶包里有饭铺“金满楼”送来的卤肉和红烧鱼，是白天“金满楼”老板见了父亲的字，十分仰慕，特意送来的，想让父亲给“金满楼”换个名儿，写块匾。

本来一明跟父亲吃得正香，一见孙团副上了饭桌，筷子便再不往肉上伸了。孙团副很自觉，也不吃包里的菜。父亲知道他馋，把包往他跟前推了推，又被他推回来。父亲说，你们有纪律，不拿群众一针一线，这也不是针线。

孙团副想了想说也是，便不客气地夹了肉搁自己碗里了。

外面窑场炉火正旺，有火龙之地称谓的景德镇夜晚一片红光。在红光中孙团副正式提出让我父亲跟着他干，说队伍中特别需要我父亲这样的文化人；说红军的不少领导都是留学外洋的有识之士，不是反动派宣传的“乌合之众”，更不是土匪。

我问父亲当时是什么态度，父亲说他被一根鱼刺卡住喉咙，喀喀地说不出话，难受极了。我认为父亲绝对是装的，当革命以排山倒海之势向他袭来的时候，他的表现竟是“鱼鲠在喉”……父亲太软弱！

孙团副是聪明人，说我父亲闲着也是闲着，不如临时办个教写字的美术班，将来部队再写标语也不愁没人。父亲想起在北平大学艺术学院的事，都是教美术，教谁也是教，就答应了。孙团副很高兴，拉着父亲的手连声叫同志，说父亲以后就是革命队伍的一员了。我父亲很矜持，说临时帮帮忙罢了，他离革命还差得远。

父亲的美术班不像在北平大学艺术学院那样有教学计划，那样正规；依了孙团副的要求是实用性质的，学员从连队里挑选，全是文盲，大字不识一个。父亲教这些目不识丁的兵写美术字，也算开创了教学史上的先河。我想，景德镇地区是没有红军标语留下来，若有，一定是工整的柳体和精致的美术字，有别于其他任何苏区的标语。这当与父亲和他的美术班有关。

父亲回忆，三十年代初红军在这一地区待过大半年。大半年中，父亲为这支部队培养了不少美术骨干。可惜，到后来存活下来的竟无一人。这段历史除了小连以外几乎没人能给他证明，可就是小连也早对这件事“记不清”了，没能给我父亲写出一份完整的证明材料来。

红军的撤退是突然的。傍晚，吃过饭，镇上的人都聚集在昌江边的场子上看戏，是外地来的班子演的《窦娥冤》。正戏开演之前加了武打的《三岔口》，当地人看《三岔口》比看《窦娥冤》上劲，主要是欣赏那场精湛默契的打斗。我父亲和孙团副也坐在人群中看戏，台上穿白衣裳的武生任堂惠和穿黑衣的武丑刘利华凭借一张小桌打得出神入化，难解难分，博得众人一阵阵惊呼。

父亲对身边的孙团副说，你的仗要是打得这般天衣无缝就好了。

孙团副说，台上这场打，都是在下头比画好了的，一招一式都是固定的。现实的仗不是这种打法。

父亲说，打仗也有种艺术性在里边。

《三岔口》演到最后，开黑店的刘利华被任堂惠杀死。孙团副高兴地对父亲说，光明终归要战胜黑暗，革命终归要战胜反革命，没有中间道路可走。

我父亲说，这戏得改，谁光明谁黑暗不能从衣裳上分，刘利华未必是坏人。任堂惠是禀了杨延昭之命暗中保护发配的焦赞，在三岔口遇到刘利华，才有此一打。假如把戏改成刘利华也是杨家将这边的人，双方一场误会，最后握手言和岂不更绝妙！

孙团副说，打仗是你死我活的残酷事情，没有那么多的“假如”和“绝妙”。当然也有“绝妙”，那是把对方打死了，自己还活着……

孙团副有孙团副的战争逻辑，父亲有父亲的艺术规律。若干年后，京剧率先将《三岔口》中刘利华的身份改为了“自己人”，以皆大欢喜的结尾闭幕。孙团副的那场“战争”也与起始有了很大改变，让人感慨万千。

《三岔口》刚刚演完，江对面的旷野就响起了枪声，呼啦啦队伍就开始集合往东南撤了。小连匆匆跑来，帮着我父亲收拾行李。父亲说他不走，他还要喝一明和尚的粥。小连说部队转移是刻不容缓的事，没有喝粥的工夫。父亲说广智家窑里还在烧着他的粉彩花蝶八角薄胎碗，那碗是他倾了很大精力画的，烧成了将是件举世无双的艺术珍品……

父亲劝小连不要跟着瞎起哄，说红军是干正事的，是把打仗当职业的，小连裹在里头只能给人家添乱。小连说，我怎么是瞎起哄，我也是有理想，有抱负的。

父亲说，你那不是理想，是想法，你是想跟吴贞摽在一块儿，不分开。我告诉你，你要是像糊弄小瑛子一样糊弄吴贞，红军一准儿得把你毙了。

小连说，您在景德镇这些日子竟然没悟出些中国进步的大道理，亏了人家还管您叫同志呢！

父亲说，同志是什么，同志就是朋友。我跟孙团副是同志，跟一明也是同志，跟镇上的“珠山八友”还是同志，不跟着红军走就不是同志了？

小连说，不管您走不走，反正我要走。

父亲说，下月就回北平，你得跟我走，要不我回去没法跟你娘交代……

正说着，勾魂的吴贞来了，一把扯住小连就往外拽，小连说还得带上舅舅。吴贞说，革命的同路人好做，革命的分子难当。组织正在考验你，你不要让大家失望！

父亲才知道他的外甥加入了“组织”，他真后悔净顾着画画，对小连疏于管理了。

小连被吴贞拉走了，父亲追出庙门，任是怎么喊，小连也没有回头。父亲急得直跺脚说，这孩子……这孩子……不听话！

一明在父亲身后念了句：阿弥陀佛。

父亲急赤白脸地说，你说，广智没走，李居士没走，你没走，我没走，偏偏地他走！

一明说，这就是缘分了。

七

广智家的窑烧得跑了气，百十件物品全成了不伦不类，父亲盼望的那个粉彩薄胎碗变做了灰不溜秋的妖魔鬼怪，让人丧气。一明动员父亲回北平，说梁园虽好终非久留之地；江西局势要乱，有仗要打，还是早早躲避为是。父亲说要回也得把小连带回去，全须全尾儿地领出来了，就得全须全尾儿地领回去，他不能把外甥丢在这儿。

可是到哪儿去找小连却又不知道。

红军刚走，白军就来了。我父亲当众写过标语，彼时的张扬得意成了此时的罹难证据，被抓是必然的。景德镇的人随着红军走了不少，也被白军关了不少；很多人当场被枪杀在江滩，这其中也包括广智。广智是在父亲对面被枪杀的，没有什么实质原因，就是因为他和小连关系密切，小连走了，他在劫难逃，没有道理可讲。父亲看到了广智那张因恐惧而变得青黄扭曲的脸，看到了广智无助绝望的眼神，看到了子弹在那张脸上穿透炸裂而崩起的牡丹一样的血花，看到了一个灵动鲜活的身躯重重地摔在卵石上刹那成为尸体……

血雨腥风，江水呜咽，我相信那种撞击对父亲是永生难忘的。或许此刻他才明白了孙团副“打仗是你死我活的残酷事情”的真正含意；或许他也明白了自己在九江劝慰小连“瞬间的痛苦悲伤，不过是江水中偶尔泛起的一个浪花，随波而逝”是多么的苍白无力。父亲跟我讲述这段场景时很明显地添加了他自己英勇无畏的精神，说他“每临大事有静气”，“临乎死生得失而不惧”，就是那么静静地站着，冷冷地看着……但是我相信，父亲当时的脸色不会比死了的广智好看。

我问敌人为什么没把他也像广智一样处决了。父亲说主要是他身上那件月白地四合如意天华锦丝棉袍和多纽巴图鲁坎肩儿救了他。天华锦是宫里端康太妃给我祖母的赏赐，产自苏州，专用贡品，乃锦中之杰作。这样的衣裳，别说江西，就是全中国也没有几件。父亲不凡的穿戴表明了他不凡的身份，谁也不敢轻易地把一个“四合如意天华锦”崩了。

父亲被关在了景德镇东边婺源晓起村的一所宅院里。硕大的三进院落破败得荒草丛生，墙倒屋塌。关父亲的小屋是阴潮的茅房，地面洼下，卑湿难耐，地上一踩冒水，墙上生着厚厚的苔，墙角爬满潮湿的虫子，这让他感到不适。风雨袭来，凝阴不散，父亲坐在冰凉的地上，万念俱灰，一筹莫展，只是等死。北京城里富贵荣华的八旗大爷，飘逸倜傥的世外闲人成了阶下之囚。精馐美酒，曼声长歌之际，飞觞传茗，诗酒文晏之余，何曾想到现在？什么话也别说了，只怨自己老来张狂，彰显什么“玄秘塔”，表演什么“柳公权”？福祸无门，唯人自招，跟那些兵有理也是讲不清楚的，拉出去枪毙是早晚的事，堂堂的大学美术教授竟然做了荒蛮之地的孤魂野鬼。归路迢迢，不但是小连回不去了，连他自己也回不去了。

父亲说关他的人大概把他忘了，当时局势的混乱比那“乱哄哄你方唱罢我登场”还迅速嘈乱。他说，根本没人理他，也不过堂，就这么一天天耗着。他隔着窗户嚷嚷也没人理，每天有一个老汉送进来点吃的，有时是块煮南瓜，有时是碗糙米饭。父亲问有没有咸鱼干佐饭，老汉说他打生下来就没见过咸鱼干。父亲问这里是哪儿，老汉说是婺源江家的老宅。父亲感叹，自己竟以这种身份到了两淮盐运史江人镜的府上。

江人镜曾在京城满族子弟的“觉罗官学”中任镶白旗的汉学教学，兼管中外通商事务。外固邦交，内存国体，是个让人敬重的人物。江人镜字好画亦好，人品亦佳，和我们的祖父是莫逆之交，去南方任湖北盐法道之前也常到我们家里走动。那时父亲还是个不谙世事的少年，祖父拿着儿子临摹的《玄秘塔碑》让江人镜指教点拨。江人镜说，形似神亦似，就是缺了些寂静与深沉……

缺少寂静与深沉的柳体字，写在了景德镇的大街上。人家的评论准确极了。

关押期间，父亲的腿长了“臁疮”，溃烂流水，痛痒难耐。“臁疮”的名字我是从父亲那儿听来的，究竟是哪个字，至今不晓，在京城的生活中也从未听过谁谁得了“臁疮”一类的话。但是我从父亲双腿那些永远不退的漆黑疤痕上，足可以想象出他当时病情的严重。

大约关了月余，一个自称姓方的白军连长将父亲提出茅屋，没有多余的话，只是让“滚”。其时父亲已经走不了路了，坐在江家堂前的台阶上只是发抖，他在发着高烧。来接父亲的是一明，这位不离不弃的同学兼和尚为了我父亲冒着危险多方奔走游说，终于才有了现在的结果。可谓高山流水，和衷共济，一生一死知交情也。方连长从一明嘴里知道了我父亲的来历，便要求父亲在离去之前为他写一幅字。一明问他写什么内容，连长说就写“升官发财”，直接又痛快。没有桌案，就铺纸在地上写。可以想象，重病的父亲，趴在地上，哆嗦着，用清峻孤傲，如圭如璋的柳体，写下“升官发财”是一种什么样的情景。

2008 年冬天，我来到了婺源晓起村，村里有三座江人镜建造的宅院，“荣禄第”“进士第”“大夫第”，都经过了现代人的修葺，变得威严整齐，排场光丽。三进二天井，三步金阶，官厅厢房，画栋雕梁，接待着往来不息的游客。我不知道父亲是趴在哪间屋的地上写字的，也找不到关押他的茅房，正如父亲所说，一切如浪花，随波而逝，远了……

最终，我父亲还是和小连见了一面，就是在婺源那个送饭老汉的家里。老汉和红军有什么瓜葛不便打听，但他找来了小连是千真万确的。小连很黑很瘦，眼睛炯炯放光，几日不见如同换了一个人。我父亲比小连更黑更瘦，靠在床上别说手势动作，连话也说不出了。

小连一见我父亲就哭了，说舅舅最需要他的时候他竟然不在跟前，实在是不孝顺极了，将来回家愧对他的母亲和舅妈……我父亲还是劝小连跟他回北平。小连说他既然参加了红军就没有半途而退的道理，他要跟着共产党一条道走到底，干一番揭天掀地的事业。等革命成功了，他一准回到北平跟他妈好好过日子，天天吃炸酱面。

父亲直截了当地说像吴贞那样的女子北平有的是，小连若愿意他可以到艺术学院的女学生里去挑。小连说他也不完全是为了吴贞，他现在的目标大得很，眼光也大得很。共产国际是世界性的，地球有多大，共产国际就有多大。中国革命是共产国际的一部分，能加入其中是他的幸运。

我父亲觉得小连现在离他是越来越远了，把这个正在革命热头上的外甥拉回去似乎根本不可能，便闭了眼睛再不说话。小连说他不能多待，要急着赶回去。临走从兜里掏出一封写给他母亲和奶奶的信，言明他自己要干别的事情去了，暂时不回北平，这一切跟舅舅没有关系。

总算是为父亲做了开脱。小连知道要不写这封信，他妈得把舅舅吃了。

小连要趁着夜色走了，临行拉着我父亲的手久久不愿撒开。彼此心里都明白，这一分手，大概就是生离死别，恐再无缘相见了。外面起风了，初淅沥以潇洒，渐而飒飒，风声中可以听到小连越来越重的喘息，充满亲情的此刻，彼此的心都变得细腻而柔软。父亲的手用了力，想的是外甥会最终改变主意。

门外有人咳嗽，小连抽回了手，抹了把眼泪，低声说，舅舅，我走了。

父亲挥了挥手，小连走出几步又回身俯在我父亲的耳边说，吴贞肚子里有了……

父亲说，是吗，你不能让她再上吊。

一个月后，父亲拄着拐杖能起床了，在一明的护送下离开江西，辗转向北方移动。因为战事，几次困顿道途，流离沟壑；几次出入锋镝，出生入死。沐雨栉风，奔波日夜，历时半年多，终于回到北平家中。

父亲回来的时候，二娘已故去，我母亲掌管了金家的一切。她从一明和尚手里接过了瘦骨嶙峋的金四爷，用自己的肩牢牢地扛住了即将倒在台阶前的丈夫。滚烫的洗澡水，温热的南炕，干松的衣裳，熬得起皮的小米粥。恍惚中的父亲明白，到家了。眼前这个体贴周到、美貌干练的妇人就是他的太太，是将与他白头偕老的妻子。

真好！

我的父亲在北屋的南炕上整整躺了六个月，溃烂的双腿在名医彭玉堂的医治下总算收了口。这期间，他在小炕桌上详细记录了江西之行的始末，取名《陶阳窑变》。要不，我也不会知道得这么详细。

一明和尚在北平没有停留，将父亲送到就立刻返回江西了。还住在那座庙里，贝叶蒲团，青灯古佛，长参寂静，了却余生。李居士还在，还做着粗淡的茶饭，只是广智走了。

我的父亲江西一行撞进了革命怀抱又撞出来了，让人很遗憾。母亲的观点不同，说我父亲若是跟着小连走了，未必能有今天，没听小连说嘛，他的战友十个没留下一个，他能活下来是侥幸。父亲若没有“侥幸”当然就不会有今天的我。能到人世上走一走是件很美好的事情，这么一想，我又不遗憾了。

八

北京解放第二年大连就被关进了监狱，罪名是“反动一贯道分子”，判刑十五年。政府在那几年挖出了一贯道三百多“祖师”，一百零四个“皇帝”。这些人敛财无数，害人无数，让人憎恨。那期间我还跟看门老张到东四“蟾宫”电影院看过一场政府拍摄的电影《一贯害人道》，揭露一贯道的骗人勾当。电影里的场面阴森恐怖，吓得我半宿睡不着觉。

老张比我吓得还厉害，他参加了一贯道，还交了保命钱，他怕政府把他也抓走判刑。要那样他就见不着老婆孩子了，比月亮上砍树的吴刚还惨。万幸的是政府没理会他，只让街道积极分子找他谈了一回话，登了记就算完事了。老张得了便宜卖乖，说一贯道还骗了他的钱，他绝对是受害者。没想到政府竟然从一贯道道首退赔的款项中，把老张的钱发还了。合算老张一点儿亏也没吃，当着街道人的面使劲喊“共产党万岁”。

小连是1951年回到北京的，到我们家之前回去看望了他的妈。我想小连回家的路上自然要路过胡同口的药铺，不知他从药铺门口过的时候会不会想起小瑛子。那毕竟是他的初恋，是有过爱情结晶的。

小连的回归并没有改变大连的命运。姑爸爸说小连薄情寡义，全没有手足之情，走了这些年整个变了个人，儿子不是儿子了，变成了一块铁板。她的那些孙子孙女自然也不是孙子孙女了，都是些靠不到跟前儿的野猫。

老太太拒绝到小连那“樊笼”一样戒备森严的官邸去居住，仍旧住在细管胡同的小院里，过着炸酱面、炒黄豆疙瘩丝的平淡日月。小连拗不过他妈，只好让人把房拾掇了一遍，安装了自来水和抽水马桶。五十年代初，有抽水马桶的人家没几户，我每回到姑爸爸家去，她都逼着我撒尿，把水箱的水拉得哗哗的，显摆他们家厕所的干净方便。

小连每月孝敬的钱，姑爸爸都用手绢包着，仔细地收在箱子里，等我撒完尿就拿出来给我看，说这些钱足够她和大连将来过日子用的了。我让她存银行，她说银行不如她的手绢保险，想什么时候看了就什么时候拿出来看，搁银行哪有这方便。

姑爸爸一边骂小连没情义，一边又夸她的小儿子是公家的人。小儿子的官位远远地超过了他的父亲“拨什户”，按过去朝廷的说法，她儿子至少是个一品大员。共产党不兴封妻荫子，搁有皇上那会儿，以小连的爵位，她封个一品诰命夫人也不是没有可能！甚至她还能申请皇上的旌表，立牌坊。以她这孤儿寡母地拉扯孩子，赡养婆婆，把儿子培养得这么有出息，在胡同口立个牌坊是绰绰有余的。到了老年，姑爸爸的思维有些混乱，闹不清各种关系，她还活在过去，活在自己认定的世界里。

1959 年国庆十周年，大赦犯人，大连不在其中。为这个我和父亲到小连家里去了一次，那是我第一回涉足“干部子弟”们的居所。首先门卫让我们登记，再用电话跟秘书通报父亲和我的姓名，等了半天里头才出来人领我们进去。这种做法对父亲和我来说不异于一个下马威，就像戏台上犯了错误的下级见上级，抓来的俘虏见对方长官要报名才得入门一样，让人心里很不受用。我跟父亲说了自己的感觉，父亲说我太过于敏感。其实我知道，父亲比我还敏感，他不说就是了。

小连的住所与我的想象大相径庭，树小房新，不中不西，庭院当间不伦不类地站着座假山，北屋窗前修了座怪模式样的喷水池，一切都不合章法。进到正屋，应该算是客厅吧，内里竟是空空荡荡的，墙上没有字画，窗前没有花草，除了一个长沙发，没有一件像样的家具。就那个沙发跟我们家嵌螺钿的太师椅比，也绝对差着档次，有匆匆忙忙刚从仓库里拉出来的感觉。小连屋里的每样家具都用白漆涂着编号，桌子椅子凳子甚至连洗脸盆架子也在显著位置描着数字，大煞风景！后来我才知道，标了字码的东西都是公家之物，不属于小连自己。就是说小连革命几十年，没给自个儿挣来一套桌椅板凳。

却挣来了一群孩子，那些孩子分别叫作遵义、延安、柏坡，如果加上他们家夭折了的井冈、吴起，那简直就是一部中国革命史。我们去的那天延安和柏坡在家，见了父亲和我也不叫，只是瞥了我们一眼就出去了，居高临下的态度显而易见，好像我们是没有觉悟的下里巴，是死乞白赖上赶着巴结的穷亲戚。他们能让我们进门实在是高抬了我们，我们应该受宠若惊，应该感恩戴德。

其实我们是为大连的事情而来，大连是他们的亲伯父，有着直接的血缘关系，我们不过是旁门外姓；不是看在姑爸爸份儿上，我们完全可以撒手不管。这些人连远近高低都分不清楚，一帮浑蛋！

那天小连急着要去开会，让父亲有话对吴贞说，看来两个人早已复婚了。吴贞的派头很大，穿着蓝呢子衣裳亮皮鞋，头发梳得一丝不乱，白衬衣领子朝外翻着，身上一股香胰子味儿，有点儿小人乍富的装模作样。吴贞坐在沙发上，跷着二郎腿，往后仰着，向沙发后背张着胳膊，全没个坐相，这让我羞于抬眼睛看她。表兄小连当初为什么看上了她，真让我匪夷所思。

父亲说了大连的事，吴贞哼哼呀呀地打着官腔，言之无物。父亲说他知道，大连的罪过是货真价实，定过案的，不好提前释放，能够进入大赦名单也必有多方面因素存在，只是希望看在姑爸爸年事已高，身边无人照料的情况予以宽恕。

吴贞先是面无表情地听着，继而瞪着父亲说，怎能说是“无人照料”，我们家是按月给了钱的，你说这样的话把小连摆在了什么位置？

父亲说，老太太身边真是没人。

吴贞说，接过来了，她不住，我有什么办法？总不能让勤务员上细管胡同伺候吧！

父亲说，我姐姐是个生性刚强的人，轻易不朝谁张嘴，哪怕是自己的亲儿子。

吴贞说，我们难道就不刚强了？我们提着脑袋出生入死，要是有一点儿不刚强，也不会有今天的新中国。

父亲说，你说得对，但大赦是个难得的机会不是……

吴贞说，小连是个原则性很强的人，从没有为个人的事跟国家提过什么要求。大连是大连，小连是小连，他们是两个阵营的人。

谈话没有任何结果，我很快看出了，吴贞对大连的事情根本不感兴趣。大连对这个革命的家庭来说是个毫不相关的局外人，大连的关押与释放跟他们家没有一点儿关系。

作为长辈的父亲端直地坐在沙发旁边的椅子上，拐杖拄在胸前，像一个被接见的下级。在外甥媳妇跟前表现着他的谦恭和教养，他的规矩和风度。不过这一切全是白搭，对方不接招！

我更惨，连座位也没有，站在父亲身后，像个丫鬟。按关系，我是小连的嫡亲表妹，是吴贞的小姑子，自然没有站着的道理。可是吴贞压根儿就没想起我的身份，就没有给我“赏”个座儿的意思。

吴贞让上茶，穿军装的勤务员端来了茶，一般的白茶碗，没有盖也没有托，不讲究得厉害。依着老北京看茶送客的习惯这是让我们走的信号，但我相信女干部吴贞绝没有这个想法，她不懂这一套，她想起什么时候上茶就什么时候上茶！

父亲有些尴尬地站起了身，尽管吴贞仍旧在说着挽留的话，我们还是向门口走去。可能吴贞到了儿也没弄明白，我们说着说着怎的就突然告辞了。

都是那碗茶闹的。

吴贞站在门槛里面，隔着门跟父亲握手道别，让我们等来年过端午节时到他们家来吃粽子；说江西老家给送来了新鲜竹叶和上好糯米，她们老家的粽子是出名的好。吴贞的态度不能说不诚恳，父亲礼貌地应承着，显出了老北京人的矜持和礼数。我知道，父亲是不会来的，我也是不会来的，我们把那些邀请当作了寒暄。吴贞终归没有走过那道门槛，按规矩她应该把丈夫的舅舅送下台阶，站在二门口目送着我们离去。可是她没有，我们还没走到二门口，她就早早进屋把房门关了。至于小连家里的那些“革命史”们，则一个也没露面，他们都端着架子，待在自己的房间里，不屑出现。我和父亲对他们来说实在是无足轻重，草芥一般的人罢了。

我似乎明白了姑爸爸为什么要坚持一人住在细管胡同的小院里，也似乎理解了父亲当年为什么要坚持回来的原因。这里面有些很是说不清的东西，是一种感觉，抑或是一种距离；是一种差异，抑或是一种文化……尽管这两种不同在慢慢向一起靠拢。

1959 年国庆节，我陪姑爸爸到监狱去看望大连。大连跟小连长得很像，说他们是双胞胎也没人不相信，只是两人的眼神、气质相差甚远。能说会道的大连见了他的母亲也没多少话，只是攥着他母亲的手不撒开，孩子一样张着嘴等着他母亲把剥了纸的糖往他嘴里放。

姑爸爸说细管胡同的小院她永不会放弃，她在小院里等着大连出来。十年、八年她都等，她的身子骨还硬朗，也有钱，将来娘儿俩有好日子过呢……大连把光光的脑袋扎在姑爸爸的怀里，半天半天没有抬起来。

那天下午，监狱里开国庆联欢会，有大连的节目，他演的是京剧《三岔口》，他扮演里面的武丑刘利华。版本自然是改过的，戏里头的刘利华已经变成了好人。

我问姑爸爸这出戏为什么叫《三岔口》，姑爸爸说是以地名定的，刘利华开的黑店就在三岔口。

我想，三岔口是三条道路的相交点。三条道路，戏里的人物似乎少了一个，大连、小连，加上我父亲正合适。

唱了一个下午，七舅爷的嗓子已经放开，亮出了炉火纯青的功夫。以《逍遥津》开始，以《逍遥津》结束，不过，后头的《逍遥津》和前头的质量可是大不一样了。

第四章　逍遥津

父子们在宫院伤心落泪，想起了朝中事好不伤悲。

我恨奸贼把孤的牙根咬碎……欺寡人好一似猫鼠相随。

——京剧《逍遥津》汉献帝唱段

一

在我父母的婚姻中，状元刘春霖固然是一个重要角色，但另外两个人，我母亲的表舅七舅爷和父亲的同学王国甫更是不可缺少的人物。没有他们，状元提的亲事便不能实现。按事实说，状元只是个牵头的，具体参与细节操作的是七舅爷和王国甫。

七舅爷是一个两面都说得上话的人，也是凑巧，他一生从未给人保过媒，只这一桩，还成了。他对这桩婚事感到特别满意，他为一个穷丫头改变了人生轨迹，从贫穷到富贵。这样的情景只有戏曲里才会出现，我的母亲和母亲所生的子女们应该感念他一辈子。比如我，若没有七舅爷的周旋，不会是大宅门里的小格格，很有可能成为炸开花豆老纪众多孩子中的一个，混迹于引车卖浆者流之中，穿梭在摊贩伙计众人之间，最好的前程不过是当个绒线铺的内掌柜的。

解放前，七舅爷和他的儿子青雨在北京是两个很精彩、很出名的人物，跟老北京上了岁数的人一提钮祜禄钮七爷，没有不知道的；跟老北京人一提男旦钮青雨，也没有不知道的。可惜，今天知道这两位的老北京已如凤毛麟角，这两个人早已淡出了北京人谈论的话题。我这两位亲戚，前后脚走了，人似秋鸿，事如春梦，他们却活在了北京的记忆中，活在了亲人的追念中。

我没见过七舅爷，也没见过青雨，他们的事是从父母断断续续的讲述中串联起来的。仅这不完整的讲述，便已经让我震撼，让我感动，让我有紧紧拥抱他们的冲动。

我认识七舅爷的女儿大秀，大秀比我母亲长寿。七舅爷成就了他的外甥女我母亲的婚姻，却忽略了自己的女儿大秀。以致大秀终身未嫁，到死仍是个未出阁的老姑娘。大秀活到了九十岁，无疾而终。晚年的大秀身边没有亲戚，她这个年龄当然也没有了朋友，破旧小院，孤寂悲凉，每天相伴的就是窗外枝头跳上跳下的麻雀。

我的探望让老人欣喜。她说我长得像母亲，我的母亲如果活着，应该是九十八，比她大八岁。大秀属于无依无靠的五保户，以前还能做补活养活自己，后来手脚不行了，才向街道提出五保申请。街道安排她住到养老院去，大秀不去。说她自己知道什么时候该走，她会走得很快，不拖累人。寂寞中的大秀头脑清晰，记忆清楚，她跟我说了她父亲和兄弟的不少事情，让我认识到了我母亲那个家族的另一面性情。

在我的心目中，我把大秀看作了母亲，只要回北京，一定要到她六条的小院去看她。那年回去，我买了一大抱白百合花送到了大秀屋里。

我去的时候她正隔着窗户喂麻雀，我奇怪雀儿们跟她的熟稔，她说都是多少年的旧相识了，彼此知根知底。我把花送到她怀里，她说接受这个太奢侈。我说是送给七舅爷和青雨的，她很高兴，搂着我的脖子亲吻了我。

大秀让我把花插在靠墙的玻璃瓶子里，墙上有七舅爷和青雨的合影，照片里的七舅爷清俊儒雅，穿着马褂，很闲适地坐着；青雨站在他爸爸身后，穿着西装，扶着椅背扭身送胯，清秀的眉眼像个丫头。两个人都凝视着镜头，给我的感觉就是凝视着我和我送来的这些花。无论我往哪个方向挪动，他们的眼神都在追随着我，像是有话要对我说。

那天，大秀紧紧握着我的手，讲了许多以往不曾说过的事，尤其是有关青雨一些难以启齿，令人震惊、伤痛的事。没想到那天夜里大秀就走了，走得很平静。我想她是替我给舅爷他们送花去了……

二

我是在七舅爷死后出生的，有关他老人家的信息很多是从听戏引出的。

上个世纪五十年代初，我常跟着父亲去听戏，印象最深的是《逍遥津》。《逍遥津》是出悲苦戏，说的是曹操威逼汉献帝的故事。曹操带剑入宫，乱棒打死了皇后，还鸩杀了皇帝的两个儿子。害得皇上在龙案后头哆哆嗦嗦地抱怨自己是猛虎失威，是孤魂怨鬼，是扬子江驾小舟，风吹浪打，不能回归。

这一段慢板唱得悠悠荡荡，荡荡悠悠，如泣如诉。最终以一句开阔高昂的散板“又听得宫门外喧哗如雷”炸雷般结束，让人一惊，心一下提到了嗓子眼……

跟父亲听戏，每回听到“猫鼠相随”我都要睡觉，看不到真的猫鼠在台上相搏，很没意思。穿黄袍的皇上在上头没完没了地唱，没有耗子也没有猫，猫鼠不出来，就犯不着那么使劲儿地看。不看干什么呢，戏园子里所购的花生瓜子又不禁吃，棉花糖已经干掉了五块，只好睡觉！于是，原本垫着父亲大衣，高坐在椅子扶手上的我“哧溜”一下就滑下来，闭上了眼睛。

我不懂一出杀人的戏为什么叫了个挺舒坦的名字《逍遥津》；也不知这个皇上怎的窝囊到只有唱，没有别的花样，比如拿个大顶、尥个小翻什么的……总之是稀里糊涂地听，稀里糊涂地吃，稀里糊涂地睡。稀里糊涂中被汉献帝那一声“喧哗如雷”惊醒，看到的是父亲兴奋地直着身子叫好，周围喝彩一片。

给汉献帝叫过好的父亲，领着我回家的路上却说，这个汉献帝唱得不好，咬字不准，老家八成是宝坻县种蒜的。你听“猫鼠相随”那个“随”字，竟然冒出了京东紫皮蒜的冲味儿。我让父亲跟汉献帝去说说，下回把紫皮蒜换成羊角葱。父亲说，没有用，娘胎里带来的。父亲又举了几个如雷贯耳的艺术大师的名字，说他们在台上有时个别尖团字的发音也不准确，不是没学到家，是偷懒。父亲听戏听得仔细，我不行，听什么都是糊涂。

父亲说《逍遥津》这段二黄唱得最好的，当属牧斋，牧斋之后就再没人能达到“无可挑剔”的程度了。

牧斋指的就是七舅爷了。七舅爷名景仁，字牧斋，我母亲的表舅。从辈分说，父亲低着一辈儿，不该直接叫七舅爷的字。可是父亲在娶我母亲之前就跟七舅爷是朋友了，一块儿称兄道弟惯了，并没有后来因为成了亲戚而改口。

作为媒人之一的七舅爷，在父母亲结婚后，走动得更勤了，两家的关系也变得近了许多。表舅是一种怎样的亲戚关系我搞不清楚，要理清楚这圈套圈的关系恐怕也颇费时间，“文革”时候唱《红灯记》“我家的表叔数不清”，我就想，我母亲的表舅也数不清，听听吧，都七舅爷了，前头还有六个哪！

母亲对七舅爷敬重有加，关照有加，每回舅爷来了都要给舅爷做海鲜打卤面，那时候的海鲜不过是用温水发了的大海米、鹿角菜和白肉汤打卤，不是现在用的张牙舞爪的生猛。北京人过生日才吃打卤面，对舅爷却是特殊，舅爷喜欢打卤面，喜欢鹿角菜嚼起来咯吱咯吱的感觉。

七舅爷专找父亲在家的时候来，他是来找父亲唱戏的。七舅爷一来还没等茶壶里的香片泡出味儿来，我父亲的胡琴就响了，开场便是《逍遥津》。接下来舅爷一段一段地唱，父亲一段一段地拉，《文昭关》《三家店》《借东风》……老生戏几乎都要过一遍。唱的要唱足，拉的要拉够，直待掌灯我母亲端出晚饭，父亲的胡琴拉出二黄导板，七舅爷唱出“父子们在宫院伤心落泪……”便算到了尾声。唱了一个下午，这时舅爷的嗓音已经放开，亮出了炉火纯青的功夫。以《逍遥津》开始，以《逍遥津》结束，不过，后头的《逍遥津》和前头的质量是大不一样了。

看到饭桌上的打卤面，七舅爷会不安地掏出手绢擦汗，嘴里说着该走了的话，可屁股并不动窝。母亲一定会执意地挽留，父亲也会借着往墙上挂胡琴的机会堵在门口，说些必须留下的理由。七舅爷的日子过得窘迫，不似我父亲有固定的收入，七舅爷没工作，全凭典当家底过生活。以前过惯了拿钱粮的日子，辛亥一革命，铁杆庄稼没了，猛地一收，还真的有些刹不住车。

七舅爷家穷，但日子过得很悠闲。文章写到这儿，我思索半天才想出“悠闲”这个词，觉得还算比较贴切，至少对七舅爷本人来说，日子过得是悠闲舒展的，至于其他成员就另说着了。

七舅爷住在东四六条，离我们家不算太远，跟老五住的九条只隔了两条胡同。七舅爷不上班，闲散的时间无法打发，除了上我们家以外就是上老五那儿去。老五那时刚被我父亲赶出去，正有着获得自由之身的欣喜和张扬。七舅爷一去他便张罗着从饭馆叫席面，舅爷知道老五的性情，自然也不客气，尽着有名的、好吃的、爱吃的使劲点，吃不了兜着走。老五不会拉胡琴，但是会弹三弦，会填词作曲，七舅爷会跟胡琴也能将就三弦，每每在三弦的伴奏下唱京剧《逍遥津》，唱出来别有一番风味。

我现在想，跟几十年后的钢琴伴唱《红灯记》大概如出一辙，京戏既然能跟钢琴结合，肯定也能跟三弦结合，在那个时代应该颇具后现代意味。如果说七舅爷跟我父亲是朋友，那么跟我的五哥、金家老五就是忘年的莫逆了。

七舅爷家的小院不大，廊子上挂着鸟笼子，院里跑着京巴，北屋窗前，东边一棵红石榴，西边一棵白海棠。当中本应是金鱼大缸的位置换了一个雕花石头基座，既可以当桌子也可以当凳子。石头基座是圆明园遗址的旧物，雕工精美绝伦，是七舅爷早些年间花一百两银子从圆明园福海边上农户手里淘换来的，绝对的皇家气派。七舅爷最爱的是在雕花基座上摆弄他的那些蛐蛐，他的蛐蛐个个不凡，都是上了名虫谱的。

七舅爷起得晚，每天太阳老高了才打着哈欠从屋里踱出来。出来先看天，凝神注目呆坐一个时辰，才趿拉着鞋走到墙根，打开他的鸽子笼，让一群鸽子飞上蓝天……

七舅爷很忙，忙在他的鸟和虫子们身上。他养的蓝靛颏能叫全十个音，别人的能叫全七个就是珍品了。所以鸟在七舅爷的眼里，比他闺女都珍贵。常常是起来以后早饭顾不得吃，先伺候他的鸟，给鸟洗澡，喂肉虫子。鸟舒坦了，然后才是他自己。

七舅爷让闺女大秀给他买炒肝去，指明上东口别上西口，说西口肠子洗得不干净，蒜汁也是头天晚上砸的，不地道。大秀说隔壁学校第三节课都下了，马上该吃晌午饭，卖炒肝的早收摊改卖炒饼了。七舅爷问午饭吃什么，大秀说正想辙呢。七舅爷说，你妈要是不愿意做饭，上"瑞珍楼"叫份红烧鱼翅，外搭烩海参、炒胗肝、高丽虾仁，四样正好一食盒；"同福楼"的红焖猪蹄、四喜丸子也不错，都在牌楼圈里头，省得跑冤枉道……

大秀说，厨房还有半把虾米皮，半碗杂面，不如就吃疙瘩汤。

七舅爷就是嘴上的功夫，有了虾米皮疙瘩汤便不再坚持烩海参，一转脸就把海参忘了，直着嗓子让二秀把桌底下紫罐的虎头大阔翅拿来。二秀六岁，面对着桌底下一排蛐蛐罐不知取舍，问她爸爸虎头大阔翅是不是让人咬了大夯的那个。七舅爷说，是咬了别人大夯的那个。

七舅爷接过蛐蛐罐，掀开一道缝，拿马尾很小心地拨弄他的"虎头"，"虎头"在罐里嘟嘟地叫，七舅爷在罐外头也嘟嘟地叫，整个一大蛐蛐。七舅爷让二秀给他的"虎头"弄俩大青豆来，二秀说没有青豆。七舅爷让二秀去想办法，二秀就把自己玩的包拆了，把里面的豆子掏出来，拿水泡上；小姑娘心里拿不准，也不知是不是青豆。

七舅奶奶身体不好，虚胖，老是喘，又怀了孕，腿脚肿着。家务活基本上干不了，整天挺着大肚子靠在躺箱上。现今的人对躺箱已经没有概念，旧时北京老百姓都睡炕，连宫里皇上也睡炕。至今北京人将晚上休息还说成“上炕睡觉”，可见炕的概念在北方人心里多么根深蒂固。躺箱是靠墙顺着的矮柜，柜里放着四季的衣裳，柜上放着一摞摞的被褥，东北人管它叫炕琴。

七舅奶奶在花花绿绿的被褥上委着，用七舅爷的话调侃说“也是落在锦绣堆”里了。七舅爷对生活的乐观松心和七舅奶奶对穷窘日子的安之若素，无思无虑，达到了老庄的境界，让今天的我敬佩不已。他们对生活充满感激和喜悦，充满了理解和想象；就是窗台上偶尔落下一只歇脚的马蜂，也能让两口子欣赏半天。

七舅爷的幸福原则是：天棚鱼缸石榴树，先生肥狗胖丫头，这其实就是百年前老北京人憧憬的小康生活。那个时候七舅爷除了钱，其他都几乎达到小康了。遗憾的是没儿子。为这个七舅奶奶心里总是觉得歉疚，好像生不出儿子责任全在她。七舅爷说，儿子不儿子我不在乎，有儿子未必就是福。你爹妈真把你嫁个淘大粪的，你即便养出七八个儿子，还不得见天儿屎壳郎一样拖着一帮儿子在东直门外粪场晒粪。

七舅奶奶说，我阿玛也是东陵的礼备护从，我们也是有根基的人家儿，能嫁给淘粪的？

七舅爷说，给死皇上站岗的，跟冥衣铺扎的烧活差不多，还不如淘粪的呢。

调侃中，两口子都说对儿子不在乎，可心里都盼着有儿子。要不七舅奶奶也不会到了四十三还要生养，身体到了这般模样还要挣扎着孕育下一代。在那个巨大得快要胀破的肚皮里，用七舅爷的话说，是个货真价实的大儿子！

“大儿子”来之不易，是西山门头沟延生观兀老道的丹药幻化而成，这已经成为众所周知的事实。之所以把七舅奶奶折腾成这样，是儿子来自仙家，从胎里就与众不同。

兀老道原是白云观的火工道人，不知犯了什么错儿被贬到西山延生观。没人管束就成了精，弄出了延子丹，说是只要吃了延生观的丹药，没有孩子的有孩子，想生男孩的百分之百生男孩。惹得一帮一帮善男信女成群结队往荒山里跑，有的为求子，有的为见识仙丹。兀老道因祸得福，赚了不少钱。

七舅爷对左道旁门向来是深信不疑，这也与他大孩子般的好奇性情有关。大秀说过，北京有什么新鲜事儿都不敢让她爸爸知道，她爸爸跑得比巡警都快。前门电车出轨了，工人还没到，她爸爸先到了，上上下下地瞧，人家还以为他是电车公司的；传闻北新桥发现了海眼，井底铁链子下头拴了头猪，她爸爸奔了去，千方百计要证实那井口和铁链，两手拽不到那铁链子不算完；说是海淀水泡子里冬天长出了粉荷花，看稀罕的人群里自然少不了她爸爸，别人看看就罢了，她爸爸得就近赏玩，弄得浑身精湿，搞清楚了，是小孩点的荷花灯，被风刮水里冻上了；有一回听说草场三号一个小媳妇生了个孩子，肚脐眼是嘴，还会叫妈，她爸爸到草场三号去打听，让人家爷们儿给轰了出来，差点儿挨了顿揍。延子丹这样的事自然少不了她爸爸……

有一年冬天，快过年的时候，到了滴水成冰的季节，所谓腊七腊八，冻死寒鸦，就是指的这段时节。这个年份之所以让人记得清楚，是那一年北京冷得出奇。大秀后来回忆说那年冷得邪乎，地冻得啷啷的，踩上去带回音儿，院里的砖头，眼瞅着啪的一声就裂了，茅坑里的屎尿冻成了冰山……这样寒冷的北京，大概经历过的人已经不多。现在全球气候变暖，人们已体会不到那渗入骨髓的冷了。大秀说，那天，她只穿着一件小棉袄跑我们家来，冻得说不出话；围着炉子烤了半天，喝了一碗热茶，才哭出来。她跟我父亲说她爸爸走了半个多月了，没有音信，八成是遇到了不测，她妈急得不吃不喝，在炕上躺了两天了。父亲问她爸爸上哪儿了，说是上了西山延生观，找兀老道修道炼丹去了。

父亲二话没说，就带上我大哥去了西山。他们在阜成门外雇了三头壮驴，大哥问父亲为什么雇仨驴，父亲说另一头是给牧斋备的。爷儿俩没走出多远就下了雪，崎岖的道路上空无一人，天快黑了，才到了延生观门口。大哥眼睛尖，远远看见雪地里衣衫单薄的七舅爷在光着脚哆哆嗦嗦搂柴火。父亲冲着人影说，是牧斋吗？

七舅爷吓得一屁股坐在地上，待看出是父亲，喊叫着连滚带爬地扑过来，一把抓住再不撒手。父亲问七舅爷怎么成了这样。七舅爷说，一言难尽哪，我做梦都想有个儿子……我让那个兀老道欺负惨了……他不让我回去，让我见天儿给他干杂活，您瞅瞅，我还有个人样儿吗？

父亲问七舅爷是继续修道还是跟他回家。七舅爷说当然回家，金窝银窝不如自家的草窝，现在他一想起家里那冒着红火苗的花盆炉子，就觉着亲。

父亲跟着七舅爷来到配殿，掀开棉门帘，里面兀老道正在吃涮锅子。老道见了我父亲慌忙站起来，父亲和兀老道论理，兀老道说钮七爷到延生观来练功，是自愿的，谁也没强迫他。父亲让兀老道把舅爷的衣裳还他，他要带着七舅爷下山。兀老道不让走，说七舅爷还欠他两丸延子丹的钱。父亲不给，说七舅爷在延生观干了半个月的力气活，足抵得上一百丸延子丹。老道不服气，平日霸道惯了，拉开架势就准备打。

老道小瞧了我的父亲，我父亲是会武功的。今天我们家中还存有父亲当年练功的刀剑，出于好奇，我曾将父亲使用过的鱼皮套宝剑掂在手里，竟是沉得厉害，跟人们平日在公园耍的剑有着天壤之别。父亲留下的那张牛皮筋的弓，我们几个孩子竟然谁都拉不开。由此看来，父亲的功夫应该是真功夫，不是一般的花拳绣腿，否则他老人家不敢单独带着儿子进山找人。

七舅爷劝老道别动手，话未说完，兀老道已点着禹步扑了上来。用大哥的话说是，被阿玛朝下巴一兜拳，连连倒退了好几步，后脑勺撞在墙上，半天站不起来。

父亲让老道把舅爷的东西还了，老道拿来七舅爷的棉袍皮帽子，又拿来小包袱。父亲让七舅爷点点，看少了什么，七舅爷翻腾了一遍说，还少个安妮侯爵夫人肖像鼻烟壶。

父亲跟兀老道要鼻烟壶，老道不给说，说好了，是送我的……

七舅爷说，以前送，现在我不送了，我要往回要。鼻烟壶是俄国送给朝廷的，我阿玛得的皇上的赏……

老道说，钮七爷，玩不起耍赖，你不带这样的啊！

七舅爷说，谁让你欺负我哪！

天亮了，父亲才将七舅爷送到家。七舅爷一看见七舅奶奶，就哭了说，秀她妈，我可受了大罪啦……

哭着哭着，从怀里摸出一个药丸来，对七舅奶奶说，我多了个心眼，留了一个没吃。七舅奶奶问是什么，七舅爷说是延子丹。七舅奶奶掰开，闻了闻说，一股鸡屎味儿。

只这一闻还就怀上了，转年就要生产。

从大秀对她母亲情况的叙述，我足以推测出当时七舅奶奶的危象，浮肿的下肢，困难的呼吸，苍白的面容，说明了这位高龄产妇具备了先兆子痫的基本症状。放在今天，引产也罢，剖腹也罢，保住性命不成问题；但是在旧中国，那就是另一番情景了。

早先北京妇女生孩子多在家里，卧室即是产房，操接生职业的叫"收生姥姥"。姥姥们多是手脚麻利，精明干练的中老年妇女。北京的收生姥姥遍布街巷，几乎与所住范围内的大部分女眷都熟悉，都有来往。姥姥们也做广告，广告有一定规制，门口挂块木牌，内容含蓄而准确，"快马轻车，×氏收洗"。"快马轻车"既说是姥姥出诊的速度快，也暗含了婴儿生得顺畅迅速。不似今日电线杆上的"无痛分娩""快速流产"那般直接，那般热血横流。从知识水平看，电线杆上的姥姥跟"快马轻车"的姥姥或许是半斤八两。旧时的姥姥百分之九十九是文盲，凭借的多是经验和老妈妈论儿。经验之外真遇上个前置胎盘、脐带绕颈什么的，在她手里，孩子大人必死无疑……旧社会妇婴的死亡率高，其实大部分责任是在于收生姥姥，没人追究罢了。

给七舅奶奶接生的姥姥姓庄，原本是衙门里的稳婆。稳婆是专验女尸，检点女犯身体的婆子。民国兴起，有了专门的验尸官和女警察，稳婆便逐渐退出了历史舞台，壮大了姥姥队伍。庄姥姥在东四一带是很有影响的姥姥。那时老北京东贵西富，北穷南杂，东城尤其是东四一带所居多是达官显贵。给显贵们的内眷接生，庄姥姥当是首屈一指的人物。所以别看庄姥姥人长得瘦小枯干，极不起眼，却是出入豪门王府的重要人物。

七舅奶奶要生了，在里屋隔着门帘叫唤，声音甚不好听。七舅爷和两个秀在外屋焦急地等待。里面突然没有了声息，七舅爷不安地问，姥姥，出来了没有？

庄姥姥说，姥姥我早出来了，你没出来的时候姥姥就出来了。

七舅爷说，我是问我儿子出来了没有？

庄姥姥说，等着吧！七奶奶这儿干打雷不下雨。

正说着，七舅奶奶一声撕心裂肺的喊叫，吓得二秀哇地大哭起来。七舅爷惊恐地问怎么了，庄姥姥在里屋说，不碍事，肚里的胎儿伸出了一条腿。

七舅爷一听慌了说，这就是横生逆养啊，有法子解救没有？

庄姥姥说是常有的事，把胎儿的腿送回去，背两遍《达生篇》就行了。还让七舅爷把孩子们领远点儿，免得吓着孩子们。庄姥姥让七舅奶奶再努把劲儿，七舅奶奶在屋里说她是一点儿劲儿也没有了。

胡同里传来卖水萝卜的吆喝，二秀提出要吃“心里美”。里屋的七舅奶奶也有气无力地说现在就想吃口凉萝卜顺顺气……

七舅爷决定出去买萝卜。

大秀说，阿玛，我在这儿守着妈。您去吧，有事我喊您。

卖萝卜的推着独轮车，点着小灯，在背风处站着，见七舅爷出来，知道是买萝卜的，赶紧推车迎过来。七舅爷问萝卜地道不，卖萝卜的说是地道货，这筐是北京的“心里美”，那筐是天津的“卫青儿”，下晚才从窖里起出来。七舅爷也不急着买萝卜，问天津“卫青儿”可是李鸿章李中堂吃的那种。卖萝卜的让七舅爷放一百个心，说当年卖给李大人萝卜的小孩就是他爷爷。那年他爷爷挑着萝卜在胡同里吆喝，“卫青儿赛鸭梨!”恰逢在天津办洋务的李鸿章坐着轿子去洗澡，这一声吆喝吓了李中堂一跳。停下询问，何人在此喧哗，下人告知，卖萝卜的。当下把卖萝卜的小孩抓了来，李鸿章说，你的萝卜真赛过梨？小孩说不信送您老几个尝尝。李鸿章收下萝卜，赏小孩一两银子，洗澡去了。洗完澡，李中堂休息时，忽然想起了萝卜，让人切了端来一看，绿如翡翠；一吃，甜脆爽口。于是每回洗澡都要吃萝卜。

卖萝卜的这一说，七舅爷还非买不可了，七舅爷说车上两筐萝卜他都要了。他问卖萝卜的会刻萝卜花不？卖萝卜的说，这位爷您算找着人了，雕萝卜花是我的看家本事，您说雕个什么吧？

二秀说雕牡丹。卖萝卜的就依着二秀，雕了朵活灵活现的牡丹。二秀要雕仙女，卖萝卜的刀子三转两转，就转出了一个古代美人。七舅爷夸卖萝卜的是个把势。卖萝卜的说他是个瓦匠，春夏秋盖房雕砖，师傅教的，砖头讲究透三层，飞禽走兽，八宝花草，主家要什么，得给人雕出个什么。天冷了，没有泥瓦活儿了，就用这把刀来雕萝卜，做个卖萝卜的小买卖，维持生计，要不人家怎么管他们叫“二把刀”呢。

七舅爷越听越高兴，索性让卖萝卜的把他的拿手活儿都亮出来，这两筐萝卜要是不够，明天晚上接着雕。卖萝卜的让七舅爷放心，说萝卜不够他喊他兄弟，他兄弟就在东边胡同卖呢，那边车上还有两筐。七舅爷好奇的劲头又上来了，他认真地、饶有兴趣地看着卖萝卜的雕玩意儿。雕了一个又一个，大丽花、菊花、玫瑰花，仙鹤、盘龙、小白兔……七舅爷看了个个说好。一会儿，两个筐里的萝卜都变成了各式各样的萝卜花。

七舅爷看得正带劲儿，大秀从家门急奔出来，大声喊，爸，您快回来，我妈不行了！

七舅爷一听往家就跑，扔下一堆萝卜花……

七舅奶奶到底没过了这一关，在七舅爷进来的时候已经咽了气。屋内地上、盆里到处是血，一个婴儿，啼哭着，抱在庄姥姥怀里。七舅爷急切地说，秀儿她妈，秀儿她妈，你怎么说不行就不行了呢？

二秀说，妈，您不是要吃水萝卜吗？给您买来啦，您看看哪！说着拿那个萝卜牡丹使劲往母亲枕边摆。

大秀说，二秀，妈她、她死啦！

话一点破，爷儿三个哇地哭起来……追进院里来要萝卜钱的后生一看这架势，二话没说，将些个萝卜花都摆在窗台上，转身走了。庄姥姥并没有感到是自己的过失，说生孩子就是跟阎王爷隔了一层窗户纸，说过就过去了，人死如灯灭。您老哭够了我该给您贺喜了，七爷，恭喜您添了个大儿子。

七舅爷说，人都没了，我要儿子干吗？

庄姥姥说，您瞧瞧，孩子这双眼，又黑又亮，小脸儿多周正啊，我这辈子接了多少孩子啊，数这个漂亮。

七舅爷说，漂亮有什么用，要了他妈的命！

三

七舅爷的儿子青雨的确很漂亮，家族里不少人跟我提起过这位俊美的亲戚。可惜，他们家墙上那张发黄的黑白照片过于死板模糊，看不出他的灵动清秀。我问过大秀，她的弟弟漂亮到什么程度，大秀说，像谁呢……现在的男演员里还找不出一个相像的，青雨的美，是从里往外美。

青雨常跟着七舅爷到我们家来，他父亲唱戏，他就安安静静地坐在旁边，一坐一个下午。从小没娘疼爱，我母亲嫁入金家后，总是看他可怜，毕竟是自个儿娘家的亲戚，就更多了层怜爱。青雨一来母亲就让我的哥哥们带他到后头园子去玩。他不去，他就在那儿坐着。害得我母亲不住地给他拿吃食，跟他说话，生怕冷落了他。

青雨跟我们家的孩子玩不到一块儿去，他嫌我们家的孩子们糙，细腻的青雨只喜欢我们家一个人，就是我的大姐。大姐在燕京大学念中文，会唱青衣，只要我大姐在家，青雨来了必定钻到她的屋里去。大姐是学校业余京剧团的，她的房里有父亲送给她的戏装和头面。青雨进来了，一个很清秀的男孩，也不招人讨厌，站在桌边，全神贯注地看着大姐收拾她那些水钻头饰。我大姐是个不苟言笑的人，对兄弟姐妹们从无笑模样。可不知怎的，她却总爱逗这个男孩。她对青雨说，你这小子，鸭蛋脸，大眼睛，将来是个唱青衣的材料，给我当干儿子跟包吧？

青雨说，您把那朵珠花给我，我就给您当儿子。

大姐说，你的条件不高，我以为你得跟我要身行头呢，拿去吧。就把花扔了过去。

青雨拿了花，高兴地管大姐叫干爹。

这事被父亲知道了，把大姐训了一顿，说她不该欺负个没娘的孩子。一个丫头家，张嘴就要当谁的“干爹”，了得！论辈分，钮青雨还高着大姐一辈儿……大姐红着脸说是逗着玩儿呢，她是看青雨太可爱了……

可是父亲跟母亲私下却说，青雨这孩子太俊俏，一个男孩子长这么美丽的脸蛋，不是件好事。母亲说，青雨是沾了延子丹的光，自然是不一般。我们家儿子好几个，哪个比得上人家秀气水灵？

父亲说他看青雨走道踮脚尖，终非大男人举止。母亲说，青雨还是个孩子……

青雨没念过一天书，琴棋书画竟也样样精通，古体诗写得合仄押韵，“北新桥东直门，京娘暮雨唱黄昏”。这样的诗虽然被我父亲批得狗屁不值，但毕竟是诗。我的哥哥们倒是有学问，可哪一个作得出“北新桥东直门”这样的诗句来呢？没有！他们关键是没有青雨那样的风雅清秀，用现在的文学语言说是没有青雨那样的艺术感受力和艺术表现力。这样的能力不是谁都有的，大半来自天生；就像演戏，会的人不少，但不是谁都能当角儿。

有一年，我大姐过生日。大秀过来给我们家帮忙，青雨和七舅爷也过来了。青雨那天穿的是新上身的暗花月白春绸夹袄，织锦缎宝蓝坎肩儿，一排玉石纽扣华丽考究，坐在厅上很有风度地品着茶，俨然是一个见过世面的哥儿派头了。

父亲问他最近在干什么，他说在学青衣。父亲问他是不是要下海，他说哪里敢。他知道旗人的子弟不能当戏子，真要那样连亲戚的门也不敢上了。母亲让青雨唱一段，青雨一笑，颇有少女害羞模样。七舅爷也撺掇他唱，我的哥哥们也跟着起哄，更架不住大姐端了凳子坐到了他跟前，把他逼得脸红到了脖子根儿。

推托不过，青雨只好站起来，看了看大姐说，今天是特为您献丑了，没吊嗓子，嗓子没开，不唱了，给您念一段《霸王别姬》的京白，您多指教！说罢头一低，再抬起时，脸色分明已经变了，变做了四面楚歌、穷途末路中的虞姬，只听他朗声念道：

> 看云敛晴空，冰轮乍涌，好一派清秋光景。唉！月色虽好，只是四野俱是悲愁之声，令人可惨！
>
> 正是：沙场壮士轻生死，凄绝深闺待尔人。……哎呀，大王啊大王，只恐大势去矣！

一段《霸王别姬》念白，被青雨赋予了无限魅力，透出了深情、无奈、悲苦、凄凉，博得了一阵阵叫好声。父亲说，闭着眼睛听，还以为是梅老板来了呢，没想到这孩子还真有一出！母亲端起茶碗送到青雨面前，说他念得真好。以前是听唱，没想到听念也这么过瘾，今天借着大格格的光也算是开了眼界。七舅爷更是得意，说青雨有天赋，他那段看家的《逍遥津》在儿子面前有点儿拿不出手了。

那是青雨第一次在我们家展露才华，后来才知道他在跟着邢老板学青衣。青雨要拜师，邢老板死活不收。他知道这些少爷的脾气，高了兴，他恨不得成宿成宿地给你唱；不高兴，打着他都不带张嘴的。少爷们学戏，多是为了将来能玩票，出人头地，耗财买脸，没几个是认真学的。青雨这孩子，按说条件相当好，要出息了是个好角儿。可惜，长不了，他怕吃苦，太有主意，没法儿教。果不其然，试了几回，别扭。

青雨在屋地上表演《四郎探母》，没唱两句就被师傅叫停了。邢老板说，是“红花一片”，你怎么把人家词改了？

青雨说，师傅，芍药、牡丹不全是红的，也有白的、粉的，还有绿的呢，怎能是红花一片？皇宫里就种一个品种不可能，要这样萧太后得把花匠给开了。这身段设计得也不对，铁镜公主不应该来回转圈，她得这么着……

邢老板说，说得有道理，可是师傅历来就是这么教的，你没权利改，我也没权利改。要是你改我改他也改，改来改去它就不是《坐宫》，成《坐帐》了。

青雨说，师傅，这是戏，不是裱匠裱的画，说晾三天就得晾三天，少一天起包，多一天裂缝。这戏就得不断完善，不断改进，禁得住改，才是玩意儿！

邢老板说，我现在都闹不明白了，咱们俩究竟是谁跟谁学戏呢？

青雨说，当然是我跟您学。

邢老板说，明天上午，锣鼓巷 2 号，程家有堂会，记着把行头给我准备了。

青雨问备哪一出，邢老板说《贵妃醉酒》。青雨说，在您之前，我能不能先来一出《祭江》？

邢老板说不行，人家是给老太太做寿，不是小寡妇奠夫。

这个邢老板到底也没收青雨当徒弟，人家心里很清楚，少爷就是少爷，成不了戏子。

二秀早早地嫁了，嫁到了湖北武汉，男人在洋船上当二副，收入不错。二秀知道家里的情况，隔三岔五就汇点儿钱来，不敢直接汇家去，汇到我母亲这儿，由我母亲转交。

依着七舅爷，二秀绝不可能嫁到长江边上去。没有皇上的旨意，北京的王爷都不能随便出京，北京的旗人姑娘当然也不能随便嫁出京城，特别是他钮七爷的闺女更不能。那个九头鸟的姑爷看上了二秀水灵，到七舅爷家跑了好几趟。七舅爷就是不答应，非跟人家要沾过宋朝露水的蝈蝈作聘礼，成心刁难。九头鸟上哪儿找宋朝蝈蝈去？亲事眼瞅着要黄，大秀搬出我母亲当救兵，将二秀嫁给了二副。她知道，这个家是个无底的船，早晚得沉，逃出去一个是一个。

走出京城的二秀过上了另一种日子，说白了就是给水手当老婆。倒也入乡随俗，很快扔了炸酱面改换热干面，把豆皮当烙饼吃。曾经带着孩子们回娘家来过一趟，孩子们一口湖北话，不会说"您"，只会说"你"，一帮小南蛮把七舅爷的蓝靛颏吓得叫不出声，把蛐蛐们放得一个不剩。他们不喝豆汁，拒绝炒肝，厌恶爆肚，诅咒麻豆腐，总之和七舅爷格格不入。七舅爷知道这不是钮家的孩子，不是北京的孩子，他的二秀算是彻底扔到长江里去了。

大秀闲了给人做补花贴补家用。北京的补花至今是出口工艺品的主要内容，老北京，特别是东城朝阳门一带，是补花绣品的产地。跟我母亲当年一样，将活儿领回家去，做好了再集中送来，有人给记账，定期结钱。大秀缝一个五寸茶垫，三花四叶，俩窟窿，工钱是两个大枚，大约合现在两毛钱；缝一块小桌布是五大枚。至于一个大单子，她得做一个多礼拜，能得一块五……工钱少得可怜。就这还不是老有，得看有没有订单，没人要货，妇女们停个俩仨月没活儿干是常有的事。

母亲当姑娘时，常在领活儿的地方和大秀碰面，两个人都是挑家过日子的女子，都面临着艰难的生计，就很有些惺惺相惜之情。母亲出嫁了，最终有了归宿；大秀则还出入于补花作坊中，三大枚、五大枚地苦挣。

有一段时间，大秀到我们家来得很勤，母亲知道大秀来的意思。补花作坊停工了，连大秀过冬的棉袄都送进了当铺，一家人不是马上，是已经揭不开锅了。没等大秀说什么，母亲立刻就掏钱。掏钱的时候背着父亲和金家的人，为的是不让大秀难堪。母亲知道，大秀是个极要脸面、内心很敏感的姑娘，跟七舅爷和他儿子的性情不一样。

大秀跟我母亲说，她把家里的面口袋翻了个个儿，将里面的面扫尽，那面也没盖过盆底儿。柜子、抽屉都空空如也，家里能拿得出去当的东西什么也没有了。

母亲只有叹气，母亲能说什么呢？大秀摊上这样的父亲和兄弟，只有认命的份儿。她的兄弟陈锡元在朝阳门外开了个小酒馆，跟兄弟媳妇两个扑着命地干，也就是个夫妻店罢了，不可能让青雨进去当伙计。再说，那份下里巴人的活儿，陈锡元能干，世家子弟的钮青雨未必肯降贵纡尊。

大秀很客气，也很不好意思，接了母亲的钱反复说来日有了一定还上。母亲将大秀紧紧抱在怀里，在她耳边轻声说，秀儿，不还了，真的不用还了。

大秀叫了一声姐姐，眼泪就下来了。

大秀揣着钱，提着我母亲给的几斤白面回去了。到家的时候，她爸爸和兄弟正在院里雕花石头前商量蝈蝈的事。青雨跟他爸爸说九条常家二爷那只黄金蝈蝈要出手，常二爷说了，他父亲要是肯拿手里的蓝靛颏换，他乐意让四成。七舅爷说蓝靛颏是他的命，天地翻转了也不能换。青雨说他上常家看了好几回，那蝈蝈，它简直就不是蝈蝈，是窦尔敦，蓝脸红牙，黄头、黄脖、黄腿、黄肚、黄须，背生金黄翅，只有膀墙那点儿是翠绿，通体金盔金甲，金光闪烁。叫唤起来，宽厚低沉，苍劲有力，就跟金少山的唱儿似的。七舅爷问，产在哪儿？

青雨说，河北狼牙山山顶黄石头下边的黄金洞里。

七舅爷说，嗯，地方正经，东西是好东西。

青雨说，价可也不低呢，常二爷说了，给我半天时间回来跟您商量，咱们过了午饭要是不回话，他就出手了……好东西还是得抓在自个儿手里……

大秀一边做疙瘩汤，一边听外头爷儿俩的议论，知道钮家又有一场灾难要降临了。

大秀端着托盘过来，让她爸吃饭。七舅爷说他想喝碗南京春笋炖鸭汤。大秀说咱们有北京清水疙瘩汤。说着将一个个小碟在桌上摆了，碟里有各样咸菜，看着很热闹，其实没什么内容。北京的穷旗人向来爱摆谱，所谓的倒驴不倒架，再没吃的，几碟咸菜得撑在那儿。大秀将两碗疙瘩汤给父亲和弟弟一人一碗。青雨说，汤里缺点儿嫩羊肉。

大秀说，吃吧你！

七舅爷说，味不错，赶上天兴居的炒肝啦，有香菜吗？

大秀说，没有。

下午睡醒午觉爷儿俩就没影儿了。没半个时辰，兴高采烈地将那个宝贝蝈蝈捧回来了。当得知这个蝈蝈是父子俩用城郊一亩七分坟地换来的时候，大秀差点儿没背过气去。

一个普通的蝈蝈罢了！

看大秀对手里的蝈蝈不以为然，七舅爷对大秀说，这蝈蝈不是一般蝈蝈，几百年才遇上一个，你看它那俩大夯，透明的！

青雨更得了便宜卖乖地说，人家常二爷把它出手，是真舍不得。是常家老太太死活不让留，说有蝈蝈没她，有她没蝈蝈，非要把这么好的蝈蝈给淹死。

大秀问为什么，青雨说，常家老太太是木命，娘家又姓丛，葱、丛谐音，黄金蝈蝈，金克木，蝈蝈吃葱，老太太哪儿容啊！成天跟蝈蝈掐，你想，蝈蝈是老太太的个儿吗？没办法，忍痛割爱吧。信儿一传出去，多少人惦记哪！人家跟我有交情，知道我喜欢这个，说了，先尽着我。

七舅爷说蝈蝈喂黄豆面跟猪肝，不吃葱。上火了，喂点儿菠菜梗下火。乡下人爱给蝈蝈喂葱，都以为蝈蝈吃葱，其实蝈蝈是吃肉的。羊肠子、猪脑子、鱿鱼、鸡胸脯、嫩里脊、馒头、豆腐、面条、粥，人吃什么，它吃什么。

突然地青雨冒出一个问题。他说，阿玛，坟地卖了，将来咱们死了埋哪儿呢？

七舅爷也愣了，想了半天说，是啊，咱们埋哪儿呢？

四

七舅爷家的日子不是在过，是在“作”(zuō)。“作”是北京话，发阴平声，即瞎折腾的意思。有了爷儿俩的“作”，就有了大秀的难。母亲常说，七舅爷家要是没了大秀，那爷儿俩一天也过不下去。眼瞅着，大秀快三十了，早该谈婚论嫁了。也有来说媒的，可七舅爷的眼光太高，说是养女攀高门，他钮七爷家的格格有三不嫁，没有四品爵位不嫁，当二房不嫁，城圈以外不嫁……早是民国了，哪儿找四品爵位去？就是有了相当于四品的官员，哪个肯空虚着夫人位置等待大秀？总之，非常非常的不现实，活活把个大秀在家里耽搁着。

我母亲明白，跟自己当年出阁一样，大秀出嫁的前提是青雨爷儿俩得自食其力。可那爷儿俩不是陈锡元，也没有状元的推荐，全没有自食其力的意思。靠了大秀那点微薄的补花收入，只能是一天两顿稀粥。至于七舅爷那点儿家底，早已零敲碎打地进了当铺，再也找不出什么可当的东西。我母亲跟父亲商量，青雨不能老在家闲着，给青雨好歹找个事由，也好把那可怜的老姑娘解放出来。父亲不愿意揽这闲事，说给青雨找事是把人情当水泼，全是瞎掰。母亲说瞎掰不瞎掰试试再说，说不定一拿了薪水人就变了呢。父亲说变不了，少爷秧子就是少爷秧子，你不能指望汉献帝跟曹操叫板。

话是这么说，父亲还是托了同学王国甫，给青雨在他的工厂里安插了个文书的差事。王国甫也是七舅爷的熟人，那是个将八旗子弟看得很透彻的商人，王国甫务实，从根上也没指望青雨过去能干什么事儿，只要不裹乱，送个人情罢了。青雨去的科室是总务科，管理人员和杂务；科室的负责人是王国甫的儿子王利民。王利民从法国留学回来后，在他父亲的工厂里做总务工作，是个很有思想，很有见地的年轻人。

青雨的工资底线是一个月六块大洋，随着工厂的效益可以慢慢往上升，年终还有一个月奖金，比他姐姐大秀三五大枚地挣可谓天上地下了。都想着青雨会感激我父亲的举荐，感激王国甫的收留。不料青雨并不领情，他跟大秀说这是给他戴嚼子，让他拉磨。当科员，看人眼色仰人鼻息，他受不了！大秀劝他说，抄抄写写的不难，你好歹挣点儿钱回来，咱们还能吃上一两顿羊肉馅煮饽饽……

青雨想了想说上班在前门附近，东边有“全聚德”“都一处”，西边有“月盛斋”“正明斋”，不愁没好吃的。干也可以干，全是冲着“月盛斋”的酱羊肉。

父亲说的“少爷秧子”是有道理的，上班头一天就没按点儿来。上午八点上班，十点了，青雨才托着小茶壶一步三摇地进了办公室；也不认生，进来就热情地跟大伙儿打招呼，都忙哪，我来了，我在哪儿办公啊？

一个职员问他是不是钮青雨。青雨说，不错，在下钮青雨，祖上钮祜禄，辛亥革命后改姓钮，旗人不计姓，叫我青雨就行了。

职员说，您的办公桌在我旁边，科长等您一早晨了，您没来，把表格搁您桌上了，让您把名单上画圈的誊抄一份。

青雨坐在自己的位子上，不急着干工作，却是折腾椅子，觉得椅子不舒服，高矮不合适，鼓捣了半天，把全屋人的目光全引了过来，才算坐安稳了。还没等众人目光收回，青雨又直起嗓子大叫，茶房！茶房！

职员说办公室里没茶房。青雨指着小茶壶说他要续水，职员说那边桌上有暖壶，要喝自己去倒。青雨懒得起来拿暖壶，也不喝水了，抓耳挠腮地张望了一会儿，感到无聊。职员好心地提醒，誊那个表。青雨拿起表格看，是裁员名单登记表，对职员说，我抄表，谁给我打格？

职员说，得您自个儿打，这是尺子。

青雨说，写中国字还用尺子，笑话！拿起毛笔，蘸了墨，很潇洒地在纸上画出方格，自然比原来的大了许多。然后按着上面画圈的抄名字：施喜儒，在纸上写了施喜儒，字迹漂亮潇洒，是不错的行书。接下来是刘铁应、王欲俊、顾明辉……前边几个倒没走样，后边的就乱了，秦大保变做了“秦叔保”，窦学宏写出来成了“窦尔敦”，杨莉环改成“杨玉环”，曹红德写成“曹孟德”……

职员朝他的书案一伸脖子，看到了那些名单，先是笑，后来冲他伸大拇指。

墙上钟指到十一点一刻。

青雨问他们吃不吃饭，职员说还有半个多钟头呢。青雨说半个钟头不算钟点，他饿了，先走一步。下午吉祥剧院有尚小云的《摩登伽女》，如果有谁去看，他可以请客！见没人回应，改口说，这么着吧，三点我准时在吉祥门口等大伙儿，谁看谁来，过时不候啊！

青雨一走，职员们立刻轰地笑起来，大家围过来看青雨画的表格，笑得更厉害。

裁员名单下面是秦叔保、杨玉环、窦尔敦、曹孟德、诸葛亮、孙玉娇、穆桂英……

王利民见了那个裁员名单二话没说就直接送给了他父亲。这儿子正为裁员的事和父亲较劲呢，多少有些成心。不是王国甫拿着青雨抄录的名单给我父亲看，谁也不相信青雨会干出这样的事来。只上了一天班，青雨就让王国甫给裁了，但他在工厂却落下了好名声，职员们甚至想推举青雨当工会代表。

也不能说七舅爷和青雨全是无所事事。母亲说七舅爷在他的人生历史上还做过一笔小买卖，卖糖葫芦，当然，如果说那也叫做买卖的话。

被工厂刷下来的青雨很快地回归了他的票友队伍，见天打扮得油头粉面地出门，不到天黑不回家。也有早回来的时候，那是没地方蹭饭了，不得已才想起家。这天，青雨举着串糖葫芦进家，看见父亲在院里放风筝，扔下糖葫芦马上参与进来。

七舅爷的风筝糊得精巧，黑白的沙燕，嫩粉的脸蛋，一对眼睛骨碌碌会转，肚子上粘了对鸣箱，风一吹，嗡嗡作响，引得六条一片地界的人都往天上看，知道钮七爷又放风筝了。

青雨说，东南风，您把线儿往南拽拽，我得送个小屁帘上去！说着，拿来一个屁帘风筝，借助风筝线和风力，嗖嗖嗖将小屁帘送了上去。

七舅爷说，能在院里放风筝的也就是我，别人没这本事，他们都得找空场，等风。那个写戏的孔尚任，放风筝没风，就骂天，“手提线索骂天公，欠我风筝五尺风”，他那是没能耐……

一转脸看见儿子扔在石头上的半截糖葫芦，七舅爷立即对风筝没了兴趣，跟大秀说他也要吃糖葫芦，吃山药夹豆沙蘸瓜子的糖葫芦。大秀说没闲钱买糖葫芦。七舅爷不高兴了，说现在他混得连糖葫芦也吃不上，儿女们就这么虐待老家儿吗？大秀无奈地说，您现在跟个孩子似的，我从青雨衣裳里搜出了两块钱，刚够咱们这几天的饭钱。

青雨说那是跟着邢老板上西城阮家去唱堂会，人家给的车钱。七舅爷从大秀身上摸出两块钱说，两块钱买糖葫芦用不了，足够了！

七舅爷揣起钱朝外走。大秀嘱咐七舅爷别都花了，说两块钱不是个小数，得掂量着花！

七舅爷拿着钱，连赊带买，一通采购，让地安门点心铺“桂英斋”的小伙计帮着提回一堆东西，有山药、山楂、红豆沙、冰糖、瓜子、荸荠、竹签子等等。七舅爷说他四处淘换糖葫芦，走了半个北京，没有卖他吃的那种。越没有他越馋，非要今天把糖葫芦吃到嘴不可！买了材料，他自己做。

七舅爷不干是不干，要干还真像回事儿，做糖葫芦的认真程度，不亚于画一幅工笔画。七舅爷是把穿糖葫芦作为一件工艺品来处理的，从果料的选择，到造型的设计都讲究到极点。他将山楂破开去核，使每个山楂都半开半合，有的填上豆沙，有的填上枣泥，有的填上豌豆黄；再将瓜子仁按在吐露的馅上，成为一朵朵精致的小花。山药蒸熟去皮，挖出不同形状的窟窿，填上各种馅，按上红山楂糕和绿青梅丁，成为色彩斑斓的圆柱……冰糖熬得恰到火候，一根一根蘸了……

充满艺术品位、精美绝伦的糖葫芦在七舅爷的手里诞生了！大秀不相信地说，阿玛，这是您做的吗？

七舅爷得意地说，你以为阿玛就会玩鸟？你阿玛会的玩意儿多啦，蘸糖葫芦，小菜一碟。大丈夫非不能也，是不为也！

大秀小心地咬下一朵“花”，嫩脆，比外头卖的好吃多了。说这么好看的东西都让人舍不得吃了，再不肯咬第二口。七舅爷说，外头卖的是专为赚钱的，做糖葫芦的都是小商小贩，他们懂得什么是讲究，做出来的只要是糖葫芦，有人买就得啦。我小时候，常跟着你老祖做糖葫芦玩，专为送亲戚朋友，用的签子都是象牙的，连皇上还点着名让你老祖给做糖葫芦呢。

大秀让七舅爷也教教她，说这么好的手艺免得失传了。七舅爷说做这个得有心情，就跟写字画画似的，高兴了能见天连着做，做一堆；不高兴了，兴许几十年想不起来做一回。

大秀实在舍不得吃那华丽的糖葫芦，让七舅爷给我母亲送几根来。七舅爷也乐得上我们家，就举着糖葫芦招摇过市，招来不少赞赏目光。一女人，拉着孩子在后面追着看，要买七舅爷的糖葫芦。七舅爷不卖，孩子就哭，女人说，人家不卖，哭也白搭！

七舅爷看不过眼，说给孩子拿一根去吧！女人说，不能白要您的，这得不少钱，光这料就得几十个大子儿！

孩子接过糖葫芦就要往嘴里填。女人说，不许吃，拿回家看几天再吃，你见过这么漂亮的糖葫芦吗？

路人一下将七舅爷围了，纷纷举着钱要买他的糖葫芦。七舅爷说，这是给亲戚送的，不卖！

一辆马车驶过来，突然从高处伸过来一只手，将糖葫芦一下全掳去，紧接着一个钱袋刷地扔过来，打在七舅爷身上。七舅爷说，干吗呀？明抢啊，这是！

糖葫芦送不成了，七舅爷只好回家。回来掏出钱袋，将钱哗啦倒桌上，原以为是不值钱的铜子，不想竟是白花花十几块大洋。马车上的人是谁，到今天也是个谜。

倒是给了大秀一个思路，卖糖葫芦。

五

还没等大秀的商业行动付诸实施，日本人来了。

日本人对北平的进入让所有的老北京人感到屈辱。打着太阳旗的日本兵排着队欻欻地在大街上走，走过东四牌楼，走过金鳌玉蝀桥，走过前门楼子，走过东西长安街；一排排刺刀在太阳下闪烁着寒光，一张张面孔带着侵略者的骄横。自家的屋里进了外人，生活秩序全被打乱了。一向平和的北平市民胸口堵了一块铅，在屈辱煎熬中过着苦难的日子。

七舅爷和青雨最直接的感觉是街上的人少了，人们的脸色变得沉重了。但外头的变化影响不到他们的日子，他们的蓝靛颏照样在笼子里歌唱，他们的蛐蛐照样在马尾的引逗下厮咬奓翅，他们的沙燕风筝照样能在小院里升上天空……

北平又改回来叫了北京，成立了临时政府。老百姓对北平、北京的叫法完全是出于习惯，北平也好，北京也好，苦日子、穷日子照样得过。

日本人在北平实行野蛮的军事管制，搞白色恐怖。时不时街上就戒严，动不动就抓人。看谁不顺眼就绑起来，扔车上拉走，活不见人，死不见尸，于是这个人就在北平，在他的亲属眼里永远消失了。在这样的日子口，没有谁再敢出门，家家的大街门都关着，怕事儿的人都提心吊胆地听着外面的动静。

静悄悄的胡同口，走来了晃着鸟笼的七舅爷和他修饰齐整的儿子青雨，爷儿俩不知道外头发生了什么，他们照着他们一贯的生活方式，一贯的精神状态，悠闲轻松，安然潇洒，冲着我们家款款而来。看门的老张正巧向门外探头，一看这爷儿俩，吃了一惊，回身对做饭的老王说，六条的舅爷来了。

老王说，嘿，你说这爷儿俩，吃了豹子胆啦？什么日子口还敢在街上逛！

老王探出半个脑袋，七舅爷见了，远远地打招呼，紧走几步大声说，老没见了，给您请安……

话音未落，一排枪打得七舅爷脚前的土地直冒花。爷儿俩吓一跳，东张西望寻找开枪的主儿。七舅爷挺着肚子问，谁呀，这是？

青雨比他爹还横，转了一个圈大声嚷嚷，没长眼睛是吧？那俩瞎窟窿是留着出气儿的吗？

又一排枪扫在他们的前面。

老王家在山东乡下见过打仗的阵势，他小声而严厉地让那爷儿俩快趴下！七舅爷问怎么趴，老王说往地上趴。青雨说，那衣裳不都脏了！

一排枪打过来。

七舅爷和儿子不得已，慢腾腾先蹲下，再坐下，仰躺在地上。他们面对的是北京街道的天空，槐树、太阳、云彩……二八月看巧云，那八月指的是阴历，此时天上的云彩行走变幻，在秋风的撕扯下，一会儿变成欢快的小狗，一会儿拉成狰狞的飞龙……

七舅爷说，快看，快看，那条龙的大犄角变成蜜麻花了！

青雨说，阿玛，以前咱们没这么看过天。

七舅爷说，从来都是天在上头看咱们。

老王隔着门缝命令他们翻过来，肚子朝下。爷儿俩莫名其妙地翻过身来，不知下步该如何动作。老王指着门口的上马石，让他们往石头后头爬，把脑袋先顾住。七舅爷爷儿俩将屁股撅得老高，往石头后爬，爬得非常不“专业”。

一只蛐蛐在墙根振翅鸣叫，被爬在前面的青雨发现了。青雨告诉他阿玛，这儿有一只大金头！带颤音儿的，他听得真真儿的。七舅爷让青雨别惊着它，从怀里摸出细铜丝罩子递过去。青雨接过罩子，向蛐蛐爬过去，也不用人教，这次进入了角色，爬得灵活无比。青雨用罩子一罩，蛐蛐蹦了，又扑过去，一罩，罩住了。告诉他阿玛，逮住了，是个“金刚头”。七舅爷说，先别掀，等等我。

七舅爷爬过来，拿出张纸，熟练地卷成手指粗的筒，一头窝死，一头张着口，准备装蛐蛐。青雨从紫铜罩子下摸出蛐蛐，一看，拉拉夯啦，腿让罩子扣折了。于是，爷儿俩趴在我们家门口全神贯注地欣赏他们的残疾蛐蛐。

老王冲过来，拽起七舅爷就拉进大门。青雨倒是不忘他爸爸的鸟笼子，夹着鸟笼子跟在后面蹿进来。

又是一排枪。

老王埋怨七舅爷，什么时候了，还在大街上逮蛐蛐？不要命啦！

青雨说，不是我们逮蛐蛐，是蛐蛐逮我们。天凉了，它愿意跟着我们。

七舅爷说，我们出来的时候还没打枪，怎么说打就打了呢？街道不就是让人走的吗？你打你的枪，我走我的路，谁碍不着谁。

那次历险，把我们家的人吓得够戗。对方是横行霸道的日本人，不是张勋、张宗昌、冯国璋那帮军阀。日本人不讲理，想杀谁就杀谁。我们隔壁一号，冯家老爷子就给抓进去了。老爷子是袁世凯手底下的人物，应该是有脸面的，听说日本人让他出来给他们办事，他不干，就这也给逮了，而且是从被窝里逮的。就是说，在日本人占领下的北平，哪怕你缩到没有退路的角落里，缩进被窝，也是不安全的。国没了，家也就没了，被窝当然更没了。

那天，父亲沉着脸，给了青雨好一顿训斥。表面是对着青雨，其实是说给七舅爷听的。说他们串门没时没晌，说他们拿着自己和别人的生命当儿戏，把日本人招进家来也不是没有可能……

七舅爷赔着笑脸只是听，青雨的脸一阵红一阵白。

打那以后，一晃两年，七舅爷爷儿俩再没到我们家来过。

母亲埋怨父亲把话说得太重了，得罪了亲戚，而且是穷亲戚。在外人眼里，显得我们过于势利。父亲说就是没得罪他们，也不会让他们再进我们家。因为青雨跟“北京新民会”的李会长打得火热，李会长是什么人，李会长是北京头号大汉奸。跟汉奸打连连，将来有说不清的时候！

母亲惋惜地说，这个青雨，他怎么和汉奸裹到一块儿去了呢？

“新民会”是日本参谋部和日本特务机关仿效东北溥仪的伪满“协和会”成立的汉奸文化组织。所谓的“新民”，是让中国人把思想观念、组织秩序，全换成日本模式，成为将日本人视为亲爸爸的新国民。“北京新民会”的顶头上司是“首都指导部”，受日本华北驻屯军领导，是日本文化侵略的最高机构。“新民会”提倡“中日提携，共存共荣”，表面温文尔雅，其实没干什么好事。那时候一提谁是“新民会”的，老百姓都远远儿躲着走。惹不起，躲得起。

日子一天天过去，青雨和“新民会”的人打得火热，跟李会长更到了称兄道弟的程度。

起初七舅爷还能到九条老五家里走动几次，后来腿脚不太利落了，就待在家里哪儿也不去，过着他的混沌日子。头脑虽然有些糊涂了，但是对鸟和蝈蝈还是一往情深。大秀说连饭都吃不上了，舍了那鸟吧。七舅爷说，宁可我饿死，也不能让我的鸟饿死。你是没养过鸟，你要是养过鸟，你就懂得鸟啦，这小东西，能把人的心给化了。

大秀说，我甭养鸟，我养您就够了。

七舅爷问大秀多大了，大秀说，我多大了您还不知道吗，您还好意思问我？

大秀听见父亲噢了一声，再没了下文……

青雨到底还是下了海，在邢老板的班子里唱青衣。他下海的原因有两个，一是喜欢，二是为解决生计；他不出头挣钱，他的父亲和姐姐就得饿死。这也是青雨爷儿俩近年没到我们家走动的原因，连大秀几乎也不来了。他们知道大宅门是不能有戏子亲戚的，他们很自觉地避了。汉奸不汉奸，那是政治问题，青雨对政治没兴趣，他没想那么多。他跟李会长在一块儿从来不谈政治，他们只谈京戏，李会长也爱戏，并且懂戏。

青雨俊美的相貌引起女人的关注，也引起了男人的关注，在众人复杂的目光中，青雨颇有些小得意。邢老板提醒他得稳住了自个儿，告诉他面对的是一群狼。青雨说他看得出来，这群狼喜欢他。

大秀后来跟我反思青雨的过失，她认为青雨的失误在于不检点，他不该把她父亲画的一把《貂蝉拜月》的扇子送给李会长，致使惹出后来许多祸端。我跟大秀说，送也是祸，不送也是祸。一把扇子是借口，狼对窥测已久的猎物，再没有理由，也能找到下嘴的机会。

李会长对青雨在诸多方面的提携关照，让青雨觉得舒服，会长领着他到南苑靶场打枪，带着他到妙峰山猎兔子，到北海静心斋赏月，到六国饭店吃法国大菜。这让青雨觉着会长不像会长，倒更像他热闹的朋友圈里一个潇洒大方的兄弟，像正走运的大宅门里的某位哥儿。

这天，快中午了青雨才起床，对着镜子抹他的大油头。大秀跟他要这月的包银，青雨说请了客了。大秀说那这月吃什么。青雨说，我天天有饭局，我现在正节食呢，要不我的腰粗得水桶似的，甭唱散花仙女，改唱金钱豹得了。

大秀说，你有饭局，我和阿玛得吃饭哪！

青雨说，李会长说了，明天送我四百块大洋，让我上苏州办行头。四百我用不了，给你们五十不就结了。发什么愁哇，全是多余！我就信一条，车到山前必有路，老天爷饿不死瞎家雀儿，更何况咱们还不瞎！

大秀说，你往脑袋上抹那么些油，好看怎么的？我说过多少回了，少跟那个李会长来往。你记着，谁也不会白送谁钱，钱的背后指不定有什么坏心眼子呢！

青雨说，人家爱的是戏，爱艺术，跟我这个人没关系。

青雨说完就走了，走时悄悄地把七舅爷早年精心画的一把扇子《貂蝉拜月》拿走了。

皇上在位的年间，京师凡是有身份、有能力的旗人家庭，其子弟大都受过或宗学或私塾的良好教育，擅长诗书绘画的不乏其人。七舅爷年轻时家境殷实，风华正茂，除对京戏酷爱外，还喜笔墨丹青，曾拜过宫廷画师为师，专攻仕女人物。成婚后，每当作画前必先沐浴更衣，年轻的七舅奶奶亦梳妆打扮、焚香茗茶，端坐画案一侧静观。七舅奶奶不会画画，但喜欢画儿，尤其是仕女画儿。

作画时，七舅爷俯案面对画纸凝神静思，而后提笔挥毫，有如神助。七舅爷率性本真、无忧乐天，画画亦如其对京戏的嗜好、风筝的扎染、养鸟玩虫乃至穿糖葫芦，都是兴趣使然，是种乐趣，是种活法。

七舅爷的画工，虽称不上精湛，但因童年受过严师点拨，绘画功底扎实，且性情散淡不羁，不因循师传，不墨守陈规，兴之所致，挥洒自如，往往能画出形神兼备、意韵脱俗的画作来。每有佳作，必被朋友们索取收藏，七舅爷从不吝惜，也不收一文钱。七舅爷爱画却从不卖画，顶多是应戏院老板的请求，画几张名角儿戏出肖像，小夫妻俩多听几回戏；碍于饭庄经理的情面，画几幅仕女像，与朋友们推杯换盏欢聚一番。图的是高兴，图的是快活。

《貂蝉拜月》是七舅爷画得最为得意的一幅扇面。画好后，花钱找制扇名家托裱，配上香木扇骨。此扇一经展开，绢面上工笔彩绘的貂蝉，青丝细密如云，粉面姣好如月，柳眉微蹙，双目含情。轻轻一摇，一股暗香浮动，沁人心脾。七舅爷喜不自禁，七舅奶奶更是爱不释手。曾有人以重金相购，七舅爷终不为所动。即便之后家境再困顿，也不曾将此扇典当出手。七舅奶奶"走"后，此扇更是压在箱底，很少拿出一见。当然"红袖焚香观画"的情致亦不复存在了，七舅爷就此封笔不再作画。

青雨因自愧于李会长的"厚爱"无以相报，就私拿了其父的这心爱之物送给李会长。但之后所发生的一切，却不是像青雨想的那么简单。

大秀说她那天就感觉心里不得劲，果然就出了事儿。

那天晚上是青雨的压轴《贵妃醉酒》。戏台上，连舞带唱的青雨将醉酒后的杨玉环表现得惟妙惟肖，在一群宫女的簇拥下，长长的一列五彩缤纷，忽而左，忽而右，青雨已入化境。

……这景色撩人欲醉，同进酒，捧金樽。人生在世如春梦……

台上台下的人都醉了，喝彩声不断。

青雨从台上下来，刚卸完装，李会长的秘书就来到后台。秘书说会长给钮老板在京华大饭店订了套房，让钮老板散了戏就过去，这是钥匙。青雨问是不是饭局，秘书说没有饭局有夜宵儿，专为款待钮老板一人。

大秀跟我说，青雨还是糊涂，他不想想，平白无故人家凭什么让他上饭店？那时候他真是鬼迷了心窍，把谁都看成了朋友，想的是人要是成了角儿，怎么捧你的人都有。他根本没往圈套上想！

青雨来到饭店，房间内没人。他这里看看，那里摸摸，推开窗户，清凉的晚风吹进来，他站在窗前向楼外一望，只见一轮明月高挂空中，皎洁的月光水一样洒在远处紫禁城金黄的屋顶上，宫殿的四周升腾起一片迷蒙的雾气。

望着眼前的景致，青雨不由得哼唱起刚在舞台上演唱的《贵妃醉酒》的唱段：

海岛冰轮初转腾，见玉兔，玉兔又早东升……皓月当空，恰便似嫦娥离月宫……

青雨仿佛置身于广寒宫中，他真有些飘飘欲仙了，豪华的宾馆套间自然是比他六条连桌椅板凳也很欠缺的小屋强多了。六条的小屋是普通的方砖地，又硬又凉；宾馆房内的地毯又绒又厚，比戏台上的毯子柔软细腻，能将人的脚埋进去……他在地毯上做了一个“卧鱼儿”，感觉相当不错。

盥洗室的门开了，穿着睡衣的李会长踱进来，这让青雨很意外，他以为房内只有他一个人。李会长望着青雨笑，那笑不是什么好笑，青雨觉得哪儿不对劲儿，结结巴巴地说，李会长，您也来了。

李会长步步逼近青雨，说他等青雨半天了。青雨一步一步往后退，退到了窗口，再没有退路。李会长伸出手，抚摸着青雨的脸蛋说，我一看见你在台上唱，就想，这个人他究竟是不是真的，就想摸摸你。

青雨说，我是真的！我是肉体凡胎……

李会长开始解青雨的纽扣，把手伸进他的裤腰，摸索着说，肉体凡胎怎么会生出你这么个尤物来？

青雨左右躲闪说，您别……别价……我从来没干过那个……没有……从来！

李会长从袖口里拉出折扇，哗地打开说，从来没干过那个，送我这把扇子是什么意思？《貂蝉拜月》，貂蝉为什么拜月？你的意思我清楚极了。你懂，你什么都懂……

青雨说，扇子是我阿玛画的，我真没别的意思！

李会长说，难道这两年我的意思你竟没体会出来？你能体会到杨贵妃独守空房的惆怅，不会体会不到我的意思。其实我也没别的意思，就是要欣赏艺术，当然也包括人体艺术。

不知不觉，青雨的衣衫被剥光了，李会长眯着眼睛欣赏着一丝不挂的青雨说，好美的身段，比穿着衣裳的杨贵妃美多了……说着又开始抚摸青雨。

青雨说，求求您，饶了我！这让我阿玛知道了，得打死我！

李会长说，我就爱看你这小样儿。

李会长狼一样将青雨扑在地毯上。青雨才知道，豪华饭店厚重的地毯原来还别有用处，家里的方砖地硬是硬，但干净清爽。会长的老到让青雨的抗拒变得多余，在最终的防线被攻破的刹那，青雨撕心裂肺地喊了一声，姐！——

大秀向我叙述这些情节的时候十分艰难。我能想象出，青雨跟他姐姐如此细致地描述受辱过程，精神已经到了怎样的崩溃程度。他将一腔的屈辱难堪，一腔的难与人言全都倒给了他的姐姐。什么是亲人哪，这就是亲人！

我为我那位不争气的亲戚流出了眼泪，心里觉得有什么东西在咬，一口一口，咬得生疼。大秀却很平静，望着房顶半天没有说话，我顺着大秀的目光望去，房顶的白灰已经脱落，上头有一片发霉的黑黄水渍……

六

大秀说，青雨就像摔在一个满是淤泥的陡坡上，越挣扎越往下滑，下头是大泥潭。明知没有好结果，可是他收不住，由不得他自己了。

不只是李会长，后来还加上了日本人。

山口太郎是中国通，能说一口流利汉语，是“新民会首都指导部”的部长，一个表面温文尔雅实则心狠手辣的文化特务。

青雨第一次见到山口是在李会长家的堂会上，那天他演《四郎探母》里的铁镜公主。李会长传来话，叫青雨演完了别卸装，过来见山口先生。

浓妆艳抹的青雨，穿着花盆底绣鞋，甩着手帕来到山口面前，给山口道了个万福。山口脱口称赞，好一个美妙女子！

青雨掩口一笑，媚态百生。

这一笑让日本人心动了。

李会长自然将一切看在眼里，很快将卸了装的青雨领到后面，跟山口见面。山口围着青雨转着圈看，把青雨弄得很尴尬。山口说青雨是他来中国见到的第一美，他怎么看怎么觉得青雨就是个女人，就问青雨是不是像太监一样被阉了。

青雨说，我是旗人，旗人不允许做阉人。

山口说，你们那个旗人皇上在东北，难道和阉人还有什么差别吗？

青雨不再说话。

李会长说他可以担保，青雨不是阉人，绝对不是。山口却坚持要看看，他说他不相信一个男人，会把女人演得那样惟妙惟肖。李会长立刻叫青雨脱了裤子让山口先生检验，说要不然山口先生不信咱们中国的玩意儿。青雨自然是不愿意，李会长不高兴了，对青雨低声说，当着我的面你能脱，当着日本人的面怎么就脱不下来啦？其实都一样，他那东西跟咱们差不了哪儿去！都是爷们儿，没什么害羞的！

山口说青雨害羞，害羞说明他更是个女人……

李会长不断催促，青雨不动。

山口在满怀期望地等待。

李会长有些下不来台了，对青雨说，你就当是下了回澡堂子。

青雨说，下澡堂子大家都脱。

李会长对山口说，他让咱们大伙都脱。

山口开始还笑，后来突然收敛了笑容，恶狠狠地说青雨这是侮辱日本，拿大日本帝国开涮！李会长看日本人变了脸，赶紧支使旁边的用人，帮钮老板脱了！

用人上来解青雨的裤子，青雨脸色苍白，无力反抗，任着人将裤子褪下来。

山口坐在太师椅上欣赏着青雨的尴尬与难堪，由衷地说，在中国，真是有很多意想不到的东西哪！

那天晚上青雨没有回家，他围着筒子河走了一圈又一圈，心里想的是曾经在紫禁城圈里住过的清朝皇上们，知不知道他们的子弟在他们的眼皮底下被外国人当众扒了裤子……

大秀在灯底下等了一宿，那块补花单子，做几针就扎了手，做几针就扎了手。

日子越过越艰难，不是七舅爷一家难，是所有的北京人都难。中国的抗日战争到了最艰苦的阶段，老百姓的生活也到了最艰苦的阶段。日本人开始了强化治安运动，无端地抓人、打人，警车呼啸过市，闹得人心惶惶。更可怕的是没有粮食，全城百姓吃配给的混合面。所谓的混合面是高粱、豆饼、黑豆、红薯干的混合物，难以下咽。就这，还得半夜排队去买。母亲说，我们家北墙根，每天天不亮就有人排队，按居住片供应混合面，警察在每个人的衣服上写上粉笔号码，按人头一个个来。每天买混合面的队伍队尾在胡同东口拐弯，队头在胡同西口。不少人买不到，常常是空手而归。买着的情况也好不到哪儿去，混合面吃进去拉不出来，那时候的人把拉屎看作一件天大难事。侯宝林先生曾编过一段相声，说混合面吃了拉不出，喝了半瓶子梳头油，拉出根劈柴棍儿，原来混合面里有锯末……

七舅爷老了，身体状况远不如以前，目光呆滞，动作迟缓，头脑一时清楚一时糊涂，常常是面对着熟人叫不出名字来，甚至将大秀误认作死去的老伴。

七舅爷到我们家来是1940年的年底，是我的三哥将他领回来的。我母亲回忆，那是七舅爷几年来第一次，也是最后一次在我们家出现。三哥在海淀教书，每礼拜回家一趟。那天他在西直门门洞碰上了七舅爷，七舅爷正在挨日本人的打，劈劈啪啪的嘴巴一个接一个，在城门洞里抽出了很响的回声。来来往往的人不少，没人敢问，没人敢拦，也没人敢看，大家低着头匆匆走自己的路。这是非常时期，日本人慌了、恼了、疯了……

这一年的11月29号北平出了一件轰动全市乃至中外的大事，日本天皇都震惊了……这天上午，两个日本军官骑着高头大马走到东四十条西边的锣鼓巷附近，有一名骑自行车穿黑衣裳的中国人朝他们连开了7枪，两个日本人一个毙命，一个重伤。黑衣人隐入胡同之中，再无踪影。被刺的日本人，一个叫高月保，一个叫乘兼悦郎，是日本天皇通过日本议会，派到中国来慰问日本军队的特使。两人官衔都不低，都是日本贵族院的贵族，又都是贵族“爱马社”俱乐部的成员，都酷爱马术。到北平后两人住在十条西边的和敬公主府，每天要骑乘遛马，伪警察局安排两个警察骑自行车在后面警戒着。见天早晨，他们骑着马出公主府门，往东走到十条路口，再向南走到东四牌楼，然后往西到达北海南门，穿过北海由北门而出，往东过地安门，返回住地。

十条路口是日军华北驻屯军总部所在地，东四牌楼路西是日本在华北的茂川特工总部，隆福寺和皇城根各有一个伪警察的巡警阁子，北海的团城还有一个中队的日本宪兵……就这，两个日本特使还是死、伤在了戒备森严的日伪军警眼皮底下，倒在了熙熙攘攘的大街上，倒在了众目睽睽的中国人的视线中。

刺杀日本特使的事件难以封锁，很快在北平市民中私下里传递开来，人们既紧张又兴奋，感到大大地出了口气。

我们家看门老张最先得到这个消息，回来后绘声绘色地讲给全家人听，大家都吃惊不小。父亲听后感慨地说，古来燕赵多死士，民心不可辱啊！父亲嘱咐老张关紧大门，这些日子谁也别出门。

事发后，北平日伪当局气急败坏、恼羞成怒，立即全城戒严，城门关闭。当局将嫌疑范围划了一个大大的圈，特别将东四十条附近作为重点，这样我们家、七舅爷家，以及王国甫家就全部包括其中了。宪兵、警察出动，挨家搜查，闹得人心惶惶。常常是半夜全家站队，一家人包括用人，统统站在当院，宪兵对着良民证的照片挨个认证。有时照片稍稍走样，当事人便要被逮捕，逮的人一批又一批，都被关在“外寄犯人”看守所里。

看守所俗称“炮局监狱”，在我们家的东边，几步路程。可想而知，当年那一辆辆警车，那一阵阵哀号，从我家门口过的时候全家人的心境是怎样一种情景。据说，过了一个多礼拜，城门才打开，进出城要领“出入证”，要在城门口接受日本岗哨严格的验定才能放行。

那天大秀去交活儿，七舅爷不知怎的走出了家门，举着鸟笼子先奔了东四牌楼，又往西过了府右街，一路走，一路东张西望，他寻不到回家的路了。老人从东城晃到了西城，一直走到了西直门门脸，自然不知道应该向日本兵鞠躬，照直往城门洞里走。

日本兵说，你的，过来！

七舅爷说，您叫我？

日本兵用手指头让七舅爷过去。七舅爷说，正好，劳您大驾，您告诉我上六条怎么走，我转迷瞪了，找不着家了……

日本兵说，你的，什么的干活？

七舅爷说，我不干活，我回家。

日本兵要验看七舅爷的“出入证”，七舅爷没有。日本兵恼了，把枪一横说，你的，良民大大的不是！

七舅爷说，不是良民，那您说我是什么呀？打小我就生在北京，连城圈都很少出过，最远就上过一趟门头沟延生观，咱们犯法的不做，犯恶的不吃……

只这会儿，城门口等了好几个要出城的。大伙儿规规矩矩地排着，谁都不敢说话。后头一个拉车的小声说，老爷子，您赶紧鞠躬，掏“出入证”呀！七舅爷说，鞠躬，我没行过那礼，我给他请安得了，请双安。

没等七舅爷的安请利落，日本兵的巴掌就抡过来了。连着几巴掌，将七舅爷打倒在地上，爬不起来了。

蓝靛颏看它的主人挨打，在笼子里扑棱，被日本兵用大皮鞋哗啦踩扁了。七舅爷躺在地上，满面是血，笼子里的小鸟同样是血迹斑斑，肠子肚子都被踩出来了。日本兵用皮鞋踢七舅爷，七舅爷全部精神都在他死去的鸟身上，将烂笼子和死鸟搂在怀里，任着日本兵踢打。

我想象着那情景，想象着一个无助又无辜的老人被日本兵狠命踢打的悲惨光景；一个爱小鸟的平和老人，在自己的地盘上，没招谁没惹谁，无端地引来一顿暴打，这是怎么了！

五十年后，我在日本当研究员，研究的恰恰是日军侵略华北，北支方面军华北作战序列一段历史。我心里有个解不开的结，在那些蒙满尘埃的历史资料背后，常常幻现出我满脸是血的七舅爷影像，倒在地上，躲闪着皮鞋，罩护着怀里的鸟儿……中国又何止一个七舅爷……

我们家老三正巧进城，见到七舅爷挨打，赶紧过来护住，对日本兵说七舅爷是良民，脑袋有毛病了，请日本人原谅。日本兵瞪眼睛，开始骂人，过来个翻译官，朝鲜人，汉语说得也不怎么样。老三将翻译官悄悄拉到一边，将情况讲了，又塞了钱给他，翻译官才对日本人说，这位，老北京，老住户，老糊涂，让他走！

日本兵让七舅爷开路！

七舅爷抱着破鸟笼子艰难站起来，他说没那么容易就开路，他要日本兵赔他蓝靛颏。老三劝七舅爷，咱不要鸟了行不？七舅爷说不行，这鸟是他的命，他不要命也得要鸟！老三说，他们是日本人，日本人不讲赔东西。

七舅爷说，日本不兴赔东西就兴打人？他小小年纪就打老人？他日本国就兴这个？他有爸爸没有？他爸爸是怎么教他的？他在他们日本国也动不动就敢打他的二大爷？

老三让七舅爷甭说了，说了他们也听不懂。七舅爷悲伤地说，听不懂？他是人不是？我从小长这么大，从来没挨过打，现在竟挨了这个小……兔崽子的大嘴巴！

日本兵问翻译，这老头子不开路，还在说什么。翻译说老头说的是东亚共荣万岁，日本皇军万岁。日本兵立正，给七舅爷敬礼，说哟西。

七舅爷呸地吐了一口说，哟你妈个腿！

老三雇了辆洋车，直接把七舅爷拉我们家来了。我母亲一看见七舅爷的模样，呜呜咽咽说不出一句话来。母亲说，当时的七舅爷满身血污，大褂的前襟被扯了下来，丢了一只鞋，就这还死死地抱着他的烂鸟笼子不肯撒手。见了我父亲，七舅爷搁下鸟笼子就要请安，父亲让七舅爷甭来那些虚礼儿了，赶紧拿来衣裳让七舅爷换。

换衣裳的时候母亲看见瘦成干柴棍一样的七舅爷，腰背一片青紫，跟父亲说怕是有内伤，一个瘦弱老人怎禁得住这样的打。老三说，能捡回命来就算不错了，西直门门脸，他没少见被打死的，盖着席片扔在城墙根，没人敢去领尸。母亲说七舅爷不该提着鸟笼子满街遛，现在到处都在戒严、大搜捕，日本人看谁都不顺眼，中国人的存在就是错。七舅爷说大秀今天交补活去了，这些日子街面很乱，他寻思出门去迎迎闺女，就走不回来了。父亲问舅爷这两年日子过得怎么样，七舅爷说，肚里没食儿，粮食都配给了，吃混合面，那也叫粮食？攥都攥不到一块儿，吃下去连屁都放不出来！

母亲说，舅爷，我给您沏碗茶去。

七舅爷说，甭沏茶，不渴，你们这儿要是有热粥伍的，给我一碗，我这两条腿有点儿发飘。

父亲扭过脸去，努力不使眼泪掉下来。对七舅爷说，您这是饿的，牧斋，今儿个说什么我也得让您喝上这碗热粥！

母亲用家里仅有的一把糙米给七舅爷煮了一碗“稀粥”。七舅爷接过稀粥，狼吞虎咽，看得出许久没吃到过正经粮食了。到最后舍不得吃了，说要给大秀带回去。父亲说，都喝了吧，要让日本人看见您吃这个，咱们都得蹲宪兵队。

那天我们全家都很敏感地避讳谈到一个人——钮青雨。七舅爷也没有说到他，许是忘了。

七舅爷是穿着父亲的衣裳走的，父亲让老三陪着送回去。走的时候我们全家好像都有预感，走了的七舅爷再不会来了。

七

下雪了，转眼到了正月。

七舅爷已经变得很虚弱，总是尿血，披着被子在炕上坐着，神经质地念叨着他的蓝靛颏儿，有好几次光着脚往外跑，说他的蓝靛颏儿在雪地里叫唤呢。

大秀成了地地道道的老姑娘，她也不打算嫁了。她知道，她这辈子的使命就是将父亲安安稳稳地养老送终，让父亲在最后的日子里活得舒展自在。大秀在雪地里用筛子扣家雀儿，筛子用小棍支着，一根绳，慢慢延伸，绳子的一头攥在大秀手里，大秀藏在鱼缸后头。

几只麻雀飞来，蹦到筛子下头。大秀一拽绳子，筛子扣在雪地上，麻雀轰地一下飞了。大秀跑过去，小心地将筛子掀开一条缝，将手伸进去，摸出一只小小的雀儿来。大秀捧着小麻雀，小心翼翼地递到炕上七舅爷的手心里。

麻雀很小，它不怕人，小尾巴一撅一撅的，冲着七舅爷叫唤。七舅爷高兴地说，瞧啊，它认得我，它跟我说话儿呢！它就是我那只蓝靛颏托生的，蓝靛颏啊蓝靛颏，你怎么托生成一只家雀儿了呢？……行了，甭管变什么，你还是我的蓝靛颏，咱们爷儿俩生生死死，永不分开！

大秀拿来鸟笼子，七舅爷小心地将麻雀装了进去。

有了鸟就有了精神寄托，七舅爷的心思活泛了一些，太阳好的时候也带着他的鸟笼子到门口去晒晒太阳。街坊们看见七舅爷和他的鸟，多要停下寒暄几句，问及他的鸟儿，七舅爷会说，一大家子啦，热闹着哪！说着掀开罩子，鸟笼里三四只欢快的麻雀，闹成一团。七舅爷说这些鸟让他调教得好着哪，认得人，在家不搁笼子里，让它们随便飞！街坊们就夸那些鸟精神、漂亮、仁义、聪明，什么词好听用什么词。

跟我的父亲一样，街坊们也避讳提到钮青雨。

自从头年出了西直门那件事，大秀再不敢离开七舅爷半步。对于她那个越来越少照面的兄弟她已经不抱任何指望了。青雨成了北京文化界的名人，所交往者多是政界名流。人们在谈论青雨的时候并不避讳大秀，有时甚至故意当着她的面说，想的是大秀能把话传给那个认贼作父、不知廉耻的钮家少爷。

青雨是深深地陷进去了，陷在了日本人和汉奸中间。现在他不光会唱青衣，还会唱流行歌曲，将“小亲亲，不要你的金，不要你的银，奴呀奴只要你的心”唱得很是能撩人心魄。青雨在唱“小亲亲”的时候想没想过他的父亲，没人知道，但至少他在他的父亲和姐姐跟前没唱过这个。

七舅爷的病日重一日，尿出的内容已经分不清是尿液还是鲜血，没钱医治，眼看着生命如同点燃的油盏，一点点耗尽。七舅爷走的那天晚上，窗外北风呼啸，全城实行灯火管制，北京城圈内一片黑灯瞎火。大秀用被子将窗户蒙严了，点了根白蜡。她知道父亲的大限就在眼前，她不希望父亲摸着黑上路，她要看着父亲，陪着父亲走完人生的最后几步。烛光下，七舅爷微闭着眼睛，嘴里嘟嘟囔囔地念叨什么，大秀凑近耳朵听，原来她父亲在唱，“……欺寡人好一似……犯人受罪……”是《逍遥津》里汉献帝的唱段。

一行清泪从七舅爷眼角流出，七舅爷咽气了，死在自家炕上，享年六十七岁。人们说，七舅爷如果不挨那顿打，凭他的散淡乐观心境，还能活，他应该是个长寿老人。

天还没大亮，大秀就奔到李会长家，去找她兄弟青雨。看门的看着大秀那一身重孝厌恶地说，这里没有钮青雨。大秀说，我打听了，昨天他住在这儿没回去。大爷，您行行好，我给您跪下了，求求您，叫他一声，告诉他，他爸爸昨天晚上殁了！

看门的这才告诉大秀，昨天钮青雨陪着会长上天津了，什么时候回来不知道。

大秀知道指望不上兄弟了，一路小跑直奔我们家，进了门跪倒就磕头。看门老张说，秀姑娘这是……报丧来了。

父母亲赶忙迎出来，大秀一边磕头一边说，表姐夫、表姐，我阿玛殁了！

父亲问青雨在哪儿？大秀说，我找不着他，眼下我们屋里外头一个钱也没有，我得装殓我阿玛……

母亲不住地擦眼泪，让大秀别着急。

对待七舅爷的发送，我父亲显得有些吝啬，只给买了一副薄薄的黑漆棺材，再没其他。这主要是因为有个青雨搁在那里，七舅爷是有儿女的人，人殁了，直系血亲不出头，别人不能上赶着往前扑。情归情，理归理，北京人把这个分得很清楚。

位于东郊钮家的坟地变成了黄金蝈蝈，七舅爷真是到了死无葬身之地的地步。

也有上赶着往上扑的，就是我们家老五了。

七舅爷的丧事老五是必定要出头的。他跟七舅爷一样，也是性情中人，他崇敬七舅爷是个善良本分的好人，是人生难得的知音。就凭这，七舅爷的事他就不能撒手。老五在社会上的朋友三教九流，那时他和我们这个家是彻底决裂了，他活着的目的之一就是打击我的父亲。跟他的同学王利民一样，两个留学回国儿子的目的就是跟他们的父亲作对，这是父亲和王国甫每回见面必谈的话题，他们闹不明白，他们留过学的儿子，为什么都成了天下最不孝的儿子。

老五为七舅爷丧事做的第一步是棺外套椁。他嫌父亲送的那个薄皮棺材丢人，说堂堂一个教授，竟然拿这样的棺材糊弄人，愧对了这位在他跟前唱了一辈子《逍遥津》的朋友。他向众人预言，七舅爷一走，金瑞祓将再无知己！这原因都是他的自作自受，怨不得别人。老五出钱，在日坛东边买了半分地，紧靠着东岳庙南边的义地。所谓义地就是乱葬岗子，乱葬岗子不要钱，见缝插针地往里埋，叠摞挤压，横七竖八。有的索性拿席一卷，往坟地里一扔，任着野狗老鸹去叼咬拉扯。老五说七舅爷洒脱利落了一辈子，与人为善了一辈子，到了儿不能进乱葬岗子。

地也有了，带椁的棺材也睡了，按说七舅爷可以踏踏实实地入土了，但还有最重要的一点，孝子必须打幡，女儿必须哭丧，七舅爷是有根底有后代的北京人，他不是孤魂野鬼，他得体体面面地走。

问题是上哪儿找七舅爷的儿子去？他已经几个月没回家了。

老五坚持要找到钮青雨，在人生这样一个重要时刻，七舅爷的儿子不能缺席！

老五的朋友赫鸿轩对老五有看法，当着大秀的面，愤愤不平地说，亲戚朋友的忙帮到一定份儿上要适可而止，不能大包大揽。钮家的少爷是出入豪门的主儿，跟日本人穿着一条裤子，跟“新民会长”勾肩搭背，势力大着哪！他吃香喝辣，认日本人当爹，却把他的中国爹交给别人发送，道理上说不过去！

老五说，你不管，我不管，都不管，让大秀一个弱女子找谁去？

赫鸿轩说，七舅爷可是汉奸的爸爸。

老五说，汉奸的爸爸不是汉奸！

无论什么话，大秀都听着，人家都说得在理。

老五把找青雨的任务索性交给了赫鸿轩。赫鸿轩会唱曲子，梨园界的朋友熟，老五让赫鸿轩告诉青雨，他爸爸殁了，他不要谁都行，不能不要他爸爸。

赫鸿轩在广和楼的后台找到了青雨。刚从天津回来的钮青雨在扮戏，那天晚上他演《游龙戏凤》里的李凤姐。

后台门口有人把着，不让闲人进入。赫鸿轩找来管事的，把七舅爷的噩耗托他告诉钮青雨。管事的说戏一散，就派车把钮老板送家去，一刻也不会耽误。赫鸿轩说不能等戏散再说，必须现在就说。管事的为难，赫鸿轩说，死老家儿的事不是小事，钮七爷殁了，耽搁不得！唱曲儿的赫鸿轩嗓子很亮，声音传到了里面，青雨听了一嗓子，觉着好像跟家里有关，匆匆走了出来。赫鸿轩趁势将青雨拽住，把七舅爷的事情细细说了。

青雨愣了，呆呆地靠着桌子站着，半天没有说话。愣了一会儿，就要脱戏装，说他得回家。管事的拦住他说，本来我是想等戏散了再跟您说，就怕您扛不住事儿！您这位朋友非得现在说，果不其然，澥汤了。您瞅瞅，台下头都坐满了，有头有脸的人都来齐了，人家专等着看这出正生正旦打情骂俏的戏哪，您回家了，我上哪儿找抓挠去？

青雨说，我爸爸在那儿挺着，我在这儿打情骂俏，我俏得出来吗？

管事的说，戏比天大，戏散了再说您爸爸的事。您就算是现在回了家，您家老爷子也不能起死回生！您听听，家伙点儿都敲起来了，专等着您哪……

管事的将青雨一推，推到了台上。

观众们看到，今天的李凤姐是被人从后头推出来的，一个趔趄没站稳，几乎栽在台上。下头一阵议论，不知是什么新改动。青雨有点儿恍惚，也忘了走台步，及至那段熟悉的平板二黄过门拉了两遍，他才下意识地随着胡琴唱，“自幼儿生长在梅龙镇，兄妹们卖酒度光阴。”背过身去擦眼泪。

《游龙戏凤》是说明朝正德皇帝微服私访到梅龙镇，巧遇开酒店的李凤姐，是大段的生、旦调情戏，最后封李凤姐为娘娘。今天青雨饰演的李凤姐神思游离，泪光滢滢，几次接不上茬儿，都被正德皇帝巧妙地遮掩过去了。管事的对拉胡琴的说，刚得的信儿，钮老板的老爷子殁了，您劳驾托着点儿，别把今天的戏演砸了。

琴师说难为钮老板了，这种时候唱这一出。

李凤姐有一搭没一搭地唱：

骂声军爷理太差，

不该调戏我们好人家。

正德皇上回应：

好人家来好人家，

不该头戴海棠花。

扭了捏了人人爱，

风流就在这朵花……

在与正德皇上的对唱中，青雨眼泪在眼眶里转，他几次要哭出来。扮皇上的演员小声提醒，钮老板，您得打起精神，得乐，您得乐！

李凤姐“大哭头”，呜咿呀呀……

台下起哄了，听戏的喊，嗨，当了娘娘怎么哭啦？

有的说是乐极生悲。

青雨从来没这么草率地对待过戏，没这么不负责任地对待过观众。可今天，他是顾不得了，他得赶回家去。刚下台，就有人告诉他，山口的汽车在等着，说今天山口在洪福楼为从东京来的要员接风，让青雨过去助兴。青雨对来人说，麻烦您跟山口先生替我告个假，我家里有事，下刀子我也得回去……

没等对方说什么，青雨连脸上的妆也没洗，披上大褂就往外头跑，边跑边对演正德皇上的老生说，刘老板，您帮我拾掇一下……

刘老板说，您快走，这儿交给我啦！

青雨上了辆洋车，让拉车的尽快往六条跑。拉车的知道钮老板有急事，不敢怠慢，一路狂奔。车过四牌楼，往北一拐就到了六条。这时一辆汽车在洋车旁边停下，下来几个兵，不容分说，将青雨从洋车上拽下来，拉进汽车，汽车呼啦开走了。

拉洋车的吓得腿哆嗦说，妈呀，比老虎都厉害！

青雨被架到洪福楼单间门口，门口有带枪的兵站岗。门推开，里面坐了东京来的要员小泽八郎，还有李会长和山口等许多人。见青雨进来，大家都很兴奋，李会长说，好，还没卸装，这个样子很好，让他们猜猜你是男的还是女的。

山口让青雨靠着主要客人小泽八郎坐，他要小泽君近距离地看一看中国的美人！

青雨没有表情地落座，心思全在六条那边，有人跟他说话他也听不出说的是什么。一桌人吃喝正酣，日本人喝得脸红脖子粗，齐唱日本军歌，李会长也打着拍子装得很投入地跟着遛。

青雨愣愣地坐着。

房内的酒气熏得青雨不舒服，他想吐，站起身来到卫生间，对着镜子里的自己愣愣地看，镜子里是一个带着京剧浓妆的花旦，一张俊美清秀的脸，“远而望之，皎若太阳升朝霞；迫而察之，灼若芙蕖出绿波”，窈窕来自天外，非人间所有。

青雨将头上的花钿一根根卸下来，很仔细地摆在台面上，然后拧开水龙头用水将脸上的妆洗去，取出小梳子，将头发梳理得一丝不乱，衣服扣子一个个整理好，将衣服收拾得齐齐整整。

镜子里，一个标准规整的中国男人形象与他对立着。

青雨注视着镜中的自己，觉得既熟悉又陌生。他在自己的相貌里，看到了父亲的影子，那是他们钮祜禄家难以更改的基因。恍惚间，镜子里的自己变做了父亲，父亲高兴地笑着，朝着他举起手里的鸟笼子，笼子里有一只欢蹦乱跳的蓝靛颏……

青雨对着镜子轻声地叫了声阿玛……慢慢地跪了下去，认认真真地对着镜子磕了四个头。站起身，他的面部变得平静舒展，向着镜子里的自己挥挥手，淡淡一笑，从容地出了卫生间。

接下来的发展出乎所有人的意料，青雨在单间门口以无比敏捷的动作，夺下卫兵的枪，一脚踹开门，朝着房间内就是一通猛射。

杯盘碎裂，菜汤与血花飞溅，那个叫小泽的迎面中弹，胸口开了花。

卫兵和卫队从青雨后面开了枪，青雨的血抛洒开来。他的灵魂在那一刻脱离躯体，升腾，升腾，飞向繁星点点的北京夜空……

尽管日本方面压制封锁消息，洪福楼发生血案的事情还是不胫而走，京剧名伶钮青雨酒宴开枪，射杀日本要员，四人重伤，三人当场毙命，其中包括“新民会”的李会长。钮老板身中七枪，倒在冰糖肘子当中……

北京震惊！

来钮家吊唁七舅爷的人突然变得络绎不绝，认识的，不认识的，东城的，西城的。

出殡那天，老五充当了杠夫角色，穿着杠房的号衣，吆喝着另外几个杠夫抬起了七舅爷的棺材。大秀打着幡，我母亲搀着她，后头跟着我的哥哥们。我父亲提着七舅爷的鸟笼子，笼子上蒙着布，慢慢地走在北京的大街上。

路上有人问谁的殡，旁人告诉说是钮七爷，钮青雨的爸爸。路人说，那我得送送。

沿途不断有人加入到送殡的行列中，齐化门一帮吹鼓手也走进队伍，各自掏出家伙吹打起来。

队伍越走越长。途中路过铺子，有的铺子端出桌子，在棺材头前横了，端出酒杯，路祭七舅爷。

七舅爷的殡葬队伍光彩而辉煌。

在坟地，我父亲一边往坑里扔土一边说，牧斋，您跟青雨就着伴儿，踏踏实实地走吧，到那边照旧养您的鸟，玩您的蝈蝈，吃您的海鲜打卤面。您这一辈子活得洒脱，活得自在，活得值。其实人就应该活成您这样，您是上天的仙儿。跟您比，我们是俗人，是让日子压得喘不上气儿的俗人，没出息……所幸的是这辈子交了您这么个朋友，给我们的灰日子衬出了点儿颜色。我想着您，想着青雨，将来咱们再舒舒坦坦地重新活一回，您唱《逍遥津》，我还给您拉弦儿……牧斋，我把您的鸟放了，让它们爱上哪儿上哪儿吧！

父亲掀开遮布，打开鸟笼，将那些麻雀们放了。

风起了。

满树林的麻雀突然唧唧喳喳地叫起来。

八

大秀靠着补花手艺，一个人淡泊存活。我母亲死时，是盖着大秀给绣的衾单走的。大秀说我母亲是个难得的好人，是她这一辈子的知己。

上世纪六十年代湖北方面来过人，说是二秀的后人，不过以后也再没有走动。

大秀死后，社区整理她的遗物，除了生活使用的必需品，其他一无所有。

我帮助社区送走了大秀，东四六条钮祜禄家的最后一个人走了，给北京留下了一段故事。

唐朝丞相王允的三女儿王宝钏因婚事与父反目，被父亲剥去衣衫，赶出家门，父女三击掌，誓不相见。

我的父亲和他的同学王国甫都有将犯错的儿子扒光衣裳，赶出家门的习惯。

母亲说，他们是跟王宝钏她爸爸学的。

第五章　三击掌

上脱日月龙凤袄，下脱山河地理裙，
两件宝衣来脱定，交与了嫌贫爱富的人。
休怪儿与父三击掌，一朝肠断两离分。

——京剧《三击掌》王宝钏唱段

一

王国甫在父亲的婚礼上充当过伴郎的角色，他是我父亲有限的朋友中一个不能忽略、不可跨越的人物。类似的几位，比如刘春霖，比如七舅爷，都是在我出生之前逝去的，以致让我未能与这些精彩人物谋面。而王国甫则不同，我跟他是打过交道的。父亲曾一度想把我过继给王家当女儿，以慰老两口孤寂的晚年。当然，父亲的想法没有实现，否则我就该姓王，而不是姓金了。

在谈论王国甫之前还得再说说我的父亲。我父亲一辈子没打过孩子，但是他有将儿子脱光了衣裳赶出家门的习惯，我的几个哥哥都有过这样的经历。

五岁的时候我曾亲眼见过父亲将家里的老七叫到南屋，也不训斥，只一味地让脱衣服。隔着窗户，我听见父亲压低着声音愤怒地命令老七，脱！你给我脱！

老三说老七犯了大错，原来老七偷偷给柳四咪往南京写过几封很缠绵的信。柳四咪是谁？柳四咪是我的大嫂，小叔子迷恋嫂子，太荒腔走板，难怪我父亲生气。其实，那个柳四咪原本是老七的恋人，被老大横插了一杠子，生生把这对鸳鸯拆散了。老七的对象成了老大的夫人，老七当然不甘心，就一封封往南京写信，问柳四咪究竟是怎么回事。信被老大截了，返回我父亲手里，把老七搞得很被动。父亲很生气，要单独整治他这个行为出圈的小儿子。

谁都不敢进去劝，依着父亲的脾气，劝解者的下场不会比肇事者好到哪儿去。遇到这样的事情，我的母亲是从来不往里掺和的，对儿子们的“遭难”，她采取的是置若罔闻、不予理会的态度。最主要的原因是儿子不是她亲生的，母亲嫁入金家，大儿大女已经早早地站在那里了，孩子们叫她“额娘”，是客情多于亲情。母亲知道自己在家中的角色，在分寸上拿捏得很准确。父亲极少在家里出现，大部分时间都在外头游历，他的儿女们大多在他无为而治的状态下成长起来。他的教子方针却又是无为而无不为，一旦他因为哪件事生了气，动了真格儿的，那结果是百分之百的不妙，对儿子们来说就十分的悲惨。

父亲从来不对女儿们发脾气，他把对女儿们的教育交给了母亲。

我还记得，那天老七是光溜溜地从南屋出来的。父亲对老七教育得十分彻底，连裤衩也扒得精光，绝对的一丝不挂。时已立冬，老七光着屁眼子在院里站着，三十岁的老七这时候谈不上一点儿尊严。他簌簌抖着，低着头面朝着影壁，背负着从各屋窗帘后投出的同情、怜悯甚或幸灾乐祸的目光。父亲不依不饶地还将他往大街上赶，老七无言地抗拒着。他知道，走出家门将是光天化日之下的现眼，将是把脸丢到大街上的无可挽回。不唯是老七，老大、老二、老三们都是如此，大门内北墙的影壁是他们所能承受羞辱的底线，再不能朝前走了，一旦走出家门，就会跟老五一样，没救了。父亲也不糊涂，把儿子赶到影壁处也就适可而止，不再硬逼；过与不及皆罪也，掌握火候是十分重要的。

母亲一下没拢住，我从屋里蹿出来，来到光屁股的老七旁边，老七立刻用双手将他不便之处捂了。

我说，嘻嘻……

老七一脸尴尬，低声呵斥，滚！

我说，我看见你的屁股啦！

老七满脸通红，羞恼地连连低吼，滚、滚、快滚！

母亲远远地站在台阶上叫我，让我进屋去，说要跟我玩翻绳。我不去，翻绳哪里有光屁溜溜的老七好看？那条绳子随时可以翻，光屁股老七却不是随时可以见，我不会轻易放过这个千载难逢的好机会。母亲不便过来，他们之间有条越不过的沟，我相信，母亲要是老七的亲妈，她早就跑过来了，可惜母亲不是。

我围着老七不断地走动，好奇又无耻，这把老七弄得很不安，他对我龇牙咧嘴，一门心思全为了对付我，早已忘了正屋里老虎一样的父亲。

小北风刀子一样地刮着，出外觅食的老家贼们唧唧喳喳地飞回来了，钻进了房檐下头的窝。我围着线围脖，戴着线帽子，站在影壁前感受着傍晚的美好；在看老家贼们回家的同时更想看的是老七如何下台，也就是这出光屁眼子的戏如何收场。

掌灯的时候，父亲穿着大衣要出门。母亲问父亲到哪儿去，父亲说上吉祥听戏，吉祥上演程砚秋的《三击掌》。我说我也要看《三击掌》，父亲说，走！就拉上了我一块儿往外走，走过老七身边，父亲不屑地哼了一声，我也学着父亲哼了一声。

事后我才知道，父亲的离去是给了老七一个台阶。父亲前脚走出家门，老七后脚就像兔子一样逃回后院，动作之敏捷，之快，一反他黏糊的性情。用看门老张的话说是"一道白光，倏忽不见"，可惜这样的精彩我没有看到。

二

父亲没领着我去看什么《三击掌》，而是三拐两绕地来到了北新桥箍筲胡同王国甫王阿玛家。王阿玛是我们家孩子的叫法，外人叫他王三爷，父亲叫他"FOX"。我问过父亲王阿玛为什么是"FOX"，父亲说"FOX"是"狐狸"，他们的同学都管王阿玛叫"FOX"。王阿玛善于变化，在球场上踢中锋，狐狸似的狡猾，变化莫测的球技把对方整得眼花缭乱。

父亲和王阿玛是日本东京帝国大学的同学，两个人都是拖着大清的长辫子出去留学的，用现在的话说应该是公派出国。两个人进的都是文学部，王阿玛学的是经济理财学科，我父亲学的是古典讲习学科，不在一个教室上课却在一个寝室住宿。

我之所以能将王阿玛叫王国甫的事情记得清楚，是因为"国甫"和

“果脯”同音。一看见王国甫就想起绿青果、红海棠、黄蜜枣、白瓜条，那些鲜艳无比的蜜饯来。也的确，王阿玛的家里老存有果脯，那些果脯放在一个白玻璃瓶子里，瓶子的形状是个硕大的苹果。这个玻璃苹果是王阿玛的儿子王利民从法国带回来的，捷克出产，十分漂亮。

王阿玛家的院子里有西洋式的喷水池，也有中国式的金鱼缸；屋里有楠木太师椅，也有意大利皮沙发。给人的感觉是中西合璧，舒服无比，却又不伦不类。

一到王家，父亲就像送礼物一样把我交给王太太，王太太坐在轮椅上，惊喜地搂过我说，丫儿又长高了。

王太太南方人，长得很漂亮，六十了还是很精彩，抹着红唇，描着眉毛，烫着头发，戴着亮闪闪的耳坠子，比我的母亲时尚。母亲说王太太是游历过外洋的，外国话说得顺溜，不打磕巴，非一般老娘们儿能比。我特别欣赏王太太那曳地的长裙和身上那条光影闪烁的披肩，那披肩跟玻璃苹果一样也是来自法国，是王利民送给他妈的礼物。

我就想，这个王利民很有眼光，他知道什么好看什么不好看，知道该给女人送什么样的东西。不像我的父亲，下了一趟南洋，给我母亲带回一盒子吕宋烟，而我母亲根本就不抽烟，结果还是照顾了他自己。

王太太的披肩柔软细腻，有精美的绣花。我将披肩抓在手里，爱抚地摩挲，毫不掩饰自己的贪婪和妒忌。王太太说，丫丫要是喜欢将来我就把它送给丫丫。

我问将来是什么时候，王太太说就是她死的时候。我当然不好意思问王太太什么时候死，不过我知道，王太太膝下无儿无女，这条披肩她不给我也没人可给，包括她的漂亮耳坠子和玻璃苹果，将来肯定都是我的。

父亲不让我在王太太跟前提她儿子王利民的话，王家避讳这个话题。

但是我希望，将来我也能有一个王利民一样的儿子。

王太太只能关照我，王家真正陪我玩的是他们家的洋狗瑞伯。瑞伯是只尖嘴大狗，搁现在的话叫苏格兰牧羊犬，简称“苏牧”。依王太太的话说，瑞伯是她的老儿子，除了不会说话，什么都懂。瑞伯有些小心眼，看见王太太抱我就很不高兴，使劲往王太太怀里拱，还拿后腿踹我。背过王太太它就朝我龇牙，喉咙里呜噜呜噜的，非常不友好。我对这个长毛的“小儿子”自然也没多少好感，把玻璃苹果里的吃食很夸张地往嘴里填，馋得“小儿子”原地转圈。

在我和瑞伯周旋的时候，父亲就跟王阿玛聊他们在日本学校里的事。他们说到因为输球，宿舍的寮长将他们全体扒光了赶到雨地挨浇的情景。看得出这个话题让他们很兴奋，两个人仰着脑袋哈哈大笑。王阿玛头上的睡帽笑到了地上，父亲的胡子上着着实实地挂了一条鼻涕。可以想见，十几个大小伙子光着眼子在雨地里站成两排，你看着我，我看着你，实在是一种让人记忆深刻的风景。这个惩罚绝对比训斥到位，以至于都成了老头子了，两个人还在津津有味地絮叨，还在为此而欢乐。

后来父亲给王阿玛学说扒老七衣裳的事，历数老七的不是。王阿玛开始还咯咯地笑，不知怎的忽然就不笑也不说话了。

王太太用手拍打着她的“小儿子”对父亲说，四爷，您往后千万别这么着了，千万别价，别价……

王太太想说什么，终是把话咽了下去。

父亲说我们家的几个儿子都不争气，没有血性，硬是怎么赶，也赶不出家门。

王阿玛说，真赶出家门就麻烦了！

三

我回来跟母亲说，父亲扒哥哥们的衣裳是跟日本人学的。他在日本大学里就被扒过，籦箣胡同的王阿玛也被扒过。母亲说，父亲扒儿子的衣裳不是跟日本人学的，是跟唐朝的丞相王允学的。王允的女儿王宝钏抛彩球击中薛平贵，王允嫌贫爱富，逼女儿退婚，王宝钏不允，王允便让女儿将身上的衣裳脱了，再不要进王家的门，父女三击掌，誓不相见。京剧《三击掌》唱的就是这一出。说到这儿，母亲学着王宝钏唱道：

上脱日月龙凤袄，下脱山河地理裙；
两件宝衣来脱定，交与了嫌贫爱富的人。

我不敢恭维母亲的唱腔，跟我们家的人比，母亲的戏曲水平属于朝阳门外平民市场唱落子的档次。母亲唱“小老妈儿”还行，唱《三击掌》的王宝钏，没板没眼，还时时地跑调。母亲连自己的名字都写不好，她当然不知道什么是FOX，什么是中锋，也不知道捷克和法国在地球的哪一角落，甚至搞不清楚父亲留学过的东京帝大是不是由日本皇上来主事的。母亲活得有些糊涂。

回国后的父亲在事业上没有定位，今天考证个版本，明天作一首唱和诗，后天又画几幅画；常常地还要出去云游，数月半年不归。一段时间在刘春霖办的群玉山房当编辑，圈点些古文，挣些个薪水，花的远比挣的要多。父亲说他自从进入“古典讲习学科”的那天起就断了升官发财的念头，就注定了这辈子要跟枯燥的古旧书本打交道，越是这样便越是对了。后来和朋友一起创建了北平美术学校。1922 年改为北平美术专门学校，在学校里当工艺美术教师，教授陶瓷美术。1928 年这所学校改为北平大学艺术学院，父亲逃婚奔赴江西，就正是在这期间。不辞而别走了一年多的教授，自然被认做自动放弃岗位，薪水停了，给王国甫帮忙的酬谢暂时也没了。这么算，父亲娶我母亲花出的代价确实不菲。

相反，学经济的王国甫回到国内却是大展宏图。他的眼光和魄力，他的善变和灵动，再加上他曾经搞过洋务的父亲的佐助，没有几年便成了京城的工商大亨。我在 2000 年为写电视剧《全家福》，研究过老北京的工商史，在史料中重新认识王国甫这一人物。历史的记载使我见识了这位老人的另一面，这是一个不为我熟识的王阿玛，一个崭新的王阿玛，一个所走道路和我父亲完全不同的王阿玛。

我也明白了父亲扒我哥哥们的衣裳，为什么会适可而止，而不把他们全赶到大街上去。

父亲和王国甫学成回国的时候，宣统还在皇宫里住着，我的祖父刚刚过世，父亲承袭祖父镇国公封号，代降一等，封为“镇国将军”，实际是个空衔。作为“公”的子弟，就注定了他的闲适无为，注定了他在事业上没什么大出息。王国甫回来，理所当然地接管了王家的产业，京津沪三处叫做“和瑞祥”“锦瑞祥”“长瑞祥”的大绸缎庄。

中国的丝绸锦缎一直是宫廷服装的主打，千百年来几乎无多改变。

自光绪以来，“和瑞祥”的料子几乎有四成供应大内。所以“和瑞祥”的料子采办得就考究、精细，集中国南北之精华，非其他绸缎庄能比。

我们的老祖母在做姑娘的时候和端康太妃是朋友，太妃闷得慌了，就将祖母召进宫去“陪着说话儿”。祖母进宫有时半日便回，有时一住半月。有一回，祖母从太妃处回来，捎回两匹洋布，说是太妃的赏赐。祖母在端康宫里，见到洋人将洋布送到了太妃的眼皮底下。祖母说洋人的布料轻柔精美，淡青、嫩绿、桃红、淡紫……比国产的漂亮。她一直以为中国的缎子是最好的，苏杭江宁，供着北京，供着宫里，几十辈子传下来的。没想到，跟外国的东西一比就不行了。说太妃还夸赞人家布料的颜色像天上的霞，质地细得跟丝似的，轻得一点儿分量没有。祖母说，洋商人除了给太妃送棉布，还有呢子，羊绒呢子。太妃说了，大清国的人从来不穿呢子，不过它倒可以做轿子，防水。

洋商人说棉布和呢子可以染成各种颜色，说他们国家的印染业是最发达的。

我的第一个母亲瓜尔佳那时还活着，她欣赏着婆婆带回的布料说，中国布上的花都是绣上去的，还没见过印的呢，真不知上头这些鲜艳的花朵是怎么描上去的。她问婆婆，洋人干吗往宫里送这些料子？祖母说，洋人要通过朝廷，从各口岸进口这些料子，卖给中国人穿。

大家都说这样的料子一定很贵。祖母说，听他们说比中国的便宜得多。

瓜尔佳说，那洋人不是亏了吗？漂洋过海地运过来，纸似的卖出去，他们图的是什么？

祖母说，他们为的是友好，和大清国的友好，他们热爱大清的朝廷和百姓。

瓜尔佳母亲说，话说得不错，可洋人的心思总让人猜不明白。

祖母将太妃赏赐的花布赏给了即将出世的孙子“做小衣裳”，当时瓜尔佳母亲肚子里正怀着我的三姐，张芸芳母亲怀着我的四姐。半年之后两个小格格在金家前后脚降生，包裹她们的小被子、小褥子用的就是洋人的碎花细洋布。一出生便被拥入西洋物产之中，两位姐姐难怪一个接受了西洋的马列主义，满嘴的“普罗莱托里亚”(无产阶级)；一个奔赴西洋留学，学习建筑设计，在北京盖了一座又一座洋味儿十足的大楼。刘妈比较宿命，她说我的两个姐姐要是不用洋人的花布包裹，可能会是另一种命运，我的三姐不信那些洋主义大半会保住性命，嫁人、生子，做一个养尊处优的小媳妇。我说要这样我的四姐也当不了建筑师。我情愿我的四姐当建筑师，而不是什么“养尊处优的小媳妇”。父亲说，什么都是两方面的，西洋的东西未必都不好，也未必都好。

祖母带回两匹花布，一匹为我的两个姐姐所用。父亲多了个心计，将另一匹抱到了箍筲胡同他的同学那里。

新上任的“和瑞祥”老板王国甫在管理上比他的父亲多了些手段，提出了明码标价，以货赢人的经营原则。“货不压库利自生”，在采取薄利多销方针的同时，对店员管理也学日本的办法，“号规”严明，宣传团队精神，不允许任何个人的信息在工作场合出现。“和瑞祥”的店员一律要剃光头，穿长衫，不许吃生葱生蒜，不许吸烟喝酒；上班身上不带钱，不许结交不三不四的朋友；工作时间不许会客，亲戚朋友来购物必须由其他店员接待，本人买商品需开具发票，经别人检验才能拿出店门……在新掌柜的经营下，“和瑞祥”的影响迅速扩大，顾客盈门，生意红火。

赢利比铺子在他父亲手里时翻了一倍。

父亲夹着布到箍筲胡同王家时，王国甫正坐在院子里选布样。父亲将带来的花布给他看，王国甫仔细地审视花布，说是英国莱尔兹纺织厂的产品。父亲说，都是棉花织出来的，人家的怎就这么精美，色彩花样简直就像直接画上去的一样。

王国甫说，机器先进，工艺精湛，咱们比不了。咱的布还是窄面手织布，印花也简单……说着，拿过旁边的几本布样让父亲看，说这本是英国毛呢，那本是丝纺样。

太阳光底下，那些布样一本比一本漂亮。

王国甫说，下个月他准备在上海和北京两个铺子分别进三十匹英国色布和丝绸，看看行情再说。

父亲说这样便宜的料子进三十匹太少了。王国甫对父亲说，瑞祓，我是想……买布不如买机器，中国的棉花不比英国的差。至于印染，是下一步的事，我先得把好布织出来。

父亲说，你要办工厂！行吗？办厂子得要钱，要机器，要地盘，要人。

王国甫说，中国除了机器没有，其他都不缺。

四

王国甫从商业转到了工业，那时候流传着一句很时髦的话，叫做“实业救国”。

王国甫聘我父亲当了生产总监。想的是打虎亲兄弟，上阵父子兵。父亲与王阿玛虽不是兄弟和父子，却有着一同光眼子站雨地的交情，这样的交情就是真的兄弟和父子也未必能演绎得出来。

“生产总监”一听这名字就有些大而化之，父亲的“生产总监”如同他的“镇国将军”一样是飘浮在半空的。依着父亲那散淡的文人性情，能干得好这差事才是见鬼。父亲从担任“总监”到卸任，他根本也没闹清楚织布是怎么回事，狗看星星似的在车间里瞎转。

王国甫的工厂在南城，据说很有规模。父亲回来跟家里人说，王三爷厂里的机器轰隆隆响，白布哗哗水似的往前流，工人戴着白围裙白帽子，干净、利落，跟洋大夫似的。打眼一看，你真不知道是在中国还是在外国。

祖母说跟洋大夫一样干活的工人她还真没见过，想必国甫挣的钱也一定哗哗的，水似的……

王国甫一连开了三个织布厂，没几年又开了个火柴厂，火柴厂的名字叫“丹枫”。“丹枫”是王国甫在日本念书时发表文章用的笔名。从根上论，这个名字还是我父亲给取的，取自他们宿舍寮窗户外头那棵枫树，树一到秋天就火红火红的，很是惹眼，用在火柴上也很合适。

有了数家工厂，王国甫阔起来了，娶了留洋的太太，生了重八斤半的大儿子，给儿子取名叫“利民”。父亲说这孩子的名儿像个口号，不像人名。王国甫说孩子将来也要像他一样，利国利民地干实业，改变中国的落后面貌。王阿玛的儿子与我们家老五同岁，两个人上的是同一所小学，皇城根小学。两人家庭背景不尽相同，在学校的表现却是绝对的统一，以淘气出格著称。

有年正月，王国甫过来接我祖母上“吉祥”听戏，接祖母的是辆洋马车，马车零件锃光瓦亮，紫红大绒的弹簧坐垫是北京头一份。马是洋的，高大威猛，昂着头，凡人不理地骄傲着；赶车的穿着洋制服，挺着小腰坐在车前头，细看竟然是金发碧眼的洋人。那时候，北京人看所有的洋人都是有钱有势的大爷，没钱他能漂洋过海来中国吗？现在王国甫竟然把洋人当小力笨儿使，这气派，我们家看门的老张惊奇得连嘴都合不上了。他说进北京几十年，头回看见这么好的车，比醇王府的马车还气派，我们家那辆祖父留下的马车跟它简直没法相比。他问王国甫车是打哪儿弄来的，王国甫说，跟洋机器一块儿进口的，我东西南北城地跑，没辆好车不行。

老张问那个赶车的洋人是不是跟车一块儿进口的，王国甫说是他在上海租界里雇来的。这年月，只要有钱，鬼都能给你守门。老张说，明儿个我撺掇我们老爷也弄俩洋人来当门房，保准有人来看稀罕。

王国甫说，你还不如弄俩猴来呢……老太太出来了，不说了。

王国甫扶着我的祖母上了车，那是我祖母有生以来头回坐洋人赶洋马拉的车。老太太回来说，看的戏是《三击掌》。罢了，行头陈旧，演员也不卖力气，扮王宝钏的太胖，一脸的褶子，没踩跷，一双大脚片子在台上踢出一溜烟尘，远不如国甫的马轻便，不如看赶马车的小洋人儿舒坦。国甫的马车不是在跑，是在漂，坐在上头悠悠的，北海的金鳌玉蛛一闪就过去了……

矜持的祖母对王国甫的洋马车印象深刻。

王国甫是商人，是 FOX，在他的鼓动下，我们家以祖母为首，女眷们大都用私房钱入了王家工厂的股份，连看门老张也随大溜入了两股。祖母和老张入的是火柴厂的股，祖母出了一千块大洋，老张出了十块。他们认为，火柴家家都得用，谁家不得笼火点灯抽旱烟呢？那些火镰纸捻到底不方便，洋取灯的用途广泛极了，并且将永远广泛下去。这里应该说明，在火柴刚进入中国的时候，老百姓管它叫“洋取灯”，后来叫“洋火”，现在大众化了叫“火柴”。今天的火柴几乎被打火机替代，中国的火柴厂扳着指头数也没几家了。

两年过去，我的祖母已经不能坐着王国甫的洋马车到“吉祥”听《三击掌》了，疾病将她老人家折磨得站不起来了。冬月，王国甫来给祖母送火腿，说是媳妇娘家自己腌制的，来自浙江。祖母说以她的身子骨怕已吃不动火腿，她过的是有今儿没明儿的日子了。王国甫站在祖母的病榻前说，老祖宗，您这话儿是怎说呢，您不是喜欢我那辆车吗？赶明儿您好了我用车拉着您上妙峰山烧香去！

祖母说，去妙峰山上香是下辈子的事啦，看你这么喜兴，准又大赚钱了。

王国甫说，老祖宗，托您的关照，不光我大赚了，您也大赚了；凭那个“丹枫”，咱们大家伙都赚了。

祖母问王国甫她赚了多少。王国甫说，翻了四倍，一千大洋变了四千。

祖母说，四千好，是个整数，用它来发送我大概是够了……

王国甫说，老祖宗您这是要撤股哇！

祖母说，不撤股我还能陪你们玩一辈子？

祖母逝于冬至的早晨。真真应了她老人家的话，连请和尚、喇嘛念经带出殡，不多不少，整整用了四千块，老太太算计得准。

五

满街的洋布，一夜间突如其来，袭击了北京的角角落落。小贩们在吆喝，便宜咧，便宜咧，洋布洋绉洋呢子，一大枚五尺，买花洋缎，白送青呢子二尺啊！

大姑娘、小媳妇们围着布摊翻腾抢购。我们家看门老张也加入了购买行列，抱着呢子和花布从人堆里钻出来，照直了往家跑，进了门就嚷嚷，简直就是白捡哪，洋人傻，不会算账，他们哪儿精得过咱们啊！

父亲训斥老张，哎，你跟着起什么哄？

老张说这样的料子给他唐山的媳妇捎回去，他媳妇准得傻眼。娘们儿家哪儿见过这个，这样的布天上的织女也织不出来！

正巧王国甫到我们家来，看见老张手里的布说，老张，你也买这个……

老张说，便宜呀，三爷。您"和瑞祥"的缎子是好，半块大洋一尺，除了有钱人以外，家常的没几个人穿。这多实惠！

父亲说，国甫，我看这卖洋布的不是个好买卖，这些人是疯了。

王国甫脸色铁青，说不出一句话。老张拿着几块料子过来说，三爷，您是开绸缎铺的，您看看这洋绉，比咱们北京的元青染得好多了，色儿多正。

王国甫看了老张手里的布料说，唉，比不上人家呀，咱们的杭绸、湖绸是好，就是经纬线头泡，一毛一大片。

老张说，三爷，您织布厂用的机器不也是外国买来的吗？

王国甫说，机器也分好坏，我那些洋绉虽然也是双梭加重，到底不如人家发展得快、工艺好。

说着拿过老张手里的一块雪青料子说，比如这个，它经线是雪青，反过来纬线可是蓝紫的。咱们的里、面都一样，边也不如人家的齐整。

老张说，那您改呀，随着他们改。

王国甫说，改？再怎么改，也比不过他们的连卖带扔呀！

写到这儿，我想起了如今早市地摊上的“出口转内销”。一大堆纯棉名牌上好线衣，各种颜色各种式样，二十块钱一件，商贩们如几十年前的吆喝一样，“快来买呗快来买，二十一件三十两件，白给了哎——”不同的是中国产的往外销了，销不完又转回来了，这些便宜货同样吸引了一帮大闺女小媳妇围着摊在刨哧。我跟当年老张的心情一样，也挤进去抱了几件出来，拿回家过遍清水晾干后穿了，舒服得很。当然，领口后的商标大多被卖者剪掉了，以示非正宗。我将那些淘来的衣裳向子侄们炫耀，以图夸奖。不料小辈们对我的举动看不惯，说老太太您还没穷到上地摊捡衣裳的地步吧？寒碜不寒碜哪！我不管，我更不嫌寒碜。线衣可以贴身穿，宽松舒展，粉的、绿的、黄的每天换，穿着它坐在电脑前敲字，像被春天拥抱着，文思泉涌。出口转内销，真好哇！

当年的洋布涌入中国和今天中国的出口转内销，在商业上有了本质区别；里面有什么机缘老百姓不论，老百姓图的是便宜实惠。

我们回过头再说王国甫。

一晃几年过去，随着洋货的入侵，王国甫的“和瑞祥”不得已放下了架子，向引车卖浆者靠拢，把布匹压到了最低价。有些大路品种，比如阴丹士林布、安安蓝布、名驹青布、大星青布和雁塔白布都是按进价销售，等于就是赚个热闹。客人进铺子买布还赠送手巾、画片、小手绢，不买也赠，图的是好名声。就这也是十分的不景气，偌大个铺子，有时候一天进来五六个顾客，冷清得门可罗雀。与此同时，织布厂的生产更是大溜坡地往下滑，成匹的布堆在仓库里，让耗子做了窝。

王国甫不甘心，把儿子王利民送到法国去学纺织，盼的是儿子学有所成，成为纺织精英，回来为王家的事业大展宏图。我的父亲赞同王国甫的做法，那时老五高中毕业没考大学，成天价不着家，在外面和一帮人胡闹，没少惹父亲生气。正好借此机会将老五一同发配法兰西，想的是小辈和老辈一样，留洋海外，拓展眼界，换个模样，回来为家为国争光。老五和王利民的行程是从前门车站上火车开始的，先奔上海再坐船，听说要在海上漂一两个月。

走的时候，两个父亲没出现，月台上站着母亲们。老五的身边围着赫鸿轩等一帮小兄弟及众多花枝招展的年轻女人，几个女人拽着老五的胳膊，拉拉扯扯一个个哭得泪人儿似的。都知道老五喜欢紫罗兰，鲜花送了一把又一把，全是紫罗兰。花把老五簇拥得看不见脸，以至于我的母亲根本凑不到老五跟前去。王利民和他的一帮同学躲在一边叽叽咕咕，大家表情严肃，不知说些什么。王家太太指挥着人将一个个大箱子搬上车去，箱子里全是衣裳，好像他的儿子不是去留学，是去开服装展览。母亲担心老五找不到上海出港的码头，担心老五架不住繁华上海的诱惑、把身上带的钱花光了。王太太让母亲放心，说她让管家跟着呢，她交代了，管家一直把他们送上船才回来。母亲说老五有女人缘，外国的女人跟中国的不一样。她去过起士林，知道国外女人的模样，那里的女人在冬天也是光着脊梁的，但愿她的老五别跟那儿的女人学坏了。王太太说学不学坏全在自己，她也在法国念了几年书，那儿的男人女人规矩大着呢，舞会上跳舞，男的得求女的，得鞠躬半下跪……

移动的火车打断了两个母亲的谈话，她们看到王利民站在车门口向着他的那些严肃的朋友挥动着手臂，一脸的庄重，目光根本没朝王太太身上瞄。老五呢，从堆满鲜花的车窗后头露出半张脸，抛出一个个飞吻，引逗得那一帮年轻时髦女人尖叫着又蹦又跳。

母亲和王太太泪流满面。儿子们就这样走了，好像走了的儿子已经完全失控，不属于她们了。果然，据送行回来的管家说，一下火车两个人就没了影儿，将众多的花儿和箱子扔下了。

老五走了，这让父亲省了不少心。

如果说从江西景德镇回京后的几年中，挂名“生产总监”的父亲还为“生产”干过什么实事的话，就是给他的同学为织布厂做了一个调查。父亲用考证版本的认真态度给王国甫递交了一份调查报告，报告说王国甫的三个织布厂平均的亏损率是百分之四十五，其中南城的盛义厂最为严重，百分之七十六。照这样下去，用不了半年，三个厂子就得宣告破产。王国甫虽说是学经济的，有着中锋的灵活却缺少后卫的沉稳，对政治的热情往往让他忽略了生产的细节，从某种程度上说王国甫并不比我的父亲清醒多少。一听说他的盛义厂亏损百分之七十六，急了，拍打着报告冲我父亲喊叫，你计算得不准确，百分之七十六！合着它什么也不生产，就是在那儿一天天耗费！

父亲说，主要原因是积压，外国洋布对咱们的冲击太大。英国人、日本人，几个国家都在江南建了纺织厂，用咱们自己的原料，生产出来的布再卖给咱们自个儿，门也没出就把钱赚了。现在连军队的军服用的都是洋人工厂出的洋布，把咱们挤对得只剩下了百分之四的市场，而且这百分之四随时有可能丢。

王国甫还不信，说，形势真有这么严峻？

父亲说，形势就这么严峻。产得多，赔得多。

王国甫问有什么补救办法没有，父亲说没有。王国甫让父亲再帮他好好想想。父亲说有一条谁都不愿意走的道，就是大量裁人。像盛义厂索性关门，其余厂裁掉百分之六十到百分之六十五的工人，使生产呈半休眠状态，维持最低量生产，以待将来恢复生机。

王国甫说，它要是恢复不了生机呢？

父亲说，那就是死。

王国甫沉吟半天说，织布厂休了眠，就意味着我的工人都失了业，辞掉百分之六十五……这……

父亲说，现在你也别说实业救国这一类的话了，你救不了国，你连你的百分之六十五都救不了。

王家太太来我们家串门，在我母亲跟前哭得一把鼻涕一把泪的。我母亲见王家太太哭也陪着掉眼泪。这她才知道，敢情有钱人也有缺钱的时候。心里寻思王家真要破了产，不如让父亲把他们接我们家来，就是喝粥也是有我们一碗就有王家一碗。王太太走后，父亲笑话母亲的小家子心态，说王家不是小商小贩，说赔就赔个精光。母亲问王家的工厂是不是真如王太太说的，到了要关门的程度。父亲说，他们要真能关门就好了。

母亲说，刚才王太太说了破产的话，真破了产，他们不会沦落到大街上要饭吧？

父亲说，要轮上他们要饭，全中国百分之九十八的人都得饿死。织布厂不景气，他们还有火柴厂呢，一个丹枫火柴公司的利润，抵得上三个织布厂。

母亲说，那王太太还哭什么呢？把我吓得以为天要塌下来呢……

六

什么儿女啊，都是冤家对头！

这是句气话，每每我们惹母亲生气的时候，这句话就由母亲嘴里冒出来。就是今天，我在气急了训斥我儿子的时候，用的也是这句话。王家后来发生的事情，进一步验证了母亲这句话的真理性。

出国留学的王利民和我们家老五，在法国待了不到一年就前后脚跑回来了。跟商量好似的，都说在外头待得没劲，还是中国好。对于彼此的行径，两人各有说辞。老五说王利民到了法国从来就没进过学校门，成天举着牌子在法国街上游行，纠着一帮人在地下室旮旯里开会，成天讲主义，讲斗争。说是留学法国，却连法语的字母都念不下来……

王利民说老五整个是一颓废的纨绔子弟。吃法国大菜，泡法国洋妞，跟一个叫什么西露莉的宰鹅女老板纠缠不清，混迹于藏污纳垢的市场，出入于下里巴人酒馆，借了一屁股债，挨打也打人，这种活法的收获是把个酒吧、舞场使用的法语说得比法国人还法国人，可以乱真。

一趟法国，王利民带回了一脑袋新思想，我们家老五带回了一身杨梅疮。

王国甫对儿子的突然回国万分地不满意。跟我父亲说，指望着他好好学本事，回来干番事业，使工厂起死回生，救民于水火……他倒好，自动退学，一拍屁股回来了！放着好好的道儿不走，他要回来干革命。革命能当饭吃吗？这哪儿是我的儿子！你说他随谁？随谁？

父亲说，回来也好，回来您身边有个帮衬，儿子不要多，管用就好，我们家几个儿子，呼呼啦啦在跟前围着，都是攮糠的货，提拉不起来，推搡不出去，照样让人烦心。

父亲没有跟老同学提到老五，这个儿子让他羞于张嘴。王利民再不争气，人家是囫囵完整地回来的。不似他的老五，满脸大包，浑身溃烂，躺在炕上哈欠连天，涕泪长流，一问，是想抽白面儿了。

老五成为了我父亲的心病，大凡正经人家儿，哪家摊上这么一个儿子都是件糟心的事情。那时候我母亲刚生了我的六姐姐，月子里的小米粥和鸡汤，基本照顾了烂在炕上的老五。父亲不让给老五请大夫，嫌丢人，让老五在自己的房里自生自灭。母亲说，那怎么也是自家的儿子，是一条活生生的生命，不能慢待了它。

母亲让自己的兄弟陈锡元去请大夫，请好大夫，说花多少都认了。陈锡元说好大夫仅出诊费一趟就得二十大洋，当然还不算药钱。母亲说，救人要紧，眼瞅着老五脸上的包就烂开花了，听说这病跟天花一样，外头烂，里头也烂，用不了半年就能要了人的命。

陈锡元领来了一个德国大夫，蓝眼睛，黄头发，一身黄毛，连手指头上都长着毛，整个一只大马猴。大马猴进老五屋之前先戴上了口罩，走到床边又套上了橡皮手套，站在炕沿前像扒拉木乃伊一样扒拉老五。老五不配合，嘴张半天才说出话来，你个洋鸡巴敢拿橡皮手套碰朕的身子……大不敬……朕凌迟了你……

老五虽是上下气已不衔接，还没忘了用洋话骂人，别人听不懂，但是洋大夫听懂了。洋大夫不急也不恼，转身出来，开了个方子，让陈锡元到西药房抓药，请协和医院的护士来打针。那药叫油剂盘尼西林，简称油西林，四袋白面一小瓶，奇贵。油西林是当时刚刚研制出来的最尖端的进口药，是人类首创的第一种抗生素，只有外国大夫才能使用。母亲将金家老祖母收藏的一对纯金点翠头饰卖了，买了三瓶，用在老五身上。

祖母那对头饰是端康太妃的赏赐，菱花造型，镶嵌着翠鸟羽毛，出自宫廷，属于稀世珍品。因为经常听到母亲提起那对头饰的美丽，便让我对那对已经失去的首饰充满了想象。今年到故宫做客，在未曾开放的漱芳斋，看到墙上的两幅点翠挂屏，才知道那是翠鸟羽毛与黄金的合制品。将翠鸟背部的土耳其蓝羽嵌在金胎上，点缀出瑰丽的蓝色，美艳惊人。鸟羽必须取自活鸟颜色才亮丽鲜活，才能永不褪色。点翠的工艺目前已经失传，被景泰蓝取代，翠鸟也几乎绝迹，因此漱芳斋那对挂屏就更让我着迷。从不同角度看，翠羽闪烁出不同的色彩，蕉月、湖青、藏蓝、雏绿，似乎来自上天……我由此推算出了祖母那对点翠头饰的不菲价值。

三瓶油西林并没解决老五的任何问题，放浪不羁的老五确实是病入膏肓了。到最后只剩悠悠一丝气息在鼻翼间萦绕，到了该上路的份儿上，魂魄眼瞅着渐行渐远，无可救药了。金家的朋友名医彭玉堂，在我母亲的请求下来到老五房中。母亲说的是“死马当活马医”，治死治活，金家都不追究，说他父亲对这个孩子已经不抱希望了。

彭玉堂给烂糟糟的老五号了脉说，这哪儿是“死马”，分明是一只歇不下来的“奔马”。五少爷年轻气旺，邪毒内陷，并不是什么大不了的病，绝对有救。

母亲说，洋药油西林已经用了三瓶，全是白搭，那个蓝眼的洋大夫没了法子，让准备后事。

彭玉堂说老五是热毒外发恶疮，内陷昏迷，必须恶治，走不得寻常的道。

母亲问怎的恶治。彭玉堂说要清热散结，解毒消疮，服用地胆、地龙，佐以白牵牛，使邪有出路，猛泻其毒气，即可痊愈。母亲见彭玉堂开出了救命的药方，千恩万谢，不住地请安。彭玉堂说，都是一家人，四太太不必客气，赶紧让人上珠市口南庆仁堂去抓药，今天给五少爷煎了喝下，明天就能起床说话了。

不到两个时辰，老七就把药抓来了。谁都想见识一下救命的地胆，打开包，又吓得纷纷往后退，所谓地胆和地龙，不过是狰狞的土鳖与干枯的蚯蚓，药包里敢情是一包虫子！怕抓错了药，又让老七拿着到彭家询问，彭玉堂说没错，就是这个。土鳖生于草间石缝，气味辛寒有毒，主治鬼疰寒热，鼠疮恶疮死肌。老七一听没错，赶紧揣着药往回跑，彭玉堂追出房门又交代说，太极创始人张三丰有个屡试不爽的仙方，用井底之蛙的生皮，捣碎用蜜调制，敷在大烂处，立时见效。

老七说，井底之蛙怕是不好找，京城里头没几眼水井了。

彭玉堂说，城里没有上乡下找去啊，井水阴寒，生在里头的青蛙也属阴寒之物，用它的皮治热毒疮是最直接、最对症的。

看老七仍面有难色，彭玉堂说，实在不行用童子尿洗涤患处也行，童尿含尿基酶，能改善微循环。

老七说，这倒可以试试。

那些土鳖和蚯蚓让老王给煎了，满屋子都是腥味，实在不好闻。让老五喝药，死活不张嘴，母亲让胖厨子老王坐在炕上摁着他，让老张撬牙，生生把一碗腥汤灌了进去。紧接着是又拉又吐，着老七去问，彭玉堂说，这就对了。

我母亲让刘妈端着盆子到胡同里有小小子儿的人家去求尿，刘妈不去，说鬼大夫开的鬼方子未必管用，彭玉堂的主意忒损，不能都听他的。母亲知道，刘妈对彭玉堂一直耿耿于怀，因为彭玉堂曾经把产后大出血的二娘倒悬过。为这个，刘妈对"整治"过她"小姐"的彭玉堂一直没好感。母亲只好自己去挨家求助。好在南营房出身的母亲不憷跟街坊邻居打交道，套着近乎地叫人大妹妹、叫婶，就为了一泡尿。至于井蛙生皮，到底也没弄来，那东西忒难找了，即便井底有蛙，也没人下去逮，张三丰的仙方也就仙人能使罢了。父亲气得摔东西，说老五的德行散大了，决心已下，他要跟老五断绝父子关系。

老五在家里这么折腾的时候，籬筲胡同王国甫的儿子王利民也没闲着。

让王国甫没想到的是，从法国回来的王利民竟然站到了他的对立面。

北平成立了市总工会，工会的任务是要组织工人和资本家展开斗争，争取工人的合法权益。首要的是要提高工人的觉悟，让工人们认识到工会是工人自己的组织。北京几个大厂互相之间加强了联系，定期举办职工训练班，培养工运骨干，推动工运进一步开展。

王利民是工会夜校的教员。

王利民到我们家来过，来看望老五。在胡同里遇上了端着尿盆往回走的母亲，按规矩小辈见老辈拿东西得接过手来，但是王利民看着那满满当当的一盆子尿，接也不是，不接也不是。我母亲笑笑说，这是给老五的洗剂，甭换手了……五岁前的小小子儿，胡同里就两个，挺不好找呢。

王利民说，老五的病都是宰鹅的西露莉给传染的，那个西露莉太脏，连妓女都不如。您说老五他怎么就不嫌脏呢？

大概是觉乎着跟老家儿说这些不合适，王利民转了弯说，老五的病起因是梅毒螺旋体，现在已经能治了，您没给他试试西医？

母亲说试了，不管用，这孩子也太邋遢，管不住自个儿，哪儿像你这么规矩。

王利民说，我在我爸爸眼里可不是个规矩孩子，我爸爸骂我是忤逆呢。

母亲说，天下哪儿有那么多忤逆，坐一块儿把话说开了不就结了？

王利民说，我们爷儿俩谁也改变不了谁。

到法国大半年，王利民很有留过外洋的派头了，戴着格子呢帽，穿着格子呢坎肩儿，着一件格子呢大衣。高挑的个儿，清瘦的面孔，跟王国甫长得很像，但比他爸爸更有锐气。王利民说话爱用反问的语气，爱打手势，喜欢一边说话一边在屋里走来走去，没有一刻停歇，像关在笼子里的狼。我的哥哥们不喜欢王利民，说他聪明外露，对世界的认知属于那种看山不是山，看水不是水的阶段。我父亲也不喜欢他，说他太过浮躁。总之王利民在我们家唯一能跟他说到一块去的就是我的母亲和看门老张；他们说王家的儿子比他的爹随和，心地善良，不摆谱儿。

其实王利民到我们家的真实目的是找我的三姐，三姐私下里常帮着王利民干些莫名其妙的事情。母亲怕三姐过早地谈恋爱，旁敲侧击地提醒她还年轻，渗着点好。三姐说，您想哪儿去了，人家王利民有女朋友，在南边军队里。

母亲问在南边哪个军队，三姐又不说了。

三姐有什么活动爱拽上老七，比如参加北平学生合唱队唱歌什么的。我长大后也参加了北京女一中的合唱队，所唱的歌曲是《全世界无产者联合起来》和《我们走在大路上》等等，慷慨激昂得厉害。只要一听到我在后院里大声唱歌，老七就不动声色地把自己的屋门关上了，大概是他想起了我们的三姐。我问过他，三姐都唱过哪些歌曲，老七说有《五月的鲜花》，还有《国际歌》，两个相比较，他更喜欢第一个。

五月的鲜花开遍了原野，
鲜花掩盖着志士的鲜血。
为了挽救这垂危的民族，
他们曾顽强地抗战不歇。
……

《五月的鲜花》很抒情，有点儿悲壮凄凉，很符合老七的性格。他给我唱这首歌，总是唱到“抗战不歇”就不再往下唱了。我知道，下面的词是“被压迫者，一齐挥动，挥动拳头”，愤怒、不平、澎湃、抗争，几乎是跺着脚在喊。老七不习惯愤怒，不习惯抗争，他中意的其实就是“五月的鲜花开遍了原野”一句。至于那首由瞿秋白翻译的欧仁·鲍狄埃作词、皮埃尔·狄盖特作曲的《国际歌》，三姐在家里教他，他是连嘴也不张的。

起来，饥寒交迫的奴隶，

起来，全世界上的罪人。

满腔的热血已经沸腾，

作一次最后的战争。

旧世界打个落花流水，

奴隶们起来起来。

莫要说我们一钱不值，

我们要做天下的主人。

……

老七说《国际歌》调子太沉闷，太压抑，嗡嗡的，有绝望挣扎之势，无奈悲怆之感。老七的感觉是对的，后来影视作品中，革命者英勇就义时基本都有《国际歌》做烘托。以致让人们有了条件反射，只要《国际歌》一响，就是有人要牺牲了，并且这人是死定了，再没有挽回的余地。

老七学不会的《国际歌》倒让看门老张学会了，如同老七只喜欢“五月的鲜花开遍了原野”一样，老张只喜欢《国际歌》里的一句，“莫要说我们一钱不值，我们要做天下的主人”。

有一天父亲从工厂回来说，职员的办公室成了王利民纠集工人聚会的场所，把好端端的办公室变成了乌烟瘴气的“穷杂之地”。有王利民撑腰，工人们进入办公室就理直气壮，动辄便进来找小王“谈事情”，说话直门大嗓，随便地抽烟喝水，动作也很夸张，全没了规矩。王利民跟他们勾肩搭背，表现得很“普罗”，商量事情也不回避职员们。所谈内容只有一个，就是如何跟他的父亲作对。

父亲说王国甫的三个工厂，八个车间，二十六个小组，推举了十名代表，除了有一个因为头天被机器轧了手没来，九个都齐了。是王利民把他们召集来的，跟他们商量反对裁员，反对减薪的策略。说工厂是大家的工厂，大家吃饭穿衣，养家糊口，都跟工厂牢牢地系在一块儿。劳工神圣，厂子里的事情应该是工人说了算，不是资本家说了算……更加上一个七舅爷的儿子钮青雨，上班没一天，就把裁员名单搅和个稀巴烂，不知是胡闹还是成心作对。

我父亲说他心里很不是滋味，裁员减薪的主意是他给老同学出的，因为这个给他的同学添了麻烦，他觉得很对不住老同学，就偷偷把老同学儿子的情况告诉老同学。用现在的眼光看，我父亲应该是个地地道道的工贼，资本家的忠实的那个……有关这段经历，解放后父亲从未谈及过，虽然他老人家成了新中国的知名人士，成了德高望重的学者，毕竟有过这样的不光彩。幸亏父亲在“文革”一开始就过世了，否则“叛徒、内奸、工贼”的帽子压在他头上是一点儿也不冤的。

那阶段，北京不但王国甫的织布厂，其他家的造纸厂、发电厂等工厂的工人也在闹腾。北京工人要求增加工资，反对裁员，举行了大罢工！

全北京电车停开，电灯不亮，连自来水厂也罢了工！

资本家和工人代表要进行谈判。

王国甫和王利民自然也要进行谈判。

王国甫和织布厂的工人代表谈判的地点就在盛义织布厂。工厂大门里，太阳光底下，两张桌被并成一个长条，一边坐着王国甫，一边坐着以王利民为首的工人代表们。王国甫觉得很别扭，对王利民说，有话咱们到家里说，到办公室说，这里不是谈话的地方。

王利民说，这里很 PRO，也很透明，这是再好不过的谈判地点。

王国甫说，我跟你，在这儿……我还是不习惯……

王利民说，我跟您，现在不是父子关系，我的背后是几百多工人，我是工人的代表。

王国甫说，这么说你跟我是对立的了？你现在翅膀硬了，敢跟我对立了！早知道这个，小时候我真该把你掐死！

工人代表们不干了，他们高喊，反对资本家侮辱工人代表！

父亲回来跟我母亲学说白天谈判的经过，我们家的人听着都觉着新鲜。老张在旁边说，儿子跟爸爸对立了，这世道什么事儿都有。

母亲无奈地摇摇头说，家家都有本难念的经啊，王阿玛怪可怜的，下棋两边的子儿还一样多呢，这倒好……

老张说，这是老虎棋。老虎一个，羊一大群。这不是谈判，是逼宫！

母亲说，有话好商量，都是一家人，翻过来姓王，调过去还姓王；王阿玛是咱们家多年的老朋友了，父子真闹僵了，掰不过来更麻烦。

母亲让父亲找市面上的“说和人儿”去劝劝，母亲认为“说和人儿”调解这些事比较有经验。父亲说那个王利民放话了，这不是他们爷儿俩的事，是无产阶级和资产阶级两个阵营的斗争。

母亲说，那他们能不能不斗争？

父亲说，好像不能。

母亲问谈判的结果怎么样。父亲说条件不少，主要是不许王国甫单方解雇工人，裁减工人必须通过工会，还要保证工资按时发放，不得无故拖欠、减少……

母亲说，人家提得也在理。

老张说要按这些条款，他早应该罢工。我们家已经拖欠了他半年多的工钱了，打过了八月十五父亲就再没给他开过薪水。

父亲说，工厂是工厂，家里是家里！

老张说，它道理一样不是？您欠我工钱，我是看在太太的面上，没跟您计较罢了。

厨子老王也过来凑热闹，插进话说他也得跟父亲要工钱，他的工钱欠得比老张还多。好几次哥儿们过生日，上面铺买寿面还是他垫的钱。

父亲说，我怎么觉着咱们也在这儿下老虎棋呢？是不是咱们也并两张桌子，我坐这头，你们坐那头？

那天王国甫从工厂谈判完了没回籤筲胡同，上了我们家。一进门，脸色十分不好看，也不理会老张的寒暄，照直奔了后院父亲的书房。母亲知道王国甫心里不痛快，告知我们家的孩子们，谁也不许嚷嚷，不许闹，不许往后院跑，连我们家的胖狗玛莉也被拴了起来。

母亲进去送茶，听见父亲在问他的老同学，签字了？

王国甫说，签了。

王国甫的眼圈红了，父亲拍了拍老同学的肩没有说话。母亲知道，在与儿子的较量中，王阿玛是输了。

数十年后的北京工商史记录这次运动说，“罢工取得了决定性的胜利，锻炼了工人阶级，打击了资本家的嚣张气焰”……

对这次罢工，在我们家族中还有着额外的记忆。就是那天晚上，王利民陪着他的妈来到我们家，接王国甫回家。母亲回忆说，那天王阿玛在饭桌上几乎没话，只是一杯一杯地喝闷酒，菜也没吃几口。王阿玛喝得脸色煞白，酒气全走了心，别人也不好拦。

王利民进来刚叫了一声爸，就被王国甫抽了一个嘴巴。我父亲没拦，王太太也没拦，都觉得王利民白天做得有些过分，教训教训这小子是应该的。王利民捂着脸站在他父亲对面，窘得说不出话。半天，王利民说，爸，我知道您有气，有时候我们必须做出牺牲。

王国甫说，我的牺牲够大了，不但是工厂，我连儿子都搭进去牺牲了！

七

没过多久，王国甫家里就发生了一件大事，这件事使王家的境遇彻底发生了改变。

应该说，王家丹枫火柴厂的生意一直在赚，由原来的年生产两千五百万包扩大到了四千万包(十盒火柴为一包)。我们家最关心火柴厂生产的是老张，几乎是见天在算他那十块钱的本金，这些年翻来翻去变成了多少。老张不止一次对母亲说他投到王国甫厂里的十块钱是母的，会下小钱；那十块钱在王国甫的钱窝里滚，跟滚元宵似的，越滚越大，怕有几百块了。还是我们家老祖宗英明、有远见，老祖宗那时候就知道，仗再怎么打，世道再怎么乱，火柴厂是永远不会亏本的。老百姓离了什么都行，离了火柴不行，你总不能让人再回到钻木取火的年代去吧？

这天，父亲让老张给王国甫送去他托人从日本刚带回来的“纳豆”，纳豆是日本饭桌上极普通的一种吃食，是一种发了酵的熟黄豆，黏糊糊、臭烘烘的，用稻草包了，捆扎成一个个小包。吃的时候挑在碗里佐以酱油和芥末，使劲搅动，成为一种黏稠的糊。父亲和王国甫都喜爱这口，就跟有些人喜好臭豆腐一样，不吃还难受，上瘾。纳豆制作工艺复杂，过与不及都不行。受发酵时日的限制，带到中国就显得很珍贵。我们家的人每当见父亲用筷子折腾那面目甚不清爽的纳豆，都用手捂了鼻子，不愿正视。父亲却说，越吃越香哪！

给谁谁不吃，母亲吩咐，连父亲吃过纳豆的碗也要单独刷洗，承受不起那臭。

父亲得了纳豆自然要和老同学分享，让老张坐洋车到箍筲胡同去，火速递达，免得过了火候。老张乐得办这件差事，他唐山老家的儿子定了亲，正想找王国甫把他火柴厂的股抽回来，给儿子盖房。

老张到王家送了纳豆，磨磨蹭蹭地不走，没话找话地搭讪。王国甫问老张是不是还有事，老张不好意思地问他现在在丹枫厂里有多少股了。王国甫说这得让管账的算，就叫来了管账的老张。管账的老张给看门的老张一算，说看门的老张这些年来在丹枫已经有了二百三十七股。看门老张问二百三十七股是多少，王国甫说不少了，在北京买三间南房够了。看门老张按捺不住喜悦说，三爷，我得谢谢您。西洋的规矩也不都是坏的，搁到厂子里，钱就能生钱，它就成活的了，比我辛辛苦苦看门强。

王国甫说，老张，你来不光是问我股份的吧？

老张很张不开口地说，乡下儿子要娶媳妇，我想拿这钱盖房……您刚才说在北京买三间南房都够了，要搁在我们乡下，盖三间北房它肯定也是没有问题的。

王国甫说，想要抽股也不是那么简单的……

老张说，当初您当着老祖宗的面说得好好儿的，存取自由。老祖宗能取，我咋儿就不行了呢！

王国甫说，老祖宗那是死了，你还活着。

老张急赤白脸地说，三爷您开始要是说人活着就不能抽股，我那十块钱也就不交给您了。买点儿大白萝卜吃我还下火呢，怎么一赚了钱章程就变啦！

王国甫说，丹枫的股东多啦，我不在乎你的二百三十七，要想抽股得递交申请，不是你们乡下的钱友会，你想怎的就怎的……

两人正在磨嘴，仆人说有军械局的人来找。老张赶紧起身告辞，被王国甫拉住说，你就坐这儿，抽股的事我还没给你话儿呢。

老张说，我在这儿不合适。

王国甫说，没什么合适不合适的。

一官僚和一军人进来。官僚姓赵，军人姓程，官僚留着锃光的大中分，军人穿着笔挺哔叽军服，好像都挺有来头。官僚谦恭地递上名片，军人脚后跟一碰敬了个军礼。

王国甫介绍老张说，这是老张，丹枫的股东。又对老张小声说，虽然没几股。

老张没经历过场面，汗也下来了，诚惶诚恐地说，我那叫什么股东。

赵官僚看在“股东”面上，跟老张点点头，欠欠身子，把老张弄得屁股差点儿没从椅子上溜下去。好在赵官僚没太在乎老张，对王国甫开门见山地说，现在的局势王三爷想必也知道，战事越打越紧，南边、北边还有东边，几路人马各不相让，北京这块风水宝地，谁占住了谁就是王。咱们的军队，武器是没的说，人家湖北那边供着家伙，永远使不完的家伙，可这火药还得咱们自个儿出。我们是想，您的丹枫生产火柴跟生产火药是一码子事，您要是把火柴改了火药，那利润是翻着倍地往上涨，这是一笔大生意啊，王三爷。

王国甫看着老张说，是啊，现在他哪儿不打仗呢？打仗比笼火做饭还家常便饭！

程军人说打仗也是一桩挣钱的买卖，能挣大钱！

王国甫说，不错，要不然怎么那么多人不爱干别的，他就专爱打仗呢。

赵官僚说，生产军火能发大财，而且来得快，大炮一响，黄金万两。只要王三爷点个头，金条洋房那是小事，上边再委任个什么名分，大宗的钱还不是翻着跟头来。

王国甫说，老张，你看这头点还是不点呢？这里头也有你的股份，要发大财咱们一块儿发？

老张说，三爷，丹枫是您办起来的，您自个儿拿主意……您，您老跟我较什么劲！

王国甫坚持要听老张的主意，老张说钱是好东西，谁都爱，顺顺当当来钱谁都盼着。程军人夸老张看得明白。老张说，可我怕的是半夜睡不着觉。

王国甫会心一笑，说他跟老张一个毛病，越到半夜越精神，一趟一趟地起夜，晚上不敢喝水，什么天王补心丹，什么枣仁安神丸，炒豆似的一把一把地吃，都是白搭！老张说，在被窝里一个劲儿地放大屁！

王国甫说，臭得我不敢掀被窝！

两人说着笑起来，程军人也跟着一块儿笑。赵官僚的脸色不好看了。赵官僚让王国甫考虑考虑，他明天再来听回话。王国甫说他明天陪太太上戒台寺看松树去。赵官僚说那就后天。王国甫说后天商会在鼓楼有活动，也没工夫。赵官僚问什么时候有工夫，王国甫说，这么着，什么时候我想把火柴改火药了，我自个儿上军械局找你们。

赵官僚告辞的时候让王国甫再考虑考虑，话里有话地说，王三爷，一步棋走错了，满盘皆输呀！

王国甫说，棋子儿输光了它还有棋盘呢。

老张回来跟我父亲学说这些情景，对自己在官僚面前过了回"股东"瘾大加渲染，又在门房一遍遍比划，让做饭的老王品评他够不够派头。到吃晚饭的时候还在后悔，到王家送纳豆没穿长衫。

我父亲听了老张的学说，半天没有说话。后来跟我母亲说，这个国甫，性情太直，怕要吃亏了。

母亲说，当局能把王三爷怎么着，三爷也没犯法。

父亲说，人心险恶。

那几天天气闷热闷热的，母亲说老天爷在憋雨。老张说只要雨一下来，潮白河就得发水，京东保不齐就得泡汤。

下午的时候王利民来找我的三姐，没说两句话三姐就匆匆忙忙跟在他后头往外走。两个人被我母亲拦在门道，母亲问三姐干什么去，她说上陶然亭开会，母亲说陶然亭那个荒败的乱葬岗不是什么好地方，丫头家家的不能去。三姐坚持要去。我三姐的脾气很拗，我母亲的脾气更拗，推推搡搡硬是把三姐扣下了，把她锁在屋里。任凭三姐在里头跳着脚地喊叫，骂我母亲是封建专制，是法西斯蒂。那时候我们家的人还不知道她偷偷加入了组织，跟王利民是一个支部的，只是觉得这个三丫头有点儿邪行。直到后来我的三姐被国民党抓了，才知道了她的真实身份。

母亲和三姐在门道里拉扯的时候，王利民在旁边傻呆呆地看，他眼睁睁地看着三姐被母亲拽进了屋，只是摇头叹息。王利民对母亲说，伯母，您将来会对您今天的行为后悔的。

母亲说，我不后悔，我为王三爷没把你拦住后悔！

母亲对王利民自然没什么客气可言，自从他领着人和他爸爸在工厂里下过那场“老虎棋”以后，我母亲就对他没了一点儿好印象。那天王利民很无奈地走了，也就是说，那天在他们的支部会议上，缺少了一位宣传委员——我的三姐。

门口这样闹腾的时候，父亲正光着脊梁在书房考证他的版本。热出了一身痱子的父亲处在烦躁之中，在电扇的嗡嗡声中听了我母亲的讲述，发下命令，打折她的腿！

三姐的腿自然不会打折，愤怒中的她在房内高唱“莫要说我们一钱不值，我们要做天下的主人”，那歌声隔着窗户，后院都能听见。

晚饭没给三姐送去，母亲任着三姐使劲喊叫，说三姐得败败火。这就是母亲整治女儿的办法，把你一锁几天，磨你的性子，消你的锐气；不认错，不服软，不放你出来。父亲整治儿子们是脱衣推出，母亲的办法是上锁关押，一放一收，两人配合默契，相得益彰。闷热的三伏天，三姐被关在自己的小东屋里，那难受的情景我可以想见。

北京人的传统，有钱不住东南房，即东屋和南屋是不宜住人的房屋。南屋见不着太阳，阴冷潮湿；东屋西晒，夏天整个大半天都在骄阳的烘烤中。三姐的居室实则是东厢房靠北的一间，东厢房在我们家是作为饭厅使用的，吃饭时间以外都空着。三姐房间的门开在饭厅里，这样的布局给她的活动增加了很多便利，她常在饭厅里会“朋友”。

三姐牺牲后，她的房子一直空着，东屋夏天的热，常常让我望而却步。有时母亲让我到东屋取东西，我总是快进快出，豁出一身热汗，换取一根小豆冰棍什么的。但是在当年，三姐被关在东厢房北边的屋里，小小的十几平方米，没有我后来的小豆冰棍，更没有北屋的电风扇什么的，让我觉得母亲的惩罚甚至比父亲更残酷。

被封锁的三姐到深夜才安静下来。大雨在快天明的时候终于下下来了，凶猛瓢泼，夹裹着隆隆的雷声，将天地混为一体。一道道闪电在瞬间闪烁，划出连接天地的蓝光，继而是震耳欲聋的巨响。轰轰的滚雷声中传来沉闷的爆炸声，立刻东面轰隆隆红了半边天。

父亲披着衣裳站在廊子下往东看，东边雷鸣电闪，响成一片。

老张说，莫不是哪里在放焰火？

父亲说，不是什么好响动，让我想起了当年神机营军火库的爆炸。

第二天《晨报》上登出了：昨晚暴雨，城南三万户进水，北京倒塌房屋五百二十三间，淹死一人压死四人。

更可怕的是头条：丹枫火柴厂爆炸，厂房夷为平地，炸死工人十二名。

那是一个致命的打击，就像晚间的雷电击中了王国甫的头顶，将父亲的老同学彻底打蒙了。

一大早父亲就赶到王家，看门的说老爷半夜就到丹枫去了，现在还没回来。父亲又往丹枫赶，远远地看见他的老同学站在还冒烟的废墟上发呆，周围扬起的灰烬带着残存的热气笼罩着他，他满身满脸烟土，欲哭无泪。父亲陪着他的老同学足足站了一个时辰，王国甫才语不成声地说，它爆炸是早晚的事！不怕贼偷就怕贼惦记着……

父亲劝慰他说，国甫，咱们从头来，咱们从头来还不行吗？

王国甫说，我有多少家当，经得起这么炸啊……

王利民领着一群厂里工人赶了来，王利民愧疚地说，爸，我们昨天……有事……

王国甫的态度十分冷淡，他看也不看儿子。父亲为了给王利民下台阶说，利民，你看看这……

王利民说，爸，怪我，我和工人们没把厂子保护好，让敌人钻了空子。

王国甫说，你斗争去吧，你罢工去吧！这是你最想要的结果，是吧?!

八

1940年的3月，北京的天气乍暖还寒，遮天蔽日的黄沙把天地弄得混沌一片。我父亲的心情很不好，家里的孩子们越来越不听话，痊愈了的老五非但没有接受教训反而变本加厉，干出了无数荒唐的事情。有一回光着眼子站影壁，父亲一声喝“滚出去”！他还真就溜光地出了大街门，站在我们家大门口，向着过路的人介绍自己，我是金瑞祓的五儿子，金瑞祓就住在这个院里。我在这儿现眼，是秉承了他的旨意，他要大伙看看我们金家爷们儿的真面目，真家伙。我说的有半句假话，天打雷劈。

里三层外三层的观众叫好一片。北京的爷们儿有起哄架秧子喜好，生怕热闹早早收场，不住地递话儿，撺掇着老五继续表演。老五有人来疯的毛病，索性开唱：

上脱日月龙凤袄，下脱山河地理裙；
两件宝衣来脱定，交与了嫌贫爱富的人。

整个一个亮宝散德行！

做饭老王实在看不过去，抄了块蒸锅布出去把老五的腰围了，蒸锅布的颜色土黄发黑，有出土文物的感觉。这块布好像给了老五什么灵感，后来他索性弄来一套叫花子衣裳，穿着它专在我父亲出入的地方转，一门心思地跟父亲过不去。

对于父亲和老五的纠结，用父亲的解释是老五要下海唱戏，他不允，就坐下仇了。用母亲的话说是，父亲对孩子们实在是不上心，让老五从幼时就缺少关爱，特别是让生病的老五“自生自灭”，彻底伤了儿子的心。

爷儿俩这个结，到死也没解开。

据母亲回忆，老五光屁股站街那天是王利民最后一次到我们家来的日子。那天先到我们家的是王国甫，应该说他看到了门口老五的精彩表演，老头子见怪不怪，连理也没理老五，径自走进院里。这是自炸了丹枫厂以后他头一回来。经了这番劫难，王国甫明显瘦了，身上也没了那股逼人的气势，用母亲的话说是，“整个变了个人”。

王国甫让我父亲协助他办点儿事，当个证人。父亲问证明什么，王国甫掏出两张纸递过来。父亲看了一行脸色就变了，对王国甫说，国甫，这万万不行啊！

王国甫说，我的脾气你知道，只有我说了算的事，没有别人说了算的事。要不，丹枫也不至于落这么一个下场。

父亲说丹枫是丹枫，这事是这事。王国甫说，甭说啦，他一会儿就来，到时候你在证人这儿签个名字就行。

父亲说：不签！

前头传来老五的演唱声，夹杂着人们的喝彩和起哄。父亲说，国甫你听听，你别以为就你的儿子是拧种，家家有本难念的经！

王国甫说，我不管你们家的事，我只管我自己！

原来王国甫要跟他的儿子脱离父子关系，让父亲当证人，爷儿俩闹到这一步是谁也没有想到的。我母亲听到王国甫这个决定，将一碗茶全洒在桌子上，惶惶地说，三爷，别价，咱们能不能换个治他的法子……

王国甫说他的心已经死了，死了的心是再活不了了。父亲问王国甫，王利民知不知道这个决定，王国甫说，他当然知道，我让他们工会的人把话带过去了。

正说着，王利民风风火火地进来了，三月的天气竟然跑得满头大汗，没穿大衣，他将大衣披在了门口的老五身上。老少两代留学生，相会于戏楼胡同的我们家，空前绝后。此后，这样的情景再没有出现过。

王利民亲亲热热地叫了一声，爸。

听到这称呼，我母亲的眼圈一下红了。

王国甫问他让老李捎的话带到了没有。王利民说带到了，他要跟父亲好好谈谈。王国甫淡淡地说，没什么好谈的了，用你的话说是，资产阶级和无产阶级的矛盾是不可调和的。既然不可调和咱们索性了断，免得双方都别扭。

王利民说，阶级是阶级，血缘是血缘，咱们再怎么对立您走到哪儿也是我爸爸！

母亲赶紧说，孩子说得对，三爷您得好好斟酌。

王国甫斩钉截铁地说，从今往后，我不是你的爸爸，你也再不是我的儿子。咱们的关系到此为止了！

王利民说，爸您不能这么做。王国甫说，如果你是别人，领着工人跟我对着干，我或许还能接受，或许还会敬重你，佩服你。可一想到你是我的儿子，我就从心里凉到外头……我这辈子干的一件最后悔的事情就是不该把你送出国去，不该有你这么个儿子！

王利民说，爸，您应该为有我这样的儿子骄傲！

王国甫说，骄傲也罢，后悔也罢，都过去了。你在这上头签字吧，断绝父子关系，往后咱们谁也不认识谁。对了，再不许你姓王，你爱姓什么姓什么！

王利民说，爸……我还有妈呢……

王国甫说，父子不存在了，母子自然就没了。

王利民死活要见他妈，他把他的妈当成了救命稻草。王国甫提出，要见你妈也不难，要让我收回断绝书也不难，条件是跟我回家，在家老老实实待上半年，和你的那些无产阶级断绝一切来往。做到这点跟我走；做不到，签字！

王利民问他爸爸能不能换个条件，王国甫说不能！

王利民显得很为难。母亲说，利民，你还犹豫什么，跟你爸爸回家呀！

桌上的座钟滴答滴答，谁也不说话。王利民脸憋得通红，看得出王国甫内心有些小得意。父亲看看这个，又看看那个，不知怎么办才好。

谁也没想到王利民做出了一个出人预料的决定，他低声说：我……签字。

声音不大，却如同一声惊雷！王国甫浑身一哆嗦，看着王利民，脑子转不过弯来。父亲喝了一声，王利民！

王利民表示他不能回家，说在事业和家庭不能平衡的时候，他会选择前者。王国甫气急败坏地说：你签，你签，你给我签！

在王国甫的威逼下，王利民很冷静地在断绝书上写下自己的名字，大约是再不让他姓王的缘故，签字的时候他停顿了一下，省去了“王”，只写了“利民”两个字。

这一来，立刻使王国甫陷入了被动地位。王国甫顾及着面子和尊严，沉着劲儿，毫不在乎地写了自己的名字，然后将字据推到我父亲面前，让我父亲在证人处签字。我父亲当然不签，说王家爷儿俩不能逼着他干这事！王国甫说，已经成了既定事实，你签与不签，我跟他都没关系了。

父亲突然脾气大发说：那也不签！你们爷儿俩的事，让我往里掺和什么！你们看看我们家门口就知道我活得不比你们容易！你们决断完了，该轮着我了！

王国甫不理会我父亲，对他的儿子说，你爱上哪儿上哪儿吧！走之前把你身上的衣裳扒下来，这是我花钱给你做的，你得把它还给我。

王利民还有些犹豫，王国甫一声断喝：脱！

日本留学的两个老同学用的是一个招数。

看得出，王国甫是气极了，手不停地哆嗦，嘴角不住地抽搐。王利民见他父亲这模样，一声不敢吭，赶紧将西服、裤子脱下。王国甫说，还有衬衣！背心！裤衩！

只剩下了一条裤衩，王利民死活不肯脱了。

王国甫让王利民走，王利民只好向门口走去。母亲含着眼泪说，三爷，您这是何苦？您还没瞧出来吗，孩子他不愿意走。

王国甫闭着眼不说话。走到房门口的王利民突然折身回来，快步走到王国甫跟前，扑通一下跪下了，刚才一直绷着的脸此刻变得无比生动，眼泪簌簌地流下来。王利民说，爸，您就是不赶我走，我也要走了，只是没想到是这样一种走法。不管您认不认我，我永远是您儿子。我走了，您就当我……死了……您跟妈多多保重，您年纪大了，到了该用儿子的时候，儿子却不在跟前了……爸，我现在只有往前走，不能后退。前头是火，是血，我也要走到底！

母亲说，快别说了，这都是什么话呀！听着让人瘆得慌！

王国甫说，咱们井水不犯河水，我永远也不会想起你！

王利民给他父亲恭恭敬敬磕了三个头，低着头光着身子走出去。

母亲说，你说你们这爷儿俩啊……怎么档子事呢……

父亲站在房门口喊，老张，老张！

老张其实早就在二门里窥视正屋的动静呢，见父亲叫他，赶紧跑过来，问父亲有什么吩咐。父亲让老张给王利民找身衣裳。老张看着王利民的模样直乐，揶揄地说，王少爷，您真跟我们家三格格唱的歌一样了，莫要说我们一钱不值，我们要做天下的主人……

父亲说，老张你给我住嘴！

王利民走到门口，看热闹的人刚刚要散去，见又出来一个光着的，立马又围拢过来，想的是这个说不定也会有精彩表演。两个光裸的同学相遇，老五把王利民的大衣给他披上，王利民不要，老五说，还是你穿走吧，你比我需要。

王利民说，你呢？

老五说，我有蒸锅布哇！

九

王利民走了，这一走再没有回来。

《三击掌》里的王宝钏也是被扒了衣裳走出家门的，与父亲誓不相见，到最后也还是见了的。那是当了西梁王的王后，荣华富贵了，把爹与娘接了去，在金銮殿上一通显摆，“金牌调来银牌宣，王相府来了我王氏宝钏……”

可惜，王国甫却没有等来这份荣耀，他的儿子 1941 年元月死在了安徽一个叫百户坑的地方。据说王利民是新四军的教导员，新四军大部队在转移过程中遭遇国民党军队伏击，一场恶战，打了七天七夜，几千人命丧黄泉……所谓的“千古奇冤，江南一叶”就是说的这件事。

百户坑在安徽的什么地方颇让人挂念。我父亲后来和王国甫翻遍了安徽地图也没找到百户坑，一直到两人去世，这个地方也没有被他们查到，当然更没有去过。

王国甫接到王利民死亡的噩耗已经是三年以后了。那天是我的周岁生日，母亲请王阿玛夫妇过来吃打卤面，很认真地做了准备。我是我们家女孩中的老七，小而贱，属于垫窝的那种。一个贱丫头过生日之所以能惊动王国甫，是因为父亲的别有用心。以父亲的意思，王家老两口跟前没有孩子，想将我送给他们，以解膝前的寂寞。

父亲的心思只有母亲知道，故此将我仔细地打扮了，特意脱了北京小孩子通常穿的连脚裤，穿上了一双扎着燕模虎（蝙蝠，老北京话）的红鞋。在父亲的要求下，我屁股后头系着的棉屁帘也被解了下来。总之，父亲要把我装扮成一个利利落落的小姑娘，让王家的人看着喜欢。

那天，王太太因为胸口不舒服，没有过来。王国甫也来得晚，竟然是走着来的，一鞋的土，一脸的灰。大家都觉着一向讲究的王国甫今天特别邋遢，胡子没刮，衣裳没换，手帕皱巴巴的脏成了一团，捏攥在手里像是擦桌子布。

母亲将我抱了过去，父亲自然说了我不少好话。母亲让我给王阿玛表演“虫虫，虫虫飞呀，拉屎一大堆呀”。王国甫坐在桌前却有些失神。父亲将茶杯搁在王国甫面前，招呼他，国甫，国甫……

王国甫突然回过神来问，啊，你说什么来着？

母亲接上说，他在夸家里这个七丫头聪明喜兴，您瞧，她在朝您乐，向您讨好呢……

王国甫根本没看一眼正向他讨好的我，就是说根本没把我这个贱货放在眼里。他的眼睛看着窗外的天空，毫无来由地说，这些年，我救国，发展实业，想的是国强民富，到了儿，究竟是怎么个结果呢？国也没强，民也没富，我自个儿倒闹了个……

父亲说，国甫，我看你有心事。

王国甫从怀里摸出一个信封说，瞒谁也不能瞒你，看看这个吧，我还不知道怎么跟他妈交代……

那是一张辗转了三年的死亡通知书，王利民死在了百户坑。

父亲想说什么，却什么也没有说出。

王国甫说，还记得吧，那天他是打你这儿走的，走的时候让我扒得精光……我现在一闭眼就看见他光着身子叫我，爸爸，爸爸……你说，他要是跟日本人打仗，让日本人打死，也算是为国捐躯；可他是让中国人给打死的……自个儿打自个儿……我想哭，我连眼泪都掉不出来……什么事儿啊这是！让我说什么好！这孩子签字据的时候，他签了“利民”俩字，我不让他姓王，他故意把王字省了。其实他心里明白，这样不完整的签名压根儿就不能算数！孩子是给我留着面子呢……

母亲劝王国甫别太难受了。王国甫说，你们日子再拮据，再不好，你们还有儿子、闺女！我呢，我什么也没有了！没有了！火柴厂炸平了，织布厂的牌子被摘了，门口安了两个圆台，上边站着两个戴着钢盔的日本兵，变成了兵营……

王国甫没吃打卤面，走了。

父亲也没有提出将我送给他的话，时机不合适。不知怎的，这话后来竟然再也没被提起过。

那天，我们家的人很郑重地将王国甫送出大门，目送着他向胡同口走去。瑟瑟秋风掀起他的夹袍，吹乱了他的白发……

老张无声地哭了。

2000 年我到安徽出差，在泾县城郊一个叫水西山的地方，见到了当地政府为“皖南事变”牺牲的烈士修建的纪念碑。我在碑前久久伫立，想念着那个从没有谋过面的王利民。立了碑，他的魂灵应该得到了安慰，有了归宿。我虽然没有过继给王家，后来却给那两个孤苦的老人摔了盆、戴了孝，充当了孝子的角色。

在碑前停留的那一刻，我的心灵似乎和冥冥中的某一点得到了沟通。

将犯错的孩子赶出家门成了我和我的兄弟姐妹的避讳，我甚至在教育孩子的几十年中从没有说过“滚”字。我的哥哥们也从未有过将儿子们脱光衣裳赶出家门的举止。但是现在的孩子们发生了变异，我的孩子从上小学到高中，竟然离家出走七次。他走得理直气壮，走得毫不负责任，有一回让我不得不动用了公安局。

王利民，这些你能想到吗?

被赶出家门的五哥哥，你能想到吗?

老五端着柳叶面出来的时候，赫鸿轩那只碧绿的镯子已经到了孙玉娇手上。老五是何等精灵剔透的人，他知道，一场姻缘的萌生，是另一份私情的了结，断云残雨，都化作千里路边情。奈何！

第六章　拾玉镯

京剧《拾玉镯》讲的是青年傅鹏在孙家门口碰见了做针线的孙玉娇，两人一见钟情，傅鹏将手上玉镯相赠，以做定情之物。

一

在我父亲众多的子女中，我称不上出色，用今天的文学语言来说是不够典型，灰蒙蒙的，面目不清晰。母亲老说，我的性情像老五。我想，我应该腾出些笔墨细细说说他，这是一个无论在哪个时代都是特立独行的人。父亲将他视为不屑，兄弟姐妹们将他划为另类，他被开除到金氏家族之外，没有亲情，不被伦理认可。除了我母亲，他在这个家连个说话的人也没有。冷漠的环境迫使他我行我素，破罐破摔，滑向了颓废，滑向了毁灭。他的生活是热闹的，他的心灵是孤独的，一辈子他都在寻求爱，无论是亲情之爱，还是关照之爱，偏偏的他就得不到。他失望、恼怒，却又无助。

所以，他要报复。

如今，我也有了一把年纪，对老五的出格行径有了理解和宽容。想说点儿什么，却没有谁爱听，没有谁肯听，大家都忙，忙得不可能坐下来听一个老太太缺少头绪的繁琐絮叨。所以我只好写了，或许能有几个知音。

最近，频繁地想起老五，是由一个叫赫兔兔的年轻人引起的。

一个慵懒的夏日午后，我被赫兔兔请去喝咖啡。

咖啡馆的名称叫“志同”，这个“志同”让我找了大半个城市。开出租的“的哥”不喝咖啡，对咖啡馆的名称生疏，“志同”对他简直就是一头雾水。不断地下车打听，不断地与赫兔兔手机联络，好容易才在一个胡同的底部找见了“志同”。门面不大，但精致而有品位。

进了门，一眼就认出了坐在窗口的赫兔兔。赫兔兔浓眉大眼，块头很足，黝黑的面孔，是个英俊小伙儿。窗口下阳光里的赫兔兔头发乱着，穿了件满是褶子的衬衫，衬衫扣子一个没扣，露出了饱满的胸大肌；鼻梁上架了副很夸张的白边眼镜，耳朵上挂着 mp3，牛仔裤上的破窟窿伤口一样地裂着，脚上一双球鞋崭新崭新的，大概是头一次穿上。见我进来，赫兔兔揪下耳塞惶惶地站起来，跟我打招呼，还不伦不类地作了个揖。赫兔兔旁边坐了一个穿绿衫的青年，那青年也跟着站起来，腼腆地朝我点了点头，一双眼睛水灵灵的，身上那件 Armani 的名牌衣裳，价格当是我全身行头的数倍，一看便是有钱人的子弟。

我在他们对面坐了。赫兔兔说，地方不好找，可能让老姑太太受折腾了。

我说还行，不知道北京现在还有这么老旧的胡同，这么僻静的地方。赫兔兔问我在不在乎这地界，要是我觉着不舒服他们就再换个地方。

我说，环境不错，很雅静，不就是坐一会儿嘛。

赫兔兔说我没明白他的意思，说着很含蓄地把目光抛向临近的几张桌子。我随着他的目光向周边一扫荡，发现都是一对对的男子，很安静地各成一个世界，有轻声说话的，有静悄悄玩牌的，有端着杯子不言声对望的……大堂里除了服务员以外，我是这里唯一的女顾客。立刻明白自己陷入一种什么圈里。我说，我不在乎，你们不是也不在乎吗？

赫兔兔笑了，绿衫也笑了。绿衫一咧嘴，露出了牙齿上的钢套子，又赶紧闭了，用手将嘴捂住，头一低，很害羞的样子。绿衫的这个动作不大气，让我有些别扭。绿衫腕子上墨绿的镯碰在桌面的玻璃板上，发出叮当脆响，让我一惊。细看那镯子，竟是旧时相识，心里立刻很不快。镯子是赫家旧物，现在赫兔兔将它戴在外人手腕上，戴在一个未经世事的小青年手腕上未免轻率，我想对镯子说点儿什么却感到有些唐突。我请教绿衫的名姓，绿衫说叫“绿镯倩使”。

“绿镯倩使”肯定是网名，既然对方不愿意透露真名我也懒得去追究。但是我知道，这样的名字是可以一天三换的，浮动而随意。当别人问及名姓时以网名相对，让人觉得是搪塞，是不礼貌。“绿镯倩使”也问我的名字，赫兔兔制止说，老家儿的名讳是不能随便问的，连叫也不能叫，特别是像老姑太太这样奶奶辈儿的，更不许问。

我说，我没有那么多忌讳，我的网名叫“金色夜叉”，顾名思义，厉害不讲理、专横霸道。如果名字中间加个“母”字就更传神了，金家把我从小惯坏了，让我很没规矩，很没礼数。

话当然是甩给“绿镯倩使”听的。听话听音，要是“倩使”聪明，他应该觉出我的不满。可是“倩使”没有表情，他没听懂。

赫兔兔接话说他爷爷把他爸爸惯坏了。他爸爸不爱学习，没念几年书，没正式工作，跟那几个大爷比，最没出息，可是他爷爷却把一院房给了他爸爸。

赫兔兔的父亲是赫家四儿子，叫赫念锫，“锫”是我五哥的字，“念锫”有纪念老五的意思。赫兔兔的祖父把对老五的情分和思念，全锁定在四儿子身上不是没有道理的。赫家这个老四小名叫蝲蝲蛄，长得酷似我的五哥，赫兔兔爷爷说他们家的老四是我五哥生命的延续。赫兔兔是蝲蝲蛄的儿子，赫兔兔当然长得像他父亲。如此说来，赫兔兔和我的五哥就有着某些接近。这样看，我们家老五一身脏臭的叫花子装扮与赫兔兔露着肉的牛仔裤就有着异曲同工之妙，仿佛历史绕了一圈，又绕到我跟前来了。甚至让我联想到坐在对面的不是赫兔兔，是我们家去世多年的老五。

那么，这个“绿镯倩使”又是个什么角色？

我问“绿镯倩使”是不是赫兔兔的同学，“倩使”说不是同学是“同志”。在“倩使”说“同志”的时候，我看到赫兔兔很关注我的表情。我知道眼下“同志”的寓意已非我年轻时“同志”的内涵，虽然都有特指的意味，而此“同志”非彼“同志”也。我理解年轻一代生存的孤寂和艰难，也知道他们的压力和不安。择友的谨慎和挑剔，对异性的排斥与拒绝，使他们选择了另一种生活情态，尽管逆行但是简约。

看我不动声色的神态，赫兔兔说，没想到老姑太太也与时俱进了。

我说，哪里是与时俱进，是倒着又回去了。赫兔兔问怎么是倒着回去。我说，陈年旧事，不说也罢……

我问赫兔兔找我有什么事情。赫兔兔拿出一张纸条，上面写了三五个名字让我帮他选择。歪歪扭扭的名字中有谢尔盖，有别佳，有安德列什么的，都是普通的俄罗斯人名。就这有限的几个人名里竟还有错别字，比如将“谢尔盖”的“尔”写成了“儿”，将“安德列”的“德”写成了“得”、“列”写成了“烈”。翻译界对外国人名、地名的中文译音有约定俗成的规矩，这个赫兔兔自然不会知道，但以赫兔兔的水平来说，能拿出几个名字已经是不易了。赫兔兔说他知道，人的姓氏是不能改的，他的祖先姓赫洛斯托夫，后来改姓赫。如果恢复旧姓，他可以叫赫洛斯托夫·谢尔盖，或是赫洛斯托夫·安德列。说知道老姑太太学过俄语，让老姑太太帮着他挑一个。

我说，你原来的名字赫中基就很好，你祖父给取的；是你自己愣改成赫兔兔，动画片似的不靠谱。

赫兔兔说，赫中基算什么名字，那是我爷爷中风，躺在床上神志不清，稀里糊涂安在我头上的，也不征求我的意见，完全是封建专制。爷爷管我的几个大爷叫蚂蚱，叫呱嗒扁儿，什么水平啊！我的名字当然要我自己取，我是属兔的，叫兔兔亲切自然，没有重名。赫中基名字犯了郑中基的忌讳，我爷爷说过，跟皇上，跟老家儿，跟伟大人物是不能重名的，否则是大不敬。

我说，你们家的先人好像没有叫中基的，历代皇上再没谁挨得上中基的边。那个唐朝的李隆基跟您隔着十万八千里，扯不上大不敬的罪。

赫兔兔说，老姑太太难道不知道郑中基？

我问郑中基是哪朝天子。赫兔兔说，您连郑中基都没听过？

我问郑中基究竟是谁，赫兔兔说，大歌星呀，当红的！

我问代表歌曲是什么，赫兔兔说，《无赖》！

看我有些疑惑，旁边的“绿镯倩使”摇头晃脑地唱起来：

何必跟我我这种无赖没大半生还是很失败但是你死却不变心跟我拼命挨转换别个也忍心偏偏作怪……

粤语，没有断句，我听不懂；但我承认，的确很好听，“倩使”的嗓子不错。

赫兔兔窥出我对“倩使”歌曲的欣赏，有些小得意地说，他这还是一般的，我比他唱得要好。今天请您来，一来是帮着选个名，二来是给我们写几首歌词。听说您是作家，编词应该不难。我们不能老唱别人唱过的歌，我们得有自己的歌，是吧？老早时候，我爷爷唱过曲子，听说曲词全是您家的五爷爷编的，红遍老北京哪！这回您得跟我们合作一回，您得拥着我红一把。

我说，别说编词的事，先说说你怎么变成了俄国人后裔了？

“绿衣倩使”说，不是变，人家本来就是！

在我印象中，赫兔兔是地道的中国公民。从他这儿往上数三辈，均是北京东城手帕胡同居住的普通市民；从我认识的他的祖父赫鸿轩再往上数三代，也没有出国的经历。而且他们家一直在手帕胡同没搬过家，那所房子在南馆西面，是他们家的祖业。一直到北京办奥运会，将北小街路东的大片平房都拆了，改造成了居民小区，这个家族在手帕胡同才画了句号。

这回，赫兔兔不知通过什么渠道又联系上了我，电话里说他的父母都已不在人世，他和他的那些叔伯兄弟们也断了来往，独自一个人在北京。我问赫兔兔靠什么生活。他说手帕胡同的房产因为是北京白菜心，政府拆迁给了不少补贴，买的新房子在望京，租出去了。眼下他跟“绿镯倩使”一块儿居住，有福同享，有难同当，比亲兄弟过之，一切都很好。

敢情是位吃瓦片的爷。

当年，赫兔兔的爷爷奶奶还在时，我曾代表我们家吃过赫兔兔的满月酒。这样推算，赫兔兔今年应该是二十岁。二十年的时间里他失去了爷爷奶奶和父亲母亲，应该是很不幸的。家庭宠爱的缺失让我对这只兔兔充满了怜悯之情。

然而在那张如同大孩子般的脸上，我却读到了无奈和内敛，他在忍耐着生活中的许多不愉快。看得出，他找我是付出了勇气的。

其实我对他祖父赫鸿轩的了解远比他要多。

赫兔兔让我一阵阵恍惚，谁道人生无再少，门前流水尚能西。

二

赫鸿轩是我们家老五的朋友。老五抽大烟、赌钱、嫖妓，被父亲逐出家门，眼不见心不烦，让他在东四九条自立门户，独自另过。老五的朋友很多，三教九流，各色人等，社会的政要，倜傥的名士，红遍九城的伶人，自以为是的前清遗少，甚至满街溜达的混混儿和倚门卖笑的娼妓，无不是他的至交友好。他九条的家里，大烟气铜臭气混杂，馊烂气脂粉气相糅。间或还夹杂着翰墨的清香，洋人的狐臭，掷骰子的喧嚣，昆曲皮黄的吟唱。总之，一塌糊涂。

在家族中，老五和我的接触并不多，他在外头满世界折腾的时候我刚刚出生。据我母亲回忆，我出生“洗三”那天他回来过一趟，并不是专为我的仪式而回，是回来跟老七要画换钱，恰好赶上了。

现在产院的新生儿一生下来护士就给清洗，只要健康没病，第二天就把干干净净的宝贝儿抱到产妇跟前。旧社会妇女生产多是在家里，小婴儿生下后满身的血污只是用布擦擦。真正的洗澡要等三天以后，由“接生姥姥”主持，谓之“洗三”。“洗三”对孩子的一生是件重要的事。这天亲戚朋友都要来，仪式开始，往洗婴儿的温水盆里扔些铜钱什么的纪念物，叫“添盆”，是祝贺、喜庆的意思。北京雍和宫大殿后头供奉着乾隆作为婴儿时“洗三”的盆，是一个缠绕着金龙的考究大盆。我自然没有乾隆的福气，洗我也就是普通的洗脸盆罢了。

母亲说我“洗三”那天，热水铜盆放在八仙桌上，我被剥光了衣裳，托在“洗三”姥姥的手上，亲戚们围着盆站了，盆底沉着他们添的“喜”。那时日本人还占据着北平，家家都穷，混合面把大伙吃得面黄肌瘦，直不起腰来，盆里的贺仪自然也就是三三两两的铜板。最值钱的是我舅妈扔进去的一对小银镯子，没有花纹，简单的一个细圈，勉强而羞怯。这些礼物把我衬托得很草根，很不值钱，很没有面子和人缘。我的长相并不出色，身子骨弱，锛儿喽头，细黄毛，眍眍眼，塌鼻子，我母亲说我就像一只褪了皮的兔子，细胳膊细腿，甚不中看。

成年后我在成都的摊子上见过准备做麻辣兔丁的兔子，剥了皮倒挂在铁丝上，那模样实在不怎的。想当年自己曾和它们属于同一系列，心里难免不自在。

在亲戚们对“剥皮兔子”的一片赞美声中，姥姥将一捧热水拍在我的脑袋上，嘴里念念有词地说，洗洗头，长大当诸侯。

母亲在里屋炕上说，我们家丫丫不当诸侯，当诸侯那是造反。

“洗三”姥姥朝我母亲方向瞥了一眼，把水撩在我的屁股上说，洗洗腚，长大当诰命。

母亲在屋里又言语了，我们丫丫不当诰命，我们只求平平安安，顺顺利利的。

母亲是被动乱的苦日子吓怕了。

姥姥很不高兴地把一捧水闷在我脸上，我号啕大哭起来，亲戚们立刻大声喊好。孩子哭得响亮卖力叫“响盆”，是大吉之兆。母亲在里屋嚷嚷，你们把她呛着了！

我“响盆”响得厉害，连蹬带踹，连咳带哭，已不是没皮的兔子，变成了浑身精湿溜滑极不安分的泥鳅。一抡胳膊，一打挺，半个身子挣出姥姥手心，掉在盆沿上，众人一阵惊呼。母亲从里屋炕上蹿下来，顾不得穿鞋，分开众人一把把我抓在手里，嘴里叫着，我的乖乖！

一声“乖乖”没落，门帘一挑，一阵风般旋进了我的五哥，我母亲的另一个“乖乖”进屋了。

见有客人来，母亲没看清是谁就赶紧将我交给姥姥手里，在我舅妈搀扶下进里屋在炕上躺下。

回忆母亲的一生，孩子不少，前妻生的，自己生的，拉拉杂杂十几个。但是她只管两个人叫过“乖乖”，一个是我，一个就是老五了。母亲嫁入金家的时候，老五还是个中学生，他是金家孩子中第一个自发管我新婚的母亲叫“娘”的。他送给我母亲的礼物是小狗玛莉，那狗与老五一样善解人意，成为我母亲唯一的慰藉，成了生冷宅门里的一丝温柔，老五也因此成了母亲时刻挂念的“乖乖”。母亲每年要亲手给老五做棉袄棉裤，新里新面新棉花，又暄又厚，一把抓不透。老五穿着这样笨拙的衣裳到学校去显摆，逢人便说是他妈给做的！那神情完全是一个在亲娘跟前撒娇的孩子，老五最缺的就是母爱。

留洋回来的老五被父亲从孩子中剔除，家中最痛心的就是我母亲，母亲说老五还是只不谙世事的半大猫。实则这只半大猫已经快三十了，但在母亲眼里，他永远是她刚进门的中学生模样。老五分出去以后，母亲隔三差五就要提着东西往九条跑一趟，怕她的“乖乖”受委屈。因为外头常有消息传过来，说我们家老五在王府井一带破衣烂衫地要饭，声音凄凉哀婉，悲惨至极。别人听了哈哈一笑，都知道老五是故意扫我父亲的脸皮，教授的儿子在学校门口要饭，明摆着是成心！

父亲教书的美院在王府井协和医院对面，爷儿俩不对付，永远是对着干；就跟现在孩子的叛逆期似的，你说往东，我偏往西。例如我那个宝贝儿子一度成为我烦恼的全部，你让他好好复习参加高考，他却偷钱买飞机票，到海南看沙滩去了。不是我遍求朋友，撒了网似的去找，他还要转程北上到蓬莱去探寻海市蜃楼。抓回来一通臭揍，问他为什么跑，他眨着眼睛说什么也不为。到现在也没给我一个出走的正当理由。反正当父母的各个时代有各个时代的难处，没有哪个孩子是让爹妈省心的。

我“洗三”那天我五哥做的是叫花子打扮，一件补丁摞补丁、沾满粥嘎巴儿的破夹袄，一条断了半条腿儿，摇摇欲坠的麻包裤子，一双不知从哪个戏班退役下来的粉底皂靴，两只乌黑的手与蓬头垢面的脑袋，实在是绝配！这还不是最精彩的，最精彩的是他嘴上的胡子，那胡子被他染成了一绺红一绺蓝一绺黄，如野鸡的羽毛，另类又抢眼。可惜当时我小，还不懂得赞赏，否则我真要为这位不俗的哥哥鼓掌欢呼了。

上世纪九十年代，我在日本留学，在东京原宿的大街上，每逢周日都有被称为“异星人”者的聚会。聚会当日，原宿宽阔的大街所有车辆绕行，公交车停运；道路两旁，挤满了看新奇的人众，各种小吃摊也赶过来凑热闹。用“五花八门”、“标新立异”这类词汇已不能概括这些在马路上张牙舞爪的“后起之秀”。看到他们那红绿相间的怪异发型，那“烂”得露出半个屁股的牛仔裤，那停顿不下来的躁动与张扬，我每每会想起我的五哥。在那一阵阵架子鼓、电吉他雷鸣般的轰响中，心内竟然涌起阵阵的酸涩和难以言说的悲凉。我的五哥哥，若活在今日，你应该是他们中的领袖！

老五碰上了我的“洗三”，这是我们俩之间的缘分。我这个金家垫窝的老小，一个其貌不扬的小丫头片子，在金家众多孩子中是最无足轻重的，难怪我的兄弟姐妹们没有一个出席我的人生大典。老五来了，我只能说是老天爷的巧妙安排，是我们在性情中某些相通因子的重合。以致以后我的母亲常说，这个丫丫啊，幸亏是女的，要不会跟老五如出一辙。

跟老五一块进来的还有他的至交赫鸿轩。赫鸿轩比老五小，细高个儿，粉嫩的一张脸，举手投足透着教养和规矩。用母亲的话说，像个闺女托生的。赫鸿轩干净利落，跟老五往一块儿一站，活脱脱是个反衬。赫鸿轩当时家境虽已破落，但是穿着依旧讲究，青绸马褂，灰布皮袄，头戴着一顶自来旧的毡帽，足蹬着八成新的缎鞋，腰里系着绉绣荷包，银链子挂饰，鱼皮眼镜盒，一动弹，叮当乱响，是个秀丽的哥儿。

我五哥看着赤条条的我，手在自家怀里掏摸了半天，除了抠出几条泥卷来再无其他。小妹妹洗三，当哥哥的岂能没有表示便袖手而去，不能，绝不能！但是以老五的叫花子装扮，确确是摸不出半个铜子来。亲戚们都看着老五、看着姥姥手里使劲踢腾的小人儿的嫡亲哥哥，这让老五很有些难堪，有些下不来台。以他的油滑，他的本事，他完全可以将这尴尬遮掩过去，但是他没有。他愣愣地看着号啕不已、充分展露着真性情的我，竟然有些失神；用大舅妈的话说是“眼圈有点发红”。按我后来的解释是赤诚相见！

“文章真处性情见，谈笑深时风雨来”，这是我五哥喜欢的一副对联，也是我喜欢的。我相信在我们最初相对的那一个郑重时刻，的确性情见了，更巧的是风雨还来了，原本是晴朗的天空，顷刻间浓云如墨，竟然下起了瓢泼大雨。五哥在那一刻想了些什么，我不知道，也就是在他发愣的时候，他的朋友赫鸿轩从荷包里拿出了一个墨绿的手镯，搁在盆里说，这是五哥给七格格添的彩。

替老五解了围。

赫鸿轩说，我没什么送给小格格的，唱段曲子，吉祥如意的曲子，算是心意吧。

曲子是流传在八旗子弟中的一种曲艺，音乐讲究，词句雅驯，既有传统唱段，也可以临时编写。唱词讲究“八不露”，唱花不露花，唱雪不露雪，唱月不露月……没点儿文字功底的人还真拿不下来。

亲戚们都知道赫鸿轩的曲子唱得好，逢谁家有喜寿庆典能请到赫鸿轩去演唱，那是件增光添彩的事，因为赫鸿轩不光唱得好，还有身份，祖上世袭着正蓝旗佐领职位，属于地地道道的“子弟”。赫鸿轩在我的“洗三”场合出现，大伙儿都说这个彩添得好，小丫头子有福气。

赫鸿轩不知从哪里摸出一个八角鼓，扑扑棱棱拍打起来，张口唱道：

玉女初降，献瑞呈祥，玉液闪烁放宝光；
超然万卉，压倒群芳，华堂上老老少少欢喜非常。
重重见喜，万福齐降，齐声都把吉言奉上：
但愿她无灾无恙身子壮，福禄双全寿绵长。

在赫鸿轩清爽明亮的曲子声中，镯子在水底发出了迷幻诡异、游动不定的光彩，将一盆水映照得碧绿如黛。我在晃动的绿影中，洗完了澡，被重新包装起来，完成了我作为人的仪式，人模狗样地传看于姑姑舅舅们的手中。

老五和赫鸿轩到套间去给我母亲请安。母亲看着穿着破烂单薄的老五，心疼得拽着手不撒开。老五不管一身馊臭，偎在母亲的枕头边一味撒娇说，娘，儿子想您啦……

母亲嗔怪老五不回来，老五说，我阿玛不待见我，回来怕招您生气。

母亲说，你们这爷儿俩对头似的，有话就不能坐下好好说说？

见母亲有些伤感，老五对赫鸿轩说，鸿轩你给我娘唱段曲子，唱段乐和的，别唱你那太古遗音，动辄就调寄《西江月》什么的陈词滥调。

赫鸿轩说，那我就唱一段我媳妇玉娇吧。

老五说，唱玉娇最好！

母亲说，你的媳妇也能上曲子唱？

老五说，他见什么能编什么，连鼓楼拐角卖炒肝的都进了他的唱！

赫鸿轩笑笑对母亲说，在您这儿揭家底，您别笑话。

母亲说，你瞅瞅我们家老五这模样，我能笑话你？

赫鸿轩拉开架势清了清嗓子说，四大大别嫌弃，请您赏个耳音，听学徒我至至诚诚地伺候您一段，给您说说我那媳妇孙玉娇——

我媳妇打扮得似天仙儿，苏州纂儿金扁方，灯笼坠子赤金环儿，泥鳅响镯六两半儿。

细子布衫扣绉坎肩，花边绣的是暗八仙；穿套裤有飘带儿，白布袜子明漆着脸儿。

母亲说，小媳妇捯饬得还挺漂亮。

老五说，娘您别打岔，往下听。

赫鸿轩敲打了一通过门接着唱道：

清早起来，满街上串，甜浆粥扒拉一大碗；吃炸糕要大馅儿，炸肉轱辘干撒盐儿。

杂面汤肉烧卖儿，不吃底儿单吃盖儿；葱肉馅饼多刷油，羊肉包子蘸醋蒜儿。

母亲说，你媳妇真吃得不少，我听出来了，你是在瞎编排人家呢。

老五说，不光吃，还能喝呢，他媳妇是卖酒的出身，比孙二娘不差。

赫鸿轩往下唱：

南路酒是白干，喝得好像醉八仙；海南槟榔广东烟儿，一早起花了我六百钱儿……

母亲扑哧笑了，直说赫家少奶奶有福气。赫鸿轩说，四大大您夸她有福气，您知道我在她跟前过的是什么日子吗？

母亲说，你说说，你过的什么日子？

赫鸿轩这回没唱，改说了：

缎儿鞋趿拉着——
一进大门乱哼哼，一进二门乱哆嗦。
老婆老婆别打我，早晨起来我笼火。
白米饭一大锅，二两肉单炒着。
老婆吃，老婆喝，老婆生气我跪着。
拿来灯我顶着，拿来尿盆我捧着。
儿子醒了我哄着，老婆老婆还怎着？

前段赫鸿轩唱的是曲子，不少八旗子弟都会唱，也称“子弟书”。“子弟书”有的很雅，雅得难懂；有的很俗，俗得浅白。至于后头这段嘲讽自己的说唱，大概是赫鸿轩的自编。因为在诸多的北京歌谣岔曲儿书籍中，我没找到这一段。问过许多老北京，也都说没听过这个段子。我很中意这个小段子，想象得出赫鸿轩说唱之模样，大概跟今天时髦摇滚的 RAP 有相似之处，如台湾女歌星徐若瑄的说唱《美人鱼》：

我是一条没有人养的鱼
背着自由　面无表情
彩色眼睛　受伤的心
只有看到黑白的你
我像一条没有人养的鱼　我的悲伤　你不在意
说过的话　飘过脸颊　我无法挥去一切　重新再来
……
做一条快乐　美人鱼

懂事后，母亲常常说起我"洗三"那天的趣事和赫鸿轩所唱的曲儿，我特爱听。因了它的生动活泼，因了它的诙谐传神，赫鸿轩那首曲子至今让我清晰记忆。

三

赫鸿轩在曲子里提到的玉娇，是他的媳妇孙玉娇。母亲说孙玉娇比赫鸿轩大六岁，北方有娶大媳妇的习俗。有话说，女大三，抱金砖。这样算赫鸿轩是抱了两块金砖的，了得！我们家都知道，赫鸿轩的媳妇孙玉娇挺厉害，娶前不知道，过门没半个月就露了馅。为了赫鸿轩夜不归宿的事，"葱肉馅饼多刷油"的娘子便骑在他身上抡开了巴掌，左右开弓，劈啪脆响。还不解气，又着手拧，拿牙咬，急得赫鸿轩在地上直告饶，一声一声地叫"奶奶"。世袭带兵的蓝旗佐领后裔受制于娇滴滴的小娘子，成了小娘子胯下败将。足见孙玉娇的出类拔萃，英勇无敌。

我母亲说，这其实怪不得别人，全怪赫鸿轩自己，是他自由恋爱恋上孙玉娇的。就跟京戏《拾玉镯》里的傅鹏撞见了孙玉娇似的，俩人王八看绿豆，对上眼儿了，就魔怔了；一个非她不娶，一个非他不嫁，海誓山盟得让人震撼。

《拾玉镯》的戏我看过，里头的小美人孙玉娇花朵一样的娇嫩，轰着"鸡"满台跑，粉裤粉袄，满头珠翠，两只眼睛会说话，一双巧手能扎花。在大门口做针线时遇上过路的小白脸傅鹏，四目传情，你来我往，一个镯子就从男的手里到了地上，又从地上到了女的腕子上，挺有意思。里面当然还有一个关键人物，就是刘媒婆，那是全戏的彩儿。没有刘媒婆的穿针引线、搭桥铺路，以及后来她儿子的借刀杀人、移花接木，也就没有后来的冤案，没有傅鹏结发妻子宋巧娇法门寺的告御状，没了小太监贾桂绝妙的"念状子"表演。最后傅鹏冤案大白，老太后指婚，将孙玉娇许给傅鹏当小老婆，结局是皆大欢喜。

偏巧，赫鸿轩的媳妇也叫孙玉娇，人也长得漂亮，会打扮。我见她的时候她已经当了四个孩子的妈，生第四个孩子坐月子时的孙玉娇竟然还擦着粉，眉毛修饰得弯月一般，手指头又细又长，指甲修剪得很漂亮。我不相信有这样指甲的人会骑在丈夫身上抡巴掌，那双颤巍巍的三寸金莲如何能跨鞍？大概都是赫鸿轩和老五们杜撰的。那两位爷，为编曲子，能把黑的说成白的，把圆的说成方的。他们唱顺天府衙门的石头狮子会眨眼睛，它就会眨眼睛。

我到赫家去，最不愿意看的就是孙玉娇腕子上的绿镯子。那个镯子与桌沿相碰，与碗碟相撞，发出的声响，好听得让人心里发颤。镯子的颜色绿得深沉厚重，似万千之碧凝结于斯。一种华贵，一种瑞丽，透出凄婉，透出诡秘，透出无与伦比的高雅。我的目光追随着镯子不能离开，毫不掩饰我的失落，毫不介意同行老七的几次严厉暗示。

本来应该是我的东西，曾经出现在我“洗三”的盆里，却又回到了孙玉娇的胳膊上，这让我除了不甘之外，还充满了仇恨和愤懑。这个镯子被我占有了不到十天，就被赫家少奶奶孙玉娇要了回去。孙玉娇索取的理由很充足，镯子是赫鸿轩给她的定情之物，已经承担了一定的情感意义，不可能再负载别的什么内容。更何况这个镯子是赫家的传家东西，赫家与祖先的维系只有这个镯子了，搁在外人家不合适。

谁都不能阻断赫家与祖先的维系，谁都不能劫取赫鸿轩与孙玉娇的爱情。所以，我们没有理由不还人家镯子。

我母亲把镯子交给老五拿走的时候，很是有些留恋。用手巾擦拭着晶莹的镯子说，说给就给，说要就要，小孩过家家儿似的，忒随便了点儿。

老五说，鸿轩做不了孙玉娇的主，跟抠咬挠抓的母老虎没理可讲。

母亲说，这是祖母绿，顶值钱的东西。丫丫也是命贱，没福气受用啊。

老五不屑地说，您看走眼了，这是伪祖母绿，一块石头罢了。

母亲说，看你说的，石头能雕成镯子？

老五说，石头什么都能雕，还能雕八仙过海呢！

镯子还给了赫家，这事让赫鸿轩很没面子，自此再没到我们家来。六年后终于登了金家的门，是为着另外的事情而来。那件事让我的母亲悲痛欲绝，比还镯子要痛彻千万倍。

我对孙玉娇一直没什么好印象，常常想着赫鸿轩被她骑着打的事情，那情景尽管我没有亲眼看到，也是可以想象的。好马配雕鞍，这风流倜傥的赫鸿轩怎就配了这么一副鞍呢？让人遗憾！

我问母亲，在赫鸿轩、孙玉娇演绎的《拾玉镯》里，谁是戏里的刘媒婆？母亲说，除了老五还有谁？

四

许多年以后我才闹明白这门婚事的来龙去脉。

我们家老五作伐，真是一点儿没错的。说是赫鸿轩的自找，还不如说是老五把他推进了火坑。

是老五还没有被父亲赶出家门的时候，一天到晚疯疯癫癫不着调。也是父亲对这个儿子太冷淡了，太不在乎了，伤了他的心，便将留学外洋得来的一口流利洋文，拜师名门学来的一笔精湛好章草，全部抛掷脑后。今日去妙峰山看小老妈儿烧香，明日去二闸放鹰逮兔，后天又奔了陶然亭撂跤，再不就到王府井装要饭的。

开始我父亲把他关在家里，不让出门。他提出要强身健体练武术，要学五虎棍，就给买了五虎棍，五虎棍抡不开，把自个的脊梁前胸打得青一块紫一块；练叉没钱买叉杆，想了个主意把淘茅房的劫住，要人家的粪勺，抡得满院飞屎汤；后来手扶着墙头学高跷，手一离开墙，连人带跷把院里的鱼缸砸成了八瓣；想学天桥把势，拿脑袋顶坛子，把家里大小坛子全搜罗出来，集中在后院花厅前，抄起一个铆足劲儿朝天上扔，扔一个摔一个，最后一个总算接着了，把自家脑袋开了瓢儿；想喝酒，没下酒菜，父亲有令不许给孩子们开小灶。无奈，他没出家门就套着了邻居家的猫，吊在树上剥了皮，架着树枝烧烤，招得人家堵着门闹。

赫鸿轩跟老五不一样，赫鸿轩老实规矩，不好张扬。之所以跟老五成天腻在一块儿，主要是敬佩和倾慕“五哥”。“五哥”的好在他是好，“五哥”的坏在他也是好。特别是五哥那胡子，简直是神来之笔，全北京独一份儿，再没人能比！跟五哥在一块儿，他有种小鸟依人的舒展，有种被呵护的恣意娇憨。五哥带着他玩，他跟五哥坦诚相见，无话不谈……

两个人在一起填词续曲，听书下馆子，玩得滋润，活得随意。不同的是老五时常的还要逛逛八大胡同，会会小班里的相好。赫鸿轩则只认老五一个，一门心思地永不分离。

赫鸿轩的父亲几次找上我们家，跟我父亲嚷嚷，说再看见老五插他儿子，他就“不客气”了，把父亲弄得难堪极了。问题是架不住赫家儿子老往我们家跑，谁插谁还真说不清了。总之，老五是赫鸿轩的“最爱”，是他须臾不能离开的人物。

有一天，老五和赫鸿轩商量好一块到东直门郊外去射野箭。何谓“野箭”，就是在野地没有目的地瞎射，射到哪儿哪儿就是靶心。三十年代，手枪都普及了，他们还要射箭，图的是古朴原始，图的是气氛心情。跟今天的“爷吃的不是饭，爷吃的是寂寞”如出一辙。

出东直门，在门脸驴窝子一人雇了一头熟驴。多给钱，不让赶脚的跟着，为的是自由自在，信驴由缰。“熟驴”就是认得归路的驴，不用人牵引，自个儿能屁颠儿屁颠儿地回家。那天，两人的打扮挺随意，赫鸿轩穿了件大褂，老五是破草帽，旧布衫，青裤绑腿大靸鞋。老五斜挎了一张弓，赫鸿轩背了一捆雁翎箭。骑着驴，不走关厢走河沿，河沿有阴凉，景致优美。至于野箭到哪儿去射，两人心里谁都没底，驴把他们带哪儿就是哪儿。

往南走，太阳越发红火，天气越发炎热，远远见一处浓树荫，不用吆喝，驴们自己就奔了过去。树荫下无人，一片荷塘，四野寂静，有知了在“伏天儿——伏天儿——”地叫唤，很有曲子词里“翠盖倚风杨柳岸，绿荫深处韵悠然”的意境。老五、赫鸿轩对这地方都很满意，下了坐骑，钉上橛子拴好驴，把从驴窝子带的草料袋子给驴们铺开。然后摘下弓，放下箭，掸土擦汗，四下张望，开始寻思这箭往哪儿射，是朝荷塘里还是朝树顶上。

拉开弓转了三百六十度，却见身后百十步外，大树下头有三间茅舍，一圈篱笆墙，墙上爬满喇叭花，墙根几棵指甲草，都开着红艳艳的花朵。大门上挑着卖酒的幌子，幌子上有“十里香”的字样。准备开弓射箭的二位爷忽然觉得又渴又饿，赫鸿轩说，五哥，我想咱们得吃饱了战饭才能开练，哪有空着肚子打仗的！

老五说，这话有理，工欲善其事，必先利其器。谁说咱们的肚子不是“器”？下酒馆！

于是，弓也软了，箭也掉了，驴也不顾了，两人踢土扬烟地直奔“十里香”而来。

酒馆是谁开的？是孙玉娇和她妈开的。

老五和赫鸿轩饥肠辘辘进了酒铺，四只眼睛使劲踅摸吃食。酒馆不是饭馆，并不出售顶饥的饭食，只是一些下酒小菜。柜台端头摆着两个黑酒坛子，坛口压着裹了细沙子的红布包，旁边有一瓦盆煮好的茶鸡蛋，几碟卤煮豆腐干和菱角块，几碟拌豆芽和五香煮花生。东面墙上贴着香烟美人画，西面墙上挂着把旧三弦；两张桌子，三五板凳，这便是全部了。家什虽然简单，收拾得却一尘不染，很草根，当然也很赏心悦目。

最赏心悦目的是柜台后头站着的大美人儿，乌黑的大辫子红辫梢，柳叶眉、杏核眼，樱桃小口一点点……这一切让两位吃惯了东兴楼、东来顺的城市爷颇有新鲜感。

那天，孙玉娇她妈走亲戚去了，铺子里只有孙玉娇在支应。老五和赫鸿轩在美人的伺候下一人先吃了五个茶鸡蛋，两碟豆腐干，喝了半斤兑了不知道多少水的烧酒，仍是觉得肚里缺点什么，就问孙玉娇除了豆腐干以外有没有饭。孙玉娇说饭没有，但是有她们早上剩下的油炸鬼和豆腐脑。老五说油炸鬼得吃热的，从早晨搁到现在早皮了，没法吃。赫鸿轩说早晨的豆腐脑不澥汤也馊了，不能吃。孙玉娇说要这样，他们不妨一人再吃五个鸡蛋。老五说现在一打嗝已经是鸡屎味了，再吃五个，他得变成鸡。

正无奈间，进来个小小子，提着几条塘里刚摸出的小鲫瓜，嚷嚷着要换酒喝。老五一听有小鱼，立刻来了精神，说要吃鲫鱼汤柳叶面。孙玉娇说不会做，老五说他自己做，照价给钱就是了。孙玉娇说要五个大子儿，老五说，我给你一块银圆！

孙玉娇立刻睁大了眼睛，说她和她妈挣半个月也挣不来一块银圆。

赫鸿轩说，你以为我们是谁，我们是爷，是镇国将军跟蓝旗佐领的后人。

孙玉娇压根儿闹不清将军跟佐领是什么东西，寻思恐是不小的官，便说，搁您是一撒手的事，搁咱们就是难熬的日子，谢谢二位爷了！

交易达成，老五到后头去做柳叶面，孙玉娇坐在小板凳上一边用眼睛瞄着细皮嫩肉的赫鸿轩，一边用马蔺编制着小玩意。赫鸿轩问她编的是什么，孙玉娇让赫鸿轩猜，赫鸿轩猜不出。孙玉娇说，一个是蚂蚱，一个是呱嗒扁儿。

赫鸿轩说，让你这么一说还编得真像。

赫鸿轩问孙玉娇还会编什么，孙玉娇说还会编刀螂，蝲蝲蛄、屎壳郎，只要是草里有的，她都能编出来。赫鸿轩从孙玉娇手里要过草编，越看越稀罕，直夸孙玉娇心灵手巧。孙玉娇就要把草编送给赫鸿轩，让他拿回家给他的姑娘阿哥玩。赫鸿轩笑了说，我怎会有姑娘阿哥，我的媳妇还不知在哪个旮旯等着我呢。

不知怎的，孙玉娇的脸有些发红，这一红更透出她的娇艳来，敢情是个漂亮的村姑。那脸蛋儿，那村劲儿，立刻勾起赫鸿轩的唱瘾。他从酒馆土墙上摘下那把尘封的三弦拨拨棱棱就调音。孙玉娇不乐意了，说这把弦是她父亲生前最爱，别人是动不得的。赫鸿轩说三弦老挂着不弹就坏了，且不说弦，光是蒙面的蟒皮一发霉就破了，破了皮儿的三弦就一文不值啦！

孙玉娇说，那也不许你动！

赫鸿轩盯着孙玉娇的脸说，许多好东西就是这么生生儿搁坏的。

孙玉娇的脸越发红了说，我妈知道你动了我爸爸的宝贝，该生气了。

赫鸿轩说，你不会不让你妈知道呀？

孙玉娇说，那不行。

赫鸿轩不顾孙玉娇的阻拦，弹弦开唱，唱了个“扎宽古塞他拉哈奔背番”。

孙玉娇问什么意思，赫鸿轩说没意思，是满洲话，是皇上规定龙旗票唱曲子的开场。孙玉娇说她不爱听“他拉哈”，她爱听“二八的俏佳人儿懒梳妆”。赫鸿轩说，那是《西厢记》，这回我不唱崔莺莺，我唱你。

孙玉娇说，我也能上曲子呀？

赫鸿轩说，你这样的再不能上就没人能上了。你坐稳了，听好了——

紧接着，赫鸿轩把那把破三弦一通乱挠，曲子和唱全不搭界。

> 风流大姐，打扮得一绝，宽腿的裤子把那绦子捏，相衬梅花高底的大红鞋。毛蓝布衫正可体，粉脸桃腮，白似过雪，斜戴着一丈青，水淋淋的玉簪棒儿在鬓边别……

赫鸿轩是借题发挥，唱的是《霓裳纹谱》里头的曲子。彼大姐非此大姐也。但孙玉娇哪儿知道这个，完完全全认定这个段子和她编的那些呱嗒扁儿一样，出自哥儿的心中，就是为她而编，为她而唱的。自她和母亲开这个小酒铺以来，所见的人多是口出浑言的粗鲁汉子，种田的、卖菜的、赶脚的、淘粪的，光着脊梁趿拉着鞋，蹲在板凳上喝酒，点着上三辈儿骂人，哪里见过这等清秀干净、细致温柔的哥儿……听着听着心里就热了，眼睛也放出柔柔的光。赫鸿轩则把弦子拨得更来劲儿，不错眼珠地盯着孙玉娇那丰满红润的小嘴……

妞儿性子急，她妈性子不急；妞儿长大二十六七，也没见媒婆把婚提。妞儿开言把妈妈叫，叫声妈妈你听知，奴家不论瘸子聋子瞎子我全跟了他去，若是没有轿子将奴抬，奴家生来会骑驴。

老五端着柳叶面出来的时候，赫鸿轩荷包里那只碧绿的镯子已经到了孙玉娇的手上。老五是何等精灵剔透的人，送镯子这样低等小把戏于赫鸿轩是第一回，于他不知已经演出过几百场了。他是明白人，他知道，他将不再是赫鸿轩的“最爱”，一场姻缘的萌生，是另一份私情的终结。断云残雨，都化作千里路边情，奈何！

尽管心里有些别扭，老五还是大大方方地做了一回媒人。这让赫鸿轩感念万分，五哥就是五哥，无论自己怎样变化，五哥的心永远向着自己。赫鸿轩将一场《拾玉镯》演绎得很到位，很过瘾，很尽兴，比他历来演唱的什么《一见多情》《二人对坐》《三更相思》《四盼娇娘》要直接、痛快。

那日，镯子留给了孙玉娇，换回了那把破三弦。是孙玉娇代表她妈的回赠，还捎带着自己草编的蚂蚱和呱嗒扁儿。

亲事就这么定了，草率却又郑重，其中，老五的全力促成是不容否认的。依我今日的想法，大概老五有不愿意与赫鸿轩彼此都被拴死的念头在其中。对老五来说，促成是为了表示自己的一种态度，可对赫鸿轩来说就是玩。孙玉娇是他对异性的第一次追求尝试，跟他演唱“目睹娇娘，心神惶惶”并无差别。没料想，在老五的煽惑下就成了真的。

事情简单，情感复杂，我拙劣的笔在这儿有点儿说不清楚。

出了酒铺的门，赫鸿轩的情绪突然有些失控，把三弦当啷一撇，抱着大树痛哭失声。为了什么呢，绝不是心疼那镯子，他也说不明白为什么要哭，是对“瞻首落红尘”的悔意，抑或是对“旧欢顿成陈迹”的哀伤？亦是亦不是，总之生活的即将改变让他恐惧、不安。他原本是五哥翼下的一个青涩少年，丈夫的责任对他来说来得太突然，太奇怪。只为了那张粉嘟嘟的脸和那张红润的小嘴，他就把自己捆上卖了！从此后，上了夹板，套上轭，再当不成风流倜傥的哥儿……将来美好的人生就这么无辜地搭在他的面子上了！

拿传家的镯子换把皮面糟朽的破三弦，拿自家精致细嫩的身子换个老大嫁不出去的卖酒大姐，不甘哪！

老五心里也有些闷，将一捆箭嗖嗖嗖，射向“十里香”幌旗。

一支也没中的，倒是驴窝子的伙计拿着箭找来了，说是野箭把一头灰驴耳朵射穿了。顺脖子流血的驴并没有扎耳朵眼儿的意思，现在被动地扎了眼儿主家自然不答应，赔钱是必然的。伙计张嘴要三十块大洋。老五说三十大洋能买皇上的黄金络跟青丝鞚，外搭一副银雕鞍！小伙计还是不依不饶，硬拉着老五到驴窝子论理。原来老五们信驴由缰，那聪明的驴驮着他们只是围着驴窝子兜了一圈，并没走出二里地去。

回家的路上，赫鸿轩情绪有些低落，蔫头蔫脑不说话。老五却兴高采烈，说他百步穿杨，硬是给一头驴扎了耳朵眼儿。这箭法，小李广花荣也不能与之相比。

五

赫鸿轩效仿《拾玉镯》里的公子，把镯子送了佳人，回家挨了他爷爷——真正的蓝旗佐领一顿暴打。直打得赫鸿轩的奶奶跑到东边教堂请来了神父米哈依尔·阿威良内奇、当地人称“鬼子老米”的，才制止了暴力的继续实施。

赫家全家都信东正教，他们的祖上之所以选择手帕胡同居住，很大原因是这里离东正教圣母安息教堂只有一墙之隔。俄国在北京的教会只此一处，教会占地三四百亩，在东直门内圈了很大一片地界。北京老百姓最早称这儿叫“罗刹庙”，后来叫“北馆”。当然还有南馆，南北馆紧紧相连。南馆是闹义和团以后将前边的四爷府买进扩建的，义和团之乱中被杀的教徒数百人就埋葬在教堂内圣所之下。偌大圈子内还有钟楼、男女修道院、图书馆、学堂等等。

我小时候常到北馆玩耍，路过手帕胡同的赫家也会进去弯一下，啃一根黄瓜，吃一个西红柿什么的。反正不吃白不吃，吃了也白吃，因为我怎的也忘不了那个镯子。

曾经跟着赫鸿轩一块儿给他的祖先上过坟，不是出于对赫家先祖的崇敬，是因为赫鸿轩答应回来的路上带我去逛雍和宫。赫家先人埋在安定门外护城河北边，那儿是俄国东正教的坟地，人称“鬼子坟”。跟中国坟地不同，那里有很多墓碑，还有雕塑的人像，千姿百态，很有看头。在一个低洼处，我甚至看到了一颗没有腐烂的人头，是个男孩的头颅，黄头发，蓝眼睛使劲地瞪着，半个下嘴唇没有了，牙齿全龇在外头。我自认是个胆大的孩子，老实说，那个东西着实把我吓得够呛，回来净做噩梦。

现在“鬼子坟”的地界变做了一片高楼，车来人往，再难寻觅石碑和人头。北馆那个不粉不红的钟楼连同楼宇均被拆毁，改做了俄罗斯大使馆。只有南馆被辟做了公园，尚可进入。上世纪六十年代，我在它的西墙根，拾捡到大量的细瓷片，其中有一块指甲盖大的绿石，绿得纯粹可爱。后来拿给搞地质的朋友看，说是与铜矿伴生的铜碳盐的蚀变物，又叫孔雀石，中国广东与俄罗斯均出产此物，不是什么值钱的石头。

前不久，我到俄罗斯旅游，在沙皇东宫的某个厅堂里，见到了用这种石头雕刻的巨大盆子、桌子以及各种装饰，才知道俄国人对孔雀石感情之深。联想到赫鸿轩的绿镯子，当属于同一质地，源于同一国度。赫兔兔要姓赫洛斯托夫，从根上说应该是没错。赫家原本是俄国人，在中国几代人的熏陶，百多年的磨砺，让他们变得比北京人还北京人，比八旗子弟还八旗子弟。除了这个镯子，的确找不出一点儿俄国影儿了。

十七世纪，中国和俄国在黑龙江阿尔巴津打过一仗，俘虏了一批沙皇俄国的军士，朝廷将他们编为满洲旗下的俄罗斯佐领，纳入正蓝旗，委以重任，一切待遇与中国军队相同。军士们没有家眷，政府便将统领衙门收押的女犯配与为妻，使这些沙皇军士在被窝里就开始学习汉语了，以极快速度融入了中华文化。赫鸿轩的祖上便是这支队伍的领队，改编后被委以佐领职位。于是长着满头黄毛的赫洛斯托夫留开了长发，梳起了长辫，穿起了长袍马褂，将个马蹄袖翻得如同中国人一样地熟练。赫洛斯托夫分配到一个江苏美女为妻，据说美女父亲因修河堰犯事，本人被斩，全部家眷沦为奴隶。江苏女子生下的儿子带有混血成分，具备了父母双方的优点，使这个家族的基因聪明、美貌，有着明显优势。

赫兔兔的先祖，在中俄尼布楚条约的谈判中，充任过翻译。但凡内阁有与俄国交涉的文书译文，都由赫洛斯托夫担当，朝廷对赫家给予了充分的信任与肯定。时间长了，赫洛斯托夫改姓赫，俄罗斯的旗兵们也纷纷改变姓氏,罗曼诺夫姓了罗，哈巴洛夫姓了何，普列汉诺夫姓了浦。

想必那只手镯就是从俄国带过来的。

有人说，俄国人不戴镯子。

我们家老七说，大概是从国外带来的料，着中国工匠高手雕琢的。没有绝妙的手艺雕不了孔雀石，所以，镯子的工艺应该比镯子本身更值钱，更珍贵。

赫家在中国一辈辈地往下传，到了赫兔兔这儿，无论从相貌还是语言，早已没了俄罗斯的根基。一切都变了，只有信仰没变。

赫鸿轩信奉东正教，信奉圣母马利亚。

六

早早就娶了媳妇的赫鸿轩，跟孙玉娇过了没有半年就腻烦了。跟孙玉娇过日子远没有跟老五一起厮混精彩，于是旧技重演，鸳梦重温，把个孙玉娇远远抛在脑后，继续跟老五混迹于茶房酒肆，如胶似漆，形影不离，成为当时人们议论的话题。

赫鸿轩与他大姐似的媳妇孙玉娇没感情，虽说是自己挑选的，当时两情相悦，但毕竟是两路人。对与老五的关系，开始孙玉娇还能忍耐，后来知道内情就不干了；向老家儿告状，说赫鸿轩薄情，天生不学好，净跟老五干些没名堂的事儿。赫鸿轩的长处在嘴上，连说带损，孙玉娇绝不是个儿；孙玉娇扬长避短，偏偏儿的动手不动嘴，很能发挥自己的优势。半夜三更赫鸿轩回来晚了，她也不言声，噌地从门后头蹿出来，双手拦腰抱住，张嘴就朝肩膀上来一口。赫鸿轩吓一跳，回头看清楚是自家媳妇，哈哈一笑说，想跟爷摞跤吗？爷可是正宗八旗子弟，祖上就是撂跤出身！

赫鸿轩边说边往外推他媳妇，哪里择得开，两人从屋里扭到院里，各屋的灯都亮了，兄弟妯娌们站在房门前看稀罕。赫鸿轩的脸面有些搁不住，使了个别子就架脚，想把孙玉娇撂翻。却不想，脚架空了，手别子也没别着，要使个旱地拔葱却箍不住腰，正无奈间只听孙玉娇鼻子里一哼哼，脚一垫，身子一弯，托着赫鸿轩胳膊抓着裤裆，轻轻松松一掉腰，赫鸿轩就像顺风旗，咕咚一声栽倒在地上。

赫家没人阻挡，都知道赫鸿轩没出息，若没大少奶奶当间儿挡着，赫鸿轩指不定闹出什么更荒唐的事儿来。于是赫家老爷子在院中当众宣布，白天，赫鸿轩可以在茶馆弹弦子挣钱，但是晚上八点以前必须回家，不许在外头过夜。

我的五哥死于解放前夕，年龄其实不大，正是年富力强的时候。除了九条那所房子，因为父亲没有把房契给他，没能卖出去以外，他家里能卖的都卖了，包括桌椅板凳和炕上的铺盖。忠实跟着他，不弃不离的，唯有赫鸿轩。彼时“三轮车上的小姐真美丽，西服裤子短大衣”之类流行歌曲早已代替了曲子、三弦，没有谁再肯花工夫去品什么“翠楼东，细柳含烟，潋滟波光；残霞外，几树蝉声，一片斜阳”了。赫鸿轩变得与老五一样一贫如洗，所不同的是，赫鸿轩落架下海，在安定门内路西茶馆演唱京韵大鼓，每日收个块儿八毛，刚够一天的嚼裹儿。之所以选定安定门茶馆，一来这里是东城的大茶馆，喝茶的人多，二来离手帕胡同的家近，离九条的五哥也近。

老五穷归穷，却看不上赫鸿轩挣的那俩“小钱”。他的嗜好在升级，白面儿由一天一包改成一天四包了。毒瘾一上来，不能自持，鼻涕眼泪，哆里哆嗦连滚带爬地到门楼胡同三号后门去赊账。人家知道老五书法精湛，往往让他过足瘾，写字半日才能放人。这么一算，老五字的价格已廉到极点，但他不以为意，出了门仍是大爷一样地张扬，谁想求他的字得托人，先付润笔。他拿了人家的钱转脸就忘，害得屁股后头老有要账的。久之，要字的摸着规律，夹着纸笔带着现钱，让他当面现写，钱货当时两清。这么一来，老五更来了绝的，不用书案毛毡，只要有人抻纸，他躺着都能写。

1948年初农历丁亥年腊月，天气很冷了，老五还穿着夹袄，一条单裤是春绸的，夏天的物件；他的棉袍还在当铺里，一直没机会赎出来。已经不用刻意装扮，现在的他完完全全是个叫花子模样了。不同的是嘴上的胡子，再不是野鸡毛般的花哨，而是斑驳的灰白，乱糟糟堆在下巴上。又添了抽筋的毛病，十个手指头鸡爪一样地佝偻着，很少有能全伸开的时候。腿上长了疮，流脓流水；一双鞋来自娼妇的馈赠，粉穗绣花，真应了赫鸿轩的演唱“缎儿鞋趿拉着”。

我母亲到九条看过老五几次，都找不见人。看着空荡荡的房子，只是心伤，隔着窗户为她的“乖乖”难过。时时地探望，时时地留下钱物，不见回音也不见人。跟我父亲提及，想把“乖乖”叫回家来住，我父亲的回答很坚决，那畜生死了才好！

有天晚上，赫鸿轩到九条看老五，用手绢包了两个窝头，两个咸鸭蛋，怕窝头凉了，揣在怀里。也偏巧，那天老五下晚在萃华楼刚吃完请，席面上现写现卖，卖出两幅六尺中堂。眼下一肚子焦熘丸子、红焖鱼唇正没地方消化。见了赫鸿轩，不等他掏出窝头便把一封银圆拍在桌上，让赫鸿轩明儿个到门楼胡同给他买些面儿来。赫鸿轩说，到门楼胡同可放到下回，要紧的是得把棉袍赎回来，今天北风刮得紧，眼瞅着西边的天儿上来了，明天有场挡不住的大雪，五哥别冻着了。

老五说，袄儿也要，面儿也要，剩下的给你儿子呱嗒扁儿买些关东糖，灶王爷快上天了。

赫鸿轩说，难得您还惦记着呱嗒扁儿，那小子过了年就该上高小啦。

老五有些忧伤地说，我上学的时候，娘这会儿早把棉袄棉裤套在我身上了，那个暖和、绵软，这一晃，十几年了……

许久，老五没有说话。

赫鸿轩叹了口气说，话赶到这儿了，不得不跟您说。前儿个我在安定门门脸碰见了四大大，四大大一脸灰土，挎着包袱，说是才从草岚子监狱回来。府上的三格格让当局抓进去了，四大大说给三格格送衣裳，人家没让进，给撵回来了。

老五愣了一会儿说，我三姐是共产党，她虽然没明说，可我们家里全知道。走到这一步，也是预料当中。我的同学王利民，王国甫的儿子，也是共产党，跟我三姐在北平是一事儿的。表面上看王利民是跟他爸爸闹翻了走了，其实是接到任务走的，到南边当新四军去了。去了没多久就让人包饺子馅包在皖南了，他的死亡通知书不是我让你给王家老爷子送去的吗？

赫鸿轩说，我好像是个专门送噩耗的不吉之物。还记得吗，当年七舅爷的死讯就是你让我给钮青雨传的信儿。那天钮青雨还在戏园子里给日本人唱戏，我把他爸爸不在的消息告诉他，他当时就急了，穿着戏装就要往家跑。

老五说，到了儿也没跑回家，没跟他父亲见上最后一面。

赫鸿轩自顾自地继续说道，王利民是民国三十年歿的，死亡通知在路上走了三年多，才辗转到了您手里。信封的边磨烂了，信瓤掉出来了，经过了不知多少道手，不知有多少人看过这封通知书，这信传了三年多愣是没丢。您让我给王家送去，我接受了给青雨送信的教训，我把王家老爷子约到茶馆，喝透了茶，给偬唱了几段曲子，做足了铺垫才把通知书交给偬。老爷子没看完就动弹不了了，人整个傻了。老年丧子，人生一大悲啊！

老五说，听你这话的意思，这回，怕我娘要老年丧女了……

赫鸿轩说，怕您多心，我前边不是告诉您了嘛，是话赶到这儿了。金家是什么样的人家儿啊，老爷子有威信，社会上谁都捧着，更何况您的大哥在南京还担着大事，总不至于……

老五说，别在我跟前提老爷子，也别提那个“中统”大哥，没有他我三姐也进不去。政治的事情你不懂，你是个就懂得风花雪月的人。政治是什么，政治是血雨腥风，没有半点儿人情。七舅爷家的青雨，一个稀里糊涂的戏子，愣是让人在后脊梁打了七个窟窿。为什么？是因为那会儿他突然活明白了，这一明白就连上了政治，那七个窟窿是政治的挂落儿。我姑爸爸家的小连，跟着政治走了，到现在音信皆无，死活不知。我要不是个没出息的，也跟着王利民走了，可我撂不下的事情太多，比如这嗜好，这恣意放纵的日子，疼我的娘，北平的一大帮朋友……还有你。其实细想想，我是没那血性，也没那能耐，我是个懦弱小人！

赫鸿轩说，五哥您别自个儿作践自个儿，在我眼里，您是个顶天立地的人。您看透世事，活得洒脱自在，谁能有您的见识啊！这些年，跟着您，我真悟出了不少人生的道道，从一个不懂世事的浑得鲁儿，变成了一个养家糊口的人，这情分我这辈子也忘不了。

老五说，三格格还有我娘惦记，还有她未成的事业。我呢，我无牵无挂，两眼一闭，驾鹤西游去了。看来，送信儿的又该摊上你了。我料定了，金家宅门是不会理睬我的，大不了，我娘为我掉两滴眼泪儿，兄弟老七偷着出来瞄我一眼，就算是很有情分了。对来日金家的无礼，哥哥我提前给你道歉了。

赫鸿轩说，五哥您怎么说这种败兴的话？别说没这样的事，就是有这样的事，我们家的蚂蚱、呱嗒扁儿、小刀螂，全是给您披麻戴孝，摔盆打幡的人！

老五说，瞧瞧，你来送窝头，怎么扯起披麻戴孝来了？明天下晚要是还有闲钱，我在东来顺请你那仨小子吃涮羊肉！

赫鸿轩说，那仨小子有日子没沾荤腥了，您要请涮羊肉得把他们美死，十斤肉怕都打不住。

老五说，我就爱看愣头小子们狼吞虎咽地吃肉，那绝对是真性情。

赫鸿轩说他还得赶着回去，孙玉娇这几天怕是要生。老五说，这是第四个了吧？

赫鸿轩说是第四个。老五说，比我们家还差得远，我们家是十四个。

老五又有些伤感地说，十四个……管用的没一个！

赫鸿轩看了看桌上的钱，问棉袍还要不要赎，老五说过几天再说。

赫鸿轩围上围脖，戴上帽子要走，老五拦住他说，再给我唱段儿。

赫鸿轩说，这些年您还没听腻呀？

老五说，我永远爱听，永远不腻。

赫鸿轩问唱哪段，老五说，就唱《风雨归舟》。

赫鸿轩说，这个段子您听了多少遍了，换个别的。

老五说，这会儿我想听这个。

赫鸿轩张嘴要唱，老五说，还有开场白呢，我要听全须全尾儿的。

赫鸿轩只好开口道，蒙五哥不嫌弃，借五哥一点儿耳音，学徒赫鸿轩至至诚诚地伺候五哥一段《风雨归舟》——

老五喊了一声，好！

赫鸿轩提足精神开唱：

过山林狂风如吼，堪堪的大雨淋头，获金鳞渔翁摆桨荡孤舟。

望长空电掣雷鸣风云骤，慌得他随风冒雨赴中流。顾不得村头鱼换酒，眼难睁，遍身雨打蓑衣透。见天连水，密云稠，难辨村店与林丘。风雨催，烟云凑，恰来到，小滩头，携鱼拽缆忙登岸抛篙系孤舟。猛回头，但则见，贪午睡的小牧童儿，他在那，雨地里，哭着去找牛。

赫鸿轩使出了浑身解数，将个《风雨归舟》唱得字正腔圆，炉火纯青。应该说这是他几年来唱得最好的一回，也是最满意的一回；将暴风雨中的迷蒙、被动、无助、挣扎唱得淋漓尽致。最后一句“哭着去找牛”本是意境的点缀，竟让他唱得有些绝望悲凉，使得五哥的眼里洇出微微的湿意。

风雨归舟，归哪儿哦？

七

第二天，一场暴雪，纷纷扬扬遮盖了北京。

房树白茫茫一片，狂暴的北风中，路断人稀，地冻天寒。

茶馆没有生意，赫鸿轩闲在家里，听凭孙玉娇的指使，给三个半大小子的毛窝钉前后掌。老北京有“过阴天儿”的传统，逢有坏天气，都闷在家里，弄些零食解闷儿。这天正赶上是星期天，两个上学的孩子也都粮在家里。赫家少奶奶孙玉娇挺着大肚子把刚炒好的一簸箕铁蚕豆倒在桌上，赫家的几只虫子：蚂蚱、呱嗒扁儿、小刀螂一窝蜂地扑了过去，不顾蚕豆滚烫，都使劲往自个儿跟前搂。孙玉娇嚷道，凉凉了再吃，这会儿是皮的！

哪里制止得住？

呱嗒扁儿还想着爹，剥了个豆塞进赫鸿轩的嘴里，烫得赫鸿轩直吸溜。豆子炒得恰到火候，香脆无比，呱嗒扁儿说妈炒的豆子好吃。赫鸿轩说，你妈是谁，你妈是“十里香”酒铺掌柜的，炒豆煮蛋是她的老本行。

孙玉娇不乐意了说，再怎么着我们也是正经买卖人，不低三下四；您倒好，在茶馆里吃开口饭，沦入下九流行当。

赫鸿轩说，下九流也是人，凭本事吃饭，我心里高尚着呢！

两口子吃炒豆，逗贫嘴，一晃一天过去了。雪到傍晚总算住了，又换做干冷的风，连檐下的家雀儿也冻得缩在窝里不出来了。赫鸿轩说，今儿个不知怎么的了，我的心里老是突突地跳。

蚂蚱说他爸八成是饿的，早晨到现在就吃了一碗杂面汤。孙玉娇说赫鸿轩又在想念金家老五了，惦记着往九条跑呢。赫鸿轩说，这会儿他不用我惦记，他手里有一封银圆，冻不着也饿不着。

呱嗒扁儿说，爸是惦记着妈，妈马上就要生小弟弟了，我把弟弟的小名儿都取好了。

孙玉娇问想好了什么名。呱嗒扁儿说，顺着小刀螂排，叫蝲蝲蛄。

孙玉娇呸了一声说，听蝲蝲蛄叫唤，那就是死了。蝲蝲蛄跟死人搅到一块儿，不吉利！换一个！

名字还没来得及换，当晚孙玉娇就生了，依了呱嗒扁儿的预言，的确是个“小弟弟”。小家伙声音洪亮，模样长得挺阳刚，挺周正。赫鸿轩说，听这嗓音儿，真跟蝲蝲蛄叫唤似的，带嘟噜的。

呱嗒扁儿说，我给取的名儿，肯定错不了！

第二天早晨天刚亮，有看鼓楼的老李敲门，直着嗓门说五爷过去了。赫鸿轩慌忙穿衣，跟着老李往外走，边走边问人在哪儿。老李说在后门桥的桥底下，问还有救没有，说是人早已僵硬了。

赫鸿轩赶到后门桥，警察方面早到了。天寒，街上的“倒卧”随处可见，“倒卧”就是冻死街头的人，让收尸的拉走便是了，连报也无须上报。可眼下这个不同寻常，眼下这个倒卧细皮嫩肉，穿了一身警察的衣裳，佝偻着身子蜷缩在桥底下，安安稳稳像是在熟睡。赫鸿轩揭开苫着的破席，弯下身往死者脸上仔细瞅，果然是老五，嘶喊了一声“五哥啊……啊……”坐在地上站不起来了。

看尸的警察说，既然已经知道了丧主，麻烦您通知一下本家儿吧，这儿就没我们什么事儿了。

赫鸿轩不忍离开老五。老李说，死尸不离寸地，赫先生您尽管去，这儿有我们呢，我们都是五爷的朋友，不会有什么差池的。

赫鸿轩起身上桥，照直往北跑，要到车站等铛铛车。一辆洋车追过来，拉车的说，赫先生，什么时候了，您还等铛铛车，坐我的车走吧！

赫鸿轩面有难色，拉车的说，您甭顾忌车钱，这趟道儿是我应该跑的。五爷生前常坐我的车，没少照顾我，给五爷办事，我心甘情愿。

赫鸿轩坐上车，一路泪水不住，把个棉袄袖子哭得湿溻溻的。拉车的照直拉到我们家门口说，您进去别急，慢慢儿说，我在门口等着您。

那是自打赫鸿轩的媳妇从我母亲手里要回镯子后，赫鸿轩第一次登我们家的门，谁也没想到竟然是这样一种情况。赫鸿轩把门环拍得山响，看门老张慌慌张张打开街门，说家里老爷太太还没起来，这么敲门忒不懂规矩。开开门见是赫鸿轩，就问这么早有什么事情，赫鸿轩带着哭腔说，五哥殁了！

老张吃了一惊，不敢耽搁，直把赫鸿轩引到正房门口。老张进去禀告说赫鸿轩来了，父亲青着脸走出房门，并不是他多么有礼貌，是他压根儿就不想让赫鸿轩进屋。父亲对赫鸿轩的鄙视是显而易见的，抄着手站在台阶上，居高临下地斜视着悲痛欲绝的来者。赫鸿轩简要地说了后门桥的情况，指望着金家能派人去料理后事，却不想我父亲一口回绝。说九条的老五和金家没有任何关系，他走的时候和家里立下了字据，无论是飞黄腾达还是穷途潦倒，无论是生存还是死亡，从他走出家门那一天起彼此就互不相干了。

母亲在父亲身后悲伤地说，尸总还是要收的……毕竟是金家的骨血……

父亲说，难道还让他入祖坟吗？下三烂的孽障！

赫鸿轩没想到金家是这种态度，嗫嚅着不知说什么好。父亲非但不管老五的事情，反而给来者以寒碜，点着赫鸿轩的鼻子说，你就是赫家的大公子？你们家出了你这么一个现世报，也是家门不幸！你和老五丢人现眼，干些个不明不白的勾当，把两个世家脸面全丢尽了！你还觍着脸来报丧，兔死狐悲，想想你自个儿将来的下场吧！

北京人数落人从来不直截了当，母亲使劲扯父亲的胳膊，可也未能阻止父亲对赫鸿轩的直面羞辱。我至今不能理解父亲当时是出于何种心态，竟然能一反平日的矜持，一反知识分子的风度，不顾教授的身份、老家儿的分寸，一味地对着赫鸿轩斥责。这等于是在抽赫鸿轩的耳光！

多亏了老五事先替金家人给赫鸿轩赔了礼，我的五哥哥料事如神。

为这事我后来问过母亲，母亲说，你父亲那是悲极生怨，就差一哭了。

难为了赫鸿轩，他可能从未受过这种奚落，从未受过这样的欺负，一张脸先是通红，继而煞白。沉默了半天，最后站直了身子硬声回复道，四老爷，我是四个儿子的父亲，也是有家有室的男人，我跟五哥的情义用不着别人指三道四。无论到什么时候，我们也是拆不散、掰不开的好伙伴，人生得一知己足矣。敢问四老爷，您这辈子有过这么掏心肺、托生死的朋友吗？

母亲看着父亲，父亲的脸变得很不好看。母亲知道，父亲的交往不少，应酬不少，眼下身边却没有一个肝胆相照的朋友，私下常叹，倚遍栏杆，欲与知己言，回看无人，奈何！

见父亲语塞，赫鸿轩又说，我来告诉您五哥的事，不过是个礼数。五哥后事的操办我们也没想仗着金家，外头争着摔盆打幡的人有得是。

五哥活着的时候亲自在香山给自个儿选了坟地，绝没有跟您家往一块儿掺和的意思。这事您家里的人出不出头，跟我们没一点儿关系，跟五哥更没一点儿关系。我该说的都说了，告辞！

赫鸿轩一拱手，转身朝外走，我母亲紧追两步说，你等等，老五是我儿子……我得去看看他……

父亲雷霆般一声吼，你敢！这个家，谁也不许去！

母亲抬头望着阴霾的天空，嘴里叫着“乖乖”，一屁股坐在冰凉的台阶上，泪如雨下。

我的七哥多了个心眼，从后门溜出，随着赫鸿轩一块儿去了后门桥。收殓老五，总算有了个金家兄弟在跟前，这或许给了我母亲一丝安慰。

老五的丧事办得很风光，有不少气味相投的朋友来陪灵，其中“伙伴”式的人物来了不少；还有东西城的叫花子，南北城的妓女；自称是干儿子、干闺女的不下百人；吊唁者有军界、外交界高官，艺术界名人；也有贩白面儿、卖假药的和青洪帮的；引车卖浆者之流更不在少数……

我的五哥无声无息地死了，死在了后门桥；轰轰烈烈地走了，起程于东四九条。他在我们家里，没留下任何痕迹。我常常猜想他的真实长相，但是很模糊。我问母亲，老五长得像谁啊？母亲说，像你。

怎么可能？

警察推测老五死于雪日晚上九点，那是赫家四儿子蝲蝲蛄降生的时刻。赫鸿轩说是老天爷的安排，老天爷通过蝲蝲蛄，让老五留了下来。这话我听着有点儿糊涂。孙玉娇说得对，蝲蝲蛄是和死人摽在一块儿的，于是蝲蝲蛄后来就被叫做了赫念锫。

老五的死给我们家留下了一个谜，就是临死他那身警察装扮。

八

老七后来回忆那天在后门桥收殓老五的情况，他说老五除了那一身警服以外，身上没有发现一块银圆。就是说，在下雪的一天之内，老五把赫鸿轩谈到的那封银圆全用光了。至少，他在这天给自己置办了一套连徽章带编号在内的正规警察制服，很认真地套在了自己身上，连脖子上的风纪扣也扣得严严实实。

安葬老五之后，赫鸿轩约我的母亲到赫家去。是我陪着母亲一块儿过去的，这事情当时没告诉我的父亲。

手帕胡同的赫家是个小四合院，门口有方形门墩，门上有对联“忠厚传家久，诗书继世长”的字样，我那时虽没有上学，却已经识字，对这副对联印象颇深。我和母亲去的那天，小刀螂像只小狮子狗一样地正趴在门墩上玩洋画，见了我和母亲，噌地蹿进院里，报信儿去了。呱嗒扁儿正从门道往外走，一身学生装，背着书包很斯文的模样，见了我母亲，鞠躬问好。母亲问他在哪儿念书，他回答在北馆小学念四年级，明年就该念高小了。北馆小学是东正教的教会学校，赫家的一位亲戚在那儿当校长，是东城的一所好学校。母亲问他是赫家老几，他说是老二，他的大哥蚂蚱跟他在一个学校念高小二年级。母亲说怎叫了这么个名字，呱嗒扁儿笑笑说，是小名，是我爸随便叫的。

这时赫鸿轩从里头迎出来了，把母亲往堂屋里让。我不进堂屋，我要到厢房去看蝲蝲蛄，母亲大概也嫌我在跟前碍事，随着我到厢房跟月婆子孙玉娇寒暄了几句，送上了带来的礼，夸赞了蝲蝲蛄天庭饱满，地阁方圆，有大富大贵之相。孙玉娇对我并不友好，母亲刚出门，门还没有关，她立刻将拢在脸上的笑收了回去，摆出一副冷冰冰的面孔。我扒开小被卧卷要看蝲蝲蛄，孙玉娇将我的手很重地拍打了一下，轻声吼道，看什么看，看你妈的屄！

我说，我就是要看你妈的屄。

孙玉娇扑哧笑了，掀开被子一角让我看里头那个小月窠儿孩子。被子一股奶腥气，被子下头有圆头圆脸红彤彤一个肉蛋在动，看半天才找着五官。那东西嘴上一圈白皮，鼻梁上一层小泡，细毛贴在脑门上，小老头一样一脸的褶子，嘴还一拱一拱地要啃被子。我说，你妈的屄一点儿也不好看，比"大婴孩"烟盒上那个胖小子差远啦！

孙玉娇说，比你好看！

我说，再好看也是一只蝲蝲蛄。

我很快对蝲蝲蛄没了兴趣，对孙玉娇那毫不掩饰的敌意也很不高兴。走出厢房，站在赫家的院里朝东北望，隔着院墙能望见北馆大教堂葱头一样的尖顶和那个怪模怪样的钟楼，一群寒鸦绕着钟楼顶在飞，让人想起死人的灵魂来。

母亲在堂屋里压低了声音哭，她一定是遇到了什么为难的事。我想，母亲哭的时候我得在跟前，就决定进屋。我进到屋里看见母亲正把一小片破布往兜里装，原来这片布是从死去的老五怀里捡出的。赫鸿轩跟我母亲分析，老五那天一定是通过关系到草岚子监狱探望三格格了。赫鸿轩说本来是让他第二天拿钱到门楼胡同买白面儿的，他走时老五没有再提这茬儿，看来是已经有了想法，这想法肯定是在他说了母亲到草岚子探监不成以后产生的。

老五和我三姐是父亲的第一个妻子瓜尔佳氏的子女，他们是一母同胞，情感自然深厚。老五扮作警察到监狱探望三姐，是出自赫鸿轩的推理，唯一的物证就是这片碎布片。当然，这片布是否来自三姐，至今也没有确凿证据。赫鸿轩说，以他的想法，老五那日从德胜门外进城已是傍晚，身上单薄，肚里没食，瘾又犯了，踉踉跄跄栽到了桥底下，活活儿被冻饿而死。

回到家里，母亲背着父亲把布片摊在小炕桌上，仔细端详。布片上有血迹，像字又像画，母亲看不出是什么，叫过我帮她辨认。以我极有限的学前水平，能认出“忠厚传家久”门联却不能识辨用血涂抹的布片，将那片小小的布转了一个方向，又转了一个方向，隐隐觉出好像一个字“妈”。

母亲说，这样一说东西来自三丫头是绝不会有错了，三丫头是想家了，想我了，想得刻骨铭心，让老五把信息传递出来，能写个“妈”就很不易了，拿什么写的，拿血写的，三丫头的血啊……

母亲哇哇大哭。

当晚，这片布被母亲交给了父亲，父亲认定那上头的的确确是一个血写的“妈”字。父亲摩挲着布片久久无语，让母亲取来个装人参的小木盒，把布片仔细地收了。父亲在我的印象中永远是快乐的，我头一次见到快乐的父亲如此沉重。父亲由三姐的遗物问到了老五，母亲如实说了，父亲叹了口气说，难为了这孩子。

我第一次听到父亲管老五叫“孩子”。

三姐从监狱传出来的东西被我母亲认真地收藏着，半年后三姐被国民党秘密杀害在北平德胜门城墙根；而我们家对此一无所知，还一门心思地等着她回来。解放后，政府通知家里去认尸，三姐的一切除了一只绣了朵小梅花的鞋外，其他的都已烂完，留给我们的只有老五传出的那片布，布上的血鲜活热烈，永远生动，永远留存。长大后，我有了些觉悟，体味到了三姐的心劲，那个"妈"，绝不是一个简单的"妈"，限于当时的情况，明是指母亲，其实可能是暗指她的组织。她的想念，她的忠贞，她的寄托，她的向往，全集中在这一个字上:"妈"。后来不是有首歌,"党啊党啊，亲爱的妈妈"吗?

老五带出了这么重要的物件，在他倒下的一刹那，肯定没有为它的传递而伤神，他就知道谁将会料理他身后的一切，谁会很负责地把它交给金家。

九

赫兔兔的耳朵上穿了三个眼儿，戴着金属小钉，俩耳朵加起来是六个眼儿，六个钉。再看旁边的"绿镯倩使"，耳朵上也是六个钉，不同的是眉毛上还多了个环，把一张好好的脸搞得像牛一样，不知美在何处。想到赫兔兔的祖父和老五曾经把驴耳朵也穿过窟窿，便想人的耳朵和驴的耳朵之间可能也有点儿联系呢。

赫兔兔说他和"绿镯倩使"想到俄罗斯去发展，跟那边的"同志"们已经联系好了，组织一个摇滚乐队。他有俄罗斯的历史背景，也会唱，并且唱得还不错。哈巴罗夫斯克是他的故乡，是他魂牵梦绕的地方，现在都在讲叶落归根，他这个漂泊的游子很想回到故乡去，带着朋友到故乡去唱歌。

我说，真不知道你什么时候又当了游子。知道吗？如果老沙皇还活着，你就是叛徒，投降了大清的俄国叛徒。

赫兔兔说，我祖上是大俄民族的子民并不是妄说，有物件为证！

说着赫兔兔从“绿镯倩使”手上摘下绿镯子递给我说，这个叫青琅玕，是我的祖上从家乡带来的。您看它的底色多纯正，纹理多细腻，完完全全的一个正宗俄罗斯，再加上中国工匠精湛工艺，雕成了这个镯子，本身就是传世之宝了。我敢担保，故宫里皇上也不会有这玩意儿。

我问赫兔兔知不知道镯子的经历，赫兔兔说他爷爷一直收着，轻易不拿给人看，逢有场面上的事儿，他奶奶偶尔戴一会儿，也小心得什么似的。

我想说这个镯子是他爷爷奶奶的定情之物，我想说这个镯子曾经属于过我，我还想说，因了这个镯子，他的爷爷有好几年没好意思登我们家的门……但终归是什么也没说，赫兔兔的生活应该越简单越好。

我说，既然镯子是赫家宝贵之物，你应当好好收着，真正的好宝贝是不拿出来张扬的，更不能随便给旁人戴。赫兔兔指着“倩使”说，他不是旁人，他是我的一部分，我们俩是一个人！

“绿镯倩使”说，我知道老姑太太怕兔兔上当受骗，把家里东西弄丢了，您可能对我们还有误解。您知道吗，我跟兔兔其实什么也没有，我就是喜欢他身上男孩的汗味儿，闻着这味儿我心里就觉着安全、舒坦，有种可依赖的感觉。

我说，你是0还是1？

“绿镯倩使”说，不管是0还是1，我们从容自我，不刻意隐瞒欺骗自己，坦荡做人，无愧天地！

柔弱的“倩使”突然变得挺刚硬，脸上也再没有微笑意味。赫兔兔见我这么直截了当地对待他的朋友，有些不高兴了说，姑太太，我们活着不是给别人看的，爱自己所爱，无论他是谁，只要彼此喜欢，不怕它飞短流长。

我说，赫兔兔你得跟你爷爷学，无论是做人还是唱曲子。

赫兔兔不住地用手指头抠眼睛。开始我还没在意，后来猛地觉得不对了，兔兔的手指头怎的隔着眼镜就够到眼睛了呢？就像春晚的魔术师刘谦穿透玻璃桌面取物！

我说，兔兔，你的眼镜怎么回事？

赫兔兔说，这是时尚啊，我的老姑太太！

“倩使”说，是我送兔兔的生日礼物，D&G 的。

名牌！赫兔兔将眼镜摘下来让我看，原来眼镜只是一个框子，没有镜片。赫兔兔告诉我，现在许多时尚青年都只戴框子，一种装饰罢了。这让我又想起了老五的花胡子，那也是一种装饰……

我的思路总爱往回倒，我想，我真是老了。

炉圈上站满了洁白如雪的兔子、刺猬、鸭子、乌龟……都是莫姜捏的小点心。我忘乎所以地将那些兔子、刺猬一口一个地往嘴里填。那时候还不懂得欣赏也不知道赞美，只是一味地吃。真是糟蹋了莫姜的工夫，愧对了那些艺术品。

第七章　豆汁记

人生在天地间原有俊丑，富与贵贫与贱何必忧愁。

……穷人自有穷人本，有道是我人贫志不贫。

——京剧《豆汁记》金玉奴唱段

一

老五死后没多久北平就解放了。对北平解放这样重大的事件我没有深刻的记忆，只记得天气越来越冷，隐约地传来一声声炮响，震得窗户纸刷刷的。父亲又去哪里云游了，他常年的不在家，走到哪儿也不给家里来信，突然的有一天背着画夹子进门了，那就是回来了。

在大炮的轰鸣声中，我们家只有我和五姐姐及五姐夫完颜占泰，还有老七。其他的哥哥姐姐都成家另过了，大宅门里再难见到他们的身影。六姐姐在协和医院当助产士，有自己的宿舍。她永远地值班，永远地回不了家。自称是“白衣天使”，“天使”是没有家的，天使的家在天堂，在上帝那儿，她已经不属于戏楼胡同。新婚的五姐，原本嫁在天津商人完颜家，却不喜欢天津，说跟婆婆闹不到一块儿，带着丈夫回北京住到了西偏院原二娘住的屋里。二娘去世好多年了，她那个满是药味儿的屋子老空着。五姐不嫌，硬是住了进去，过起了自己的小日子。

我们家除了我母亲以外，其他人都不怕打炮。五姐夫在有药味儿的屋里嗞溜嗞溜喝着小酒，就着香喷喷的花生米，用醉眯眯的眼睛看着周围一切。在他的目光中，什么都是飘忽不定，虚幻如影的，包括他的人生。老七在炮声隆隆中，继续画他的“残菊图”。因为那时已经到了初冬，院里的菊花脑袋都耷拉着了，他说这样的菊花配上干枯的树叶很有意境。五姐靠在廊柱上打毛活儿，挖空心思地正给我织一顶绿帽子，为帽檐上的花边，拆了织，织了拆，没完没了地折腾。

母亲一边叨叨父亲在关键时刻的逃逸，一边给我们每人准备了一个小包袱，里面装着换洗的衣裳和两张烙饼，让大家随时做好逃难的准备。说如果有情况，就各抄各的包袱，真跑散了就在东岳庙门口西边的狮子下头聚齐，不见不散。我很兴奋，觉得这样的生活很有意思，过家家儿似的，充满了未知，充满了变动，比每天坐在廊下看天上过云彩有意思。

母亲心里充满忧虑，怕哪一炮没长眼睛打到我们家屋顶上。说真要那样就全完了，连尸首都收不全。等我父亲回来，金家已经变成了一个大坑。五姐说是天津那边在打仗，解放军准备攻打天津城，把天津围得铁桶似的。她婆婆一家还在天津城里，她巴不得哪一炮打在五姐夫老完家的屋顶上，把她那刁钻婆婆和不讲理的小姑子全炸死才好。母亲说五姐太歹毒，哪儿有这样咒自己婆家的。天津她去过，得坐火车，道儿远着呢，那边打炮这边绝听不见。这炮好像是在京郊打的，而且越打声越近。

我对妈说，解放军要是把您打死了呢？我们也不见不散？

五姐说，解放军打一个北京老娘儿们干什么，妈又不是女特务。

我说，人家怎知道妈不是女特务？

五姐说，女特务都是烫飞机头，戴美国船帽，穿羊皮小皮靴的……

我说，我想当女特务，我不喜欢绿帽子，我喜欢美国船帽。

母亲让我们都闭嘴，说我们两个一个比一个说话不着调。

解放军一枪没放就进了城。第二天早晨起来我刚一出院门就看见胡同北墙根坐了一溜当兵的，一脸风尘，一身灰土，正襟危坐，也不说话，个个都很严肃。五姐披着丝绒大氅正跟解放军套近乎，端着点心匣子给人家送点心。一个当官模样的指挥着几个兵往我们家挑水，因为解放军围城时每天送水的老孟胆小怕打仗，跑回老家了。当官的看见我们家的水缸空了，就让兵去挑水。不光给我们家挑，还给胡同里其他人家挑。这个官就是王连长，假如我知道以后他会成为我的五姐夫，我一定会多看他几眼。可惜，当时八字还没一撇，我的真正五姐夫正在西偏院一门心思地炮制五行散，准备长生不老，像乌龟一样活它个千年万年。

北平就这么一声不响地解放了。到现在我也没闹明白那些吓人的炮是在哪儿打的，为什么打的，到底炸了谁。解放军举行了入城式，大部队是从永定门浩浩荡荡进来的。我五姐参加了欢迎队伍，她说她就站在前门牌楼底下，紧挨着石头基座站着。上个世纪九十年代，我看过一张解放军入城的照片，前门牌楼下密密麻麻一大群人，我拿了一个放大镜在里头找，找我的五姐，根本无法辨认。不过那天五姐给我拿回一面小粉旗子倒是真的，上头写着“北平欢迎解放军”。我高举着旗子在院里跑了几个圈，后头跟着小狗玛莉，连喊带叫，也颇为热闹。

母亲再不说逃难的话了。

北平又改叫了北京，对我来说日子跟以前没什么改变。厨子老王和看门的老张都走了，用人刘妈，也被安徽桐城老家的外甥接走了，家里的一切都得母亲操持了。跟母亲上街买菜，在东直门大街碰上老五的朋友赫鸿轩。赫鸿轩穿着干部服，身上有四个兜，口袋里插着两根钢笔，一改过去"哥儿"的模样。赫鸿轩跟母亲说他在"曲协"工作，不唱了，专门做研究工作。还说五哥要是活着，在"曲协"一定会大展宏图，新中国用的就是有本事的人才。可惜，就差那么一年……说这话的时候赫鸿轩的声音变了，有点儿哽咽，他还想着老五。

看着赫鸿轩走远了的身影，母亲对我说，你记着，交朋友就得交这样的，死了还念着。

我说，您死了我也念着。

母亲说，你不会说点好听的吗？

我问母亲"曲鞋"是什么，母亲说她也想不出，大概是跟"鞋"有关的。

三十年后我加入了"作协"，想起当年的"曲鞋"觉得好笑，"做鞋"比"曲鞋"似乎更直接，更好理解。

转过年秋天，我进入了东城方家胡同小学。以前老舍曾经在这儿当过校长，遗憾的是我并不知道老舍是谁；当校长的老舍当时肯定也不叫老舍，叫别的什么。进方家胡同小学是我父亲的主意，不是冲着老舍去的。父亲说，学校离家近，又在国子监旁边，国子监是出太学生的地方，咱们家的丫丫保不齐能当个女大学问呢。要当"女大学问"的我实则还是一个懵懂糊涂的小玩闹，我最喜欢的是拿粉笔在我们家的廊柱上画美人儿，画小王八。

懵懂糊涂期间，我的生活中出现了一个人——莫姜。莫姜对我的影响较我母亲更甚，这是一个让我一生受用不尽的人物。借用母亲的话是，死了还念着。

莫姜被父亲领进家门的时候我正趴在桌上做作业。这个细节之所以记忆特别深刻，是因为刚上小学，我被那些莫名其妙的注音字母“ㄅㄆㄇㄈㄉㄊㄋㄌ”搞得一头雾水，几乎要把书扔上房顶。可能学过注音字母的人都有过这样的经历，一个混沌未开的小孩子，刚上学便接触这些抽象符号，其难度不亚于读天书。这些符号让我学习的兴致大减。其实那时我已经能读懂《格林童话》，也念过《三字经》、《千字文》一类童稚必读，知道了些“父母呼，应勿缓；父母命，行勿懒”的规矩，自认大可不必回头再学这挤眉弄眼的ㄅㄆㄇㄈ，就日日盼着教国文的高老师发高烧起不来炕。也许这个原因，高老师的确老生病，常常上课铃声响过，教室里仍旧嘈杂一片，如吵蛤蟆坑。闹声中进来了张老师、王老师，都是代课老师，她们教得有一搭没一搭，我们便学得十分的勉强。老师们有一个共同特点，就是多留作业，以免我们放了学去野逛。于是，我课余的很长时间得跟这些“臭蚂蚁”（我一贯将注音字母称作“臭蚂蚁”）打交道，把人的心情弄得很糟糕。

现在，注音字母被汉语拼音替代，小孩子们同样面临着一个思维模式的转变，现在的孩子都聪明，没把它太当回事就过去了。那时候的我却过不了这一关，对这些面目狰狞，跟日本片假名长相相近的符号至今深恶痛绝。

莫姜来的那天下了雪，是入冬的第一场雪。雪不大，下得羞羞怯怯，但是很冷。那时，看门的老张还没走，母亲让老张给各屋挂上了棉门帘子，以挡住北京肆虐的西北风，挽留住房内的些许温暖。家里除了父母的卧室和堂屋生了炉子，其余各屋都冷如冰窖。我的手背、耳朵和脚都生了冻疮，手尤其严重，肿得发面馒头一般，还流着黄汤，看着甚是悲惨。那时候，小孩子都生冻疮，没有谁特殊。我特别怕屋里热，一旦暖和过来，手上、脚上的疮就开始痒，痒得无法抓挠，痛苦不堪。

傍晚，饭已经吃过，我举着书本，在母亲的房里艰难地用那些"臭蚂蚁"拼出了书上的一句话："大风刮破了蜘蛛的网。"知道了"臭蚂蚁"们想要表达的意思，正有些愤愤然，父亲进来了，随着父亲进来的是一股冷风和他身后一个已不年轻的妇人。

依着往常我会嚷着"今天带回什么好吃的来啦"扑向父亲。但今天没有，今天父亲的身后有生人。母亲说过，女孩子在外人跟前要表现得含蓄、有教养。我是小学生了，再不是院里院外招猫递狗的丫丫。我闪在母亲身后，饶有兴致地打量着父亲和这个陌生的妇人，不知父亲给我们又制造了一个怎样的惊奇。

父亲是性情中人，他的艺术气质常常让他异想天开地做出惊人之举。母亲说父亲想一出是一出，这点跟好奇心盛的七舅爷倒是一致，老小孩似的。比如上了一趟昌平，就从德胜门外羊店弄回三只又老又骚的山羊，养在庭院的海棠树下，以制造"三羊开泰"的吉祥。那些羊都是来自内蒙古的，崇尚自由且无礼教防维，一只只长着长胡子，挺着坚硬的犄角，老祖宗般在院里又拉又尿；使劲儿地叫唤，还要不停地吃，把家里搞得臭气熏天。无奈，母亲在父亲去苏杭游历之时，让我的三哥将开泰的三羊送进了羊肉床子。

羊肉床子是回民开的肉铺，也兼卖牛肉。按习惯，北京人只说羊肉床子而不说牛羊肉铺。羊肉床子自己宰羊，有专门的人将张家口的西口大羊赶到北京来卖。羊肉床子挑选其中鲜嫩肥美的羊，请清真寺的人来羊肉床子宰羊。阿訇先对着羊念经，然后才能下刀放血，把羊肉挂在木头架子上，羊心羊肝搁在案子上出售。

羊肉床子的秤砣是铜的，扁扁的，称完羊肉的时候，卖羊肉的爱使劲蹴那个小秤砣，响声很大，这可能是所有羊肉床子的习惯。以往我跟着厨子老王去羊肉床子买肉，一进羊肉床子就提心吊胆，盯着那个小秤砣，时刻提防着那声响动，成了心理负担。所以老王就事先跟卖羊肉的打招呼，劳驾，您别蹴秤砣，我们家小格格害怕。

这回羊肉床子贸然进来三只老活羊，人家不收。说这三只羊是没经过念经的，不能吃，这样老的羊肉也没人买。老三说我们不要钱，白送。人家还是不要。老三扔下羊调头就跑，卖羊肉的拉着羊在后头追。老三不敢直接回家，跑到北新桥上了有轨电车，卖肉的拉着羊上不了车，就在下头骂，老三扎在人堆里不敢抬头，回来一肚子气对着我母亲撒。

还有一回父亲去游妙峰山，去了三天，赶着两辆大车回来了，车上各装了一棵白皮松，轰轰烈烈地进了胡同。看门老张站在门口望着这列车马目瞪口呆，半晌说不出话来。父亲则称赞这些松树珍贵，造型独特，让人赏心悦目。父亲找人在后院挖坑栽树，一通忙活，花钱不少，给我们家制造了一个“陵园”。

母亲不便直说，很策略地提示，醇亲王在海淀妙高峰的墓冢也有很多白皮松，棵棵都高大粗实，价值连城。父亲说七爷是七爷的，他的是他的；他的树也高大粗实，也价值连城……好在我们没有像扔羊一样扔树，那些来自西山的伟大的白皮松还没过夏天就死完了。我们家的后院成了柴火堆，成了耗子、刺猬、黄鼠狼们的游乐场。

更有一回，人们传说清虚观出了大仙爷二仙爷，去顶礼膜拜者无数，说是灵验无比。仙爷们其实是两条长虫，深秋时节，长虫们要冬藏，不知还能不能活到明年。老道不想养了，父亲将仙爷们请回家来，也不供奉，只说是两条青绿的虫儿很可爱，就当是蝈蝈养着。仙爷们被安置在玻璃罩子里，放在套间南窗台上。没一礼拜，那两条长虫钻得没了影，害得一家大小夜夜不敢睡觉，披着被卧在桌上坐着——谁也不知道它们会从哪儿钻出来。

现在，父亲领回的不是羊，不是树，不是长虫，是一个人。

母亲脸色很平静，她已经习惯了这一切，无论是羊是树是长虫还是人。

父亲身后的女人穿得很单薄，就是一件青夹袄，胳膊肘有两块补丁，挎着个紫花小包袱，身子冻得微微颤抖。看得出她在克制着哆嗦，努力地使自己显得舒展。灯光下，女人的面部显得青黄黯淡，脸上从额头到左颊有一道长长的疤痕，这道痕迹使她的脸整个破了相，破了相的脸又做出淡淡的微笑。那不是笑，实在是一种扭曲。这让我想起京剧《豆汁记》里穷秀才莫稽的唱词：

大风雪似尖刀单衣穿透，

腹内饥身寒冷气短脸抽。

眼前这张脸大概就属于“气短脸抽”的范畴了。

戏里边金玉奴在风雪天为自己捡了个丈夫，在同样恶劣的天气里不知父亲为我们捡回个什么！

父亲将女人推到前边来，告诉母亲女人叫莫姜，是他在颐和园北宫门捡的。父亲特别强调了，他不把莫姜捡回来，莫姜今天就得冻死在北宫门，因为她已经无家可归了。父亲说得很轻松，就像他在外头捡了块石头，捡了块砖，自然极了。

被叫作莫姜的女人头发花白，看上去有五十多岁了。即便脸上没有疤痕，也说不上好看，一双单眼皮的眼睛细细的，低垂着；巨大的伤疤使她的脸变得狰狞恐怖，像是东岳庙里的泥塑。出于礼貌，莫姜抬起眼睛，轻轻地叫了声“四太太”，便收回目光再不言语。“四太太”是外人对我母亲的称谓，我父亲排行老四，人们都叫他“四爷”，母亲自然就是四太太了。母亲看莫姜头顶梳着发髻，没有缠裹过的脚上穿着一双烂旧的骆驼鞍毛窝，说，你是旗人？

莫姜说是。说家住西陵常各庄，祖父是西陵的掌灯，是皇帝陵前负责点灯的包衣。祖姓他他拉，莫姜是她的名。母亲问她怎的没了住处，莫姜说原本在北宫门西边的西上村租了间房，今天到期了，房东把房收回去了。问她家里还有谁，莫姜说娘家没人了，她男人叫刘成贵，是厨子，前些年死了，她就一个人生活。母亲还想问她脸上的疤，张了张嘴，终没好意思说出来。莫姜窥出母亲的意思，淡淡地说这道疤痕是她已故的男人给她留下的。她男人脾气不好，那天正好在剁饺子馅，两口子拌嘴……其实就划了层皮，划在脸上就长不好了。

该问的都问了，该说的也都说了，经历简单得不能再简单，母亲不再说什么。她没有理由也没有权力拒绝这个突如其来的莫姜，就像她没有理由拒绝那些羊和树。

父亲说晚饭他在老三那儿吃过了，只这个莫姜从中午就没有吃饭，让母亲给做点儿什么。母亲说厨房的火已经熄了，柜橱里还有一碗豆汁稀饭，凑合一下吧。父亲说也好，莫姜却感到很不好意思，但也没有拒绝，看来是饿得很了。母亲端来了豆汁，就着房内的铁皮炉子热。那时候绝没有微波炉和电磁灶一类，想温点儿汤水什么的极难，母亲不可能为了一碗豆汁在厨房重新生炉子，那是一件太麻烦的事情。自从厨子老王回老家以后，我们家便是母亲下厨。母亲没有山东人老王的手艺，穷门小户的出身注定了她的烹饪范围离不开炸酱面、疙瘩汤、炒白菜、炖萝卜一类的大众吃食，这是我和父亲都不满意的。大家都格外想念回家探亲的厨子老王，盼着他早点儿回来。

母亲端来的豆汁是我晚上吃剩下的。父亲没在家吃饭，母亲便怎么省事怎么来，她在娘家的时候爱吃豆汁煮剩饭，就老腌萝卜；我们的晚饭便是豆汁煮剩饭，就老腌萝卜。豆汁饭酸馊难闻，老腌萝卜咸得能把人齁死，我吃了两口，不吃了。母亲却吃得津津有味，拿筷子点着我的碗说，吃得菜根，百事可做。人家古代贤人都行，你怎就不行，难道你比贤人还贤？

我说我不当咸人，这老腌萝卜，看两眼就能把人咸个跟头，咬一口能给咸人当姥姥。咸人吗，谁爱当谁当吧。母亲没办法，拿来点心匣子，让我从里边挑，我挑了块萨其马，拿了块槽子糕，正要向一块自来红月饼伸手，母亲说，够了！

现在，母亲把剩豆汁拿来给莫姜吃，多少有打发叫花子的意味，我都替母亲不好意思。莫姜自然不知道这些，双手接过了那碗温暾的、面目甚不清爽的豆汁，认真地谢过了，背过身静悄悄地吃着，没有一点儿声响。从背影看，她吃得很斯文，绝不像父亲说的“从中午就没有吃饭”。我想起了戏台上《豆汁记》里穷途潦倒的莫稽，一碗豆汁喝得热烈而张扬，又刮又舔，吸引了全体观众的眼球。同是落魄之人，同是姓莫的，这个莫姜怎就拿捏得这般沉稳，这般矜持？

喝完豆汁的莫姜坚持要自己把碗送回厨房，一再说自己在堂屋吃饭已经很失礼了，不能再让太太受累。母亲就领着莫姜到厨房。母亲和莫姜一走，父亲就对我说，这个莫姜，是北宫门卖花生仁的。

北宫门是我熟得不能再熟的地方。

当时老三在颐和园里工作。颐和园内靠东边有德和园，德和园内有大戏台，园东边夹道里有几个相同的小院，老三就住在其中的一个院里。院子挺大，房也高，前廊后厦，睡觉的雕花木炕嵌在北边墙里。这样的房子在有皇上那会儿不知道是给谁住的，现在住了园里的职工。没上学的时候我和父亲常到老三那儿闲住，父亲在园子里画画，我就满园疯跑，不到吃饭时候不回家。颐和园的自由岁月，充盈了我学龄前的大部生活，里面的犄角旮旯都被我“临幸”过不知多少遍，连园子里的松鼠和水牛儿我都认识。

出了老三的院门往北是个小城门，北边门楣上写着“赤城霞起”，南边是“紫气东来”。我很喜欢这两个词，认真地记了。上学后，教语文的高老师让用“来”造句，我造的就是“紫气东来”，老师瞪了半天眼，让我坐下了。我错了吗？我一点儿没错！回家跟父亲学说，父亲说，丫儿这个句造得好！

老三家斜对面就是德和园大戏台，有时园子里给职工放电影，幕布挂在西太后看戏的颐乐殿前，我们则坐在大戏台上看，整个一个大颠倒。也有时，有业余的京剧团演出，水平极差，服装也是瞎凑合，演出场所却很辉煌，就是“龙会八凤”的大戏台。那些演员唱着唱着唱错了，竟然能回去重新出场，也没人叫倒好，哄然一笑罢了。都是自己职工，抬头不见低头见的，有时上头演的和下头看的还要说话。有回他们演《豆汁记》，排演了大半年，还借了一个外头的金玉奴。待那金玉奴一上场，竟让人大失所望，银盘大脸，高颧骨，大龇牙，屁股大得像碾盘，穿个小短袄，走起路像狗熊耍叉。这副尊容还要招赘英俊小生莫稽当女婿，我真要替那莫稽喊冤了。金玉奴形象不好，但唱得不错：

人生在天地间原有俊丑，
富与贵贫与贱何必忧愁。

我觉得这段原板很好听。是呀，只要人好，“狗熊耍叉”又有什么关系呢。演莫稽的小生很出色，把那碗金玉奴施舍的豆汁喝得淋漓尽致，跟真的似的，不，比真的还真！莫稽唱得也好，主要是嗓子亮。可惜，在戏里头是个坏人，他当了官就看不起金玉奴了。

演莫稽的是我们家老三。

老三那时还是单身，正跟三嫂子谈对象。他不会做饭，我们爷儿仨就在颐和园东南角的职工食堂吃饭。食堂的饭寡淡无味，比我母亲做得还糟糕。颐和园附近也没有好馆子，我们的饭就很成问题。老三每礼拜进城一趟，让我母亲做出一锅炖肉，路过“天福号”酱肉园，还要买两个酱肘子，一并带回颐和园。

颐和园东门是正门，有御道，有大牌楼，过去是皇上、太后必经之地，肃整严谨。御道旁边没有店铺，皇上倒了几十年还是如此。南边一个小学，北边一个医院，都是颐和园的附带建筑。没有商店，真正想买东西得出北门，即北宫门。那里有几个小杂货铺，卖油盐酱醋，早晨还有些小商小贩，提些鲜藕嫩姜来卖，多是附近村里的农民。

值得一提的是北宫门西北角有个卖火烧的老赵。我之所以跟他熟识是因为“天福号”酱肘子得用烧饼来夹，买烧饼的任务向来由我承担，父亲是不干此类事情的。严格说，老赵卖的是火烧而不是烧饼。北京人将烧饼、火烧分得很清楚，烧饼内里有芝麻酱，外表粘着芝麻；火烧是发面，内里只有花椒盐，外头不粘芝麻。火烧个儿大，烧饼个儿小，火烧二分钱一个，烧饼三分钱一个。老赵的火烧做得不地道，里头的面常常还是生的就出炉了。我问老赵怎净弄出些半生的玩意儿，老赵说他自己就是半生的。他的老姓是爱新觉罗，正黄旗；正黄旗来烙火烧，能弄出个半生的就不错啦。

还有一个给驴钉掌的，他说他是皇上的三大爷。

“皇上三大爷”送了我许多削下来的驴掌片子，我不知这东西有何用场。“皇上三大爷”说，难得的好肥呀，回去泡水浇花，一棵西番莲能长得比北宫门的松树还高，花开得像石舫火轮船的轮子那么大。我回来找了个罐子泡驴掌，一日三遍地看，满屋腥臭。老三说可惜了那罐子，罐子是康熙青花。

我对北宫门的印象只有这些，并不记得有卖花生仁的女人。

父亲说莫姜的花生仁炒得好吃，脆香入味，咸甜适口，是泡过之后烤的，非一般拿盐土炒出的花生仁能比。父亲向来对炒花生仁情有独钟。我知道文人们都是喜欢吃花生仁的。父亲讲过，大文人金圣叹，在含冤问斩前以花生米拌臭豆腐干就酒，为自己饯行。没吃几口，时辰已到，官方让他写遗书，金圣叹一挥而就，然后慷慨赴刑场。他儿子将遗物领回，打开遗书，发现遗书上写着“臭豆干臭，花生米香，香臭兼备，滋味胜似火腿强”。父亲的学问无法与“六才子书”的金圣叹相比，但在花生仁的喜好上却如出一辙。大概是因了我的离开，父亲不得不亲自跑北宫门，跟那些引车卖浆者流打交道。处在饮食单调中的父亲，自然对花生仁产生兴趣；花生仁适了父亲的口，就把卖花生仁的带家来了。

这就是我的父亲。

好在他没把“正黄旗”和“皇上的三大爷”弄回来。

母亲把莫姜安置在我的房里，我不愿意和生人睡觉，跟母亲提出，母亲理也没理。其实我们家的房子很多，三进的四合院，哥哥姐姐们都先后离开了家，大部分房都空着。母亲非要把卖花生仁的安插在我的睡榻旁边，不知安的什么心。

老北京，谁住哪儿都是有规矩的。我们家太太(祖母)活着的时候住在北屋正房，父亲是儿子，儿子就得住在西屋，随时伺候着，随时请安，后头北屋空着也不能住。太太去世，父亲住正屋，哥哥们出去了我就住西屋，不能乱住。

从里往外说，二门是垂花门，垂花门外南边是一溜倒座南房，是客人住的，有时候仆人们来了亲戚，也在南屋接待。大街门以内西南角是茅房，用月亮门隔成一个小院，与东南角的月亮门厨房小院相对。过去东南角厨房小院是厨子老王住的，西南角小院是女仆刘妈住的。茅房在院子里位于“煞位”，用屎尿压着，以恶制恶。与茅房相对的厨房，应着东厨司命的说法，将灶安在东南角；灶院北边有小门和正院东屋廊下相连，东屋是饭厅，是一家人吃饭的地方。母亲没让莫姜住刘妈的旧屋说明她就没认可这个女人，没有给她任何身份，心内对她还存有疑虑和防范。

我极不情愿地把莫姜领进屋，母亲夹着刘妈用过的一套被褥跟进来，扔在外屋的小木床上，对我也是对莫姜说，就这么的了！

我的嘴噘得老高。

这是我的母亲的精明之处，小家出身有小家出身的心计。

二

老北京家家都睡炕，炕下头有炕洞，冬天生个带轱辘的小铁炉子，傍晚时推进炕洞里，炕便一宿都是热乎的。在寒冷的北方，这不失为一种简便实惠的取暖办法。老百姓一般不睡凉炕，怕坐下病。有俗话说，“傻小子睡凉炕，全凭火力壮”，指的是生熟不论的生猛，不是凡人。

那晚，我睡在热炕上，莫姜睡在小床上，我翻来覆去地睡不着。一来是从没有和陌生人这样睡过；二来跟一个脸上有刀痕的人同睡，就好像和鬼睡在一起。

《豆汁记》里，当了官的莫稽，以娶叫花子的女儿为耻，上任的时候以赏月为由，把金玉奴推到江里去了。这个北宫门捡来的莫姜，谁又能保证她是好人？半夜会不会把我害了？我心里埋怨母亲的粗心大意，埋怨母亲太不把我当回事。满肚子气没处撒，就在炕上弄出很大声响，暗示对方我并没有睡着，时刻在警惕着呢。

小床上，静得如同没有人，借着窗外的雪光，我见莫姜侧身躺着，如一张弯弯的弓，一动也不动。在这滴水成冰的天气，她那一床薄薄的棉被，抵得住吗？她睡着了没有？她不可能睡着，没睡着怎么不动弹？她在想什么？

满心的思虑，满心的恐怖。我终熬不过没有声息的莫姜，在焦躁中沉沉睡去。

早晨醒来是满天的大太阳，伸了个懒腰，洒满阳光的窗户纸上有树影在摇曳。掀开窗帘，玻璃上满是冻的"大白菜叶"，外头什么也看不见。赶紧退回被窝，头正要往被窝里缩，母亲的凉手伸进来了，在我的肚子上揪来揪去，把我弄得睡意全无。猛然想起房内还有一个莫姜，就朝外屋床上看。母亲说那娘们儿正在厨房做早点，天没亮就起来了，早把火笼着了。

生炉子，老北京叫"笼火"，是居家过日子一件寻常又麻烦的事情。笼火需用劈柴、刨花将乏煤点燃，再装硬煤，用拔火罐拔着，在院里冒半天大烟。等火烧旺了才能将炉子端进屋去，要不有煤气。至于装铁皮烟筒一类的花盆炉子是只有我父母房里才有的，那也得见天笼火。可以接续燃烧的蜂窝煤是上世纪六十年代出现的新生事物，属于高科技，所以旧时的北京一到早晨满城是煤烟味儿。"笼火"是技术性很强的活儿，硬煤搁早了搁晚了火都要灭，前功尽弃，满脸煤灰是太常有的事。

跟我憷头"ㄅㄆㄇㄈ"一样，我母亲也很怵头早晨的笼火，我刚一睁开眼睛她就把这个告诉我，足见她内心的满意。我说，那个女的睡觉一动不动。

母亲说，你以为谁睡觉都跟你一样，在炕上尥蹦儿？

不知卖花生仁的能做出怎样的早点，以她的出身手艺不会比母亲更精彩。老王就是老王，厨子就是厨子，人家是“萃华楼”出来的，那些京酱肉丝、烧明虾的美味鲁菜是无人可以替代的。

我来到堂屋，看见父亲正坐在八仙桌前喝粥。小米粥熬得黏稠腻糊，小酱萝卜切得周正讲究，一碟清爽的暴腌脆白菜，两个煎得恰到好处的鸡子儿，简单普通的早点看着就很赏心悦目。让我感兴趣的是桌上几个刚出锅的“螺蛳转”，“螺蛳转”就是火烧，在面剂儿的做法上有点儿费事，需一层层把油盐芝麻酱卷了，横切，盘紧，压扁；先烙后烘，中间微微隆起，像个螺蛳。桌上的“螺蛳转”烙得的确是好，小巧玲珑，精致可爱。比我们平时吃的小了一半，小点心一样，看着焦黄，闻着喷儿香。

这些都是莫姜所为。

父亲吃得很滋润，满面红光。告诉母亲，老王回来之前就让莫姜在厨房干活儿。

莫姜就成了我们家的临时厨子。

回山东的老王再没回来，听说他家里分了田地，他愿意在家当农民，不愿意再出来做饭。活脱脱把手艺给扔了，我们都替他可惜。老王不回来，看门老张也要走了，准备回唐山老家盖房种地去。莫姜无处可去，就留下来。莫姜既非亲戚，也不是名正言顺的仆人，我们无法称呼她，就一直莫姜、莫姜地叫，叫顺了，也不觉得什么了。

莫姜不善言语，一天也说不上几句话。父亲让她“在厨房干”，她就总在厨房待着，院里屋内根本看不到她的影子，好像我们家里就没有这个人。不像前一个女仆刘妈，什么都张罗，大黄蜂似的满院飞，替母亲当了半个家。莫姜说话不紧不慢的，让你听得真切又从无高声，在父母亲跟前说完话都是向后退两步再转身。不像我，动辄便调过大屁股对人。

莫姜走路快而轻，低着头目不斜视，无论高兴与否嘴角永远微微向上挑着。父亲说这叫“喜兴”，是当底下人的一种很重要的功夫，无论内心想什么，外表永远是雷打不动的愉快，这种做派非一日之功。像我那样经常地噘嘴吊脸，是最没水平的表现。我在莫姜的脸上看不出什么“喜兴”，一张疤痕累累的脸，倘若再“喜兴”，只能是丑八怪。

母亲说我说得对。

我和莫姜在一个屋里住着，彼此之间的距离在慢慢儿缩短。晚上，我会以“写作业”、“背书”各种名义晚睡，等着莫姜。当然不会白等，莫姜进屋见我没睡，先是淡淡一笑，然后打开手里的白手巾，手巾里包着核桃粘、红枣蜂糕、酪干什么的，每天不重样。在吃面前，我是个意志薄弱的人，深谙有奶便是娘的道理，谁给我好吃的，我就跟谁好。在某种程度上，我觉着莫姜比我母亲更让我亲近。

在我嘎嘣嘎嘣嚼酪干的时候，莫姜就准备她的床铺。莫姜睡觉衣裳必叠齐整了搁在椅子上，一双鞋也摆齐了放在床沿下。躺下睡觉从不翻身，不打呼噜，不咬牙放屁说梦话。跟我说话也是“您”、“您”的，好像她从来不会用“你”。说到我的父母亲，她用的词是“怹”，“怹”是“他”的尊称。现在的北京人已经没有谁会用这个词了，这个词大概快从字典上消失了。有点儿遗憾。

由于莫姜的厨艺，更由于莫姜恬静随和的性情，她得到一家人的认可，母亲从内心里接纳了莫姜。几次让莫姜搬到原刘妈的屋里单住，莫姜连连婉谢了，说和小格格住一块儿挺好，有个说话的，互相还可以照应，不会妨碍小格格念书。

我也不愿意莫姜离开，就说，妈您就让莫姜还住这儿吧，夜里我一人住老害怕。母亲用手指点着我的额头说，哟，还没听说过我们丫丫也有害怕的时候。就这样莫姜仍和我住在一起，母亲抱来刘妈留下来的干净厚被褥，铺到了莫姜的床上。

父亲每月给莫姜五块钱，意味着不是白使唤人家。莫姜开始不要，说在我们家白吃白喝，哪能还拿钱。父亲让莫姜把钱攒起来，说将来说不定用得着。莫姜诚惶诚恐地接了，然后请双安，以示谢意。莫姜将那些钱用手绢包了，也从不见她检点，她对钱物似乎看得不太重。

莫姜的全部家当就是她的紫花小包袱，就搁在枕头旁边，也不避讳我。包袱里除了几件换洗衣裳还有一个袜子板。我问莫姜怎还带着这个东西。莫姜说是她离开家时她额娘给她的，她额娘说袜子穿在脚上，虽不显山露水却是件很重要的穿着。女人最丢人的是袜子破了露脚后跟，无论是自己做的布袜子，还是洋线袜子，跑路一多就要破，补袜子用的家什得随时预备着。莫姜的话有道理，我的袜子一礼拜就破，在学校一提脚，不光是脚后跟，连后脚脖子都露出来了，有时候挺让人难堪。莫姜的袜子板有年头了，木头色泽已变得深红发暗，光溜溜的。我很喜爱，莫姜也没说送给我，只告诉我，有她在，我的袜子永远不会露脚后跟。

莫姜的包袱里还有一个不让我碰的东西，一根梳两把头用的翠绿扁方。这种东西我们家有好几根，都是父亲的第一个妻子留下的。我那个没见过面的姓瓜尔佳的母亲，娘家是内务府的，平日是旗装打扮，梳两把头，穿花盆底鞋，家里有她的相片，很有派头的一个妇人。

扁方是插在头发和缎子板之间的簪子，手指宽，七八寸长，两头是圆的，扁而光滑。瓜尔佳母亲留下的扁方有木头的、骨头的和银的，还有一根赤金的，赤金的被父亲收着，说是等我出门子的时候给我压箱底。

莫姜的扁方着实与众不同，晶莹剔透，温润可爱。莫姜不让我碰，只能她拿着让我摸，说是万一掉地上就碎了。我摸着那扁方，心里满是嫉妒，故意挑剔说扁方上有几处黑点。莫姜收了扁方说那是翡翠上的瑕疵，我说有瑕疵的就不是好东西。莫姜说大羹必有淡味，大巧必有小拙，白璧必有微瑕。物件和人一样，人尚无完人，更何况是物。

我当时年纪小，对莫姜的话似懂非懂。一向崇尚完美主义的我，到今天才理解"大羹必有淡味"的含意，毕竟还不算晚。

后来莫姜离开我们家时，把那个暗红的袜子板给了我，我却一次也没用过。时代变了，尼龙袜子风靡全球，这种袜子是永远不会磨破，永远用不着袜子板的。今天，人们又回过头来追求棉线袜子了，可是今天的线袜子没等穿破就扔了，再没有露脚后跟之羞。总想用用莫姜的袜子板，总也用不上。有个朋友叫雅君，前年在筹建妇女博物馆，连哄带要，用一张捐赠证书换走了我的袜子板，拿去当了展品。展品的说明是"补袜子用具"，却不知它背后的故事更精彩。

父亲老是夸莫姜，夸的前提必定拿我当陪衬；一定是先说我哪儿哪儿做得不对了，然后是：看看人家莫姜……怎么怎么的……多规矩！

莫姜的性情静得像水，手却老不闲着，总是在做着与饮食有关的事情。在漫长的冬日，我与莫姜围炉而坐，我们凑在一起是贪图火炉的温暖，贪图西屋难得的上午短暂的阳光。我在折腾那永远搞不清楚的算术，莫姜不知在鼓捣什么。待我疲倦地放下书的时候，炉圈上则站满了洁白如雪的兔子、刺猬、鸭子、乌龟……都是莫姜捏的小点心，精巧美丽，里面的馅是豆沙和枣泥。嘴馋的人馋相必有外露，我忘乎所以地将那些兔子、刺猬一口一个地往嘴里填；那时候还不懂得欣赏也不知道赞美，只是一味地吃。真是糟蹋了莫姜的工夫，愧对了那些艺术品。莫姜坐在对面，抬起她轻易不抬起的头，微笑着看着猛如饕餮的我，看得出我这毫不遮掩的性情让她高兴。

莫姜做饭的手艺是化腐朽为神奇，极普通的东西到了她手里就会变得绝妙无比。比如我们家后院那些堆积如山的松树枝子，一度成为累赘，偌大后院简直被搞得下不去脚。莫姜闲下来的工作是烧松树枝，正如她的性情，不是烈焰蒸腾地猛烧，是只冒烟不出火地慢燃。松树枝上架铁箅子，箅子上摆着她灌制的肉肠。跟街上卖的香肠不同，莫姜灌的肠是在锅里煮熟以后才上箅子熏的，并且只能用松枝熏，这样才有味。一批肠要熏制十天，也不用管它们，肠在烟中，顺其自然。

这种自制松肠成了我们家的传统食品，父亲拿它来待客、送人。都知道金家的松肠好吃，慕名而来的大有人在，可是谁也做不出，因为哪家也没有那么多的白皮松枝子能长期点燃。莫姜的松肠走得很远，甚至出了国门到了英国和日本。几年光阴，两棵白皮松生生被肉肠耗完了。

金家受惠的主要是我。因了我跟父亲一样的馋，因了我好刨根问底的禀性，我成为了莫姜身后的一条尾巴。我喜欢钻厨房，从老王在的时候我就是那里的常客。母亲说我是厨子托生的，对这点我深信不疑。我们家厨房的灶是用砖砌的，有两个火眼，可以同时蒸炒煎炸，灶膛内还砌有汤罐，以保证随时有热水，这都是老王留下来的。莫姜对我们家的炉灶相当满意，她说做饭全凭火，火跟不上，再好的厨子也得抓瞎。

我的五姐夫完颜占泰有个同乡，也是天津人，姓张。过去是宫里敬懿太妃跟前的太监，常到我们家来串门，我们都尊敬地叫他张安达。张安达认识莫姜，每回来了都要去厨房看她。我看见过两个人互相请安问好，动作十分的优美利落，张安达是跪安，莫姜是蹲安，张安达是朗声，莫姜是低音，一起一落，听着舒服，看着养眼。张安达临走，莫姜总会送上一包自己做的小点心，让他拿回去给孩子吃。张安达有个女儿，这个我以后还会说到。张安达也把他媳妇缝制的罩衣什么的带给莫姜，有一回张安达给莫姜带来一件琵琶襟青布小夹袄，上边的小葫芦盘扣细腻可爱，让我爱不释手。与张安达走动是莫姜唯一与外人的交往，莫姜说，她在北宫门住着，宫里出来的太监们都爱买她的花生仁。

上初中一年级的时候我得了肺结核，一度休学，在家待了三年。这期间，父母亲又让莫姜搬到刘妈的小屋单住，以免被传染。跟她说了几次，她还是跟我同住西屋，并不因了我的病而有疏远。我知道，这就叫患难见真情，我很感动。我的六姐姐跟莫姜就不一样，她回来看母亲，到我屋里还要戴上口罩，背过手，我的东西她碰都不碰，这让我很伤心。六姐一走，我就趴在桌上呜呜地哭。晚上莫姜劝我说，六格格是协和的大夫，大夫整天跟病人打交道，自然得讲究一点儿，要不她得得多少病呀！

我跟六姐说是一母同胞，还不如隔着母亲的老七，不如没一点儿血缘的老姐夫完颜占泰；他们跟莫姜一样，也不避讳我。我每天吃的药是雷米封，每天打的针是链霉素，这两样东西把我整得痛苦不堪。雷米封吃下去全顶在胃里，链霉素打进屁股蛋全聚在皮下，人简直成了僵尸一般。一反我乐天的、没心倒肺的性情，一看见药我就想哭，父亲说我快成《红楼梦》里的林黛玉了。他们哪知道我心里的急，三年没到学校去，我那批同学中学已经毕业了，我还在家猫着！

看了不少大夫，大家的结论都是两个字“静养”。我跟母亲嚷嚷，去找彭玉堂呀，他准能治！

母亲说，让老七去找过，彭玉堂搬了，找不着了。

找不着彭玉堂，我想，命中活该有此一劫。要不，吃他几服汤药，准好，不至于现在这样躺三年。在家待着，父亲让我练习写字，临王羲之的《兰亭序》。我不爱写字，我爱看莫姜做饭。这期间，我真跟她学了不少，醋焖肉、樱桃肉、核桃酪、鸽肉包、奶酥饽饽、炸三角，自信已深得其真传。要不是后来历史的变故，我相信我能当一个不错的厨子。就是今天，已近暮年的我，仍旧是我们家节假日的大厨。饭桌上，吃着吃着我就想起了莫姜，想起了那个女人传奇的一生，常常地走神。也有朋友买了材料，提着上门来，言明要学某某菜，倾心地教了，她们做的味道总差着一层，作料工艺都对，缺的是莫姜那不瘟不火的心劲儿。

莫姜做得最多的是醋焖肉。有用啤酒烧肉的，有用鸡汤烧肉的，谁也没想过还有用醋烧肉的。并且还必须是江南香醋，醋一次用半斤，真正的“醋焖”，而绝非点到为止的点缀。醋焖肉不是酸的，是地道的咸甜口，吃到嘴里烂而不柴，爽而不腻，恰到好处。相比樱桃肉的做法就简单多了，樱桃肉是把肉切成小丁，加上作料，与鲜樱桃一起装在罐里煨，头天晚上搁炉子上，第二天中午才能吃。这十几个钟头的煨，将樱桃的色味与肉融合在一起，食之如天上珍馐。

莫姜做的吃食，基本是满族口味，我最爱吃她做的鸽肉包。鸽肉包满族又将它称作“包”，是一种游牧民族的饭食，并非汉族的肉包子。莫姜会做，父亲会讲，谈到“包”的出处，父亲说“包”具有纪念意义。明朝万历四十六年七月五日，老汗王努尔哈赤领兵打仗，走到一个叫清河的地方，一点儿吃的也没有了。清河的农民给努尔哈赤送来了几只鸽子、一些白菜和米。汗王把鸽子烤熟了，和着米饭用菜叶包着吃了。有人问这叫什么，努尔哈赤说叫“包”。打了胜仗，“包”也成了满族的传统吃食。

可是粗犷的“包”到了莫姜手里立刻变了模样，非是平常旗人家所做的白菜叶子包酱拌饭。莫姜的包非常讲究，得选上好的白菜心，要小要圆，只能包一把饭。再把小鸽子肉剔出来，切成丁和香菇炸酱，拌老粳米饭，点上香油，撒上蒜末，用拍过的白菜叶子包了，捧在手里吃。吃的时候包不离嘴，嘴不离包……只吃包不行，还要配上好的粥，冬天是羊肉粥，初春是江米白粥。

“口之于味也，有同嗜焉”。有了莫姜，一度父亲频繁地大请客，饭桌之上，宾客云集，一通大嚼，肴核既尽，杯盘狼藉，不堪入目。最让宾客们开眼的是莫姜做的“熟鱼活吃”，一条糖醋大鱼端上桌的时候，鱼的嘴还在张合，浑身还在动弹。宾客都说这是绝活，一定要见见厨师。父亲让我到厨房去叫莫姜，莫姜不来，客人们憋不住，都跑到厨房来看莫姜。一位太太好奇地询问鱼的做法，大概也想回去制造惊奇，莫姜说取活鱼，快刮鳞，开膛去脏，挂糊，垫着搌布捏住鱼头，将鱼身放入急火油锅中炸，再用糖醋汁一浇而成。我料定这位太太做不成功，因为莫姜没告诉她在鱼活着的时候要灌白酒。有了白酒的刺激，神经处于麻痹状态，鱼才能张嘴活动。当然，每个厨师在技术上都有自己的秘密，不是有什么说什么的。

这样精彩的厨师，母亲从来没有当面称赞过。在我的感觉里，自始至终母亲和莫姜总是隔着一层，这种隔膜一直延续到她的离世，也没有更进一步地走近。在莫姜跟前，母亲时刻要体现出一种“救世主”的优越，在她的心里永远记忆着她从厨房端来的那碗豆汁，记忆着莫姜跟随父亲初到我们家穷途末路的落魄。她不止一次对莫姜说，莫姜啊，你说你是怎么混的，穷途潦倒，我不留下你，你就得流落街头，冻饿而死呀。

言下之意是提示莫姜要时刻感恩戴德。可莫姜偏偏地不会说传递感情的话，她只是低着眼皮说，是的，四太太。

母亲就不满意，私下说莫姜薄唇细眼，骨瘦肩削，一副贫穷之相；特别是脸上的疤，让她这辈子彻底完了，别再作富贵安泰之想。父亲则说，人不可貌相，海水不可斗量。疤痕是浮面的东西，疤痕之下，莫姜相貌平静像寒玉，神色清朗如秋水，那气质不是谁都有的。父亲这样在母亲面前称赞莫姜，倒让母亲说不出什么了。

其时莫姜已不年轻，将近六十岁了。

三

对于莫姜，我一直如雾里看花，观不透彻。问过她的手艺从何而来，莫姜说是跟男人学的。我说，就是那个砍你一刀的男人？

莫姜说刘成贵脾气坏但是手艺好，从十五岁就给王玉山打下手。我问王玉山是谁，莫姜说，您真不知道王玉山？

我说，我怎会知道王玉山，你知道教我“ㄅㄆㄇㄈ”的高玉玲吗？

莫姜摇摇头。我说，这就叫隔行如隔山。

莫姜说王玉山是西太后的大厨，擅长烹炒，老佛爷封他为“抓炒王”。抓炒腰花、抓炒大虾、抓炒鱼片都是拿手，王玉山做的抓炒里脊成为西太后的最爱。因为这道菜太普通，谁都能做，越是谁都能做的菜越能显出水平；王玉山能把普通菜做得不普通，这就不简单了。所以西太后走哪儿都带着他，就是庚子事变到西安，也没把他落下。

我说，你那个浑蛋男人原来还是御膳房厨子的徒弟。

莫姜说她的手艺跟刘成贵比差远了，刘成贵要是在我们家，能做出满汉全席来。我说，动辄拿菜刀砍人，谁敢用。你也是太窝囊，刘成贵要敢跟我动刀，我就抡烧火棍，演一出《杨排风》也未可知。

有事没事，我就跟莫姜提她的“浑蛋男人”。从莫姜嘴里我知道了，刘成贵是宫里“抓炒王”的徒弟。慈禧有自己的小厨房，叫寿膳房，在宁寿宫，沿袭的是顺治母亲孝庄太皇太后的寿膳房，以菜肴精细而著称。慈禧在南海丰泽园、宝光门的北面和颐和园乐寿堂的东面都有自己的厨房，有厨师三百多人。光绪的御膳房在养心殿，他的御膳房按历制配备，用现在话说就是“大灶”，缺少细腻。光绪的皇后住在钟粹宫，也有自己的小厨房，是慈安太后留下的。

慈禧死后，寿膳房的厨师们大部出宫去了，王玉山出宫后在北京东兴楼当厨子。东兴楼是北京的大饭庄，坐落在东华门外头，是专门接待军阀政客的地方，一般老百姓在那儿吃不起。创办它的人是宫里管书籍的，人叫“书刘”，很有背景。东兴楼的厨子分四等，“头火”“二火”“三火”“四火”。“四火”也必得有十几年的经验，可还只有做汤菜的资格。

刘成贵开始给“抓炒王”打下手，聪明好学肯钻研，十九岁那年，已经在东兴楼掌勺当灶了。宣统成年后，曾一度为养心殿御膳房的饭食粗劣而生气，将掌案叫来严加训斥，掌案详细禀报了慈禧小厨房的事情，宣统就把慈禧小厨房的人又叫回去在御膳房干。这样，刘成贵代替他的师傅“抓炒王”进了紫禁城。

刘成贵的坏脾气是出了名的，跟谁都闹不到一块儿去。要不是因了手艺好，早就被开了，所以他的周围一个知己的朋友也没有。溥仪被赶出紫禁城，莫姜男人自然也出了御膳房。

我问莫姜是什么时候嫁给刘成贵的，莫姜说就是在他出宫的时候。开始也不知道刘成贵一身毛病，结了婚第三天，有人来家里拉桌椅板凳，才知道这些东西都是借的。刘成贵的好手艺挡不住他挣钱，但是好赌，钱在他手里就跟流水似的。输的时候，连家里的被卧褥子都让人揭了去，赢了就到花枝胡同找老相好去厮混。莫姜说那个常跟刘成贵来往的娼妓叫卫玉凤，穿着高跟鞋，涂着红蔻丹，烫着头，露着大腿，很摩登。刘成贵在宫里当厨子时跟她就有来往了。

我说，这也犯不着拿刀砍你呀，难道就一点儿情分也没有了吗？

莫姜说还是怪她，她性情太冷，相貌平常，没本事拢住男人；更何况她比她男人大，大五岁。我问莫姜这婚姻是怎么整的，怎找了个小女婿，莫姜低着头说，不说了吧……

刘成贵落魄不羁，不事生计，家资为之一空。砍人还不是最糟糕的，最糟糕的是他把莫姜给赌进去了，莫姜成了筹码，被输给了一个叫陆六的小混混儿。陆六来北宫门领人，一见莫姜，吓得调头就跑。一来莫姜脸上的刀伤让陆六摸不着底细；二来莫姜的年纪也出乎陆六的想象。他不想找个妈，找个累赘。典当妻子，实属下流无耻，刘成贵无脸面回北宫门，从此销声匿迹，再不见踪影。有传说是成了“倒卧”，赌徒刘成贵死在街上，一点儿也不稀奇。

我替莫姜庆幸，那个又赌又嫖的凶残男人，如若活着，还不知会给她带来怎样的灾难，还要增添什么样的伤痕。脸面是女人最重要的，一个女人的脸面被破坏了，那将是她人生的最大不幸，再无幸福可言。特别是我看到母亲对着镜子描眉擦粉的时候，我往往为莫姜而悲哀。没有那个刘成贵，莫姜何以如今日这般寄人篱下，小心翼翼，谦谦为人？那个死鬼厨子，冻死在街头真真是活该极了！

莫姜说，个人有个人的命，不能强求，眼下这样，她很知足了。

我没有把莫姜的这些隐情告诉别人。我知道，谁都有自己不想让人知道的秘密。比如我，上小学三年级算术考试得了 9 分，我偷偷把成绩单改了，在 9 旁边又加了个 9。这样的事情当然只有我自己知道，我是连莫姜也不会告诉的。做人得学会“守口如瓶”不是？

还有，我曾经喜欢过我们班的男生刘大可。刘大可不喜欢我，我就让莫姜做了奶酥六品给他，并且说是我做的，以提高我的身价。奶酥六品让刘大可惊奇，小子哪儿见过这个？他爸爸是电车上卖票的，每到一站都得下车，最后一个再挤上去，跟奶酥六品差得还远。得了奶酥的好处，刘大可带我去坐他爸爸的电车。坐电车是次要的，主要的是能单独跟刘大可在一起，从北新桥到东四坐了四站，把我激动得浑身哆嗦。这些我照实跟莫姜说了，不说我憋得慌。莫姜对此不置可否，说以后要吃什么点心尽管说，奶酥六品以外她还会做什锦点心、马蹄烧饼、豌豆黄、芸豆卷……

莫姜没把我送奶酥六品的事告诉家里大人。当然，她的事情我也不会到处张扬，彼此心照不宣罢了。

长期与莫姜相处，相入相化而不觉，竟也不觉得她怎么丑了。有时甚至还暗自庆幸她有这个疤，有了疤她才能留在我们家。要不，她指不定到哪儿去了，轮不到父亲把她捡回来。

那是一个炎热的夏日，母亲和父亲去听戏了，戏名是《鸿鸾禧》，没带我去，说是我得“静养”。为了“静养”，我有日子没进戏园子了，每回去医院检查都说是“活动期”，肺上那块病灶就是钙化不了。

《鸿鸾禧》就是《豆汁记》，是荀慧生演的，荀慧生是京剧四大名旦之一。不能去看名旦损失实在是大，心里就很不痛快。坐在廊下，托着腮，看着移动的日影，百无聊赖地发呆。

莫姜给我端来一碗又甜又酸的酸梅汤，对我说，女孩儿家家的，不能托腮。我问怎的不能托腮，莫姜说就是不能托。莫姜这样地“教训”我，都是在母亲不在的时候，当着我的母亲，她绝不会说我的任何不是；背过母亲，她会些许露出一点儿对我的亲近，但也是极有分寸。莫姜的酸梅汤在冰桶里冰过了，泛着桂花的香味，喝一口，全身通泰，美！

乌梅是我从西口“达仁堂”药铺买来的，桂花酱是院里桂花腌制的，两样东西混到一起竟然达到了如此美妙的效果。炎炎的盛夏，冰凉的酸梅汤，沉沉的四合院，干净利落的老太太莫姜，成了我永难忘却的记忆。我给莫姜讲述父母去看的《豆汁记》，莫姜说她看过，是筱翠花演的金玉奴。筱翠花扮相很美，踩着跷，婀娜多姿的。我问莫姜在哪儿看的筱翠花，莫姜闭了嘴，再不回应。

莫姜进厨房了，我在院里扭扭捏捏地学唱金玉奴：

人生在天地间原有俊丑，
富与贵贫与贱何必忧愁。

我觉着自己唱得不错，身段也好，将来如果不做厨子就去当戏子，这两个职业都是我的至爱。

二门里晃晃悠悠进来个老头，衣衫褴褛，落魄不堪。老头后头跟着个半大小子，趿拉着张开嘴的靸鞋，穿着大裤衩子。两人一样的脏臭，一样的龌龊。我问他们找谁，老头说找姓谭的。我说这儿没姓谭的，他说他打听半个多月了，就是这儿！小子接茬儿说，没错，就是这儿。

莫姜听到院里的说话声，破例从厨房走出来，站在东廊下，定定地看着来人。老头也一动不动地看着莫姜，站了半天，谁也没说话。突然，莫姜哇的一声哭了，蹲在地上用手捂着脸。老头有些慌乱，一双脏污的手使劲儿地抓捏裤子，木讷地说，我对不住你……莫姜。

莫姜说，你还活着？还活着……

我问老头是谁，老头说他是刘成贵。

我说，你不是死了吗？

刘成贵说，我活着跟死也差不多了。

我说，你把莫姜卖了，莫姜现在跟你一点儿关系都没有，还来找她干什么？

刘成贵说，我错了……

莫姜脸色白得像纸。我问莫姜，这老头果真是刘成贵？莫姜点点头。“死去”的人又复活了，这事变得有点儿复杂，我一时不知怎么办才好。刘成贵力气有些不支，挪了几步坐在台阶上，看见我那碗没喝完的酸梅汤，问我能不能给他喝。我没言语，他许是渴得狠了，还是端起来喝了，喝完说，乌梅是药铺买的，一股党参黄芪味儿。

不愧是大厨。

半天，莫姜缓过劲儿来了，问刘成贵有什么打算。刘成贵说他现在这副模样还能有什么打算，兜里没钱，身上有病，除了莫姜，他再没别的亲人了。莫姜说，回来也好，咱们好好过日子，有我一口就有你一口。

我说，莫姜，你可想好了，他是只狼！

莫姜含着眼泪对我说，您说我能怎么着呢，摊上这么一个男人。

刘成贵说，我们是敬懿太妃指的婚，名正言顺的。

我说，呸，去你的太妃吧，坑人不浅！

我们说话的时候，那个半大小子就在院里转，看着敞亮的北屋说，爸，咱们今天就住这儿吧？

莫姜说这里是住不得的，这儿是金四爷府上。四爷和太太马上就回来了，有话到外面去说。小子不听，索性在父亲的躺椅上躺了下来，摇来摇去，把椅子弄得嘎吱嘎吱响。小子对莫姜说，你住哪儿我爸就住哪儿；我爸住哪儿，我就住哪儿。

我问这个无耻的小子是谁。小子说他是刘成贵的儿子，按规矩，他应该管莫姜叫娘。莫姜有些手足无措，刘成贵解释说小子叫刘来福，他娘姓卫，死了。

嗬，妓女卫玉凤的后代。

我不知这出戏该怎么往下演。

太阳已经西斜，是散下午戏的时候了，父母亲马上就要回来了。莫姜脸憋得通红，转了几个圈说做下人的，不能给主家儿添乱；只要出去，怎么着都好说。小子大大咧咧地说，我们要吃的住的，穿的戴的，使的用的……又补充说，住的不能窄憋，穿的不能寒碜，吃的不能凑合。

我看出来了，这小子年纪不大，是个混混儿，无赖。我说，你真不要脸！

小子现在成了主角，眉毛一挑说，这是我们家自己的事。

刘成贵说，现在能有碗荷叶粥喝最好，就八珍鸭舌，解饥又下火。

一切好像倒过来了，好像是莫姜亏了他们，欠了他们，让他们受苦受难了。在他们面前，莫姜得赎罪。

好不容易，莫姜带着刘成贵走了。父母的晚饭是我给做的，初试牛刀，小露锋芒，印证了我的模仿能力和动手能力。海米冬瓜汤，肉片焖扁豆，胡桃鸡丁，都是夏日的家常饭菜，都是临时急就而成，不需慢功烹制的。父母到家时，饭菜已经摆到桌上了。

父亲在饭桌上大赞荀慧生的《豆汁记》改得好。原来的《豆汁记》是以大团圆结尾，即金玉奴被林大人从江中救起，以义女名分许配莫稽，洞房中一通棒打后，夫妻和好。经荀慧生一改，变成了洞房内一通棒打，将莫稽以忘恩负义，害人性命罪名撤职查办；以金玉奴“多谢义父为我报仇雪恨，回家去勤操劳做针凿，我侍奉爹尊”结束。既善恶有报，又出了气。

我告诉父亲，这顿饭完全出自我的手之后，父亲惊奇地说，丫儿长本事了，已经能够“侍奉爹尊”啦。

母亲问我莫姜在干什么。我说一个叫刘成贵的，带着儿子刘来福找来了。母亲看着父亲说，莫姜说过是无亲无故的……怎么有男人还有儿子？

父亲沉吟了一下说，莫稽没想到金玉奴成了林大人的女儿，金玉奴也没想到自己婚姻一场，临了还得回家去“做针凿”……世间出人预料的事情很多很多哪。

母亲说，她来的时候莫稽一样的可怜，是我们一碗豆汁救的，收下了她；这倒好，她站住脚了，家眷也来了，敢情莫稽身后有一大家子人。

父亲问我刘成贵怎么打算，我说刘成贵要吃八珍鸭舌喝荷叶粥。父亲一听就乐了，说这个刘成贵是个内行。母亲把碗一推，让父亲赶紧拿主意，父亲的回答只四个字，“顺其自然”。

我知道父亲是舍不得莫姜那精湛的厨艺。

那晚莫姜没有回来。如何应对那一对父子，我真替她发愁。

四

莫姜走了，母亲不得不再次下厨，我们家又恢复了炸酱面、熬白菜的岁月。现在，我和父亲想念的再不是厨子老王，而是他他拉·莫姜。我才知道，莫姜姓谭。辛亥革命后，满人多随汉姓，正像我们家“爱新觉罗”，姓了“金”一样，“他他拉”就姓了“谭”，莫姜应该是谭莫姜。后来实行了户口制度，登记的时候莫姜却又没姓“谭”，还是姓了“莫”。

山中无老虎，猴子称大王。没有了莫姜，我便成了大厨。因病休学不去学校，我的大半时间就全扎在厨房里。之所以心甘情愿地与红盐白米打交道，是源于我与生俱来的对厨艺的偏爱，就像我后来偏爱的文学。

做饭和写文章是相通的，在谈论文学创作时我常用做饭来打比喻。写文章好比和面，初写成不过是刚把面和成了一个团儿，面得不停地揉，文章得不停地改；面里的疙瘩揉开了，文章里的硬伤病句改过了，这还只是完成一半。还不行，面得搁在一边醒，最少醒俩钟头；文章得搁，最少搁半个月。醒好的面再揉，搁过的文章再改，基本就可以拿出去了。急茬儿的面(疙瘩汤除外)，急就的章(除非天才)，一般经不住推敲。火候到了，饭就熟了；人品到了，文就熟了，就这么简单。大家听了笑我，笑我的文学理论就是一个主题——“吃”。

莫姜饭做得好，是莫姜火候把握得好。莫姜是不会写小说，倘若她能写，应该是大家。

依着父亲“顺其自然”的态度，我们尊重莫姜的选择，是去是留全不干预。晚上，看着莫姜空荡荡的小床，看着月影在房内的移动，我难以入睡，不知莫姜在哪里……

一阵咳嗽，胸腔里仍有隐隐的痛。

一个月后，莫姜回来了，憔悴了许多，却依旧的干净利落。这使我想起了“托身已得所，千载不相违”的古训，莫姜是个知情知义的人。她没有解释刘成贵的“死而复生”，也没有谈论那平地冒出的儿子，只是说给我们添了麻烦，对不住四爷四太太。

父亲给她加了工钱，每月十五块，就算是我们正式地雇用她了。

莫姜不再与我同住，她每天回家了。她在炮局胡同一个杂院里租了两间南房，竟然和那个赌徒加凶手过起了日子。后来我才知道，莫姜是把那个翡翠扁方卖了，用那钱安顿了这爷儿俩。炮局胡同，离我们家不远，每天早晨莫姜早早就来了，晚上吃完晚饭，收拾完了才走。

我不理解莫姜为什么要接纳刘成贵，也不能想象她和那个浑身馊臭的老头子躺在同一个炕上会是怎样一种情景。谁把我卖了，我会记恨他一辈子；谁砍我一刀，我永世不会原谅他！说得好听，莫姜是善良，是宽容；说得不好听就是贱！我没好气地对莫姜说，告诉那个浑蛋啊，不许他上我们家来。

莫姜说，他不来，他在东直门外粉坊帮忙呢。

粉坊是把绿豆做成粉丝的地方，终日蒸汽腾腾，汤水淋淋，粉坊的附带产品就是豆汁和麻豆腐。无论是豆汁还是麻豆腐，都是不能登大雅之堂的粗食；羊尾巴油炒麻豆腐再好吃，不上菜谱。一个皇上跟前的御厨，沦落到做豆汁的份上，也算是“地覆天翻”了。该着！

我说，那个糟老头子，站也站不稳的，还能在粉坊干活？

莫姜说，怎么是糟老头子，他比我还小呢，小五岁。

我说，他得靠你养着吧？

莫姜说，过日子，能说谁养活谁呀？

明显的，莫姜已经站在那浑蛋的立场上说话了。轻描淡写，息事宁人，以忍为阍，苦头吃得还不够。

莫姜说刘成贵“不会来”，刘成贵还是常偷偷摸摸往我们家跑。刘成贵来了，不敢进二门，只是躲在东南角厨房的小院里，怕我看见，知道我最不待见他。比起莫姜来，刘成贵有些老态龙钟，不唯腿脚不利落，手和胳膊还发颤。一代名厨现在连炒勺都掂不起来了，这叫恶有恶报。

有时候刘成贵被我在门道撞见，他会惶恐地闪在一边，不敢拿正眼瞧我，嘴里嗫嚅着……我来给她……送点儿东西……

这个“她”指的是莫姜。

我根本不理他，就像没看见一样地从他跟前走过去。无言的鄙视是最好的报复，不是为我，是替莫姜。

再看见他，手里果然提着东西，不是麻豆腐就是豆汁，以证实“送点儿东西”是不虚。

父亲似乎不反感刘成贵，有时候知道刘成贵来了，就把他叫到里院来聊天。刘成贵进里院从不走垂花门，而是由厨房的小门进，顺墙溜，沿着东廊进北屋。进来也不坐，垂手站着，以示卑微。我一见他这副孙子模样就反感，就拿眼瞪他。想他抡菜刀的时候是何等凶恶，何等无情，现在装得跟避猫鼠似的，骗谁呀，狗奴才！

父亲让他坐，他说不敢。父亲说现在解放了，都是人民了，没有了高低贵贱之分，没有那么多礼数了。刘成贵还是不坐，还是站着，说他站惯了。父亲说，你成了《法门寺》里的贾桂，站惯了。

刘成贵说，四爷跟皇上是本家，看在老先主儿的分儿上我也得站。

我说，让他站着，没让他跪下就便宜他了。

父亲惊奇地看着我，不满地说，你什么时候学得这么刻薄，老刘师傅头发都白了，你跟一个老人能这样说话？

我一调大屁股，出去了。

父亲跟刘成贵聊的多是吃饭的事情，扯什么满汉全席一百三十四道热菜、四十八道冷荤的内容；不厌其烦地用纸记了，说是要写文章。那时候父亲刚进政协，对搜集文史资料充满了热情，一礼拜恨不得写八篇文章往上递，说有些东西不写下来就丢了。

刘成贵的师傅“抓炒王”是见过慈禧的人，据他师傅说，老佛爷精力充沛，食量惊人，只要肚子稍稍感觉到空，只要是没什么事情好做了，就得吃东西。有一回在颐和园景福阁刚吃完小吃，往谐趣园走。景福阁和谐趣园相隔不远，几步路，还是下坡，老佛爷不要坐辇，说要遛遛食儿。走着走着突然停下来，不知为着什么，要吃鱼羹。厨子就得拿出带着的小灶，当场制作，当场品尝。

刘成贵对我父亲说，我师傅告诉我，老太后实际是死在嘴上，您太贪吃，太没有节制。有时候半夜醒了还要吃“烧猪肉皮”，最喜欢的清炖肥鸭几乎顿顿要上，夹肉末的马蹄烧饼和炸三角要吃刚出锅，一咬流油的。一个七十多的老太太怎禁得住这些油腻？深秋时节，秋燥，调理不当，拉肚子了，成了痢疾，硬是拉死了……宫里的御膳并不都好，太精细，吃几顿可以，老吃就停在肚里不走了，弄得皇上和几位太妃的胃肠都不好。民间吃得糙，大眼窝头麻豆腐，绿豆杂面腌菜帮；吃着舒坦，拉着痛快。

这些话，好像不应该是从御厨嘴里说出来的，刘成贵自己在砸自己的行当。几十年后我才悟出刘成贵的道理，器具质而洁，瓦瓮胜金玉；饮食约而精，园蔬愈珍馐；布衣暖，菜根香，恬淡平静的百姓日子是最值得珍贵，最舒服养人的。

此经验非一番磨砺不能得出。

自从刘成贵在父亲的怂恿下开始登堂入室以后，东直门外粉坊的豆汁和麻豆腐就经常在我们家的饭桌上出现。豆汁和麻豆腐同属绿豆淀粉和粉丝的下脚料，将绿豆泡涨，捻皮，加水磨浆，倒入大缸发酵。下沉者是淀粉，上浮者是豆汁；豆汁酸而浊，一股泔水味儿。麻豆腐是做粉丝的剩余物，颜色青绿，有豆腐渣的嫌疑。

刘成贵是个狈，动嘴不动手。在他的指导下，下里巴人的麻豆腐被莫姜做得精致无比。羊腰肉切丁，香油烹炒，放入青豆、雪里红、胡萝卜丝，单搁出，再炒黄酱，然后将麻豆腐倒入，炒至香味四溢再把备好的作料掺进去，充分融合，起锅，盛入淡青色盘中，中间打个窝，浇上现炸的辣椒油，四周撒上青韭，一盘色香味俱全的炒麻豆腐就可以端上桌了。炒麻豆腐的味道往往传得很远，胡同里一旦飘出那特有的香味，人们便知道，金家又在吃麻豆腐了。

相比，豆汁的做法比较麻烦，刘成贵在送豆汁的时候还要捎带从东直门棺材铺带些锯末来。熬豆汁切忌滚开大火，大火熬的结果是渣是渣，水是水；在锅里还浑然一体，盛到碗里，不待上桌，便汤水分离了。刘成贵的做法是，豆汁烧开用锯末熬，点着的锯末永远处于似燃非燃状态，豆汁便永远处于似滚非滚模样，水乳达到充分交融，喝起来酸中带甜，醇味实足。父亲翻出一本老旧的书，上头有说豆汁的：

> 糟粕居然可做粥，老浆风味论稀稠。
>
> 无分男女齐来坐，适口酸咸各一瓯。

鸡鸭鱼肉固然高贵，却不如其貌不扬的豆汁滋味悠长。

但是我拒绝刘成贵拿来的豆汁和麻豆腐。这些吃食，隆福寺小吃摊上都有，不稀罕“老浑蛋”的赐予。然而，我的不屑，我的矜持，不久就被饥饿冲淡了消解了。

1958 年年底，我家前边两进房子被当时的街道公社征用改为敬老院，东南小院的老厨房也在其内。为此，莫姜不得不在后院的小土屋盘灶做饭。这以后她那高超的厨艺再无从施展了，不唯是换了厨房、改了灶眼，更是因为空前的大饥馑已经在全国蔓延开了。

三年自然灾害开始了，粮食日趋紧张，副食也开始计划供应，每人每月半斤清油，一斤肉，连碱面和肥皂也要用购货本去买。莫姜纵然有天大本事也再做不出一咬流油的炸三角来了。莫姜有些失落，有几次我到厨房去找吃的，看见她挓挲着手在厨房里转，不知道该干什么。每人每月二十八斤半粮食，按说不少，却突然变得不够吃。每月 24 号是发下月粮油票的日子，一大早就有不少人到粮店排队，买下月粮食。买粮的任务多由我和莫姜承担，我记得很准，24 号天不亮，我们就已经站在西口粮店排队的行列中了。两人手里拿三条面口袋，一个装米，最小，一个装白面，一个装棒子面；装棒子面的口袋最大，我和莫姜都背不动，得老七来接。

莫姜会用棒子面和白面做金银卷，其实就是花卷，一层白面一层棒子面，棒子面是用开水烫好的。一层白的一层黄的，白的是层薄薄的皮儿，里面的黄很厚很厚。

菜也是定量供应，早晨菜铺将一筐鲜菜送到我们家院里，这是附近几户的供应，多少斤是有数的。由我们家代做售货员把菜卖给大家，再把钱给菜铺送去。这也是困难时期北京商业的售货办法之一，否则那点有限的蔬菜没法分配。十几户街坊，有时候是一筐烂小白菜，有时候是一筐蔫萝卜。最可怕的是冬瓜，十几户分一个冬瓜，每户一小块，分匀了太难了，分不匀彼此有意见。开始卖菜的活儿由莫姜干，她把每户的秤都给得高高的；怕亏了人家，怕人家不高兴，结果是我们家没菜吃。后来母亲接了这个活儿，她把分量掌握得很好，剩到最后，菜虽然不好了，分量却差不了多少。

父亲因了他的职务，每月多有供应；但极有限，无外是黄豆和伊拉克蜜枣，有时是几斤咸带鱼。莫姜不会做咸带鱼，她拿着那干瘦的长条问母亲，是用温水发还是上屉蒸？我由此推断，慈禧老太太是绝没吃过咸带鱼的。

看来在吃上，也有莫姜干不了的事。

最后连菜也少见了。入冬，每户每人配给了五斤粮票的白薯，一斤粮票买六斤白薯，我们家用架子车拉回一车，堆在院子里。父亲见了那些白薯高兴地说，这回可以吃拔丝白薯了。

莫姜愁眉苦脸地说，四爷，拔丝好做，油呢？糖呢？

父亲说他就是说说而已。

那一阶段，莫姜和母亲常出东直门，到人家收获过的地里去捡剩。捡剩的城里人挺多，老娘们儿们常为半截萝卜、一块菜帮而打架。逢有争执，都是母亲出头。莫姜不会吵架，她连大声说话也不会，她只会用头巾遮着半张脸，在旁边呆呆地站着。母亲回来，得意地张扬着她的收获，莫姜则一头扎进厨房再不出来。好像一切都变了，都倒过来了，南营房出身的母亲在此时此刻展现了她无可替代的优势；贫苦人莫姜变得小姐一般的无能。

饮食问题变得越发严酷，不少人出现了浮肿。莫姜面对的不再是抓炒芙蓉鸡片、清蒸鲥鱼，而是如何向我母亲学做疙瘩汤，如何将豆汁饭做得黏稠腻糊。当我发现自己的腿按下去也成了一个坑的时候，母亲哭了，一向“顺其自然”的父亲也背过身长长地叹了口气。

父亲太老了，他不顺其自然也得顺其自然了。

我们期盼着刘成贵送来豆汁，在饥饿面前，我再不能矜持，即便是“老浑蛋”拿来的东西，也照喝不误了。

粉坊成为了国营，还在生产着淀粉和粉丝，市面上豆汁和麻豆腐早已绝迹。刘成贵负责夜间看门任务，大约是本单位的职工，还时时能分得一些豆汁。“老浑蛋”提着豆汁，迈着蹒跚的步子，进东直门，拐北小街，将豆汁送到莫姜手里……我不能想象，如果没有东直门外那个国营的粉坊，没有刘成贵那些随时供应的豆汁，我那年迈的父亲是否还能熬过那艰难的岁月。

不知是我们家的豆汁救了莫姜，还是刘成贵的豆汁救了我们。

想起了莫姜的话：过日子，能说谁养活谁呀?

1963 年经济条件相对好了些，我肺上的窟窿终于盖上了盖儿。此时的我复课才上高中，比同班同学大了许多。高中学生的活动范围和自由程度都非小学时代能比。我对同班同学顾寅颇有好感，下学常约了顾寅到隆福寺东边夹道去喝豆汁，摊上的豆汁尽管没有家里的地道，但是有焦圈可配，还有咸菜丝。更主要的，是有顾寅在旁边。并不是为了喝豆汁，我们主要是欣赏豆汁摊的环境，头顶一个白布棚子，一个绷着脸，目不斜视的老头子，两条长板凳，一张小矮桌，周围是闹哄哄的人，左边是卖炸灌肠的，右边是卖切糕茶汤的……这是谈恋爱极好的掩护。

此时的我，再不会让莫姜做奶酥六品来为我壮门面，足见我对这场恋爱的认真。

五

转眼到了1966年，这一年无论是对我家还是对全国来说都是一个极不寻常之年。年初和莫姜同在寿康宫当差的太监张文顺走了，这给莫姜很大的刺激。这年莫姜已经六十九岁了。六十九岁的莫姜提出辞工的要求，她已经没有精力料理我父母亲的一日三餐，刘成贵成了她生活的一大负担。刘成贵早早地落了炕，瘫痪了。年中我给莫姜送钱去，是父亲的意思，为的是不忘莫姜十几年在我们家的好处。我在杂院的小南屋见到了刘成贵，见识了那个简单得不能再简单的家，两把椅子一张床，一个摇摇晃晃的桌子，桌上茶盘里有两个磕了边的茶碗，一把有“孙悟空三打白骨精”图案的茶壶。

正面墙上贴着五年前的奖状，是奖给民兵打靶第一名刘来福的。刘来福在京郊一家国防工厂当工人，自从当了学徒以后就淡出了这个家庭，在厂里住集体宿舍，逢年过节也不回来，也不给家里钱。我知道，以莫姜的恬淡性情不会和刘来福去计较。在我看来，那个是非小子能独立出去也是好事，有他在家里掺和只能是添乱。

刘成贵坐在炕上歪着脑袋流哈喇子，脖子上婴儿一样围着小围嘴儿，见我进来，嘴里呜噜了半天，不知说些什么。莫姜说刘成贵吃喝拉撒全得人照顾，心里什么都清楚，就是说不出话来。

莫姜问我父亲的情况，我说医院检查出是胃癌晚期，这病挺麻烦，怕是好不了了。莫姜说，四爷是好人，一辈子喜好美食，怎得了这个病。

我看着莫姜给刘成贵喂饭，一勺一勺把些个糊状的东西喂进那张歪斜的嘴里。刘成贵边吃边顺嘴角往外流，莫姜就得迅速用碗边接了，用手巾把嘴擦净，再喂下一口。其细致与耐心，不异关照一个婴儿。碗里的糊糊散发着热气也散发着香味，那是我从未闻过的味道。我问莫姜喂的是什么，莫姜说菜汁、黄豆大米面加鸡蛋黄。我说刘成贵口福不浅，还有鸡蛋黄吃。刘成贵呜噜了几句，莫姜翻译说，他说了，要是用甲鱼汤再加点儿嫩羊肝煮，就赶上西太后喝的什锦粥了。

阳光照射在屋内，光线中漂浮着细细的微尘，一切似乎都变得很柔和。刘成贵一脸的满足，一脸的幸福；莫姜一脸的平静，一脸的爱意。折腾了一辈子的夫妻，到了儿竟然是这样……

这样的日月大约是老夫老妻必然要经历的吧。

我呆呆地看着他们。

想着我的父亲和母亲。

此时，“文革”已经开始了。父亲的病一日重似一日，我三天两头跟父亲的单位要车去医院。单位开始还给派，后来连人也找不着了。老三被下放广西，老七被“请”进街道“造反司令部”交代问题，我只得借隔壁人家的平板三轮拉父亲去医院。我在前面蹬，母亲在后头推。我想，亏得是老夫少妻，母亲还有能力推车，否则我的车上得拉俩。医院里空空荡荡的，大夫护士都去造反了。父亲躺在走廊的木头长椅上，痛得浑身颤抖。母亲没了辙，只会掉眼泪。

父亲瘦得成了一把骨头，无论是八珍鸭舌还是豆汁稀饭，对他都没有了意义；他的生命如摇曳的油灯，在“顺其自然”中渐渐熬干。

一件绝想不到的事情出现了，一个燠热的早晨，刘来福领着一伙人到我们家造反来了。刘来福已经改名叫作“卫东彪”，是随了他母亲卫玉凤的姓。也就是那天，我才知道刘来福并不是刘成贵的亲子，而是卫玉凤与别人的遗留。他的真父亲是谁，无从查考。卫东彪自言苦大仇深，他的母亲被万恶旧社会迫害致死，刘成贵名为继父，待他实同奴隶，非打即骂，不给饭吃，使他幼小的身心受到极大伤害。是可忍孰不可忍！他不能再沉默，他要造反，造这个日本汉奸的反！

我听了半天，敢情跟我们家没什么事儿，就说，有账你找刘成贵算去，我们家姓金！

这下卫东彪炸了，将皮带狠狠一抡，发出嗖嗖声响，指着我说，别以为革命群众不知道你们的底细，爱新觉罗，你们窝藏了谭莫姜几十年，谭莫姜是什么人？谭莫姜是漏网之鱼，是封建主义的残渣余孽，你们家跟她是一丘之貉！刘成贵是你们家座上之宾，刘成贵是伪满洲国汉奸头子溥仪五品顶戴的副庖长！

造反派一听这揭发都很兴奋，开始喊口号，打倒我父亲，让我父亲出来接受批斗。有人开始往墙上刷大标语，卫东彪领着人往屋里冲，我站在北屋门口死劲地撑着门框抵挡着。

莫姜不知从哪里闪了出来，揪住了卫东彪的胳膊。莫姜脸上那道生硬的疤在太阳下泛着红光，苍白的头发衬得那张脸绝望而凄怆。莫姜说，我自己的事我自己担着，我不过是金家的一个厨子，一日三餐，按月拿钱……

卫东彪抬手照着莫姜的脸就是一巴掌，清脆的响声让在场的所有人都吃了一惊。卫东彪说，你的账待会儿算，饶不了你，我现在要找的是金老四！

卫东彪还要往屋里闯，莫姜拦在卫东彪前面不让进，两个人扭在一起。突然莫姜扑通一下跪在地上，嘴里喃喃地说，孩子，我求求你……他们家什么也不知道……

卫东彪朝着跪在地上的莫姜狠狠踹了一脚，莫姜捂着肚子蜷缩在地上。卫东彪说，谁是你“孩子”，你不要混淆阶级阵线，伟大领袖毛主席说了，凡是敌人反对的我们就要拥护，凡是敌人拥护的我们就要反对！要是革命就跟着毛主席，要是不革命就滚他妈的蛋！

革命无罪，造反有理！

院内口号阵阵。

母亲架着虚弱的父亲出现在房门口。父亲惨白的面容、深陷的眼窝让所有的人害怕，有人开始往后退了。卫东彪没想到父亲是这般模样，大约也是怕吃不了兜着走，带着那伙人很猛烈地喊了半天口号，草草收兵了。

莫姜没有走，嘴里不停地说着“对不住四爷”，眼泪簌簌地流。我将她扶进我的西屋内，在她的小床上坐了。她一直用手捂着肚子，看来卫东彪那一脚踹得不轻。莫姜平静了一会儿对我说，我没想到会是这么一种结局，平白给你们添了这些事儿……咱们在一起住了十几年，往后怕也没见面的机会了，有些话这辈子想着本不必说了，可还得说……

他他拉·莫姜，镶蓝旗，河北易州常各庄人，十一岁被选入宫，充任寿康宫宫女。寿康宫是同治妃瑜妃住处，宣统即位，尊为敬懿太妃。莫姜在寿康宫是专职打点太妃用膳的，对于宫廷菜熟稔而有研究。1924年11月5日，冯玉祥的部将鹿钟麟向退位的溥仪出示北京临时政府总统令，更改优待清室条例，永远废除皇帝尊号，命令溥仪即日下午出宫。仓皇之中，溥仪和少部分太监、宫女于下午四点从御花园出顺贞门，登车移居什刹海后海北河沿的醇亲王府。溥仪一走，御膳房解散，厨师们散去，各自谋生，这其中也有刘成贵。

刘成贵在为溥仪服役时，敬懿太妃要招待娘家人，一度将刘成贵借到寿康宫厨房帮忙。老太妃赞赏小厨子的手艺，特赏银子三十两，白玉扳指一个。当得知小厨子还没有成家，尚且单身一人时，老太妃顺便就将旁边伺候吃饭的莫姜许给了小厨子。老太太老眼昏花，也没问问双方年纪，金口玉言，板上钉钉，就把事情定了，言明莫姜出宫时成亲。

宫里的宫女不像太监终生在宫中当差，宫女一般到二十岁就要出宫，或嫁人或回家，宫廷里没有白发苍苍的老宫女。太后许婚时，莫姜二十五岁了，早已过了出宫的年龄，只是没有合适替换人选，一直留在太妃旁边，成了一个老姑娘。刘成贵当时二十刚出头，还是个青涩的小青年，太妃指婚是件光彩的事，不敢拒绝也不能拒绝。当知道太妃身后站着的那个并不漂亮的宫女已经二十五的时候，心里是一百个不愿意。

莫姜想得简单，太妃既然指派了，嫁鸡随鸡，嫁狗随狗，后半辈子终是有了依靠。

溥仪带领一干人等离开皇宫后，皇宫内还有三个老太妃没有安置，一个死的是光绪的瑾妃即珍妃的姐姐端康太妃，其灵柩还没来得及安葬；两个活的是同治的两个妃子，荣惠太妃和敬懿太妃。两个老太太一起摽劲儿，誓死不离皇宫。太妃们不是皇上，谁也不能把俩老太太硬扔出去。民国政府让前清室总管内务府大臣绍英去给老太太们做工作，做的结果还是不出宫，但是答应俩人搬到同一个宫里居住。太妃们虽然比皇上硬气，也不过只抵抗了半个月。11 月 21 日，绍英等人准备了两辆汽车，把俩老太太接出皇宫，移至东城的荣寿大公主府居住。

临行头一天，敬懿太妃托人把刘成贵叫了来，将莫姜郑重其事地交给了他，让他好好待承这个在她身边服务了多年的老姑娘。敬懿太妃说莫姜不漂亮，但是懂礼数，性情温和，是她一手调教出来的。娶了莫姜做媳妇是祖上积了阴德，是大福分。

刘成贵跪在殿内地上只有磕头的份儿，他做不了老太妃的主。敬懿太妃说，这是天赐良缘，也是我们老姐俩临走做的最后一件好事。夫妇和而后家道成，出去好好过日子吧。说着将一个翡翠扁方送给了莫姜说，东西虽不值钱，却是我用过的，你留个念想吧。又对刘成贵说，娶媳求淑女，勿计厚奁。想你有好手艺，我才把她给了你，怎么着也是我身边的人。

荣惠太妃指着殿外庭院里的一棵黑枣树吟道，门前一株枣，岁岁不知老。阿婆不嫁女，哪得孙儿抱？小厨子你听着，来年得了儿子，记着到我坟上告诉我一声。

刘成贵赶紧说，老太妃说差了。

敬懿身边的太监张文顺张安达，亲眼目睹了指婚过程，虽未明言，莫姜心里已是将他看作了证婚人。莫姜出宫后便与刘成贵成了亲，时年二十七岁。

"天赐良缘"给莫姜带来无尽的灾难。刘成贵为还赌债，将家里东西一卖再卖，值钱者也就剩了那个扁方，长者赐，少者贱者不敢辞。莫姜将那个扁方随时带在身边，那是她在宫中十六年经历的认证，一旦失去，走过的岁月便也失去了……脸上所挨那一刀，就是刘成贵为索要扁方不成恼羞成怒砍的。

溥仪上了长春，在长春成立了伪满洲国，不满意东北的厨子，带去的人手又不够，给旧时养心殿御膳房的老人手带话，希望过去帮忙。大家反感日本人，也不愿意伺候伪满皇帝，都不去。“抓炒王”等老御膳房的人在北海五龙亭东边办起了“仿膳茶庄”，后来改作“仿膳饭庄”，买卖红火。刘成贵没人缘，名声也不好，没人要。刘成贵索性一拍屁股扔下莫姜上了长春，投奔了溥仪。溥仪给封了个副庖长，待遇不薄。刘成贵第二年就将花枝胡同的卫玉凤接了去，连想也没想过莫姜。

在东北的刘成贵旧习不改，钱没攒下，落了一身病。卫玉凤跟了个在满洲铁路工作的日本调度跑了。日本战败投降，据说，调度和卫玉凤都没有善终。他们的儿子由刘成贵收养，取名刘来福。伪满皇帝成了阶下囚，他的手下作鸟兽散。刘成贵衣食无着，流浪东北，冻饿中几近毙命。无奈中想起了莫姜，便带着刘来福进山海关，向京城方向迂回。

莫姜说，她一直以为刘成贵已不在人世，没想到，找了来。

我说，我父亲知道这些吗？

莫姜说，四爷全知道，只是不让告诉太太，说太太心底浅，装不下这么多事儿。

我说，那张安达也知道？

莫姜说，知道。

我说，是我父亲和张安达做了个幌子，把您给接来了。什么北宫门、花生仁全是胡说。

莫姜说北宫门、花生仁确有其事。是张文顺看她实在过不下去了，看在同在敬懿太妃跟前当差的情分上，将她领进城，把她交给了我父亲。

原来如此。

莫姜离开时说得跟四爷言语一声，就来到我父亲房里。我父亲靠在被卧上已经说不出话了，莫姜在我父亲床前默默站了许久，末了说，四爷您好好儿的……

父亲朝她微微抬了一下手。

莫姜像给张安达请安一样，给父亲请了一个蹲安，又请了一个蹲安，我知道，这是很郑重的双安，请过安后如以往一样，退两步，低着头转身离去了。

如果知道莫姜的想法，我会跟着她走，可惜，我当时没想那么多。

母亲冷冷地看着莫姜，她把这场灾祸归咎于眼前这个破了相的老太太。

院门外，满墙的大标语铺天盖地，滴墨如血，让人不寒而栗。

夜深人静时，清凉月光下，我踯躅院中，不能入睡。心像是被什么东西揪着，不踏实，不知是为走了的莫姜还是房内奄奄一息的父亲。

第二天，太阳照常升起，天气照常闷热。

下午时候，3 号的胡大妈悄悄跑进院里，低声告诉我说在我们家做饭的莫姜死了。我愣住了，脑子一时转不过来，昨天晚上还在我的房内说话，今天怎会殁了！胡大妈说，老公母俩一块儿死了，把蜂窝煤炉子搁屋里，窗户门都关得严严儿的，大夏天的，这不是成心不活了吗?!

我撒腿就往炮局胡同跑，跑到杂院门口，看见人们正把死人往卡车上装。刘成贵已经横在车上了，莫姜穿戴齐整，被四个人揪着胳膊腿，使劲儿一悠，悠了上去。后上去的莫姜半个身子压在刘成贵肚子上，姿势十分别扭，侧着的脸正好对着后车帮，半边头发披散下来，盖住了那条疤，这就使得莫姜的脸看上去平静而光润，像是睡着了。

我知道，莫姜睡觉就是这个样子，一动不动，无声无息。

站在车后，我默默向莫姜告别。车帮翻了上去，将我和莫姜遮断，从此是再不能相见了，但她将那些樱桃肉、芸豆卷、糖醋活鱼永远地留给了我。

不仅仅是这些吃食，留给我的还有……一阵酸楚涌上我的心头。

拉着莫姜的汽车向胡同西口驶去，车后一溜烟尘。

西边天空，是一片凄艳的晚霞。

六

今年，在北京的一家不小的珠宝店里，我又看到了那根碧绿的扁方，它被单独摆放在一进门的位置。瑕疵依旧，晶莹依旧。如与老熟人相见，我俯身与它对视，彼此似乎都有话要说。店老板走过来说，您没见过这么漂亮的翠吧，这是我们的镇店之宝，无价。

我笑笑，夸他的“镇店之宝”珍奇罕见。店老板说这是古代的尺子，古代的一尺就这么长。我问他古代是哪一代，老板脱口而出，宋代。

我说领教了。老板说这个翡翠尺子是他们家几代的存留，在箱子里收着至少有几百年了。现在能重见天日，大放光彩，是他买卖做得顺畅红火，家里的宝贝也高兴了，想出来亮亮相。

脸不变色心不跳，比写小说的还能编。

我匆匆离去。

也想念豆汁，用锯末熬的豆汁，不是小吃店里的“急就章”。听说东城某名小吃店卖豆汁，先打的后坐地铁，千里万里地去了。买了一碗，还没待端到桌上，已经汤是汤水是水了。喝了一口莫名其妙的酸水，咬了一口硬如皮带的焦圈，喝豆汁的兴味立刻皆无。

又听说京城开了不少卖老北京吃食的饭馆，有炸酱面、豌豆黄、豆酱、芥末墩什么的，其中也有豆汁。满怀希望地去了，一见那豆汁就傻了眼，稠糊糊不知勾了多少芡，使人对它的名分产生了质疑。叫过小二问碗里是什么，小二嫌我外地人少见多怪，告诉我是“豆汁”。

从网上看到东直门外的豆汁铺搬进了北新桥二条。我不知这个豆汁铺是不是就是当年刘成贵所在的那个坐北朝南的粉坊，想着应该是地道。借着进京开会的机会，到二条去打豆汁，头趟去人家卖完了，二回去排队，买了两舀子，装在塑料瓶子里，准备带回西北，亲自熬制。孰料，上飞机过安检被扣了下来，人家让我当场喝掉。我说没法喝，这是生豆汁，不是可乐。还是不让通过，只好割爱。

到现在没喝上日夜思念的豆汁。

到现在没见过莫姜那样的女人。

骑牛的是我五姐夫，放牛娃出身的解放军连长。演《小放牛》的是太监张文顺和我五姐。

张文顺也是放牛出身，所以他把小牧童演得活灵活现十分可爱。在《小放牛》的舞蹈演唱中，张文顺找回了自己，找回了一个健全完整、明亮阳光的少年，他的心灵为之愉悦而轻松。

第八章　小放牛

牧童哥，你过来，我问你，我要吃好酒哪里去买哪哈咿呀咳？

小姑娘，你过来，你要吃好酒在杏花村哪哈咿呀咳！

——京剧《小放牛》唱段

一

我母亲生了三个女儿，按兄弟姐妹的顺序排是十二、十三、十四。按金家的女孩论是五、六、七，我就是那个老七。我常自比为金家“七仙女”，喜欢看的戏是《天河配》，也就是牛郎织女。逢到农历七月初七，要躲到葡萄架底下去偷听牛郎织女说悄悄话。北京人都这么糊弄小孩子，其实全是瞎掰，人家真有什么“悄悄话”也轮不到我们去听。

我们家跟着我到葡萄架底下干这种傻事的只有一个，就是我的五姐姐。五姐姐比我大不少，本来我母亲说生两个足够了，她已经不年轻；可不知怎的，在四十多的时候又突然来了个我，用父亲的说法我是“拉秧”的瓜。开始还不明白什么是“拉秧的瓜”，后来才知道，敢情是长不熟天就冷了，扯断瓜秧，残留在上头可怜兮兮的青瓜蛋子。

倘若说“拉秧的瓜”智商欠缺，傻拉吧唧去听牛郎织女说话尚情有可原，五姐可是结了婚的；五姐这个老完家的媳妇不住婆家住娘家，永远是一颗童心，永远长不大。在金家的孩子中，与我厮混时间最长的当属老七，其次就是五姐了。五姐在娘家迎接了北平的和平解放，并且参加了街道的一系列宣传活动，成为积极分子，后来还入了党。说她是我们家三姐之外第二个投身到革命队伍的人，应该没错。新中国是 1949 年 10 月 1 日成立的，在此之前参加革命的属于老干部，待遇要比建国后参加工作的高，到老了是离休，不是退休。北平解放在 1949 年 1 月，所以我们家的离休人员只有五姐一个。

作为老干部的五姐有过两次婚姻，儿女不少，到老年却显得有些孤单。不是没钱，是没人。老龄化问题如今已经成为突出的社会问题，这是我们每一个人都将要面临的严酷事情，如果能成为原五姐夫占泰那种不理世事的超脱半仙儿也好；能像后五姐夫王连长那样先老伴而去，落个大松心也好，怕就怕半死不活，孤孤单单，寂寂寞寞地挨着。沉闷啊！沉闷的五姐在北京复兴门的高楼上过着沉闷的晚年，每回给我打电话都要抱怨，抱怨儿女的不孝，抱怨北京的污染，抱怨菜价的上涨，抱怨兄弟们的冷漠……我劝她多去看看仍旧住在戏楼胡同的原五姐夫。她说，当然是常去的，爱情不在友情还在，他今年的被褥还是我给拆洗的。紫阳老家送来的上好米酒，我也全给他送去了……

我让她到西安来跟我住些日子，她不来，说她不喜欢西安，一吃羊肉泡她就想起王昭君，想起“万里腥膻如许”的句子，怎么得了！亏我能在西安这样的地方一待四十年。我告诉她，羊肉泡和万里腥膻没关系。王昭君是从西安走出的，她到了出产羊肉、羊绒的地界，但是她不代表羊肉，不代表腥膻。五姐说她在内蒙古搞过“四清”，王昭君名义上是埋在了呼和浩特，其实刚走到包头附近就跳河自杀了，那儿还有王昭君的墓。为什么跳河，还不是因为吃不惯那羊肉！王昭君在包头自杀的事我没听说过，反正五姐是不来西安，不但不来，还让我到北京去和她住。我说我还没有退休，走不开。她说，你那个工作退不退都一样，不管怎么说你都得回来。北京毕竟是你老家，多少知青都办回来了，我就纳闷，你怎就不想着回来，你回来了，我的心就踏实了。

回不回北京不是我能说了算的，在这里且搁下回北京的事，先说说我五姐的故事。五姐在解放初期和张安达一块儿演过《小放牛》，张安达跟我们家常有走动。虽说曾经当过太监，但没有一点儿坏毛病，很随和朴实的一个人。莫姜临死之前亲口跟我说，她跟张安达一块儿在寿康宫敬懿太妃跟前当过差，她是把张安达当娘家人看的。我想，这怕也是张安达一直和我们家保持联系的一个原因，同是天涯沦落人，互相关照着、惦记着也是人之常情。

五姐和张安达的结局属于殊途同归，他们先后进了托老所；不同的是张安达 1958 年进的“街道敬老院”，五姐二十一世纪进的是“养老中心”，两人先后相差了四十多年。

我到养老中心去看望五姐。

在青山坞下了长途汽车，有电瓶车在车站等候，司机说是专程来接这趟车的，从这儿到“杏花深处”还有一段路。

下车的除我之外还有两个年轻人，我们三个坐上了那辆带有观览性质的电瓶车。都说“杏花深处”的服务还挺周到，要不这段路程得走四十分钟。司机说只要公共汽车到站，有人没人他都得来接，虽然十之八九会落空，可也不能不来，这是接待科的规定。“杏花深处”的制度严格至极，谁不遵守就要扣分，分数是和工资挂钩的。

车沿着山道慢慢开，树荫渐浓，司机的话也渐多，给大家介绍说左边那座圆顶的山叫猫耳山，后头那座尖的叫鼠须峰，鼠须峰有大溶洞，正在开发修索道，将来这里的旅游前景辉煌而灿烂……

车上的男的对女的说，上个月咱们到西山给你爸爸看坟地也是坐的电瓶车，景致跟这儿差不多。

女的说，你找抽是吧！这回可是给我妈找养老的地界儿，我妈还硬朗着哪，一顿能吃俩馒头，离坟地还差得远！

男的说，都是依着山坡建的，就是有气儿没气儿的差别罢了。

司机说，“杏花深处”北边也有公墓，要是你们同时选中了，有气儿没气儿的都住在这儿，能随时见面。

大家都不说话了。

电瓶车七转八转走了十几分钟，一股花香扑鼻而来，紧接着望见了道旁无数繁茂的杏花，“夹岸数百步，中无杂树，芳草鲜美，落英缤纷”，好像进入了世外桃源。车在花的胡同里行走，飘落满身杏花雨，想起温庭筠的诗句“知有杏园无路入，马前惆怅满枝红”，我不禁为这一片灿若云霞的花朵而陶醉，而心旷神怡，深深地吸了一口气。此时恰巧有女声合唱在林中唱响，细听有高有低，竟然还是几个声部：

三月里来桃花开、杏花白、月季花儿红，

又只见那芍药牡丹一起开放哪哈咿呀咳！

牧童哥，你过来，

我要吃好酒哪里去买哪哈咿呀咳？

唱的是京剧《小放牛》，不过这京剧已经有了太大的变化，颇似交响乐《沙家浜》“朝霞映在阳澄湖上”，似歌似戏，婉转抒情，别有一番境界。见我跟着调子哼唱，司机得意地说，这是我们“音乐 Course”的学员在排练。

我问这儿有多少 Course，司机说，除了“音乐 Course”以外，还有“美食 Course”、“美术 Course”、“书法 Course”、“舞蹈 Course”、“模特 Course”……多了去了，我们这儿顶有名的就是“音乐 Course”。

我说，你最好把后头的 Course 省了，光说前头的就行了。

司机笑笑说他说习惯了，这儿的人都这么说。

男的问 Course 是什么意思，女的说，连“科目”都不知道，你的英文硕士我看是白念了！

男的说，英文单词成千上万，能让我一个一个都碰上吗？

女的说，没吃过猪肉难道还没听过猪哼哼？

男的说，现在是猪肉好找，猪哼哼难寻。

车上这一对，一说话就抬杠，是对冤家。

动听的《小放牛》音乐渐渐远了，我说，唱得真好，没想到这里还是个藏龙卧虎的地界儿。

司机说，“杏花深处”的当家人叫王佳模，是从英格兰回来的，家里在外国开着牧场，专门养牛。本人特别喜欢音乐，当过业余合唱团的指挥，在柏林观看过帕瓦罗蒂的独唱、卡拉扬的指挥，是见过大世面的主儿。王佳模没有子女，老了，把农场卖了，带着夫人回到了国内。如今“杏花深处”一多半的股份都是他的，他是董事长，这里的事儿他说了算。是他组织了这些 Course。他管这些小组叫 Course，我们当然也叫 Course，我们的“音乐 Course”是董事长亲手抓的，还上过电视呢。

车上男的说，王佳模看过帕瓦罗蒂就算见过世面啦？不就是意大利的老帕嘛，我还看过呢！老帕送上门来在午门唱的，甩着块大手帕，唱得罢了，一句也听不懂，票价倒贵得一般人买不起。

女的说，连世界“高音 C 之王”你都看不起，我看你是没救了，到现在你连“卡拉 OK”的门都没进过，除了咱家厕所，在别处你压根儿不敢张嘴。就这德行你还有资格评论帕瓦罗蒂，羞你先人吧！

男的说，你怎么拿我们家祖宗说事儿？

女的说，我不拿你们家的祖宗说事儿拿谁家祖宗说事儿？

司机问我去“杏花深处”看谁，我说看我的五姐。他问我五姐是谁，我说了名字。司机立刻说，大名人呀！您姐姐是“杏花深处”第一美，是“音乐 Course”里头拔尖儿的人物！

我说，你们的第一美，再过几年就八十了。

司机说，八十在这儿算年轻的，您那位姐姐扮上小村姑比十八都嫩。她在这儿的老“粉丝”、小“粉丝”多了去了，包括我在内，我们都捧她。章子怡是漂亮，可离咱们太远，够不着不是！我说呢，打您一上车，我就看着像谁，敢情是金腕儿的亲妹妹到了。得咧，您得下车，刚才唱的那拨人里头就有您的姐姐，您错过啦！

我下了车，司机告诉我沿着小路走，见着广告牌往右就是了。

我顺着石径走了一会儿，果然看到了头顶有“杏花深处，颐养天年”

的广告牌。广告用的是实人实景的大照片，照片上一群男老人和女老人幸福地笑着，想来都是经过挑选的，一个个长得都很周正。我的五姐是其中主要角色，银白的头发烫成了大波浪，满口白牙一个不乱，排列得十分整齐，红润的脸蛋，嫩粉的T恤衫，与周围一群人伸出俩指头做着“V”的手势。广告上所有人物的皱纹都被抹去了，所有的老年斑都被掩盖了，人人都不胖不瘦，个个都精神矍铄。真不能小觑电脑的骗人本事，它能把老头老太太整成精。

杏林越走越密，已经看不到天空了。

这个自费养老院，叫“杏花深处”，大约就是因了这片杏林。林子的树都很大，想是在没有养老院之前就已经存在了。过去老北京揶揄清朝宫廷暴发户是“树小房新画不古，此人必定内务府”，是说暴发者的迅速和张扬，但跟当前新贵比又逊一筹。如今满街上大卡车拉的都是大树，移植大树成风，乡间的大树一棵跟着一棵进了城，焦躁的新贵们已经等不得树木成长。小树长大，那是几年十几年以后的事情，他们要的是眼下。他们现在就要改变“树小房新”的局面，新建筑有大树撑腰，就是有根基，有品位，就有粗壮的门面。

这么来看，“杏花深处”倒真是很难得了，它是占了天时地利的光。如若这里是一片桃树林、一片梨树林、一片石榴林，则又会叫做“桃花深处”“梨花深处”“榴花深处”。但无论哪个花深处，好像都比“杏花深处”好听，杏花深处容易让人想起“牧童遥指杏花村”的句子，有卖酒的嫌疑，跟养老院不搭界。更有“春色满园关不住，一枝红杏出墙来”的歧义。总之还不如像山西的酒厂，索性叫了“杏花村”更直截了当。

前面传来阵阵歌声，明朗清晰，是男声部：

三月艳阳天，放牛到村边；
野花红又艳，山草青又鲜。
黄莺枝头叫，白鹅戏水间；
今日风光好，山歌唱连天。

曲调我再熟悉不过，加快了脚步向林子深处走去。

有几十年没听过《小放牛》了。

二

过去的敬老院现在叫作养老院，叫作养老中心，叫作了“杏花深处”，变成了有钱才能来的地方。以前的敬老院是市政拨款的福利单位，只要是没人赡养的老人都可以住，自己不掏一分钱，由国家管吃管喝。比如张安达住的那个，一直到他死，连棺材钱都是敬老院给出的。

五姐这个养老中心，每月要交钱，而且不少，连一卷手纸，也要自己去买。

我想起了几年前五姐初进这个养老中心那天，也是杏花开放的时节，是艳阳高照的春日。那时候董事长王佳模大概还在英格兰牧场放牛，这里不过是个很一般的养老院，没有什么 Course 之类。

进养老院那天，五姐的脸色阴得几乎要拧出水来，大有被遗弃之感。除了她的儿女之外，我也从西安赶来了。我在作家协会工作，不用坐班，有的是时间陪她，外甥们也许正看中了这个，送他们的妈进养老院的同时把他们的小姨也拽来当临时陪衬了。

五姐那些忙碌的子女们当天下午就匆匆忙忙地返回城里了，好像第二天都有无法推开的事情，谁也不能陪伴他们的母亲度过“养老院”的第一个夜晚。

周围是一排排灰色的平房，木头门窗，水泥地面。那时这儿还不叫“杏花深处”，叫“青山养老院”，是某个农场的旧房改建的。一进管理室的门，墙上明码标价地写着收费价格，有生活自理和不能自理两个标准。生活能自理的，餐费、单间住宿费、管理费，每月收取一千二百六十元，月前支付。单间外还有两人间、四人间、六人间……

五姐住的是单人间。

下午，孩子们走后，闹哄哄的房间里安静下来，好像一下变得空旷了许多。我让人在墙角加了一张折叠床，管理室的人说，租赁床铺和被褥每天二十元，我给了对方两张大票，这就意味着我要在这里住上十天。之所以这样，是我看见姐姐对我的举动在意而关注，如同无助的孩童，她害怕我离开，害怕即将面对的陌生和孤单。我对她说，我最近没事，在你这儿住几天，这儿清静。

在养老院餐厅，我们吃了当天的晚饭。餐厅门口写着开饭时间和当日食谱：

早 饭：馒头、南瓜粥、小菜，鸡蛋一个。

午 饭：米饭、肉片炒洋白菜、拌菠菜、鸡蛋汤。

晚 饭：片儿汤、花卷、小菜。

每日食谱大致相同，不同的是早饭后有顿加餐，或牛奶或豆浆，轮换着来。如若另有要求，可让小灶厨师单做，费用自理。

这样的食谱对于消化能力衰减的老人来说不失为一种科学的设计。可我总觉得少了些什么，好像又找回了当年在工厂当学徒工，敲着饭盒在食堂售饭窗口等待开饭的感觉。饥肠辘辘，没有油水，总是觉得饿。一天的主要精神全放在吃饭上，这顿刚吃完，又盼着下顿了，尽管下顿也跳不出白菜萝卜的范围。

那晚，跟五姐喝着片儿汤，就着咸菜吃花卷。按说也够了，可我还是让小灶师傅做了熘肝尖和西红柿炒鸡蛋，结果菜剩了不少。五姐对我说，我们平日是奢侈惯了，现在吃这个怎的就觉得委屈呢。

我说，我没觉得委屈。

五姐说，没觉得委屈你点这些菜干什么？以后我日日要吃这个，难道日日要点熘肝尖？

我知道她情绪不好，这样的改变搁谁身上谁也不会好。五姐有两个女儿一个儿子，孩子们不能说不孝顺，就是精力顾不过来，各自有各自的工作，各自有各自的家。五姐的脾气随着年纪增长越发不随和，越发古怪。自从老伴儿去世，性情变得很孤僻，看谁都不顺眼；感到谁都对不住她，谁都在算计她。

那时，五姐常常站在五斗柜前看着一张《牧归图》的国画发呆。画上骑在牛背上的牧童横吹短笛，头戴草帽，身披蓑衣，在杏花丛中逍逍遥遥向家走去，后头跟着一只欢快的撅着尾巴的小黄狗。

这幅画是我们家老七应五姐的要求画的，画上的牧童是我的姐夫，紫阳大巴山人，参加革命前是个放牛的，后来当了八路军的连长，解放后当了市工商局副局长，却依然依恋大巴山。在北京去世后依着他的遗愿，将骨灰送回老家，埋葬在他日日放牛的山坡上。

五姐对着画上的牧童说，你个小牧童儿，现在你到家了，舒坦了，可是你身后头的小黄狗还在路上跑呢，它找不着家了……

说着说着，老太太眼泪就下来了，儿子、媳妇自然不理解，待得好好儿的，这是怎么了，谁招惹您了？得了，老太太，您到闺女们那儿住几天，换换环境吧！

闺女那儿没有“小牧童”，老太太有些失落。依着北京人“宁看儿子屁股不看姑爷脸”的原则，老太太的心情也并不舒畅。姑爷是外姓人，女儿是泼出去的水，在娘家算是“客”。女儿既然是娘家的客，那么娘家妈自然也是女儿家的客。老太太在两个女儿家轮流住，环境不同，感觉一样——跟要饭的差不多！有时姑爷把碗放重了一点儿，她也要动动心思，想想是不是对着她来的。在女儿家不能跟“小牧童”说话，她索性一天不说一句话。不但她自己，把闺女、女婿闹得也很紧张，连话也不敢大声说，双方都变得有点儿神经质了。女儿拐弯抹角地想带她去看心理医生，她一听就火了，把我当什么了？精神病吗？想让我走就直接说，弹什么哩格楞！

老太太一赌气，走人。也不让闺女送，自己打的回来的。

五姐的脾气倔，不受一点儿委屈。其实也没人给她气受，是她自己多心。

儿子是工厂装配工，挣的薪水有限，性格有些懦弱，被姐姐们称为“小白兔”。“小白兔”理所当然地跟着妈，妈妈的房子大，还有一份不菲的退休金，是靠山。媳妇是会计，单位有房，娘家妈住着，两室一厅，小两口不便去挤。再说，儿子没离开过家，从小就是在这所大屋里长大的，老太太没理由让儿子媳妇另起炉灶，在外头单过。老了老了，她不靠儿子靠谁呢？

可事情并不是想的那样简单，谁靠谁还得两说着。

五姐容忍得了儿子容忍不了媳妇。她看不惯儿媳妇描眉画眼的模样，说她一看见媳妇的熊猫眼就想起卓别林，心里就猫抓似的乱；她嫌媳妇起得比她晚，每天享受她做的早餐，把人间的纲常弄颠倒了；嫌媳妇当着她的面跟儿子犯嗲，跟儿子挤到浴室里光眼子洗澡，全没有她这个妈在跟前的顾忌，好像全世界只有他们两个；嫌媳妇呵斥她的儿子像呵斥狗，还把她儿子叫做笨笨狗，她儿子要是笨狗那她这个当妈的是什么，这不明摆着骂人吗？嫌媳妇霸住了儿子的经济，把儿子管成了穷光蛋，连烟钱也要偷偷跟妈要，哪儿还像个爷儿们？嫌小门小户的媳妇就知道算计，两口子一月交老太太五百块钱，下班准时回家吃饭，却连棵青菜也不买，过年提回来一箱“可乐”、一箱“雪碧”，是单位发的，说是孝敬，可老太太不喝那冰到肚脐眼儿的凉东西，孝敬全是白搭；儿子媳妇的屋脏乱得进不去人，被子一月不叠，桌子上扔着臭袜子脏裤衩，不能称为卧室，只能叫“窝”，老太太看不下去，让小时工一周打扫一次，小时工说这样脏的屋子得加钱；眼瞅着媳妇的肚子大了，做婆婆的应该高兴，但她也看出来了，媳妇打的算盘是将来要把她当作带工资的保姆，说小孩三岁以前不进托儿所，不请用人，要“自己带”，这样跟爹妈亲……是跟爹妈“亲”哪，还是跟奶奶“亲”哪？

五姐的想法越来越多，是自己的亲骨肉，情分却越来越掺水。不错，当妈的应该无条件付出，母爱嘛，可是母爱多了也把孩子们惯出毛病了。

住到养老院去是她最先提出来的，也只是个想法，却没料到全家一致赞成。最赞成的是媳妇，说养老院有很多伴儿，平时有人伺候，省得闷得慌，他们每周去看妈，给妈买好吃的……五姐明白儿媳妇的心思，她走了，媳妇会把娘家妈接来伺候月子。这大房子由着她们做主，自在痛快，白捡个大便宜。

五姐也不傻，她提出了“自力更生，不给儿女添麻烦”口号的同时，把自己四室两厅的大房租给了一个在北京工作的韩国人。连全套家具、炊具在内，月租七千，等于是韩国人替她养了老还绰绰有余地给了零花钱。老太太的工资卡在银行的保险箱里睡大觉，再没有别人的份儿，卡里的数字只要她活着，就月月自个儿往上涨。就跟胡同口那些梧桐树似的，初栽时不过胳膊粗，现在已经抱不过来了。

看了母亲和韩国人的合同，“小白兔”儿子傻了眼，他或者在外头租房，或者跟岳母挤在那套简陋的两室一厅去。

兔秧子有种断奶的感觉。

五姐跟她的儿子说，这两年我也想明白了，你们的生活不能在别人奋斗了一辈子的成果上起步；你们得从零开始，自力更生。你们有你们的日子，你们有你们的前程。不遇阴雨，岂知月明？这一切都是为了你们好。

我说五姐的做法有点儿绝，五姐说这是最佳的选择，我是还没到她这年纪，到了她这岁数也将面临着同样的问题。日本有个电影叫《狐狸的故事》，电影里小狐狸长大了会被妈妈咬出去，让它们自己到生活中去磨砺，看着残酷，其实是爱……

在食堂吃过片儿汤和花卷，紧接着是晚上漫长寂寞的时光。

五姐晚饭后一直坐在她的房间里，管理人员告诉她，走廊东头就是活动室，那里有电视，可以下棋、打牌，还可以结识新朋友。五姐不去，她不喜欢下棋，也不会打牌，更不想认识什么新朋友。管理人员推荐说外头杏花开得正好，到杏林里散散步也很不错。五姐说她不喜欢杏花，那味道太甜腻。

她就那么闷闷地坐着。

咬走了小狐狸，老狐狸也不好受。

我里里外外地替她打点，将带来的各种吃食放进小柜，把洗换衣裳收进衣橱，告诉她打开水的锅炉房和小卖部的位置，告诉她到附近银行取钱怎么办手续……五姐没有表情，大概是为这一决定后悔了。我想跟她商量，要是不习惯，明天就退手续，回家！

我还没张嘴，五姐对我说，你看我这不是成了张安达了吗？

原来五姐此刻想的是张文顺——张安达。

三

张文顺是天津附近静海人。

张文顺进宫的时候十三岁，十三岁应该说还是个半大孩子，是在娘跟前撒娇，在田野里撒欢的年龄，可这个时候他已经学会看人的脸色，知道怎么伺候人了。张文顺在静海的家里有一个病病歪歪的老妈，当太监是他的自愿，不当太监他和他妈都得饿死——他们家没地。张家的日子全靠张文顺给人放牛、打短工维持，吃了上顿没下顿，日子过得艰难。他放的两头黄牛是本村佘家的，佘家老二在宫里当差，说要是张文顺愿意干，他能帮着引见……为了不让母亲挨饿，张文顺决心走这条道——当太监。

半大孩子一进宫便不是孩子了。

“安达”是宫里人对太监的尊称。“安”在这里读去声，发“案”的音，“达”读轻声，一带而过。影视作品里有“小李子”、“小德张”一类称呼，那是只有皇上、太后才叫的，连皇后本人也得尊称那些有头有脸的太监为“某安达”。“某安达”跟“某公公”近似。“公公”是明朝叫法，清朝多叫“安达”，有师傅的意思在其中。

张文顺张安达原是一个洒扫庭院的粗使太监，跟我们家认识是因为每年冬至要从宫里给送煮白肉来。冬至的时候，皇上要在坤宁宫煮白肉，祭祀祖先。祭祀之后那些白肉便赏给皇室宗亲，让大家不要忘记祖先征战之苦，创业之艰。白肉在傍晚之前由太监分别送至各家，太监们都愿意干这差事，因为这是讨赏的好机会。皇上也明白，每年“送白肉”是太监名正言顺捞取外快的一个由头，这点儿油水是顺水人情。太监们送了肉在主家磨磨蹭蹭，叽叽歪歪地不走，喝茶泡工夫，其实是等赏呢。收了白肉谁也不敢慢待太监，谁知道他会在皇上跟前说些什么？不给赏钱不行，给少了也不行，给少了太监立刻会阴不搭地甩出几句不好听的话来，给主家添堵。

我们家不是皇上的直系嫡亲，且家里也没有在朝里当官的人，所以每回分到的肉除了皮，大部分是骨头棒；送肉的太监也不是重要角色，是扫院子的张文顺。跟其他太监不同，张文顺更像饭庄子送菜的小伙计，从来都是搁下肉就走，干脆利落，一刻不多待。我父亲让看门老张追出去给钱他也不好意思要，推让不过，象征性地捏几个，说是当车钱。我父亲说，张文顺心善、不贪，在宫里这样的人不多。

溥仪退位后，张文顺再不来送肉。因为聪明伶俐，长得标致，他被敬懿皇贵太妃要到跟前去当差。敬懿太妃住在寿康宫，宫闱邃密，殿宇深沉，敬懿性甘淡泊，不沾名利，不惹是非，在宫中口碑不错。

跟慈禧不同，敬懿爱看戏却不懂戏，她看戏看的是热闹，她没有婆婆慈禧那样对戏曲的热爱和研究。慈禧在世，动辄就在畅音阁、漱芳斋听戏。叫外头大班、名角进宫，大排场大动静，锣鼓喧天震撼整个宫闱。敬懿是收敛而沉稳的，她从不叫外头演员来唱戏，也不让宫里自养的戏班来演出，至多让身边擅长歌舞的小太监关起门演两出小戏，自娱自乐，纯属解闷儿。到了老年，光绪、慈禧相继去世后，敬懿几乎从未走出过寿康宫半步，看太监的演唱成了她的唯一消遣。演唱的剧目也很单纯，全是载歌载舞的欢快表演，比如《小上坟》《小放牛》一类。老太妃一辈子看的人生悲苦大戏太多了，老了，求的是简单明快，图的是安静省心，不想给自己找别扭。

寿康宫内太监们的看家戏是《小放牛》。一男一女，村姑和牧童，在春天的田野上一问一答，边歌边舞，清纯靓丽，调皮欢快，最能博得老太妃的开心。

《小放牛》中扮演牧童的就是张文顺。张文顺秀气灵动，本人又是乡间农户出身，放过牛捕过鱼，所以把个小牧童演得活灵活现，十分可爱。演村姑的是个四十多岁的胖太监，银盆大脸，一身赘肉，腰粗，屁股大，擦一脸白粉，点两坨胭脂，穿上绿绸小褂，蹬一双大绣花鞋，整个一个跑旱船的，一出场就会把人笑翻。

要的就是这种效果。

京戏中常有丑男扮女的情景，《凤还巢》里的程雪雁，《锁麟囊》里的丫鬟均是如此，叫彩旦。据说这样可以达到一种烘托效果，把俊俏的女主角托得更美。《小放牛》应该选扮相漂亮的太监跟牧童相配，但是没有人选，只好将管膳食的刘掌案拿来充数了。

刘掌案是个戏虫子，原来在宫内唱丑，是班子里的教习。丑角在戏班里的地位最高，别人不能往戏箱上坐，丑角可以；丑角不将鼻梁上的那块白点了，别人不能动手化妆。据说唐明皇演出时鼻梁上就抹块白，以示此时身份已和皇上不同，唐明皇是戏曲界的祖师爷——老郎神。刘掌案是因为嗓子倒了仓，身体发了福，怕有碍主子们的观瞻，才遣到寿康宫来当差的。人来了，自然也把戏带来了，掌案本人文武双全，昆乱不挡，又会插科打诨，并不因为自己的粗蠢而有半点懈怠，抬腿下腰带卧鱼，全做得一丝不苟，不时还要跳出角色说几句逗笑的话，这又是很难得了。

刘掌案是张文顺的师傅，不是一般关系的师傅，是磕了头认了门的师傅。刘掌案喜欢这个朴实憨厚的小太监，也是有意给自己留条"后路"，便倾其全部，在做戏、当差上给予指点。

张文顺饰的牧童短打扮，头上系着髽鬏，披着带流苏的"蓑衣"。开演时藏在寿康宫木头影壁后头，先用短笛吹出一段敬懿太妃爱听的曲子，再缓缓走出，意思是由远至近，这是戏里边没有的。真的演员不会吹笛子，张文顺会，所以宫里演的《小放牛》跟外边的不太一样。曲子由影壁后起音儿，至寿康宫的台阶前吹完，然后小牧童开始在庭院的毡子上边舞边唱了：

姐儿门前一道桥，有事无事走三遭。

胖村姑没出场在后头嚷道，放牛的小子哎，等我蒸完馒头你再来，我的面还没发哪！

太妃一听笑了，大家见太妃笑也跟着笑。只见村姑狗熊一样地扭出来，捏着假嗓唱道：

休要走来休要走，我哥哥怀揣着杀人的刀。

牧童做了一个鹞子翻身，拦在村姑跟前唱道：

怀揣杀人刀，那个也无妨，砍去了头来冒红光；
纵然死在了阴曹府，魂灵儿扑在了你身上吧咿呀咳。

村姑把手绢一甩说，你小子想吓死我呀，得咧，我给你俩馒头，你找别人去呗！姑奶奶不跟你玩了！

敬懿太妃说，刘掌案你快唱，别插科了，就你话多！

村姑挤挤眼睛耸耸肩，把个粗腰又扭了几扭说，奴才这是逗牧童呢；今天我非把他逗得忘了词不可，好让主子打他的屁股。接着唱道：

扑在我身上，那个也无妨，我家的哥哥他是个阴阳；
三鞭杨柳打死了你，将你扔在大路旁吧咿呀咳。

牧童唱：

扔在大路旁，那个也无妨，变一棵桑枝儿长在路旁；
单等姐儿来采桑，桑枝儿挂住了姐的衣裳吧咿呀咳。

敬懿说，小顺儿，以后不许唱“怀揣杀人刀”了，血丝忽拉的，还“冒红光”，不好，咱们改词儿吧。

张文顺说，主子说怎么改就怎么改，全听主子的。

敬懿说，也甭改了，忒费事，以后到这儿不唱就是了。刘掌案，你接着往下唱，他要挂住你的衣裳了。

村姑给敬懿道了个万福说，遵旨——

挂住了我衣裳，那个也无妨，我家的哥哥他是个木匠；
三斧两斧砍下了你，将你扔在了养鱼塘吧咿呀咳。

牧童围着村姑转了一个圈，做了一个青鱼分水的姿势，唱道：

扔在养鱼塘，那个也无妨，变一条鱼儿在水边藏；
单等姐儿来打水，扑棱棱溅湿了你绣鞋帮吧咿呀咳。

刘掌案说，还想变鱼呢，甭跟我打花舌，你顶多变条傻泥鳅！小子，你接着呗——

溅湿我鞋帮，那个也无妨，我家的哥哥他会撒网；
三网两网网上了你，吃了你的肉来喝了你的汤吧咿呀咳。

敬懿插话说，最好是清蒸，多搁姜片和小蘑菇。

村姑接茬儿说，下晚儿的膳桌上给您添条清蒸鳜鱼，南边刚贡来的，还是活的哪。

牧童唱道：

吃肉又喝汤，那个也无妨，变一个鱼刺儿在碗底藏；
单等姐儿来喝汤，鱼刺儿卡在你的嗓喉上吧咿呀咳。

村姑说，缺德吧你，小顺子，你还想扎我，没门！

卡在嗓喉上，那个也无妨，我家的哥哥他会开药方；
三方两剂打下了你，将你扔过了后院墙吧咿呀咳。

牧童唱：

扔过后院墙，那个也无妨，变一个蜜蜂儿在花瓣藏；
单等姐儿把花采，一翅儿飞到你手心儿上吧咿呀咳。

村姑说，你小子还想蜇我，我把你尾巴上的刺儿拔了，让你小顺子当个秃尾巴鹌鹑。

飞在手心儿上，那个也无妨，我家的哥哥他会扎枪；

三枪两枪扎死了你，管教你一命见了阎王吧咿呀咳。

牧童唱：

一命见阎王，那个也无妨，阎王爷面前我诉诉冤枉；

纵然死在阴曹府，转一世也要与你配成双吧咿呀咳。

两个人，你来我往，你唱我答，忽高忽低，忽急忽缓，高者高入云霄，低者低如絮语，把大家看得如醉如痴，忘乎所以。张文顺在演出过程中从来不像刘掌案那样插科打诨，添加些滑稽的噱头，他演得很投入，把身心完全化入牧童之中。仿佛又回到了静海乡下，回到那柳暗花明的村外小河边，草荡清流，白鹅戏水，妈妈在家里做好了贴饼子熬小鱼儿，等着他回去。什么紫禁城，什么寿康宫，什么棺材瓤子一样的老太妃，全跟他没了关系。在《小放牛》的舞蹈歌唱中，张文顺找回了自己，找回了一个健全完整、明亮阳光的少年，他的心灵为之愉悦而轻松。

在沉闷险恶的宫廷生活中，《小放牛》是张文顺的慰藉，在残缺阴暗的人生中，《小放牛》是张文顺的太阳。

这出戏，看着简单，其实演员唱、做的功夫都很吃劲；村姑和牧童要翻转跳跃，蝴蝶一样满场翻飞。有的人舞着舞着唱不出声儿来了，大口地喘气；有的人为了能唱而舞不到家，只是应付几个动作而已。像张文顺和刘掌案这样演到引人入胜的地步是很不容易的。刘掌案不愧为宫内戏班的教习，把个小牧童张文顺调教得与真把式相比，有过之无不及。看到汗流浃背的村姑和牧童，老太妃心里不落忍了，大声地说，小顺子、刘掌案差当得好，赏！

皇恩浩荡。

那赏赐，有时是几块碎银子，有时是几块南糖。

太妃的赏赐和平时发的有限的银两，张文顺都找机会带出来交给我父亲，再由我父亲托完家二少爷放假回天津时带到静海乡下去。完、金两家是世交，完家复姓完颜，是金世祖后裔。那时候完颜占泰还没有跟我五姐结亲一说，完颜占泰在北京上学，就寄宿在我们家，和我们家老二在同一个学校。完颜占泰经常往来于京津两地，帮张文顺这个忙纯粹是出于热心。完二少爷知道小太监这点钱来得不易，虽然少也很尽心，传来送去没有出过一回差错。尤其是年根底下，冒着大雪往乡下跑，把钱亲手交到老太太手里，再把老太太的话带回北京。为此张文顺心里总是感念这点儿情分。

溥仪一度喜欢骑着车在宫里满世界乱窜。有一回路过寿康宫，听见里头吹拉弹唱，笑声不断，就进来看。看到了张文顺和刘掌案演的《小放牛》，溥仪见太妃很高兴，顺手一掏，赏了张文顺和刘掌案一张银票，两人回去一看，折合现大洋两千多块，于是分了，乐得合不拢嘴。这样的好事、巧事不是能经常遇到的，特别是在寿康宫当差。

张文顺从此有了私房钱。

1924 年溥仪出宫，太监、宫女遣散回家。张文顺二十多岁，因为年轻、勤快，随着敬懿和荣惠太妃住到了东城的荣寿公主府。太妃们嫌公主府太杂太乱，终日麻将声声，人员往来不断，没有一刻消停，没多久，就在麒麟碑胡同买了一套院子。俩老太太合二而一，留下七八个太监宫女算作用人，过起了闲居的日子。

离开宫禁，张文顺与我们家的走动慢慢儿多了起来，我们家无论上下都将张文顺唤作“张安达”。我们的父亲说，对别人可以冷落，对张安达不能冷落；张安达的身份特殊，他是敏感的，对别人的态度是在乎的，不能伤了他的自尊。

张安达很知道自己的身份，来了先到正屋给我父亲请安，完颜少爷在，就到完颜少爷屋去，完颜少爷不在，就到看门老张的门房去喝茶说话。老张是唐山人，跟张安达算半个同乡，又都是姓张，自然就说到一块儿去了。张安达在北京没有亲戚朋友，唯一能串门的也就是我们家。老太妃们学习洋派儿，给下人们放假轮休，张安达休息了就来找老张，找完姐夫。

老张表面热火，其实从心眼里看不起张安达，认为张安达六根不全，是个有缺陷的人。老张特别想看看太监去了势的那个地方究竟是什么模样，又不好直接提出来，就想了个馊主意。张安达来了，他使劲给他喝茶，灌了好几壶，为的是跟张安达一块儿上厕所。没想张安达喝了那么多水，一点儿不动声色，倒是老张一趟一趟地往茅房跑了好几回。

张安达走了，老张把灌水的事当笑话说给我父亲听。我父亲让老张再不要捉弄人，说张安达本身残疾就已经很不幸了，去势是他人生最难堪的伤痛，岂能将那地方轻易示人？老张还是奇怪张安达的尿泡竟然能装得下几壶水。我父亲说，太监都有这个本事，能憋屎憋尿憋屁，否则在主子跟前当差，一会儿一跑茅房还行？

没有两年，敬懿皇贵太妃去世，张安达彻底离开了麒麟碑胡同。冬月回静海老家住了几天，不习惯，又回北京来了。在农村，他才知道自己已经肩不能担，手不能提，彻底丧失了劳动能力，是个废人了。他娘告诉他，邻村西双塘方家早些年从宫里回来了，花四百大洋置了一处一砖到顶的大瓦房，过继了两个儿子，日子过得挺不错。

张安达不想过乡下的日子，多年的宫廷生活尽管辛酸，但他知道了什么是细致，什么是规矩；在农村瞅哪儿哪儿脏，瞅哪儿哪儿不顺眼。地冻天寒，朔风野大，土屋四面透风，粗硬的被里虱子滚成了蛋……看戏得等一年一度的庙会，庙会上草台班演的那些“蹦蹦戏”也太糙，在静海的荒滩上绝找不出杨小楼和梅兰芳来……

这也还罢了，顶难受的是大家都知道他的底细，他的身后永远有人在指指点点。人们看他的目光是好奇的、怪异的，内中不乏鄙夷也不乏怜悯，他成了人众中的异类。

他明白了，在寿康宫中思念的桃红柳绿的家乡，全是《小放牛》里的虚幻。

转过年开春，张安达到我们家来，告诉我父亲他在北新桥金太监寺胡同买了一院房，院不大，用张安达的话说是盖得还算齐整。金太监寺离我们家不远，离雍和宫很近，环境很僻静。张安达说老太太也接来了，他娘苦了一辈子，得好好孝顺。另外，老太太身边也得有人伺候……家就得有个家的模样……张安达下边的话有些吞吐，但谁都听明白了，张安达要娶媳妇了。

张安达娶媳妇，是大家都关注的事情。特别是老张，借着老乡的名义没事就往金太监寺胡同跑，说是去看老太太，其实是观察太监媳妇进门没有。终于有一天回来说，太监媳妇来了，是个梳着元宝髻的小娘们儿，还带着个将会走路的小丫头，是张家老太太从乡下花钱买来的。小媳妇是个寡妇，本人不在乎张安达是太监，说只要真心对她和孩子好就行。

老张说，小太监是掉进福窝里啦，日子比我过得滋润。我要是在北京有房，把老婆孩儿都接来，当太监就当太监……

我父亲说老张站着说话不嫌腰痛，真把他阉了，给座金山恐怕他也不干。老张说，等着瞧，那媳妇现在是没想法，到将来保不齐红杏出墙。人家都说，“太监娶媳妇，不是太监活不长就是媳妇活不长”。

老张说这些话的时候我还没有出生，等我到了记事的年纪，除了太监的妈死了以外，太监和他的媳妇都活得很好，老张的话算是白说。

四

我记忆中的张安达是个英俊人物，面庞白皙，皓齿明眸，穿得很讲究，灰哔叽大褂，黑礼服呢布鞋，鞋底是黄牛皮的，软和随脚，走道没声响。脑袋像唱花脸的演员一样，寸发不留，刮了个“去青”。不是谁都敢把自个儿的脑袋收拾成这模样的，首先脑袋得长得周正圆润，不能坑坑洼洼土豆似的里出外进，不能有伤痕疙瘩，得跟刮胡子似的，见天刮。可见张家的媳妇除了操持家务以外，还充当着剃头匠的角色。我特别欣赏张安达的圆脑袋，圆得好看，圆得秀气。当然，张安达对自己的脑袋也很满意，把头发刮光了就是他自信的表现。

有一回我们家的老二脑袋长了秃疮，医院把他头发都剃了，大家才知道他脑袋的形状极差，前锛儿后勺，前后之长大于左右之宽，是个“梆子”脑袋。所以张安达剃光头是对自身的另一种展示，一种炫耀。

端午、中秋、冬至，张安达逢年过节必来我们家。每次从不空手，不是由东直门大街鱼市上提篓鲜螃蟹，就是从安定门外菜园子买一筐顶花带刺的嫩黄瓜。有一回还带来几只叽嘹叽嘹叫的小油鸡儿，绒球似的满院跑。

有人描述太监行走的步伐是“鹅行鸭步”，也有人说叫“四六步”，但我总觉得“四六步”更近乎戏曲的专业术语，总之是撇着八字脚一步一步走得沉稳而有规律。我见过一张流传很广的慈禧出行照片，走在最前面左与右的是大太监崔玉贵和李莲英，两个人都端着肩膀，没有表情，完全是一副仪仗模样，不招人待见。但是张安达不。张安达活泼好动，从来没摆过什么“鹅行鸭步”，他走道向来是一溜小跑，灵敏又快捷。

张安达是谦恭的，进了门不怕麻烦地给每一个人请安，包括我这个小人儿，也包括厨子老王和看门的老张。他从来不把自己搁在显要位置上，他一直把自己当成一个底下人，把进退分寸拿捏得十分准确。他常常在你需要的时候就悄没声儿地出现了，好像他正巧赶上，让你觉得那么恰如其分，那么自然。比如，正月张安达和我父亲带我到雍和宫看“打鬼”，人挺多，我个儿小，什么也看不见，刚一懊恼，张安达就从后头把我举起来了，让我坐在他的肩膀上看。这样一来我比所有的人都“高”，看得清楚极了。我父亲画画，张安达站在旁边看，他能把要用的颜色及时地准备好，把要换的笔，衣纹、鼠须、大小红毛之类准确无误地递到父亲手上。这绝非一日之功，连我们家专门画画的老七也做不到。

母亲说，这是太监的本事。

父亲说，这是善解人意。

张安达不愿意让人知道他当过太监。许多太监出了宫都住在庙里，过集体生活，彼此照应。可张安达从不往那个堆儿里扎，也不跟他们联系，刘掌案死后更是彻底和那些人断了来往。从外表上看，张安达和平常人没什么两样，甚至比平常人更随和，更温良恭俭让。遇到什么事儿，他的态度永远是“依着您”。

寿康宫短短的几年工夫，把一个静海的乡下小子磨圆了，磨得寻不出一点儿棱角来了。

母亲说，张安达来我们家，一大半是冲着我五姐夫完颜占泰的。他感念完颜姐夫当年的帮忙，不是完颜占泰很实诚地一趟一趟给他往静海家里捎钱，他的娘哪儿能活下来，哪能有后来的日子。

完颜占泰从中学到大学都住在我们家，跟我的几个哥哥不分彼此。后来跟我五姐结了婚，婚后小两口住在北平家里。我母亲说，结了婚姑爷不能老住在丈人家，不合适。

完颜姐夫说，干吗赶我们走？我们不走，就算我是入赘还不行吗？

姐夫愿意当倒插门，奈何！

刚解放，街道宣传《婚姻法》，各家都要派人去柏林寺开会，我代表我们家去了。我知道我是去充数的，母亲想的是《婚姻法》跟我们家没关系，让我去点个卯就行了。我很愿意干这样的事情，并不是我对《婚姻法》多么有兴趣，是我对家门口那座元朝庙宇有偏爱。每天上学都要路过柏林寺，柏林寺里头有大树，有王八驮石碑，还有停灵的大棺材。平时家里不让去那儿玩，现在正好，玩不到吃饭绝不回来；更何况宣讲完了还有节目，扭秧歌、打腰鼓什么的。

讲《婚姻法》那天是早晨，太阳刚升起来，照在柏林寺大殿台阶上，光线十分柔和。一个穿着绿军装的干部在讲话，干部很年轻，说的什么我没听懂，但是他挥着手说话的形象却一直让我记忆至今。我不知当年那个讲话的小干部现在变成了什么模样，有过怎样的经历；如果还在人世，大概已经是个耄耋老人了。至少我想通过这篇文章告诉他，他讲话的场景无端地映在了一个小丫头的记忆中，几十年了，清晰如昨，不能忘却。

会完了，没扭秧歌，演出了一场评剧《小女婿》。

演《小女婿》是为了配合宣传《婚姻法》。《小女婿》的女主角叫筱白玉霜，看的人很多，观众气氛也很热烈，我挤在最前面，为的是看得真切。筱白玉霜扮演一个叫杨香草的村姑，嫁了个小女婿，新婚之夜小女婿尿了炕……我能记得的只有这些。最着急的是那个叫杨香草的女子坐在椅子上慢悠悠地唱：

> 鸟入林，鸡上窝，黑了天，
> 杨香草对灯独叹，
> ……
> 我十九，他十一，
> 事事他都不懂得……

唱得缠绵柔韧，哀哀切切，行腔总是在喉咙里滚，据说这就是评剧白派的特点。周围人叫好不断，为能见到筱白玉霜本人而激动，我却盼着台上这个女子唱完了快点儿离婚。

宣传《婚姻法》，《小女婿》之外先后还有《刘巧儿》《罗汉钱》《小二黑结婚》一类，我都不喜欢，原因是戏里的人物穿的是跟大家一样的衣裳，唱腔太多，不热闹。

《小放牛》当时也在演出之列。《小放牛》是老戏，老戏比新戏更受欢迎，因为那些词儿大家都会，能产生共鸣，台上台下一块儿唱。《小女婿》就达不到这种效果，谁能跟着杨香草一块儿“鸟入林，鸡上窝”呢？《小放牛》牧童和村姑的漂亮扮相、欢快舞蹈让人眼花缭乱。少男少女在乡野打趣调侃，和谐自然，符合自由恋爱的精神。加之情节简单，类似街头小戏，有活报剧性质，比筱白玉霜的《小女婿》、新凤霞的《刘巧儿》来得更方便。所以很多单位都排演了《小放牛》，我们的街道也不例外。

演牧童的是张安达，演村姑的是我五姐。

张安达已经五十多岁，我的五姐二十将过。

也不知怎的，平时一贯低调不喜欢出头露面的张安达，竟痛痛快快地应承下了这个差事。大概是他太喜欢《小放牛》了。

张安达演《小放牛》轻车熟路，跟五姐配戏竟然没人能看得出他的岁数。张安达嗓子清亮，略带女声，但绝不是人们所说的太监的“公鸭嗓”。他的嗓音演少年牧童再合适不过了，就像今天的儿童艺术剧院，很多小男孩的角色都由女演员扮演一样，张安达演小小子儿还真的挺对路。张安达动作轻巧，腿一踢，能踢过头顶；腰一弯，平地就能打个旋子。还会大车轮一样地打把势，把个小牧童演得人见人爱。五姐回家跟父亲夸赞张安达的演技，父亲说张安达是打小练的童子功，是戏虫子刘掌案亲自点拨出来的，在寿康宫当差绝不是混事儿的。

相比较，我五姐的功夫就差了。但她毕竟年轻，长得漂亮，聪明，悟性好，张安达连托带领，不显山不露水地也把我五姐托成了明星。他们的《小放牛》演一场，火一场，拿过区里的大奖，还到中山公园去演过。

我五姐跟我们家其他能玩票的兄弟姐妹不同，她除了会唱《小放牛》，别的全不上道。有一回我父亲拉胡琴，带着她唱《女起解》，“苏三离了洪洞县”，那是个最简单的流水板，连我在旁边都跟着溜会了，五姐却还找不着调儿。父亲奇怪她怎能唱《小放牛》，她说，《女起解》里没有张安达，有了张安达我才会唱！

父亲说，这也是怪了。

张安达的媳妇给我五姐做了一双带大红穗子的绣花彩鞋，我五姐喜爱得不行，演戏不演戏都在脚上穿着，说是轻便跟脚。一段时间，《小放牛》是我五姐的唯一，她整个人都掉进《小放牛》的牛阵里了，魔怔了。一大早就在后院练唱，咿咿呀呀地没完没了，走路都迈着小碎步，水上漂似的从后院漂到前院，坐在饭桌前，拿筷子点着桌沿还在唱：

> 行来在，青草儿坡前，见一个牧童，
> 身披着蓑衣，手拿着横笛，倒骑着牛背，
> 他口儿里唱的俱是莲花落哪哈咿呀咳……

母亲说，吃饭还堵不上你的嘴？

五姐说，我不能跟张安达比，人家有功底，张嘴就来。我是一张白纸，不练行吗？

我说，张安达演的那个小牧童比《刘巧儿》里头的劳动模范赵柱儿还好看，胡同里的孙大妈、刘婶、赵奶奶都说看上这小子啦，我也看上他啦！

母亲让我住嘴，说张安达是太监，丫头家家不许胡说，怎能动不动就是“看上谁”！

五姐不乐意了，眼睛一瞪，冲母亲说，太监有什么不好，太监也是人。旧社会的奴才，新社会的主人！

母亲说，你跟我瞪什么眼？革命把你革得都不知道东西南北了。说这话你不嫌寒碜，真把你嫁个太监你能答应我？你男人可是清华毕业，论学历、家境、长相，哪点儿也没辱没了你！

五姐说，他跟太监也没两样。

母亲不说话了，母亲知道五姐与五姐夫关系不好，原因在我那位姐夫，我那位完颜姐夫练气功，炼丹药，吃五行散，讲的是清心寡欲，抱朴归一。我五姐不认这个，说他是半疯。五姐夫夜夜要打坐，一坐坐到天亮。月光下，对着北斗七星走禹步，超脱得不像凡间之物。

母亲口气缓和下来说，咱们先不说姑爷的事，往后我会收拾他，咱们现在说的是张安达，张安达是个难得的好人，跟咱们家这些年也都是知根知底的，咱们也没看不起他不是？但是太监就是太监，他们是不能人道的人。不错，张安达人长得帅气、俊秀，可话说回来了，过去进宫当太监的哪一个不是五官端正、超乎常人的？歪瓜裂枣儿的能到皇上跟前儿去吗？

我问母亲“不能人道”是怎么回事，母亲推了我一把说，去！

五姐的脸通红。

母亲认为跟我们家没关系的《婚姻法》，没出一两个月便大有了关系。我们家那位情感丰富又多变的“小村姑”提出要和完颜姐夫离婚，谁也劝不住。她也不吵也不闹，就是铁了心地离！

我母亲说不出什么，因为五姐夫跟太监一样也“不能人道”。

很快这个婚就离了，我五姐嫁给了在陕西紫阳当过牧童的王连长，连长那时候已经不是连长也不是牧童了，是政府干部了。

我那位被“抛弃”了的五姐夫（后来我们都改口叫他老姐夫）完颜占泰离了婚还住在我们家里，照常过着他的神仙生活。他没有工作也不想出去工作，他天津家里有的是钱，据说几辈子也花不完。不愁吃也不愁穿，在金家被我母亲当儿子养着。老姐夫对我说，《小放牛》里牧童骑的那头牛，一准是老子的青牛。老子骑牛出函谷关，到盩厔（今周至）楼观台，讲述《道德经》，那头牛就歇在了楼观的山坡上……

母亲说老姐夫没心没肺，都这样了，还说牛。

后来公私合营，又连着几个运动，老姐夫家里就穷了，再没有钱给寄来了。没有了经济来源却也没饿着他，有我们吃的就有老姐夫吃的。好在他也不正经吃饭，经常“辟谷”，有时候吃三颗红枣就能顶一天。

张安达来我们家定要到老姐夫的屋里去，看看老姐夫有没有什么要换洗的衣裳、该拆洗的被褥，他拿回去让媳妇洗，洗过浆过，熨平整了再送回来。他的天津乡下媳妇做了什么新鲜吃食，也都想着给老姐夫送点儿过来。论远近，他们到底都是属于同一地域的，甭管是静海的穷太监还是津门的阔少爷。

莫姜进入我们家以后，张安达另一个要看的人是莫姜。他们一个在静海，一个在易州，扯不上老乡关系，可是却很熟识，张安达管莫姜叫莫姐姐。为这一点我一直想不明白，一直到莫姜死，我才把原委闹清楚。原来两人都是寿康宫里的人，寂寞的宫廷生活使太监和宫女之间产生一种微妙的照应关系，自明朝开始，彼此之间认干亲的习俗遍及宫闹，各宫之间，以致同一宫内，兄妹、姐弟，甚至夫妻都有，是一种名分上的归属。谁谁跟谁谁是一事的，谁谁跟谁谁是不拆把儿的，是心理的慰藉，也是一种保护。清代尽管明令阻止宫女、太监们的这种做法，但大厦将倾，皇上已成逊帝，下人们再不把戒令当回事，寻求亲情的温暖是人的本能。莫姜比张文顺大，莫姜就是张文顺的姐姐。

两个人先后出宫，莫姜嫁了厨子刘成贵，住到了北宫门；张文顺跟着老太妃去了麒麟碑，继续当他的使唤人。莫姜后来的遭遇让人同情，张文顺得知莫姐姐走投无路的结局心里很是不安，先是接到自个儿家里，想着终非长久，在得知我们家厨子老王回老家了，就偷偷找到我父亲，两人设计了北宫门捡人的一幕。其实，莫姜不是父亲从北宫门领回来的，是从金太监寺张安达的家里接来的。

我曾经跟着老张去过一回张安达家，是为他们家老太太过世三周年去的。去张安达家，我是正差，老张是陪衬，毕竟我代表着金家宅门，老张是跟差。但是一出街门立刻就变了，老张变成了正差，我成了跟随。他走前头我走后头，他甩着手，我提着蒲包水果……我说，老张哎，我怎么觉着规矩有点儿乱。

老张说，不乱！

进金太监寺胡同往西，路南一座干净精巧的小院就是张安达家了。门口石头门墩上头雕着两个歪着脑袋的小人儿，很像是《小放牛》里头的牧童哥。进门之前老张拉住我，再一次叮嘱千万别忘了他交代的事儿，我说，你放心，我忘不了。

老张交代我，到了张家，眼睛往房梁上瞅，他们家房梁上若是放着一个升那就对了。听人说太监的“根”又叫“宝贝儿”，用油纸包着，垫着灰，就搁在那里头，吊在房梁上，任何人也不能碰。太监死了的时候取下来，安在原来的地方，随主人一块儿埋葬。这个工作对死者来说非得是至亲至近的人做不可，别人信不过，稍有闪失，死者在另一个世界就不完全了。刘掌案没儿没女，张安达是他的徒弟，所以刘掌案去世后，他的“根”是张安达亲手给安放的，放的时候张安达可谓毕恭毕敬，小心翼翼。第一，“根”要紧贴着肉，不能有空隙；第二，“根”得摆正了，不能歪……绝不是草草一搁了事。这些都是老姐夫告诉我的，那是在张安达死了之后……

可是当时我对这些并不了解，傻乎乎地问老张，房梁上头是什么“根”，老张说是“男根”。我说，有“男根”就得有“女根”，他们家“男根”在房梁上，那“女根”在哪里？

老张说，不知道！

就跟想看张安达上厕所一样，老张对太监的私密细节非常感兴趣。

张家院里栽着丝瓜和葫芦，还有一棵石榴，葫芦架底下有石头桌子，房檐下头挂着鸟笼子，笼子里头不是什么好鸟，普通的红子罢了。屋里有八仙桌、太师椅，老榆木的，结实而耐用。北边墙上挂了一副对联，“牧笛一吹春柳韵，杏花齐放彩霞云”，好像也没脱开《小放牛》的意境。里屋紧靠南窗一盘炕，炕上有躺箱、炕桌；炕下靠西墙有梳妆台，门后有脸盆架子，架子上有大铜盆，盆沿上搭着白手巾。整个房间擦抹得一尘不染，连那砖地也闪着幽幽的光。没有堂皇阔绰，有的是简约舒适。但从格局看又一丝不乱，沿袭着传统，沿袭着规矩，让人想起紫禁城内乾清宫的西暖阁来。这怕就是张安达的心劲儿了，当过太监的心劲儿。

看得出，张安达在宫里当太监的时候一定是向往着安稳的小康生活，向往着一夫一妻，《小放牛》式的浪漫，独门独户的小院，热腾腾的炸酱面，母亲安逸，儿女绕膝，自己是尊贵威严的一家之主。可是过上了一家之主的日子又脱不开宫里的套路，脱不开习惯的束缚。就像是把熟粽子解开剥了，它还是个粽子形一样。

老张谱摆得很大，进了门腆着肚子跟大爷无异。但张安达心里明镜儿似的透亮，孰重孰轻一点儿不糊涂。他把我往正座上让，尽管我还是个孩子，也一口一个“格格”地叫，让他的媳妇出来先跟我见过了再招呼老张，这让老张很没面子。

张安达的媳妇低着头几乎不说话，眼睛也不敢朝我们看。张安达说什么她就做什么，谨言而温顺。我不知该管张安达的媳妇叫什么，张安达说她叫李增春，我便叫她李增春。李增春终于冲我笑了笑，下兜齿儿，嘴还有点儿歪，模样一般。

李增春能给太监当媳妇，并且无怨无悔地跟太监过了这么些年，这让我对她充满了好奇。母亲的“人道”教诲让我懵懂地感到了两口子之间的事儿，这是不能对人言说的，那些个苦辣辛酸也只有李增春自个儿明白了。

若干年后我看了老舍先生的话剧《茶馆》，那里头有给太监当媳妇的康顺子。可我总不能把她和李增春联系在一起，也不能把庞太监和张安达扯到一块儿。其实人跟人挺不一样，太监和太监也不一样。世间的事儿，“葶苈似莱而味殊，玉石相似而异类”，难以一言蔽之。

张安达的媳妇李增春身子骨很单薄，小脚，头发花白，看年龄比张安达大不少，俩人站到一块儿明显的不般配。李增春给我们倒了茶就进到厨房再没露面，是个沉静识体的女人。

张安达家用的茶碗很讲究，是粉彩薄胎美人荡秋千的西洋瓷。老张问是不是皇宫的旧物，张安达说是他在崇文门鬼市上淘换来的，没花俩钱，便宜！崇文门外的鬼市自解放前就有，一直延续到五十年代末，地点在花市附近。黎明出摊，天亮走人，买的卖的谁都看不清谁。每个摊上都点着盏半明半暗的小灯，地上铺块布，摆着东西，谓之“鬼市”，又叫“晓市”。东西中有贼的赃物，也有潦倒大宅门的珍藏，碰巧了还真能买到好东西。后来老张回唐山之前我跟着他逛了一回“鬼市”，没买回什么东西，只买了两条板凳，老张说这东西在乡下很实用。

那天，老张跟张安达说他唐山家里已经给分了地，他梦寐以求的回家当地主的愿望就要实现了，他计划这个月就跟我们家把账结清，回家当他的“老太儿”去。“老太儿”是唐山话，老太爷的意思，出自《三侠剑》里的杨香武。杨香武是乾隆年间河北的大侠，跟窦尔敦、黄三泰们是同时代的人。戏台上的杨香武一口唐山话，通常由武丑扮演，装扮和《三岔口》里的刘利华差不多，穿着黑紧身衣，绣着满身五彩花蝴蝶。传说杨香武的轻功十分厉害，曾经有过“三盗九龙杯”的经历。两军对峙，兵对兵，将对将，双方要互通姓名，刀下不杀无名之鬼。杨香武出自民间，没有堂皇的名号，便自报“老太爷杨香武”。唐山话，“老太爷”就成了“老太儿”，后来人们就戏称唐山人为“老太儿”（听说还有一种解释，“老太儿”是指唐山一带说一口很厚重方言的人。通常写为“老塔儿”，“塔”是借音，无实际意义）。

老张就是个地地道道的“老太儿”。同是“老太儿”，老张跟人家杨香武却差得远，老张有点儿小自私，有点儿小蔫坏，还有点儿弯弯绕的小肚鸡肠，没有杨香武的侠义豪气。老张说厨子老王回了山东再不回来了，宁可扔了手艺也要在家待着，足见老家的吸引力。现在解放了，各自家里都有了很大变化，也不知道老婆孩儿过得咋样，岁数大了，不回家咋着呢？

张安达说是该回去看看，人走千里万里，那根儿还是跟家里的老坟地连着呢。他静海的家里已经没了人，虽然有几个远房侄子，但是他没给过人家什么济，到老了回去人家未必肯接纳。在北京好歹他跟前还有个闺女，他的闺女张玉秀现在在北新桥副食商店工作，也算是干部了。

我们走的时候李增春从厨房出来了，这一会儿工夫她给我烙了七八个糖火烧，用布兜了，塞到我手里。我不要，老张说，拿着吧，好歹是人家的一片心意。

张安达说，知道你们家有专门的厨子莫姜，不稀罕这个，可这个是我们静海的家常火烧，味儿自然是不一样的。也没什么好东西给小格格拿着，让格格空着手回去，怪不落忍的。

我提着火烧跟着老张往外走，张安达的媳妇送到了影壁跟前就止住了步。张安达一直把我们送到大门外，站在台阶上看着我们，直到我跟老张朝北拐弯，他还在朝我们挥手。

张安达的礼数真多。

路上，老张问我朝房梁上看了没有。我说看了，他们家没房梁，只有白纸糊的顶棚。老张肯定地说，那“宝贝儿”就是藏顶棚里了！

我问老张，“金太监寺”跟张安达有没有关系。老张说有屁关系，这个胡同自打明朝就有了，张太监住这儿也是碰巧。我说张安达准是看上了这个地名才买的房。老张说，他躲还躲不及，但得有比这儿便宜的，我敢担保，张太监绝不会在金太监的地盘上住，甭管是明朝还是现在！

在我童年的思维中，一直是把“金太监寺”和张安达连在一块儿的，宽展的胡同，安静潮湿的小院，剥落的砖墙，藏匿于深处的故事……常常让人浮想联翩。

今天的金太监寺胡同不知还存在否？

我把糖火烧拿回家，母亲尝了，说半发面，又酥又脆果然好吃。老张不以为然，掰了一块在嘴里捯了半天说，《小放牛》味儿。

我不知道糖火烧怎么会和《小放牛》搅到一块儿去了。

五

我五姐自嫁了“紫阳牧童”以后再没跟张安达一块儿演过《小放牛》。不是她不演，是再没机会演了。她在商业局工作，是搞行政的，严肃得厉害，好像谁都是她的下属。她回来动辄便批评我母亲落后，忘掉了南营房穷人出身的根本；批评她的前夫完颜占泰诡谲幻怪，醉生梦死，没有谋生技能，整个儿一个少爷秧子。我当然也在她的批评内容之中，她说我小小年纪，鬼精鬼精，心思全没用在正道上，一脑门子封建残渣，老大不小了，还没有加入少儿队。那时候的少儿队不叫中国少年先锋队，叫中国少年儿童队。不是我的记忆出了毛病，的确是如此。加入过“少儿队”的人现在大多七老八十了，想必他们也不会忘记这个名字。那时候的队歌是郭沫若写的“我们新中国的儿童，我们新少年的先锋”，而不是现在的“我们是共产主义接班人”，现在的队歌是电影《英雄小八路》的插曲。

我当时反驳五姐说，我怎么鬼精了，我连“人道”都不懂！

母亲扑哧乐了，五姐捂着肚子歪在炕上说，你快给我一边儿待着去！

母亲将一个包袱给五姐抱来，打开都是婴儿的衣物，有连脚裤、老虎鞋、老虎帽、绣花斗篷。母亲说是六条的秀姨儿给做的，说想的是五格格该用上了。六条秀姨儿指的是大秀。大秀猜得没错，五姐的确要生孩子了，肚子大得像鼓，气儿都喘不匀了，两条腿肿得像大萝卜，自个儿都快顾不过命来了，还批评我“封建残渣”！

没过多久，五姐生了一对双胞胎，小鼻子小眼儿的两个小“村姑”，“紫阳牧童”的后代。

五姐添了千金，我妈作为姥姥给送了一对小银镯子、小银锁。本来这里头根本没有完颜姐夫什么事儿，他也过来凑热闹，拿着两块小破石头让我母亲一块儿送去。说石头来自陕西楼观台，楼观台是道教祖庭之一，亲耳听过老子教诲的石头不是一般石头，是有仙气有道行的灵石；有这样的石头与孩子相伴，孩子将来一定有仙风道骨。

听过老子讲话的石头到了我五姐手里，她看也没看，隔着窗户就扔出去了。他们家窗户外头是自由市场的鱼市，两块灵石降贵纡尊混杂于污秽腥臭之中，命也如斯，想必也是一番劫难了。

那对小丫头长大后并没什么出息，刚上四年级便双双留级，小学念了八年，初中念了四年。不爱学习爱臭美，一门心思在吃穿打扮上。高中开始搞对象，两个人加起来搞了几十个。最终一个嫁了“无职业”，一个嫁了南京来卖“盐水鸭子”的。

我说那样的石头怎能随便扔呢。老姐夫摇摇头说是“缘分”，缘分不到，不能强求。我说，老姐夫，什么时候您又转到佛教来啦！

我的老姐夫和他的朋友张安达后来的境遇都不太好，他们的日子过得有点儿无奈。

他们的共同悲剧在于都没有工作，张安达曾一度在街道办的纸盒加工厂糊纸盒，计件制。张安达一天糊不了几个鞋匣子，用他的话说是连一两豆芽菜钱都糊不出来，就不干了。我后来看过溥仪写的一本书，里边讲了在监狱里糊纸盒的事，也是糊不到一块儿去。我不明白了，怎么紫禁城出来的主儿在动手方面都这么差呢？无论是主子还是奴才。

我的完颜姐夫跟张安达不同，他是有条件而不愿意工作。数学系毕业，在当时是大学问了，但他的学问于他的人生经历没有起到任何作用，今天吃了绝不想明天。这位金世祖后裔活得很模糊，他对我说，模糊也是学问！九十年代我听说了“模糊数学”这个词，真佩服老姐夫的英明！但用我五姐的评论是，打着不走，拽着出溜，完颜占泰这个人没治了。

懂得“模糊”的老姐夫糊过火柴盒，给外贸工厂画过灯笼，挣得不多，够吃就行。青菜萝卜糙米饭，瓦壶天水菊花茶。俭朴的生活正合他天人合一、道法自然的准则。老姐夫一直活到九十二岁，二十一世纪初安然离世。

张安达偶尔来串门，看老姐夫仍旧不空着手，有时候用手绢兜一兜花生米，有时候用黄糙纸包几块熏肠。熏肠不是现在超市卖的灌了淀粉的熏肠，更不是哈尔滨的美味红肠，而是将猪小肠缠绕起来煮熟熏制的卤味。小贩背着木盆，沿街吆喝，跟酱猪肝、猪心、猪尾巴一块儿卖，不过价钱更便宜罢了。再有的时候张安达会带来他闺女打的豆酱，即把猪皮、青豆、熏干、水疙瘩切丁一起熬制。等熬好盛盆里放凉处，凝固后取一大块切成拇指头大的小块装盘，浇上醋蒜汁吃，是一种实惠鲜美的家常小菜，下酒最佳。

老张回唐山老家了，老张在，他又会不屑地说是《小放牛》水平了。

张安达是来陪我那位嗜酒如命的老姐夫喝酒的，其实他平时根本不喝酒。

我时常地想起“滴水之恩当涌泉相报”的话来。“涌泉”似乎太猛太快太直接，张安达的报答是“细雨湿衣看不见，闲花落地听无声”，如同筱白玉霜缓缓的唱腔，于悠悠静夜中似有似无，不绝如缕。

知己犹未报，鬓毛飒已苍。

渐渐地，张安达很少到我们家来了，他的小脚媳妇李增春死了，张家就剩下他和闺女相依为命了。我佩服张安达的远见，接纳了这个叫作张玉秀的女儿，有这个女儿跟没这个女儿是大不一样的。张安达不是刘掌案，他没有太监徒弟。

张安达的房子，自己住了三间，将其余几间租出去了。可是那点儿租金十分有限，够不上每月的嚼裹儿，得靠女儿接济。就这，还落了个小房产主的名声。张安达的女儿结了婚在和平里住，姑爷是运输公司的司机，两口子都是善良人，就想把张安达接去一块儿住，让张安达安享晚年。

张安达到我们家跟老姐夫商量，去还是不去。老姐夫说去，现在身体硬朗自然显不出什么，将来一旦落了炕，跟前还是得有人。他遗憾的就是自己这辈子没个一男半女，想想未来总是个事儿，谁管呢？

老姐夫说这话的时候我在跟前，我让老姐夫放心，说真到了动不了的那一天，我就是他跟前的童儿，端屎端尿，喂汤喂饭，绝不会比张安达的女儿张玉秀差。老姐夫听了摇摇头。事实证明，老姐夫的感觉是对的。老姐夫去世时，我在陕西，没有任何预感，接到老七电话说老姐夫过去了，说老姐夫头天晚上还喝了五姐送的西凤酒，看了半天他画画，回到屋里睡觉，一觉就没醒。

老姐夫这是修来的福分。

张安达把金太监寺的房子卖了，卖了两千块钱。两千块在那个年代是笔巨款，溥仪写了本《我的前半生》，稿费不过五千。张安达把这笔钱在自个儿手里攥着，住在闺女家，他一分钱不掏，他认为闺女养活他是应该的。

张玉秀在和平里的家是筒子楼顶层两小居室，厕所公用，水房公用，做饭就在楼道，谁家吃什么全体居民都知道；谁家没开火，全体居民也知道。二十世纪五十年代的居民楼多是这种水平。住惯了小院的张安达哪儿能习惯筒子楼？他不能习惯没有隐私的生活。

他一辈子都是在隐私中度过的。

他和闺女睡觉隔了一道门帘，他睡外间，小两口睡里间。虽说他是太监，但毕竟他是运输公司那位的老泰山，里间睡的是女婿，不是皇贵太妃。他的觉少，睡得灵醒，周围稍有动静他会激灵一下坐起来，这是当差多年的习惯。不隔音的筒子楼害苦了他，头上的顶棚都是相通的，先是里间，后是隔壁，各种各样奇妙的声音让他几乎无法入睡。都是以前没有听过的声音，敬懿太妃是寡妇，她的宫里晚上没这些声音。后半夜楼里好不容易安静下来，顶棚的耗子又开起了运动会，咚咚地跑，蹬得房顶往下掉灰。

谦恭的张安达不是永远谦恭的，在女儿面前，他显尽了做“老家儿”

的派头。养闺女图的什么，不就图有人尽职尽责地孝顺，无条件地伺候，自己理所当然地当“太上皇”吗？问题是他的闺女不是皇上，所以他的“太上皇”当得就有点儿打折扣，有点儿窝囊。

在家里，“太上皇”张安达不是个好说话、好伺候的主儿。

老北京人，向来是早晨一壶茶，空着肚子喝够了再吃早点。有这习惯的一般都是清闲的大爷、提笼架鸟的八旗子弟，为生活苦奔的不在其中。到了张安达这儿就有点儿麻烦了，无论早晨多忙，也得让闺女把茉莉花茶沏好了，把油饼豆腐脑买来，才能去上班。按说这条件不高，可那个时候没有煤气，没有电磁灶，每天得点劈柴笼火，火上来再烧开水沏茶，这么一折腾闹得见天张玉秀天不亮就得起来。

张玉秀跟张安达商量，能不能用暖壶的水沏茶。张安达说不行，隔夜的水泡不开，茶叶都在碗里漂着，那不是喝茶，那是泡干菜。张安达说他在寿康宫当差，从来都是三更就起来，没睡过囫囵觉，也没觉得不自在，到了闺女这儿怎就不行了呢？再说，她的妈李增春活着的时候天天都是早早儿把茶沏好了搁那儿，二十几年，也没见她提出过什么困难。

喝茶这件事不能更改！

女儿两口子上班，中午回不来。张安达不吃剩饭，自己也不做饭，让他在炉子跟前炒菜，没门！别说他，连他的师傅，专门负责御膳的刘掌案都没干过这个，连看门的老张、厨子老王都回家当“老太儿”去了，他难道连老张、老王都不如？谁见过“老太儿”自己下厨做饭的？不能掉这个价，就是说不能给小的们当使唤人，吃什么是次要的，关键是太爷的架子得端着。

女儿有女儿的办法，中午让老爷子在街口小饭铺包饭，想吃什么随便点，月底由女婿去结账。饭铺的饭跟御膳房不能比，翻不出多少花样来，没两个月，张安达就吃腻了。

在饭铺里夸赞人家的饭食实惠，味道好，回到家就跟女儿翻脸，说饭铺的饭不是人吃的，饺子一两六个，半个巴掌大，还是萝卜馅，他什么时候吃过萝卜馅？他根本就不吃萝卜。宫里当过差的人都不吃萝卜，吃萝卜出虚恭，大不敬，那是要掉脑袋的事儿。御膳房的小饺子小手指头肚大，小包子十八个褶儿，龙须面下到锅里自个儿会转圈儿。就是酱咸菜也得切出花儿来，好吃不好吃模样得讲究。天下万物都有自个儿的品相，饭铺弄些个“大不列颠”搪塞人，他们做着不嫌寒碜，他吃着嫌寒碜。要是刘掌案还活着，知道他吃萝卜馅大饺子，非得笑话他不行。

女儿说，老爷子，您将就一下得了，刘掌案要是知道您今天有大饺子吃，恨不得从棺材里坐起来跟您要俩吃呢！

张安达不想将就。他将就一辈子了，在亲人跟前他要恣意舒展，把扭曲了的人生再扭过来。很多时候他什么也不为，就是想找点儿不痛快。不痛快在哪儿找，在晚饭桌上找，因为只有在晚饭桌上，一家子才能凑齐了。

姑爷将一块肘子夹到张安达碗里说，爸，你吃这个。

张安达的筷子停了，不快地对女儿说，我是谁，我是老家儿，是一家之主。跟一家之主就这么你我他仨地说话，不怕折了寿？

女儿给女婿翻译父亲的意思说，以后跟爸说话得说“您”，不能说“你”。对别人称呼父亲的时候得说“怹”，不能说“他”。

姑爷是广西人，翻着广西大舌头“您”、“怹”学了半天，终没将这个字说利落。

吃着吃着，张安达的筷子又停了，看着女儿半天不说话。女儿心里发毛，不知老爹爹又翻出什么新花样。张安达说，玉秀，我记得你不是属猪，是属兔的吧？

女儿说对，是属兔的。张安达说，属兔的你吃饭吧唧嘴干什么，吧唧吧唧，攮糠似的，饭桌上就听见你一个人的吧唧声。

坐对面的姑爷赶紧收拢了腮帮子，老丈人说的是女儿，指的却是他。

吃完饭，姑爷一边收拾饭桌，一边讨好地问老丈人明天晚上想吃什么。张安达在等着女儿给点烟袋锅，听了姑爷的问话说，你们上一天班够累的了，吃点儿简单的吧。

姑爷问什么简单。张安达说，贴饼子熬小鱼儿。

看姑爷直发愣，张安达说，饼子在上鱼在下，一锅都熟了，省事儿！

为这锅省事儿的"贴饼子熬小鱼儿"，姑爷特意请了半天假，折腾得地覆天翻，做出来一锅连鱼带刺的腥棒子面粥。张安达自然拒绝吃那不伦不类的"混账东西"，女儿另外给做了一碗羊肉热汤面了事。热汤面还没吃完，张安达提出想吃天津西边杨村的糕干。女儿心疼姑爷，说，杨村糕干得上天津买，他们单位明天不休息。

张安达说，他们是运输公司，运输公司难道就没有一辆车上天津？

女儿说，去天津不进城也买不来，再说了，为一包糕干，小月窠儿孩子吃的，也不好张嘴求人。

张安达说，老人都是小月窠儿孩子，人生就是个圆，活着活着就活回去了。你刚来北京的时候，抱在你奶奶怀里，专吃杨村糕干，连你娘的奶也不吃；你奶奶到最后，躺在炕上，除了吃糕干，也是其他什么都不吃。

女儿无助地看着姑爷，姑爷痴呆呆地没有表情，他还没弄懂“糕干”是什么东西。

张安达愿意看女儿、女婿诚惶诚恐的模样，他对这种模样太熟悉了。女儿、女婿的无所适从，对他来说是一种得意，一种由内心深处生成的快感。这种感觉是他从少年时代便缺少的，久久盼望的。女儿女婿越经不起这折腾，他便越发折腾，目的只有一个，随时向别人提醒自己的存在，显示自己在家中无可动摇的重要地位。家里无论是谁，对他都应该绝对服从，为他无条件地服务。他比皇贵太妃还皇贵太妃！

孤古乖怪，真是一种别路心态。

女儿每天战战兢兢，如同哄小孩，下班总得给张安达带点儿好吃的，半斤槽子糕，一个黑崩筋儿西瓜，一串糖葫芦，几个“驴打滚儿”。老爷子要是高兴，槽子糕便“赏赐”给了姑爷；老爷子要是不高兴，糖葫芦说不准就能从地上飞到顶棚里去。

整个一个“作（读 zuō）”！

女儿不跟爸爸计较，她希望一辈子活得不容易的太监爸爸老了老了能幸福。

孩子们越是周到，张安达越是不满；越是不满，越是融不到这个小家庭里去。没事就一个人瞎琢磨，女婿姓王，将来女儿有了孩子也姓王。他可是姓张，姓张的住在姓王的家里名不正言不顺，不合规矩。这就好比溥仪出宫，无论如何是不能住到他的丈人郭不罗荣源家去的。尽管郭家的房子不少，也有钱，可那儿不是他落脚的地方。后海的醇王府大而无当，可他还得奔那儿去，那儿是他爸爸的家。

张安达有点儿后悔将金太监寺的房子卖了，可是不卖他又靠什么养老，他真正的家又在哪儿呢？

张安达变得沉默寡言，神情恍惚了。他不愿意在“家”待着，女儿还没上班他先走了，女婿下了班他还没回来。他最爱去的地方是地坛，在地坛的长椅子上一坐一天，看着树影移动，感受着太阳从胸前照到后背……

在商业局一次会议上，张安达的女儿见到了我五姐，说了她父亲的情况。我五姐以她的想法理解张安达，说张安达是重男轻女的思想在作怪，哪天她去好好做做张安达的工作，劝劝他，时代不同了，男女都一样，儿子、女儿承担的责任是一样的。问题是，我那个为革命而忙碌的五姐，转过脸就把这个承诺忘了，害得张玉秀等了大半年也没等来“做工作”的我五姐。

我的老姐夫告诉我，张安达最大的障碍在厕所。

我认为老姐夫的分析不错。当初张安达上我们家的时候，被看门老张强行着灌了几壶水，为的就是看太监上厕所……张安达住在筒子楼，厕所是公共的，左边一溜一排蹲坑，右边一溜一排尿池子。都是无遮无拦的公开，这让张安达尴尬而难堪。

至少，地坛的公厕有隔断。

六

1958年底，我们家前边的两进房子被街道公社（当年在农村大办人民公社之风的影响下，北京城内一些地区也成立了街道公社，办食堂，办街道工厂，办敬老院等）征用，宽敞的广亮大街门挂上了敬老院的牌子。后进的游廊被从过道砌死，西边开了一个偏门，以便我们家人进出，门牌号也由 2 号改为 2 号旁门。从此，前头三分之二的房子与我们无关了，我们家只剩了第三进的四合院和后院的花园，没了影壁，没了垂花门，没了鱼缸和石榴树。

父亲抑郁了许多日子，又不好说什么。人家征用是经过他同意的，他在人前表现着积极与进步，背了人又唉声叹气，这是怎么档子事儿呢？父亲说，君子为人，唯善以宝。我何在乎那些房子，只是这“旁门”让人不快，有左道旁门之嫌。金家人什么时候走过旁门？

母亲说，旁门就旁门吧，这个旁门比我娘家的正门要大多了。家里就这几口人，偌大院子也压不住，房子越来越旧，也没精力收拾，搁咱们手里早晚也是糟践了。

母亲说得没错，我们家的房屋院落已经显出了颓败的老相，廊柱掉了漆，露出了里面的麻；沟眼不通，一下雨院里全是水，如同中山公园的水榭；十几间屋子，除了东厢房不漏，其余的下雨就得找盆接，几乎每间房子的顶棚都像地图一样，有一圈一圈的水渍；后院园子里的草都长疯了，常有一只胖刺猬沿着过道到前面来溜达，见了人小眼一翻，慢慢腾腾地再逛回去，好像它是这儿的主人。母亲说狐黄灰白柳是家神，狐是狐狸，黄是黄鼠狼，灰是耗子，白是刺猬，柳是长虫，家里有这些东西是兴旺象征，它们都得罪不得。所以，那只刺猬就在我们家幸福地自在地生活着。

可也没见我们家兴旺起来。

我们家越过越没有人气儿。

父亲年纪大了，白胡子在胸前飘荡，谁能指望一个白胡子老头儿能干什么呢？母亲婆婆妈妈的，除了柴米油盐，对别的没兴趣。哥哥们娶妻另过，姐姐们嫁人出阁，家里只剩七哥哥和我。可是这个老七就会画画，连换灯泡都不会……

同学们都不愿意到我们家来，说我们家像庙，像《聊斋》里闹鬼的地界儿。

隔出去的前院跟后头比是两个世界，没出两个月那些房子便修缮一新，窗户纸全换成了大玻璃，还安了纱窗，廊子都上了绿漆，重新铺了地砖，重新刷了墙。正屋开了后窗，院里搭了天棚，运来了许多椅子和床，还有一盆一盆的绣球花，好多的人进进出出，好多的东西摆摆放放。总之那个院子彻底变了，变得意外、陌生，从气味到格局。

有一天，前头敲锣打鼓，放了一阵鞭炮，来了些领导，住进了十几个老头儿老太太。老人有能动的有不能动的，个个都像碰不得的老祖宗。工作人员也不少，打扫卫生的、做饭的、采买的、护理的，俨然像一大家子人，比我们家红火多了。

母亲嘱咐我尽量别到前边去，说敬老院好歹也是个单位，哪能让闲杂人等随便出入。我告诉母亲，前院曾经是饭厅的东屋现在住了仨老头儿，一个是小学教员，一个是卖灌肠的，还有一个就是张安达。母亲惊奇地说，张安达是有闺女的呀，他怎么会住进去了呢？

我说，太监是没后人的，他为什么就不能住进去？

母亲说，那张玉秀呢，她当着干部却让她爸爸进敬老院，这不合适！这个张安达也是，跟咱们前院后院地住着，也不说过来言语一声，倒显得生分了。

莫姜听说张安达就住在前院，没有表情也没有评论。现在她愁的是，她那有两个灶眼的厨房被划到前边去了，她得在后园的小土屋起火烧饭；灶是新盘的，使起来很不顺手，不得劲。更不得劲的是我们，一吃饭得往后跑，把假山旁边的花厅当了饭厅。花厅原本是老七的卧室兼画室，我母亲刚进金家门，大闹洞房那天晚上，无意间闯到后院，就听见有人坐在花厅里吹箫。后来才知道，吹箫的就是老七。这些年一直是老七住着，这么一来就把老七挤到花厅的东间了，东间与正厅隔了道隔扇，我们在这边啃鸡骨头，他在那边画《雄鸡报晓》，十分的不和谐。

住在前院的张安达一直也没到我们家来串门，老姐夫说张安达是不好意思。张安达内心认为凡是住进敬老院的都是无依无靠的鳏寡孤独，他沦落到这份上不好再跟金家走动，怕让金家失了身份。

张安达是多虑了。

好像这是他的本性，这种性情渗到他的骨子里去了，他觉得这样反倒很正常、很习惯。所以，我印象中的张安达至死都是替别人着想，不张扬，好说话的老好人。

他女儿张玉秀嘴里的张安达不知是谁。

敬老院的领导老杨常到后院来走动，年节送点纪念品什么的。毕竟占用的是我们家的院子，毕竟两院仍共用着一个电表，使用着一个自来水总闸。母亲问起张安达，老杨说在敬老院里，张安达不再刻意避讳自己的太监身份。太监住敬老院，理所当然，他不住这儿住哪儿呢？没人提出异议。

让人欣慰的是张安达在敬老院有自己的单独厕所，即将最里头的坑隔开并且很人性化地装了一扇小门，蹲坑上摆放了可以坐的便座椅。小门一关，里头自成一个小世界，谁想看太监怎么上厕所是万万不可能的，就是我们家看门的老张如果这会儿还在，他跟张安达一块儿上厕所，怕也是达不到目的。北京人在厕所问题上向来不讲究，到了七八十年代，北京撤销私用厕所，为便于管理，统一改成公厕。那些蹲坑旱厕依旧是大敞亮，堂屋一般，倒是痛快，倒是无隐私，谁拉什么屎随时可以一览无余。彼此间可以聊天，可以交流手纸，清洁工到点清洁，刷完了这个坑你挪个窝，换到另一个坑去就是了。张安达在五十年代末就有了自己如厕的“单间”，级别不低。

张安达在敬老院上上下下人缘很好，他手脚勤快，有眼力见儿，肯给任何人帮忙，在所有的人跟前，张安达永远把自己搁在最底下。

有一回我在敬老院门口碰见张安达拿着扫帚在扫门道，就站下来跟他聊了几句。他首先问起了我的病，我说结核杆菌顽固至极，怎的也杀不死。张安达说敬懿太妃也有这病，叫“痨病”，拖拖拉拉拖了七八年，是喝蜂蜜水泡人参喝好的，他让我不妨试试。我说我对所有的偏方都失去了信心，太妃都拖了七八年，我听天由命吧！张安达说，七格格还年轻，往后的道儿长着呢……

我问他在敬老院里过得怎么样，张安达说他住敬老院是不愿意给闺女和姑爷添麻烦，论自在，还是一个人在家里自在。我说，我老姐夫正在吃政府救济，没有收入，国家每月发八块钱。要论住敬老院，老姐夫完全够条件，我动员他过来跟您做伴儿吧。

张安达听了想也没想说，完先生不会来。

我回来跟老姐夫一说，老姐夫想也没想说，不去！

我问干吗不去？老姐夫说，不自由。

张安达的女儿落了个不养老人的名声，自己有工作却让老家儿住敬老院，在人们的习惯势力中是不能理解不能原谅的，背后议论的人很多。所以，这个张玉秀的级别一直没有提升，她一生也没有生养，人们说是缺德缺的，不养爸爸的人自然也养不出儿子。

其实张玉秀挺冤枉的。

民政部门给敬老院送了一台电视，1958 年的电视，稀罕！

于是，一到晚上，敬老院的大门关了，老人们都集中在正屋看电视。那个小电影的诱惑太大，我常常在晚上站在台阶上往前院后窗里看，敬老院的电视摆在北墙，这样在南窗的玻璃上便会映出影像，当然全是反的。电视是黑白十二英寸的，里头出现的男女主播都英俊漂亮，记得女演播叫沈力，是我喜欢的人。每当我的身影在后院窗口一出现，屋里正看电视的张安达就会叫坐在玻璃窗前的人让开，意思是别挡了我这个蹭客的视线。

有一天张安达告诉我，礼拜六电视里要演《小放牛》，让我五姐来看，说领导是不会拒绝我们的。我跟五姐说了，想的是她不会来，她不可能为个《小放牛》到敬老院来蹭电视。可我五姐还是来了，是应张安达的邀请来的。

那是他们最后一次碰面。

我随着五姐堂而皇之地坐在敬老院的正屋里，面对着电视机；看惯了反的，乍一看正的还有些别扭，以往沈力胸前的那朵花明明是在右边，现在跑到左边去了。

《小放牛》一直拖到很晚才演，屏幕上两个小人一蹦一跳的，看不清眉眼，灰不溜丢的也没有颜色，如同两只白蛾子在扑棱，远不如五姐和张安达当年演得美好真切。我有些不耐烦，但是看五姐和张安达，两个人看得都很投入，五姐姐的眼里还有泪光在闪烁。我心说，哭什么呀，你不是喜欢牧童吗，如今嫁了紫阳牧童还有什么不知足的呢！

七

1966 年初，进了敬老院从未到过我们家的张安达突然出现在我们家的堂屋里。

那是个冬天，天气很冷，我放寒假正在家。

我也有几年没见张安达了，这次一见不禁大吃一惊，一个老态龙钟，佝偻着身子的老头儿，黯淡得如同一块破抹布；坐在东墙的椅子上，跟墙上的古画连成一个颜色。我父亲坐在太师椅上，他上手“客”的位置空着，我知道，再怎么让，张安达也是不会坐上去的。甭管时代怎么变，张安达内心的规矩不会变。

张安达见我进来，站起来请安，迫使得我也回了一个蹲安。心里颇觉好笑，这套礼节多年不用，几乎忘光，让五姐看见保准又得说我是“残渣”了。张安达看出了我的不自在说，小格格几年不见，出落成大姑娘了，走街上怕认不出了。

我说我休了几年学，现在才上高三，今年夏天该考大学了。

张安达说，我到府上送白肉的时候，还不到这个岁数……

张安达边说边拿手巾哆哆嗦嗦地擦眼睛，那里头老有泪水流出来，也不知道是伤心还是有病。张安达的围脖拧成了一条“绳子”，乱糟糟绕在脖子上，使那难看的皮肤松懈的脖子更加难看。但仍能看出，“乱糟糟”是毛料的，有着黑色的条纹。就是说，它曾经鲜亮过，辉煌过，现在旧了，毛都磨光了，还在尽职尽责地起着保暖作用。张安达脚上穿着五眼灯芯绒毛窝，还是八成新的，但是绒面已经被汤水油渍污得一塌糊涂。毛窝是白塑料底的，塑料底在当时属于时髦货，无疑是他女儿张玉秀从商场弄来的。张安达曾经剃过“去青”的脑袋上顶着一个不灰不蓝的棉帽子，棉帽子一个耳朵耷拉着，一个翻了上去，帽檐开了线，用白线匆匆连缀了几针，那几个白线针脚就明目张胆地直往外跳……

这就是我小时候看上的牧童哥吗？这就是穿着灰哔叽长袍，风流倜傥的张安达吗？春尽有归日，老来无去时，我们家那位“小村姑”，现在仍旧光鲜得如同三春牡丹，可眼前的“牧童哥”却眼昏手颤，连步子也迈不利落了。

满脸褶子，说话没有底气，莺声细语，倒更像一个老妪。

太监原来这般不禁老！

张安达来我们家还是没有空手，这回带的是我在他们家见过的那套粉彩薄胎西洋美人茶碗和茶碟。张安达跟我父亲说这套瓷器是他十六岁那年演《小放牛》，敬懿太妃的赏赐，这些年他一直留着。洋人送给太妃的，想必是很珍贵的物件，他在敬老院用不着这东西，送给我父亲还能是个念想。

父亲看了碗底的字，说上头确有英文“敬送敬懿皇贵太妃”的字样，是英国人送的，这个碗是喝红茶用的。张安达说我父亲留过洋，又懂陶瓷，这套碗到了我父亲手里也算找到了知音，找到了归宿，夙愿堪偿，他替他的碗高兴。我记得这套茶碗张安达跟老张说是从崇文门鬼市上淘换来的，看来鬼市的说辞是虚，是遮掩，是张安达怕在外人跟前露白。

低调做人，小心做事，是他一辈子为人的宗旨。

父亲对张安达送来的茶碗没有拒绝，也没有像以往那样回赠东西。张安达送过碗之后再没话说，倒是我父亲东一句西一句地说些没用的闲话。母亲拿来五姐由紫阳带来的橘子让张安达吃，张安达哪里吃得了，他嘴里一颗牙也没了。张安达问了五姐的情况，母亲说让孩子拖累着，怕再没有闲心唱戏了。张安达说，五格格天生嗓子嫩，扮相靓丽，演小村姑得天独厚。

母亲说连五姐的女儿现在都到了小村姑的年纪了，她再不是当年了。张安达摇摇头，喟然长叹，儿女催人老啊！

末了儿，张安达说要到西院看看完颜姐夫去。

母亲说老姐夫屋里不生火，寒气大，怕是待不住，他们练功的人爱清冷。张安达说不碍事，当年他在寿康宫，冬天除了老太妃的小暖阁地上有火道，别的地方都跟冰窖似的，他打小冻惯了。母亲让我陪着张安达上西院，说院里上上下下的台阶多，留神别磕着碰着。

父亲送出了房门，站在台阶上跟张安达告别，这是以往没有的。张安达有些受宠若惊，回过身给父亲请了个双安。这个安请得直起直落，利落优美，仿佛当年牧童哥的影子又回到了张安达身上。

我搀扶着张安达上西院，张安达的腿明显地迈不开步了，几乎是在蹭，不是我扶着，有几磴台阶他可能都上不去。我真弄不明白，这个老爷子是怎么从前院蹭过来的，这得花费他多大的精力啊。张安达穿着厚厚的大棉裤，裤脚绑着，隐隐地从那大棉裤里发出难闻的气味儿。一辈子都是从别人角度体谅事物的张安达，一定知道自己身上有味儿，在西院角门前他站住了，不安地对我说，不用扶了，我可以扶着墙自己走。

看着枯槁孤单的张安达，我内心一阵悲凉有些哽咽地说，安达，您见外了，我是您看着长大的啊……

张安达一双浑浊的眼里有清亮的泪流了出来，执巾揾泪，唉了一声说，没法子，到老了，尿就管不住了，这是我们这些人的通病。那个刘掌案，还没到六十，裤裆就老是湿的了，味气忒大，众人避他唯恐不及，没人愿意到他跟前去。在庙里住着，我半个月过去给拆回棉裤，送点儿吃的，怎的也是师徒一场……我明白这个，前年夏天，我就搬到了前院门房。同屋人家没说什么，咱们自个儿得自觉，不能招人讨厌不是？

我说，安达，我还记得您演《小放牛》的模样，多好看的一个牧童哥呀！后来看过很多牧童，都没您演得好。

张安达说，《小放牛》是个梦。年轻的时候常做梦，现在成宿成宿地醒着，甭说梦，连觉也没有了。

张安达说着指了指西偏院说，还不如完先生，人家压根儿就不睡觉。

我说，安达，您这一辈子不容易……您心里苦……

张安达说，有你这句话我就知足了。丫头，安达没有白疼你！

我注意到，此刻张安达将我呼作了“丫头”，不再是“格格”，就是说，我这个人在他的心里得到了认同，这是我至今想来都感到欣慰的。

上北屋台阶的时候，我用左臂端着劲儿托着张安达的右手，张安达的手明显地向下用力，他对这个姿势很熟悉。是的，他用胳膊给当年的主子当惯了着力的支点……

如母亲所说，老姐夫屋里没生火，冻得人根本坐不住，一说话从嘴里冒哈气。两个老人见了面好像也没什么要紧的话说。老姐夫说今年冷得厉害，他房檐下的一窝家雀儿冻死了两只；张安达说前儿个他吃了一碗地道小站米饭，香得他想哭；老姐夫说他糊灯笼的活儿没了，现在没人打灯笼了；张安达说前院门房的烟筒跑煤气，一添煤就呛得人咳嗽，一咳嗽他就往外叽咕尿；老姐夫说西口小铺的白薯干酒来自河间府，味道还正，一毛二一两，一毛的不行，兑了水；张安达说听说北京住楼房的都有暖气，不用添煤，自个儿就热了，屋里角角落落都是暖和的；老姐夫说，那是干部们才能享受的，比如她五姐……

张安达说，我这辈子一直纳闷，我糊的鞋匣子怎么老是歪的。

老姐夫说，那是你第一道线就没叠直，第一道线是关键，再往下找垂直就行了。

我坐在旁边听他们闲扯，冻得流清鼻涕。

那天，从老姐夫屋里回去的时候，张安达留给了老姐夫一个手巾包。他没说是什么，老姐夫也没问是什么，或许两个人都觉得这个包很不重要，远不如他们谈论的糊鞋匣子难以掌握的技巧问题。我对那个包更没在意，想的无外乎是几颗花生米，两块豆腐干……

临回敬老院，张安达不住地四下张望，我知道他是在寻找莫姜，我告诉他莫姜这些日子没来，她男人刘成贵瘫了，离不开人，她准备把活儿辞了。张安达说，辞活儿回家，一家子能团圆了，好！好！好！

张安达一连说了三个好。

将张安达送回敬老院，我回到母亲屋里，母亲正和父亲谈论张安达。母亲说张安达也是奇怪，好些年不来，三九天，天寒地冻地跑到后院来，什么事儿没有，就送一套碗，然后干坐着。

父亲说，张安达哪里是送碗，他是辞路来了。

母亲不说话了，屋里陷入长时间的沉默。我的心沉沉的，陡然地增加了许多惆怅。

“辞路”是旗人的传统规矩，老人年纪大了，趁着还能走动，最后一次出门，到亲友家去，叙叙旧，聊聊家常，并不说离别的话，免得让对方伤心。但暗含着有道歉辞别的含意，意思是交往一辈子了，有什么不到的地方，希望能谅解担待。辞的和被辞的心里都很清楚，这是最后一面了，只是不将这层窗户纸捅破罢了。

事后我才知道，张安达留在老姐夫屋里的不是花生米，也不是豆腐干，是钱，是他一生积蓄的剩余。一半给了张玉秀，那个受他折磨而无怨无悔的闺女；一半给了我的老姐夫、贫穷的老朋友天津人完颜占泰。

春节到了。

大年初一天刚亮，我们家被一阵激烈敲门声惊醒，母亲让我出去看看是谁这么早就来拜年了。

我冒着雪打开街门，几个人抬着一口大棺材照直就往院里闯，我张开胳膊往外堵，哪里堵得住，那口棺材到底进来了，停在院子里。我说，你们往我们家送棺材什么意思?

他们说，是你们打电话急着让送的。

我说，谁打电话你们给谁送去，我们没打电话。

他们说，你这人，这事能闹着玩儿吗?

我说，我没跟你们闹着玩儿，是你们给我们添堵!

对方说，这里不是 2 号吗?

我说，没错，2 号。

他们说，那就对了。我们就是给 2 号送的。

我一时语塞不知说什么好，还是老七醒过味儿来，从屋里跑出来说，我们这儿是 2 号旁门，你们找的 2 号在前头，是敬老院。

送棺材的说，这可不怪我们，谁知道 2 号和 2 号旁门是俩院子。

我说，呸！晦气！

另一个说，小同志你别这么说，大年初一就给您家送材(财)来，您家今年准升官又发财！求之不得哪！

我说，去你妈的吧！

一个年纪大的说，大年下的，怎么张口骂人？

我说，没揍你们就是好事！

几个人自知理亏，不再计较，将棺材吭哧吭哧又弄出去了。

回到屋里，我看见父亲靠在被子上，气得脸色煞白，说不出话来。他活了一辈子，还是头回遇上这样倒霉的事情。老七说，都是“旁门”闹的，大年初一来这么档子事儿！

母亲说，老七你跟丫丫把院里的雪扫扫去。

老七说，大过年的不兴扫地。

我把他拽出来说，让你扫你就扫，说那些个话干什么！

足不出户的老姐夫那天破例从西院走出来，站在院里凝神贯注地朝天上望。天空阴沉灰暗，雪花从虚渺的高天飘摇而下，无声地落到地上。我问老姐夫看什么呢，老姐夫说，这雪还没下透，待会儿有场暴雪呢。

我说，下雪好，瑞雪兆丰年！

老姐夫说，孤舟蓑笠翁，独钓寒江雪。

我说，您这是哪儿跟哪儿啊？

老姐夫没接我的茬儿，仍旧朝着天上呆望，将眼神送得极高极远。我正随着老姐夫的眼光寻觅，猛听前院有人撕心裂肺的一声哭喊，爸爸——

哭声一时不可遏止，有人劝阻，号啕变做了压抑的哭泣，边哭边在诉说。老七说，听声音好像是张玉秀。

的确是张玉秀，张安达于除夕夜里溘然长逝。那口棺材就是为他准备的，却送错了地方，进了我们的家。他的女儿得到消息赶来了，一身重孝，送来了她父亲的“根”，那是她父亲生前反复交代的，父亲说女儿是他此生最贴近的人，是亲人。

太监张文顺完完整整地走了，用他自己的话说是“全须全尾儿”。

同年八月，莫姜死了。

我的父母也过世了。

年初一那口不吉利的棺材，让我至今耿耿于怀。

后来，我被安排插队，离开了北京。

八

不知不觉我已经来到了杏花深处，一群老头儿老太太正在林间空地上彩排，大概这就是司机说的“音乐 Course”了。场地上的男老人穿着燕尾服，郑重而庄严；女老人穿着曳地长裙，优雅而秀美，人人手里拿着一个夹子，唱的时候就把夹子打开。好像世界上有名的合唱团唱歌的时候都张着夹子，念书一样，显得挺有学问。合唱队的背景便是那片一望无际的杏花海，“红杏枝头春意闹”，这景致搁在《小放牛》里最合适不过了，如若在舞台上演出，能做出这样的背景来，那是高手。

Course有自己的乐队，有胡琴、笛子、月琴、扬琴和打击乐崩子，还有小提琴、大提琴、单双簧管和长号，可谓中西合璧。虽然乐器混杂但是排列有序，团队正中依着中国习惯是扬琴，左边头一个是第一小提琴首席，在众多小提琴手中很引人注目。首席是个穿黑裙的妇女，金发碧眼，是个洋人，就是说，她不但是弓弦乐器的首席，而且是整个乐队的首席，地位只在指挥之下。后排是黑管、竖琴和长号、低音大管；右边是大提琴，以及胡琴、月琴和中国打击乐。演奏家们在各自的位置上秩序井然，一脸专注。

乐队左前方站着女主唱，我的五姐，她正全神贯注地听指挥说什么。五姐发了福，腰杆比原来粗了许多，小肚腩的肥肉也出来了。与合唱队不同，她穿的是大红绣花氅衣，大红绣花宽腿裤，脚上那双鞋我认识，是当年张安达媳妇给她做的红穗子绣花缎鞋，跟这身衣裳一配，倒也相得益彰。我不知她在这里平时是做何等装扮，那长长的假睫毛和夸张的耳坠如果不是为了演出，就纯属成精作怪。

五姐旁边站着一个几乎全部秃顶的“牧童”。脑袋不是刮出来的“去青”，是纯自然的秃，锃光瓦亮，反射着太阳的光辉，有着“去青”达不到的效果。“牧童”精瘦，戴着眼镜，穿一身雪白的西装，风度翩翩地静候在一侧。我想，这样的老童肯定不能像张安达一样打旋子，也不会有张安达那青嫩的少年嗓音，多半会让人失望。

人众中，唯有指挥穿了套休闲西装，披肩长发扎了条马尾巴，虽说头发全白了，但白得很匀称，如同一捧银丝。想必这个就是英格兰牧场主本人，乐队指挥王佳模了。王佳模手里舞的不是指挥棒，是戏曲《小放牛》使用的放牛鞭，鞭子上深蓝的穗子在晴空繁花的映衬下显得独特而重要，非此别物不能替代。大概指挥在这根鞭子上找到了牧牛的感觉，也找到了乐队指挥的自信。

跟女主唱交代完毕，只见王佳模回到指挥位置，双手高高抬起，众人静气凝神，都关注着那条鞭子。并不见指挥有何举止，却见鞭梢轻轻抖动，隐隐有笛声传来，婉转轻柔，像来自杏花的深处，来自幽静的山林，让人的心跟着笛声慢慢荡漾起来。渐渐地长笛吹响，接着加上了双簧管、小提琴，有轻微的风声，有溪流的潺潺和翠鸟的鸣叫……不知是来自自然还是来自乐队。

这段前奏大概就是张安达在影壁后头，给敬懿太妃吹的那段笛子曲的效果了，百十年后却是以这种形式出现在山野之中。历史就这么转啊转，艺术就这么转啊转，人生就这么转啊转，许多都变了，但有一个没变——心劲儿。

指挥给了乐队一个信号，胡琴、月琴奏起，该"牧童哥"演唱了，我说过，我对眼前老牧童不抱过高期望，便给自己找了块花荫坐了，拿出手机，准备查看收到的信息。过门奏毕，老"牧童"一张嘴，我的嘴竟闭不上了，假如张安达在，他怕要晕厥过去了，我没想到是这样——

真正标准的美声男高音。

天上的娑罗什么人儿栽？地下的黄河什么人儿开？

什么人把守三关口？什么人出家他就没回来吧咿呀咳？

我猜想这个老“牧童”一定是哪个音乐学院毕业，受过专门训练的，也说不定是哪个专业音乐团体的美声男高音退休到了杏花深处。“牧童”的声音金石一般，纯正没有杂质，让人想到了年过花甲的西班牙歌剧之王多明戈演唱的《蝴蝶夫人》，“看模样，演唱者已是垂暮，听声音，还在盛年”。演唱者嗓音丰满充沛，自然流畅，让人感心动耳，把个“什么人把守三关口”唱得荡气回肠，如听万壑之松。

余音未断便掌声四起，老“牧童”得到了大家的认可、赞赏。

我等待着五姐的演唱，胖“村姑”也不含糊，调门起得也很高，不逊“高音C”；老太太用的是民族唱法，举手投足大方沉稳，一板一眼不失当年风范。

天上的娑罗王母娘娘栽，地下的黄河老龙王开；

杨六郎把守三关口，韩湘子他出家就没回来吧咿呀咳。

年近八十的老人，那偷气换气，真假嗓的运用，都很到位。我五姐一辈子只会一出《小放牛》，够了！

清风吹歌入林去，余音自绕杏花飞。张安达的提携培养刻骨铭心地印在了老太太内心的深处，几十年不改当初。

海归牧童王佳模身心随着牛鞭摇曳，乐声悠扬，第一小提琴和第二小提琴进行着问答式的演奏；胡琴月琴再次响起，伴随着老“牧童”清亮的男高音：

赵州桥来什么人儿修，玉石的栏杆什么人儿留？

什么人骑驴桥上走？什么人推车轧了一道沟吧咿呀咳。

五姐的嗓音越唱越亮，人已分明进入化境：

赵州桥来鲁班爷爷修，玉石的栏杆圣人留；

张果老骑驴桥上走，柴王爷推车就轧了一道沟吧咿呀咳。

“乐莫乐兮新相知”，没有舞蹈，完全是两个老人在对唱，一男一女，一中一西，达天地之和，饬万千之物，美哉！

我也走过了许多路，有了一把年纪，自然理解了人生的许多情结，包括张安达，包括我五姐，当然也包括王佳模和秃顶老“牧童”。

演唱中的五姐姐朝我挥挥手，她看见了坐在杏花树下的我。

驮粮的时候我们倾巢出动，打打闹闹沿着崎岖山路往公社走。

老二爬上驴背，拉开窦尔敦的山大王架势，高唱“将酒宴摆置在聚义厅上，我与同众贤弟叙一叙衷肠”。

连同狗和驴在内，我们大家都很快乐。

第九章　盗御马

将酒宴摆置在聚义厅上，我与同众贤弟叙一叙衷肠。

——京剧《盗御马》窦尔敦唱段

一

1968年年底，北京从初一到高三的学生被分配到内蒙古、黑龙江、云南、山西、陕西等农村、农场，接受贫下中农再教育，谓之“上山下乡”。我作为一名超龄的高三学生，随着滚滚插队洪流来到了陕北，从此永远地丢失了“北京人”的身份。

后来有人说我们这批人是“打不散”“压不垮”的“老三届”，其实早就散了，所谓不散，是几个“混出人样儿”的精英们的纠集，是霉菜扣肉上头的肉的张扬；而大部分是肉下头的菜，是干巴巴的铺垫。当然，有时候下头的菜比上头的肉好吃，那要看吃者是处于一种什么状态。肉有肉的光彩，霉干菜们有霉干菜们的友谊。我插队的那一批人，张秀英、刘二东、李抗美、王小顺，我们都属于霉干菜序列，我们是芸芸众生中的几粒草芥。我们的名字普通得让人记不住，可却深深地镌刻在我们各自的心底，刻骨铭心。

插队是我最艰苦的时光，也是让我最留恋最难忘的时光。那是离开四合院的别一番天地，是北京城生活之外的精彩延伸，是对生命的另一种诠释，更是对人生经历的重要补充。《状元媒》作为一部北京题材的作品完全可以将其跳跃过去，不作述说，但是作为北京“老三届”学生的一段经历却是无法回避的，它是我生命积累中很重要的一部分。

后顺沟那山那水那人，镌刻在我的心里，如同七舅爷、王阿玛、莫姜、张安达，除非到死，不会消逝……

1968 年年底筹划动员，1969 年的元月，告别了北京，告别了那座沉甸甸的四合院。我和众多知青一起，先坐火车到西安，再北上直达铜川，然后到陕北。我是第一次走出北京城圈，第一次坐火车走那么远的路，看什么都新鲜，包括那旋转着后退的土地，那沿途一个个陌生的地名，邯郸、郑州、三门峡、潼关、临潼……下火车的铜川是煤城，街上、房上、人们的脸上都是黑糊糊的，地上飘荡着一层细细的煤末，跟雪混杂在一起，让人想起北京街上堆积着的残雪。

到铜川天刚亮，每人发了两个热腾腾的馒头、一碗小米汤、一块硬邦邦的咸菜疙瘩。饭食虽粗粝，但味道纯正，要知道就是北京市民的粮食供应也是粗细搭配的，能吃到纯白面的大馒头也很不易。除了感到陕西人的实在便是这顿饭的及时，一天多的火车已让人疲惫不堪了。我站在临时搭起的席棚外头，吃馒头喝粥，咬了一口咸菜，差点儿没齁一个跟头。想起了莫姜熬的八宝莲子粥，想起了母亲的豆汁稀饭和北京“六必居”的小酱萝卜，眼圈一热，泪水在眼里泛出，鼻子为之一酸。又立刻自责自己小资情调太重，真是应该下去好好改造一番。看周围，许多知青掏出从家里带来的香肠、肉松和煮鸡蛋，这些我都没有，我唯一的家当就是一副铺盖和给知青发的一套藏蓝的棉袄棉裤。

席棚上贴着纸，写着“北京知青接待站”，当然是临时的，我们一走，席棚就被拆了，再找“接待站”是休想。看来这是一条有去无回的路。事实也证明，自从坐上火车那一刻起，我们从身份到归属，已经属于了黄土地，属于了陕西省。吃完饭换汽车，在敞篷解放车车厢里，迎着西北的硬风又颠簸了大半天，来到了一个叫刘家河的地方。

许多人围在路边一个相对宽敞一点的地方看我们，表情漠然，说不上是欢迎还是不欢迎。三五个人在敲锣打鼓，一看便是受命于组织，没有激情，作为一种任务在完成；咚咚锵，咚咚锵，机械而单调。一条写着“欢迎北京知青到刘家河安家落户”的横幅，因为大风，其中三分之一的字刮没了，意思只能猜测。本以为到达了目的地，却说还要继续前行，于是行李又被挪到了驴车上。来接我们的人说我们还要步行二十里地，才能到达插队的点儿——后顺沟。

天快黑了，我跟在车后面，深一脚浅一脚地往前蹚，脚踩在泥泞不堪的黄土路上，心里一片迷茫。往前看是黄土，回头看还是黄土，左边右边依旧是黄土。太阳已经沉到西边黄土里头，我知道了中国还有除了黄土什么都没有的地方。这些无边无尽的黄土都是从哪儿来的？小时候用模子扣泥饽饽，那黄土还要老七到北京黄土岗去买。北京的黄土岗不光出黄土，还出鲜花，崇文门同仁医院对面有黄土岗专门的花店……

前面驴车上有我的行李卷，塑料单子包裹的一个小花被和一床薄薄的褥子。行李卷捆得很结实，透过淡黄的塑料布能看见被子上细碎的花朵，那花朵如同眼前的黄土一样，越看越觉得陌生。随着车的颠簸，行李卷左右晃动，有几次要滚下车来，被赶车的推了上去。赶车的是个年轻人，是后顺沟的队长，自我介绍说叫发财。发财这个名字很坦率，很直接，我一下就记住了。一路上大家嘻嘻哈哈拿发财的名字开玩笑，发财也不恼，拍着驴屁股跟着大伙一块儿傻乐。

在众多的行李中，我的行李卷是最小、最简单的，跟其他人巨大的行李，笨重的木箱、纸箱相比，有些寒酸。

在接到上山下乡通知第三天，家被封了，是因为我们家去了台湾的“中统”老大。我的大哥在那边发表了一个什么声明，瓜蔓所及，牵引愈多，连累了我以上的所有哥哥姐姐。突然的，房门被贴了封条，别说被褥，我连自己的内衣内裤也没能拿出来。我坐在院里发呆，房门虽然只是被一张纸条阻拦着，我却没有勇气揭起它、走进去。前边的敬老院，夕阳下，几个老人站在毛主席像前在大声唱《大海航行靠舵手》，这是他们每日的功课，唱过之后就可以吃晚饭了。

苍老的、不齐整的歌声传到后院，让我更加想念父亲和母亲，不能哭，怕谁进院里撞见，我把眼睛睁得很大很大，抬头望着老榆树干枯的枝，让眼泪在冬日的风里干去。

张安达的女儿张玉秀下班过来，送了我一块漂亮的塑料单子，说在农村可以隔潮……那是张安达死后我第一次见到她，个头不高，跟她的母亲一样，长得不怎么样。当售货员的她，有条件给她的父亲买一双时髦的塑料底毛窝，自然也有条件给我买一块别人搞不到的塑料布。张玉秀搁下东西就走了，临走留下她的地址，说缺什么就写信，别委屈了自个儿。

天黑的时候大秀来了。她听说了我要走的事情，什么也没说，牵着我的左手（我的右手手里攥着北京的户口迁出证明）把我接到六条她的家里。大秀的生活不富裕，因为“文革”，北京的补花属于“四旧”，已经停产，大秀靠什么生活我不知道。那天晚上，在昏黄的十五度灯泡下，她给我包了一顿羊肉白菜馅饺子。对我来说，那时候的一顿饺子不亚于今日的一顿盛宴，让我感念至今。大秀遵循北京上马饺子下马面的老礼儿，为明天就要出发的我发脚。

看到我眼泪汪汪的模样，大秀说，一切都过去了，四爷跟四太太走得那么平静，这也是他们的福分。别再想了，出门在外，得学会自个儿照顾自个儿，无论遇到什么，都得兜得住，别动不动就翻腾心思。从今往后你就是个新丫丫，莫姜能当卖花生仁的，你就能当个简单的高中毕业生。到了乡下，只要你自己不说，没人能知道这边的事。

依着大秀的交代，我将变成另外一个人，将和戏楼胡同的一切划一道深深的沟。

我泪如泉涌。

大秀说，走之前痛痛快快地哭一场吧，把淹在心里的眼泪都倒出来，以后在任何情况下都要以笑模样对人，别动不动就变脸。

大秀在此刻代替了母亲的角色。

我告诉大秀，我在屋门封条之外加了两把锁，钥匙交给她保存。我坚信，金家的老七总有出牛棚的一天，西偏院被赶回天津乡下的老姐夫总有回来的时候……

离开北京，等于我是从七舅爷家里走的。

跟着驴车走呀走呀，走得筋疲力尽。远远地看见土崖顶上站着一排人，穿着肥大的棉袄棉裤，抄着手居高临下地看着我们，那些人的脚下是一排窟窿——窑洞。

年轻的队长说，后顺沟到了。

后顺沟，一个兔子也不拉屎的地方。

二

二十一世纪的一个初夏，中国作协在延安开“纪念毛主席《在延安文艺座谈会上的讲话》”的会，借机会冒着炎炎烈日，我回到了后顺沟，回到了黄土皱褶的深处，回到了四十年前生活过的地方。我的回来带有随意性，想来就来了，跟负责人请了一天假，坐了三个钟头的班车，出现在这个偏僻的犄角旮旯，来到这魂牵梦萦的落魄之地。这里现在被叫做了顺沟二组，仍旧是一个小得不能再小的自然村落。

公共汽车还要继续朝前开，前面五公里的顺沟一组是终点。这趟车在下午三点半返回县城，仍旧路过这里，就是说，我在后顺沟的时间满打满算有两个半小时。

两个半小时，我要温习完在这里四年的内容。

村里新添了几孔石窑，有了自来水管道。村街醒目的墙上刷着标语，提示出这阶段的工作重点。现在的重点是“少生优生幸福一生”，大概是说计划生育的，不知被哪个淘气的小子将所有“生”字下面一横全抹去，变做了“少牛优牛幸福一牛”。以前这面墙的标语装饰归知青操作，我们在上头画过红太阳和天安门，写过“大海航行靠舵手”，对上头的每一个坑洼都很熟悉。

路还是土的，路边种了两排小枣树，挖了一道排水沟，大概是社会主义新农村的政绩。村里青壮年都出去打工了，只一些老弱病残在留守；麻将桌支在树荫下，打牌的人都穿着背心，似乎燥热难耐。几条慵懒的狗在街上溜达，几只鸡在草窠儿里钻进钻出。

天还是那般蓝，土还是那般黄，眼前景物，似是而非，如梦如幻。几十年过去，我在这里不再认识谁，谁也不再认识我，我的到来没引起任何人的注意。

透过几棵刚露出花苞的向日葵，我看到沟对面，那块相对平整一点的地界存在依然；那两孔曾经为我们遮风避雨的破窑洞，已经坍塌得看不出眉眼，长满了荆棘。沟下的水也干了，变作了断断续续的水坑，一步就可以跨过去。

跟一个打麻将的打听记忆中的熟人，他不回答，却警惕地问我“打哪儿来”。我说打西安来。他问我来干什么，我说什么也不干，就是看看。他说他还以为我是来勘察地形的，早听说要在北边山峁上安个铁塔，一年多了也没见来人，这里的手机信号极差，月月还得交钱，亏了。另一个扔出手里的牌，高呼“四饼”，扭过头看了我一眼说，这穷山恶水有什么好看，城里人吃了汉堡包撑得满世界胡钻……

他们是谁，我不知道；四十年前他们在哪儿，我也不知道。在他们的目光中我是一个无端闯入的旅游者，地域的差异让他们对我充满了反感。想起了贺敬之写的《回延安》的诗，“白生生的窗纸红窗花，娃娃们争抢来把手拉”，那情景大概不会再有了。想当年我们在这里战天斗地，流血流汗，方圆近百里谁人不知我们啸聚后顺沟的“窦尔敦”一族？四十年的时光，一代人消逝得这般快捷，记忆被生活研磨得这般粉碎，让人心底生出些许黯然。

站在街头，茫然四顾，才发现现实和记忆相去甚远。满街闲转的狗，个个肮脏丑陋，大部分是京巴和土狗的串秧，让人分不清毛色和嘴脸。见我在树下停留，两只狗蹭过来，将沾满了泥浆的尾巴使劲甩，分明是讨好。四十年前这里的狗是何等英武，包括我们养的那条美丽的母狗黑子，也是我们“众好汉”中一个精彩点缀，哪里有这般的窝囊。乡间的狗厉害，细腰长嘴，不善张扬，冷丁从墙后蹿出来，照着你的小腿就是一口。人说“贼咬一口，入骨三分”，让陕北的狗咬一口，不是“三分”，是“稀巴烂”！这里的狗们都是跟狼干过仗的，大部分有匈奴狩猎犬的遗传。

街对面有座开满了野蔷薇花的小院，院门开着，我探进院里问，有人吗？

一条黄狗趴在窗下睡觉，见了我，懒洋洋地半睁了一下眼睛，不再理睬。但就在我刚刚迈进门槛，往里走时，这条狗像是突然想起了什么，一个激灵腾身而起，呜地一下扑过来，要不是用链子拴着，那气焰万丈的架势能把我咬死。黄狗挣着铁链子向我狂吠，展现出一种不共戴天、是可忍孰不可忍的愤怒激情。

一个圆脸胖女子出来呵斥狗，狗不理女子，蹦得更高。女子指着狗说，三泰，不许你叫！

女子把狗叫做“三泰”，既是黄狗，就该是“黄三泰”了。我问怎的管狗叫“三泰”，女子说它生下来就叫三泰，他们家的狗换了好几条，都叫三泰。

我问叫发财的队长住在哪儿，女子还没说话，屋里有人咳嗽，问院里是谁。女子向屋里喊，这人来找我爷！回头又对我说，那是我婆。

这么说是发财的孙女了，我在那张胖脸上寻找发财的印记，没有。女子说话带有浓重的陕北腔，鼻音很重，把“我”说成了“饿”，像得了感冒。屋里的人让我进去，狗还在不依不饶地叫，胖女子跑过去使劲踹了狗一脚，让它卧下。狗哪里肯卧，隔着女子朝着我还是狠咬。

被叫作“婆”的坐在炕上，满头白发，一脸褶子；夏天了还穿着毛裤，拢着个不满周岁的孩子在尽职尽责地履行祖母的义务。孩子跟外头的黄狗一样，腰里拴根绳子，一头系在炕上的一个小石头狮子上，爬也爬不远。石头狮子当地叫做拴娃石，是乡间炕头的必有点缀，炕上有了拴娃石子孙才能昌盛。娶新妇，新媳妇还没进门，小狮子已经早早地蹲在炕上了。当年后顺沟几乎所有的孩子都被拴娃石拴过，一个石头狮子拴过几代人，成为这个家庭不变的风景。眼前这个狮子我认识，曾拴过发财的大儿子，后来被五狈偷出来拴鸡，磕了一个角……

看我进来，“婆”盯着我使劲看，嘴唇动了又动，一双眼虽浑浊流泪，到底还是认出来了，惊呼一声“我的神哪”，隔着孩子一把将我的胳膊攥住，颤颤地说道，老四，你咋才回啊？

一句“老四”叫出了我的眼泪。

两双泪眼相对。

眼前的老人，就是当年村里最漂亮的新媳妇黄麦子。记得队长娶她的时候我们全体知青都被请去吃席，还送了礼，一床枣红线绨被面，当然也顺手“拿”走了人家的驴缰绳。队长的爹是队里的饲养员，也是党支部书记。儿子是队长，爹是书记。给人的感觉好像后顺沟都让他们老刘家包了。支书找我们要了好几回驴缰绳，我们众口一词都说没拿。支书说我们是土匪，老二说我们是窦尔敦，窦尔敦就是土匪。

当时，那根缰绳对我们很重要。

现在精干的队长媳妇成了老太太，老得浑身是病，动作迟缓，下不了炕了。麦子告诉我，胖女子是她的二孙女，炕上的是小孙子，还有大孙子在部队当义务兵，两个孙女在延安上中学。细算她生日比我还小半年，我的独生儿子还在单身贵族里晃荡，别说后代，连媳妇还没有准星；而她已经是子孙满堂了，似乎有隔世之感。问及发财队长，麦子说，死了。十年前就死了，肝病，疼得在炕上滚，生生是疼死的。死的时候脸焦黄，肚子胀得生大，人成了一把骨头。

我就想那个将我们接进后顺沟的英俊队长发财，因为长得像《地道战》里的传宝，曾经一度让我们女知青很神往。其他队的知青经常有“不远万里”来看“传宝”的，看过一回还要看第二回，第三回……发财长得帅是得了这里水土的滋润，陕北是出俊男美女的地方，人说“米脂的婆姨绥德的汉，清涧的石板瓦窑堡的炭”，指的是这一地域出产的精彩。传说貂蝉是米脂人，吕布是绥德人。后顺沟不属绥德县，却也离得不远。

我们跟发财谈论过他出色的相貌问题。发财说他是杂种，是匈奴和汉人杂交生出的杂种。跟当地的狗一样，但凡是这样的杂种，都长得漂亮，脑袋也好使。我们说发财窝在后顺沟可惜了，要是在北京、上海什么的，准能进“样板团”，比舞台上活跃的洪常青、杨子荣都精神。问题是发财既不会跳芭蕾也不会唱样板戏，他就会放羊种庄稼，再拿手的就是唱酸曲儿。他那些酸曲儿能酸倒人的牙，听听吧，“拉手手，亲口口，咱们两个圪塄里走”……男生们问他跟女的到圪塄里去干什么，发财挤挤眼说，扒袄袄褪裤裤，想干甚就干甚，想咋干就咋干！

男生们问是先扒袄还是先褪裤，发财说那得看时间……

队长无形中充当了知青们的性启蒙教师。大家年龄相当，可他的生活经验远比我们丰富，这是他受知青们喜爱的原因之一。干活儿时男生都愿意往发财跟前扎，地里时常响起哄堂大笑；女生们装作不在意，却奓着耳朵往那边听。我们都知道，发财虽然是单身汉，却私下跟两三个女子睡过了，其中还有个已婚的婆姨。男生们问那“两三个”都是谁，发财说，那不能说，人家还要活人哩！

男生们说，接受贫下中农再教育，你得教育教育我们。

发财说追女人有诀窍，得紧追，得不耐烦地追。就唱：

二十里明沙三十里的水，五十里路我来看妹妹。

半个月我跑了那十五回，哥哥我跑成了罗圈腿。

大家在地头嘻嘻哈哈跟着溜唱，发财调子一转又换了词：

山丹丹花儿三更里开，哥哥我一准就翻墙来。

窗外的哈巴咬了个紧，哥哥我上了妹妹的身。

这回没人跟着唱了，大家都有些脸红。

农民李木犊说，城里娃娃鸡巴太嫩，得好好磨哩！

发财挤挤眼，索性放开嗓子唱起来：

骑白马过沙滩，你没婆姨我没汉。

咱们二人像一骨朵蒜呼儿嗨哟。

谁和谁都拆不了瓣。

双扇扇门单扇扇开，叫声哥哥你快快来。

双手忙解开裤腰带呼儿嗨哟，

哥哥你就快上来。

这回更没人吭声了。太酸，太野！

公社找发财谈话，让他注意影响，说龙川县已经法办过一个“破坏上山下乡政策”的队干部了。发财问那干部做了甚，公社人说和下乡来的女知青睡了觉。发财说，两相情愿的尿事，法办谁哩？

干部说，那两相要是不情愿呢！

发财说，那就别尿干，这事简单得很很。

我们喜欢发财的直率，连跟相好睡过几回觉都老实交代，并且很忠实地替对方保密，挺仁义。发财活泼、机敏、随和、周到，跟他在一起干活儿，快乐，不累。我说，要是两年内招工的再不把我招出去，我就嫁给发财！

结果，还没有等到两年，人家就娶了前顺沟的黄麦子……黄麦子比我们能干多了，也实际多了，把个家操持得一尘不染，前前后后给他们刘家生了三个儿子。

当然，也亏得我没嫁给发财，要不现在已经当了十年寡妇了。

麦子说，你们那几个货，谁也不知道回来看看，全是白眼狼……

我只顾擦眼泪，想念那个一度让我钟情的队长，如今被埋在黄土里，什么话也说不出了。

知道我的时间紧迫，麦子让胖女子紧忙做饭。没一会儿，女子端出了荷包蛋，大青花碗里满满当当盛了七八个，舀了两勺子糖，还有香油。小炕桌上变戏法一样冒出了炸黍子面糕和煮洋芋，这些都是当年知青们的最爱。麦子还嫌拿得少，让女子把橱柜里的洋芋擦擦端出来。洋芋擦擦是地道陕北饭，缺粮的时候把土豆擦成小片，蘸上干面搁锅里蒸，蒸出来蘸蒜水醋汤吃，属于缺粮时代的“瓜菜代”，是没法的法子。现在却成了稀罕物件，连陕北的大饭店里都卖这个。女子说，橱里的擦擦是中午蒸的，这一桌吃食，莫不是要把城里来的“老四”撑坏呀！

麦子说，你不知道他们……我知道，尽管去端。

外面的黄狗炸雷似的吠。

女子说，今儿个三泰是有病！

三

麦子的确知道我们。

1969 年在陕北，最大的问题是饿；不是不够吃，是吃不够，永远吃不够。

我们是一群眼睛冒着蓝光的狼，无论看到什么，第一个念头总是“能不能吃”。

每月每人三十斤精粮，是政府拨给的，需我们按时到刘家河公社去取，这是国家对插队知青极大的照顾了。驮粮的时候我们一个不落，倾巢出动，早早从发财爹那儿赶出灰叫驴，打打闹闹沿着崎岖山道往公社走。黑子也跟着我们，黑子是我们从村民王赶赶家抱来的小狗。来的时候眼睛还没睁开，硬是用面汤喂大，现在已经很有点儿狗样了，一身毛在阳光下缎子般地闪光，线条极佳，叫声也响亮。黑子随着我们跑前跑后，兴奋而欢快，成为我们驮粮队伍的一道风景。

队伍转过山峁逃出发财爹的视线，老二立刻爬上驴背，在驴背上拉开山大王的架势，高唱“将酒宴摆置在聚义厅上，我与同众贤弟叙一叙衷肠”。我们几个没有骑光板驴的能耐，只好揪着驴尾巴走。叫驴也很重视这趟差事，平日倔而拧，不好使唤。但只要去公社驮粮，从来都是乖乖儿的，让走就走，让停就停，连臭屁也不放。

在公社我们可以用从北京带来的全国粮票买烧饼，一人四个，男女平等。并且也包括叫驴和黑子的，黑子的减半，吃四个烧饼得把小狗撑死。多出两个给发财捎回去，以示我们的友情，感谢他的关照。驴驮粮食是为我们服务，为我们服务就是为人民服务，理应受到好招待。

给驴和狗吃烧饼，把发财爹心疼得直骂我们是造孽，是暴殄天物，说我们要遭报应。我们不相信报应，我们相信平等。有个资本主义国家的人说过，在水沟里草履虫的生命和人一样高贵。草履虫都高贵了，何况是驴和狗。

驮回来的粮食搁在我们窑里，由老大张秀英看管。老大人老实，话也少。女生窑里原本四个女生，一个回去养病了，得的病很时髦，抑郁症。平时也看不出哪儿有毛病，人家就是抑郁，脸冲着墙一坐一天，不说一句话。支书怕她自杀，让她回去了。另一个她爸爸是个造反派干部，写了个条子，就调县里当播音员了。窑里就剩了我和老大，一条可以睡七八个人的大通炕，我们俩一头一个，中间是空空荡荡的炕席，谁不挨着谁。

我俩都没有靠山和后门，老大出身工人世家，根红苗正。她爷爷参加过长辛店“二七”工人大罢工，她爸爸是铁路信号厂六级车工，她本人当过北京西城红卫兵纠察队队员。当过“西纠”的老大别看人高马大、站在那里挺威武，胆子可比谁都小。她最怕的就是鬼，在她的眼里，满世界都是鬼。老大一到天黑就不敢出门，最怕过坟地。她说天一黑，坟里的鬼就会出来，在自己的坟堆上坐着……

老大那个工人爸爸名声好听，“工人阶级领导一切”，其实什么也不领导，一点儿权力也没有。购货本上半斤白糖二两芝麻酱、半块肥皂一两碱面，他不比别人多一分一毫，上班就知道摇手柄车螺丝。这样的爸爸写一百张条子也没人把他闺女折腾出去当播音员！

我尽量将自己的情况讲述得简单，这主要是得益于莫姜的真传，得益于大秀的点拨。在莫姜事件后不久，父母亲就去了，是一块儿去的。父亲一辈子喜欢远游，这回是带着母亲走了，两个人吃了安眠药，睡过去没醒过来。父亲这趟远游是游得远了，再也回不来了。

其实有什么呢，什么也没有。人家国务委员都拉出来游了街，照样吃喝不误；他一个政协的，让几张大字报、一个莫姜乱了分寸，匆匆忙忙奔往他界，划不来！填写出身的时候，依照大秀的嘱咐，我填自己的出身是“自由职业者”。谁也说不清“自由职业”是个什么职业，但提起父亲母亲总要费些口舌解释他们为什么同一天死，当然，最好的解释是“煤气中毒”。

在知青中，我的年纪大，因为听话，肯吃苦，会写批判文章，能整材料，当了知青点的“点长”。到农村第二年，上边给支部下达了“知青火线入党”的指标，各村都有，必须完成，硬任务。村支部有意发展我入党，介绍人是发财和他爹。两个农民介绍一个“自由职业”加入党组织，挺有意思。

回过头来继续说吃。

管粮的老大根本管不住粮，她管的只是领粮的粮本。饭是大家轮着做，两人一天，谁做饭谁舀面，舀多舀少全凭感觉。做饭是大家都乐意干的活儿，不出工白记分，男的十分女的八分，年底按分分红，分的结果是每人倒找队里多少多少钱。

我们每人做饭都使出了看家本事，八仙过海各显其能；饭便做得空前绝后，花样翻新，非后顺沟的土农民可比。粮食驮来的前十天，我们的饭桌上比较充盈，烙饼馒头干面条，往死里撑，不撑得肚子疼不叫吃饱。当中十天吃得比较简约，比较柔软，稀粥糊糊疙瘩汤，老五说这叫“哄上坡”，看来吃得撑，拉着车上到峁顶就泄没了。最后十天是“自力更生”。我是点长，我郑重宣布，自今日开始，像《地道战》一样，咱们得“各自为战”，“打一枪换一个地方”，“不许放空枪”了。

话说得含蓄，可是意思很明白，“各自为战”就是自己找饭辙。

我们的“辙”有三条路，第一是串门。事先侦察设计，潜入到村里各家各户，有一搭没一搭地待着，到了吃饭时候觍着脸不走，有你一碗就得有我一碗，实际就是蹭饭，用文化人的词汇叫“打秋风”。第二是串队。附近各村都有知青点，前顺沟、段家河、甘谷峪、阎王砭，方圆百里都是朋友，串队是常事。同是天涯沦落人，相逢何必曾相识。知青们有条不成文的规矩，不管哪儿来的，只要是知青一律管吃管住，住三五天也行，住十天半月也行，完完全全的共产主义供给制。我们到他们那儿去串，他们也到我们这儿来逛。各点背粮的时间不相同，大家又都是好脸面的人，投我以桃，报之以李，只要有人来串队，物质倾囊而出，毫不吝惜。这点我们后顺沟做得最为突出，众人俱称我们是绿林领袖，是黄土地上心肠最热的哥们儿。第三就属于我们集体的“创收”了。“创收”是这个世纪才兴起的词汇，但在上个世纪七十年代就已经被我们秘密使用了。是土地和饥饿赋予了我们后现代式的词汇灵感，我们真是了不起的一群。

所谓“创收”，简单说就是“捎带”。我们捎带的内容很丰富，这里不一一介绍。古人“为长者讳”，我们为自己讳，这里面有一个尊严和脸面的问题。

我们后顺沟知青点有五个人，张秀英、刘二东、李抗美、我和王小顺。村里老乡不叫我们的名字，按个头高矮当面叫我们老大老二，背后叫我们狼，饿狼。因了我们的出现，村里的鸡不断发生失踪事件，地里的野兔也少见踪影。

老五王小顺被农民们叫做“五狈”。他个头最矮，小豆子一样的机灵，眼睛一转一个主意，一转一个主意。因了他的聪明好钻研被安排为赤脚医生。那时每个村都有不脱产的赤脚医生，说“赤脚”并不是光着脚不穿鞋，是来自基层农村的意思。

毛主席有“六二六指示”，要把医疗工作的重点放到农村去。赤脚医生是这个政策中很重要的一个部分，还有走中西医结合道路什么的。赤脚医生由各村推荐，在县卫生院培训三个月，回来就是大夫了。后来有个电影叫《春苗》，表现的就是赤脚医生的正确与高明，那些专家学者都是狗屁不通的屎蛋，一看长相就很不正经。

五狈的医疗水平有限，小病看不好，大病看不了，动辄还让人喝凉水败火。谁有病也不找他，他只能给大伙抹抹红药水，上点儿消炎粉什么的。卫生院给他配了一套亮闪闪的银针，长的短的，粗的细的，还有一个三棱的。尽管五狈很想试试这些针，但一直没找到自愿牺牲的对象。

五狈是他们家的老儿子，他上头还有一个哥哥。他哥是北京工总造反兵团的，因为喊错口号成了“现行反革命”，被关了。先说在里头神经发生错乱，后来说死了，病死了。五狈他妈是捡破烂的，我们离开北京时他妈去送站，一头白发，挎着个小包袱，像个逃难的婆子。老太太因为曾经开过杂货铺，被划为小业主。小业主的成分比较尴尬，既不能团结也不能打倒，属于怪模式样的一个阶层。

这就造就了五狈小业主式的灵动，会看风使舵，办坏事能做到脸不变色心不跳，往好听了说是“每临大事有静气”，用老乡的话说是“揣着一肚子哈(坏)水水的碎 sóng”。陕西话“碎”好理解，就是“小”的意思，只这个“sóng”比较生僻。就这个词我问过发财的爹，被那老头子拿杈抡了出来。后来才知道，“sóng”的汉字写法是“屣”，指的是男性的精液；用普通话翻译，王小顺就是个“小精子”。我们都认为这个创意太传神了，问题是这么独到的命名却被老乡们一带而过，在他们的嘴里，碎 sóng 小顺被叫作了“五狈”。

狈是狼群里的军师，一群狼里一旦出现了一只狈，那么这群狼就会无往而不胜，所谓的“狼狈为奸”，就是指的这种情况。当地传说，有个农民去集上卖柴，天黑才回来，碰上一群狼。狼要吃他，情急之下，农民爬上了麦秸垛，在上头和群狼对峙。下头的上不去，上头的也不敢下来，僵在了那儿。这时，狼们请来了一只兽，这兽似狼似狗，个头细小纤瘦，毛色黯淡，两眼放光，行走时将前腿搭在两只狼的背上，像坐轿。那兽呜呜地低吟，像是吩咐什么。须臾众狼散开，将麦秸垛严严围拢，各自从下头用嘴抽麦秸。眼瞅着麦垛就要塌了，农民大喊救命，恰巧过来几个赶骡子的，甩开大鞭子将那群狼吓唬跑了。赶骡子的说农民是遇上了狈，狈那家伙一肚子鬼主意，比人还有头脑。但是这只头脑灵光的动物有个弱点，前腿短，后腿长，勾子(屁股)撅得高高的，得搭在狼脊背上才能行动。有行动的没头脑，有头脑的没行动，老天爷的安排就是这么巧妙。

五狈小顺的腿跟狈一样也有毛病，走路有点踮。凡有人注意他的腿，五狈就解释说是小学上体育课从单杠上掉下来摔的，打着石膏住了几个月的医院呢！可是跟他来自同一个学校的老三说五狈一天医院也没住过，甚至不知道医院的大门朝哪边开。五狈的腿是小儿麻痹后遗症，跟单杠没关系；五狈打小就没上过体育课，一到上体育他就在教室做自习。逢到这时，五狈会不紧不慢地说，毛主席说了，没有调查就没有发言权。你也不是我妈，你怎知道？

踮脚的五狈人小，一顿却能吃八张发面饼外加两碗汤面和半碗浆水菜。这些吃食堆在那里，小山一样能占据大半个案板。谁也想不来五狈那小小的肚子怎能装得下这一堆东西。

五狈很孝顺，一个月给他妈写两封信，信里事无巨细，什么都说。有一次光对黑子的描写就用了两张纸，甚至还有图画附着。我知道，五狈的心里装满了悲哀和惦念，信写得越长，对妈妈的挂念越深。

揭发五狈的老三叫李抗美，他爹是“革军”。“革军”是革命军人的意思，李抗美的爸爸参加过抗美援朝。谁的父亲是干什么的谁就是什么出身，出身的问题一度在我们这一代人中很重要，“老子英雄儿好汉，老子反动儿混蛋”是当时很响亮的口号。几十年后回想起来，不知提出这缺德口号的后代是好汉还是混蛋。

“革军”出身的老三在吃上很有军人传统，一个字“快”。吃四盆盐拌捞面用不了二十分钟，吃相也颇不雅，连脑瓜顶上都是面条。四十年后我在电视上常见国外有赛吃会，几个青年男女坐成一排，在规定时间内看谁吃得多。日本一个不起眼的瘦小丫头在四十分钟里竟然吃了四十一碗纳豆米饭，那些碗摞得把她的脸都挡住了。看到这儿，我心里有些酸，想要是当年老三来比赛，他们谁也不是个儿。

老三吃饭不用碗，用盆。他那个盆是特意从刘家河公社合作社买来的瓦盆，这样的盆农村是专用作尿盆的，成了老三的饭碗。一到开饭老三端着盆就往前抢，稀的干的使劲往里搂，让人恶心。大伙一见老三的盆就骂，说老三要是再让那瓦盆出现在锅台上，就要用烧火棍捣了。老三说反正也没盛过尿，只是模样不太好罢了。伟大领袖教导了，一张白纸好写最新最美的文字，好画最新最美的图画。他的瓦盆就是一张白纸，说它是什么它就是什么。老大说“金猴奋起千钧棒，玉宇澄清万里埃”，临到她值日，她早晚把那尿尿盆子扔沟里去。老三说，你敢！扔了我的饭盆我就用棒槌把锅捅漏了，不吃大家都别吃，玉宇澄清了，都喝西北风。

我在吃上也不含糊，记得我用一根筷子穿着五块发糕，蹲在窑门口喝洋芋汤。黑子蹲坐在我对面，想的是等我剩余的赏赐。当最后一口发糕填进我嘴里的时候，我看见狗的绝望与痛苦眼神几乎与人无异。老大吃饭不太跟我们抢，可也吃得不比谁少。老大有个木头箱子，搁在炕角，宝贝似的锁着。我们都知道那里头藏着老大的私货，比如珍贵的炒咸菜，炒黄豆什么的。过国庆节的时候她爸爸还给她寄过一包花生米，那是北京居民的配给，她们家没吃，都给她寄来了。听老大躺在被窝里偷偷吃花生米，我就大声嚷，窑里闹耗子呢！老大就从被里伸出手，给我五六粒捻去皮的花生米。虽然都皮了，却仍旧很香。

五个人中值得一提的是老二刘二东。刘二东来自河北北京中学，学生们惯称“河北北”，是京城的一所好学校。本来他应该去内蒙古兵团，却偏偏的要到陕北来。用他的话说是“一心要砸碎千年的铁索链，为人民开出那万代幸福泉”，这是样板戏《智取威虎山》里的词，用在这儿有点儿反动，可没人跟他较真儿。他听说陕北缺水，受了小学课本“吃水不忘挖井人”的影响，决心要在后顺沟打出一口井来，改变这儿吃水要到沟底下挑的艰难。挑水上坡，对我们是太大的考验，轮着谁挑水谁都憷头，挑着两桶水一鼓作气地往上爬，中途没有任何歇脚的地方。那桶前高后矮，无法迈步，得侧身斜着一步一步往上挪。一不留神桶翻水洒，你就坐在半坡哭吧，哭到天黑了还得下去再挑。

老二家在河北献县县城以北的河间府，他和他爸爸在北京，他妈和奶奶住在乡下。别看他们老家地方小，名声却很大，著名的绿林好汉窦尔敦就出自那儿。窦尔敦的原名叫窦开山，小名跟刘二东一样也叫二东。京戏《盗御马》里的窦尔敦蓝脸红髯，绿衣皂靴，出场亮相，张嘴便是“将酒宴摆置在聚义厅上，我与同众贤弟叙一叙衷肠”……这是老二最爱的唱段，在老二连唱带做的演示下，我们想象得出窦尔敦那豪情与美丽！

听得多了，我们都会唱了。夕阳下，饿着肚子，我们坐在窑外面的空地上，集体高唱：

> 将酒宴摆置在聚义厅上，我与同众贤弟叙一叙衷肠。
>
> 窦尔敦在绿林谁不尊仰，河间府为寨主除暴安良。
>
> 黄三泰老匹夫自夸自量，执金镖借银两欺压豪强。
>
> ……

壮烈情怀无与伦比，比“临行喝妈一碗酒”要有气势。

在老二的讲述中，大家知道他家乡的大侠窦尔敦杀富济贫，大侠一度只身潜入御马厩，用熏香熏倒了守卫，用匕首刺杀了门丁，盗走了一匹皇家的“金鞍玉辔追风赶月千里驹”，使绿林义士大受鼓舞，给了朝廷沉重打击。窦尔敦的仇人叫黄三泰，黄三泰的儿子叫黄天霸，他们跟窦尔敦比武使用暗器，属于不地道之流……

老二之所以对戏曲这般熟络，是因为他爸爸就是唱戏的，听说以饰演《盗御马》的窦尔敦出名。从老二嘴里我们知道，窦尔敦的脸谱最漂亮，衣饰也最鲜艳。总之，清朝的窦尔敦很了不起，相应的演窦尔敦的他爸爸也很了不起，他爸爸属于架子花脸，唱念做打都在行，老二对他爸爸崇拜无限。

五狈问老二爸爸现在还唱不唱窦尔敦，老二说现在改唱《红灯记》了。就问老二爸爸是《红灯记》里的哪一个角色，老二先说是“卖粥的”，后又说是“磨剪子抢菜刀的”，也说过“修鞋的”，无一定指，大家都很失望。伟大英雄窦尔敦沦为“革命群众”也还罢了，真当了“日本宪兵甲宪兵乙”的确很让人糟心。

县里每月要在公社给知青们演一场露天电影，内容除了革命京剧《红灯记》就是《地道战》。他们知道我们最爱看这两部片子，我们当然也是场场不落地走几十里山路去看。一来是可以和各点的知青相会，彼此交流经验；二来更可以在电影《地道战》里领略传宝的风采，在《红灯记》里寻找老二的爸爸窦尔敦。

《红灯记》和《地道战》两部片子里的词我们可以倒背如流，往往是演员还没有张嘴，我们的戏词就唱出来了。全体参与，银幕上下呼应，千山万壑随之震撼，场面很热烈。比现在拿着小荧光灯棒，在歌星的蛊惑下左右摇晃强之百倍。

四

应麦子的吩咐，胖女子给我做了黍子面油糕，油糕炸得很到位，金黄油亮，端上桌满窑都是香气。麦子把糖撒在油糕上，推到我跟前说，你们都爱吃这个，回去再给你拿些，让他们都尝尝。

我说，不带了，我在西安上班，北京城里只剩下老二了。

我没告诉麦子当年能吃的老二现在得了糖尿病。今年聚会时我见到他，他说在打胰岛素，饭桌上这不能吃那不能吃，还自带了一个老婆给蒸的掺了麸子的黑面窝窝，自嘲地学着《茶馆》里的台词说，以前哪，是有牙没花生仁儿，现在呢，有了花生仁儿没牙了！

桌上的热油糕很诱人地发出嗞嗞声响，只有陕北才有这种糕，上世纪七十年代流行过几首新编老歌，有一首欢迎红军到陕北的：

热腾腾的油糕哎嗨哎嗨哟，

摆上桌哎嗨哎嗨哟，

滚滚的米酒送给亲人喝咿儿来吧咿呀哟。

都忘了，只记住了吃。

发财娶麦子那天我们吃的也是这种黍子面油糕，喝的是农家自酿的小米酒。那时候的麦子脸上油光红润，屁股圆滚紧俏，辫子粗得得用两只手攥；哪儿像现在这样干瘪，这样收缩，这样病病歪歪。我跟麦子说起了她出嫁那天的事。麦子说，几十年了，难得你还记着。

我说，怎么能忘呢，我们跟黄三泰的仇就是那天结下的。

麦子就笑，在笑容里闪出了当年的影子。

娶亲是大事。队长娶媳妇，村里人都去帮忙，婆姨们从头两天就开始张罗了，缝了里面三新的被子，剪了喜鹊亲嘴的窗花，窑壁刷得白崭崭，玻璃擦得亮光光，新房里弥散着一股上海“绿宝”牌的香胰子味儿。南边窗台上立着从延安买来的圆镜子，镜子背后有工农兵无限喜悦的形象，女农民抱着一捆麦穗，男工人举着铁锤，那个兵站得最高，背着一杆枪。镜子旁边搁了一把很有小资情调的塑料粉梳子，梳子的齿很宽很大，在当时绝对是稀罕物件。窑后壁桌子上摆了一溜公社革委会送来的毛主席“红宝书”，宝书上烫着金字，用红布条扎着，很是醒目。窑门上挂着白门帘，门帘上绣着葵花向阳图案，是村里女子们的奉献。门后头脸盆架上有大队妇联送的搪瓷脸盆，盆上烧着鲜红的毛主席语录：“我们都是来自五湖四海，为了一个共同的革命目标走到一起来了。”用农民们的直接理解就是刘发财和黄麦子为了一个共同的目标睡到一个炕上来了。

一切准备停当，净等新媳妇入住了。我明知道自己是调侃，明知自己和一个陕北生产队长不会出现任何感情纠葛，但心里还是酸酸的。发财当然不知道我的心思，学时髦，想让我给麦子当伴娘，我还没说话就让老大给拒绝了。老大说“伴娘”得娘家人才行，要跟女方熟识的，我们也不认识什么麦子。要伴郎我们可以出，王小顺正好……发财看了看踮脚的五狈，直咧嘴。我说，你咧什么嘴？这样漂亮的北京帅小伙给你当伴郎，打着灯笼也找不来！

发财说，没有伴娘我要伴郎做甚，五狈往旁边一站人家以为是仨人结婚。

沟对岸传来杀猪的声响，响动很大，把我们的肠胃勾引得都很激动。想着那猪心猪肝猪肠子，想着那三指膘的大肥肉，大伙真有点儿坐不住了。老二说，妈妈的，天天有人结婚才好。

五狈说，没有猪结一百个婚也没用。

娶亲那天早晨，我们谁也没吃饭；一来是给肚子腾地方，二来是我们也没什么吃的了。头天下午我和五狈做饭，用炕笤帚扫了面口袋，没扫出一把面，只好一人配给了一碗浪打浪的蒜薹疙瘩汤。蒜薹是五狈上河对面捎带回来的，老了，莛上都结了小蒜，被我切成碎末煮了，要不咬不断。最让人倒胃的是炒鸡蛋，五狈拔完蒜薹又将各家的鸡窝拜访了一遍，揣回来十个鸡蛋。本来十个鸡蛋甩在疙瘩汤里也不错，五狈偏要吃炒鸡蛋，就依着五狈。因为鸡蛋是他弄来的，他说了算。十个蛋摊在没有一点儿油的锅里，立刻糊成一个硬疙瘩，腥气冲天，让人一闻就恶心。好在这样的饭食弟兄们已经历过无数次，都有“处变不惊”的心理素质，谁也没有对蒜薹汤和腥鸡蛋提出异议。

在我们翘首以盼大吃一顿的时候，老大将从家里带来的新被被面拆了下来，就是她每天盖的那床枣红线绨被面。“线绨”是一种什么纺织物我至今搞不清楚，近乎软缎又不是软缎，亮闪闪的很辉煌，比一般的布绝对高级。老大到底是老大，比我们想得周到，到人家里吃婚宴，不比平时蹭饭，怎能空着手去？一群人高马大的后生、女子，张嘴就吃，寒碜不是！

近中午，新娘子搭着红盖头穿着红袄红鞋，坐着戴红绸的骡子来了。呜呜哇哇的唢呐声，劈里啪啦的鞭炮声震得山峁的雀儿乱飞，半天落不下来。娘家来送亲的是麦子的三哥黄三圈，黄三圈穿着一身崭新黄军装，戴着黄军帽，像个退伍军人。

沟那边吆喝我们过去吃饭，大伙早等着招呼，一窝蜂地往坡下跑。黑子蹿在最前头，顶后头还跟着我们那头喂了不到两个月的约克夏白猪。一伙人众，踢里哐啷，将坡道上的浮土踢起老高，远望着像是开下来一辆铁甲车。我喊住了正在奔跑的伙计们，让大家端庄一些，矜持一些，不要土匪般的“轰轰烈烈下山岗”，让人看着像是演窦尔敦。老三说要抢占有利地形，去晚了没好地方了。

我说，吃席还带着狗跟猪，倾巢而出，让人看咱北京人就这么掉价？

大家一看那白猪黑狗都乐了，说一下没看住，这俩货怎么跟出来了。就把狗和猪往回轰，两个都不愿意回，吭吭唧唧在后头蹭。老三抓起土坷垃朝猪砸过去，猪摆摆脑袋又跟上了。老二冲着黑子吼，滚回去！

黑子聪明，知趣地停住了脚步。

走下坡，我们看见黑子叼着猪的耳朵往圈里拽。老三说黑子表现不错，得给它带回块骨头奖励奖励。五狈说，你以为黑子跟你一样单纯吗？

果然，我们刚走上沟里的过水石，黑子就跟上了，它把猪拉回去，自个儿来了。老三踢了黑子一脚，黑子欢快地嗷了一声，先跑进村了。

婚宴在发财家的场院里，西南角搭起了棚，专门有厨子在操持。大笼屉冒着热气，油锅嗞啦嗞啦响，很有些解馋的气氛。有婆姨将我们领到该坐的位置上，大家看出来了，除了几个本村的半大小子，没人愿意和我们坐。

宴席分快桌和慢桌，这是我们的叫法，实际就是主桌和次桌。慢桌上是新人和有头脸的人物，吃得缓慢斯文；快桌就是抢了。我们当然是快桌，村里几个半大小子早坐那儿等了。八盘凉菜已经摆在桌上，盘子大，量也不小，红红绿绿还很好看。细瞅却让人有点儿失望，除了拌萝卜丝还有拌洋芋丝、拌粉丝、拌海带丝……唯一一道荤的是拌猪耳朵，耳朵也被切成细细的丝，那刀功在城里也算得上一流。

老二在凉菜中寻觅猪头肉，他认为蒜拌猪头肉在他们老家是席面上必不可少的内容。窦尔敦和弟兄们在叙衷肠时候吃的也必是拌了蒜汁的大片猪头肉，就谈论起了窦尔敦们“将酒宴摆置在聚义厅”遗留在河间府的饮食传统。

老三嘟嘟囔囔问邻座，肉都哪儿去了，邻座小子说猪留了半扇，送亲的黄三圈要带走。问是不是陕北的规矩，小子说不是，是黄三圈为前顺沟争取的。

大家就说这个黄三圈真不是东西。五狈说黄三圈眼珠是黄的，头发是黄的，手指甲都是黄的，整个一个黄三圈。老三说他一来就看出来了，黄三圈那身黄军装是借来的，衣裳号码跟他本人差着两个号。借了衣裳没借鞋，看看黄三圈脚上那双方口大靸鞋吧，把什么底儿都露了！老三生长在部队，深谙部队配置。于是大家对老三的判断便深信不疑，都认为黄三圈的复员军人是假冒的。老二说，什么黄三圈，整个儿就是个黄三泰，早晚让我给揍扁了！

五狈不甘示弱说，黄三圈遇到我手里，先给他的命门扎一根三棱子针，放倒了再说。

有公社领导红宇宙在讲话，其实是在大段背诵毛主席著作，以显示自己的专业水平，听说他就是靠着会背“毛著”上台的。红宇宙原名叫贾宝贵，是公社的会计，“文革”造反，当了领导。当了领导就嫌“贾宝贵”太土，太“四旧”，太跟不上趟；但是他的“贾”姓实在不好取名，“贾革命”“贾文革”“贾卫东”“贾造反”，无论叫什么都是“假”的。索性连姓也改，改彻底，叫了“红宇宙”。红得要命，大得无边，张扬得有些不知所以。大家听着红宇宙背那些熟得不能再熟的“白求恩同志是加拿大共产党员，五十多岁了……不远万里来到中国……”看着那些凉菜，都在算计哪个离自己最近，先夹哪个最划算。在沉闷的“脱离了低级趣味的人”之后，红宇宙的声音突然一下提高了八度，让大家要“下定决心，不怕牺牲，排除万难，去争取胜利”！

我还没回过神，众人已经行动起来，原来“排除万难”就是“开吃”的信号，久经锻炼的村民已经熟谙了什么语言代表着什么信息，绝不会差错半分。这一开吃，我才知道了同桌小子们的厉害，才真正领略了什么叫“迅雷不及掩耳”，什么叫“疾霆不暇掩目”。八个菜，我刚夹了一筷子红萝卜丝，桌面就被扫荡得“天翻地覆慨而慷”。

不愧“快桌”称号！

盘子撤下，出现长时间冷场，大家在等待热菜的到来。慢桌上还在推让，红宇宙在说“毛泽东同志是当代最伟大的马克思列宁主义者，毛主席的伟大思想，是指导世界革命人民前进的灯塔，我们要活学活用毛主席著作，在用字上狠下工夫”……

我在想，一场运动，怎把个好端端的会计贾宝贵弄成了这样。

新人过来敬酒，自酿的酒没有滤过，酸中带甜，稀粥一样，一喝就是一碗。新郎发财关照我们悠着来，说米酒劲大，上头快，别喝趴下。新媳妇麦子一脸羞涩，跟在发财后头也不说话，只是笑，脸上深深两个酒窝，很是温顺可爱。发财、麦子两个站在一起，倒也显出天生一对的般配，大家就说些地久天长的话。发财让大家放开肚子吃，老二用筷子在桌上敲出一通鼓点说，吃什么吃？猪头肉呢？

发财回头看了一眼麦子，麦子还是笑。发财说，场面上就是这样，没法子，赶明儿我给你们另补，行了吧？

老三说，说话算话，拉钩！

两个就拉了小指头。

热菜上来了，一碗一碗的蒸碗，上一个碗，我还没看清楚是什么，几双筷子就抄了进去，临到我只剩下一块沾了点儿油花的垫底洋芋。第二碗还没搁到桌上，就被人“空中取物”取走大半……这种吃法，连善于用瓦盆搂抢的老三也有点儿傻眼。一看便知，北京知青远不是乡村孩子们的对手，人家练的是童子功，从小在这种场面历练出来的，筷子头上做到了稳、准、狠。第三碗上了一大碗条子肉，大家欢呼着站起来迎接，我和老大只隐约看了一眼就被挤了出来。当我们力拨众人，低着脑袋再钻进去的时候，桌上除了一个空碗，连汤儿也没了。

老大说，平时都是抬头不见低头见的，到了这会儿怎么谁也不认识谁了呢？

五狈学着红宇宙的腔调说，“革命不是请客吃饭，不是做文章，不是绘画绣花，不能那样雅致，那样从容不迫，文质彬彬，那样温良恭俭让。革命是暴动，是一个阶级推翻另一个阶级的暴烈的行动”。

所幸黍子面炸油糕管够，黏黍子那特有的香甜弥补了没吃着肉的遗憾。我们都吃得不少，严格计算是吃了三笸箩。我们的饭量让前顺沟送亲的黄三圈看得直瞪眼，对发财爹说，北京人咋这能吃？

发财爹说，平时油水少。

黄三圈说，一群狼！

老二没吃多少菜却喝了不少酒，借着酒劲儿晃着膀子走到黄三圈跟前说，黄三泰，老匹夫，你没见过爷的这种吃法吗？

黄三圈眨巴着眼睛正思谋“黄三泰”和“老匹夫”的含义，老三跟过来说，你说谁是狼？告诉你，老子就是狼！老子吃得再多也没吃下半扇猪，你小子留神撑得得噎嗝！

老三这话说得有点儿歹毒，什么是噎嗝，噎嗝就是食道癌，是咒人的话。黄三圈当然听得懂，站起身就要耍威风，红宇宙说道，伟大领袖毛主席教导我们说，“国家的统一，人民的团结，国内各民族的团结，这是我们的事业必定要胜利的基本保证”！

老三说，毛主席还说了，“革命不是请客吃饭”！

黄三圈说，现在是婚礼，不是革命。

五狈说，你反动！打倒黄三圈！

大家对黄三圈的印象非常之坏。我们当下决定集体撤离宴席，反正后头也没什么好吃的了。就在我们撤退时，黑子出了问题，它和一条前顺沟过来的黄狗闹上了恋爱，并且进入了爱情的实质阶段。黄狗骑在黑子身上，把小母狗压得嗷嗷叫唤。是可忍，孰不可忍，知青们的象征意识非常强烈，在那一刻，大黄狗就代表了黄三圈，黄三圈就是黄三泰，代表了自私自利的邪恶势力。光天化日之下，我们的黑子被“黄三泰”强奸了！了得！

老二老三老五们不容分说，立刻冲了过去，冲着黄狗就踢。黄狗悲惨地拉着长声叫唤，死活不与黑子分开。也是知青们缺乏经验，后来才知道交媾的狗一时半会儿是拉不开的，公狗的生殖器带钩，母狗的阴道有圈，锁一样地锁住了。

本来参加婚礼的人谁也没注意这一幕，让老二老三老五们一折腾，黑狗黄狗就成了中心，吃过饭的人们正想找乐子看，闹洞房还早，看狗性交恰到好处。

两条狗交着尾，加上人的干预，人狗在场院乱作一团。

发财爹拉过红头涨脸的五狈，说他们是吃饱了撑的，管狗的尿事。五狈毫不含糊地说，我们的黑子才六个月，还是处女，不能让“黄三泰”这么糟蹋！

来客们大笑，黄三圈笑得尤其开心，好像他真的占了便宜。场面很尴尬，带头闹的是老二，我从后头给了他脖梗一巴掌，大声呵斥，回去！

也是弟兄们都想下台阶，没谁说什么，收了阵势都跟在我后头往回走。我们不敢回头，用后背掩饰着我们的难堪。没有谁再去招呼黑子，任它当众去出乖露丑。我们身后传来一阵阵哄笑，其中黄三圈的声音最响，用五狈的话说，那声音是黄色的，充满了挑衅。

那一夜，黑子没有回来。

五

黑子是第二天傍晚才回家的，似乎也没什么不好意思，没心没肺地往人身上扑，一如既往地和每一个人亲热。大家都离黑子远远的，谁都不愿碰这个被玷污了的“少女”。

黑子转了几圈，觉得没什么意思，屁股一转，又没了踪影。

老二说，它才多大，就会干那事，真他妈流氓狗。

老三说，饿狗日的三天，不给它饭吃！

果真饿了黑子三天，也没见黑子饿得怎么样，似乎活得比我们还舒服自在。相反我们却郁闷得厉害，在婚礼上露怯的事一阵风似的传遍了全公社，都知道后顺沟的知青反对公狗母狗打连恋；都知道后顺沟知青的“处女”狗被黄三泰强奸了，丢了大面子。前顺沟的知青们过来慰问我们，说那条黄狗是黄三圈家的，彪悍霸道，在村里想强奸谁就强奸谁，母狗们没有敢拒绝的。黄狗是标准的细狗，不叫唤，沉默寡言，善奔跑，速度不亚于非洲豺狗。中国细狗最早产于山东梁山，有皇族血统，自汉朝以来就是宫廷狗，清代郎世宁的画里面，皇帝狩猎狗大部就是这种狗。黄三圈的复员军人也不是假冒伪劣，他是真正从青藏高原下来的汽车兵，拿过三等功，受过嘉奖。目前是前顺沟支书，也是公社革委会成员。

我们听得都有些目瞪口呆。没想到一只破狗竟有这么多名堂，没想到高原下来的汽车兵竟是这副德行。

老三说，西藏军分区开汽车的大概是没人了，这样的货都能立功，咱能当他们的司令！

老大说，那狗敢情是上了谱的，皇上的御用狗。

老二说，那不是御狗，看那线条简直就是一匹御马，是追风赶月的千里驹。

五狈说，什么御用狗，都是封建主义残渣余孽！你们怎么长他人志气灭自己威风？狗就是狗，不报仇雪恨我就白叫了五狈！

老大问他怎么“报仇雪恨”，五狈从裤腰里抽出驴缰绳说，盗御马！

原来众人跟狗打架时，五狈对那条狗已经起了杀心，捎带来饲养员的绳子，是复仇行动的开始。大家认为五狈的主意最到位，那条黄狗越是血统高贵，越是美丽高傲，越是不应该活着，不杀不足以平民愤。一时杀声四起，我们都陷入“盗御马”的情结当中。尽管我们盗的是狗不是马，但是御马和御狗在我们的心里已经完全是一样的了。

漫漫的日月，平淡沉闷，总要制造出点波折才好。大家为这一想法而激动，而兴奋。前顺沟的知青奋勇充当卧底，就是充当杨子荣的角色，这是必不可少的环节。主意已定，刘二东兴奋地唱了一段《盗御马》：

大丈夫仇不报枉在世上，岂不被天下人耻笑一场。

饮罢了杯中酒换衣前往，这封书就是他要命阎王。

众贤弟且免送在这山岗瞭望，闯龙潭入虎穴我去走一场。

男生们对着前顺沟方向齐唱革命样板戏《智取威虎山》选段，“座山雕哇，看你横行霸道还能有几天？”

日子一天天在无聊中度过。

无聊中，我们寻找着机会。

知道我们断了粮，发财很仗义地给我们送过来二十斤杂面和半个熟猪肺，大概算作那天婚宴的补偿。杂面是绿豆、荞麦和小麦的混合，陕北人用它做一种叫作“抿尖”的饭食，就是炝锅面的变种。我们自然是十分感激。男生们将发财拉到一边，问他新婚感觉如何，发财说妙不可言。男生问怎的妙不可言，发财说，谁娶了婆姨谁知道。

说起那天的狗仗，发财说，怎能全怪黄狗，你们的黑子骚情得也够可以，它不挑逗人家，人家也不会干它。母狗不摆尾，公狗不上墙，这是再简单不过的道理。

大家对此持否定态度，一口咬定就是强奸。发财说，强奸就强奸，屄尿事情！

发财问我们拿没拿他爹的缰绳。五狈说，你爹还用缰绳拴吗？

发财扑过去要打，五狈踮着脚边跑边喊，要文斗不要武斗！

发财佯追了几步，折回来，从怀里摸出一张皱巴巴的纸，让老二填，说老二当了积极分子，要到县上开会。老二问开会期间可不可以吃到炖肉，发财说大概没有。去年他去县上民兵比武，体力活儿，连碗羊肉泡馍也没吃上。老二说，吃不上肉当屎积极分子，谁愿意当谁当吧！

我替老二接过那张表，搌平了，搁在炕上说，老二不当积极分子就没人能当积极分子了。他的“愚公移山”精神让我们感动，他对毛主席的伟大思想理解得比我们深刻，他是我们后顺沟知青的骄傲。

发财就让我替老二填表。

老二当积极分子是有原因的，他利用空闲时间一直在“为人民挖井”。打井是他来陕北的初衷，他认为有必要这样做，这是他今生的使命。别人都觉得他异想天开，没人帮他，老乡说后顺沟的土是黄土地上最厚的土，打一百丈也见不到水。陕北有的地方修水窖，把雨水收集起来，黄龙、宜君、延川的人都这么干。但问题是后顺沟除了汛期沟里发水，常年几乎不见水，地干得冒烟，修水窖是白搭，打井更是白搭。老二不为所动，每天挖井不止，一边挖还一边唱：

明知征途有艰险，越是艰险越向前。

任凭风云多变幻，革命的意志能胜天。

村人都认为老二为井魔怔了。知青们则认为，挖井是老二个人的理想，别人不必干涉，就像有人要开汽车，有人要造反，有人要背“老三篇”，有人要生一群儿子，这是太自然的事情。红宇宙到村里来检查工作，吃了两大碗麦子做的搅团，打着饱嗝坐在炕桌前发愣。发财爹就将“老二挖井”当笑话说给红宇宙解闷，红宇宙听了说，这是后顺沟知青学习毛主席《愚公移山》的典范。愚公挖山不止，“这件事感动了上帝，上帝就派两个神仙下凡，把两座山背走了……我们一定要坚持下去，一定要不断地工作，我们也会感动上帝的。这个上帝不是别人，就是全中国的人民大众。全国人民大众一齐起来和我们一道挖这两座山，有什么挖不平的呢？”

发财爹说，愚公是挖山，老二是挖井；一个往平里整，一个往地底下掏，不一样啊。

红宇宙说，性质是一样的。明天你们支部写份材料给我报上来。

发财爹恨不得抽自己一个嘴巴。这张嘴说点儿什么不好，非要说“挖井”，给自己惹来一身事。老实巴交的农民，连名字也写不全，还要整材料，比天狗吃月亮还难。发财心眼细，替他爹把这个活儿应承下来。实际上，老二的先进材料是我给整的，我用了三个白天两个晚上，写了三万字，相当于现在的一个中篇。材料中，我把老二写得比愚公还愚公，念给老二听，老二不知我写的是谁。

那大概是我小说创作的最早练习。

老二宁可当窦尔敦也不当愚公，死活不填那张表。我批评老二“不识抬举”，老二说他不要谁抬举，他现在想的是怎么把“御马”盗出来，这是比打井还要紧的事。我说，当了积极分子将来招工是太好的资本，别人想要还要不来。

老二说，这样的话不像是从点长嘴里说出来的，我怀疑你的积极是假的，跟黄三圈一样。

五狈说，老四说得对，走出一个是一个。

招工是我们梦寐以求的奢望。下来两年了，县上只招过一回学徒工，是到国防工厂当工人。国防工厂在秦岭深山，地方叫晒蛇坝，听这名字就知道准是个高山峡谷尽头。但那个时代要求我们要“备战备荒为人民”，要“深挖洞，广积粮”，我们时刻处于戒备状态，好像全世界的人都要打我们。国防厂在全县招两名，报名的有两百，真正的百里挑一。最后走了两个，一个是学“毛著”标兵，一个是基干民兵队长，两个都没有“盗御马”的经历。

发财搁下杂面前脚一走，老三后脚就要和面做饭，并且点着名要吃“髯面”。“髯面”是陕西话，就是不带汤的干面条。老三让五狈到村里再捎带些蒜薹来，说这几天蒜薹下头的新蒜长得恰到好处，嫩蒜蘸面，吃饱了找黄三泰去打仗。老大一听老三要吃蒜蘸面，立即趴在面口袋上，将那些面护在身子底下，就这点面，她怕老三一下吃光了。老大是个仔细人，在生活上，她比我们理智，比我们清醒。

老二是吃派，帮着老三把面口袋往外拽。老三说，自打过了年，咱们就没吃过一顿饱饭！

老大说，咱们不是饿，咱们是肚里没油水。

五狈蹲在墙根，看着争抢的老二老三，有些悲怆地说，为了一顿面，这是干吗呀……他狗日的刘发财，弄块烂猪肺来糊弄人，怎不给爷送一百斤豆油来！

我说，有一百斤油先把你炸了。

五狈说，我想吃炸油饼。

很长时间谁也没说话，老三们也停止了抢夺。我们都想念起了北京早餐摊上的炸油饼，油饼有糖的有咸的，糖的八分钱，咸的五分钱，一两粮票。喝一口豆腐脑，吃一口炸油饼……神仙过的日子！

晚上大家吃的是荠菜汤面，荠菜就是我们窑顶上的野菜。西安南郊武家坡有唐朝王宝钏的寒窑，王宝钏在寒窑等了丈夫薛平贵十八年，没有任何经济来源，为了维持维他命的平衡只好挖野菜吃。听说至今寒窑附近没有野菜生长，都让王三小姐挖完了，绝了种。

我们跟王宝钏好有一比，我们五个人三年吃的野菜量应该不比王宝钏十八年吃的少，所以我们周边的野菜菜源变得贫瘠又稀薄，想吃需努力寻找。我们都坚信，不离开这里便罢；离开了，这里也会像武家坡一样，再不长野菜。

那天晚上，让老大耿耿于怀的是发财送来的那块熟猪肺不见了。躺在炕上，老大半宿睡不着，不安地说，内部出现这种事不是好兆头，得赶紧开会整顿纪律；兔子还不吃窝边草呢，咱们不能自己吃自己。

我说，猪肺不见了，老二和五狈也不见了，临睡前我到猪圈那边看了，黑子也不在窝里……

天快亮的时候，院里一阵响动，黑子叫唤了两声，我懒得起来看，翻身又睡了。老大睡得比我死，早晨老三在外头一惊一炸地叫唤也没把她吵醒。

从外头飘进一股腥气。

推门出去看，三个男生在收拾狗。剥了皮的狗被高高挂在树杈上，吊得老长，甚不好看。狗内脏被掏出来扔在了一边，红的绿的紫的，色彩斑斓。狗皮摊在石碾子上，黄毛上满是血迹，一看便认出是那只“追风赶月”的御狗。老二用青草擦着手上的血，正得意地跟老三诉说“盗御马”的经历。先是感念黑子的“骚”，说没有骚黑子引不出“黄三泰”，黑子的小胯一扭，尾巴一撅，任哪个狗也得动心；其次感念发财的猪肺，没有这块荤腥，“黄三泰”不会凑到跟前来。食色性也，这是人生最难过的关，狗生也是如此。最应感念的是五狈的灵活决断，那条驴缰绳在这个时候派上了大用场，不是五狈的手疾眼快，绳子套不住“黄三泰”的脖子……五狈谦虚地说，我那不算什么，没有老二泰山压顶的力气，骑到“黄三泰”身上，“黄三泰”也勒不死。

看两个站在死狗下头厚颜无耻地互相吹捧，我有种窦尔敦《盗御马》和《时迁偷鸡》的混合感，两出戏混在一块演，有《关公战秦琼》的绝妙。老二心情一时不能平静，激动地表演着窦尔敦：

巧装改扮下山岗，山洼一带扎营房。
我趁着月无光大胆地前闯，
盗不回御马我难回山岗。

老三对没能参与其中大为不满，“革军”的后代在战斗的关键时刻怎能退缩？老二劝老三不必遗憾，说窦尔敦盗御马就是一个人干的，小小一条狗，犯不上兴师动众。老三为了表现自己，承担了所有后续工作，在我们出工前将狗的油与肉分开，将狗皮埋在猪圈旁边，取来细土，把树底下的狗血掩了，一堆心肝肺，掂到后沟去喂狼。黑子还穷追不舍，老三挑出鲜红美丽的狗心丢给黑子，黑子想也没想，张嘴就咬，吃得很美，一点儿没有顾及到那是它情人的心脏。

畜生就是畜生。

饥而思食，自然之性。此时此刻我不能指责我的同伴们，大家千里万里地来了已是不易，我是他们中的一分子，大家需团结合作，不能苛求手指一般齐。

我对老二说，这不是一只鸡、两把蒜，有点儿过了，下不为例。

老二用京剧韵白跟我转词说，大行不顾细谨，大礼不辞小让，吾辈自有主张。

听着老二深厚醇美的花脸道白，我想，这个老二来挖井是可惜了，他应该跟着他的爸爸去唱窦尔敦，那才是真正的家传。

那天队长派的活儿是到峁上锄玉米，道挺远，中午回不来。在家做饭的活儿就留给老二和五狈，其实是含有照顾的意思。

六

事情的败露在于老二和五狈的缺乏含蓄与不够矜持，在于我们的少年张狂。

山峁上，后顺沟男男女女劳力七八个，锄了大半晌玉米，正午时候都在土崖阴凉处坐了。个别人带了饭，一碗泡浆水菜，两块杂面干馍馍。大部分人和我们一样，只是喝水，歇口气儿，真正的饭下工回家再吃。

太阳当头，晒得人浑身出盐粒儿，又渴又饿，有些百无聊赖。麦子也在我们中间，她在“害喜”。“害喜”是当地话，用五狈的医学语言是“妊娠反应”。麦子不断地往地上吐口水，脸色也不好，我看见发财偷偷摘了几个野杜梨给她，她不要，扭过脸去不理发财。发财很尴尬地把那小酸果填进自己嘴里，酸得挤眉弄眼。人们开始拿麦子和发财开玩笑，问他们在炕上下种的情况，端碗吃着还堵不上嘴的李木犊，嬉嬉地问这回下的种是队长的还是支书的。麦子把头搁在膝盖上，一声不吭，发财抓起一把土朝李木犊拽过去，一碗酸菜没法吃了。

天太热，在大家沉闷得昏昏欲睡的时候，老二和五狈唱着酸曲上来了；两个人一唱一和，人没到声音先早早飘过来了。

过了回黄河就没喝上一口口水，

交了回朋友就没亲上一个个嘴；

搭了回伙计就没一搭搭睡，没一搭搭睡，

你看这事情后悔吗不后悔。

什么叫“野调无腔”，这就叫真正的“野调无腔”。没有旋律，完全是扯开嗓子直吼，想怎么拐就怎么拐，想拉多长就拉多长，听得人只想捂耳朵。老三直起身往峁下望，说这俩货不在家睡觉，大老远跑这儿来干什么？老大躺在地上，枕着锄把，眼睛也没睁说，没好事。

我也感到突兀，凭两个人那按捺不住的兴奋声调，我预感到了今天要发生点什么。

随着歌声蹿过来的是黑子，黑子永远处于一种兴奋状态。老乡说这是半大狗的特有状态，可能就相当于人的十六七岁，处于青春期的躁动之中。黑子跟每一个人都打了招呼，最后扑到老三怀里，仰着脖子舔老三的脸，被老三一把推开说，这身上什么味儿？

大概他想起了被黑子吃掉的“黄三泰”的心脏。

老二和五狈的出现成了歇晌人们的焦点，两个打扮成了《地雷战》里渡边鬼子偷地雷的模样，一人头上系了一条花毛巾，一个挎了篮子，一个提了瓦罐，扭扭捏捏地作态，完全是两个“花姑娘的干活”。人们看着这两个作怪的“活宝”，笑得直不起腰来。

“花姑娘”让人吃惊，“花姑娘”送来的午饭更让人吃惊。篮子里是满当当的炸油饼，瓦罐里是油汪汪的狗肉汤，那香味让田地里的人将篮子和瓦罐围了个风雨不透。知青的就是大家的，我们没有理由拒绝任何人，七八双沾满泥土的手伸向了篮子，伸向了黄土地上太难见的饭食。

发财撕开一张油饼，看了看里面的面说，昨天才送去的杂面，今天就大吃特吃，明天不活了吗？

五狈坚定地说，不活了！

麦子捏了一块油饼，闻了闻，眉头立刻皱成一个疙瘩，来不及说话，跑到一边哇哇地吐去了。我咬了一口炸油饼，初始也觉得味道怪，吃了几口便被香味吞没，什么怪味也吃不出了。吃着吃着，我的表情严肃起来，明白了，我现在吃的是中国饮食的千古奇绝，狗油炸油饼。

村民们吃过炸油糕，没吃过炸油饼，他们头一回知道杂面原来也可以这样做，于是纷纷向五狈们获取经验。老二和五狈大言不惭地给大伙介绍，面如何半发酵，怎么使矾，油饼擀多厚，如何用麦草柴控制油温，说得唾沫星子乱飞，把个炸油饼的工艺搞得比卫星上天还复杂。末了说了句最不该说的，关键得油多，让油把饼子漂起来才能炸酥炸透，油少了不叫炸，叫煎。

李木犊说，把饼子漂起来，得多少油哇！

老二说，所以，我们也不常吃。

肉汤比油饼更对味，一罐汤一人喝两口就没了，都夸这汤做得好，油水足，赶得上县城“东方红”饭馆的水平了。五狈得意地说，“东方红”算什么，我们的汤里头放了一大把花椒大料呢，生姜鲜嫩鲜嫩的……

李木犊说，你的姜准是从我屋后挖的，全村就我种了姜。

五狈说，咱们头顶的天是社会主义的，咱们脚下的地是社会主义的，咱们知青也是社会主义的，你的姜当然更是社会主义的。

王赶赶扛起锄就往回走，发财说西边还有一片没锄完。王赶赶说他得赶紧回家，看看他屋里的狗还在不在。

知道了油饼是狗油炸的，都有些反胃，麦子借机吐得更加倒海翻江了。其实都是心理作用，油饼并不难吃。

发财问五狈套了谁家的狗。五狈挺着胸脯说他向毛主席保证，他谁家的狗也没套，村里的狗都跟他熟得什么似的，他怎能对熟人下手。

发财搡了五狈一把说，你个哈㞞，真出了事别指望我帮你！

老二说，我们套的是野狗，过路野狗，串到我们窑门口了，谁也不认识它，哪能放它走。

发财说，你干脆说串到你们锅里不更简单。

李木犊舔着嘴边的油汤说，说是接受贫下中农再教育，贫下中农遇上这些货也是没啥法子。

那只黄狗让我们吃了好几顿，还请了一次客，招待前顺沟的知青们，“将酒宴摆置在聚义厅上”，大家围坐在石碾子旁，一遍一遍地干杯，大口大口地吃肉，挺痛快。

那几日，我们的嘴老是油汪汪的，脾气也相对的好，见了村里的老人都热情打招呼；队长分派的活儿，我们再不挑肥拣瘦，完成得认真而圆满。

老三的坚壁清野工作做得很到位，在我们这儿，绝查不出半根狗毛和与“黄三泰”有关的一切物件，那些扔到后沟的内脏，早被各种野物拉扯得不见丝毫，剩了白茫茫一片大地真干净。

心系一处，守口如瓶，大家都体会到了共守秘密的快乐。

老二的井已经挖了一人多深，他说底下见到了潮土；我们对此表示了祝贺，希望他的井水早一天喷涌如泉，以解百姓倒悬之苦。五狈在苦钻《赤脚医生手册》，在自己身上大练针灸，把自己扎得跟刺猬似的。我的长处是作诗，坐在窑洞门槛上写了一首又一首广阔天地大有作为的长诗，红旗飞舞，歌声嘹亮，波澜壮阔，豪情万丈，总之，两脚踩不到地上。老大用钩针钩桌布，钩窗帘，钩了一块又一块，都搁她的箱子里收着。五狈说老大是在钩嫁妆。老大头也没抬说，老四作一首诗，我钩一块桌布，再过俩月，老四的诗没了，我的桌布还在呢。

没有不透风的墙，我们吃狗的事渐渐地播散开来，前顺沟知青递过来消息，黄三圈准备找我们来算账。五狈理直气壮地说，他算什么账？证据呢？毛主席说了，“闭塞眼睛捉麻雀，瞎子摸鱼，粗枝大叶，夸夸其谈，满足于一知半解，这种极坏的作风，这种完全违反马克思列宁主义基本精神的作风，还在我党许多同志中继续存在着”，黄三圈同志就是其中一个。

老三对自己的坚壁工作充满信心，说黄三圈再怎么没水平也是部队下来的，重证据，重调查研究，他应该懂，逮不着证据来要狗就是无理取闹。他无理取闹能闹过咱知青吗？不能。

老二的做法属于窦尔敦式，窦尔敦盗了马之后在墙上写下“盗马者黄三泰”的栽赃字迹，跟《水浒传》“杀人者武松也”的好汉武松相比不够坦荡，这大约也是河间府人的局限。窦尔敦之后二百年的刘二东终没有跳出窦尔敦的路数，用毛笔写了一段毛主席语录，挂在树下醒目位置，语录上说，“这个军队具有一往无前的精神，它要压倒一切敌人，而绝不被敌人所屈服；不论在任何艰难困苦的场合，只要还有一个人，这个人就要继续战斗下去”。

表明了窦尔敦一族同仇敌忾的战斗决心。

老二去县上开积极分子大会的第二天，黄三圈来了。带着他的两个弟兄，说话不太硬气，问我们看见他的黄狗没有。我们说没有，我们说谁看见那黄狗简直是见了鬼了。黄三圈就给我们说他黄狗的贵重，说黄狗的优秀和与黑子的友谊，说着说着黄眼圈就变红了……我们当然不为所动，漠然地听着，我们知道，在黄三圈讲述对狗的思念之时，他的两个兄弟正在窑里窑外踅摸，寻找黄狗的蛛丝马迹。黄三圈是聪明人，应了五狈的说法，他不能"闭塞眼睛捉麻雀"，不能随便诬陷，他得找到证据。

我们是谁，我们是毛主席的红卫兵，从皇城根来到黄土地，是见过世面的，岂能在一个黄三圈的三言两语前露出破绽？众弟兄镇定相对，除了对三圈丢狗表示同情，还答应顺便为他寻找。

发财过来找他的大舅子，其实是过来看看事态发展情况。看黄三圈和他的弟兄们十分失望，就拉他们过河去喝酒，说那边菜都整顿好了。老三客气地说，您过去喝酒我们就不陪您了。

在黄三圈转身要离开时，事情发生了大逆转。

黑子，还是我们的黑子，此刻不知从哪里钻了出来，在猪圈旁边使劲地刨。那才叫真正的鬼使神差，黑子那一刻的执著，那一刻的忘我，已经完全不能用一条狗来概括了。为同类伸张正义，畜生也是责无旁贷的。黑子的两只小爪以极快的频率扬土，小黑狗变成了一只土拨鼠！

老三脸色变了，扑过去喊，黑子，我×你妈！

晚了，狗皮已经被黑子叼住，一点儿一点儿扯出来。黄三圈赶在老三前头抓起狗皮，翻过来掉过去，仔细地瞅，脸色变得铁青，那才真正叫“欲哭无泪”。情况急转直下，我们都有些慌，做好了打架的准备。跟一个在西藏当过兵的农民打仗，大概不会有我们的好果子吃。“革军”的老三就是嘴上的能耐，早早屄了，闪在了老大身后，不再威风；善战的“窦尔敦”此时“清风两袖朝天去”，正坐在先进会场拍巴掌；老大拿着钩针，将一团钩花抱在怀里，看着黄三圈只是发呆。

五狈“每临大事有静气”的气质就在这时显露出来，他接过狗皮，如梦方醒地说，天哪，这是三哥您的吗？这狗溜达到我们这儿来，以为是无主的，被我们吃了好几天了。

黄三圈说，你放屁！

五狈说，三哥，我要说没吃才是放屁，我们太不应该了不是？也没问问是谁的狗就给宰了，我们错了！三哥，我们向您请罪，向毛主席请罪。

我们立刻明白了五狈的作战方略，都应和说，三哥，是我们不对，不应该。

五狈说，早知道是三哥您的狗，谁敢动它一指头？

我们都说，不敢。

黄三圈说，我这辈子没别的嗜好，就是爱细狗……你们杀狗我心疼！我……

五狈说，这的确是我们的不是，三哥，您甭跟我们计较，您要跟我们计较太掉您的价儿了。人死了不能复生，狗死了也不能复生，除了遗憾之外我们对已经发生的事情表示道歉。

黄三圈说，光道歉就行了吗？

五狈说，要不您把我们的黑子带走，黑子也是一条好狗。

黄三圈说黑子是条最不值钱的土杂种狗，这种狗在附近一拴一大串。我说买一条新的细狗赔他，黄三圈说买十条也抵不上他这一条。说这狗就像他的家庭成员似的，谁家的成员死了还能再买一个补上？我说，怎的没有，婆姨死了娶个新的，老汉死了再嫁一个，照旧是一家人，更何况是狗。

黄三圈指着我说，你是“点长”，你比他们年纪都大，你就是这么起表率作用吗？我不朝别人要，就朝你要！

我一时语塞，情急时突然想起了红宇宙，他的法子有时也很管用。我说，出了这样的事情我也很痛心，我“忘记了自己是一个共产党员，把一个共产党员混同于一个普通的老百姓”，这是绝对错误的。

黄三圈把狗皮扔到我脚下，让我别要花枪，来点儿实际的。五狈解围说，三哥，这条狗值多少钱，您开价，我们赔，只会多不会少！

黄三圈想也没想，脱口而出，一百！

大家听了都吸一口凉气，黄三圈狮子大张口没了谱。一块梅花手表的价格是一百零五，一辆“飞鸽”锰钢加重的自行车是一百一十，现在知青点全员兜里的钱加在一块儿超不过十五！

五狈拍着黄三圈的肩膀说，三哥，您要的不高，这么好的狗，它值！我们再给您添点儿，一百三，怎么样？

黄三圈说，我不要一百三，说一百就一百。

五狈说，一百三！

黄三圈说，一百！

此刻的黄三圈和五狈变得十分“君子”，讲价讲得我们直犯迷瞪，不知这算怎样的交易。最后发财做中人，让知青赔给黄三圈八十二块六毛四，八十是狗钱，两块六毛四是赔礼请客的花费，即酒肉钱。交钱的时候知青要请发财和前顺沟的头面人喝酒，当众交出书面检查。

双方都没有异议，契约成立。

黄三圈走了，老三抱着狗皮追过去，让他带上，留做纪念。黄三圈不要，说看了伤心。我们的心情也并不轻松，刹那间八十块的债务就压在头顶了，不唯心情沉重，面子上还过不去，让人强奸了还得搭钱，都说五狈傻。五狈说，打得鼻青脸肿大家都得傻。

老大说，从今天起咱们得省着花，把两个月的粮卖了还得外加创收。

我说，虱子多了不咬，债多了不愁；太阳今天落了，明天照样升起来。

五狈说，权宜之计罢了，你们还当真呀！

老三突然想起了什么，一声“黑子”，嗓子喊得岔了音儿。

哪里还有黑子的影儿。

从此以后，我们再也没见过那只狗。

七

麦子问我这次到陕北出差来做什么，我怕说多了麦子不明白，便简明地说，是在延安开一个文学的会。麦子说，“文学”还要开会？

我说要开，现在都号召“三贴近”呢。麦子说，还是跟我们农民贴近？

我说当然。

麦子说，那不就是老大吗，她跟农民贴得都没缝了。

我问老大最近怎么样，麦子说老大好得不能再好了。接着抱怨她的三个儿子，一天到晚浑浑噩噩，没一个有出息的，学问最大的一个连高中也没毕业，也不肯离开家，都在前顺沟“大英果品公司”打工，挣几百就很满足了。我说我这回怕没有时间去老大那儿了。麦子说，不必去看她，她活得比谁都滋润，“大英”就是她办的公司。老大一儿一女，女子在陕西杨陵农科城当专家，儿子专做果品贸易，俩孩子都是北京培养出来的。知青返城时候老大没回，让孩子们回了，她说带着男人在北京是个累赘，她男人是土豹子，土豹子只在山野才有活力，到了北京只好进动物园。她不忍看男人进动物园，就留下来。乡里让她到中学教书，教了两年不适应，回来了。前十年包了几百亩荒坡，种了苹果树，现在一年的收入百十万。你去她那儿，她哪有工夫招呼你。她男人比她还忙，养了一群细狗，当了“细狗撵兔协会会长”。成天不着家，穿着迷彩服，带着他那些狗，山南海北地跑，去参加比赛。

麦子说的“老大的男人”就是黄三圈。

黄三圈成了知青的女婿，这是谁也没想到的。

记得在烧得滚烫的热炕上，老大吞吞吐吐告诉了我她要结婚的消息。当她说明对象就是黄三圈的时候，我简直觉得窑要塌了，噌地从炕上爬起来，顾不得窑外呼啦啦的北风，一下冲了出去。四周黑沉沉不见一丝亮光，遥望夜空，一颗卫星亮着微弱的光，正缓慢地从东向西滑动，最后消逝在坡顶的一片枣树林后头。男生窑里的鼾声高高低低如同歌唱，沟对面村里静悄悄没有声息。我在场院里迎风站了十几分钟，直到冻得透心凉，上牙打下牙，才回到窑里。就这，我还觉得冷静得不够。

老大把脑袋缩在被窝里，背对着我，看来是不想再和我说点儿什么，她身下的狗皮褥子在灯下泛着柔和的光。我怪自己没有观察能力，事情发展到谈婚论嫁了，我还蒙在鼓里。嫁谁不成，怎的非嫁黄三圈？

其实如果细心点儿应该窥出端倪。黄三圈那天走后，老大就把狗皮鞣了，做成了褥子，很不错的一个皮褥子，自己也不铺，收在她的箱子里。

那年年底结算，一个工分三分钱，扣去各样费用，我们每人尚欠队里六七十块……就是说，干了一年，我们不但没有任何收入，连回家的路费也没有。我在北京已经无家可归，家境困难的五狈和老大立刻蔫了。

能不能回家探亲是次要的，主要的是还拖欠着黄三圈的狗钱。尽管我们并没有还钱的意思，但话是要给人家说的。

现在欠债人与债主的关系变得颠倒，欠债的无比硬气，债主一次次上门给欠债的送礼，哀求还钱，尚得不到回应。上世纪七十年代黄世仁还是黄世仁，杨白劳还是杨白劳。欠钱不还在农村很丢面子，失去信用再无法活人。即便实在不能偿还，也要在年除夕之前给债主打声招呼，这是规矩。

给狗主黄三圈打招呼的工作自然该我去，我有点儿发憷，怕他再用“点长”的话来压我。老二也说我去不好，诗人的气质，一张嘴便是慷慨激昂；复员军人要是也激昂起来，怕是要顶牛。

五狈穿着大雨靴，在灶前低着头走了两个来回，一副沉思的模样。老二当积极分子从县上回来，给五狈带来一双高靿雨靴。雨靴是县上奖给挖井的老二的，老二穿着紧，就给了五狈。五狈很喜欢这双靴子，不下雨也穿着。这双靴子让他提高了不少，威武了不少，恰到好处地遮掩了腿瘸的缺陷。五狈穿着高靿雨靴一晃一晃地在山道上走，远远看去很有骑兵的风度。

五狈真是个“狈”，关键时刻准能拿出主意来。五狈眼睛一转，说他建议老大去，老大沉稳，性情平和，脾气敦厚，说话从无高声，处理这样的事情最合适。

大家立刻响应让老大去，老大也没表示反对，就去了。第一回去没见着人，第二回去闹得不太愉快，第三回、第四回没有任何结果，第五回、第六回没进入核心问题，第七回过正月十五，是夹着狗皮褥子去的，又夹回来了。老大在债主那儿吃了顿羊肉扁食，带回了一个羊肚子，半口袋青萝卜……

我们喝着羊肚汤，啃着萝卜，都感到很幸福。五狈说，这就对了。

从那天起，狗皮褥子就铺在了老大那边炕上。

看我在炕上翻转不安，老大闷闷地扔过来一句，老四你别激动，我已经决定了。

我说，你结婚，我激动什么？

老大说，黄三圈人不错，你是不了解他。

我说，黄头发、黄眼睛、黄指甲……便宜他黄三圈了！

老大说，还指不定谁便宜谁呢。

老大是我们当中第一个结婚的，也是全县知青第一个和当地农民成亲的，是完完全全断了一切后路的“扎根农村”。一度“张秀英”的名字在当地报纸电台上频繁出现，成了“知名人士”。婚礼上，她的工人爸爸也来了，穿着劳动布工作服，一动弹像穿着纸一样，刷刷响。我想不通，“和贫下中农相结合”方式有千种万种，干吗非得结婚？五狈开导我说，干吗就不能结婚？你都有过嫁给刘发财的念头，老大怎就不能嫁给黄三圈？

我说我那是调侃。五狈说，你可以调侃，老大不行；老大跟她工人爸爸一样是很实际的人，是过日子的人。

半年后老三走了，“革军”的老三靠了他新复出的爸爸到空军去了。老三走的时候我们都去送，一直送到公社革委会门口，那里有军队的吉普车在等着。老三和每一个人热烈拥抱，信誓旦旦地保证“到了部队就来信”，特别指着老大的大肚子说，告诉孩子，我是他三舅。

可是这个“三舅”一走再没有回来，也没有信件，我们永远地和他失去了联系。几十年后知青聚会也没有他的踪影，有人说他死了，我们都不相信。

知青点剩下了老二、我和五狈。有消息说把我们和前顺沟的知青合并，大家对此不积极也不反对，都觉着日子越过越没劲。发财当了爹，平日顾不上我们，也很少来我们窑里唱酸曲了。他的儿子叫“刘开颜”，名字是红宇宙给取的，用的是毛主席“三军过后尽开颜”的诗句。麦子嫌名字不顺口，管她的儿子叫“拴骡”；下边的几个还没生，名字就想好了，叫“拴马”“拴驴”。她公爹很喜欢这些名字，说农民的孩子，名字贱好养活。跟他的职业也有关联，很有纪念意义。

老大成了地道的陕北婆姨，腰板变得粗壮，面色变得黑红，连说话也变了腔调。会纳鞋底，会用擀面杖在柴锅里打搅团，会跟在驴后头拿着小笤帚熟练地碾面……活得幸福而舒展，永远地告别了蒜薹疙瘩汤和狗油炸油饼的日月。我们到她那儿去串门，黄三圈拿“红烧兔肉”招待我们，兔肉，尽够吃。老大还给我们做了一大锅西红柿鸡蛋抿尖，吃得我们躺在黄三圈的炕上再不想动弹。

跟贫下中农结合就是好哇！

老大的话不错，指不定谁便宜谁呢！

应该感谢老大，若没有老大这个“农村亲戚”的支撑和发财在物质上的关照，在招工无望，回城无望的困难日子中，很难想象我们能熬多久？1971 年到 1972 年，是我们下乡以来最艰难的时光，下工回来便是呆坐，望着陕北晴得发蓝的天，各自想着心事。五狈似乎老成了许多，变得沉默寡言。他捡破烂的母亲得了青光眼，双目失明了。瞎眼的母亲一个人如何存活，成了五狈心头的一座山。老二再不挖井，黄土地上那眼干枯的黑窟窿是他两年的杰作。他自嘲地对我们说，愚公死了，儿子还没生。

又是一个夏天，天热得邪乎，近半年，没下过一滴雨。老乡们说，这是龙王爷成心和百姓较劲，搁以前就得敬神求雨了。我们问怎么敬神，发财爹说把龙王爷抬出来晒。问龙王爷在哪儿，发财爹说在后沟一个土窑里藏着。我说支书还带头搞迷信呀，发财爹说，只要让天上下雨，让我做甚都行。还没有敬神求雨，来了红宇宙，组织大家学习，要我们“与天斗，与地斗，与人斗”。发财爹问怎个斗法，红宇宙说，担水上山！

发财爹说，沟里的水已经干了两个月了。

缺了水人就爱闹病，村里腹泻的人日渐增多。五狈这几天很忙，一瓶子黄连素已经见底。他让老二到公社给他取药，顺便告诉卫生院，村里的茅房苍蝇太多，茅坑里有脓血便出现，大概是痢疾，公社要派人来进行传染病防治。

现在看，五狈真是个有责任心的大夫。他随叫随到，白日黑夜地操劳，赢得了大家的信任和好评；没有谁再提及他偷鸡摸狗拔蒜苗的劣迹，仿佛他从来就是一个好孩子。

下午，发财跑来，说有个孩子发烧，烧得火炭似的，还一阵一阵抽搐，让五狈赶紧过去。五狈二话没说，背起药箱就跟着发财走了。发财爹领着几个青壮汉子偷偷奔后沟去了，从几个人的诡秘神情看，大概是去折腾龙王爷了。

几个人走了没多大工夫，东边涌起了黑云，泼墨般将天遮严了，天黑暗得像是到了晚上。没一会儿哗哗下起了雨，雨下得猛，倾盆而倒，好像整个世界都灌满了水，顷刻间沟满壕平，一切都被泡在了水里。知青点只有我在留守，轰轰的雷在院中炸落，歪脖枣树被劈得剩了半拉，一块场院塌下去，眼瞅着猪被冲走了，随着浑浊的泥汤滚下了沟。雨水从门槛流进窑内，我缩在炕角，只担心水把窑泡塌了，担心哪一个雷把我劈了，担心泥石流把我像猪一样冲没影。

灶里进了水，我知道，今天的晚饭要泡汤了。想着沟对面的五狈，想着到公社取药的老二，我感到了自己的孤单、窝囊，感到了自己和这些同伴们的须臾不可分离。

哇哇大哭。借着雷声雨声，哭得酣畅淋漓。

黄土高原的雨来得快去得也快，云彩还没散尽，太阳就亮光光地照耀了。沟里发出震耳欲聋的响声，有人喊山水下来了。我跑出去站在沟沿上看，一沟的黄泥汤，翻滚咆哮着，带着呼呼的风，如同奔涌的群羊，拥挤碰撞着，向下头滚滚而去。沟对岸不少人也在看水，对着水里的东西指指点点，我担心路上的老二，总是怕他出事。

也就半个钟头光景，汹涌的水竟戛然而止，窄窄的河道里留下了连根拔起的树和乱七八糟的草棵子。我看见，发财送五狈过河来了，五狈穿着大雨靴，很灵巧地在沾满黄泥的过水石上蹦着，发财替他背着药包。

五狈回来了，老二也快了。我回到窑里，把灶底的水淘干净，得好好给他们做顿热乎饭吃。

我煮了鸡蛋挂面，滴了香油，这是我们顶尖终极的吃食，是防备有人得病而留的库存。这把挂面随我们从北京来到后顺沟，还从没有开封过。现在，为了五狈和老二，打开了。

先进门的是老二，一身的泥水，看见挂面，迫不及待地就伸手。我说，老五呢？

老二说没见。我说他早回来了，比你至少提前四十分钟。我让老二找五狈来大家一块吃饭，老二说他等不及了，现在就得吃。

眼瞅着天黑了，我站在窑外面冲着山峁喊，王小顺！——王小顺！——

王小顺！——王小顺！——后顺沟的山峁为之回应。

八

麦子说，前年夏天来了个男的，站在你们知青点对着两孔窑使劲哭，哭得惊天动地的。我听说了，让人上去看，看的人说那儿一个人也没有，或许人已经走了。

我说是老二，也可能是老三，当然也不排除是五狈。

麦子长叹一声。

已接近班车到来的时间，我包了两块炸油糕。麦子窥出我的意图，对女子说，你陪着四婆去看看五爷。

我说不必了，地方我知道。麦子说，让娃跟上吧，替我去呢。

又让女子带上一瓶酒。

窗外的黄狗见了我仍旧呜噜，仍是一副仇人相见的模样。细看那狗长得竟和黄三泰一模一样。女子又踢了狗一脚，狗不服地挣着铁链子。女子说，是三圈舅老爷送来的狗，脾气歪得很，谁都不待见它。

我说，狗的记忆大概有遗传。

女子眨巴着眼睛没听明白。我说，狗见了狼自然要咬。

女子还没明白。

下了沟，仍旧是那条老路，四十年前我们天天走的路；沟底几块过水石，沟沿半棵枣树……近了，近了。我的心开始咚咚地跳，脚步也越来越快，将女子远远地甩在后面。

一个土堆，微微地隆起，那是五狈的坟。

那天，发财将五狈送过沟就回去了，我也回来做饭。五狈背着药箱往坡上走，半坡处路边有洼地，积了些水，五狈过去涮他的靴子，水很浅，刚刚没过他的脚面。又往前蹚了几步，五狈不见了。

五狈掉进了老二的井里。干枯的井已不干枯，里面灌满了雨水，井口隐藏在水坑里，被五狈忽略了。五狈不像我们这些人，上中学体育课时曾在游泳池里耍闹过的。五狈从没下过水，五狈是旱鸭子。就是旱鸭子也是可以浮上来的，要他命的是那双灌满雨水的高勒雨靴，如同两块石头，将五狈坠在井底上不来了。

五狈就这么走了。在我们的眼皮底下，在众人最需要他的时刻。

老二的精神崩溃了。他将五狈的死归咎于自己，是他挖的井，是他给五狈的靴子，他应该替五狈去死！老二用指甲把胸口抓得鲜血淋漓，光着膀子满山遍野地跑，呜呜地吼，不知是喊还是哭。发财让两个后生去追，哪里追得上。

五狈的丧事办得传统而隆重，发财爹主事。一切按当地老式规矩办，停灵七天，奠酒烧纸，盛大出殡，披麻戴孝，打幡摔盆，唢呐前导。五狈没有儿子，谁披麻戴孝，谁打幡摔盆，一时为难。在农村，谁承担了这些，谁就是丧主，就是孝子，谁就承担了后辈的名分。让我们感动的是黄三圈此时体现了复员军人的胸襟，体现了农民的厚道，体现了知青女婿的责无旁贷。他将尚不会走路的儿子抱了来，一丝不苟地披挂了，对大伙说，这是王小顺的亲外甥。

孩子毕竟小，打幡摔盆都是黄三圈做的。

五狈那几声“三哥”没白叫。

红宇宙也来了，将酒恭恭敬敬地奠了，沉痛地说，毛主席教导我们说，人总是要死的……王小顺同志，你安息吧。

打那以后，后顺沟再没人将五狈叫作五狈，一律地叫作了王小顺。

埋葬了五狈，老二一天也不能在后顺沟再待下去，他急不可待地坚决要求回北京，没有招工也回，没有户口也回，不批准也要回。我提醒他，这样回去就成了“黑人”。“黑人”意味着没有户口，没有工资，没有粮票……没有前程。

老二没听我的话，还是走了。走的时候没跟任何人打招呼，自己背了个黄书包，趁着黑天悄悄走了。跟老三一样，老二走了再没来信。后来听探亲回来的知青说，老二回去果然很惨，在南城酱菜厂当临时工，每天倒酱缸，翻腾酱萝卜，浑身一股咸菜味儿，人晒得跟酱黄瓜一个颜色，比当知青时还黑。

我在 1973 年招工到了某国防工厂，本以为一切尘埃落定，却没料到节外生枝，东窗事发，卷入了灾难中，这是后话了。

有年春天回北京，在中山公园看到京剧票友正在举办演唱会，在会场意外地碰见了老二。他照旧演唱《盗御马》，蓝脸红髯，绿袍皂靴，在灯光照耀下神采飞扬，精美绝伦。一句“将酒宴摆置在聚义厅上，我与同众贤弟叙一叙衷肠”，听得我浑身战抖，热泪盈眶。没等得老二下场，我就跑了过去，使劲将他抱住，再不撒开，别人以为老二遇到了热烈老“粉丝”，报以响亮的掌声。

那天，坐在中山公园的长椅上，我们的话怎么说也说不完，头顶是粉艳的海棠花，是温煦的风……我知道了老二当年坚决要回北京的原因，他用微薄的工钱，一直将五狈的瞎妈妈养老送终，老太太活到八十二岁。为了这个责任，他失去了太多机会，到现在不过是一个早早下岗的普通工人。

我说我想起了毛主席老人家的一句话，“一个人做一件好事并不难，难的是一辈子做好事，不做坏事，几十年如一日，这才是最难最难的啊”。

老二听了语录，淡淡一笑，说他和老婆开了一个小饭铺，早点专卖一样吃食，炸油饼。老二还说我在五狈出事那天，对着山使劲喊王小顺，他就感到不好。我们从来都是五狈五狈地叫，怎的那天就成了“王小顺”。我说我喊王小顺的时候，王小顺已经死了。老二说，五狈该着留下不走，小顺永远地睡在后顺沟，那儿是他的归宿。

站在五狈坟前我默默无语，坟土干燥硬结，小得让人有些辛酸，就像五狈瘦小的身躯。我说，应该立个碑。女子说，自家的坟都不立碑。

女子指着五狈旁边的土堆告诉我，那是她爷的坟，她爷死前留下话，不埋在自家坟地，专在这儿陪着五爷，免得他寂寞。我想起了我最后离开后顺沟时，发财的承诺，他让我放心，他会像照顾自己弟兄一样照顾五狈。

果真没有妄说。

摆上供品，我想我应该和五狈说点儿什么，却轻轻地哼起了《盗御马》，……我与同众贤弟叙一叙衷肠……

一片云彩飘来，天下起了雨，女子拉我在土崖下避了。远远地我看见五狈的坟在雨水中腾起阵阵尘土。五狈知道我来了……

一出《盗御马》，唱过了，曲终人散。

昏迷中，我见一女子头颅，那头颅颜色死白，眼珠是两个突出的白球，一脑袋长虫蠢蠢蠕动，微张的嘴向我淡淡一笑……左边是彭豫堂，右边是彭玉堂，害得我迷迷糊糊，只把自己当作了大堂上的女犯“玉堂春”。

第十章　玉堂春

……两旁的刽子手，吓得我胆战心又寒。

玉堂春跪至在都察院，大人哪，玉堂春本是那公子取的名。

——京剧《玉堂春》苏三唱段

一

老话儿说，人一辈子得经过“三病三灾”，没有谁是平平安安过来的。

这话我信。

我被招工了，是知青点最后一个离开的。我们五个人，老大嫁了农民黄三圈；老二撂挑子，自个儿回了北京；老三当空军去了；老五死在后顺沟……剩下老四我，城里来招工，不该我走也得我走，后顺沟再没有知青了。我属于扒堆的菜，没有挑头。在招工的人的面前，支书和发财把我夸成了天下第一好女子，能写文章能作诗，干活不惜力，非常听毛主席的话，一心跟着共产党走，是我们支部发展的第一个知青党员……要多好有多好，工厂若不要我，那是吃了大亏。招工的对我“自由职业”的出身提出异议。老支书说，屎，自由职业就是没人管着自觉干的职业。咱后顺沟的贫下中农都是自由职业，地富反坏想当自由职业也当不成。

招工的问我，你爸爸到底是干什么的呢？怎个自由职业法？

我说我爸爸是教书的，是美术教员，在江西红军那会儿就给红军教美术了。招工的说，这么说是老革命了。三十年代初的红军干部，参加过二万五千里长征，再小也是省军级，你的出身怎不填“革命干部”呢？傻呀你！

我说，我爸爸虽然革命早，但是他没有加入中国共产党。

招工的说，这就是革命工作的需要了。我们能理解，很多地下工作者都是这样的。那么你爸爸解放以后身份公开了吧？

我说，他是政协委员。

招工的说，你看看，我说共产党不会亏待为党作出贡献的老干部吧！

打了一个又一个的擦边球，我母亲传给我的那点小机灵、小聪明这会儿全用上了。我对组织说瞎话了吗？没有，我说的都是实情。只不过彼此的理解有差异罢了，怪不得我。老支书在一旁添油加醋说，娃她大解放以前受大苦咧，被反动派生生在监狱里关了好久，还拉出去陪绑，到底人家也没叛变革命，立场坚定得很很。

老支书说的也是实话，这些话是后顺沟党组织发展我入党时，我向支书就我所知如实汇报的内容。应该说我父亲不是没有叛变革命，是他压根儿不知道什么是革命，他没得叛变。

招工的很满意，留下十五块钱路费，留下张表格，让我一周后到西安彤云机械厂报到。拿着那张招工表，我和支书们都很激动。麦子说，老四，你这回又变回城里人了。

支书说，进了国防厂，由贫下中农行列转入了工人阶级队伍，成了“领导一切”的人，我们都成了你的部下。往后有什么要帮忙的莫客气，盖房子、伺候月子，咱后顺沟有的是人手。

从进入后顺沟到离开后顺沟，整整四年。走的时候老乡们都站在崖畔上为我送行。他们穿着棉袄棉裤，抄着手，默默地看着我走上出山的路。驴背上驮着我简单的行李，还是那个塑料布包着的铺盖卷，不同的是比来时大了许多；被褥变成了里面三新，是麦子和后顺沟的婆姨们给做的，大红花的被面，格子土布单子，完完全全是一个农家子弟的装备了。

我以一个土农民的模样进了工厂。到人事科报到，管人事的女干部将我打量了半天，从抽屉里拿出一张表格让我填。跟招工那张表不同，这是一张很详细的表，一共四页。女干部说一定要如实填写，不要涂改，它是要进入档案的。这样一来事情便显得有点儿郑重。女干部并没有让我坐下的意思，我只好趴在她的桌上做这件很重要的事情，从姿势到思想都有些局促。这张表格在亲属关系一栏注明要上溯三代，连同亲族，每个亲属后头都有政治面目政治表现一栏……我说过，我是趴在女干部的桌上填写表格的，在干部的炯炯目光下，我脑袋冒汗，浑身哆嗦，没有了任何打擦边球的能力，一切都如实招来，大哥是国民党“中统”，逃窜台湾；二哥是“三青团”中队长，在牛棚关押；祖父跟皇上有着亲戚关系；父亲是皇上派遣的留学生。姑且按下这些不提，就是我的父母死于同年同月同日，也是件很蹊跷很不好解释的事情。

女干部将我填就的表看了半天，抬起头把我看了两眼，没说什么，拿着表到另一个办公室去了。大约过了半个钟头，才回来，身后跟着一个男干部，男干部穿着军装，红领章红帽徽。女干部管他叫廖主任，好像是军管会的。廖主任看我的目光冷静而犀利，一双眼刀子一样，一直剜到我的骨头缝里。我立刻后悔了，觉得自己来错了地方，招工对我来说未必是件好事。

女干部让我回宿舍等待，说分配工作还得等一段时间，这期间组织上还要作些调查了解。

自始至终，那位廖主任没说一句话。我后来得知他也是厂革委会副主任，专门负责组织和人事工作的。

国防厂政治条件要求严格，“内查外调”是必然的，一周后接到通知，在结论下来之前，先安排我到农场锻炼。如若政治不合格，我将被退回后顺沟，继续当“插队知青”。我倒是不怕被退回去，可是退回去实在是件很说不明白的事，县里欢送会都开过了，大红花也戴过了，觍着脸又回来了，会是怎么档子事儿呢？

工厂本以为招了个红彤彤的“革干”子弟，却不想越扯越复杂。去后顺沟招工的那位老儿，可能肠子都悔青了。

农场在渭河与罗敷河交汇处的罗敷河畔。

这时的“文革”已经到了一个很特殊的阶段。说它特殊是形势紧张，人人自危，大帽子满天飞，私下老百姓“斗争”的心劲已经散了，官面上仍旧“左”得厉害；“评法批儒”，批判宋江，批判孔老二，批判周公，谁也闹不清千百年前的古人得罪了当今哪位，让我们来声讨。

我所在的农场是几个大国防工厂联合筹办的，从各厂发配下来一批不好管理的年轻人和职工干部。说是响应号召，其实是推卸包袱。罗敷农场属于三门峡库区，每到涨水时就会被淹，淹也就是淹几天，水退了庄稼照样生长。那些联合收割机在平整的滩地上开动起来，轰隆轰隆，真跟电影里演的似的，“麦浪滚滚闪金光”。农场里有现代化的农业设备，城里的国防厂不缺钱，不缺人，机械师至少是四级工以上水平，我在的青工班在这儿只能属于小力笨儿，场领导和老师傅们平日连正眼看也不看我们。

青工班里就我一个女的，场长给我配备了一个有红十字的药箱，说平时参加劳动，农场谁有了小病小伤可以到我这儿来抹药。这让我想起了死去的赤脚医生王小顺。我问场长，我算不算赤脚医生，想的是如果算，至少得让我出去学习几天，王小顺还培训了三个月呢。场长说，你算屁医生，你顶多是个半吊子卫生员，给你个药包，你还拿着鸡毛当令箭了？我的确是拿着鸡毛当令箭了，事后打开药箱一看，所有药都是过期的，一瓶红药水只剩了一个硬底儿。

每天都开批判会，我们从那些批判文件的字里行间了解到了另一番天地，了解了先秦诸子百家，了解了商鞅、李斯和董仲舒什么的。常常有城里大学教授一级人物到农场来，上午跟着我们一块锄玉米地，下午给我们作辅导报告。讲解春秋战国时代历史背景，讲秦始皇如何在西安东面的洪庆坑杀了几百儒生，嫪毐如何跟始皇帝的娘偷情，给秦始皇养出了小弟弟……我父亲讲的多是传说，大学教授讲的可全是历史了，货真价实，板上钉钉的历史。

我们是从各车间抽调的青工，平日文化生活很单调，尽管能把《毛主席语录》倒背如流，却不知孔丘困于陈蔡，商鞅车裂于咸阳，更不知宋江打过方腊，好汉燕青和妓女李师师还有一腿。大家听故事一般，听得认真，还做笔记，教授就越发讲得来劲。太阳落山了，西岳华山的莲花峰在夕阳的余晖下熠熠闪烁，教授仍没有结束的意思；说是晚上在谁的铺上挤一宿，明晨再回城也不迟。现在想，那些教授回去也没事干，学校都被工人阶级占领了，还不如扎在我们这儿舒坦，至少他还能讲讲“商鞅变法”，过过上课的嘴瘾。

自从离开北京，除了后顺沟的老支书，我没跟任何人说起过家里的事情。老支书是个厚道的、有政治经验的人，他是在千方百计保护我。

“文革”浩劫洪水般铺天盖地而来时，父亲最终也没逃过劫难。起因自然还是刘成贵那个不是亲的造反儿子卫东彪，逼死了自己的父母不说，紧接着把矛头指向了我父亲，抓住“镇国将军”头衔死死不放，说要一抓到底，揪出那条封建主义又黑又粗的老根。老根是谁，是宣统溥仪，溥仪让国家保护起来了，抓谁呀？一切都成了虚的，卫东彪这样做不过是想表现一下而已。

刚开始是母亲被拉出去游了街，折腾母亲，是为了震慑父亲，造反派循名责实，更大更残酷的斗争是对着“镇国将军”的。父亲身患癌症，已经病入膏肓，斗他，随时有咽气的可能，斗母亲比斗父亲似乎还更有意思。母亲这南营房旗兵后代，一生不肯受委屈，是宁折不弯的主儿。造反派打她，她对着顶，卫东彪把母亲按在地上，连剃带薅，把她的头发剃去半拉……

看到满地的美丽青丝，母亲的眼泪下来了。

窗外的大字报连篇累牍，墨迹腥臭，在热风的吹拂下刷刷作响，“坦白从宽，抗拒从严”的硕大黑字让人触目惊心。这天，天气闷得厉害，浑身的黏汗从早晨就没有干爽过，让人很不自在。我早晨喝了一碗棒子面粥，到太阳落山，再没有任何吃食入肚，也不敢说饿的话，因为父母亲都没有吃饭的机会，也没有吃饭的意思。造反派走了以后，母亲开始做晚饭。油汪汪的一小碗干炸酱，两根顶花带刺的嫩黄瓜，一碟很罕见的煮青豆，半碗小红萝卜丝，摆在了饭桌上。青豆、黄瓜和萝卜是面码，它们来自后院那片简陋的菜地。菜原本是莫姜种的，莫姜走了，菜地就荒了，大葱、韭菜随意地长，长出了长莛，开了花，老得除了纤维再无其他。

母亲在案前抻面，柔韧的面细丝般在母亲手下延伸，在空中抡出了花样，在案板上摔得啪啪作响。母亲在这种时候仍有心情做出如此精细的炸酱面，这让我紧缩不安的心多少有了些放松。父亲破例从床上起来了，垫着被子坐在饭桌前，用颤抖的手在剥跟前的几瓣紫皮蒜。大热天，父亲竟然穿着笔挺的毛料中山装，像是平日出门开会的装扮。母亲将面下在锅里，走过来用一块毛巾擦了擦父亲脸上的虚汗。倘若没有外头大轰大嗡的大字报，没有胡同里声嘶力竭的高音喇叭，这当是金家千百个京城夏日中的一个，这样的夏日印在了我的心里。

这是一顿平常的晚餐，平常的晚餐在这特殊的时候难免显得有些怪诞、突兀和不合时宜。父亲的目光不时扫过我，我不敢抬头，怕见他那苍白的嘴唇和深陷的脸颊。我也不敢看母亲，母亲那些上午才离开身体的头发仍旧散落在大门外的台阶上……

我和父母亲静静地吃着晚饭，饭桌上谁也没有说话。母亲竟然不知从哪里找出了半瓶葡萄酒，酒搁置的时间过长，变酸了，醋一样。母亲给她和父亲一人斟了一盅，想了想，也给我斟了，于是三个人都有了酒。父亲只是用嘴抿了一下，母亲几口把酒喝完了，我闻着那酸叽叽的东西只是想咧嘴。见母亲看着我，便端起来一扬脖干了。想的是能让父母亲高兴，喝什么都无所谓。父亲的眼神慈祥坦然，母亲的脸平静疏朗。昏黄的灯下，炸酱面的香气充盈着金家最后留守的北屋，这顿有酒的晚饭真好！

我知道，缸里的面已经空了，后院黄瓜架上最后两条黄瓜也被母亲摘了。

半小碗面，父亲吃了很长时间，我知道父亲能将它们吃下去本身就很让人吃惊了。母亲吃得也很投入，仿佛在每一根面上都倾注了无限情意，并不时地将碗里的豆挑到我的碗里。她知道，我爱吃豆。

吃过饭，洗碗向来是我的工作，但母亲执意要洗，母亲烧了一锅碱水，说这样可以把碗洗得更干净，洗不净的碗搁时间长了有味儿。我扶父亲到套间休息，父亲全身的重量几乎全倚在我身上，透过他单薄的衣裳，我感受到了骨的质地，硌得人生疼。父亲走一步要喘半天，浑身冒着汗，从花厅到套间，几步路我们走了许久。我想在这条漫长的路上得跟父亲说点儿什么，便说：要是彭玉堂还活着，保准把您的病治好了，可惜他不知去哪儿了。

父亲说，彭玉堂治得了病，治不了命……

我说，天下没有彭玉堂治不好的病，在中国的大夫里边，我顶佩服的就是彭玉堂。

父亲不想接我的话茬往下说，我便知趣地闭了嘴。伺候父亲躺下，正准备离去，父亲拉住了我的手，轻轻地问我，丫儿，你知道什么是无枝可栖吗？

我看着父亲，不知如何回答。

父亲叹了口气，闭上了眼睛，再没有睁开。

母亲收拾完了，将屋里屋外仔细巡视了一遍，甚至连挂在廊下铁丝上的衣服架子也没忘了将它们排列整齐。临睡觉，进到套间又出来了，对我说，丫儿，难为你了。

我说，妈……

母亲说，记着，再难也不要去找你南营房的舅舅，旧警察的事儿让他说不清楚，别添乱。

我说我不难，有您，我能有什么为难的呢？

母亲半天没说话，把我像小孩一样搂在怀里。自从长大以后便和母亲没有过这样的亲昵了，母亲的举动让我很不习惯。母亲在我耳畔轻声说，真有什么事大秀会过来的……

临进睡房门，母亲说，告诉你一个秘密，我的小名叫盘儿。

那是母亲第一次谈到她的小名。现在想，她是把这个名字透露给我，让我记住什么。当时我说，怎么叫盘儿呢？

母亲笑笑说，头发多，辫子盘在脑袋上，像个盘子。

我想，母亲的情结还在门口那堆头发上。便说，您头发好，用不了俩月，新的又长出来了。

母亲说，长出来我还梳辫子，把它们盘上。

我没理解父母的意思。

那天晚上，西边的天际不停地在打闪，将窗户晃得一明一暗的，亮光让我睡得很不安稳。就在这明暗的瞬间交替中，三瓶安眠药让我隔壁的父母双双去了他界！当我在第二天看见并排躺在床上，穿戴齐整，安静如睡的父母时，我真正地知道了什么是“无枝可栖”！

无父可怙，无母可恃。

…………

如今，我不知工厂的内查外调将会是怎样一种结局。生活，已经让我学会了坦然地承受命运的任何蹂躏和变故。

二

有一天农场青工孙银正找到我，让我帮他一个忙。我问帮什么忙，他含混地说是治病救人的忙。我说，尽管我是农场半吊子卫生员，治病救人也是我责无旁贷的工作，只要不让我捐器官就行。孙银正说帮忙的不止我一个，还有柳阳和、赵瘪、李红兵几个，都是我们青工班的。

孙银正是当地土著，家就住在渭河对面的绍义村，他在工厂是二级磨工，每月工资四十二块五毛。这群人中，也只有他是自己主动请缨到农场来干的。一来农场离家近，可以随时回家；二来每月有四块钱野外补贴。四块钱在当时不是小数，孙银正在农村的爹一年也挣不了四十块钱。

赵瘪真名赵北，是厂消防队的消防员，脾气倔，没人缘。听说是个坏分子，坏的原因是打人，打的不是别人，是厂革委会廖副主任。他为什么打廖副主任，我不便打听，也不想打听，他要打总有打的理由。每个到农场的人都有“背景”，就跟升官也得有背景一样，我们谁的屁股后头都有一屁股屎。比如那个总端着架子的李红兵，一度被厂里划为反动分子。他在厂里的批斗会开得很热闹，罪名是污蔑伟大领袖。在一次销毁用过的“语录”的时候，他站在旁边望着熊熊火光突然心血来潮，念了一句主席诗词“纸船明烛照天烧”。不得了，立场站错了，成了反动分子。柳阳和是车工，也是落后分子，常用车间里的下脚料给朋友车不锈钢的小榔头，车擀面杖什么的。更有甚者，还接了外头私活，以加班名义偷偷干，捞取外快。下班时候，门卫常在他的大衣里搜出些“说不清”的东西来。

我和柳阳和、李红兵几个没事的时候经常过河到孙银正家闲耍，每回去了都要吃孙银正的娘做的凉皮。老太太凉皮做得好，把稀面汁浇在不带眼的小铝屉上，让它漂在热水锅里连蒸带烫，揭下来薄薄的一张面皮，白净透亮，在太阳底下一照，能看见人影。面皮抹上清油，凉凉切细，用自家酿的柿子醋拌了，配上油泼的秦椒，新砸的蒜泥，那个香！我们一人能吃几张面皮，不撑得肚儿圆圆绝不撂碗。

孙家穷，我们几个青工不能总是去吃人家有限的精白面，所以每回吃凉皮的时候都自觉地带点“礼”。有时候是半口袋花生，有时候是一条羊后腿，有时候是两双解放鞋；还有一次送了一只一个月大的活狗崽儿……这些东西的来路都颇成问题，好在孙家不予追究，来者不拒，都一一笑纳了。

孙银正有个哥哥叫孙金正。孙金正脑子有病，动辄便口吐白沫倒在地上抽搐，嘴能咧到腮帮上去，屎尿污一裤裆，不堪入目。每逢这时候，孙银正和他爹便使劲扳孙金正的胳膊，掐他的人中，说不这样，孙金正便会把骨头窝折了。初始我们见了孙金正犯病都很害怕，后来见得多了也就习惯了。有时候还帮着孙家爷儿俩扳腿掰手，大忙一通。好在孙金正犯病也就一个时辰，过了那个劲儿就跟好人一样了。

我仔细看过“好人”孙金正，除了眼有点儿斜，走道有点儿往一边歪，并不耽误什么，照样能吆着牛耕地，每天挣十分工一点儿不少。

孙银正要求到农场干的最真实原因是他正在跟村里一个叫庞素芹的姑娘谈对象。庞素芹我见过，长得胖乎乎的，鼻子、脸、嘴巴都是圆的，大屁股大粗腿，一双滚圆的肉手，像是煺了毛的蹄子。我们几个对这个姑娘都不看好，但是孙银正却很爱，“芹儿”、“芹儿”地老挂在嘴上，还往农场领。庞素芹每回来农场，宿舍里的弟兄们便很知趣地“撤”了，腾出地方腾出时间让孙银正和他的未婚妻专用。从宿舍内时时传出的哼哼唧唧，吱吱呀呀的声响，大家都知道，孙银正把庞素芹的“活儿”做了。孙银正今年二十四，也该到了“做活儿”的年纪，却不能光明正大、堂而皇之地跟庞素芹拜堂成亲，不能正儿八经地在炕上做活儿，这实在是一件很让人窝囊的事情。

陕西关中风俗讲究长幼有序，老大不成家，绝轮不上老二。孙家老大孙金正是那般成色，没人愿意来谈婚论嫁，这就耽误了老二，害得老二一而再，再而三地领着女朋友到农场来偷偷摸摸，以解饥渴。

孙家是传统农家，在儿女婚姻上不肯逾矩，因此当务之急是给大儿子孙金正看病。病好了才能谈娶亲的话。

其实孙金正的病也没少看。孙银正父子领着他到西安走过不少医院，药吃了，针扎了，工夫搭了，钱花了，可该抽搐还是抽搐，该吐白沫还是吐白沫，没见有什么好转。孙金正吃的药叫“苯巴比妥”，这药除了正规医院，别处搞不出来。有一回孙银正让我这个卫生员给药箱配备“苯巴比妥”，遭到了厂医院的质疑，他们怀疑是不是有人要自杀。

那时候，什么奇怪的事情都有可能发生。就在渭河滩收麦子的时候，绍义来了一个走村串乡叫彭豫堂的游医。彭豫堂说他生于光绪七年，经历过大清、民国、共和国三个朝代，说如果再加上袁世凯的“洪宪”，就是四个朝代。村里有懂历史的一细算，说眼前这位先生已经一百多岁了！

一百多岁的彭豫堂老家在哪儿不知道，只知道是从黄河东边过来的。黄河东边是河南三门峡，三门峡地界大了，无处考证。孙银正的父亲是贫协主席、“毛著”学习标兵，河东来的游医就住在孙家。流窜犯在当时是个很敏感的身份，流窜的游医怎的找上了贫协主席这把保护伞，不得而知。也有人说是孙银正父亲上河东偷着卖木头，从河那边领回来的。

孙银正管彭豫堂叫老舅，谁都知道是瞎掰。孙银正的娘姓李，十里外小李村人，跟游医没有任何关系，大家都睁只眼闭只眼罢了。因为游医彭豫堂的医术确实非同一般，拿村卫生站的赤脚医生跟他比，就好像地上的萤火虫比天上的月亮，绝不在一个档次上。孙银正说，用“手到病除”这个词来形容彭豫堂，一点儿也不夸张。眼见着彭豫堂轻轻用手一掰，治好了歪脖多年的三老汉，三老汉睡觉从此可以看到他们家的房梁了。彭豫堂还从瞎眼的刘婶眼睛里捉出八条黄线虫子，使瞎了六年的刘婶重见光明，让刘婶看到了已经长得膀大腰圆的儿子。彭豫堂还切开了周骡骡耳朵后头的肿瘤，那瘤子跟随周骡骡从小到大生存了一辈子。彭豫堂从瘤子里掏出来一只长了毛的黄雀儿，让耳后膨胀如卵的周骡骡从此变得光溜平整……

村里人将彭豫堂奉若神明，挨家请饭，倾其所有地送礼。十里八乡的老百姓用架子车拉，用驴驮，领着各样病人到绍义来请彭豫堂诊治。

彭豫堂对所求病人是有选择的，渐渐地人们摸出门道，彭神医只看脖子以上的症候，对脖子以下的，从不染指。

我不信邪，绝不相信能从后脖颈取出黄雀儿这样的胡编乱造。孙银正说他是亲眼所见，没有半点虚构，那只鸟还被周骡骡保留着，逢有人想看便拿出来。看到的人不止他一个，他向毛主席保证，那的确是一只长了毛的黄鸟。

出于好奇，星期天我决定过河到绍义去见识神医，亲眼看看那只在人的耳朵后头生长了几十年的黄鸟。

星期天农场是两顿饭，在食堂吃完那永无更改、常年不变的发糕和棒子面粥。时间已经不早，我抠着前襟的粥嘎巴儿，戴着顶破草帽往渭河渡口走。赵瘪听说我要去绍义，非要跟着去，说上次领着场里的猪过去配种，那边种站还有两块钱没找，他得找补回来，要不没法报账。柳阳和也要去，说绍义的丁爱社有半套《三国演义》小人书要卖给他。丁爱社在城里收过废品，屋里宝贝很多，曾经用废纸价收过雍正皇上的圣旨。难得的是他爸念过私塾，知道什么是好，什么是坏，什么有用，什么没用，熏陶得丁爱社也有了文化眼光。柳阳和说他得亲自去交钱取书，以示郑重。李红兵也要上绍义，说那边的铁匠答应过他，要给他打一副双节棍，有了那棍，他将所向披靡。

无论什么理由，真实的目的只有一个，都是奔着孙家的凉皮去的。

三

我们到绍义村已过午，这时候让孙银正的娘做凉皮有些无理。好在各有来绍义的理由，便分散行动，约好傍晚时分在孙家集合。

跟大家分手后我径直来到孙家，孙银正已经在候着了。他把我领进院子，我看见北屋檐下等着不少病人，病人有坐有卧，相陪的人或提鸡蛋，或背白面，还有个人索性赶来一只羊。那些什么也没带的，大约是直接送银子的。我对孙银正说，你们家最近应该是好伙食，只门口这些鸡蛋就够吃半年的。

孙银正说，都给村革命领导小组上交了。我爹说了，功劳是神医的，享福是大家的；大伙都得了实惠，彭豫堂就不能算作资本主义尾巴了，不算尾巴就不在割除范围。

我说你爸爸还挺讲实际。孙银正说越到基层越讲实际，到了为日子煎熬的农家，就只剩下了实际，没有别的了。我们说话的时候，孙银正的哥孙金正正把羊往后院赶，羊认生，跟孙金正使劲绕圈子，孙金正斜着眼，流着涎水，一踮一扑地跟羊较劲。我说，孙银正，守着神医怎不把你哥的病看看？

孙银正说看了，今天他就要跟我说这件事情。我说赵瘪、柳阳和他们都过来了。孙银正说这样最好，他现在就去打酒，下晚一块儿吃饭。我说吃凉皮不用喝酒，孙银正说，凉皮岂能解决问题！

彭神医忙于诊病，无暇接见我。不便进去打扰，我便让孙银正把我领到周家，去看那只从脖子后头掏出来的黄鸟。

周骡骡住在村东，院当中有棵大杨树，风一吹，哗啦哗啦响。周骡骡不在家，他妈在，骡骡他妈把那只神奇的黄鸟拿出来让我"开眼"。看老太太拿出来一个油纸包，我便有些失望。想象中，取出来的黄鸟应该是扑扑棱棱装在鸟笼子里的，毛羽丰满，鲜活伶俐，会唱十几道口的。眼前的"黄鸟"，木乃伊一样地裹着，一层层地将纸打开，竟是一块黑糊糊的死肉，三角形，说是鸟的形状有些勉强。孙银正指给我看鸟的嘴，我说不是嘴，是指甲；孙银正让我看鸟的黄羽，我说那不是羽毛是头发……周骡骡的妈不乐意了，将“鸟”包起来说，这女子怎满嘴胡说哪，神医都断定是鸟了，你难道比神医还神？

我说这怕是个没成熟的死胎瘤，在娘肚子里就一个包了一个。周骡骡要不把它包了，那就是个双胞胎，周家多个周马马也未可知。周骡骡的娘听了拍着“死鸟”说，听这话还是我的事情了，你喔死女子说话怎不着调哩！

周家老婆子有点儿泼，非要让我承认她手里的是鸟，不是什么死胎瘤，拽着我胳膊不让走。我说，不是我不着调，你得信科学。

周老婆子说，我怎不科学了，你说，你说！

孙银正把我拉开了，他不拉我走，说不定那个周老婆子得打我。

晚饭是在孙家的院子里吃的，饭桌上凉皮之外还有炒鸡蛋、烧鸡块、拌粉条、大烩菜，量大，油水足，比过年都丰盛。我和赵瘪、柳阳和们都知道，这是沾了彭神医的光。小门小户的农家日子，谁家也不敢这么个吃法。

几个人围桌坐定，都不动筷，单等神医入座。一会儿，北屋传来话说，神医还有两个病人没看完，让我们先吃。大家还是决定，再等！

孙银正借着几个人都在，很郑重地说有事请大家帮忙。我们说大家都是编入另册的“五·七”战友，你的事就是我们的事，有话直说，不必客气。孙银正说是他哥哥病的事情，我们说那就更责无旁贷了。孙银正说彭神医到绍义，看的第一个病人就是他哥哥。就是说，他父亲是冲着他哥哥把神医请来的。大家都问神医有什么好招数。孙银正说，神医说了，他哥哥害的是脑病，脑病要用脑来医。

赵瘪说，这好办，农场八月十五要杀猪，到时把猪脑子给留出来就是了。

孙银正说，我哥吃了猪脑子就变成猪了，变成了猪，还不如现在。

柳阳和说，那就是猴脑了。

孙银正说，猴脑也不行，终归没跳出畜生圈子。

我说，孙银正你醒醒吧，莫非你还要用人脑子？

孙银正说，就是要人脑，并且是活的人脑。

我们几个一听哄堂大笑。李红兵说，孙银正你难道还要我们帮你杀人取脑不成？我们不是吃人的夜叉，也不是掏心的土匪，取脑的事怕是干不成。

孙银正说，药方子是彭神医开的，人脑是很重要的药引子。神医说了，只要货真价实，一服药包好。

我说，别说一服，半服也不成。

都把彭神医的药方当作了扯淡，除了孙银正之外，大家嘻嘻哈哈地没有正经。孙银正还要说什么，已经没人听他的了。正在调侃中，彭豫堂风度翩翩地来到了饭桌前，大概是才洗过手，身上一股香胰子味儿。大家一看，来者果然有神医风度，一头美发散落在肩上，一把美髯飘荡于胸前；丰颐广额，皓齿明眸，配上那一身雪白衣裤，似从天上飘然而至的神仙，只让人想起“寒波淡淡，白鸟悠悠”这样很空灵的词汇。跟这样光鲜洁净的大师相比，我们自身都有污秽之感。立刻想起在农场干的那些不便见人的鸡鸣狗盗之事，便诚惶诚恐地站起来，把神医往主座上让。神医并不落座，扫视众人，一一作揖，后来目光在我脸上停留许久。落座以后捻着胡子说，这个同志面熟得很。

神仙说河南话，就跟看了包裹着的黄鸟似的，让我有些失望。可是细想，大师来自河东边，他不说河南话又能说哪儿的话呢？

我说，我长了一张大众脸儿，谁看我都似曾相识。

赵瘪说，这样的相貌是间谍的相貌，熟但是记不住。

贫协主席说我长得像《智取威虎山》里李勇奇他妈。李勇奇他妈是个病歪歪的老婆子，看过戏的人没谁能记得住那张脸。我不在乎什么李勇奇他妈，只要有凉皮吃，说我像座山雕也没关系。

孙银正的娘将一大盘子颤颤巍巍的凉皮端上来，油泼辣子的香味直蹿人的鼻孔。众弟兄顾不得许多，双双筷子直向盘子插去。贫协主席给大家斟了酒，说了许多要互相帮衬的话。大家还记得活人脑子的话题，并没谁接茬，也没喝那拙劣的兑了水的散白酒。至于正座上的神医，更是滴酒不沾，不动荤腥，只是吃丝瓜花蕊，那是孙银正的娘早晨摘的带露水的花蕊。

吃着凉皮，赵瘪忍不住问，彭大夫，你真的一百多岁啦？

孙银正制止赵瘪说，佛家不问姓氏，道家不问年龄。你怎连这规矩都不懂，忒没礼貌。

赵瘪说，我看彭大夫细皮嫩肉，脸上连褶子也没有，黑头发黑胡子没有一点儿杂色，看样子也就三十出头，说有一百多岁，没人信。

柳阳和说，不知神医这头发和胡子是怎么躲过红卫兵的。我“文革”前从上海买的一双尖头皮鞋，都被当“资产阶级”剁去了鞋尖，神医的胡子能保留下来真是大不易的。

李红兵问神医家住哪里，屋内还有何人，为何不在本地干营生，却要到外头来奔波。

农场青工的问话颇有点儿老大不敬，好在神医不在意。只见神医夹了两根花蕊，喝了一口孙银正娘熬的无与伦比的小米粥，端起酒杯缓缓站起身走到我跟前说，鄙人会观相，看您的相貌绝非出自平民百姓之家，不是天潢贵胄便是达官显贵。彭豫堂这厢有礼，先敬您一杯了。

彭神医一句话几乎让我灵魂出壳。那边厂方对我正外查内调，这边突然点出了“天潢贵胄”，让我吃不了兜着走哇！我的脑子嗡的一声，全没了思维，一句话也说不出了。看了众人疑惑的目光，彭神医对贫协主席说，福至神强，肌肤晶洁。这位同志祖先的阴骘德行全凝聚在她一人身上了，这人福分不浅啊。

蹉跎失意，憔悴悲凉中听了这话，不禁瞿然动容。想起父母双双离去的情景，心内一酸，便赶紧低头掩饰，说凉皮的蒜太辣……彭豫堂似是安慰地说，令尊令堂走得决绝，虽然令人遗憾，但是他们把该享的福分都留给了你，难得哦。

大家对彭神医的话都没在意，只有我心里七上八下的杌陧不安。我不知眼前这个毫无瓜葛的河南游医是如何知道这些的，或许是明察秋毫又不动声色的贫协主席将自己的猜测相告，或许是北京方面外调的结果已经私下流传开来……我不相信彭豫堂是神人，但我无法解释他的信息来源。

彭豫堂全身最出色的部位要算他那双手了。细腻干净，修长柔软，粉红的指甲，个个都是修饰过的，特别是两根小指，长度几乎接近了无名指，指甲比其他稍长，剪成了弯弯的月牙形。这样的手倘若弹钢琴，当是得天独厚。我紧盯着彭豫堂那双手，竟被它们迷住了。这双美手也让我想起了另一个叫彭玉堂的人。彼彭玉堂长得与此彭豫堂有些相近，那眉眼，那做派，特别是那双手，都如出一辙。只是彼彭玉堂年龄大，胡子头发都是花白的，脸上有老年斑，眼睛近视，没有眼前人物的青春飘逸……

四

在我们家族的朋友中，彭玉堂是一个不能不说的人物。他的祖籍是山西长治，跟京城旗人没关系，对外却宣称他和我们金家有亲戚关系。这门亲戚是怎么论的，彭玉堂的解释很简单：他的姥姥家姓宋，在长治上秦村住，他们村里一户姓宋的本家曾经买过一个叫王小慊的孩子做女儿，这个女孩来自不远的西坡村，母亲早亡，父亲穷困，将她插上草标到集上去卖。饥馑之年，卖人的多，买人的少，没有活路之时宋家人出于恻隐之心将王小慊买下，将她改名叫宋龄娥。后来宋家家道衰落，宋龄娥又被转卖到潞州知府惠征手里做使女。因为聪明美貌，善解人意，被惠征夫妇收为义女，名字也随着旗人变更，成了叶赫那拉·玉兰。咸丰二年五月初九日玉兰进宫，由贵人发展为煊赫一时的慈禧老佛爷。彭玉堂说，老佛爷是汉人，她的一双解放了的小脚便是铁证。满族女孩没有缠脚习俗，由此可见老佛爷不是旗人，而是来自山西长治上秦村，长治的人都知道这事，老佛爷还给上秦村的宋家写过信。彭玉堂说，他是宋家的外甥，也就沾了慈禧老佛爷的光，成为叶赫家族的外甥。叶家、金家是亲戚，他和我们自然也就是亲戚了。我们家的人谁也没见过慈禧，当然更没人知道慈禧那双脚的大小，对这样的说辞一笑置之，没人去较真儿，也没人去考证。有关慈禧的野史、正史在北京流传得实在不少，但彭玉堂的说法倒是头回听说。

老七对父亲说，彭先生说的要真是实情，没想到统治清朝江山四十八年的竟是个汉族老太太。

父亲说，满汉一家，分什么彼此。

我们称彭玉堂为“彭先生”，在老北京，被叫做先生的只有两种人，一个是教员，再一个是大夫。除此之外一般都叫“爷”，三爷、四爷，刘爷、黄爷。我父亲排行老四，外头人们都称他“金四爷”。只有他的学生来了，才叫他“金先生”。

彭玉堂是中医大夫，在京城很有些名气，他的医术之高超绝妙，是有口皆碑的。但凡有名医们整治不了的疑难杂症，病人便找来彭玉堂，以求最后的一线生机。所以，轮到请彭玉堂出诊的份儿上，基本都是到了该“准备后事”、死马当活马医的程度了。这样的病人，治好了是“妙手回春”，是“起死回生”；治不好是“死生有命”“无力回天”。病人家属只有感激的，没有找后账的。于是，彭家的匾额就特别多。据他的小儿子、跟我同岁的彭佟麟说，他们家仅“妙手回春”的大匾，从帽翅胡同东口排到西口还多出三块。帽翅胡同有多长，我没走完过，想必不会比戏楼胡同短吧。

病人送给彭玉堂的匾除了“妙手回春”再没什么新鲜内容，彭家总不能挂一堂的“妙手回春”吧？于是彭玉堂找到我父亲，想请他给题一幅匾，是“妙手回春”的意思，还要回避“妙手回春”这个词。他要用楠木刻了，描上金，挂在看病的正堂，借我父亲的名气和福分，使之成为彭家的镇宅珍宝。

我父亲没有理由拒绝，因为彭玉堂才治好了我们家用人刘妈的“鬼疰”病，理应感谢人家。那天也是父亲才看完梅兰芳的《玉堂春》回来，顺手便题了“玉堂春”三个大字。想的是彭玉堂不会将妓女苏三的花名挂在正堂，权当哈哈一笑罢了。孰料，彭玉堂还真就将“玉堂春”的匾挂了，并说这个匾写得巧妙。彭玉堂妙手回春，那不是“玉堂春”又是什么？更何况，他才从清雅小班里接回了一个姐儿，姐儿年龄大了，有意从良。他没花多少钱，只是给“妈妈”看好了久治不愈的“阴挺之疾”，象征性地掏了些，便将这个叫“喜春”的女子领回来了。这个时候我父亲送来了“玉堂春”，玉堂喜春，妙手回春，一个“玉堂春”把什么都涵盖了。好！

我的记忆中，彭玉堂爱穿葡萄灰杭纺大褂，行医也是以中医面目出现的。尤其是到了老年，白头发白胡子，基本就是个慈眉善目的老头了。大约也是因年纪做不了手术，知道他西医专家身份的人反而不多了。我父亲说，彭玉堂曾经留学德国，专攻脑外科，在美国拿的文凭。回国后在美国人办的协和医院脑外科当主刀大夫。平日穿银灰西服，说流利外语，见了中国人也不说中国话，派头大了。那时候“协和”的大夫护士都这德行，以说外国话为摩登，为学问。我的六姐也是这样，一个助产士罢了，跟我的母亲说话也是 en. rage hum. drum，成心让人听不懂。

北平沦陷，“协和”被日本人接管以后，彭玉堂弃职回家，穿起长衫，改操中医，并且再不说洋话。偶有知道彭玉堂外科手艺的，通过别的医院请过去做手术，费用是相当高的，是要以金条论价的。我们都知道，彭家向来不缺钱，彭玉堂是个阔大夫。

我没见过穿西装、说洋文的彭玉堂，终归是遗憾。听我的哥哥们说，年轻时的彭玉堂相貌堂堂，风流倜傥，追他的女人一火车也拉不完。老年的彭玉堂和我的关系最好，没人在跟前的时候，他一反拿捏劲头，变得像小孩子一样灵动，拿他的拐棍敲树上的青枣，教笼子里的八哥说山西脏话，拿他的手揪我的鼻子，谓之“拉骆驼”。“拉骆驼”是老北京人逗小姑娘的一种常见举动，听说慈禧在家当女孩时，到附近油盐店打醋，每每要被掌柜的“拉骆驼”，拉过“骆驼”之后才会把东西给她。后来慈禧当了皇太后，掌了权，油盐店掌柜的吓得举家迁走，更名改姓了。

彭玉堂拉我的“骆驼”，我并不反感。他那双手细而长，软软的，有股好闻的中药味儿。彭玉堂一边“拉骆驼”，一边让我喊他“表舅”，我大声地喊，他脆脆地应；一声声，在后园子里此起彼落，彼此都很高兴。当然不是白喊，他送过我一个他的小老婆喜春绣的香包，里面的香料是他自己配的，奇香无比，我跑到哪儿就把香味带到哪儿。后来我把香包系在了小狗玛莉的脖子上。有一个时期，我是香气喷喷的，我们家的狗也是香气喷喷的。

彭玉堂还送过我一打德国“施德楼”牌铅笔，黄杆上面烫着金字和一只昂着脑袋的小公鸡。铅笔的铅很柔韧，木质也细腻，很好使，每逢考试，我都用彭玉堂送的铅笔，所以回回考的都是班上前十几名。我把这成绩归功于铅笔，换了铅笔，往往就不及格，大起大落的，让家里人匪夷所思。其实只有我明白，工具的好坏对心态能起到至关重要的作用。

这都是次要的，最主要的是彭玉堂还救过我一命。

彭玉堂的小儿子彭佟麟是我的同班同学，学习极差，上二年级了还算不清左脚的脚指头加上右手的手指头一共是几个指头。语文课上，彭佟麟读课文从来没连成过句子。语文老师说彭佟麟是“朽木之材，属于高衙内、薛蟠之流，没出息极了”。

但是“没出息极了”的彭佟麟外语说得好，那是家传。在家里他和他爸爸是用洋文说话的，因为他的生母是个深眼窝蓝眼睛的德国人。彭佟麟长得像他爸爸，黄皮肤，细眼睛，唇红齿白，像是杨柳青年画上抱大鲤鱼的胖小子。用彭玉堂的话说，他这儿子虽是洋人产的，却是地道中华老种，一点儿没串秧儿。

班里同学都不愿意跟彭佟麟玩，说他们家除了有钱什么都没有。

我们班同学金雨钧的父亲有耳鸣症，耳中总响着京胡悠扬之声，甚至还有青衣的婉转唱腔，唱来唱去总是“两旁的刽子手，吓得我胆战心又寒”一句。是《玉堂春》里苏三的唱段，把他闹得心神不宁，完全是一种病态，就是说，神经有毛病了。金雨钧托我给他父亲引见彭玉堂，治疗他父亲的耳疾。我说你找彭佟麟不是更直接，何必绕一个圈呢？金雨钧说彭佟麟从来不跟女生说话，老是劲儿劲儿的。我说，他怎跟我说话呢，我也是女的。

金雨钧说，因为你们是亲戚。

我说，屁亲戚！

那天，我把金雨钧的父亲领进彭家，彭玉堂午睡才醒，正迷迷瞪瞪靠在条案前头的太师椅上发呆。我向彭玉堂介绍了金家父亲，又向同学的父亲介绍了彭先生，说彭先生有京城四大名医称号。同学父亲想了想说，四大名医是施今墨、汪逢春、孔伯华、萧龙友，那不是谁都能请得动的。请名医诊病一回要大洋八十……

彭玉堂说施今墨善治内科杂症，汪逢春善治湿瘟病，孔伯华善治温热病，萧龙友擅长治疗虚痨病。而他拿手的是头颅疾患，动刀子是他的专长；这是几大名医都不能比的，他出一回诊要金条两根。

同学父亲立刻夸赞彭先生是华佗再世，说当年华佗要刨开曹操的脑袋，曹操跟他一样，也是头痛耳鸣，苦不堪言……同学父亲再没往下说，下边的话当然也不好说了。华佗要开曹操的脑袋，曹操就把华佗的脑袋砍了，使一代名医人亡术绝，成了中华医学的大遗憾。

听了那次谈话，我对彭玉堂四大名医的身份持怀疑态度了。那时候不好印证，直到很久以后我才知道彭玉堂的确不属于四大名医之列。

我对苏三在耳朵边的演唱没兴趣，欣赏了一会儿挂在北边墙上我父亲写的“玉堂春”匾，便溜到后头找彭佟麟玩去了。

彭家的院子很大很深，大树多，假山多，满地树影，满路青苔，曲径通幽，幽得让人迷糊，鬼打墙般地转不出来。彭玉堂当年从国外回来，只花了八百大洋就买了这院房产，便宜得如同白捡。有人说，这宅子是北京四大凶宅之一。宣统二年春天，宅子的原主人一家十一口，早晨起来都没了脑袋，这个案子一直没破。凶手一天未捉拿归案，死者的灵魂便一天不能安生。传说，大白天常见有满身血污的人在院子里走动；晚上便把脑袋提在手里当灯笼，这屋进，那屋出……

凶宅是最难出手的，再便宜也没人敢要。我听母亲说过，她娘家的街坊，那个叫碟儿的自从在家里扎水缸死了，那所房就成了凶宅。空了几年也没人敢住，眼瞅着烂，听说里边无端地有人哭。后来补花社利用那房子发放补活，也是白天在，太阳往西一挪就赶紧走人。

我问过彭玉堂住凶宅怕不怕，他说不怕。说他和那些死鬼无冤无仇，又不是他杀的，他们犯不着跟他过不去。再说了，经他的手术刀刨开的脑袋死的活的也不计其数了，他难道还在乎谁没有脑袋！我对灵异的事情比较感兴趣，彭玉堂到我们家来，我希望他能讲讲他们家的那些鬼，可是彭玉堂一回也没讲过。有一回我问彭佟麟，他们家是不是有没脑袋的人。彭佟麟说，人没了脑袋不能走路，连站也站不起来。

这天，我在彭家院子里七转八转，没找着彭佟麟的住处却来到了北墙根。北墙上长满了爬山虎，绿油油的一片。墙根朝西立着一个半身石头雕像，我猜这可能是彭佟麟那位死去的洋妈。据说是因为彭玉堂娶了妓女喜春，德国籍的元配不能理解，忧郁而亡。外国人都喜欢在坟头上立塑像，彭佟麟的妈是外国人，自然也得立一个像。我很想看看彭佟麟的妈是什么模样，便跑到像跟前仔细看。真可怕啊，雕像弯曲的头发上爬满了长虫，有的长虫还探出半个身子，张牙舞爪的，让人看着恶心。再往脸上瞅，这一来，刚好和彭佟麟的妈对了个正着，吓得我汗毛也竖起来了。

一张恐怖的脸让我永生难忘！

石像的嘴死鱼一样微微地张着，高耸的鼻子刀锋般直立着，表情忧郁，充满仇恨。最可怕的是眼睛，没有眼珠，是两个白球……

我扭头就走，再不敢回头。想的是那双白眼珠的目光一定追随着我，这简直比没有脑袋的人还恐怖。那目光，可以穿透，可以折射，它无坚不摧，锲而不舍地跟着我，让我无处逃遁。快跑，使劲跑，逃命一般，我绕过山石，奔过石头桥，还收不住脚步。

远远地我望见彭佟麟在月亮门的墙上练习拿大顶，彭佟麟头朝下脚朝上靠在墙上。他喊我过去，我过去了，他并没有翻下来的意思。我没心思跟他玩倒立，我的两条腿还在哆嗦，身上冒着虚汗，连小褂都湿了。我就近找了个台阶坐了，半天，心情稍稍好了些。看见彭佟麟还在墙上挂着，两条胳膊分明已经吃不住劲了。我说，你下来吧，老这么拿大顶也没什么意思。

彭佟麟哇的一声哭了，他说他已经试过几次，下不来了。我才知道，彭佟麟跟墙贴得太近，把整个身子都贴墙上去了。要下墙，必须有距离，除非演杂技的，否则谁也没本事把自己对折三百六十度。彭佟麟让我提着他的脚往外挪，我哪儿有那力气。想的是这座宅子怪，发生的事也怪，我的同学们都爱玩倒立，谁也没玩出彭佟麟这花样来。最后，彭佟麟总算下来了，是从右边歪下来的，其结果是右肩脱臼，右胳膊比左胳膊长出一截子，动不了了。彭佟麟托着胳膊，哭着到前头找他爸爸彭玉堂去了。这小毛病对名医来说绝对是小菜一碟，我一点儿也不替他担心。

我跟在彭佟麟的后头往外走，临出园门，没忘了回头再看一眼。院内日影斑驳，山石狰狞，一抹斜阳照在东边小楼上。老旧的绿漆窗户后头，隐隐露出一张惨白的脸，那张脸正定定地看着我，想必那就是彭玉堂的小妾喜春了。

打了一个冷战，起了一身鸡皮疙瘩。

前头，彭玉堂的诊病已经到了尾声。他说金雨钧父亲以前是显官，是于飞觞传茗、曼舞轻歌的应酬中坐下病了。与一般虚症耳鸣不同，金雨钧父亲是实症，膏粱厚味引起风阳上攻，经脉不利，髓海不足。得用“四物汤”，当归、川芎、白芍、地黄补血凉心。还要淡情绪，戒焦躁，静心调养一些时日才行。说得同学父亲一阵阵脸红，点头称是，称赞，不愧一代名医！

没几服药，耳鸣的病人好了，那苏三再不唱“两旁的刽子手，吓得我胆战心又寒”了。可也没救了该人的命，1952 年镇压反革命，他让政府枪毙了。

问题是那天从彭家回来，《玉堂春》里“让人心胆寒的刽子手”又上我这儿来了。先是发热，再是说胡话，总是见两个无头刽子手携一女子头颅。那头颅颜色死白，眼珠子是两个突出的白球，一脑袋长虫蠢蠢蠕动，微张的嘴向我淡淡一笑。害得我迷迷糊糊，只把自己当作了大堂上的犯人玉堂春。

父亲从同济医院请来了大夫，诊断结果是急性脑炎，往我的血管里打了不少凉水，屁事不顶，那两个白眼球照旧在眼前晃。又从胡同口达仁堂药铺请来坐堂中医，号脉看舌苔，说我是外感风寒，内伤饮食，喝了不少焦三仙类的苦汤子，刽子手们还是没走，我还是罪衣罪裙地在堂上趴着。连续的摄氏四十度高烧，烧得我眼睛也睁不开了，连自己也对生命失去了信心。

有一刻稍稍清醒，便让守在旁边的母亲给我缝制玉堂春穿的红衣红裙。母亲想的是我大概要“上路”了，在门口扶着廊柱子痛哭不止。用人刘妈说我是从彭家回来起病的，满嘴的“玉堂春”，一定是在那儿撞见了什么不干净的东西。她不知从哪儿请了一道符来，贴在我的床头上。辟邪的符非但不管用，反而变本加厉，我又添了抽风的本事。抽起来俩眼使劲往上翻，眼见着没有了黑眼珠，眼眶里全剩了白的。吓得我妈一边往后闪一边说，天哪，这还是我闺女吗？整个一个死鬼呀！

我当时的模样一定和彭家花园里的石头雕像很接近。

还是刘妈见多识广，她说解铃还需系铃人。丫儿这病，怕还得“玉堂春”出面，别人镇不住。就请来了彭玉堂。据说彭玉堂进屋一看见我那德行就笑了，拍着我的脑门说，还变狗儿哪？适当变变就得了！

老北京管小婴儿害病发烧叫“变狗儿”，意思是害一次病小孩就长大一截子；小孩不停变狗儿，才能不停长大。

刘妈对彭玉堂向来不客气，直言对彭玉堂说我是上彭家“撞客”了，魂让鬼拿住了。没有彭家人拿金条，让金家孩子受罪的道理。彭玉堂“整治”二娘的账还没算清，这回要是不把我救回来，她跟彭家没完。

彭玉堂没理会刘妈的抱怨，展开白布小包，从里头摸出几根银针来，在我的身上扎了，又取来艾卷灸烤。我父亲下班回来，问及病情，彭玉堂说，此病叫“离魂”。小格格年幼，神气不足，妄见妄言；既非脑膜炎也非外感风寒，更非真有祟物，乃心脾气血虚弱，神气不宁，惊悸多魇，邪气侵肝。肝乃藏魂之所，肝虚则魂无所归。本着养肝安神，益智补虚的原则，针灸手少阴、足阳明即可达到事半功倍的效果。

彭玉堂走的时候给我开了一服药，主药是茯苓，以龙齿、参须，辰砂辅佐，依旧让家里人到南庆仁堂去抓，说别处的药他不敢保险。

南庆仁堂是京城大药铺，总店在东珠市口往南路东，五间大门面，门脸讲究，夏天门口挂着木夹板的细竹帘，春秋挂着木夹板的蓝大布，冬天是黑绒云头，纳寿字回纹的棉帘子。我们家人说，彭玉堂有南庆仁堂的干股，所以他开的方子都得上南庆仁堂抓。

就这么着，彭玉堂毫不费劲儿地把我从死神那儿拽回来了。第二天早晨我喝了一碗粥，下午吃了一碗汤面，到第三天就开始吃肉包子了。

彭佟麟来看我，他的胳膊已经一点儿事没有了，听说上午还在学校推了铅球。我对他说，你们家园子里你妈的石头像不好看，忒恶了。

彭佟麟说那个石像不是他妈，是蛇发女妖美杜莎，是他母亲生前托人仿制的名人名作。

我说，我还以为那是你妈呢！

长大以后，对美术有兴趣，我在各处看了不少意大利雕塑。那些人物，无论是神还是人，眼睛的处理都是两个白球。

上世纪五十年代中期，彭佟麟转学走了，走时也没打招呼。有人说彭玉堂回山西老家了，有人说进了中南海，当了国家领导人的专职医生。他们家那座空旷硕大的宅院被某机关占用，出出进进都是穿制服的人。那个脑袋上爬满长虫的美杜莎也不知如何处置了。

五

按说，眼前的彭豫堂跟我认识的“玉堂春”的彭玉堂没有关系。但又有很多相似之处令我莫名，那个是有名“脑外科”一把刀；这个是“脖子以下疾患不看”的土大夫，手里动的也是刀子。真让人有些说不清楚了。彭豫堂说他有一百多岁了，神里神经地跟那个“玉堂春”竟也有相近之处。我问彭豫堂认识不认识北京的彭玉堂。彭豫堂说，不认识。我说彭佟麟呢，他也说不认识。

我说真不认识还是假不认识？彭豫堂说是真不认识。我问他知不知道蛇妖美杜莎，彭豫堂说北方的长虫长不大，成不了妖。南方湿腻滑润，山川润泽，才会出《白蛇传》那样的事。

贫协主席说，白娘子是在四川峨眉山修炼的。那儿水多，绍义的长虫爬出去几十米就会被太阳晒成蛇干，这里是干枯的河滩。除非八月涨水，否则一年也见不到一点水星，别说长虫，连蚯蚓都少见。

我问彭豫堂知不知道“玉堂春”，彭豫堂说他过了无数春天，年年都有“豫堂春”。我说，是说彭豫堂妙手回春呢！说你的医术高超呢！

彭豫堂说这个词好。贫协主席也说“玉堂春”好，搁在彭神医身上最恰当不过了。最终柳阳和说，“玉堂春”好像是出戏，是属于“四旧”的戏。

谈话间，我看彭豫堂的眼神，总是有些游离闪烁，常常是话说半句便吞了回去，心内便对这个人充满了疑惑，特别是他那虚假的年龄，故作深沉的做派，让人感觉有点扑朔迷离。

席面上，百岁的彭神医只喝了些粥。我料定他的房间里会藏有其他吃食，绝不能靠这点粥活着。

在回农场的路上孙银正终于摊了牌。

是在过渭河的小船上，孙银正撑着篙，左一下，右一下，把船弄得直摇晃。孙银正说，我哥的事咱们没有退路了，神医说了，只一服药，他就能好。

李红兵说，我们可没答应你什么啊！

我说，取活人脑子，我们谁也没那胆量。

赵瘪说，杀猪可以，杀人不行。

孙银正说，谁让你们杀人啦？有人杀好了，咱们去取就行了。读过高中课文《药》吧，鲁迅先生写的，那个血馒头，还记得不？

我们明白了孙银正要干的事情。渭河滩，是杀人的刑场。“文革”时候杀人特别多，隔不几日，城里就会有万人的公审会，打着红钩的公告，会出现在街头各醒目位置。公告贴出的当日便有游街的敞篷卡车，载着五花大绑的罪犯，挂着牌子，由荷枪实弹的警察押着，游街示众。牌子上写着杀人犯×××、强奸犯×××、纵火犯×××、现行反革命×××、历史反革命×××等等，其罪孽都到了不杀不足以平民愤的地步。先游街，再开公审大会，然后拉出城到河滩上枪毙。有的犯人家属要收尸，提前会在刑场等候，摆领席，拉个木头匣子什么的。但大部分犯人尸体无人认领。那些坏人的亲属避之唯恐不及，哪肯上赶着出头？所以大多数尸体都是无主认领。公安部门不管后事，行刑完毕，人员立刻撤离，留下一部卡车，雇两个当地农民，将尸体装上车，拉到火葬场，便完事了。

绍义村紧靠河滩，滩大而平整，无遮无拦，一眼望不到头，城里回回毙人都选择在这儿。孙银正的父亲，那个根红苗正的贫协主席负责挑选雇用者。雇用者同样要求根红苗正，以保证在整个行刑过程中不出半点纰漏。在这方面，绍义村的人已经是有经验了。

孙银正的意思是在这些被枪毙的死人身上做文章。

船上的人都没说话。我手里提着饭桌上剩下的凉皮，凉皮散发出阵阵香味，只是让人分神。孙银正停止了撑篙，任着小船在河当间荡来荡去。看来，我们要是不答应，船就顺水漂下去了，再往下不远就是渭河的入黄口，进了黄河谁也甭想上岸。

柳阳和说，孙子，你真想让弟兄们在河滩上演一场《药》的翻版？

孙银正说，我是替我大求你们了！

赵瘪说，你让你爸爸选两个帮忙的干这事不就行了？

孙银正说，我大不愿意让村里人知道这事哩。彭神医也说了，这事要秘密进行，这是他们家祖上留下的奇绝的方子，不能传出去。

我说，就不怕我们传出去？

孙银正说，我知道，你们不可能。

我说，你怎知道我们不可能？

孙银正说，咱们一块儿偷过农建师的花生，私卖过场里的铧犁，套过十一团的架子猪，捞过三连鱼塘的小鲫瓜，往食堂的发糕里掺过洗衣粉，往隔壁农场的井里拉过屎……也没见你们谁说出去。

李红兵说，妈的，都让你孙子说出来了，整个儿一个揭老底儿战斗队。

孙银正说，这全是为了我哥，我就这么一个哥，我哥病好了，我才能往前走。要不，我和我哥都完了。

赵瘪看了看我们，目光有些松动。孙银正捕捉到赵瘪的眼神，见缝插针地说，古人说拔一毛而利天下，这是不拔毛就利天下的事，又不是取我们的脑子，是取反革命的脑子。我大见过，枪一响，脑壳就裂开了，红的白的，尽管舀就是了。

我瞄了一眼手上提的凉皮，红的、白的。

一阵反胃。

柳阳和说，你就别瞎转(zhuǎi)了吧，教授辅导时讲，古人说拔一毛利天下而不为，是不地道的表现。你就说怎么干吧！

孙银正说，这里有个时间差的问题，得把时间算好了，先远远躲在堤后头，在公家人撤离，村里帮忙的走到尸体之前，选准对象，赶过去，把活儿干利落，该是不难。

赵瘪说，的确不难，但是你得给我们报酬。

孙银正说，你们要啥我给啥。

赵瘪说，让你娘给做十回凉皮！

孙银正说，做一百回也成。

小船又撑了起来，没几下就到了河南岸，爬上堤坝，孙银正让大家等他的信儿，说这事一定要保密。走出几步，我回身对孙银正说，你回去问问彭豫堂，他会不会英语。

李红兵说，那一口河南腔，还英语呢，先看他会不会普通话吧！

六

很长一段时间我们对枪毙人的公告都很关心，偏偏的那阶段就没开过一回公审大会，好像世界上的“反革命”都被消灭完了。河滩的太阳白花花地照耀着，我在农场住的小土房紧靠渭河河堤，河水从我的屋后自西向东流过。此时渭河的水面已相当宽阔，夹杂了大量泥沙，凝重沉缓，无声无息，仿佛驮载着多么沉重的负担，怀揣着多么苦闷的心情，静静地流着，流着。

我们的日子过得有些沉闷。麦子收过了，玉米种上了，灼热的太阳晒得我们躲在简陋的宿舍里不敢出屋。

阳光下河滩的一大景观就是刮风，刮旋风。旋风毫无来由，不知什么时候就组合起来，突然地直立于天地之间，粗壮巨大，浩浩荡荡地游弋在广袤的滩地上。大旋风会将草屑树枝塑料布羊毛毡一切扯得动的物件旋上天空，轰轰烈烈，十分壮观。我在北京从没见过这么大、这么壮观的旋风。听说，旋风是和鬼搅在一起的。我想，这样的大旋风一个小鬼肯定是驾驭不住的，一定有许多许多的鬼共同搅动才行。

古书上记载，这里曾是千古不歇的古战场。汉献帝建安十六年，曹操跟马超在这儿打过一场大仗，《三国志 · 魏志》上说当时是“万人杀来，矢如雨下”；后来又有李自成在此毁灭性地突围，也是尸骨遍地；至于历来小仗更是不计其数。“河水萦带，群山纠纷，黯兮惨悴，风悲日曛。……此古战场也，尝覆三军，往往鬼哭，天阴则闻”。这段很文学的语言是到这里讲法家的教授读给我们听的，我把这些文字记在笔记上，跟那些“金猴奋起千钧棒，玉宇澄清万里埃”记在同一页上。我喜欢这些文字。

一度，我们曾疯狂而无聊地追逐旋风。旋风起了，我们嗷嗷叫着，像几只发了疯的狗，冲进那巨大的风柱，随着它旋转奔跑，体味着“身不由己”的快感。旋风大都是短暂的，突然的消逝如同它突然的旋起。旋风没了，我们几个带着一身灰土，一脸油汗，暴晒在河滩上。大家茫然四顾，为这神经病式的游戏而莫名其妙。每个人在旋风中都有收获，赵瘪说他有在公园坐转椅的感觉，柳阳和说他有一阵儿轻盈得要腾飞，我说在与旋风相交的刹那，我听到了兵器的撞击和沉重的喘息声。李红兵的感觉最直接，他说他看到了那些被枪毙的人……

很快到了立秋，立了秋的河滩并没有凉爽多少。没有雨，滩地的细沙都成了粉尘，人走上去噗噗的，将整个脚都埋了进去。场里怕我们闲着生事，每人给了把铁锹，让到河堤上去检查鼠洞，以防发水时溃堤。谁都知道，这方圆数十里一马平川，几乎没有住户，真就是河堤决了口子也无甚关碍。这儿本来就是黄河库区，城里工厂也不会指着“五七道路”走出来的这点儿粮食蒸馒头。

早晨刚上堤，孙银正就招呼大家到他屋去吃凉皮。说是今年新打下的麦子，筋道有咬头。正好大家对老鼠洞也没兴趣，便一窝蜂地游过河去，抄近路直奔绍义村了。

路上，柳阳和对我说这顿饭怕不会白吃。我说准是“那活儿”有信儿了。果然，孙银正告诉我们，明天中午“有情况”，上边已经通知他爹找人了。他让我们几个做好准备。我们问准备什么，孙银正说家伙他爹都给备好了，我们到时候跟着他一块儿去就是了。我说我可不可以不去，我是女的。孙银正说别人不去可以，我必须去，因为我在农场还兼着卫生员角色。我说，什么卫生员呀，抹点红药水罢了。

孙银正说，那也属于医务人员，这样重要的事情没有医学方面的人在场怎么行？

约好了第二天上午十一点在河堤后头集合，人员就是我、柳阳和、赵瘪和李红兵几个人。孙银正说，去人多了没用，目标太大，又不是去打狼。

在孙家，没看见彭豫堂。孙银正说神医到邻村给人医病去了，邻村某人眉下长一巨瘤，眼前总是有美女走动，不能遏制。我说，这回切开瘤子，说不定能掏出一美女来，比那黄鸟实惠，真是一举两得的事呢！

这天，我们又看到了孙金正犯病。本来孙金正坐在灶前帮他娘烧火蒸面皮，跟大家也是有说有笑的。不知怎的，突然把柴火一扔，怪叫一声佝偻在灶前，把脑袋使劲往灶火里钻。霎时一脑袋头发就燎着了，紧接着，衣裳也冒了火。我们都有些慌，揪着孙金正的腿往外拽。孙银正的娘放下手里的面盆，不慌不忙地从旁边水缸里舀了一瓢水，浇在了孙金正身上，孙金正身上的火熄了，只是还在冒烟。我们七手八脚地上去扑打，孙金正躺在灶前死了般的一动不动。孙金正的娘掀开锅盖，将蒸好的面皮揭了，摞在笸箩上，抹了清油，又有条不紊地张罗起了下一张。孙银正坐在台阶上捣蒜，将个蒜臼敲得叮当响，好像灶屋里发生的一切与他无关。

孙金正顶着个焦煳的脑袋，带着一脸燎泡，怔怔地靠墙坐着。我蹲在对面问他疼不疼，他回过神，摇摇头，冲我一笑。倘若孙金正说疼，我或许还好受些；只他这一笑，竟让我心里酸酸的，咧了半天嘴，说不出一句话。想的是明天中午就是下刀子，这忙也是得帮的。

第二天是个大晴天，我们的任务依旧是检查鼠洞。早早的，我们就来到了河堤，我们来的时候太阳还没升起来，东边河水尽头一片通红，野鸭们还扎在芦苇里睡觉。青工排排长对我们几个的积极出工视为“评法批儒”觉悟提高的具体表现。让我们再接再厉，干出好成绩来，争取连队表扬。到时他给我们放三天假，领我们回西安城吃羊肉泡馍、吃葫芦头、吃粉汤羊血，一天换一样，绝不重复。

我们在河堤上等待着孙银正出现，这小子昨天回绍义村就没回来。堤外的河滩就是刑场，九点多的时候我们望见几个穿白制服的人坐着车过来了。白制服们下车散开，各按地形间隔十几米地站了，一律地脸朝外。一会儿，又来了两三个农民，面无表情远远地蹲着，是雇来的“装车”人。赵瘪开始抱怨孙银正，说那边已经各就各位了，他这个指挥还不出场，难道还真要我们几个替孙家去冲锋陷阵不成？柳阳和说不急，那边城里开完公审会，再到这儿怎的也快过午了。杀人得等午时三刻，都是有时辰的，不能想什么时候杀就什么时候杀。李红兵说讲究“午时三刻”，那是封建社会，新社会讲的是随到随杀，干脆利落。

又等了半天，还不见孙银正出现，西边的土路上，有尘土飞扬，想必是大队人马过来了。李红兵问我，要是孙银正真不来，我们怎么办。我说，撤！这还有什么考虑的。

赵瘪说，咱们可是吃了孙家不少凉皮了……

柳阳和说，孙家老太太对咱们是真心实意的。

赵瘪说，要不那边完事咱们先过去看看，见机行事。

我问怎么叫见机行事，赵瘪从裤腰里摸出一个白尿素袋，朝我晃了晃。我说，你以为是装西瓜吗？

说话间，大大小小十几辆车开进场地。荷枪实弹的军警跳下车，将三个挂牌子的扯下车来，摘下牌子，往前架着跑。那三个人还没跑出几步就扑倒了，我们几乎连枪响也没听到。如孙银正所说，军警们执行完毕，立即上车离去，只留下一辆卡车处理后事。一切都风驰电掣般，麻利迅速，干净利落。

赵瘪从堤后跃起，柳阳和相跟着，他们要奔过去看看。刚要举动，猛听身后有人说，别动！

原来是孙银正，他不知什么时候过来了。赵瘪和柳阳和不解地看着孙银正，觉得错过这个机会太可惜。孙银正说，今天枪毙三个，一个是强奸幼女，一个是抢劫杀人，一个是病入膏肓的"现行"，那"现行"肝都硬了，脸成了古铜色。

李红兵说，杀人和强奸总是可以。

孙银正说，万一我哥吃了这，病好了却成天想着强奸，想着杀人怎么得了？

柳阳和说，你他妈还挑得厉害！

孙银正说，当然得挑，药引子有时候比正药还要紧。彭神医说了，最好是年轻的脑力劳动者。

我说，呸！

七

绍义村及附近的老百姓们商量着要给彭神医送一面锦旗，知道我还粗通些文墨，会写两笔毛笔字，便让孙银正过来跟我商量，说彭神医对“豫堂春”很满意，让就写“豫堂春”。我说，是“玉堂”，不是“豫堂”。连意思都没弄明白，还搞什么锦旗！

孙银正说，管他什么堂，只是一个心意的表示罢了。再说也不是白写，酬劳是一百个柴鸡蛋。一百个鸡蛋能换十斤全国粮票，有这些粮票每天多吃两个馍没问题。

我没写“豫堂春”，写了“救死扶伤”，交给孙银正拿回去了。锦旗做了，鸡蛋也换成了粮票，彭神医竟然真如悠悠寒鸟，消逝在淡淡烟波之中；无音讯，无踪影，连点痕迹也没留下。

转眼到了中秋，城里有家的都回去过节了，青工班只剩下我和赵瘪在留守。赵瘪的爹娘去了湖北五七干校，我的爹娘去了另一个世界，我们都属于“无家可归”者。

晚上，月亮早早升起来了，吃过晚饭，我和赵瘪在河堤上溜达。我们对晚饭都不满意，大过节的，竟然是炒萝卜条，粗粮发糕，大楂子粥，没有一点儿过节气氛。我拿出库存的牛奶糖，给了赵瘪两块，权当过节月饼。赵瘪说，狗日的们准都在家里吃喝呢，只有我们俩在河堤上赏月。

我说，没吃喝的就有月亮赏，有吃喝的都在家里看不见月亮，老天爷公平得很哪！

赵瘪提议过河去，到孙银正家蹭饭吃。我说不好，中秋节是阖家团圆的节日，多出两个外人算怎么档子事？赵瘪说，过这样清冷的中秋总是让人心里不受用哪！

我说，你我将来会有无数个团圆的、有吃喝的中秋在等着，“千里水天一色，看孤鸿明灭”，这样寂寞的中秋不会很多，说不准只有这一个。

赵瘪嘴里含着糖，吸溜着口水说我的话很有意境，很有哲理。

赵瘪的话音未落，只见孙银正提着罐子慌里慌张从堤下头爬上来。赵瘪说，送吃的人来了！

赵瘪嘴里喊着“孙银正万岁”欢呼着迎上去，去接他手里的罐子。我想，孙银正还是很够朋友的，幸福时刻怕冷落了患难的弟兄们，这个时候送吃的，可谓有福同享；令我没想到的是，紧接下来，就是有难同当了。

孙银正告诉我们，河滩里已经摆开阵势，马上要行刑了。赵瘪说，以往都是中午，怎么这回突然改在了晚上？

孙银正说，听说都是政治要犯，有历史反革命、现行反革命，还有逃亡流窜的反革命，个个都是恶贯满盈，十恶不赦的大坏蛋。

赵瘪说，大过节的杀人，真是的！

我说，旧社会杀人都赶在仲秋，监候斩的犯人活不过八月十五去。

孙银正让我们快过去，说他爹组织的“雇用军”已经等在那儿了。我们一溜烟地朝西跑，背负着一个又大又圆的月亮，背负着深蓝的夜空。应了刚才说的话，的确，这样的中秋我以后再没有过过。

赶到地点，人家的“活儿”已经干完了，四具尸体横陈在月光下。有两具旁边围着人，看来是收尸的家属。我们朝无主的两具奔过去，“雇用军”以为我和赵瘪是家属，没有阻拦。那两具尸体，脑袋正如孙银正所说，都开了花，如同碎裂的瓜。从皮肤看，一个年纪很大，一个还很年轻，我们不约而同选中了年轻的。孙银正到底是孙金正的兄弟，到这个时候就看出了血脉亲情的力量。在我们有些束手无策，不敢下手的时候，孙银正毫不犹豫地双手一捧，将一捧红白相间的东西捧进罐里。赵瘪为朋友的名分所拘，为那些美味凉皮所催，也朝地上抓了一把，孙银正立刻纠正他说，抓白的！

我没敢下手，我下不去手，看着那一摊乱七八糟，我只想到了凉皮。

死者的皮肤白净细腻，看来年轻、有知识。一身白色的衣裤沾满了脏污，那张脸，已经无所谓脸了，模糊而虚幻。死者的两条胳膊别扭地扯在身体两边，右臂比左臂足足长了一大截，这让我想到了彭佟麟那条不协调的脱臼胳膊。紧接着我被那双张开的手吸引，因为失血，手已变得苍白无色，但依旧细腻干净，修长的手指无力地弯曲着，小手指很长，几乎与无名指等齐，指甲修剪成了弯弯的月牙状……

我是如何离开河滩的已经没有记忆。赵瘪说不是他背着我沿着堤坝跑了好几里地，我怕也像那些死鬼一样躺在河滩上，变成旋风了。

我躺在宿舍的床上昏迷不醒，一切又回到了几十年前，两个无头的刽子手提着一颗被打得七零八落的脑袋，站在我的床前。脑袋上的那些长虫已经死去，绳子一样地拖在地上。我像《玉堂春》里的苏三，身着罪衣罪裙，面对刽子手，“吓得胆战心又寒”。红色的衣裙如同熊熊火焰，烧得我辗转反侧，口干舌燥，比浑身着火的孙金正还痛苦万分。农场方面吓坏了，用拖拉机把我送到了华阴县城，在医院吊了十几瓶药也不见退烧。当年，北京的同济医院拿我的病都没辙，小小的华阴医院当然更是无能为力了。

听说孙银正的娘拿着我的衣裳，偷偷到河滩上为我叫过魂，也没一点儿用。

有一阵短暂的清醒，我看见孙银正守在我的床头，庞素芹正往我满是溃疡的口腔里滴水，我那张嘴已经烂得发不出声音了。庞素芹见我睁开眼，赶紧拿来纸笔，让我有什么话快写上，大有最后留言的劲头。

我在纸上写了：

茯苓　龙齿　参须　辰砂　手少阴　足阳明

这是当年玉堂春医我的老方子。人说三折肱可以为良医，这话不假。医院对我的方子虽然半信半疑，但看那内容，总无大碍。更何况针灸，就是把手少阴、足阳明这两条经络扎满了，也死不了人。叫来了针灸科的大夫，在我身上不客气地开扎。

三服药没吃完，病好了。

孙家将我写的“救死扶伤”的锦旗转送给了华阴医院，及时而快捷。医院奇怪我这个毫无医疗经历的工人，何以能开出如此奇特的药方，我自然含笑而不答。有些秘密没必要都告诉别人，让生命多些疑惑会更有意思。但是孙银正和赵瘪他们都坚信，在纸上开药方的绝不是我，而是彭豫堂。那一刻，是彭豫堂回来了，给我开了这个方子。其实我压根儿就没有清醒，我那游离的魂魄还不知在哪里晃荡呢。

一切都是鬼使神差。

八

出了医院，才知道农场换了一大批人，各车间有“问题”的全调换来了，这里真正成了“问题”大本营。经历相对简单的青工班解散，柳阳和、赵瘪，甚至家在河对岸的孙银正也调回了西安。我没得到回城的消息，被留了下来。听说外调的人回来了，从场部“首长”那讳莫如深的眼光里，我知道一场动荡正向我袭来，不知什么样的命运在前面等待着，心里充满了恐怖。这种恐怖是发自内心的，不可遏止的，是被动又不能掌控的。像过山车即将到达顶峰的紧张，也像即将跳入旋涡的莫测。那种滋味儿就好像当今看恐怖片，最可怕的不是妖魔鬼怪的出现，可怕的是它们出现前的渲染，强大的、无形的、致命的、无情的……

开始我想得比较简单，大不了再回后顺沟罢了。后来才知道，让我回去那是便宜了我，他们要像猫玩老鼠一样，把我玩个够……

我的农场“五七 ”青工战友们再难聚首。顶让我挂念的就是孙银正哥哥的病，那服药，不知可有效果。

从河滩事件以后，我再不吃凉皮，怕见红白相间的色彩。上世纪九十年代到日本留学，一见到日本国旗就不舒服，不是对日本国旗怎么的，是嫌弃那反差过大，引人遐想的颜色。

九十年代初曾经往农场写过信，被退回来了，说单位已不存在，“五七道路”已经走完了；也打听过绍义村的孙家，因属于三门峡库区，作为从甘肃迁回的移民，政府重新给安置了，那片地界二十年前就变成了化肥厂。

2009 年夏天，看到电视报道，说中国脑外科专家用手术攻破了癫痫病发作难关。

到家了。

老七走了，走在我回到北京的这一天……只有两颗粒的玉米，又掉下一颗还剩一颗。

抬头望着恭王孙“北去中原，万里云遮断”的词句，想哭，却没有眼泪。

老凤还巢。

空巢。

第十一章　凤还巢

思前思后柔肠百转，前生造定今世缘。

——京剧《凤还巢》程雪娥唱段

一

二十一世纪的火车行驶在西北的黄土地上，向着北京。

不是在写诗，我的心里却有着诗一般的感受，回家了，终于！

受回归意念的驱使，我在自己的周围寻找着快乐与美好。火车全程软卧，一站到达，夕发朝至，不用听那絮叨的报站，不必担心晚点，自在。车厢里人不多，井然有序，列车员到每一个包间里介绍自己，着装标准，语言规范，真诚得让人感动。每人床尾都有壁挂电视，电视里播放着录像，录像画面清晰，可调控的频道有六七个之多。

天气仍旧是热，桑拿天，一动一身汗。不光是中国，整个世界的气候都有些混乱。车顶部空调里冒出的凉气，将外面的热浪红尘与里面隔绝成两个世界，车厢里才真正是秋高气爽。白桌布的小桌上立着杂志，铜版纸上的美女汽车，厚重而养眼，是铁路的专用杂志。花瓶里玫瑰花带着晶莹的露珠在绽放，嵌有金丝的靠垫洁净柔软，给人一种华贵高雅之感。车厢内厚重的米黄地毯，吸纳了不少噪音，静悄悄的过道里只有门上的灯在闪烁，那上面滚动着列车终点北京的气象预报以及车速和到达的时间。

我的铺位对面是一对小夫妻，进来没打招呼，立刻进入两人世界中，看来是对安静的旅伴。

一切都挺好，无可挑剔。

我沉浸在自己给自己制造的好心情里，双手抱着脑袋斜靠在铺位上看电视。眼睛看的是电视，心里想的却是别的，如青年们所言，爷看的不是电视，爷看的是心情。当年，插队离开北京的时候是坐火车走的，今天自然还是要坐火车回去。这是一个毋庸置疑的圆，一个带有人为安排的回归节目，一个宿命式的回程。坐火车回家，尽管这火车和那火车已经有了天壤之别，“坐”法也有了根本改变，但“坐车”的本质没变。

列车员敲门进来，告诉大家已经进入夜间行车，并且细心地将窗帘拉上。我让他不要拉，他不解地看着我，我说我还要往外看。他说外面很黑，什么也看不见。我说我看得见，我要一站一站地捯回去，不放却每一寸土地。列车员在车上工作大概什么样的旅客都见过，他很理解地将窗帘拉上了一多半，将我这一边留了出来。我说了谢谢。列车员说不客气，临走回身拉门时看了我一眼，笑了。

看着小伙子的笔挺制服，看着那张丰满却不失英俊的脸和那微笑的模样，我不知怎的竟想起了样板戏《红灯记》里“谢谢妈……”的李玉和，于是心里为床尾电视中正在为世界拳王争霸的帕维尔特和米拉达配唱：

临行喝妈一碗酒，浑身是胆雄赳赳。

鸠山设宴和我交“朋友”，千杯万盏会应酬。

倒也很贴切。

1969 年，嘈杂混乱、运送知青满是煤烟味儿的车厢里，反复播唱的正是这个段落。“时令不好，风雨来得骤，妈要把冷暖时刻记心头……”那时候文艺节目单调，列车播音室大概只有这张唱片，所以李玉和便不知疲倦一遍遍地唱，唱得慷慨激昂，豪情无限。然而我的情绪却低到了谷底，将脑袋趴在小桌上，装作睡觉，其实是任着眼泪在流淌。

李玉和临行还能喝妈一碗酒，母亲、父亲在走之前也为自己准备了酒，我傻乎乎地还跟着喝，全不知那是“风雨来得骤”的上路之物……不是“妈要把冷暖时刻记心头”，是“我”要把冷暖时刻记心头了。这段戏，唱得真不是时候！

上山下乡知青专列，一火车的人都响应毛主席号召到陕北去，激情比李玉和还要李玉和。夜半了，有人睡不着觉，做好事，一遍遍地拖地，一遍遍地给大家送热水，于是就一遍遍地将朦胧欲睡的人弄醒。当那把面目不清的拖把拖过我的脚下时，拖布上发出的污浊气味让我一阵阵恶心，湿漉漉的地板立刻散发出相同的味道，从头到尾弥漫到整个车厢。我不能忘却那地板的模样，土红斑驳的漆，质地不明的板，简陋肮脏。绿人造革的座椅，黄木的短桌子，偌大窗户无遮无挡，里面一片光明，外头一片漆黑。

我心里默默地细数我的七个兄长，老大，大我四十一岁，我根本没见过，他是“文革”中我们家的一颗炸弹，他给这个家族带来的伤害是致命的；老二，用一根皮带将生命结束在后院的枣树上，就在我的眼皮底下，不管不顾地走了；老三，被发配到广西走“五七道路”，每月发生活费三十块，他自己留十五，给北京寄十五，他的妻子儿女挤在北京西四的一间小屋里，艰难度日；老五解放前冻死在鼓楼后门桥桥底下，葬在北京西山，他的墓我们家的人从来没有去祭奠过，倒是外姓旁人的赫鸿轩，每到清明都去看望；老六，早夭，在这个家里没留下任何痕迹；老四、老七，受老大的牵连各自进了“牛棚”。

至于我那些美丽的姐姐们，境况并不比哥哥们好。老大，酷爱唱戏，解放前被丈夫抛弃，在阜成门的小院里凄惨死去；老二，自己做主嫁了个大资本家，金家不与商人联姻，被赶出家门，与之永不来往；老三，一个为理想献身的英勇革命者，她的光环并没有罩护到兄弟姐妹身上，甚至她自己，在“文革”怀疑一切的思潮下也变得惨白模糊，疑影重重；老四，留学德国，一代建筑师，被作为反动技术权威早早地打趴下了；老五，与她的局长丈夫被打得浑身是血，送进医院抢救，局长折了四根肋骨，她自己脾脏出血；老六，在医院被责令清扫厕所，有洁癖的她抡着扫把，脏污不堪；老七，就是我……

我到陕西插队。

1969年的火车走了一天一宿，停了，是临时停车。向外望，站台上没有人，出口处有昏黄的灯光，屎黄的墙上隐隐看出“罗敷”两个字。罗敷，汉乐府《陌上桑》有歌说，“日出东南隅，照我秦氏楼。秦氏有好女，自名为罗敷”，这么说已经到陕西了，到了秦氏女罗敷的老家。过了河北，过了河南，离家越来越远了……

窗外这片陌生的黄土地，在微明的晨曦中显露出沟壑纵横的贫瘠。在这里，连家有高楼的贵家女子罗敷也要采桑南塬，劳作在田野，我们这些北京平民的子弟在这里真的能大有作为吗？真的值得我将生命与之维系在一起，今生今世永不分离吗？

我再一次将头埋入臂弯里，满眼是脏污的、土红色的地板。

二

满眼是米黄色的地毯，电视里，帕维尔特和米拉达还在打，两个具有重创杀伤力的选手你来我往，在千仇万恨地玩真格的。我想象着，将眼前的地毯和这场拳击挪到1969年的列车上会发生怎样的震动；我也不能想象1969年的土红地板搁在今天的包厢里会是怎样一种效果。我这个人，常常爱做这种时空置换的梦。比如，动不动就把自己拉到唐朝的大明宫，拉到清朝的菜市口，拉到小时候某一天的饭桌上，拉到想念着的某个朋友身边。总之，思维处在一种混乱跳跃、不安定的状态，有时甚至恍惚得不知自己为谁。

有评论家说这是作家的特质，或许吧。我的大部分作品也是这样跳跃着展开的，这几乎成了我的创作风格，成了我不变的思维模式。跟朋友们谈论着一个话题，我的思路突然分离开来跑得很远，说出话来让人摸不着头绪。在农村做了N年知青，在工厂干了N年工人，到报社当了N年记者，到国外读了N年法律经济。四十多岁开始写小说，加入作家协会，在无数日复一日的生活中，消耗着生命，打发着岁月。不知有汉，无论魏晋，活得糊涂也活得被动；不知仆妾色以求荣，更不会效犬马以求禄。这样的处世原则在哪个岗位上都不被上峰喜爱，眼见着周围人得到好处无限，只是觉得自己各(读gé)路。那是我永远学不会的功课，其难度要远远超过童年学的“ㄅㄆㄇㄈ”。随着年纪增长，自己在不断做着“清零”的工作，将浮表的、功利的、虚假的、无端的应酬、工作、人情一件件清除下去，只留下自然和纯真，力求简单，力求淡泊。这样一来，家乡的情结便日复一日地凸现出来。

人情重怀土，飞鸟思故乡。

这是回家的路啊，我希望路越长越好，几十年的期待，几十年的痴梦，不就是今天吗？

一为迁客长安去，北望京师不见家。我知道，东城四合院的家已经没了，北京火热的房地产事业将它变成了大楼。前年年初回家还在老屋里与老七聚首，喝着从东直门打来的豆汁，吃着羊油炒的麻豆腐，闻着家的熟悉气味，想的是手足将来能在这狭小的静谧中地老天荒地厮守下去。可是八月再回去，老宅子便荡然无存了，变做了一片瓦砾场，变做了一片拾掇不起来的苍凉。“回廊四合掩寂寞，碧鹦鹉对红蔷薇”，金家的十四个孩子曾经在这里进出盘桓，哭笑玩闹，争吵打斗，演义出了多少故事，生化出了多少情感……百年的庭院，容纳了太多的欢乐和辛酸，太多的浮躁和沉重，难以一一拾掇。我在夏日的骄阳下，狗一样地在废墟上寻嗅，寻找家的气息，寻找那沉落于砖头瓦块中记忆的丝丝缕缕……

拆砸还在继续，北面二环路上车来车往，现代气息的声浪阵阵逼人。原本这里是条僻静的深巷，房拆了，遮挡没有了，就显得空旷而直接，就有了抬头见汽车的突兀，有了光天化日的惶恐。让人感到历史进程的脚步迅猛、粗犷，甚至有些无情。

我们毫无办法，我们别无选择。

废墟中一棵枣树张开残缺的枝在怯怯地召唤我。我走过去，抚摸着它粗糙的满是尘埃的躯干，心里如见到亲人般的激动。“庭树不知人去尽，春来还发旧时花”，枣树的枝头已经结出了青青的小枣。我知道它们，即便到熟，它们也是那种既长不大也不甜的青枣。这种没有经过调教的枣树，北京城的老院子里家家都有。枣树的年龄比我大，日本占领北平前夕，我父亲领着他的儿子们在后院挖防空洞，在洞口旁边发现了一棵小苗，本可以一锹铲了它，老三却生出恻隐之心，跟父亲商量将它留下。于是就留下了，并且一天天长大，要报答谁似的，急着结出许多丑陋的小枣，年复一年，从不间歇。而替它求情的老三，“文革”后期带着肺癌的病痛，冒死偷偷从外地回到北京，回到他那一间小屋的家，没有多久便故去了。狐死亦首丘，故乡安可望。老三千里万里地回来，他是如愿了。这位重病在身的哥哥，临死前给我写了一封长长的信，末尾说，丫丫，你是我抱大的啊……

枣树东面的一根枝被锯掉了，当年那个巨大的疤已经变得模糊不清，锯掉的是一根粗壮的横枝，儿时我在上面打过秋千，蹬着它摘过枣，是老二把我抱上去的。中秋节，老二带着新嫂子回家，一家人在前院笑语欢声中分食月饼。老二和刘妈到后院找我，说父亲在前头喊我呢，让我快去！

我一听赶紧顺着树干往下溜，枣树粗糙的树皮将我的前胸、肚子划得稀烂，刘妈吓得不知如何是好。还是老二偷偷到胡同口药铺，买了瓶紫药水回来；大概他觉得这事与他有关，他应该对我这惨不忍睹的肚子负责。其实，抹过药的肚子比划破的肚子更惨不忍睹。我挺着那个奇奇怪怪的紫肚子，不敢穿衣裳，怕染了。

“文革”刚一开始，老二因为国民党三青团问题被抓出来了，挨了打。到家里来看父亲，是架着拐来的，一只眼睛也什么都看不见了，成了一个紫色的坑。那天老二没回他的家，他其实已经没家了，嫂子运动一开始便离他而去，把孩子也带走了。那晚老二提出住在后院的小屋里，母亲有些犹豫，父亲答应了。晚饭后我给老二送去了紫药水，我们家当时只有这瓶紫药水。我看见老二顺着裤腿在流血，手指头肿胀得小萝卜一样，胳膊是一道道的青紫。老二坐着，一句话不说。我没话找话地让他看树上的小枣，谈论我当年的紫肚子。他的眼神却伸得很远很远，他的心已经走了。

我料定那夜老二有事，便一趟一趟地到后院看他。小屋的灯一直亮着，紫药水在窗台上放着，他连动也没动。一碗粥搁在桌子上，早已凉透，我的二哥哥，他心里重得连碗也端不起来了。我每半个钟头看他一次，心情很是复杂，母亲哭着拦住我说，你让他走了吧，别让他再受了！

我坚定地说，不！其实父母心里什么都明白，打老二一进家门，他们就知道他是干吗来了。

我不是一个称职的守护者，黎明的时候，老二用腰带把自己吊在了枣树的横枝上。我的二哥哥，就这样去了。一个有家有业，善良胆小的人，就这么轻而易举，简简单单地殁了。死了便死了，到现在也没有人为他争论，更没有人记得他了。

那不祥的横枝，被我锯断……

木犹如此，人何以堪！

家的废墟让人黯然神伤。我去探望老宅的最后留守者老七，他住在简易周转房里。说政府在望京地区给分了房，自己还要添些钱，才能住进去。七嫂不满，说从白菜心挪到白菜帮子还要搭钱，院落偌大的面积全不算数，这账怎的净往他们那边划拉啊！老七劝她不必计较，说望京楼房有暖气，有天然气和厕所，比大庙似的四合院方便多了，什么都得往好处想。

老七说的是实话。我每年探亲多是选在冬季，为的是能在家过个春节。冬季恰是北京最严酷的时候，老旧的四合院没有任何现代设施，风顺着窗户缝往里灌。早晨，躺在床上，因为冷而不想起来。窗户上泛出一抹淡红，衬着摇曳的树枝，伴着呜呜的风，浓缩成家的一个细节。缩在被窝里想起昨晚放在屋外窗台上的柿子，一夜工夫，该是冻瓷实了。夜里炉火大概又灭了，玻璃上冻出了一片亮丽的“后现代”。

二十一世纪北方各大城市全部进入现代供暖的今天，家里取暖依旧靠的是蜂窝煤炉和带弯头的白铁皮烟筒，一天的很大精力要放在煤的接续和维护上。铁壶在炉子上冒着白气，哗哗地响着，就这似乎也并没有给房内增添多少热量。上厕所得穿上棉大衣跑出院落，进入公众的“官茅房”，在冷风中蹲坑，数人一排，没有遮挡，更没有隐秘。院中纵然有抱厦游廊，有鱼缸海棠，也抵御不住那浸入人心底的冷。老七带着一身病，在炉前闷坐，偶尔说一句“这茶是吴玉泰的春芽白毫”……

探亲的大多时间，我都在街上走动，捡拾着散落在各处的记忆碎片，总是有些隔膜。虽然步入了文坛，入得也是相当游离，北京把我看作陕西作家，陕西把我看作北京作家……只有家还认可着我。想着在北京生活的作家朋友，自己愈加感到落魄和沮丧。不是物质的，是一种心理的差距，这种差距正是我文学的灵魂和命脉。“看君已作无家客，犹是逢人说故乡”。那是对生命、对人生的别一番滋味。

最后的留守者老七是与世无争、息事宁人、连话也不会大声说的人，他对什么都满意，对什么都持无所谓的态度。老二的死，本来他应该到老二单位上去论论理的，可他不，他说，人死了就不能活了。

老七的花鸟工笔画尽管考究，在市场上却并不被看好。现在的画家都有钱，现场当众作画，十分钟一张，多则数万，少亦上千；浮躁的画人没有哪个肯像老七那样，趴在案前用小鼠须一根一根描画鹁鸽的毛羽，一笔一笔添写荷叶的筋脉。老七从不参加任何笔会，他画一幅尺半的扇面需要十天，六尺的花猫戏蝶要两个多月。七嫂对此不满意，说人家一天画十幅，你十天画一幅，能不能提高点速度啊！

老七说不能。

在临时安置房里，望着瘦得一阵风都能刮倒的老哥哥，我想象着他最后离开老屋的情景，步履蹒跚的他，一定是拄着拐杖在大门前伫立了许久才转身离开的，这个家族也只有他有缘分和那座老宅告别。我问过西偏院老姐夫的去向，老七说住回天津去了，他们家的房产已经发还，是租界老房，依着政府意思换了套高层公寓楼，在半空里修道呢。老姐夫老了老了依旧很硬朗，鹤发童颜，仙风道骨，如同神仙下界。他配制的丹丸，有企业要出大价钱购买方子，但是占泰姐夫不卖，说丹药适合他，不一定适合所有人。

我说，老姐夫是半仙儿。

老七说，岂止半仙，那是一个大仙儿！

每每与老七相别，总是依依不忍离去，离不开的是手足也是老屋。后来，老七也住到了半空里，搬到了望京二十六层高楼上。有暖气有天然气就是没有地气，设施齐全的屋子方便了他也禁锢了他，他许久没有下过楼，那两条腿借助拐杖也迈不动步了。他给我来电话说站在自家的阳台上，看国庆的焰火是个绝佳的角度，这在四合院里是永远看不到的。

各自都有了归宿，我觉得我应该也在北京建立自己的家，以弥补我多年的心理缺失。

前年终于在北京买了房子，并且开始装修。

时代不同了，我赶上了好时候。

三

我为北京新买的这套房子注入的心血太多了，从买下到装修，几乎耗干了我的全部积蓄。北京的房价，天方夜谭般的没谱，不敢再等了，越等越高。我买的房子不大，但是正南正北，规矩齐整，位置在四环以内，面对公园，谁看了谁都说值，因为北京四环以内的房子实在是不多了。接下来是装修，从水电线路走向，地砖选样铺设，到壁纸花色搭配，地板质地筛选，无不浸透着心劲儿，也无不浸透着斗争。

买房难，装修更难。

跟西安单位同事谈及我正在搞装修，并且是异地北京的装修，同事们无一不露出同情的神色，仿佛我是掉进了深深的泥沼，仿佛我是损失了数百万钞票，总之，我是马上要经历一场浩劫的倒霉蛋。

我们单位的会计胖妮，老想减肥，每天不吃饭，光喝菜汁，疾走四小时，全家的衣裳由机洗改手洗，由她承包。十二层楼梯，硬是不坐电梯，一层一层地爬，以图去掉脂肪。这样一个月下来，增肥三公斤，差点没晕过去。去年装修三个月，起早摸黑战斗在工地，跟装修队斗，跟材料商斗，跟钱斗，跟爱人斗，跟自己斗。装修完毕，减肥五公斤，装修虽不满意，却意外获得了魔鬼身材。歪打正着。

老张去年冬天装修，还没竣工，他就和老婆双双住进医院。原来是成天泡在现场，在有害气体中监工。开始没什么，后来是咳嗽、发烧，感冒症状，紧接着肺出毛病了，接着是眼睛，是皮肤……材料再环保、辅料再达标，架不住它们集中到一块儿，这就变本加厉了。

有人劝我，您别亲自干了，让儿子出马，大小伙子不比您强？

我说，儿子忙得家也回不来，谈何装修！

他们说，您老伴呢，这应该是老爷们儿操持的事儿。

我说老伴在日本教书，十几年了，连中国小白菜多少钱一斤也不知道；让他用鬼子话教汉语行，让他到建材市场买砖，那就是瞎掰。

大伙建议我找装修公司，全包，自个儿不往里掺和，省心。

我说，我自个儿的房子我不掺和，全让人家做主，到最后是我住还是人家住？

单位人说，得嘞，您愿意干您就干，反正您也休息了。

大家说的"休息"，是"退休"的含蓄说法。

我马上六十六岁，六十六，在人们的习俗观念里被称为人生的坎儿，如同"七十三、八十四，阎王不叫自己去"一样，是个很敏感的岁数。有风俗说，六十六，要拉闺女一刀肉。这一年的老人，其闺女要买一块肉扔掉，以作替代。我没女儿，自然无人买肉，更何况我还不觉得自己老，我的心态还年轻。

装修房子不比买房容易，因了我的执著，因了我的不退缩、不将就，因了我的严格、独特，因了我的不苟言笑，让参与装修的各路人马对我大伤脑筋，纷纷举手投降。花丝镶嵌厂的人说，这老太太惹不起，厉害，就是慈禧六十大寿装修长春宫，也没这么挑剔。谁敢跟她叫板哪，她说什么就依了她吧，否则在网络上给咱们写一篇“欺负老太太”什么的，咱们都不得好儿。

人们不会理解我，北京的家是残存在我心深处可望而不可即的情愫；敏感、柔软、脆弱，永远地怕人提及。离家四十多年，人有了太多的改变，不变的唯有这情。

六十六岁回归故里，六十六岁的家应该称心如意，六十六岁的生日应该有特殊意义。

我的六十六岁！

回北京的火车通过罗敷车站，并没减速，站牌一闪而过。我趴在车窗上使劲地朝外张望，外面很黑，远处有几点灯光，近处是高耸的华山。火车从华山脚下通过，发出轰轰回声。罗敷北面的农场隐藏在黑夜中，偶然的有几点灯光在闪烁。想起了在农场结识的那群朋友，李红兵、孙银正、柳阳和……还有游医彭豫堂，都散了，烟一样地散了。

他们从农场走后，我还幼稚地企图过关，但最终还是炸药包一样爆炸了——外调的结论很扎实，我是爱新觉罗家族一员，亲族几乎全部被造反派关押，父亲系清室遗老，在革命的风暴来临之际，畏罪自杀，自绝于人民。我的兄长中有国民党、三青团，姐妹中有蓝衣社、资本家太太……在我被责令上交的日记本中，专案组查到了“回望故乡泪双垂”的诗句。我的故乡是哪儿，是北京，无产阶级群众将那里称为“祖国的心脏”、“革命的象征”，我却望着“革命的心脏”泪双垂，这样一上纲我不是反革命也是反革命了。循名责实，抓到了我的老祖宗，深入到了紫禁城里，几乎他们的所有罪过都由我背着了，我成了一条“大鱼”。

我被拉着在各个场部巡回批斗，我就像一套锣鼓家伙，不光是本单位用，还有附近的单位来借。人们不是看反革命，是看“皇姑”。那时候，反革命好找，“皇姑”难寻。我站在台上低头从眼缝里看着那些满含兴趣的观众，哪里是开批斗会，分明是在看《打金枝》。这个“金枝”虽没有戏台上凤冠霞帔的金枝好看，但在只有样板戏填充艺术舞台的时代也是很不错、很有看头的。“上台”前，我被专政队队员看守着，蹲在后台的一个角落里，不许乱说乱动。有人溜进来，近距离看猴一样围着我看，众人的目光肆无忌惮，毫无顾忌。那样的眼神，在以后几十年的生涯里，我再没遇到过，非常的独特。人们围着我议论着：

敢情这就是皇姑呀，啧啧，眼睛小了点儿，头发也稀，脸……不白。

手指头葱秆似的，干不了什么活。

有太监伺候着，什么也不用她干。

她跟皇上是什么关系？

皇姑嘛，自然是皇上的闺女。

皇上的闺女来咱们这儿干吗？

搞破坏呗，亏得早早挖出来了，要不然国破家亡。

一个老太太在我的手上掐了一把，不知出自什么目的。

一个汉子，伸手在我脸上拧了个麻花，说，落架的凤凰不如鸡，鸡还能下蛋呢，这个连鸡也不如。

有人接上说，你难保她不会下蛋？

汉子说，你先试试！

有人在后头趁势摸我的臀，有人抡开巴掌抽了我一个嘴巴，抽得我眼冒金星。

有人不知从哪儿提来半桶泔水，“醍醐灌顶”，从上面淋下来，霎时我面目皆非。懵懂中听谁说泔水可惜了。

队员们出来干涉了，将我与观众隔离开来。岂不知，纷乱中，某队员在我的胸部狠狠抓了两把……

忍着，都得忍着。

何处路最难，最难在长安。

批判发言更离谱，有人振振有词地站在我旁边念稿：

她爷见过皇上的面，她婆和娘娘吃过饭。

她大穿的是黄马褂，她娘着的是绫罗缎。

出门不走她坐软轿，累了捶背有丫鬟。

吃饭端的是玉石碗，尿盆子上镶的是五彩蓝。

……

下头喝彩一片，原来发言者念的是秦腔《教学》的段子。

整个一个大乱仗！就是乱仗也得有敌人，“敌人”就是我。我时时地担心，担心什么时候也会把我拉到河滩上毙了。

很荒诞，很无聊，很残酷，也很悲惨。当下头的人振臂高呼打倒我的狗母亲陈美珍的时候，我每每想起了盘儿和碟儿，两个纯情的、贫苦的女孩子，手拉着手扭过头来回望着红浪翻卷，红尘滚滚的世界。她们不会明白，不能理解，一切都不合逻辑地乱了。碟儿没有后代，盘儿的后代为她挣来一片骂声。

夜深人静难以入眠，从农场的土窗远远望着火车从华山脚下驶过，长长的闪亮的窗户在夜色中移动着，那是进京列车，回家的车，一天一夜的路程，该是不远。

听说大后天还有一场批斗会，那边已经用架子车后挡板做好了牌子，要挂在我的脖子上；准备好了墨汁，要泼在我的脸上；一顶用茅房的纸篓糊成的凤冠纸帽，要戴在我的头上……

进京的火车过去了，山根再没有火车走过，窗外的罗敷河无声地流淌着。罗敷也是一介女子，不为权势所动，面对华州太守的要挟，“乃弹筝，作陌上歌以自明”。我不如罗敷，没有“自明”的勇气，我是个懦弱的人，这种懦弱大概自我的祖上便作为一种基因，种植在我的血液中了。脖子上挂牌子是很可怕的，那铁丝会深深嵌入肉里，更可怕的是推来搡去中的侮辱，那些突如其来的一个又一个“别出心裁”……我的忍耐能力是有限的，比起家族里的其他人，比起我的兄弟姐妹，我可能是最窝囊的一个。

大概是该走了，父母不在了，家没了，细想，也实在没什么留恋的。

不批斗的时候我得参加劳动，断没有歇着的道理。第二天的任务是收麦，跟着联合收割机在大田里干活。拖拉机拉着收割机巡洋舰般在麦田里勇往直前，旁边大卡车紧紧相跟，割下的麦子经过脱粒，哗哗地流到卡车的车斗里。我的任务是在收割机后头的麦草车集麦草，麦草集满一车将车后的围栏一抽，草垛就方方正正拖到了地上。集草是最累的活儿，吃土、暴晒、颠簸、费力，草车边上有仅能站一人的木板，人便演杂技一样地在上面随着收割机的转动而转动，随着草车的颠簸而颠簸。

收割机在田里转了一圈又一圈。转了几圈我便窥出，在拐弯的时候草车和卡车会转成直角，这时候我只要轻轻一跳，进入后车轮子是顺理成章的事。这是一条最近、最便捷的回家之路，人们会以为我是不小心从草车上掉下去而发生的意外，没有“自绝于人民”的罪名，不会给尚存的金家人添麻烦。

天衣无缝的安排。

车在田里转，我的思路也在转；并不是胆怯，而是留恋。对故乡的留恋、对家的留恋、对往事的留恋、对生命的留恋，而这一切都将结束于轻轻一跳，结束于短短的几秒钟。车声辚辚，像是在召唤，像是在催促。恍惚间我看见了站在四合院台阶上的父母亲，他们没有表情地看着我，我急着要奔他们而去，扑入他们的怀中，哭诉我的委屈……

我知道自己的眼神一定和老二那天晚上一样，空冥、悠远。

怎么下去的不知道，我的脊背明显地感到了车轮的压力，继而是腿的奇怪姿势，它竟然翻过来了。卡车司机面色苍白地跳下车来，用手推我，拖拉机手也下车了，把我往外拽……

我觉得很舒服。我知道，我得到了解脱。

醒来的时候在医院，腿上打着石膏，高高地吊着，脑袋上缠着纱布，眼睛肿成了一条缝。卡车司机和拖拉机手陪在床边。我在跳下去的时候，他们同时踩了刹车，他们的刹车不是为了我，是麦田割到中心，车子转不开了，剩下的方块得用镰刀操作。他们不住地检讨，说是车刹得太猛，让我掉下去了。尽管是“反革命”，也是一条生命，在那一刻，我看到了人心深处藏匿的善良。

在人的一生中，会有许多说不清的奇妙时刻，这种时刻注定要发生在某一天，某一小时，某一秒钟，但是它决定性的影响却是超越时间的。侥幸的我让两个无辜人承担了责任，这个秘密我没有勇气说破，一直到今天。后来我和女拖拉机手成了朋友，她因为流产大出血，是我开着拖拉机，瓢泼大雨中将她送上十公里外在公路边等候的救护车。

罗敷的灯光渐渐远去，在软卧车厢里，在柔和灯光的罩护下，这条移动的长龙沿着华山东去，我是闪亮移动中的一员。我看到了，罗敷河畔，夜色中，我望着这趟车的绝望的眼神。那眼神停滞在时空的某一点上，永远存在，不能消逝。

脸上有凉凉的东西，是眼泪。从车底下被人拽出那一刻以后，我再没有流过眼泪。之后的经历一变再变，之后的境遇一改再改，过了春天，过了秋天，时间将一切都带走了，只留下了平淡。曾经无数次地经过这个地方，都是一晃而过，唯独今天……流泪了。

并不是简单的流泪，是一种与以往相对而视的会意，一种曾经沧海的开阔；毕竟这里是我的另一个故乡。

四

对面铺上的呼噜让我难以入睡，电视画面上帕维尔特和米拉达的一遍遍重复打斗让我觉得滑稽。空调停了，灯光下细看玫瑰上的花露竟然是假的，连那花朵也是仿真。嵌金丝的靠背是化纤质地，与皮肤接触，十分的不舒服。米黄的地毯亦是化纤，不知哪位在上面留下了茶迹和烟洞。杂志上的车模美女笑得有些暧昧，火车杂志登汽车广告，难免有跨行赚钱的嫌疑。将电视换了几个频道，不是没来由的武打就是骑着扫帚满天飞的虚无，让人烦乱。

我回忆自己的心情是什么时候开始发生变化的，过了罗敷，大概是潼关，是火车即将离开陕西的时候。为什么变的，是因为某位老陕，在隔壁包厢里哼唱“有为王打坐在长安地面”，那唱实在不高明，粗犷沙哑，完全是依着性情的胡咧咧，让人听了忍俊不禁。真希望他继续唱下去，却没了声音。我想，今后再听不到这样随性而起的秦腔了，也难见文联那些狗皮袜子没反正的同事们了，更难见挂职九年、周至农村那些火热的乡党了。

曾经是文学陕军中的一员骁将，今日却不辞而别，做了逃兵。离开的时候我没告诉任何人。回家，对我来说是归心似箭，也是从容不迫！

窗外，关林一闪而过。关公的陵墓，无数次地来过，陕西那些平日司空见惯的大土冢——沉睡着的帝王将相们，我曾无数次地在夕阳中凭吊，在细雨中拜谒；他们带着我一次次地走进秦、汉、唐的细部，走进历史的皱褶，在书里躺着的历史在西安是站起来的。我曾经跟他们达成一种写作的默契，将他们认作巨石般的靠山。如今在靠山们默默的注视下，我竟然头也不回地毅然离去，有些薄情，有些负义，有些自私和卑鄙。

真正的相知是精神方面的感应，四十多年，我与这片地域已经连成了一体。

杂乱中一阵迷失，有种撕裂的痛。

什么时候睡着的，不知道。

早晨，过了丰台，火车先驶入一片高耸的楼宇，接着才缓缓进入北京西客站。站台上有接站的，有戴着红帽拉行李的，与老旧的北京站相比，多了仓促的辉煌，多了霸道的大而无当，少了离别那些细腻的苍凉。我不喜欢这个火车站，试想，这趟火车如果能停靠在老车站，对我将是一个极度的完美。我毕竟是从那个车站出发的。

站台上不会有接我的人，我的目光也从不在那些翘首企盼的男女身上停留；离开北京四十多年，没有一次有人在车站等我。我当然也不会有此奢望，在金家，我是老小……

说从来没被人接过也有点儿亏心。有过那么一回，是给北京人艺写话剧《全家福》，人艺领导让院里的编剧王梓夫来接站。我没见过王梓夫，但是读过他的小说，京腔京韵写京东的，是个不错的京味儿作家。想的是我们得设计个接头“暗号”什么的，免得错过了。结果他说不用，他一眼就能把我认出来。那次，王梓夫一直接到了站台上，果然一眼就认出我了。他接过我的行李，我空着手跟在他的后边走。被人接的感觉真好，如果前头拽着拉杆箱子的是金家的兄长，那我将是一个多么幸福的老妹妹。想到这儿，眼圈就有点儿红，偏巧王梓夫一回头，不解地看着我。我换了副轻松的口气说，我到北京第一次有人接，有回娘家的感觉。

王梓夫说，北京人艺就是你的娘家，就住我们人艺的楼上吧！

王梓夫是客气。但就是几句应酬，也让我的心里充满暖意，感觉中连北京春天那呼啸的大风也变得柔顺了许多。

现在王梓夫退休了，话剧《全家福》也演出了一百场。

再回北京，依旧是独来独往，潇洒得厉害。

对面铺位年轻的夫妇没打招呼竟自走了，细想想，自始至终他们没跟我说过一句话。萍水相逢，谁不想简单，谁不觉得多一事不如少一事，我不是也没跟人家说话吗？在单元房里住着，十几年，邻居姓名不是也不知道吗？社会发展到这一步，大概就是如此。

我最后一个走出了车厢，带着随身一个小手提包，其余大件行李头几天已经托运回北京了。手提包是开会发的，上面有“陕西某某会”字样，样子有些土，但是实惠。一切都是轻车熟路，出站上电梯过天桥，到马路对面的“永和豆浆”吃两根刚出锅的油条，喝一碗滚烫的豆浆。吃饱喝足朝北步行一站路，到军事博物馆乘地铁，再从东直门钻出来，坐132路汽车回家。

买房、装修，无数次的往返，已经让我对这条线路熟悉得如同回我从前四合院的家。

今天的回家有特殊意义，我放弃了地铁，返回南边的汽车站，先坐1路，过西单、六部口、天安门、王府井，到东单倒106路无轨，走灯市口、东四、十条、北新桥，都是我小时熟悉的地方，也都是我写小说演绎出故事的地方。我要告诉它们，耗子丫丫回来了！

“耗子丫丫”，是父亲对我的昵称。本来就叫“丫丫”，小时候馋，爱偷嘴，爱吃零食，别处都可以闲着，嘴不能闲着。有一回，有人送了父亲两斤牛肉干，母亲知道我的毛病，踩着凳子将它们高高地搁在立柜顶上。这点小伎俩能挡住我吗？母亲转身出门，我蹬着桌子就上了落地罩。

这里我顺带着给读者们说说什么是落地罩。落地罩是房屋间的硬木雕花隔断，它不是隔扇，隔扇有门，关严了是两间屋子。落地罩是通透的，一个隔断的象征而已。

我们家落地罩雕的花饰是“松鼠葡萄”，十八只小松鼠藏匿于结满葡萄的藤蔓里。“十八只”，我敢说这个数字只有我知道，因为我一只一只仔细找过、数过，连藏在叶子后头只露一条尾巴的也没落下。我们家没有谁有这工夫和闲心，我有，所以我知道。

对“松鼠葡萄”熟悉的另一个原因是每当腊月二十四，扫房，清扫落地罩的任务便归了我。那些雕刻出来的大窟窿小眼睛，只有我的小手指头裹着抹布才能伸进去。女佣刘妈倒是能干，她也干不了这个。当然擦拭落地罩的代价不菲，厨子老王得单独给我做一碗红烧肘子吃，这肘子只归我一人所有，别人谁也不许动。老三死气白赖地跟我要，鼻子都快沾着肘子汤了，我说，去！他就得一脸馋相地咂着嘴乖乖儿地去。

老王走了换了莫姜，莫姜的肘子烧得更好，有御膳房味道。莫姜说过，西太后最爱吃红烧肘子，要糯而烂，文火煨六个钟头，才能绵软入味。莫姜的肘子夹在西口老刘烙的芝麻烧饼里，那是一绝，谁见了谁得投降。

今年秋天的时候，故宫博物院请几个作家到宫里赏月，在御膳房吃的菜肴中有红烧肘子，评论家雷达向我推荐，说好吃。我尝了一口，果然不错，老味依然，让我想起了家厨莫姜的手艺。一块儿吃饭的莫言说肘子咸了，我说夹烧饼正好。可惜，那天没有老刘的芝麻烧饼。

回过头来接着说偷牛肉干的事，我蹬着“松鼠葡萄”攀得挺高。我们家的大猫黄黄儿伸着脑袋惊异地看着我，它大概奇怪，它那一身轻功什么时候落到了我身上。我一只手拽着葡萄藤蔓，腾出一只手去够肉干，一伸手，离柜顶还差一截子，这早有所料。我取来厨房的铲子，只那么一捅，柜上的纸包就破了，铲出三五块肉干赶紧下来，见好就收。刚把肉干填进嘴里，刘妈就进来了，这个小老妈儿，鬼精，我干什么她都盯着我 。嘴里有肉，我不敢说话也不敢嚼，瞪眼看着她，她也看着我，厉声问，你干什么哪？

我朝她做了个斗鸡眼，一个箭步蹿出去了。听见刘妈在后头说，有病！

那时候刘妈快走了。她是安徽桐城人，其实她安徽的老家没人了，她回去是投靠外甥。外甥算什么亲戚呢，还不是寄人篱下。所以刘妈的心情就很不好，见了我动辄便训，好像我是金家最糟糕、最不算人的一个。刘妈不敢骂老七，见了老七老赔着笑脸，仿佛老七是玉皇大帝的亲儿子。老七是二娘生的，刘妈忠于二娘，顺带着也忠于老七。老七要说养她一辈子她准保留下，可惜老七当不了我父母的家，老七连自己的饭辙还没地方找呢。

牛肉干三块五块地消失，分享者不光是我，还有黄黄儿和巴儿狗玛莉。一段时间它们俩整天跟着我跑，一看见我上桌子爬落地罩，都高兴得蹦高。纸包越捅越深，终于有一天，我那把铲子够不着了，非但够不着，连铲子也拿不下来了。

那天我和黄黄儿们在厨房看老王杀鳖。母亲来了，问柜顶的牛肉干怎没了，我说八成是黄黄儿干的。这时黄黄儿用无辜的眼睛看着我，玛莉的尾巴也夹起来了，偷偷想往外溜。母亲从背后拿出铲子说，黄黄儿还会使铲子吗？

我无言，老王说做饭的铲子怎么会在柜子顶上，莫不是被耗子拉了去？

我说，可不，落地罩上有十八只耗子哪！

我的狡辩给我招来了一顿掸把子，不是老王拦着，那根掸子把儿非折了不可。

十八只耗子偷牛肉干，让我落下了“耗子丫丫”的名号，自此金家人叫我“丫丫”的时候，前边必定冠以“耗子”称谓，使我的名字像日本人一样的冗长。

想起小时候的淘气，想起耗子丫丫的小名，让我不自觉地露出了笑意。挨打的温馨，偷嘴的惬意，酿造成家的温暖，刻录成记忆的光碟，拿出来，永远新鲜如昨。猛然间有人推了我一把，一个男的大声说，说你哪，多少遍了，装听不见，给老太太让座！

有女的搭茬儿说，还戴着眼镜呢，什么素质！

我扭头一看，才发现身边站着个提塑料袋的老太太。老太太无疑是赶早市的，西红柿、黄瓜之外，还有一张顶着花白头发的脸。我惶恐不安地站起来，解释说在想事情，没听见，对不起。花白头发坐了，冷冷地应酬性地说了个谢字。男的依旧不依不饶说，想事情，理由多充足啊，真会编，北京的好风气硬是让这些外地人给破坏了。

女的戳了男的一下说，二十年前你也是外地人。

男的说，咱觉悟高。

花白头发在座位上说，您看满大街乌央乌央的人，都是外地的，过春节都回去了，北京大街上见不着几个人儿，那才是真正的北京人。

男的说，可不是。

我将手里“陕西某某会”的提兜字面朝了里。我不知道，这大公交车里，外地人究竟有几多？

看那花白头发，年纪未必有我大，当然不能问年纪，刚才已经是大失礼，给“外地人”大丢面子了。看来花白头发和男的已经结成了同盟，将一腔感激不是给了让座的我，而是给了让我起来的男的。可我实在咽不下这口气，笑着对花白头发说，这位大姐，我可是地地道道北京人，我们家从顺治那会儿就住在北京了。

花白头发说，我们没说您，您可别多心哪。

碰了个不软不硬的钉子。

五

站在新房门前，将钥匙插进锁孔，听到了“啪”的一声，一刹那，心里还真有点儿激动。尽管三个月前我才离开这里，但那不能算是正式回家，现在是提着包正儿八经地回来了。

多少次，梦寐以求的回家，想的是推开房门，父亲在八仙桌旁边坐着，喝着他不变的茉莉双熏，眯着眼睛哼着《逍遥津》；桌后的条案上有粉彩的帽架，墙上是祖父画的西山山水，两边是父亲写的对联“丹霞出明月，和风动溪流”；母亲会从套间赶过来，穿着毛格子的夹旗袍，梳着元宝髻，穿过“松鼠葡萄”的落地罩，伸开臂弯将她的老闺女抱住；我会坐在鼓凳上，向父母细说分别以后几十年的喜怒哀乐，我会号啕，母亲也会跟着掉眼泪；老七呢，他只能站在一边搓手，低着头不言语。莫姜会适时地出现，请示母亲给我做什么吃的。母亲会说，这还用问，先给丫丫做碗汤面，垫补垫补；莫姜的汤面可不是一般的汤面，那是鸡汤、冬笋、蘑菇、香菜、葱花、外带卧鸡子儿的龙须面，吃一碗绝不会说够的；我还会被安置在西屋我的老住处，临窗是曾祖留下的书案，我曾经奇怪书案的两端为何是弧形，父亲说是为了看卷轴方便……

推开房门，一股装修的气息扑面而来，没有父亲，没有母亲，没有莫姜也没有老七，那都是梦。

迎门照旧是条案，是八仙桌，榆木的，产自京南的花丝镶嵌厂。条案上是来自潘家园瓷器摊上的两个粉彩将军罐，墙上是恭亲王孙子溥心畬的书法《蝶恋花》。

溥心畬是中国有名的画家、书法家，他的字清瘦潇洒，他的画雍雅细致，加之身份所致，一直是一字难求。溥心畬解放后客居台湾，最后死在台湾。老七是他的学生，真正磕了头的学生，拜师地点就在我们家堂屋，当着我父亲的面，一丝不苟地磕。解放后，尤其是现在，知道这个名字的人不多，但是以前人称“南张（大千）北溥（心畬）”，说起王孙画家溥心畬来，是无人不知无人不晓的。

溥心畬跟我父亲走得近，经常到我们家来。北平解放前夕，曾劝我父亲跟他一块儿到台湾去。我父亲因为有一大家子人，又贪恋北京的吃食和文化，没有走。听说溥心畬到台湾以后，宋美龄要跟他学画，他坚持拜师就得磕头，宋美龄碍于总统夫人身份，不肯屈尊，就没有学成。

溥心畬的弦子弹得好，曲子词也填得好。老七跟我说过，有一天他到船板胡同的肃王府去串门，看见他的老师溥心畬在那儿弹弦子，调寄《蝶恋花》，弹得好极了。家里也有溥心畬的字画，这些东西在“文革”初期被我和老七关起院门偷偷烧了，父亲不忍看，躲在套间不出来。同时化作庄周之蝶的还有徐悲鸿和齐白石的画作，他们都是父亲在国立北平艺专的同事。

眼下我墙上这幅字并不是溥心畬的真迹，是台湾作家林慧芬送给我的仿制品。台湾人可以将字画做得乱真，糊裱装框，能哄外行。都说林慧芬是慈安的后裔，她对我一向称“姑奶奶”，我闹不清她这辈儿是怎么排的。她送了王孙画家的“字”，并且找人亲自替我挂在八仙桌和条案上头，没有谁不把它当真迹对待，就像我身上那些假首饰似的，没人认为是假的。

把包一扔，坐下来我开始寻思回家的第一顿饭吃什么，自然是面，懒得做。门缝有塞进来的小广告，内中叫外卖的单子不少，挑了一张花哨的，打电话让给送一碗热汤面来。不敢奢望什么鸡汤、冬笋和小蘑菇，热的就好。对方在电话里很干脆地说，一碗面不送。

我说再加一个西红柿炒鸡蛋。对方说，那也不送。

我说要不再添一个蘑菇青菜。对方不耐烦地说，不送！

我说，不是外卖吗，多少你们才送？满汉全席才送吗？

对方说，满汉全席你吃得起吗？

整个反了，卖方是爷，买方是孙子。这就是北京！

也是，一碗面让人家送，怎么送啊！

得了，泡方便面吧。

大后天是我的生日，我得想想该请谁。既是过生日也是烘房，饭必须在家里吃，得人多，得热闹，得乱哄哄。大后天是星期一，虽说是重阳节，可各单位没有放假的意思，请人吃饭这事还有点儿麻烦。

首先在亲属里找。

亲属中最亲的应该是丈夫和儿子了。丈夫早晨来过电话，从日本名古屋打来的，首先预祝我大后天生日快乐，接着说他回不来了。本来阳历九月就可以退休回北京，可是又接到一所私立大学的聘书，这样一来，他在那边就得干到七十岁了，这就意味着我还得一个人在这边单打独斗地过几年。至于几年后他回不回，还在模棱两可之中。他让我别失望，说是给我购买了生日礼物——一瓶法国白葡萄酒，待来年寒假回来探亲给我带来。

我对他的白葡萄酒表示了衷心感谢。

儿子说大后天技术考核，根本过不来，考核完了他们单位让他到阿联酋出差。这些日子他的工作积了一大堆，除非辞职，否则他离不开。儿子的前程比过生日、比烘房子重要，我不能强求。儿子说，他在网上订了六十六朵鲜花，让花店大后天给我送来。

我问是什么花，他说是黄菊花。我说菊花是送给死人的。他说白菊花是，黄菊花不是。他在网上查了，九月又叫“菊月”，是菊花盛开的日子，我生在农历九月自然是送菊花最合适。“冲天香阵透长安，满城尽带黄金甲”，辉煌又壮观，哪里有一点儿“死”的意思。我说，去你的菊花，去你的黄金甲，去你娘的纂儿！

他说，好好儿的，老太太怎么又恼了，我又没说什么，您这是怎么了？

一瓶白葡萄酒，六十六朵黄菊花，让我说什么好？

家人指不上，只好在娘家人里找。住在老年公寓的五姐年初走了，有遗嘱，埋在紫阳婆家的坟地里，跟她放牛的王连长埋在一块儿。生为同室亲，死为同穴尘。那份爱，至死不变。其余的手足有的埋入祖坟，变做了平展的大马路；有的被装在盒子里，蜷缩在殡仪馆的小格子内，等待后人给寻找墓地。活着的唯有老七。我给老七打电话，告诉了他我回来的事，他在电话那头说了些什么，我没听清。侄女青青接过电话说她爸爸几年不下楼，我过生日肯定来不了。但是让我放心，大后天她一大早就过来，帮着我操持饭，接待客人。说她爸爸说了，将他做的一坛子糖醋白菜也带过来，说找不到榅桲(一种蜜饯的小红果)，是用山楂糕替代的，味道虽然差，但是看着还鲜亮。

糖醋白菜是老七这辈子唯一的拿手菜，把白菜心过一下热水，用白糖拌了，装入白瓷坛子，撒上红榅桲，摆上绿香菜，放在阴凉处，三天后就可拿出来吃了。红白绿，清爽甘甜，是饭桌上一道不错的点缀。这个菜看似简单，但我一次也没成功过，那些白菜心，不是烂了就是生的，关键是白菜过水的温度掌握不好，坛子搁的地方不合适。大后天老七不能来，派他的糖醋白菜和女儿做代表，也是尽了当哥哥的心意。

幸亏还有这么一个姓金的娘家侄女！

放下电话，我对着电视愣了半天神，电视里在播放牙膏广告，一个光嫩漂亮的老玉米，在阳光下一闪一闪的，暗含着牙齿的齐整、坚固。然而我心中的老玉米则已经残缺破烂，被啃噬得七扭八歪，老玉米上只剩下两颗粒，一颗是我，一颗是老七。

两颗摇摇欲坠的玉米粒儿不知还能坚持多久。

朋友应该是有的，我一向在外地，北京深交的朋友没几个，文学界的、出版界的、报社的、文艺团体的。他们经常浸泡在各种邀请、各种饭局之中，已经把吃饭应酬当作了负担，还有心思为我分神吗？

硬着头皮给几位打了电话，文学社编辑赵筱莉说，礼拜一呀……事儿最多……不能改作礼拜六吗？

我说，我妈就是这天生的我，她老人家并没有憋了五天才让我出来。

赵筱莉说，那当然，那当然，六十六是个要紧的数，一个人一辈子就过一回六十六。

我说，你就能断定我过不了第二个六十六？

赵筱莉说，能，能，一定能！等您一百二十的时候我一定参与。

我说，小赵你别憋坏，打120往医院抬我的时候少不了你！

给刘二东打电话。开早点铺的刘二东提出到附近饭店去吃，说，现在已经没有谁还在家里请客了，这种上世纪八十年代的作风早不时兴了。当然，你们陕西农村或许还兴在家吃饭，在院子里一摆几桌，鸡鸭鱼肉，炸炒炖烧，满嘴流油，讲的是酒足饭饱……

我说，老二这话是怎么说呢，你不也是跟我一样，在陕西后顺沟摸爬滚打了好几年吗？才回城几天哪，就"你们陕西，你们陕西"的了。这饭一定得在家吃，我带来了陕北的黄黍子面，做炸糕，我记得这是你最爱吃的。

刘二东说黍子面炸糕北京的陕北饭馆里随时可以吃到，不是什么稀罕物了。我说，不稀罕你也得来！

给刘大可打电话。刘大可说回来是大事，就跟香港回归、文姬归汉似的，得好好热闹一下。说这事不用我操办，应该交给他，找个空旷的农家乐，放百十筒花，点十几挂鞭，喝他个一醉方休。我说，您改日再一醉方休吧，大后天十点必须到我家来，下刀子也得来。

刘大可是儿时的"发小"，他现在是开出租车的，时间相对自由。刘大可人长得少相，身子骨儿结实，走路噔噔噔小伙子似的。乍一看不像六十多岁的人，也就五十来岁的样儿。刘大可的孙子都上小学六年级了，按说应该在家打打牌、钓钓鱼安度晚年了，怎么还没早没晚满大街开出租拉活儿呢？大可说他开车开惯了，一天不摸车还真受不了。其实还有一个原因他也跟我说过，前些年儿子贷款买了一套一百多平方米的三室两厅单元房，说是以后父母年纪大了就都住在一块儿。大可不愿和儿子儿媳一块掺和，仍住在小胡同中的老屋里。这两年儿子的公司不景气，工资大大缩减，儿媳又下了岗，挣的钱仅够日常的生活开销，还贷压力太大。没办法，大可还不能放下方向盘安享清福，还得为儿子几十万的房贷奔命。

刘大可在电话里说，要去你那儿也行，必须给我做一盘地道的西安凉皮。我们开车，图省事，常买摊上的凉皮当午饭，想吃吃真正的西安凉皮。

我说，做凉皮容易，做奶酥六品都行，只要你来。

刘大可说他来，可只能待两个钟头，他下午还要给人交车。

……

一通电话打下来，朋友中，百分之九十不能来，不是在外地就是有会。后来我索性将北京熟人的电话挨个儿打，有交情的没交情的，打了一圈，肯定能来的只有小丁。小丁是做防腐木架子的小老板，福建人，我装修阳台给我做花架子的。

应了那句话，该来的不来。

六

星期一，一大早就有人敲门。打开门迎面是一大抱红玫瑰，几乎看不到送花人的脸。接过鲜花，嘴里说着，来就来了，不必这样破费的话。抬头一看，送花的不认识，赶紧往屋里请，怕怠慢了哪一位。送花小伙子说客户要求早晨七点以前必须把花送到，所以还得要我签字证明。我一看表，六点五十九分。小伙子说，您家的表快了，我手机上的表刚刚六点半。

我笑笑，在上头签了时间和名字。花丛上插着卡片，是儿子送的，“祝贺妈妈六十六大寿”。小伙子说，六十六朵玫瑰，怎不送九十九朵呢！

我说，你倒没说像歌里唱的，送我九百九十九朵玫瑰。这是我儿子给我的生日祝福，我离九十九还差一截子呢，但愿我能活到九十九。

小伙子说，送九十九朵的人多着呢，数量越多，打折越高。

我说，九十九朵玫瑰，都是男的给女的送，还没结婚，正在追求阶段，结了婚就不送了，有那钱一块儿还房贷吧。

小伙子说，我是还没对象，有对象我一朵也不送，都是虚的，吃喝不顶。

小伙子拿了回执临出门说，您儿子应该送康乃馨，玫瑰是送给情人的，送妈不合适。

我说，我儿子没给我送菊花已经很不错啦！

屋里收拾得窗明几净，景德镇粉彩万寿无疆的茶碗，吴裕泰的春芽茉莉花茶，临潼的白冰糖大石榴，骊山的火晶柿子，加上花瓶里的玫瑰，将八仙桌映衬得五颜六色，很有个喜庆劲儿。

儿时在北京，每年我过生日要提着椅垫子到各屋挨着给人磕头，除了玛莉和黄黄儿以外一个不能落下。大伙儿见了我会打趣地说，今天耗子丫丫长尾巴啦！我会立刻用椅垫将屁股捂住，仿佛真要长出一根又细又长，丑陋不堪的尾巴来。北京的习俗，喜欢说过生日这天的孩子是“长尾巴”了。其实这“尾巴”不是白长的，给谁磕了头谁就得给钱，多则一块，少则两大枚，断没有让长尾巴的人空手走的道理。我喜欢过生日，过生日可以捞到不少零花钱，至少半年的猴皮筋、鸡毛毽、糖豆、大酸枣是有了着落。现在，我没有谁可磕，也没有谁给我磕。儿子小时候还给我磕，大了，嫌寒碜，不干了。

十点，来了赵筱莉、刘二东、刘大可和小丁四个朋友，他们能拨冗光临已经是很不错，很给面子了，让我有受宠若惊之感。

一进门，大家就为我的新房子惊奇，说可以在这儿拍古装电视剧，里里外外整个一个地主庄园。赵筱莉仔细端详着作为隔断的落地罩，抚摸着上面的松鼠和葡萄，赞不绝口，说她绝不相信城南的工厂有这样两面透雕的精彩水平。刘二东问是不是照着电视剧里的样子雕的。我说是依着我们家过去落地罩的样子，画出来让他们雕的。赵筱莉说，她去过故宫，我这个落地罩不比皇上的逊色。

我说，为这个落地罩，我光打的的车钱就花了一千多。我是站在旁边看着他们雕的，厂里对我反感极了，一见着我就说，老太太又来上班了，您累不累呀。

小丁是搞防腐木架子的，敲打着落地罩说，得七八万，我说，榆木的，三万，条件是得把样子给他们留下。

赵筱莉说，留下也值，要那张纸没用。

我说，我心里很后悔，本来“松鼠葡萄”我是独一份，现在变成了成千上万。

刘二东说，你放心，这成千上万的“松鼠葡萄”谁跟谁也碰不上。

我告诉他们，落地罩上还藏着十八只松鼠。于是一伙人纷纷在上面找开了松鼠，也挺好，比坐着看电视更能消磨时间。

我端出从陕西带来的吃食，大家对临潼的石榴、骊山的柿子特别钟爱。刘二东以陕西内行的身份向大伙介绍，说他在陕西插队当知青时，公社给大家放电影，正片前头要加演新闻纪录片，他记得很清楚，纪录片上西哈努克亲王领着一大家子站在骊山的火晶柿子树下，吃得热烈而酣畅，柿子汤顺手流。哪里是王爷，整个一个幼儿园小朋友。大家一听是亲王爱吃的东西，不能不尝，一双双手立刻伸向了柿子。吃了一个就放不下了，马上展开第二轮进攻。

火晶柿子是西安特产，皮薄如纸，颜色如丹，味道如蜜，将那薄薄的皮一揭，果肉便鸡蛋黄一样涌出，猝不及防，会弄得一身一手，狼狈不堪。会吃的用牙轻轻咬个小口，嘬着吃，吃完了剩个空空的小红口袋，不会吃的就热闹了，猫吃糨子一样。

一盘柿子被大伙霎时吃光，我们家的桌上、地上、沙发上，包括电视机上，到处都是黏糊糊的柿子汤。白冰糖石榴的下场不比火晶柿子强，那硕大的石榴被他们拿到厨房，放在案板上用菜刀劈，将晶莹剔透的粒散落一案板，放到嘴里，只说是甜。赵筱莉是学历史的，说这石榴一定是当年张骞通西域，从新疆带回长安的。我说是陕西杨陵农科城研究出的新品种，两千年前的石榴种子早退化了。这几个石榴是秦始皇陵东边种出来的碎子石榴，一共只有四棵树，珍贵得就跟武夷山山岩上那两棵大红袍似的。这两个石榴是我费了半天劲，从朋友手里搞来的，其他的都送到北京了。刘二东说，干吗说得那么含蓄，就是进贡了呗！

刘大可把石榴拿到窗户前头照，果然见到里面的石榴子很小很小，隐隐约约的，可以忽略不计。都说陕西的水果好，刘二东说是地好，黄土有几公里厚，栽种着皇上也栽种着果树。这石榴跟秦始皇并驾齐驱地扎在一块地上，能长不好吗！

北京传统过生日得吃打卤面，以前每年都吃厨子莫姜为母亲生日做的打卤面。跟父亲不同，母亲依旧遵循着老旧的风俗，生日的长寿面不能更改。我做打卤面的手艺不能跟厨子比，但自信不比别人差。头天先把五花肉煮好切片，将金针、木耳、海米、蘑菇用温水发好。蘑菇要用张家口外的口蘑，小而香，泡蘑菇的汤不能倒，连同海米汤要一并放进卤汤去煮。最有特色的是鹿角菜，这是打卤面的精彩，鹿角菜筋道，有嚼头，那些枝枝丫丫沾满了卤汁，吃在嘴里，很能咂摸出滋味儿。

现在北京超市、菜市场已经买不到真正的鹿角菜了，我问过卖干海货的，那些鹿角菜都哪儿去了，卖主说，太贵了，没人买。我不理解，很普通的吃食呀，跟虾米皮一个价儿。卖主说，过去的虾米皮两分钱一包，现在两块钱也买不下来，成百倍地往上翻。鹿角菜这种纯天然的海洋藻类对生存的环境要求过于苛刻，眼下根本不生长了，您纵然有钱，它灭种了您也没辙。

北京的农产品展销会很多，民族宫、体育馆、农展馆，多有展销。我在北京，只要赶上了，一般都会去转转。有一回还真遇上卖干鹿角菜的，一斤七十块，贵得离谱。为了这个菜，专门做了一顿打卤面，很珍惜地泡了一把，发起来的形状却不是紫檀色的鹿角样，而是一条条的麦粒状，放进锅里，“麦粒”纷纷从秆上解体，如同放大了的黑芝麻，吃在嘴里绵软无味，不知是什么东西合成的。

这回的鹿角菜我是托刘大可的外甥女买的，刘大可的外甥女在东城一菜市场上班，刘大可将鹿角菜交到我手里时说，他期待的不是打卤面，是西安凉皮。

打卤面的工作挺繁杂，将各类作料放到肉汤里煮，料酒、老抽是提味儿的，待到黄花木耳和肉片在汤里充分熬煮入味后，就可以勾芡了。芡粉的多少是技术，多了搅不开，少了澥汤。勾完芡将鸡蛋甩在卤上，要甩出匀称的蛋花，切不可用勺子乱搅。还不算完，起锅前浇上一铁勺热花椒油，刺啦一声，香味四溢，勾出所有人肚里的馋虫，打卤面卤的工序才算完成。

我一人在厨房里使劲忙活，盼着青青能过来，却一直不见人影。打她的手机，无人接通。现在的年轻人，指靠不上，个个都是飘浮着的，前边答应了后边就忘。

客人在客厅里吃我做的凉皮，凉皮当然很地道，早晨四点起来蒸的，一张张抹了清油，凉凉切成条，临上桌浇上醋蒜汁。醋是我从岐山带回来的，凤鸣岐山，那里不光是周人的发祥地，也是陕西醋的中心。岐山醋香醇浓厚，带有中华远古的味道。我们不能不承认基因记忆的坚固，在我们老祖宗的起源地，为我们保留下了这样的符号。在我们成长的命脉中，味道的记忆比任何记忆都源远流长。为什么都说陕西凉皮好吃，做法以外，作料是无可替代的，换个地方就变了味儿。米醋醇，秦椒香，一盘凉皮红白相间，让我想起了绍义的孙家，想起了八月十五那个明亮的月夜……

从西安西大街老童家买来的腊羊肉，也让桌上的吃客们叫奇。看起来是一块原生态的羊肉，泛着蜡一样的光泽，吃在嘴里，入口即化。香味一言难以说清，表面平淡无奇，那几十种调味料全入到肉里去了。腊羊肉是西安回民坊的独特食品，就是在平日，也要排队购买，不到中午，羊肉铺便售完关门了。为了这块羊肉，我排了半个多钟头队。

西安是回民的聚集地，唐朝时胡人不少移入长安，带来了异域的风俗，带来了伊斯兰的美味。李白“笑入胡姬酒肆中”，胡姬酒肆就是建在回民坊的。胡人的街坊都有一定规制，在长安的西部，通常被称作回民坊。那里自古以来便热闹欢快，是五陵少年喜欢游逛的所在。

西域胡人的形象至今还在坊里可以见到，常见有黄眼高鼻的回民，操着坊里特有的口音，卖炒货，卖羊肉泡馍，卖灌汤包子。我的儿子常在回民坊里招待他从各地来的网友，那些年轻人说，进了西安的回民小吃街就出不去了，在这里吃一个月也不会重样！

小丁塞着一嘴羊肉到厨房来，问我有没有需要帮忙的。我擦了把汗，看着这个连普通话也说不利落的闽南客家人，不知他能干些什么。小丁说，阿姨，西安有这么多好吃的，真不知道你还回北京干什么？

我说，“叶落归根”这个词知道吗？

小丁说他知道“四海为家”，他们客家人在有皇上的时候就已经四海为家了。北京要是留他，他可以在这儿干一辈子，不回福建。

我说厨房里没他干的事。小丁说，那我就吃去了，凉皮马上就光了。

我说，你们光吃凉皮，我的打卤面谁吃？这是我的长寿面！

小丁说，放心，会有人吃的！

出门又补上一句，阿姨，这个楼装修的人多，周围有谁要做阳台架子，你让他跟我联系，我的手机号码是123……二十四小时开着。

小丁不愧是商人，他比外头那几位傻吃傻喝的主儿精明，有心计。

果然，打卤面端出来的时候，大家已经撂下筷子不吃了，腊羊肉剩下一小块，那是象征性留给寿星老儿的，凉皮吃得精光，连酸汤儿也喝了。几个人脑袋扎成一堆，正商量着元旦到西安去，吃遍西安小吃，游遍西安古城。始作俑者，就是插队知青刘二东。看来他的糖尿病好多了，也不忌口了。

在我的要求下，大家吃了打卤面，有的人就是喝了几口卤。赵筱莉说要是没有前边这些吃食，我的打卤面做得未必够；刘二东说卤打得比铺子里丰富有味儿，就是太淡了；刘大可说一吃就知道是美食家打的卤，讲究；小丁说想把剩下的卤带走，让他的工人也见识一下北京打卤面。我说，我真后悔把西安的东西给你们拿出来，整个一个喧宾夺主!

赵筱莉说，你改天要是再请一遍打卤面，我们不反对。

刘二东说，还是西安饭有味道。

我说，想得美，告诉你，过这村没这店啦，想吃西安饭，打张火车票，往西!

吃完了饭唱歌，唱《大海航行靠舵手》、唱《我们走在大路上》、唱《数九寒天下大雪》、唱《听妈妈讲过去的事情》、唱“生产队里开大会”……赵筱莉的嗓子好，用美声唱《我爱你中国》，把画轴震得沙沙响；刘二东的京剧《盗御马》从插队时候就是保留节目，“将酒宴摆置在聚义厅上，我与同众贤弟叙一叙衷肠”，听得人叫好不断；刘大可会唱评剧，一句“列宁我打坐在克里姆林宫”能把人笑翻；小丁的歌《决战二世祖》是新潮，那冈冈的粤腔让我终归也没听懂是什么内容。轮到我，大家一定要听秦腔，我自信只要贾平凹、陈忠实不在跟前，我什么样的秦腔也敢唱，就说了一段《教学》:

她爷见过皇上的面，她婆和娘娘吃过饭。

她大穿的是黄马褂，她娘着的是绫罗缎。

出门不走她坐软轿，累了捶背有丫鬟。

吃饭端的是玉石碗，尿盆子上镶的是五彩蓝。

大家说陕西人很幽默，问我这个段子是在哪儿学的，我说在会上学的。刘二东说一定是政协会上跟哪个名角学的。

下午，一帮人闹哄哄地走了。关上房门的一刹那，我有一种崩塌的感觉，心里空落落的。其实就是在和大家推杯换盏，满脸堆笑的时候，内心也保持着一个封闭孤独的自我。我不知自己是怎么了，独处时感到冰窖似的悲凉；混迹人群，又烦乱不安，有种难堪的忍耐，大概真的是老了。

乱过之后的房间显得空旷，盘盏乱糟糟地堆在水池里，我端了杯茶坐在沙发里不想动弹。腰酸背疼，感到了从里到外的累。六十六岁的生日，当了一天伙夫，当了一天老妈子；当然是自找，是自己愿意。

热闹归热闹，可是心里不热闹。

穿着拖鞋的脚肿胀得厉害，脑袋发蒙，血压可能又高了。胃一阵痉挛，我喝了一口茶，才想起，从早晨到现在我其实没吃什么东西。给自己冲了一杯藕粉，喝了一口，不是味儿，没有藕的清香，没有桂花的甜润，完全是一碗土豆粉芡，有其名无其实。现在什么都跟过去味道不一样了，变化的岂止是藕粉！

起风了，有雨点敲打在玻璃上，咚咚的。一场秋雨一场寒，从今天起，北京的天就该渐渐冷了。

脑袋里一片空白。往事都已升华散尽，化作了纯净的气体，失去了发酵、喷发的热力，只剩下沉静和淡漠。手碰到落地罩上，那是一只圆润的松鼠，怜爱地抚摸着。

是的，回家了，四十多年绕了一个大圈子，终于回来了。这不是梦，手下的松鼠可以证明。但此松鼠非彼松鼠，此落地罩非彼落地罩，此家也非彼家，物非人非。活了六十六年，我究竟是谁，活了六十六年，我究竟干了什么？反省自己，辄深怅惘，学业一无所成，德行一无所就。老大不小，还自欺欺人地搞什么回归酒席，虚荣、张扬，真是浅薄极了。

外面的街灯亮了，楼下公园里的每棵树都从下面用绿灯照着，把树照得假模假式的不正经。绿色的光反射到屋内墙上，惨绿惨绿的，恭王孙的书法在绿中发着幽幽的光。我奇怪，这幅字自从挂上那天起，忙碌的我竟从未揣摩过它的内容，便将那清峻的书法一行行细细辨认：

> 沧海茫茫天际远，北去中原，万里云遮断。云外片帆山一线，殊方莫望衡阳雁。管弦天上春无限，板荡神州，龙去蓬莱浅。杨柳千条愁不绾，乾坤依旧冰轮满。

这首《蝶恋花》可能是溥心畬居住台湾时，思念家乡北京时书写的。字里行间乡愁无限，此时读来，多愁夜雨，晚秋寒斋，更添几许愁闷无限凄凉。

我跟王孙没有一点儿交情，但是台湾还有个嫡亲的大哥。前些年随作家代表团到台湾访问，我托人打听过，他还健在，带过话去，给我的回答是“还是不见了吧”。一句“还是不见了吧”，不知是对亲人的愧怍，还是对亲情的拒绝。

大家族，留给子女们的除了冷漠还是冷漠。

靠在沙发上，矇眬欲睡中心里泛起阵阵不安。

晚上十一点接到青青电话，说她的父亲殁了。

她说早晨送到医院还清醒，只是胸口有些不适，嘱咐她不要打扰姑爸爸，今儿是姑爸爸六十六大寿，不要搅了局；没想到晚上十点就咽了气。

就是刚刚的事，放下电话，我一阵眩晕。老七走了，走在我回到北京的这一天……两颗粒儿的玉米，掉下一颗，还剩一颗……

抬头望着恭王孙“北去中原，万里云遮断”的词句，想哭，却没有眼泪。

老凤还巢。

空巢。

2011 年正月　于蓝田汤峪镇

后记

北京是我的故乡，从 1968 年离开她到陕西，已经四十多年了。有了一把年纪，便常常地怀念儿时的北京，那些个困苦、简陋，那些个热闹、温情，让人留恋，也让人一言难以道清。京畿之地文学素材丰富，随手拾来不用修整便是一篇不错的故事，内中饱含了北京人的苦辣酸甜，也饱含了北京生活的点点滴滴。

我母亲的娘家是朝外南营房住户，您要活着已经百岁了。从母亲那里，我认识了南营房，认识了北京市民生活的另一面。那里给了我善良和温情，给了我谦恭平和与善解人意。儿时铸就的性格即便是走南闯北，即便是鬓间白发丛生，也是无法改变的。这是生活的馈赠，命运的烙印。

这部长篇，从辛亥革命时期开始到改革开放的今天，跳跃地抒写了北京百年的人物众生相，北京百姓的价值观念，北京社会的风土人情。对于北京的过去和现在，这类话题似乎总是说不完，只要生命演绎着，便不会枯竭。

小说以父母的结合为契机，以家族成员和亲戚朋友的故事为背景，以我的视觉为轴线，冠以京剧的戏名而写成。其内容，本可以不出京城，陕北的“插队”、华阴的“农场”似是多余。但是我不能收笔，因为命运将我甩出了京城，将我安置在了黄土高坡，所以才有了《盗御马》、《玉堂春》。这是我这一代人的经历，是绕不过去的岁月，是京味题材的别样记忆。它们与《三岔口》的江西景德镇一样，是京城日月的延伸。

近些年写了一些“京味小说”，有人说这是老了的象征。我的确也是到了该老的年龄，我还是想在自己还没有到“老糊涂”、“老痴呆”的时候将一些事情写出来。人们可以不看，但我不能不写。因为它们和北海的白塔，和隆福寺的小吃，和通达的地铁，和街上往来的车流一样，是北京的一部分。它们使历史与今天糅合，将昨天与今天衔接，填充起北京构架的细部，使这座城市的内涵活跃而生动，使我的故乡充盈得满满当当。

年轻时，常常以为自己的体验是独特的，对生命的理解是深刻的；有意无意地给自己的写作加了载道的严肃与使命的庄重，人便变得有些别扭。现在想想总是浅薄。

最近到朝阳门外办事，面对着依旧辉煌的东岳庙琉璃牌坊，我体会到了以往生活细节逝去的无奈和文化失落的不安。这种感觉，也是我在故乡停留，面对拆迁的四合院，一次又一次从心底翻涌出来的难以言说的对生命、对人生的别一番滋味。

二十一世纪，一切向着标准化、概念化、规范化、统一化看齐，似曾相识的社区，多胞胎般的连锁店，无特色的车水马龙，匆匆而过的陌生路人。置身于都市的喧哗与躁动中，对京城往事更加怀念，那些个细节，那些个欢乐，那些个拾掇不起来的零碎，如同一瓶陈放多年的佳酿，夜静时慢慢品来悠远绵长，回味无穷。那是与窗外的喧嚣浮躁完全不同的两个世界，却又是一脉相承，无缝无隙的两个世界。民间有很多我们在热闹与喧嚣中感悟不到的真谛，保持正常的生活态度，保持性情的平和、文章的平淡，那才是将人做到了极致，将文做到了极致。

借文字将老辈的信念传达给今人，让大家从片段中追溯历史、品味人情、琢磨生活、感念今天。如能产生共鸣，那将使我欣慰。

现在，我站在高高的楼上眺望京城，灯火辉煌得灿若云霞，身置其间，如在空中，陌生又遥远。这里是哪儿？西安？上海？东京？纽约？糊涂了。离家太久了，过了春天，过了秋天，过了一年又一年，时间将一切都带走了，只留下了我和这一片繁华。

物非人非，对此茫茫，写出前面文字。

叶广芩

2011 年 5 月 6 日